U0038309

馮保善 注譯

新譯古詩源（下）

三民書局

新譯古詩源　目次

下冊

卷八

晉詩

卷九

晉詩

陶潛

卷十

宋詩

卷十一

宋詩

謝瞻

謝惠連

謝莊

鮑照

卷十二

齊詩

謝脁

梁詩

卷十三

梁　詩

江　淹

范　雲

任　昉

卷十四

陳 詩

卷八

晉詩

劉琨

越石英雄失路，萬緒悲涼，故其詩隨筆傾吐，哀音無次，讀者烏得於語句間求之？

答盧諶❶

琨頓首❷。損書及詩❸，備酸辛之苦言，暢經通❹之遠旨。執玩反覆，不能釋手。慨然以悲，歡然以喜。

昔在少壯，未嘗檢括❺。遠慕老莊之齊物❻，近嘉阮生之放曠❼。怪厚薄何從而生，哀樂何由而至❽。自頃輈張❾，困於逆亂。國破家亡，親友彫殘。負杖❿行吟，則百憂俱至。塊然⓫獨坐，則哀憤兩集。時復相與，舉觴對膝，破涕為笑，排終身之積慘，求數刻之暫歡。譬由疾疢⓬彌年，而欲一丸銷之，其可得乎？

夫才生於世，世實須才。和氏之璧，焉得獨曜於郢握⓭；夜光之珠，何得專玩於隋掌⓮！天下之寶，當與天下共之。但分析⓯之日，不能不悵恨耳。然後知聃周之為虛誕⓰，嗣宗⓱之為妄作也。昔騄驥倚輈於吳阪，長鳴於良樂，知與不知也⓲；百里奚愚於虞而智於秦⓳，遇與不遇也。今君遇之矣，勗⓴之而已。

不復屬意㉑於文，二十餘年矣。久廢則無次。想必欲其一反㉒，故稱（去聲）。旨㉓送一篇，適足以彰來詩之益美耳。琨頓首頓首。

【注　釋】❶盧諶　字子諒，尚書盧志之子，范陽（今河北涿縣）人。曾為劉琨主簿，轉從事中郎。與劉琨有詩贈答。劉琨與乃父交好。❷頓首　古人通信通行格式，表示對對方的尊敬。❸損書及詩　損，對別人贈物的敬辭，有折節下交之意。書及詩，指盧諶的來信與贈詩。❹經通　即經權，常理與權變。❺檢括　遵守禮法約束。❻老莊之齊物　老莊，老子、莊子，道家學派創始人。齊物，《莊子》有〈齊物〉篇，講齊萬物、等生死的道理。❼阮生之放曠　阮生，即阮籍。放曠，放誕不拘禮法。❽怪厚薄何從而生二句語本《列子．力命》，謂人知命，則沒有厚薄、哀樂而生。❾輈張　驚懼貌。❿負杖　扶杖；依杖。⓫塊然　孤獨貌。⓬疢疢　久病。⓭和氏之璧二句　楚國卞和，發現璞玉，獻於厲王，厲王不識，以其欺君，砍其左腳；再獻武王，復以其欺君，砍右腳；後文王識之為寶玉，名其和氏璧。郢，楚國都城。握，擁有。⓮夜光之珠二句　傳說隋侯見大蛇傷而救之，後來蛇從江中銜大珠報之。⓯分析　分離。⓰聃周之為虛誕　聃周，老莊。虛誕，虛妄騙人。⓱嗣宗　即阮籍。⓲昔騄驥倚輈於吳阪三句　典出《戰國策．楚策》：「楚客謂春申君曰：『昔騄驥駕鹽車，上吳阪，遷延負轅，而不能進。遭伯樂，仰而鳴之，知伯樂知己也。』」騄驥，良馬名。輈，車轅。吳阪，地名，在吳城北。良樂，王良、伯樂，均古之善相馬者。⓳百里奚愚於虞而智於秦　《漢書．韓信傳》：「信曰：『僕聞之百里奚居虞而虞亡，之秦而秦伯，非愚於虞而智於秦也，用與不用，聽與不聽耳。』」百里奚，春秋虞國人，後為秦用，拜為大夫。⓴勗　努力。㉑屬意　留意。㉒一反　有一個回贈。㉓稱旨　遵照意旨。

【語　譯】劉琨頓首。辱寄信及詩，備陳辛酸苦語，暢論常理權變的深遠意義。反覆細讀，愛不釋手。感慨而悲，歡欣高興。

從前少壯的時候，不曾謹守禮法約束。遠古傾慕老莊的齊物思想，近人嘉許阮籍的放達。納悶人情厚薄如何產生，哀樂從何而來。自從近來遭遇驚懼，窘迫於胡人反亂。國破家亡，親友凋零。扶杖歌吟，於是百憂俱來。獨自孤身而坐，則悲愁怨憤齊集。不時交往，促膝舉杯，破涕為笑，排遣終身的鬱積慘愁，尋求幾刻之間的短暫歡娛。譬如久病連年，卻想以一粒藥丸消除，哪裡能夠做到呢？

才人生在世上，世上的確需要才人。和氏璧，怎能獨為郢人據有而閃光；夜光大珠，怎可被隋國人手中專有！天下的寶物，應當與天下人共有。然而與親友分離的日子，不能不心中惆悵傷感。這以後始知道老莊思想為虛妄騙人，阮籍的所作所為是荒誕不經的。舊時良馬拉車在吳阪，見王良、伯樂即長嘶，此為了解與不了解；百里奚在虞被認為愚笨而在秦被稱為智者，此為遇時與不遇時。現在您算遇時了，多努力罷。

不再留心於文章，二十多年了。長久荒廢便無倫次。想到必須有個回覆，所以遵照意旨呈上一篇，正好用來彰顯您詩篇中對我的溢美。琨頓首頓首。

【研　析】劉琨（西元二七一年—三一八年），字越石，西晉中山魏昌（今河北無極縣東北）人。少有詩名，好老莊，尚清談，曾與石崇、歐陽建、陸機、陸雲等稱「二十四友」。永嘉元年（西元三〇七年）為并州刺史，招募流亡，與劉淵、劉聰戰。兵敗，父母被害。建興三年（西元三一五年），都督并、幽、冀三州軍事，為石勒所敗。轉投幽州刺史鮮卑人段匹磾，共扶晉室。後為段殺害。〈答盧諶〉書及詩，乃其屬下盧諶被段匹磾召為別駕，將行之時，寄書及詩給劉琨，琨之酬答之作。序文分四段。首段開篇，自首句始迄「歡然以喜」。寫對盧諶來信及詩的讀感，悲喜交集，此亦貫穿於序文始終。第二段自「昔在少壯」至「其可得乎」。寫自己少年時期企慕老莊的齊物、阮籍的放誕風流，要做達人，以為聖人無哀樂厚薄。但遭逢亂離，國破家亡，酸甜苦辣備嘗，於是深切感受了人生的悲苦。第三段自「夫才生於世」至「勗之而已」。贊盧諶的大才，當為天下共有，不是某個人的私有財產，為盧諶的離開自己別投新主開脫，希望其不要辜負新主人的賞識，幹番事業。同時表露了對其離去的不捨，以悟老莊虛誕、阮籍妄作，呼應第二段，再次否定自己的少慕老莊、阮籍，也以此渲染對盧諶的拳拳深情。「不復屬意」以下為結尾，多年疏於文章，今乃執筆，以報友人眷顧，此也披示其感情的深摯非比尋常。此信雖酬答之作，文中卻鮮有應酬虛言。其情深，其意切，寫國難家讎，激昂酸楚，慷慨悲涼。鍾嶸《詩品》謂其：「善為淒戾之詞，自有清拔之氣……又罹厄運，故善敘喪亂，多感恨之詞。」用於此序文，亦能中的。

厄運初遘，陽爻在六❶。乾象棟傾，坤儀舟覆❷。橫厲糾紛，群妖競逐❸。火燎神州，洪流華域❹。彼黍離離，彼稷育育❺。哀我皇晉，痛心在目。其一。

【注　釋】❶厄運初遘二句　遘，形成。陽爻在六，即〈乾〉卦第六，卦爻辭「亢龍有悔」，比喻天子運極而有窮厄之災。陽爻指〈乾〉卦，象陽，象君，象天。❷乾象棟傾二句　乾象，天象。棟，棟樑。坤儀，大地。❸橫厲糾紛二句　橫厲，縱橫猛厲。糾紛，紛亂貌。群妖，指進犯京城洛陽的北方劉聰等部。❹火燎神州二句　火燎、洪流，比喻紛亂。神州、華域，指中國。❺彼黍離離二句　語出《詩經・王風・黍離》：「彼黍離離，彼稷之苗。」離離，繁茂貌。稷，穀子。育育，生長貌。

【語　譯】厄運初步生成，卦顯亢龍有悔。天象棟樑毀折，大地船兒傾覆。紛亂縱橫板蕩，胡人群雄紛爭。神州一片火海，中華洪水橫流。那黍長得繁茂，那穀長得油油。哀傷我們晉朝，目見痛心疾首。

【研析】〈答盧諶〉詩分八章，此為第一章。《前趙錄》載：「劉聰僭即位於平陽，遣從弟曜攻晉，破洛陽。遣子粲攻長安，陷之。」本章即由胡人之亂華寫起。首四句寫亂象已成，晉室傾覆，天下板蕩。傾棟、舟覆，形容晉朝政權風雨飄搖，大廈崩塌。「橫厲」四句，具體描寫天下之亂，胡人的鐵蹄踐踏，兵燹遍地，山河破碎。火燎、洪流，寫戰火動亂如畫。結末四句，引《詩經》成句，昔日繁華都市，今但見黍稷茂盛，不見了瓊樓玉宇、雕樑畫棟；不見了熙熙攘攘、車水馬龍，詩人亦如周大夫過殷墟故都，傷故國之覆亡，不禁涕淚滿面，痛心疾首。國破家亡，此亦詩人與盧諶同有的切膚之痛。比喻的運用，與敘述相間，結構活而不板。

天地無心，萬物同塗❶。禍淫莫驗，福善則虛❷。逆有全邑，義無完都❸。英蕊夏落，毒卉冬敷❹。如彼龜玉，韞櫝毀諸❺。芻狗之談❻，其最得乎？（其二）

【注釋】❶天地無心二句　天地無心，言天地不仁，無愛育萬物之心。同塗，同一歸宿，皆為芻狗。❷禍淫莫驗二句　反《尚書》「天道福善禍淫」而用。❸逆有全邑二句　逆，作亂者，指劉聰等。義，指晉室。

❹敷　開放。❺如彼龜玉二句　《論語・季氏》：「虎兕出於柙，龜玉毀於櫝中，是誰之過與？」龜玉，龜殼美玉。韞櫝，藏於櫝中。❻芻狗之談　典出《老子》：「天地不仁，以萬物為芻狗；聖人不仁，以百姓為芻狗。」芻狗，草狗，祭祀之物。

【語譯】天地沒有仁愛心，萬物同歸一條路。懲處邪惡無應驗，福佑良善亦虛妄。反賊佔據整座城，正義反而喪京都。鮮豔花蕊夏季落，毒花卻在冬日開。像那龜殼和美玉，藏在櫃中一同毀。有關芻狗之議論，莫非最能觸本質？

【研析】本章言天不佑晉朝。首四句說天地沒有是非善惡，不知福佑良善，所謂的「福善禍淫」，是如此虛妄無憑，起首即突兀警驚。「逆有」四句，具體闡釋起首議論：君不見胡人亂我中華，攻城略地，佔據城邑；而我晉朝，堂堂正正，華夏正脈，道義所在，卻連完整的都城都沒有。燦爛鮮豔的花兒夏季凋零，惡毒之花雖嚴冬而綻放，不合時令，卻是殘酷的現實。而有此一比，文多搖曳。「如彼」四句，遞入自身，玉藏櫝中，與櫝俱毀，自己的父母與盧諶的父母，都喪生在戰亂中。所謂的萬物、百姓為芻狗之談，豈不是最能道中本質嗎？結末反問，見出詩人的怨憤之情。王夫之《古詩評選》謂：「無限傷心刺目，顧以說理語衍之，乃使古今懷抱同入英雄淚底。」所評極是。

咨余軟弱，弗克負荷❶。協平韻。愆釁仍彰❷，榮寵屢加。威之不建，禍延凶播❸。（協平韻。）忠隕于國，孝愆于家。斯罪之積，如彼山河。斯釁之深，終莫能磨。其三。

【注釋】❶咨余軟弱二句　咨，歎詞。負荷，承擔重任。❷愆釁仍彰　愆，過失。釁，瑕疵。仍，屢次。❸威之不建二句　謂并州敗於劉聰，父母遇害，遭禍播遷。

【語譯】感慨我自己軟弱，不能夠承擔重責。瑕疵過失屢彰顯，恩寵榮譽每每獲。威嚴既不能建立，遭遇凶禍又遷播。於國喪失其忠誠，於家孝道有過錯。這般罪過累積起，如那高山與長河。這般瑕疵罪責深，終究難將其磨滅。

【研析】本章說自身。首四句言自己軟弱無能，無力負重，過失瑕疵亦多，但朝廷皇恩，屢加重任，使自己都督并州。「威之」四句，寫自己兵敗失地，父母被害，辜負朝廷恩德，愧對父母養育，忠孝俱失。「斯罪」四句，痛責自身失地喪親，罪過如山之高河之長，不能磨滅，無法洗刷。國恨家讎，沉痛悲切。其風節的高尚，愛國的真誠，於父母之血誠，溢於字裡行間。

郁穆舊姻，嬿婉新婚❶。裹糧攜弱，匍匐星奔。未輟爾駕，已隳我門。二族偕覆，三孽並根❷。長慚舊孤，永負冤魂❸。其四。

【注釋】❶郁穆舊姻二句　郁穆，和美貌。舊姻，劉琨妻為盧諶從母。嬿婉，和順貌。新婚，指盧諶妹嫁劉琨之弟。❷二族偕覆二句　二族，指劉、盧二家，琨之父母被令狐泥所害，諶之父母為劉粲所害。三孽並根，當指自己及弟弟、盧諶三人，因暫存而未絕本根。❸長慙舊孤二句　舊孤，指「三孽」。冤魂，指「二族」。

【語譯】舊婚姻和美無限，新婚姻情恰和順。帶乾糧攜帶家小，雖坎坷急忙投奔。你的車尚未歇下，我家門已遭摧毀。兩家庭一起覆滅，三孽存不斷本根。悲慘我輩心悵恨，永辜負地下冤魂。

【研析】本章敘盧諶遭難，前來相投，得以相聚。首二句交代自家與盧家姻親情切，關係不同尋常。「裹糧」四句，言盧諶攜帶家小，一路坎坷，來投自己；而自家也不能自保，遭遇災難。「二族」以下四句，敘出兩家共罹兵禍，雙方父母喪生，僅存三人，俱以無力報父母殺身之讎愧疚悵恨。王夫之《古詩評選》謂：「序事夾詠歎，回往動人，自不作翁嫗夜話。」極是。

亭亭孤幹，獨生無伴❶。綠葉繁縟，柔條修罕❷。朝採爾實，夕捋爾竿❸。協，公旦切。竿翠豐尋，逸珠盈椀❹。實消我憂，憂急用緩。逝將去乎，庭虛情滿。其五。

【注　釋】❶亭亭孤幹二句　孤幹，指梧桐。伴，指可比之人。❷綠葉繁縟二句　繁縟，繁密華茂。柔條，指竹子。修罕，少有之美質。❸朝採爾實二句　實，桐子。竿，竹竿。❹竿翠豐尋二句　豐，滿。尋，八尺為一尋。逸珠，指桐子，喻德。椀，通「碗」，指多。

【語　譯】亭亭直立梧桐幹，生長卓特無比肩。綠葉繁密華茂姿，婀娜竹子美少見。清晨前去採桐子，夜間過來捋竹竿。竿上翠葉滿八尺，落下竹子滾滿碗。真能消除我憂傷，憂急因此得舒緩。鐵了心腸要離去，庭院空寂悲情滿。

【研　析】本章誇美盧諶德才，抒寫對其離去的留戀。首四句言梧桐亭亭樹幹，修竹繁縟枝葉，沒有誰能與比肩，少有此美麗資質。「朝採」四句，仍就梧桐竹子來寫，捋竹竿之綠，有八尺之滿；採梧桐之實，滿碗充盈。結四句，由梧桐竹子，自然延伸及盧諶其人，顯見前文的誇美，是寫盧諶；以其憂，寫朝夕相處，受益匪淺，不可離開。而今之將去，不勝惆悵傷感，「庭虛」而「情滿」，一空一實，寫其悲愁如畫，「遂空萬古文心」（王夫之語）。

虛滿伊何？蘭桂移植。茂彼春林❶，瘁此秋棘❷！有鳥飜飛，不遑休息。匪桐不棲，匪竹不食❸。永戢東羽，翰撫西翼❹。我之敬之，廢歡輟職。

其六。

【注釋】❶春林　比喻段匹磾。❷瘁此秋棘　瘁，憔悴；枯槁。秋棘，劉琨自比。❸匪桐不棲二句　鄭玄《毛詩箋》：「鳳凰之性，非梧桐不棲，非竹實不食。」❹永戢東羽二句　戢，收斂。翰，高飛。

【語譯】庭虛情滿為什麼？蘭草桂樹移地植。春天樹林好繁茂，秋天荊棘何枯萎！一隻鳥兒振翅飛，忙碌無暇來休息。不見梧桐不肯憩，不是竹子不就食。往東的翅膀長收起，高飛拍著西邊翅。我的心中多敬慕，不樂工作也擱置。

【研析】本章敘盧諶將離開自己，投奔段匹磾。首二句承上章而來，言自己感傷，是因為朋友即將離去。蘭桂，誇美盧諶美質；移植謂其將要別去。「茂彼」二句，言段氏之處茂盛興隆，自己一方枯萎蕭條，兼讚友人如良禽之能擇木而棲。「有鳥」六句，以非桐不棲，非竹不食，喻盧諶有鳳凰之德，兼致惜別之意。戢東羽，寫盧諶將離開并州；撫西翼，謂其將赴幽州。結末二句，以自己的敬慕盧諶，因其離去而傷心，撇下了手中的工作，再致依依難捨之情。寫鬱結衷情，扣人心扉。

音以賞奏，味以殊珍❶。文以明言，言以暢神❷。之子❸之往，四美❹不臻。澄醪覆觴，絲竹生塵❺。素卷❻莫啟，幄無談賓。既孤我德，又闕我鄰。其七。

【注釋】❶殊珍　以殊異而為人珍視。❷暢神　暢達情志。❸之子　指盧諶。❹四美　指上邊所說音、味、文、言。❺澄醪覆觴二句　就音、味言。《淮南子》曰：「酒澄而不飲。」❻素卷　書卷；書籍。

【語譯】音樂為知音彈奏，味道憑殊異珍視。文章用來表欲言，言辭用來述情志。那人離去不停留，四美不再到身邊。清澄之酒不去飲，樂器廢置上蒙塵。書籍從此不開啟，帳中沒有談話人。我德既孤剩一人，身旁又少一知心。

【研析】本章言盧諶離去，失去知音，孤獨無賞之苦。首四句為比，鍾子期死，伯牙不復鼓琴，因為沒有了知音。音樂為能夠鑑賞者奏，味道以殊異被人珍視，文章用來表達心所欲言，言辭用來表達情志，各有所賞所用，此比喻盧諶之美，不能缺少，他的離去，使自己的人生少了意義。「之子」兩句，直舒胸臆，揭出其離去，對於自己乃不小的損失。「澄醪」四句，言盧諶既去之後自己的落寞神傷，平鋪寫來，極顯其孤寂寥落，惆悵之感，語句古樸。結末二句，再次直舒胸臆，寫自己失去同道，孤單沒有伴侶的心緒。王夫之評：「結構奇絕。神龍得雲，唯其夭矯矣。」（《古詩評選》）

光光段生，出谷遷喬❶。資忠履信❷，武烈文昭。旍弓騂騂，輿馬翹翹❸。乃奮長縻❹，是縶是鑣❺。何以贈子，竭心公朝。何以敘懷，引領長謠❻。

其八。○《前趙錄》：劉聰僭即位於平陽，遣從弟曜攻晉，破洛陽；遣子粲攻長安，陷之。首章指國破。○《老子》云：「天地不仁，以萬物為芻狗。」二章謂天不祚晉。○《漢書》：王尊之子伯為京兆尹，軟弱不勝。○「威之不建」二句，指為聰所敗，而父母遇害，己遭禍而播遷也。三章指家亡。○《晉書》：琨妻即諶之從母也。新婚未詳。○琨父母為令狐泥所害，諶父母為劉粲所害，故云二族偕覆。「三孽」謂琨兄三子，或謂劉聰、劉曜、劉粲，玩下二句，恐說不去。四章指途中奔竄，申上章意。○五章託喻己有資於諶，而諶又將之段匹磾所也。逸珠，喻德。盈椀，多也。○六章喻諶之段所，猶鳳之棲梧桐，食竹實，而己如秋棘之瘁，彌見可傷。○「四美」頂上音、味、文、言。七章言己之孤特，亦申前意。○八章表段之忠信，見諶之託身得所，望其戮力王室，轉危為安，收束通篇，感激豪宕。

【注釋】❶光光段生二句　光光，顯耀光彩貌。段生，段匹磾。出谷遷喬，語出《詩經・小雅・伐木》：「出自幽谷，遷于喬木。」指段氏今為幽州刺史、大將軍。❷資忠履信　資忠，行忠義之道。履信，恪守信義。❸旍弓騂騂二句　本《左傳》存遺詩「翹翹車乘，招我以弓」。旍，旗的一種。弓，角弓。騂騂，弓調和後彎曲貌。翹翹，遠貌。❹縻　指馬韁繩。❺鑣　馬口鐵。❻長謠　長歌。

【語譯】光彩顯耀段匹磾，出自幽谷遷喬木。行合忠義守信譽，武功赫赫文德昭。旍弓彎彎來徵召，遠處車馬來迢迢。奮揚韁繩遠馳騁，帶著籠頭與鐵鑣。用啥作為贈別物，竭盡心力為我朝。用啥敘表我情懷，伸長脖子吟歌謠。

【研析】本章寫盧諶投人得所，兼垂別贈言。首四句頌段匹磾榮升高位，忠義誠信，及其文德武功，並世英名，此顯盧之託人得所，前途光明。「旍弓」四句，說段氏以禮延聘，敬重賢士，彰盧之此去必能一展鴻圖，大有作為。末四句臨別贈言，表示希望盧諶能夠盡心報國，為國建功，也表露其對盧的深摯友情。張玉穀總評本詩：「此等四言，氣體樸茂，音韻鏗鏘，實為變風之遺，可俯視潘江陸海。」（《古詩賞析》）

重贈盧諶

握中有玄璧，本自荊山璆❶。惟彼太公望，昔在渭濱叟❷。平聲。鄧生何感激，千里來相求❸。白登幸曲逆❹，鴻門賴留侯❺。重耳任五賢❻，小白相射鉤❼。苟能隆二伯❽，安問黨與讎❾！中夜撫枕歎，想與數子❿遊。吾衰久矣夫，何其不夢周⓫？誰云聖達節⓬，知命故不憂。宣尼悲獲麟，西狩涕孔丘⓭。功業未及建，夕陽忽西流。時哉不我與，去乎若雲浮。朱實隕勁風⓮，繁英落素秋。狹路傾華蓋⓯，駭駟摧雙輈⓰。何意百鍊剛⓱，化為繞指柔。鄧生，鄧禹也。二伯，桓、文也。數子，謂太公以下也。○「宣尼」二句，重複言之，與阮籍「多言焉所告，繁辭將訴誰」同一反覆申言之意。○拉雜繁會，自成絕調。

【注釋】❶握中有玄璧二句　握中，手中。玄璧，即懸璧，用美玉懸黎製成的璧。荊山璆，湖北西部荊山所產玉。和氏璧也得於此地。❷惟彼太公望二句　據《史記・齊太公世家》載，周朝開國元勳姜尚，暮年仍垂釣渭水濱，周文王出獵見之，相談融洽，喜曰：「吾太公望子久矣。」因此號「太公望」。❸鄧生何感激二句　鄧生指東漢鄧禹，《後漢書・鄧寇列傳》載，其「聞光武安集河北，即杖策北渡，追及於鄴。

光武見之甚喜」，「因令左右號禹曰鄧將軍」。感激，感奮激發。❹白登幸曲逆　《史記·陳丞相世家》載，劉邦被匈奴困於平城（今位於山西）白登山，用陳平計，得以脫險。陳平被封為曲逆侯。❺鴻門賴留侯　《史記·項羽本紀》等載，項羽在鴻門（今陝西臨潼東）設宴，邀請劉邦。宴上范增使項莊舞劍，欲殺劉邦。賴張良託項伯保護，使倖免一死。劉邦稱帝，封張良為留侯。❻重耳任五賢　春秋五霸之一的晉文公，名重耳。其得狐偃、趙衰、顛頡、魏武子、司空季子五人輔佐，終於回國，奪取君位。❼小白相射鉤　春秋五霸之一的齊桓公，名小白。管仲初事齊公子糾。公子糾與小白爭君位，管仲曾箭射小白，中其衣帶。小白為君，不記前嫌，用其為相，遂成霸業。❽隆二伯　隆，興隆。二伯，指重耳、小白。❾黨與讐　黨，黨羽，如重耳與五賢。讐，如小白與管仲。❿數子　指前述眾賢人。⓫吾衰久矣夫二句　語本《論語·述而》：「子曰：『甚矣吾衰也，久矣吾不復夢見周公。』」周公，即姬旦，周武王之弟。⓬聖達節　出《左傳》成公十五年，謂聖人行事能把握恰當的分寸。⓭宣尼悲獲麟二句　宣尼，孔子的封號。「西狩獲麟」事見《春秋》哀公十四年載。《公羊傳》載孔丘聞獲麟「反袂拭面，涕沾袍。……曰：『吾道窮矣。』」⓮朱實隕勁風　朱實，紅色的果實。隕，落。⓯傾華蓋　指翻車。⓰駭駟摧雙輈　駭駟，受驚的拉車之馬。輈，車轅。⓱剛　通「鋼」。

【語　譯】手中有塊黎玉璧，來自荊山一璞石。想起那人姜太公，暮年渭水釣魚叟。鄧生何其感奮起，千里迢迢投劉秀。白登之圍幸陳平，鴻門宴上賴留侯。重耳放逐用五賢，小白用相棄前讐。倘要興隆如二伯，哪裡管他親和讐！半夜撫枕興感慨，希望能從諸賢遊。身體衰老已很久，為何夢不見周公？誰說聖人守職分，知命所以無憂愁。孔子悲傷捕獲麟，涕淚零落哀西狩。功業尚未及時建，夕陽晚照速西走。時間匆匆不等我，逝去如同浮雲流。勁風之中紅果落，金秋季節繁花謝。窄路傾覆華麗車，馬驚折斷雙車轅。豈料千錘百煉鋼，化成軟弱繞指柔。

【研　析】本詩為詩人代表性作品。詩歌抒發了時不我待，功業未成之慨，表達了對盧諶的希冀期待之情。首二句以荊山懸黎之璧，誇讚盧諶材質之美。「惟彼」以下十二句，列舉前賢有所作為之人，如太公望、陳平、張良、五賢、管仲諸人，寄託了對盧諶的殷切希望，期盼他在亂世之秋，能夠為國建功，力挽狂瀾。而想與諸子遊，也流露出自己不甘落後，期望與盧諶一道為國立功的思想。而「安問黨與讎」，表達了國難當頭，大家應該捐棄私怨，同心戮力，共赴國難的真切心願。「吾衰」十句，引聖人孔子之言之事，寫時光流逝，倏忽不再，功業未建，垂垂將老，雖達節知命的聖人復生，也不能不生悲哀。「朱實」以下六句，以朱實落、繁花謝、華蓋傾、車轅折，喻國運衰敗，形勢惡劣，人生多艱。結末二句，則流露出對拯救國家命運，建功立業的力不從心，無可奈何之感，出語蒼涼。鍾嶸《詩品》謂劉琨：「善為淒戾之詞，自有清拔之氣。琨既體良才，又罹惡運，故善敘喪亂，多感恨之詞。」陳祚明《采菽堂古詩選》謂：「越石英雄失路，滿衷悲憤，即是佳詩。隨筆傾吐，如金笳成器，木檀商聲，順風而吹，嘹飈淒戾，足為櫪馬仰噴，城烏俯咽。」都極恰切地道出了劉琨詩的特點。

扶風歌

朝發廣莫門，暮宿丹水山❶。左手彎繁弱❷，右手揮龍淵❸。顧瞻望宮闕，俯仰御飛軒❹。據鞍長歎息，淚下如流泉。繫馬長松下，發鞍❺高岳頭。烈烈悲風起，泠泠澗水流。揮手長相謝❻，哽咽不能言。浮雲為我結❼，歸鳥為我旋❽。去家日已遠，安知存與亡！慷慨窮林❾中，抱膝獨摧藏❿。麋鹿游我前，猿猴戲我側。資糧⓫既乏盡，薇蕨安可食？攬轡命徒侶⓬，吟嘯⓭絕巖中。君子道微⓮矣，夫子故有窮⓯。惟昔李騫期，寄在匈奴庭。忠信反獲罪，漢武不見明⓰。我欲競⓱此曲，此曲悲且長。棄置勿重陳，重陳令心傷。

悲涼酸楚，亦復不知所云。

【注釋】❶朝發廣莫門二句　廣莫門，洛陽城北門。丹水山，即丹朱嶺，丹水發源處，位於今山西高平縣北。❷繁弱　古代大弓名。❸龍淵　古代寶劍名。❹飛軒　飛馳的車乘。❺發鞍　卸下馬鞍休息。❻謝　辭別。❼結　聚結。❽旋　盤旋。❾窮林　密林。❿摧藏　悲愴。⓫資糧　軍資糧食。⓬攬轡命徒侶　攬轡，扯緊馬韁以止馬。徒侶，隨從。⓭吟嘯　歌吟嘯傲。⓮微　衰微。⓯夫子故有窮　夫子，指孔子。《論語・衛靈公》載：孔子「在陳絕糧，從者病，莫能興。子路慍見曰：『君子亦有窮乎？』子曰：『君子固窮，小人窮斯濫矣。』」窮，窮厄。⓰惟昔李騫期四句　《漢書・李廣蘇建列傳》載，西漢武帝朝，李陵與匈奴戰，彈盡糧絕，又無援兵，不得已而投降。漢武帝「收族陵家，為世大戮」。騫期，逾期不歸。寄，寄居。忠信，忠誠。⓱競　結束。

【語譯】清晨出發廣莫門，晚上歇宿丹水山。左手拉開繁弱弓，右手揮動龍泉劍。回頭望眼帝王宮，坐騎顛簸快如箭。伏身馬鞍長歎息，涕淚零落如流泉。繫馬在那高松下，卸下馬鞍高山巔。凜冽悲風蕭蕭刮，泠泠溪水流山澗。揮手京城長相別，鬱結哽咽難成言。浮雲為我聚成塊，歸鳥為我飛盤旋。離家日漸見遙遠，生死存亡怎預見！深山密林意不平，抱膝獨坐心傷悲。身前麋鹿悠然過，猿猴嬉戲我身邊。糧草已經用精光，豌豆野菜哪可嘗？收緊馬轡喚隨從，歌吟嘯傲懸崖中。君子之道已式微，聖人也有窮厄時。想起李陵逾期限，寄身匈奴不得還。忠信反而獲罪責，未見漢武多英明。我要結束這首曲，這曲悲楚調也長。撇到一邊不再說，再說令人心悲傷。

【研析】本詩乃劉琨由京都洛陽赴并州刺史任，道途有感而作。詩歌首四句寫由帝京出發，踏上赴任征程。彎繁弱，揮龍泉，以威武雄壯的形象，顯示了其建功立業的雄心壯志。「顧瞻」以下四句，筆勢陡轉。這是一個多事之秋，詩人對國家民族命運的憂慮，使他離開而不能放心；而前途渺茫，勝負也在難料，他不由得伏鞍長歎，涕淚泉湧。「繫馬」四句，是途中眼前實景，淒風寒水，滿目悲涼，是詩人心境的外化。「揮手」十二句，直抒訣別京城的悲苦之情，浮雲聚結，飛鳥盤旋，似為詩人的情緒感染，也更渲染了詩人心中的悲楚。日行日遠，前途未卜，進一程則更添一層愁。麋鹿自由出入、猿猴嬉戲人前，描寫了沿途的荒寂淒涼；資糧困乏，薇蕨充饑，生活的艱苦易見。「攬轡」八句，君子道衰，英雄末路，孔子的窮厄，李陵的忠信獲罪，都再現了詩人心中的矛盾痛苦，悲涼意緒。結末四句，詩人的悲涼心境，酸楚之情，令人幾欲墮淚。沈德潛謂：「越石英雄失路，萬緒悲涼，故其詩隨筆傾吐，哀音無次，讀者烏得於語句間求之！」成書倬雲曰：「蒼蒼莽莽，一氣直達，即此便不可及，更不必問其字句工拙。」（《多歲堂古詩存》）都頗中肯綮。

盧諶

答魏子悌

崇臺非一幹，珍裘非一腋。多士成大業，群賢濟弘績❶。遇蒙❷時來會，聊齊朝彥❸蹟。顧此腹背羽，愧彼排虛翮❹。寄身蔭四岳❺，託好憑三益❻。傾蓋雖終朝❼，大分❽邁疇昔。在危每同險，處安不異易。（叶亦。）俱涉晉昌艱，共更飛狐厄❾。恩由契闊❿生，義隨周旋⓫積。豈謂鄉曲譽，謬充本州役⓬。乖離令我感，悲欣使情惕⓭。理以精神通，匪曰形骸隔。妙詩申篤好，清義貢幽蹟⓮。恨無隨侯珠，以酬荊文璧⓯。

《韓詩外傳》：晉平公游於河而歎曰：安得賢士，

與之樂此也？船人盂胥對曰：主君亦不好士耳，何患無士？公曰：吾食客門左千人，右千人，何謂不好士乎？對曰：鴻鵠一舉千里，恃有六翮耳。背上之毛，腹下之毳，益一把飛不加高，損一把飛不加下。今君之食客，亦有六翮在其中矣，將皆背上之毛，腹下之毳耶？○晉昌，郡名。時段匹磾為此職。諶在磾所，難斥言之，故曰晉昌也。石勒攻樂平，劉琨自代飛狐口奔安次。

【注　釋】❶崇臺非一幹四句　語本《慎子》：「廊廟之材，蓋非一木之枝；狐白之裘，非一狐之皮也。治亂安危，存亡榮辱之施，非一人之力。」❷遇蒙　遭遇。❸朝彥　朝廷中才德之人。❹顧此腹背羽二句　本《韓詩外傳》，見沈德潛注。❺四岳　比劉琨。❻三益　本《論語・季氏》：「益者三友，損者三友。友直、友諒、友多聞，益矣。」❼傾蓋雖終朝　鄒陽〈獄中上梁王書〉有「白頭如新，傾蓋如故」。終朝，整天。❽大分　情分；友情。❾俱涉晉昌艱二句　晉昌，郡名，為石勒所攻。飛狐，即飛狐口，關塞名，曾為胡人所得，劉琨與盧諶等往伐，敗績，奔安次。❿契闊　離合；聚散。⓫周旋　往來。⓬謬充本州役　指應段匹磾延聘，去做幽州別駕。詩人乃涿郡人，隸屬幽州，故稱本州役。⓭情惕　情切。⓮賁幽賾　賁，通「奮」，發抒。幽賾，幽深精微。⓯荊文璧　即和氏璧。

【語　譯】崇高臺閣不由一木搭起，珍貴裘衣不是一狐之皮。眾多才士共同創建大業，諸多賢才一起完成偉績。遭逢機遇際會風雲發跡，且要努力看齊朝中俊彥。回頭看看腹背毳毛羽翼，慚愧它卻徒然排擊翼翅。託身寄跡受庇四岳之下，直諒多聞三益成我知己。傾蓋攀談整日無休無止，情分超越從前任何時期。危難之中常常同歷險境，身處平安不改平和謙易。一同經歷晉昌艱危之日，共同經過飛狐困厄時期。恩德從那離合悲歡中起，情誼伴隨交往中間累積。哪裡談上鄉里得到讚譽，姑且充任本州家鄉差役。別離隔絕令我心中傷感，悲歡使我心中情亂意迷。思想賴那精神交流溝通，並不因為形骸阻隔分離。美妙詩篇申說篤厚友情，高尚道義發抒幽深精微。遺憾沒有隋侯寶珠在手，用來饋贈荊文和氏玉璧。

【研析】盧諶（西元二八四年—三一八年），字子諒，東晉范陽涿（今河北涿州）人。舉秀才，初辟太尉掾，劉琨以其為司空主簿，轉從事中郎。投段匹磾，為幽州別駕。再投段末波。遼西失守，從石虎為中書侍郎、中書監。魏子悌乃詩人在劉琨手下時同僚。本詩乃詩人將投段匹磾，魏子悌贈詩，其酬答之作。首八句用《慎子》、《韓詩外傳》兩個典故，以崇臺非一木支撐，裘衣非一狐之皮縫製，喻同僚和衷共濟，曾經與魏某一道做事，共建業績。「腹背羽」，點出其同在劉琨帳下，「排虛翮」則謙虛自己沒能做出多少事業。「寄身」以下十句，正面寫共事期間，患難與共，結下深情厚誼，「三益」用《論語》典，讚美了魏的對自己多有助益，誠良師益友。「豈謂」六句，點出將任幽州別駕，二人將別，以及自己對魏氏同樣的留戀不捨，又以情因神通，不以形隔，友情永在，作寬慰語。末四句，照應題目，說明魏之贈詩，自己酬答，於魏詩情義真切，亦作一表彰，對自己則多所謙遜。詩歌條理清晰，雖無大才，亦稱嚴整簡練。

時興

亹亹圓象運❶，悠悠方儀❷廓。忽忽歲云暮，游原采蕭藿❸。北踰芒與河❹，南臨伊與洛❺。凝霜霑蔓草，悲風振林薄❻。摵摵❼芳葉零，蘂蕤❽芬華落。下泉激洌清❾，曠野增遼索❿。登高眺遐荒，極望無崖崿⓫。形變隨時化，神感因物作。澹乎至人⓬心，恬然存玄漠⓭。蕤蕤，垂也。

【注　釋】❶亹亹圓象運　亹亹，行進貌。圓象，指天。❷方儀　指大地。❸蕭藿　蕭，艾蒿。藿，即藿香，多年生草本植物，可入藥，或作香料用。❹芒與河　邙山與黃河。❺伊與洛　伊水與洛水。❻林薄　交錯叢生的草木。❼摵摵　落葉聲。❽蕤蕤　叢聚紛紛貌。❾洌清　清澈。❿遼索　寥落空闊貌。⓫崖崿　山崖。⓬至人　道家所謂超凡脫俗達到無我境界的人。⓭玄漠　恬靜、寂靜的狀態。

【語　譯】天體緩緩運行，大地悠悠遼闊。時光流逝到年末，郊遊採摘蕭與藿。往北越過邙山及黃河，向南來到伊水與洛河。凍霜落滿野草，悲風搖曳草莽。芳葉零落瑟瑟，香花飄墜片片。下流泉水濺清澈，曠野愈顯其寥廓。登高眺望邊遠際，望盡不見有山崖。外物變化隨時節，心神感應由物發。神聖至人心澹泊，恬靜悠然在寂寞。

【研　析】本詩當為詩人深秋時節在京都洛陽所作，抒發了一種亂世中的人生倉皇感觸。首四句由天體流轉，大地蒼茫寫起，時光匆匆流逝，轉瞬將到歲末，詩人就是在這個時候，來到了野外，採摘艾蒿與香藿。亹亹、悠悠、忽忽，連續三個疊音詞的使用，表達了詩人的惝恍落寞之思，給人以蒼茫寥落之感。「北逾」以下十句，寫詩人在邙山黃河之北、伊洛二水一帶所見。迷漫的野草落滿了凝霜，凜冽寒風吹打著叢雜的草木，樹葉瑟瑟搖落，繁華紛紛飄零，泉流清冽，曠野愈顯寥廓，登高望遠，茫茫無垠，連座山崖都不能看見，何其蕭瑟寥落、蒼茫沒有邊際，一種多麼迷茫的景象。「形變」以下，直抒所感。外界景物，隨季節而變化；諸多感慨因外物而興發，只有超然物外的高人，纔能心存玄漠，始終保持恬然靜默的狀態。詩人在亂世紛擾裡，對於道家至人的神往，可以見出。詩歌雕章琢句，不免人工斧鑿之痕，但也情景交融，較好地表達了彷徨惆悵、迷茫空落的心跡。

謝尚

大道曲

《樂府廣題》曰：尚為鎮西將軍，嘗著紫羅襦，據胡牀，在市中佛國門樓上，彈琵琶，作〈大道曲〉，市人不知為三公也。

青陽❶二三月，柳青桃復紅。車馬不相識，音落黃埃❷中。寫喧雜之況如見。

【注　釋】❶青陽　春天。❷黃埃　黃色的塵埃。

【語　譯】二三月份正春天，楊柳吐青桃花艷。車水馬龍不相識，聲音落在塵埃間。

【研　析】謝尚（西元三〇八年—三五七年），字仁祖，陳郡陽夏（今河南太康）人。謝鯤子，東晉名將謝安從兄。歷仕歷陽太守、中郎將。晉穆帝永和中拜尚書僕射，出為豫州刺史，未久進鎮西將軍。本詩收入《樂府詩集・雜曲歌辭》。《樂府廣題》曰：「尚為鎮西將軍，嘗著紫羅襦，據胡床，在市中佛國門樓上彈琵琶作〈大道曲〉。」即此。詩寫春遊之盛。首二句十個字，交代了季節時間，描繪了生機盎然春和景明的春光圖。柳青桃紅，色彩斑斕鮮明。「車馬」二句，狀寫春遊的熱鬧。不相識，言遊人如織；音落黃埃，顯人聲鼎沸，熱鬧異常。四句二十字，包蘊豐富，言簡意賅。

郭璞

贈溫嶠

人亦有言，松竹有林。及爾臭味❶，異苔同岑❷。言以忘得，交以澹成。匪同伊❸和，惟我與生❹。爾神余契，我懷子情。攜手一豁❺，安知塵冥❻？

「異苔同岑」句，造語新俊。士衡贈馮維熊詩中，亦有此意，而語特庸常。

【注釋】❶臭味　比喻同類。❷異苔同岑　苔，地衣類植物。岑，小山。❸伊　你。❹生　生性。❺一豁　豁然開朗。❻塵冥　塵世之昏冥。

【語譯】人也有話留下，松竹自成叢林。隨著你的同類，異苔共長山岑。言語因忘相得，交情以淡形成。並非同你附和，只因生性相同。你我相互投契，我思你難忘情。攜手豁然開朗，哪裡還知浮生？

【研 析】郭璞（西元二七六年—三二四年），字景純，東晉河東聞喜（今山西聞喜）人。博學多才，擅訓詁、天文及卜筮之術。西晉滅，隨晉室南渡。曾官參軍、著作左郎、尚書郎、王敦記室參軍。因反王敦謀反，被殺。後追封弘農太守。擅長詩賦，有明人輯《郭弘農集》。本詩題贈溫嶠。嶠字子真，太原祁縣人，東晉明帝朝官至驃騎大將軍。詩歌敘寫了兩人間相互傾慕之情。首四句以松竹成林，苔蘚異根共生，兩層比起，突出物以類聚的道理。「言以」四句，敘兩人之交，惟因情投意合，性情相投。忘言淡交，足見交道古樸，非同勢利之輩。「爾神」四句，言兩人神交意恰，胸襟對豁，互相傾倒，超越塵俗，交情深摯純潔。王夫之謂本詩「固自森森其有英氣」（《古詩評選》），沈德潛特標其「異苔同岑」句，稱其「造語新俊」，舒緩自如，優遊不迫，亦本詩特色。

遊仙詩

〈遊仙詩〉本有託而言，坎壈詠懷，其本旨也。鍾嶸貶其少列仙之趣，謬矣。

京華遊俠窟❶，山林隱遯棲❷。朱門❸何足榮，未若託蓬萊❹。臨源挹❺清波，陵岡掇丹荑❻。靈谿可潛盤❼，安事登雲梯❽。漆園有傲吏❾，萊氏有逸妻⑩。進則保龍見⑪，退為觸藩羝⑫。高蹈風塵外⑬，長揖謝夷齊⑭。

進謂仕進，言仕進者為保全身名之計，退則類觸藩之羝，孰若高蹈風塵，從事於遊仙乎？

【注釋】❶京華遊俠窟　京華，京都。遊俠窟，遊俠出沒的地方。❷隱遯棲　隱遯，隱居避世之人。棲，棲息。❸朱門　貴族豪門。❹蓬萊　古代傳說中神仙居住的地方。❺臨源挹　臨源，臨水。挹，舀。❻掇丹荑　掇，採拾。丹荑，初生的赤芝草，服食可延年益壽。❼靈谿可潛盤　靈谿，水名，據《文選》李善注引《荊州記》：「大城西九里有靈溪水。」潛盤，隱居盤桓。❽登雲梯　登仙。仙人升天因雲而上，故曰雲梯。❾漆園有傲吏　本莊子事。《史記·老莊申韓列傳》載，莊子嘗為漆園吏，楚王聞其賢，派使者厚幣迎之，不應。❿萊氏有逸妻　本春秋末年隱士老萊子事。《列女傳》記載，老萊子耕隱於蒙山之陽，楚王欲請他出山，其妻曰：「今先生食人酒肉，受人官祿，為人所制也，能免於患乎？妾不能為人所制。」投畚而去，老萊子乃隨之隱居不出。逸，隱。⓫進則保龍見　進，仕進。保，保證；保全。龍見，本《周易·乾卦》：「九二，見龍在田，利見大人。」王弼注：「出潛離隱故曰見龍。」謂仕進能保全君子之德。⓬退為觸藩羝　本《周易·大壯》：「上六，羝羊觸藩，不能退，不能遂。」謂仕進中遇到麻煩，想退時則如公羊角掛在籬笆上，難以自拔。⓭高蹈風塵外　高蹈，遠去。風塵，塵世。⓮長揖謝夷齊　長揖，深作揖。謝，辭。夷齊，伯夷、叔齊，隱首陽山，不食周粟而死。

【語譯】京城本是遊俠出沒地，山林則為隱士棲息處。朱門顯貴何足去炫耀，不如託身寄跡在蓬萊。來到水邊舀杯清水飲，登上山岡採摘赤芝吃。靈溪勝地隱居且盤桓，哪裡需要升仙登雲梯。漆園有位孤傲不仕吏，老萊有位內助隱逸妻。出來仕進保全君子德，待到欲退卻如公羊觸藩籬。遠去離開塵世不猶豫，深深作揖辭別伯夷與叔齊。

【研　析】郭璞〈遊仙詩〉凡十四首，題名遊仙，內容卻多抒寫懷抱，歎生憤世，而少神仙之說，這也正是它每為後人稱道之處。本詩為第一首，以隱逸之樂，否定對仕宦顯達的追求。首四句以京華、山林對舉，京城為馳馬奔競之地，山林為隱士棲息之所。朱門不足炫耀，蓬萊可以託身，正可以見出詩人對京華、山林的決然不同的態度。「臨源」四句，具體寫隱士生活。臨水而飲，採赤芝而食，盤桓在山清水秀之地，何等蕭閑，何樂如之！「安事」一句，則表露了詩人對虛妄升仙之說的否定。「漆園」以下四句，則用莊子拒仕與老萊子妻主張丈夫高隱，表達了對高尚其志的隱逸者的肯定。用《周易》典，進一步佐證莊子與老萊子妻的高明先見。結末二句，以高蹈遠離塵俗，徹底的隱居，不似伯夷、叔齊牽絆於塵網，表明了自己決意擺脫浮世羈絆的隱逸志尚。鍾嶸《詩品》稱「但〈遊仙〉之作，詞多慷慨，乖遠玄宗」。陳祚明《采菽堂古詩選》謂：「景純本以仙姿遊於方內，其超越恆情，乃在造語奇傑，非關命意。〈遊仙〉之作，明屬寄託之詞，如以『列仙之趣』求之，非其本旨矣。」都頗能中的。其語言華美俊健，走出玄言詩的淡乎寡味，亦正其卓特之處。

青溪❶千餘仞，中有一道士。雲生梁棟間，風出窗戶裡。借問此何誰？云是鬼谷子❷。翹迹企潁陽，臨河思洗耳❸。閶闔❹西南來，潛波渙鱗起❺。靈妃❻顧我笑，粲然啟玉齒。蹇修❼時不存，要❽之將誰使？

閶闔，指風言，言風至而波紋生。

【注釋】❶青溪　山名，《荊州記》載：「臨沮縣有青溪山，山東有泉，泉側有道士精舍。郭景純嘗作臨沮縣，故〈遊仙詩〉嗟青溪之美。」仞，古代稱七尺或八尺為一仞。❷鬼谷子　戰國時期楚國人，姓王名詡，隱於鬼谷，號稱鬼谷子。❸翹迹企潁陽二句　翹迹，翹足。企，企慕。潁陽，潁水之北。據載堯欲禪位給許由，由不受，逃至潁水之濱，以水洗耳，並隱居於此。❹閶闔　閶闔風的省稱，即西方之風。❺潛波渙鱗起　潛波，水波。渙鱗，散如魚鱗。❻靈妃　即宓妃，傳說中的洛水神女。❼蹇修　人名，傳說為伏羲之臣，掌說媒。〈離騷〉：「吾令蹇修以為理。」❽要　求。

【語譯】青溪山有千仞高，山中住一修道士。白雲繚繞棟樑間，窗戶裡邊清風起。請問此人他是誰？自稱名號鬼谷子。舉足企慕古許由，近河想去把耳洗。閶闔風從西南來，水波蕩漾如魚鱗。靈妃顧盼對我笑，明媚開口露玉齒。媒人蹇修已不在，娶她將派誰為使？

【研析】本詩為〈遊仙詩〉第二首。詩歌由遊青溪見道士精舍，抒發了企慕高隱，隱居避世的志尚。首八句寫青溪山景及曾經隱居於此的高人鬼谷子，並由鬼谷子帶出遠古隱士許由，表達了自己對高隱之士的企慕神往。樑棟間雲彩繚繞，窗戶中清風吹拂，是眼前景；虛無縹緲，也頗有超凡脫俗的空靈之氣，堪稱高隱志尚的寫照。「閶闔」以下六句，以來風及風吹潛波，波紋如鱗，帶出洛水神女宓妃。而求女無媒難通，表露出求仙不遂的悵惘。張玉穀《古詩賞析》讚其結末一段「離奇奧衍，嗣響楚騷」。

翡翠戲蘭苕❶，容色更相鮮。綠蘿❷結高林，蒙籠❸蓋一山。中有冥寂士❹，靜嘯撫清絃❺。放情凌霄❻外，嚼蘂挹飛泉。赤松❼臨上遊，駕鴻乘紫烟❽。左把浮丘❾袖，又拍洪崖❿肩。借問蜉蝣⓫輩，寧知龜鶴年⓬？

【注　釋】❶翡翠戲蘭苕　翡翠，鳥名。苕，又稱凌霄、紫葳，蔓生香草。❷蘿　女蘿，地衣類植物。❸蒙籠　草木茂盛貌。❹冥寂士　超然靜默與世無爭的高士。❺靜嘯撫清絃　靜嘯，身心寧靜的吟嘯。撫，彈奏。清絃，樂器的美稱。❻凌霄　凌，登。霄，雲霄。❼赤松　即赤松子，傳說中的仙人。❽紫烟　紫色雲氣。❾浮丘　傳說中仙人名，《列仙傳》載其為度王子喬上嵩山成仙之人。❿洪崖　傳說中仙人名，為黃帝臣子，帝堯時已三千歲。⓫蜉蝣　一種朝生夕死生命極短的小蟲。比喻紅塵中凡夫俗子。⓬龜鶴年　古人認為龜鶴都壽長千年，龜鶴年比喻長壽。

【語　譯】翡翠鳥嬉戲蘭苕，容顏姿色更嬌艷。綠蘿攀附高林上，蔥蘢蓊鬱蓋滿山。山中有位高隱士，恬然嘯吟彈琴弦。縱情遊志雲霄間，咀嚼芳蕊舀飛泉。赤松駕臨在上遊，騎著飛鴻乘紫雲。左手拉著浮丘袖，右手拍撫洪崖肩。請問短命蜉蝣輩，哪知龜鶴壽千年？

【研　析】本詩為〈遊仙詩〉十四首之三。詩歌通過山中隱士自由超然生活的描寫，寄託了詩人對於浮世人間的厭惡以及對高隱之志的神往。詩首四句寫景，翡翠鳥自在嬉戲蘭草紫薇叢中，綠色的藤蘿爬滿了高樹，滿山青翠，草木蔥蘢，一個何其清幽新鮮、本色自然、了無汙染的原生環境。「中有」八句，前四句寫仙人的自然生活，一個人超然物外，心無掛礙，心靈澄明，撮口而嘯，手撫清弦，縱情雲霄，饑餐花蕊，渴飲飛泉，優遊自得，自由無牽。後四句寫隱士生活的「人文」環境，與駕鴻乘雲的赤松子為鄰，過從者仙人浮丘、洪崖，生活在仙人中，隱士也過著神仙般的生活。結末二句，以一反問結束，表達了對塵世爭名逐利、蠅營狗苟之人的無情譏嘲。詩歌辭藻華美，神仙為我所用，成其浪漫之思，與玄言詩之「必柱下之旨歸」（《文心雕龍・時序》）者迥異。

六龍❶安可頓？運流有代謝❷。時變❸感人思，已秋復願夏。淮海變微禽，吾生獨不化❹。雖欲騰丹谿❺，雲螭❻非我駕。愧無魯陽德，迴日向三舍❼。臨川哀年邁，撫心獨悲吒❽。

【注釋】❶六龍　神話中羲和駕六龍之車，載日運行。六龍代指太陽。❷運流有代謝　運流，時光運轉流逝。代謝，時序交替。❸時變　季節變化。❹淮海變微禽二句　本《國語・晉語》：「趙簡子歎曰：『雀入於海為蛤，雉入於淮為蜃。黿鼉魚鱉莫不能化，唯人不能。哀夫！』」微禽，小動物。❺騰丹谿　騰，飛騰。丹谿，傳說中的不死之國。❻雲螭　騰雲之龍。螭，傳說中神物，似龍色黃。❼愧無魯陽德二句　本《淮南子・覽冥訓》：「魯陽公與韓遘難，戰酣，日暮，援戈而麾之，日為之反三舍。」魯陽，即魯陽公，神話中人。三舍，三個星宿間的距離。❽撫心獨悲吒　撫心，拍打胸脯。吒，歎。

【語　譯】六龍日車哪能停歇？時光流轉時序變化。時節變化觸動思緒，已到秋天望其再夏。淮海能夠變異鳥雀，我們人類不能化變。儘管希望飛到丹谿，飛龍不能為我坐騎。慚愧缺乏魯陽道行，令日返回距離三舍。臨河哀歎年紀衰老，拍打胸脯悲傷嗟歎。

【研　析】本詩為〈遊仙詩〉十四首之第四首。詩歌抒寫時光流逝，青春不再之歎。首四句即點出時光匆匆，流逝不再。以六龍日車不能停頓、已秋望其復夏，寫時光流轉不再，氣勢宏偉，新穎奇譎，也貼切入微。「淮海」以下六句，以人不如微禽、騰丹谿而不得、回日乏術，揭出現實與理想的矛盾及人生的無奈與苦惱。結末二句，面對「逝者如斯夫」的滔滔而去的流水，感慨年輕不再，拍打胸脯，深致惆悵，以此收束，為悲劇人生作一不結之結，意味深長。景純之傷時歎逝，正為其未能忘懷人間之故。

逸翮思拂霄❶，迅足❷羨遠游。清源無增瀾❸，安得運吞舟❹。珪璋雖特達❺，明月難闇投❻。潛穎怨青陽❼，陵苕❽哀素秋。悲來惻❾丹心，零淚緣纓❿流。

清源不能運吞舟之魚，喻塵俗不足容乎仙也。〇言世俗不欲求仙，而怨天施之偏，歎浮生之促，類潛穎怨青陽之晚臻，陵苕哀素秋之早至也。潛穎，在幽潛而結穎者。

【注　釋】❶逸翮思拂霄　逸翮，指善飛者。拂霄，入於雲霄。❷迅足　指善行者。❸增瀾　層瀾；層層波濤。❹吞舟　吞舟之魚。《韓詩外傳》：「吞舟之魚，不居潛澤。」❺珪璋雖特達　珪璋，玉器名。古代朝聘之禮，以玉器另加束帛，珪璋可以獨行，故曰特達。❻明月難闇投　《漢書．鄒陽傳》：「明月之珠，夜光之璧，以暗投人於道，眾莫不按劍相眄者。」明月，寶珠名。❼潛穎怨青陽　潛穎，長在陰暗處的禾穗。青陽，春天。❽陵苕　長在高地的植物。苕，草木之翹秀者。❾惻　哀傷。❿纓　冠帶。

【語　譯】矯健翅翼想沖天，快捷腳步慕行遠。清澈水流無重波，哪能游動吞舟魚。珪璋儘管極顯達，明月寶珠難暗投。幽隱禾穗怨春遲，高地植物悲秋早。憂傷襲來赤心悲，淚水沾著冠帶流。

【研　析】本詩為〈遊仙詩〉十四首之五。詩歌抒發了壯志難酬的悲哀。詩首二句起筆雄偉矯健。長有一雙凌厲翅膀的鳥兒，希望一飛沖天，志在雲霄；腳步迅捷者，希望遠行，有四海之志向，均順理成章，合乎情理，自然而然。「清源」以下六句，筆勢突轉，偏寫其有志而不能實現，大材卻難為所用，社會根本就沒有賢達才士施展抱負的舞臺。清淺的小溪，如何能游吞舟之魚？珪璋特別顯達，但其與明月寶珠一樣，暗中投人，人必以瓦礫視之。長在陰暗處的禾穗抱怨春的遲到，生在高地的植物，總傷秋之過早蒞臨。六比鋪排寫來，寫盡了才人志士的失意，志不得伸，抱負無從施展。結末二句，以傷悲淚零收束，有無限悲切在。何焯《義門讀書記》謂：「蓋自傷坎壈，不成匡濟，寓旨懷生，用以寫鬱。」劉熙載《藝概．詩概》謂：「激烈悲憤，自在言外。」可謂切中要害之言。

雜縣音爰。寓魯門，風暖將為災❶。吞舟❷涌海底，高浪駕蓬萊。神仙排雲出，但見金銀臺。陵陽挹丹溜❸，容成揮玉杯❹。姮娥❺揚妙音，洪崖❻頷其頤。升降隨長煙❼，飄颻戲九垓❽。奇齡邁五龍❾，千歲方嬰孩。燕昭無靈氣，漢武非仙才❿。

雜縣，即爰居也。○陵陽子明，乃仙去者。○五龍，皇后君也。昆弟五人，皆人面龍身，分治五方。○燕昭使人入海，求蓬萊、方丈、瀛洲。○超然而來，截然而止，須玩章法。

【注　釋】❶雜縣寓魯門二句　本《國語・魯語上》：「海鳥曰爰居，止於魯東門外三日。展禽曰：『今茲海其有災乎？夫廣川之鳥獸，恆智而避其災也。』是歲也，海多大風，冬暖。」雜縣，又稱爰居，海鳥名。魯門，魯國城門。❷吞舟　大魚。❸陵陽挹丹溜　陵陽，傳說中仙人，全稱陵陽子明，據說其服食石脂三年而成仙。丹溜，即石脂，或稱流丹。❹容成揮玉杯　容成，傳說中仙人名。揮玉杯，據說其揮手而玉杯自來。❺姮娥　即嫦娥，《淮南子》載其為羿妻，因偷吃西王母不死之藥而奔月。❻洪崖　傳說中神仙名。❼升降隨長煙　《列仙傳》載：「寧封子者，黃帝時人，積火自燒而隨煙上下。」❽九垓　九天。❾五龍　傳說中五個人面龍身的仙人。一為父親，曰宮龍，土仙。四為兄弟：長曰角龍，木仙；次曰徵龍，火仙；次曰商龍，金仙；次曰羽龍，水仙。❿燕昭無靈氣二句　謂燕昭王及漢武帝都曾遣人入海求取仙藥，未果。見《拾遺記》及《漢武帝內傳》。

【語　譯】爰居棲止魯城門，海刮暖風將有災。吞舟湧動在海底，波浪翻滾蓬萊山。雲開霧散神仙出，只見金打銀砌臺。陵陽舀取石脂吃，容成揮手玉杯來。嫦娥高唱妙音傳，洪崖點頭稱妙哉。升沉雲煙相伴隨，飄蕩嬉戲九天外。遭遇長壽五龍仙，千歲也僅是嬰孩。燕昭沒有靈仙氣，漢武帝亦非仙材。

【研析】本詩為〈遊仙詩〉十四首之六。詩歌表達了對仙人生活的企慕及對燕昭王、漢武帝求仙無成的調侃嘲諷。詩首六句描寫波起雲湧、濁浪排空之大海奇觀，以及雲開仙人飄出、金銀臺閣的富麗雄偉。「陵陽」以下八句，陵陽子明的服食流丹，容成的揮手召喚玉杯，嫦娥婉轉的歌喉，洪崖的擊節稱賞，五龍的千歲嬰孩，眾仙的九天飄渺，雲煙繚繞，極力鋪排描寫仙界仙人的愉悅歡樂。結末二句，點出燕昭、漢武的求仙無成，以「無靈氣」、「非仙才」，調侃譏嘲了世俗社會流俗輩一肚子俗念，滿腦子名利，卻幻想成仙了道的癡枉。此亦為全詩中心所在。王夫之《古詩評選》謂：「閱此詩者，如聞他人述夢，全不知其相因之際，不亦宜乎？」正此詩特色。

晦朔❶如循環，月盈已見魄❷。蓐收清西陸❸，朱羲將由白❹。寒露
拂陵苕，女蘿辭松柏。蕣榮❺不終朝，蜉蝣豈見夕。圓丘❻有奇草，鍾山
出靈液❼。王孫列八珍❽，安期煉五石❾。長揖當途人❿，去來山林客。《十洲記》曰：北海外有鍾山，自生千歲芝及神草靈液。〇王孫列八珍以傷生，安期煉五石以延壽，謂優劣殊也。《抱朴子》曰：五石者，丹砂、雄黃、白礬石、曾青、磁石也。

【注 釋】❶晦朔 農曆月末一天稱晦，月初一天為朔。❷魄 月亮初生或將沒時的微光。❸蓐收清西陸 蓐收，司秋的西方神名。清，肅殺。西陸，秋天。司馬彪《續漢書》：「日行北陸謂之冬，西陸謂之秋。」❹朱羲將由白 謂時近秋分。朱羲，指太陽。日稱朱明，羲和為日駕車，故稱。白，白道。《漢書・天文志》：「月有九行。立秋秋分，西從白道。」❺蕣榮 木槿花，朝開夕萎。❻圓丘 仙山名。《文選》李善注引《外國圖》：「圓丘有不死樹，食之乃壽。」❼鍾山出靈液 鍾山，神話中山名。東方朔《十洲記》：「北海外有鍾山，自生千歲芝及神草。」靈液，仙液。❽王孫列八珍 王孫，達官顯貴。八珍，泛指珍美的食品。❾安期煉五石 安期，傳說中神仙名。五石，指丹砂、雄黃、白礬、石獸、青磁石，古人煉丹所用。❿當途人 官場中人。

【語 譯】月月循環相遞來，月滿已是月缺時。秋神肅殺秋季到，日近白道近秋分。寒露摧折高地草，女蘿枯萎脫松柏。木槿花開不整天，蜉蝣哪能見晚夕？圓丘有種不死草，鍾山出產有仙液。顯達排列八珍餚，安期煉出五石丹。深深作揖當道人，要做自由隱逸者。

【研 析】本詩為〈遊仙詩〉十四首之七。詩歌抒寫了時光匆促，人生苦短，求仙可以長壽永生的主題。詩歌首四句言時光流水，匆匆而過，月去月來，轉瞬已是秋天。「寒露」四句，由時令寫秋天肅殺，萬物凋零，高地秀草遭寒露霜打，依附松柏而生的女蘿已是枯萎脫落。再由草木凋零，寫到短命如木槿花開，朝榮夕萎；蜉蝣生世，短暫不過一日。人生蜉蝣之感，已經躍然紙上。「圓丘」以下六句，承上寫出長壽不老之方，服圓丘仙草，飲鍾山仙液，成仙了道。以王孫八珍與安期仙丹對舉，王孫之不足取法顯然。故有最後的辭別顯貴，高隱避世，追尋快樂自由的舉措。其對社會人生富貴功名的針砭，亦彰明昭著。陳沆《詩比興箋》謂：

「景純〈遊仙〉，振響兩晉。」而所以然，正在其「自傷坎壈，不成匡濟，寓旨懷生，用以寫鬱」。是可謂知音。

曹毗

夜聽擣衣❶

寒興御紈素❷，佳人理衣衾❸。冬夜清且永，皓月照堂陰❹。纖手疊輕素❺，朗杵叩鳴砧❻。清風流繁節❼，回飆灑微吟❽。嗟此往運❾速，悼彼幽滯❿心。二物⓫感余懷，豈但聲與音？「二物」承上二語。

【注　釋】❶擣衣　古代女子將準備縫製衣服用的布帛，或縫製好的衣服，放在砧石上錘平。❷御紈素　御，治。紈素，白色的細絹。❸理衣衾　理，治。衾，被。❹堂陰　堂屋的陰影處。❺輕素　輕軟的細絹。❻朗杵叩鳴砧　朗杵，清脆的擊杵之聲。砧，砧石。❼繁節　繁密的節奏。❽微吟　低聲的歎息。❾往運　時光流轉。❿幽滯　憂愁鬱結。⓫二物　指「往運速」、「幽滯心」。

【語　譯】寒氣到來治理白絹，閨中女子要整衣被。冬天夜晚冷寂漫長，皓月照亮堂屋處陰。

細膩雙手疊著細絹，清脆杵聲敲響石砧。清風飄蕩繁促音節，回旋風傳低沉歎息。感慨時光流轉太快，哀傷她那鬱結心緒。兩樣事情亂我情懷，難道只是杵擊石音？

【研　析】曹毘，生卒年不詳，字輔佐，東晉譙（今安徽亳縣）人。曾官郎中、佐著作郎、句章令、太學博士、尚書郎、領軍大將軍從事中郎、下邳太守，仕至光祿勳。本詩以夜聞擣衣之聲為切入點，反映了封建時代婦女生活的一個方面，表達了對她們生活命運的深切關注。首四句點出寒氣興起，天氣轉冷，婦女們開始為行役在外的丈夫準備衣服被子。「清且永」的冬夜，在孤守空房的閨中女子，必然更孤寂淒清。明亮的月兒照亮了堂屋的陰影處，夜已經很深。在這樣晚的時候，妻子們仍沒有入睡，還在辛苦地趕製衣被，深情可見。「纖手」四句，是擣衣女擣衣過程的具體描寫。疊了捶，捶了疊，反覆地重複著同樣的動作；杵擊砧石，發出清脆的聲響；繁促的音節在清風中流蕩；回旋的風裡還傳出擣衣女低沉的歎息。「灑微吟」三字，傳達出擣衣女無限的思念酸楚，照應著漫漫長夜的寂寥。「朗」、「鳴」二字，傳神地刻劃出擣衣的聲響。結末以下四句，歎時光的易逝，轉瞬秋涼；悲擣衣女之鬱結，感其情長，詩人心中也不覺沉重惆悵起來。擣衣的聲響引發了詩人的關注，但詩人真正關切的是聲響裡包蘊的具體內涵。詩歌體現了婉曲蘊藉的藝術特色。

王羲之

蘭亭集詩

不獨序佳，詩亦清超越俗。「寓目理自陳」，「適我無非新」，非學道有得者，不能言也。序為人人誦述，故不錄。

仰視碧天際，俯瞰淥水濱。寥閴❶無涯觀，寓目理自陳。大矣造化工，萬殊❷莫不均。群籟❸雖參差，適我無非新。

有逸句云：「爭先非吾事，靜照在忘求。」附錄於此。

【注釋】❶寥閴　靜寂。❷萬殊　眾多不同的事物。❸群籟　自然界眾物發出的聲音。籟，泛指聲音。

【語譯】抬頭遙望藍天之際，低頭俯視綠水岸邊。靜寂悄然無邊無際，看在眼中道理自備。造化工夫何其偉大，芸芸萬物無不平均。自然眾音雖有區別，在我聽來無不鮮新。

【研析】王羲之（西元三二一年—三七九年，或作西元三〇三年—三六一年），字逸少，東晉會稽（今浙江紹興）人。歷官祕書郎、征西將軍參軍、長史、江州刺史、右軍將軍、會稽內史。世稱王右軍。辭官後優遊山水。以書法著稱，人稱書聖。作品有明人輯本《王右軍集》。晉穆帝永和九年（西元三五三年）農曆三月三日修禊日，詩人與名士孫統、孫綽、謝安、支遁等人，宴集蘭亭，各為詩歌以紀。詩人作〈蘭亭集序〉並詩，序最膾炙人口，成為散文名篇。詩凡六首，本篇為其中之一首。〈序〉曰：「仰觀宇宙之大，俯察品類之盛，所以遊目騁懷，足以極視聽之娛，信可樂也。」即本詩命意所在。首二句「仰視」、「俯瞰」總領，其下所見所聞所感，俱就此天地間物而言。大地遼闊，靜闃無聲，詩人由中體悟出各自具有的道理。萬物均衡和諧，詩人感悟出造化的神奇不凡。參差各別的聲音，詩人莫不感到新鮮悅耳，愜意適懷，其樂可知。詩歌說理，卻新人耳目，如沈德潛評：「非學道有得者，不能言也。」

陶潛

淵明以名臣之後，際易代之時，欲言難言，時時寄託，不獨〈詠荊軻〉一章也。六朝第一流人物，其詩有不獨步千古者耶？鍾嶸謂其原出於應璩，成何議論？○清遠閒放，是其本色，而其中自有一段淵深朴茂，不可幾及處。唐人王、儲、韋、柳諸公，學焉而得其性之所近。

停雲

停雲❶，思親友也。罇湛新醪❷，園列初榮❸。願言不從❹，歎息彌襟❺。

靄靄❻停雲，濛濛時雨。八表同昏❼，平路伊阻❽。靜寄東軒❾，春醪獨撫❿。良朋悠邈⓫，搔首延佇⓬。

【注釋】❶停雲　凝聚不散之雲。❷新醪　新釀之酒。❸初榮　新開之花。❹願言不從　願，思。言，語助詞，無義。不從，不遂。❺彌襟　滿懷。❻靄靄　雲聚貌。❼八表同昏　八表，八方之外；天地之間。昏，暗。❽伊阻　伊，乃。阻，阻塞。❾東軒　東窗。❿春醪獨撫　春醪，春天釀造的濁酒。撫，持。⓫悠邈　邈遠貌。⓬延佇　久立。

【語　譯】停雲，寫思念親友。杯中清澈的新釀之酒，園中新開成行的花卉。思念卻不能如願，歎息感慨充滿胸懷。

雲彩聚結不散開，應時春雨落霏霏。天地之間齊昏暗，平坦道路竟阻塞。靜靜身立東窗下，春酒一杯持在手。良友遙遠難相見，撓頭站立久停留。

【研　析】陶淵明（西元三六五年—四二七年），一名潛，字元亮，潯陽柴桑（今江西九江市西南）人。曾官江州祭酒、鎮軍參軍、建威將軍、彭澤令。以不屑為五斗米折腰，辭官歸隱田園。自號五柳先生。卒後私謚靖節，世稱靖節先生。詩歌多寫田園風光，閑澹自然，清遠閑放，淵深朴茂，為田園詩人的傑出代表。作品有清人陶澍注本《靖節先生集》等。〈停雲〉四首，當作於晉安帝元興三年（西元四〇四年）詩人三十九歲時。小序交代了詩作的命意。詩歌取《詩經》體式，以篇首二字為題。首章點出小序所云思念親友。首四句由雲及雨，雲彩積聚不散，藹藹成團，終於釀成密集的雨水，空中而降。天地昏暗，道途阻塞，揭出陰雨深沉，雨水之大。「靜寄」四句，寫雨中對親友的思念之情。詩人站在東窗之下，手持酒杯，獨自一人，透過迷濛的雨絲，遙望著遠方，想念著親人。延佇之久，撓首踟躕，可見其思念之深切。詩歌情景交融，人在景中，形象鮮明，由雲雨阻隔而及懷人，自然本色。

停雲靄靄，時雨濛濛。八表同昏，平陸❶成江。有酒有酒，閑飲東窗。

願言懷人，舟車靡從❷。

【注　釋】❶平陸　平坦之道。❷靡從　不能相隨。

【語　譯】雲彩聚結不散開，應時春雨繁密來。天地之間齊昏暗，平路水流似江開。有酒有酒端在手，閑寂獨飲東窗邊。思念懷想遠方人，缺乏舟車不能前。

【研　析】本章表達了思念親友，往從不遂的落寞。首四句仍就雲雨來寫。首二句顛倒首章一、二兩句，反覆言之，抒發了陰雲大雨在詩人心中產生的影響之大。平道成江，較之阻塞，更為具體。「有酒」四句，就酒再說，顛倒首章五、六兩句，以酒澆愁之意可見。而「閑飲」較之「獨持」，更進一步。舟車不從，願往難遂其意，心中亦何其惆悵。

東園之樹，枝條再榮❶。競用新好❷，以招余情。人亦有言，日月于征❸。安得促席❹，說彼❺平生。

【注　釋】❶榮　開花。❷競用新好　用，以。好，美景。❸日月于征　日月，時光。于，助詞，無義。征，行。❹促席　坐席相接。促，迫近。❺彼　指雙方。

【語　譯】東園裡邊樹木，枝條再度花開。爭以新鮮美景，來招我心開懷。人也有過這話，時光匆匆運行。怎得接席近坐，傾訴彼此情衷。

【研　析】本章寫對見到親友的渴望。首四句就小序中「園列初榮」著筆。園中樹木青蔥，再綻芬芳，在詩人眼裡，她們似乎是有意在招引自己的注意，引起關注，轉移其情。「競用」、「以招」，擬人化的筆法，可見出詩人與自然的親近。然花木再榮，也讓詩人想到了時光的流逝，與親友的久隔，他多麼希望與親友見面，能夠接席而坐，促膝談心，傾吐思慕之情。

翩翩飛鳥，息我庭柯❶。斂翮❷閑止，好聲相和❸。豈無他人，念子❹實多。願言不獲，抱恨如何。

【注　釋】❶庭柯　指院中之樹。柯，樹枝。❷斂翮　收攏翅膀，停止飛翔。❸好聲相和　婉轉鳴叫而求伴侶。❹念子　思念你。

【語　譯】翩翩飛翔鳥兒，落在我家樹上。收翅停歇不飛，婉轉鳴唱求偶。難道沒有別人，思念到你最多。思念不能相見，心中懊惱奈何。

【研　析】本章寫對親友思念之切。首四句承上章「東園之樹」而來，寫翩翩飛翔之鳥，落到了園中樹上，婉轉歌喉，啼鳴求偶。鳥尚有情如此，何況人乎！「豈無」四句，正寫其對親友思念之切，感情之深，以及懷人不能晤面的惆悵遺憾，無邊懊惱，此也照應小序的「歎息彌襟」，收攏全篇。雲、雨、樹、鳥，自然中的一切，莫不關情，詩人與大自然的和諧融合，於此可見一斑。詩歌語言平淡，韻味豐富，雖不作典雅，卻為《詩經》四言體式熔鑄進了新的生命活力。

時　運

時運❶，游暮春也。春服既成❷，景物斯和❸，偶影❹獨遊，欣慨交心❺。

邁邁❻時運，穆穆❼良朝。襲❽我春服，薄言❾東郊。山滌餘靄❿，宇曖微霄⓫。有風自南，翼⓬彼新苗。

「翼」字寫出性情。

【注　釋】❶時運　四時運轉。❷春服既成　春天的服裝已經穿定。成，定。本《論語・先進》曾皙答孔子問：「莫春者，春服既成，冠者五六人，童子六七人，浴乎沂，風乎舞雩，詠而歸。」❸斯和　和諧。斯，語助詞，無義。❹偶影　與影為伴。❺欣慨交心　欣，欣喜。慨，感慨。交心，交集於心。❻邁邁　行走貌。❼穆穆　和暖貌。❽襲　穿。❾薄言　到；走近。言，助詞，無義。❿山滌餘靄　滌，洗。靄，雲翳。⓫宇曖微霄　宇，上下四方，指天空。曖，遮蔽。霄，雨後彩虹。⓬翼　指吹拂。

【語　譯】時運，寫晚春出遊。春裝已經穿定，景物和諧宜人，獨自一人出遊，欣喜感慨交集於心。

不停運轉有四時，和煦溫暖好時光。穿上我的新春裝，來到東郊好玩賞。青山洗盡一切雲，天空橫亙有彩虹。有風南來好溫暖，輕輕吹拂新長麥。

【研　析】本詩四章，寫作時間約同上首。詩歌寫晚春出遊所見景致，及心中所感。小序已交代了寫作的緣起，以及詩中主旨。本詩亦採《詩經》四言體式，取首句二字為詩題。簡單的句式，與詩歌淡遠純樸、嫻靜幽和的格調正相吻合。首章寫出遊及東郊所見。首二句疊音詞「邁邁」、「穆穆」連用，已經為全詩定下了悠遠閒適的基調。在春和景明的日子，詩人穿上春裝，來到了東郊。放眼望去，群山中間，雲煙散盡，一碧如洗；彩虹幾道，橫亙天空；和煦的南風吹來，綠油油的麥苗在微風撫摩中輕款擺動，一幅恬適悠遠、清新自然的春景圖，鮮明地展現眼前。「『翼』字寫出性情」，亦見出詩人由衷的欣喜愉悅。

洋洋平津，乃漱乃濯❶。邈邈遐景，載欣載矚❷。稱心❸而言，人亦易足。揮茲一觴，陶然自樂❹。

【注　釋】❶洋洋平津二句　洋洋，水大貌。平津，或作「平澤」，即平湖。漱，洗刷。濯，清洗。❷邈邈遐景二句　邈邈，遙遠貌。遐景，遠景。載，語助詞，無義。矚，望。❸稱心　符合自己的心願。❹揮茲一觴二句　揮，傾。觴，酒杯。陶然，快樂貌。

【語　譯】浩淼無際平湖水，沖刷洗滌好清新。遙遠無邊遐方景，極目遠望好歡欣。就此稱心遂意言，人也容易來滿足。傾盡壺中一杯酒，陶然快意自作樂。

【研　析】本章寫賞景之樂。首四句寫景，已由首章寫山野轉向平湖，浩淼無際的湖面，波光粼粼，激蕩沖刷，茫茫無盡，詩人眺望著，胸襟為之開闊，心情油然歡欣。「稱心」四句，寫詩人之樂。人只要隨心所願，不為名利羈絆，就十分容易滿足。一杯老酒，對此良景，這是詩人之所願，故其「陶然自樂」，不亦快哉。以上二章，均寫其「欣」。

延目中流，悠悠清沂❶。童冠齊業，閑詠以歸❷。我愛其靜，寤寐交揮❸。但恨殊世❹，邈不可追。

【注　釋】❶延目中流二句　延目，放眼望去。中流，水中央。清沂，清澈的沂水。沂水，源出山東鄒縣東北，經曲阜與洙水匯合，入泗水。❷童冠齊業二句　本《論語・先進》曾皙答孔子問。童，兒童。冠，成人。齊業，一齊授業。❸交揮　交相奮發，指懷念。❹殊世　異世。

【語　譯】放眼望去水中央，悠悠不盡沂河水。兒童成人齊授業，閒遊結束歌詠回。我好先哲恬靜意，日夜懷念夢縈迴。遺憾生世不相同，杳遠渺茫難攀追。

【研　析】本章由眺望湖水，想到聖人孔子和他的學生在沂水邊發生過的故事。孔子與學生談起彼此的志向，曾皙表達了希望能在暮春天氣，伴五六成人、六七童子，在沂水畔洗澡，上舞雩臺吹風，一路唱歌回去的願望，深得孔子嘉許。詩人說，他就喜歡的這種蕭閑從容，也日夜懷念著實現這種理想，希望有這樣的同道，所遺憾者相處異世，不得攀追。對古聖人的追慕，對蕭閑恬適之境的神往，正反映了處身亂世中的詩人對其生世政治紛亂的厭惡，以及對清平理想社會的渴慕。此章與下章，更多抒寫了詩人的感慨。

斯晨斯夕，言息其廬❶。花藥分列，林竹翳如❷。清琴橫牀，濁酒半壺。黃唐❸莫逮，慨獨在予。

晉人放達，陶公有憂勤語，有安分語，有自任語。○黃農之感，寄意西山，此旨時或流露。

【注釋】❶斯晨斯夕二句　斯晨斯夕，自晨至夕。斯，助詞，無義。言，語助詞，無義。廬，房舍。❷花藥分列二句　花藥，花卉藥草。翳如，障蔽貌。如，語助詞，無義。❸黃唐　黃帝、唐堯，傳說中的上古太平盛世之君。

【語譯】自早到晚一天過去，休憩草廬修神養心。花卉藥草分植園中，竹林茂密蓊鬱遮蔽。清琴一把橫擺床上，另有濁酒半壺在手。黃帝、唐堯盛世難追，感慨孤獨就我一人。

【研析】本章寫春遊歸來之田居生活，及其不遇太平盛世的感慨。前六句寫田園之居的快樂自得。自早到晚，生活田園草廬；園中栽花植藥，竹林蔥蘢；室內清琴橫床，濁酒半壺，詩人頗有些陶醉其中，自得其樂。此照應前二章之寫「樂」。「黃唐」二句，筆勢一轉，寫小樂終於難敵大愁，自己景慕的黃帝、唐堯之治，又在哪裡？聖人孔子亦不得再見，周圍見到的是紛擾的政局，是腥風血雨的屠殺，詩人殷憂在懷，不由生出孤獨寂寞之感。樂與憂，收束照應小序的「欣慨交心」。

勸農

悠悠上古，厥初生人。傲然自足，抱朴含真❶。智巧既萌，資待靡因❷。

誰其贍之，實賴哲人❸。

【注釋】❶抱朴含真　老莊思想以為人之最初形態，無知無識，沒有機巧私欲。❷資待靡因　資待，供給需求。待，需求。靡因，無從；無因。❸哲人　明達有才智的人，指聖人神農氏之流。

【語譯】遙遠上古時代，最初形成生民。獨立憑恃自我，無私簡單純真。私心機謀已生，需求供給尚無。誰來贍養他們，有賴天生聖人。

【研析】〈勸農〉六章，當作於東晉元興二年（西元四〇三年）詩人躬耕田園之始。首章前四句，由混沌生人說起。初生之民，沒有私欲，無知無識，饑則射獵，渴飲河水，與天為徒，傲然自立。但民以食為天，食仍不可或缺。「智巧」以下四句，寫生民開化以後，有了更高的要求，不復茹毛飲血，而其衣食，則無從而出，有聖人生，始解決他們的生計問題。此亦說農事對於人民的重要，為勸農的根本，有總領組詩的意味。

哲人伊何？時惟后稷❶。贍之伊何？實曰播殖❷。舜既躬耕，禹亦稼穡。遠若周典，八政始食❸。

【注　釋】❶哲人伊何二句　伊何，為誰。伊，語助詞，無義。時，是。惟，語助詞。后稷，傳說上古時代虞舜的農官。❷播殖　耕種。《尚書・呂刑》：「稷降播種，農殖嘉穀。」❸遠若周典二句　周典即〈周書〉，《尚書》中的一部分。《尚書・洪範》篇記「八政」，「一曰食」。

【語　譯】聖賢之人是誰？就是那位后稷。贍養百姓用啥？便是農耕播種。虞舜親自耕田，夏禹也自稼穡。遠的如那周典，八政以食為始。

【研　析】本章承首章而來，繼續寫農耕的重要。首四句以頂真手法，回答首章提出的問題。生民開化之初，剛邁進農業文明門檻，是后稷教導播種，他也便是生民所賴的哲人。他用來贍養生民的東西，便是種植五穀。「舜既」以下四句，從遠古帝王虞舜，到他的繼承人夏禹，都躬耕隴畝，親自務農。《尚書・周書》之〈洪範〉一篇，所謂「八政」，也以食為第一政治要務。凡此足以說明，農耕獲取糧食，是何其重要。此進一步為勸農張本。

熙熙令音，猗猗原陸❶。卉木❷繁榮，和風清穆。紛紛士女，趣時❸競逐。桑婦宵征，農夫野宿❹。

【注　釋】❶熙熙令音二句　熙熙，和樂貌。令音，指春時的群響。猗猗，盛貌。原陸，田野。❷卉木　草木。❸趣時　即趨時，及時。❹桑婦宵征二句　宵征，或作「宵興」，早起。野宿，住在田野之中。

【語　譯】和諧融洽春之聲，原野繁盛生機成。草木繁茂欣向榮，和煦春風暖融融。男男女女成群隊，抓住農時競播植。蠶桑女子晨起早，農夫晚上宿田中。

【研　析】寫春時播種季節，農人不誤良時，春耕之繁忙。首四句狀寫春景，春的聲音歡快和樂，原野之上生機盎然，一派欣欣向榮，春風駘蕩，和煦溫暖，一幅色彩斑斕有聲有色的春之圖畫。「紛紛」四句，寫春耕之忙。一年之際在於春，有耕耘纔有收穫，農人深知這層道理，所以男女老少一齊上陣。「競逐」寫盡其爭先恐後之精神狀態。「宵征」之蠶桑婦，「野宿」之農人，春耕大忙，緊趕農時之情態如畫。

氣節易過，和澤❶難久。冀缺攜儷❷，沮溺結耦❸。相彼賢達，猶勤壟畝❹。矧伊眾庶，曳裾拱手❺？

【注　釋】❶和澤　和風喜雨。❷冀缺攜儷　冀缺，人名。《左傳》僖公三十三年記載，冀缺鋤草，其妻奉食，相待如賓。儷，伉儷，指妻子。❸沮溺結耦　《論語・微子》載「長沮、桀溺耦而耕」。長沮、桀溺，春秋時期隱者。耦耕，兩人並耕。❹相彼賢達二句　相，看。隴畝，田間。❺矧伊眾庶二句　矧，況且。眾庶，黎民。曳裾拱手，悠閒無所事事貌。

【語　譯】節氣容易錯過，潤澤和風難久。冀缺攜帶妻子，長沮、桀溺並耕。看那仁人賢達，尚且勤於耕作。何況黎民百姓，怎能悠閒誤農？

【研　析】本章言耕作乃農人本分，農時不可錯過。首二句承上章，言農時短促，匆匆易逝，不可耽擱，錯過最佳時節。「冀缺」二句，舉古賢達例，冀缺與妻伉儷業農，桀溺、長沮並耕田間。「相彼」以下四句，就此議論，賢達尚且耕作，勤於農事，何況黎民百姓，耕作乃其本分，哪能悠閒無事，耽擱播種？第二章舉后稷、舜、禹，旨在端出農耕原初，這裡舉昔賢，意在說抓緊農時，此其區別處。

民生在勤，勤則不匱。宴安自逸，歲暮奚冀❶？儋石❷不儲，飢寒交至。顧爾儔列❸，能不懷愧？

【注　釋】❶宴安自逸二句　宴安，安逸不作。奚冀，指望什麼。❷儋石　均為糧食的容量單位，指少量的糧食。❸儔列　儕輩；這些人。

【語　譯】百姓生存在勤謹，勤謹便可不匱缺。貪逸害怕苦勞作，一年結束望什麼？一點糧食不儲備，饑餓寒冷交相至。想著你們這些人，能不心中生慚愧？

【研　析】本章勸農人不可好逸惡勞，耽擱農事，將致後悔，詩題勸農之意到此全部端出。首二句正寫勤謹務農之益，衣食豐足，無後顧之憂。「宴安」以下六句，說懶惰誤農之害，歲末顆粒無收，饑寒而無以為食為衣，心中愧悔，也為時已晚。

孔耽道德，樊須是鄙❶。董樂琴書，田園不履❷。若能超然❸，投迹高軌❹。敢不斂衽❺，敬讚德美？言能如孔子、董相，庶可不務隴畝耳。勉人意在言外領取。

【注　釋】❶孔耽道德二句　孔，孔子。耽，喜好；沉迷。樊須，字子遲，孔子的學生。《論語・子路》載，樊須向孔子請教學農學圃之事，孔子罵其為「小人」，嘲笑他沒有出息。❷董樂琴書二句　《漢書・董仲舒傳》載董氏「少治《春秋》，下帷講誦，蓋三年不窺園」。❸若能超然　言倘若能如孔、董那樣超然農務。❹投迹高軌　置身高域。❺斂衽　整飭衣襟，表示敬意。

【語　譯】孔子迷戀道德，鄙視樊須學農。仲舒嗜好琴書，腳步不踩田園。倘能如此超脫，置身在於高域。豈不斂衽致敬，稱頌道德高深？

【研　析】本章以聖人大儒例說，如此可以無須務農，正勸喻世人，當好好務於農事，不可怠惰。孔子反對樊須學農的理由，在於要求學生做一個「勞心」之人，治理社會之人。董仲舒亦思想大家，以思想影響著社會。詩人以為，他們更值得人們景仰，但畢竟只是少數，大多數人，還是要勤勉農事，努力耕作。此勸農在不說之說，誠如張玉穀《古詩賞析》云：「意既超妙，而用筆以縱為擒，更極矯變。」

命子

嗟余寡陋，瞻望弗及。顧慚華鬢，負影隻立❶。三千之罪，無後為急❷。

我誠念哉，呱❸聞爾泣。

【注　釋】❶顧慚華鬢二句　華鬢，鬢生白髮。負影隻立，謂獨自一人，沒有兄弟。詩人同母僅有一妹。❷三千之罪二句　三千，刑罰名，《孝經》曰「五刑之屬三千，而罪莫大於不孝」。無後，無子。❸呱　兒啼聲。

【語　譯】歎我孤陋寡聞，前瞻不及先人。慚愧鬢髮早白，形影相弔一身。三千種種罪過，沒有子嗣最急。我心真切繫念，終於聽到你啼。

【研　析】〈命子〉乃得長子陶儼時所作，凡十首，這裡所選為後四首。本首敘寫得子。首二句頌祖宗功德，謂自己望塵莫及。中四句自責不肖，鬢生華髮，形單影隻，而最大之過，莫超過無後，不能延續祖宗血脈，傷得子之艱難。結末二句，寫自己朝思暮想盼星星盼月亮中，兒子降生，呱呱落地，來到世上。中年得子之喜情不自禁，難以掩飾。

卜云嘉日，占亦良時❶。名汝曰儼，字汝求思。溫恭朝夕，念茲在茲❷。

尚想孔伋，庶其企而❸。

【注　釋】❶卜云嘉日二句　云，語助詞，無義。嘉日，好日子。良時，吉利時辰。❷溫恭朝夕二句　指為兒子命名時的勸勉之辭，希望其時時溫恭，永遠牢記。❸尚想孔伋二句　尚，上。孔伋，字子思，孔子的孫子。庶，庶幾。企，企望。而，助詞無義。表示勉勵兒子能學習子思，繼承家風。

【語　譯】卜卦說是好日子，占辭也說是良時。給你起名喚作儼，給你取字叫求思。時時溫良又謙恭，用心牢記莫忘去。向上想慕孔子思，庶幾向他來學習。

【研　析】本章寫為兒子取名，及對兒子的殷切厚望。首四句占卜選擇吉日良辰，取名取字，其虔誠鄭重之意顯見。「溫恭」以下四句，解說命名之義，「溫恭朝夕」謂「儼」；「念茲在茲」之謂「求思」，向子思學習，以古代賢人為楷模，克紹祖宗德業，勸勉期望盡在其中。

厲夜生子，遽而求火❶。凡百有心❷，奚特於我？既見其生，實欲其可❸。人亦有言，斯情無假。（叶古。）

【注　釋】❶厲夜生子二句　本《莊子・天地》：「厲之人，半夜生其子，遽取火而視之，汲汲然惟恐其似己也。」厲，同「癘」，指生癩之人。❷凡百有心　人皆有之心。❸可　良好。

【語　譯】癩子半夜生子，急忙取火探視。凡人都有此心，我也怎會特殊？已經看到他生，真心希望他好。人也有過這話，此情真誠不假。

【研　析】本章引《莊子》典故，及人間俗語，兩層印證，寫其得子的喜悅，以及對兒子的深切期望。前四句用《莊子》典，癩子半夜生子，急忙取火來看，惟恐其如自己一樣，詩人用此典故，表達了希望兒子青出於藍而勝於藍，超過自己的心情。望子成龍，天下父母皆有之心，不獨詩人如此。「既見」四句，更引俗語，再次申說望子成龍心情，決非矯情虛語，出自肺腑。詩人之真誠可見，可憐天下父母之心。

日居月諸❶，漸免於孩。福不虛至，禍亦易來。夙興夜寐，願爾斯才❷。
爾之不才，亦已焉哉❸。

【注　釋】❶日居月諸　本《詩經．邶風．日月》：「日居月諸，照臨下土。」指時光流逝。居、諸，語助詞，無義。❷夙興夜寐二句　夙興夜寐，早起晚睡，人夜操心。斯才，是才。❸亦已焉哉　猶無可奈何。

【語　譯】時光流逝不停，漸長脫離孩提。福佑憑空不來，禍患容易生起。夙興夜寐操心，希望你能成材。你若不能成材，只有無可奈何。

【研　析】本章亦抒寫對於兒子的期待。首四句遙想其成長的不易，及長成後的情形。幾多歲月之後，長大成人。福佑不會憑空到，坎坷禍患卻易生，此凡人都有的遭遇，兒子也不會有多少特殊。「夙興夜寐」以下四句，表達了父母操勞，望子成龍，但這只能是父母的一廂情願，不能成材，也只有隨他去了。詩人真有平常之心。張玉穀《古詩賞析》評〈命子〉十首曰：「題名〈命子〉，而前路歷敘家世源流，至第八章方入正面，似乎太緩，不知述祖德正以頌孫謀，皆為後兩章己之望子厚集其勢，不嫌辭費也。至通體敘次之虛實相生，繁簡互用，整散錯出，正喻夾寫，章法亦復美備。」此段議論，不知其是否為針對《古詩源》的略去前六首而發？

酬丁柴桑二章

有客有客，爰❶來爰止。秉直司聽，于惠百里❷。餐勝如歸，聆善若始❸。（可作箴規。）

【注　釋】❶爰　於是。❷秉直司聽二句　秉直，持正。司聽，為天子聽察民情，治理民事。于惠，施惠。于，語助詞。百里，百里之縣。❸餐勝如歸二句　餐勝，聞聽勝理。聆善，聆聽善言。若始，如同初聞一樣。

【語　譯】有客有客一人，來到這裡留止。持正聽察民情，造福一方百姓。聞聽至理殷勤，聆聽善言如新。

【研　析】〈酬丁柴桑〉詩二首，乃與縣令柴某酬唱之作，約作於東晉義熙末年。本章寫其與丁某交往，稱頌丁某的從善如流，善於納諫，持正端方，仁義之治，造福一方百姓。首二句寫交遊來往。「秉直」二句點出來往之人，及其德政美聲。結末二句，寫其真能「司聰」，為天子俯察民情。如此之人，自然值得交往，照應開篇。

匪惟諧也❶，屢有良由。載言載眺❷，以寫❸我憂。放歡❹一遇，既醉還休。實欣心期❺，方從我遊。

【注　釋】❶匪惟諧也　不僅情意和諧。❷載言載眺　言談遊觀。載，語助詞，無義。❸寫　排解。❹放歡　盡歡。❺心期　心中相許。

【語　譯】不僅情意融洽，每有好的因由。攀談或者出遊，排解我心憂愁。知己相遇盡歡，飲酒一醉方休。實為歡欣相契，方纔和我交遊。

【研　析】本章寫自己與丁某知己相交，相得甚歡。首二句言兩人情趣相投，總有默契，交往盡性而沒有拘束。「載言」二句，寫與丁某交往，有不盡的話題，無論暢談，還是出遊，都心情歡暢，一掃鬱悶。「放歡」二句，寫知音難遇，相見恨晚，一醉方休，正見其情意深摯。結末二句，點出丁某之樂與自己交往，亦非沽名釣譽，附庸風雅，實在因心中相許，相互企慕，纔有往還，絕非勢利之交能比。

歸鳥四章

翼翼❶歸鳥，晨去於林。遠之八表❷，近憩雲岑。和風不洽，翻翮求心❸。顧儔相鳴，景庇清陰❹。

【注釋】❶翼翼　行列整齊貌。❷遠之八表二句　之，往。雲岑，高聳入雲的山巒。❸翻翮求心　言歸去求志。❹顧儔相鳴二句　儔，伴侶。景，通「影」。清陰，清蔭。

【語譯】行列整齊歸來鳥，清晨離開從樹林。遠行往那八方外，就近棲息入雲山。與風不能相融洽，返飛歸來求本心。顧盼伴侶相啼鳴，清涼樹陰好遮身。

【研析】〈歸鳥四章〉，約作於詩人由彭澤令辭官歸隱田園以後，時在東晉義熙二年（西元四〇六年）。詩歌通過對歸鳥的歌頌，抒發了自己辭卻官場，回歸田園的歡快心情。首四句寫鳥兒飛離舊林，本意在於翱翔八表，棲息雲岑，如今卻已是踏上回歸家園的征程。「和風」四句，補出返回的原因，是「和風不洽」，與世俗不能和諧，格格不入；歸來則求其本心，合其素志。與同心知己結伴，婉轉和鳴，託庇清蔭，得自然之趣，自得之樂。這其實正是詩人辭官歸田園居的寫照。

翼翼歸鳥，載翔載飛❶。雖不懷遊，見林情依。遇雲頡頏❷，相鳴而歸。遐路誠悠，性愛無遺。

【注　釋】❶載翔載飛　且翔且飛。❷頡頏　鳥上下飛翔。

【語　譯】行列整齊歸來鳥，翺翔翻飛振翅膀。雖然不曾懷遠遊，看見林木情留連。遭遇雲朵上下飛，相互和鳴往回歸。遠道誠然極遙遙，稟性喜愛無保留。

【研　析】本章寫歸鳥的性愛山林之志尚。歸鳥沒有遠遊成仙之思，但其依戀山林，性喜自然，情志不俗。隨雲而上下其飛，和鳴而翺翔歸來，一路歌唱，見其回歸山林的歡快。道途遙遠，也不能阻遏其回歸之志，稟性喜好，決定牠的選擇。王夫之《古詩評選》賞此詩曰：「『雖不懷遊，見林情依』，是何等胸次，何等性情！有德者必有言矣，宜其字字如印沙，語語如切玉也。」

翼翼歸鳥，馴林❶徘徊。豈思天路，欣反舊棲❷。雖無昔侶，眾聲每諧。日夕氣清，悠然其懷。亦諧眾聲，自有曠懷，此是何等品格！

【注釋】❶馴林　順著、繞著樹林。❷豈思天路二句　天路，指八表雲岑。反，同「返」。

【語譯】行列整齊歸來鳥，繞著樹林徘徊飛。哪是想那雲天路，欣喜返回我故林。雖然不見舊時伴，眾鳥啼鳴總悅耳。太陽落山氣清爽，心懷暢達情恬然。

【研析】本章寫歸鳥回到故林的欣喜激動。首四句寫鳥兒歸來，繞林徘徊，這不是感傷躊躇，更不是懷念天路的八表雲岑，而是因為終於歸來，回到了舊居，心情激動喜悅的緣故。「雖無」以下四句，寫歸鳥回到故林，雖不見往日伴侶，但故林總歸故林，這纔是根本。因為林還是那座林，鳥雖不熟，聲音依然動聽悅耳。而在太陽落山以後，林中清新的空氣，更讓歸鳥為之神清氣爽，悠然自得。王夫之《古詩評選》謂：「層層轉入，雖有筆墨之氣，而腕力有餘，皆中鋒勁媚也。」

翼翼歸鳥，戢羽寒條❶。遊不曠林，宿則森標❷。晨風清興，好音時交。矰繳奚施，已卷安勞❸？他人學《三百篇》，痴而重，與〈風〉、〈雅〉日遠；此不學《三百篇》，清而腴，與〈風〉、〈雅〉日近。

【注釋】❶戢羽寒條　戢羽，收斂其羽翼。條，樹枝。❷遊不曠林二句　曠林，深林。森標，樹梢。❸矰

繳奚施二句　矰繳，射獵鳥的用具。卷，通「倦」。安勞，哪裡煩勞。

【語譯】行列整齊歸來鳥，收斂羽翼枯枝條。遊賞不到深林中，棲息則在高樹梢。清晨起風好清新，美妙歌喉時相交。射獵箭鏃何需施，疲倦已歸豈煩勞？

【研析】本章寫倦鳥歸來，安於舊林，不復出來，也沒有遭遇獵殺的危險。首六句，寫歸鳥棲息遊樂。遊不到深林，歇息就在樹梢，晨風清爽中調弄歌喉，婉轉和鳴，深居簡出，淡泊生活。結末二句，議論之筆，說其正因如此，箭鏃對牠便失去了用場，獵人也無從將牠捕殺。詩歌四章，通體用比，寫其歸隱田園之志。王夫之《古詩評選》謂：「〈停雲〉、〈歸鳥〉，四言之佳唱，亦柴桑之絕調也。」對本篇及〈停雲〉，都給予了極高賞譽。沈德潛也說「此不學《三百篇》，清而腴，與〈風〉、〈雅〉日近」，於本詩獨青眼有加。

遊斜川

辛丑歲❶正月五日，天氣澄和，風物閑美，與二三鄰曲❷，同遊斜川❸。臨長流，望層城❹，魴鯉躍鱗於將夕，水鷗乘和以翻飛。彼南阜❺者，名實舊矣，不復乃為嗟歎。若夫層城，傍無依接，獨秀中皋❻，遙想靈山，有愛嘉名❼，欣對不足，率爾❽賦詩。悲日月之遂往，悼吾年之不留，各疏❾年紀鄉里，以記其時日。

開歲倏五日，吾生行歸休❿。念之動中懷，及辰⓫為茲遊。氣和天惟澄，班坐⓬依遠流。弱湍馳文魴⓭，閑谷矯鳴鷗⓮。迥澤⓯散遊目，緬然睇層邱⓰。雖微⓱九重秀，顧瞻無匹儔。提壺接賓侶，引滿更獻酬⓲。未知從今去，當復如此不？中觴⓳縱遙情，忘彼千載憂。且極今朝樂，明日非所求。

【注釋】❶辛丑歲　即宋武帝永初二年（西元四二一年）。❷鄰曲　鄰里。❸斜川　地名，約在詩人隱居的南村附近。❹層城　即曾丘，山名。❺南阜　即廬山。❻中皋　澤邊高地。❼遙想靈山二句　《淮南子》載：「昆侖有曾城，九重，高萬一千里，上有不死之樹在其西。」詩人以所望曾城與昆侖神仙之山上的曾城同名，故曰其名美。❽率爾　輕遽貌。❾疏　記。❿行歸休　行，將。歸休，指死。⓫及辰　及時。⓬班坐　依次坐列。⓭弱湍馳文魴　弱湍，微弱的流水。文魴，彩色金魚。⓮閑谷矯鳴鷗　閑谷，空谷。矯，飛。⓯迥澤　遠澤。⓰緬然睇層邱　緬然，動思貌。睇，凝視。⓱微　無。⓲引滿更獻酬　引滿，斟滿酒。獻酬，互相勸酒。⓳中觴　酒半。

【語譯】永初二年辛丑，正月五日，天氣清明和暖，風景優美，與二三鄰里，同遊斜川。臨近悠悠長河，遙望曾城之山，魴鯉在黃昏的水中游動，水鷗在和風中翻飛。那廬山，名實都熟悉不過了，不再為之驚歎。如那曾城，近旁沒有連接依傍，獨自突凸矗立，遙想神仙靈山，喜愛它美麗的名稱，對看著高興還不夠，匆遽間撰成詩篇。悲歎時光的匆匆逝去，傷歎我年輪的難以留駐，各記下年歲鄉里，且記住時日。

新年倏忽已是初五，我這一生行將結束。想到這層心中戚戚，抓住時機且行遊樂。氣候溫和天色澄明，依次坐列靠近長流。清淺水流游動彩魴，空谷飛起鷗鳥鳴叫。目光遊弋遙望遠澤，神思飛動凝視曾丘。儘管沒有九重秀美，瞻顧四方無其匹偶。提起酒壺招待伴侶，斟滿酒杯輪番敬酒。不知從今往那以後，還會再有這等樂否？飲到中間情緒激蕩，忘卻所謂千載憂愁。聊且極盡今日快樂，明天如何不去管顧。

【研　析】本詩依小序，知其作於宋武帝永初二年正月初五。或以為詩歌首句「五日」當為「五十」，小序之「辛丑」為正月五日的干支，亦可備一說。序中記載了辛丑新歲剛過，正月初五，詩人與鄰里結伴，同遊斜川。山川秀美，金魚躍鱗，鷗鳥翔遊，賓主盡歡。小序即是一篇優美的散文。詩歌首四句點出出遊緣起。歎時光流逝，歲月匆遽，垂垂暮年，當及時行樂，此出遊的最初動機。「氣和」四句，氣候和暖，天空澄明，臨流依次坐列，淺水文魴嬉游，空谷鷗鳥鳴唱翱翔，應和小序所寫，狀描斜川勝景宜人。「迥澤」四句，寫騁目遠望，湖澤汪洋，曾丘高聳，詩人聯想到神仙之山昆侖上的曾城，以為雖無它的九重之高，卻也在周邊四方，沒有能比。有此一比，廬山的曾城，自然顯得空靈高妙，令人遐思。「提壺」以下八句，寫詩人與遊伴都陶醉斜川勝景之中，受其感染薰陶，欣喜激動，思慮澡雪，只有欣賞留連，將自己定格在如畫山水中，而不復顧及其他。平淡中有無限曲折，閱讀也為之流連。

答龐參軍

相知何必舊，傾蓋定前言❶。有客賞我趣，每每顧林園。談諧無俗調，所說聖人篇。或有數斗酒，閑飲自歡然。我實幽居士，無復東西緣。物新人唯舊❷，弱毫多所宣❸。情通萬里外，形迹滯江山。君其愛體素❹，來會在何年？

【注　釋】❶傾蓋定前言　《史記·魯仲連鄒陽列傳》引諺語：「有白頭如新，傾蓋如故。」傾蓋，指道途相逢，並車對談，久而車蓋傾斜，還不忍分手。❷物新人唯舊　語本《尚書》：「人惟求舊，器非求舊惟新。」❸弱毫多所宣　言別後當勤通書信。弱毫，毛筆。❹體素　玉體；貴體。

【語　譯】知心何必是舊交，傾蓋暢談證古諺。有客欣賞我情趣，常常光顧我林園。攀談融洽無鄙俗，講說聖賢留名篇。間或備下幾斗酒，悠閒暢飲更情歡。我身實是幽隱人，沒有東奔西走緣。器物求新人要舊，多用毛筆通情牽。萬里相隔情能通，江山僅阻兩身軀。您要珍重貴身體，前來相會是何年？

【研　析】本詩乃酬答龐參軍而作。龐參軍先隨江州刺史王宏官潯陽。宋永初三年（西元四二二年)，王宏進號衛將軍，龐氏乃為其參軍。龐參軍將去江陵，辭別陶淵明，詩人遂有此詩酬答。首二句虛筆總領，寫自己與龐氏交往未久，然情投意合，情誼深摯。「有客」以下六句，寫龐氏與自己投緣共趣，前來相交。彼此往還，不同於世俗之交，重在情趣氣味相投。談聖人義理，享文酒之樂，精神交合，神趣交流，格調高雅，境界超邁流俗。「我實」以下八句，寫惜別贈言。自己決意隱居田園，所以不會再有東奔西走的勞碌。但人以舊有情誼為貴，故而朋友別離，還希望不斷音信問候。江山阻隔的只能是有形之身體，對於一對精神相通的友人來說，永遠不可能將友情中斷。詩人殷切希望自己的朋友，能夠自我珍重，保重身體，總有一天，將能相會。詩歌淡泊中蘊藏了深切的惜別之情，平常敘來，卻感人至深，有天然真醇之妙。

五月旦作和戴主簿

虛舟縱逸棹，回復遂無窮❶。發歲始俛仰❷，星紀奄將中❸。南窗罕悴物❹，北林榮且豐。神淵❺寫時雨，晨色奏景風❻。既來孰不去，人理固有終。居常❼待其盡，曲肱豈傷沖❽？遷化或夷險，肆志無窊隆❾。即事❿如已高，何必升華嵩⓫？

【注　釋】❶虛舟縱逸棹二句　語本《莊子・列禦寇》：「汎若不繫之舟，虛而敖遊者也。」本指沒有精神負累，如同漂浮之舟，實現精神的遨遊。這裡指時光流轉無盡。❷俯仰　喻時間匆促。❸星紀奄將中　《晉書・天文志》：「自南斗十二度至須女七度為星紀，於辰為丑。」星紀在丑，當指晉義熙九年癸丑（西元四一三年）。奄，忽然。中，指年半。❹悴物　枯萎之物。❺神淵　深淵。❻景風　夏至以後之南風。❼居常　居貧。《高士傳》：「貧者，士之常也；死者，命之終也。居常以待終，何不樂也？」❽曲肱豈傷忡　曲肱，曲臂而枕，指貧窮。《論語・述而》：「飯蔬食，飲水，曲肱而枕之，樂亦在其中矣。」傷忡，憂傷不安貌。❾遷化或夷險二句　遷化，任自然造化遷移。或夷險，或平坦或險奇。肆志，遂志；盡志。窊，低窪。隆，高聳。❿即事　面對事物。⓫華嵩　華山、嵩山，均傳說中神仙居住的地方。

【語　譯】時光如同不繫舟，往返循環無盡頭。新年過後瞬息間，時間已將到年半。南窗所見少枯萎，北林繁茂綠蔥蘢。深淵降落及時雨，清晨吹刮有南風。既生世上誰不死，人生自然本有終。居貧等待生命盡，曲臂怎會心憂忡？任從造化平或險，高下遂志無不同。面對事物果超然，何必飛升華與嵩？

【研　析】本詩當作於東晉義熙九年（西元四一三年），為酬答戴主簿之作。戴某其人，事蹟不詳。首四句用《莊子》典，抒發了時光流轉，無休無歇的感慨。「南窗」四句，承上寫初夏風物。透過南窗，沒有枯萎凋零的敗落景象，只有北林那無邊的青蔥繁茂。深淵承受著天上降下的應時雨水，清晨刮起了暖熱的南風。初夏特色盡現眼底。「既來」以下八句，由時光流轉，抒發了人生委運造化，遂志任情，便不復有生老病死貧窮富貴的悲歎，超然物外，自也不必追求升仙了道。詩歌表達了詩人任自然，肆情志，淡泊超脫的人生態度。將說理與寫景及人生感慨結合一體，議論而不流於枯燥乾癟。

九日閑居

余閑居，愛重九之名，秋菊盈園，而持醪靡由❶。空服九華❷，寄懷於言。

世短意常多❸，斯人樂久生。日月依辰至，舉俗愛其名❹。露淒暄風❺息，氣澈天象明。往燕無遺影，來雁有餘聲。酒能祛❻百慮，菊為制頹齡❼。如何蓬廬士❽，空視時運傾❾。塵爵恥虛罍❿，寒華⓫徒自榮。斂襟獨閑謠⓬，緬焉⓭起深情。棲遲⓮固多娛，淹留豈無成。

「世短意常多」，即所云「生年不滿百，常懷千歲憂」也，鍊得更簡更道。後人得古人片言，便衍作數語。

【注　釋】❶持醪靡由　指無從飲酒。❷九華　九日的菊花。❸世短意常多　本古詩「生年不滿百，常懷千歲憂」。❹舉俗愛其名　九諧音久，世人因愛長久而喜歡重陽九九之節。❺暄風　暖風。❻祛　解除。❼制頹齡　制止年齡衰老。❽蓬廬士　貧士。❾空視時運傾　言空看著佳節過去。❿塵爵恥虛罍　塵爵，酒杯蒙塵。虛罍，空杯。⓫寒華　菊花。⓬斂襟獨閑謠　斂襟，斂整衣襟；正坐。閑謠，閑吟。⓭緬焉　思之。⓮棲遲　遊息。

【語　譯】我田居無事，喜愛重九這名，秋菊滿園，但無酒可飲。空食菊花，寄懷於文字。

人生苦短愁緒多，世人喜歡壽長久。日月依照時辰來，世俗都愛重九名。寒露淒清暖風歇，天氣澄澈朗晴空。飛去燕子無蹤影，歸來雁鳴留餘聲。酒能解除人百憂，菊可制止衰老齡。無奈蓬廬貧寒士，空對佳節去匆匆。酒爵蒙塵罍恥空，菊花徒然獨自榮。斂襟端坐獨閑吟，想來心中多深情。棲遲遊息固多樂，淹留人生也有成。

【研析】《宋書・陶潛傳》記載，某年九月九日重陽節，陶潛所居田園菊花盛開，但賞菊無酒，空對菊花，不勝傷感。有江州刺史王宏，派人送酒過來。潛不推辭，盡情暢飲，大醉而歸。本詩小序所記，正與此吻合。詩當作於王宏為江州刺史，即義熙十四年（西元四一八年）之後。詩歌首四句以議論起筆，點出重九佳節，人所喜愛，樂長久乃人之常情。「露淒」以下四句，具體摹寫重陽佳節景物。露水淒清，暖風止息，秋高氣爽，天高雲淡，燕子飛去而不留蹤影，南來大雁啼鳴聲聲，都是典型的重陽風物。「酒能」六句，再說重陽習俗。據說飲菊花酒，服食菊花，可以益壽，但貧寒的詩人，無酒可飲，酒器空置蒙塵，只有空對盛開的菊花，白白看著佳節的逝去，此何等愁苦！「斂襟」以下四句，總就眼前情景議論作結，端坐閑吟，深情如常，遊息多娛，淹留亦成，達觀情懷可見。詩歌情景交融，自然流走，簡淡意豐，遒勁有力。

和劉柴桑❶

山澤久見招❷，胡事❸乃躊躇？直❹為親舊故，未忍言索居❺。良辰入奇懷❻，挈杖還西廬❼。荒塗無歸人，時時見廢墟。茅茨已就治❽，新疇復應畬❾。谷風轉淒薄❿，春醪解飢劬⓫。弱女⓬雖非男，慰情良勝無。悽悽⓭世中事，歲月共相疏。耕織稱其用，過此奚所須？去去百年外，身名同翳如⓮。

弱女非男，喻酒之薄也。

【注釋】❶劉柴桑　即劉程之，字仲思，曾做過柴桑令。其與周續之、陶淵明被時人稱為潯陽三隱。❷見招　召喚。❸胡事　何事。❹直　但；只。❺索居　離群獨居。❻良辰入奇懷　良辰，風和日麗時節。奇懷，高懷。❼挈杖還西廬　挈杖，持杖。西廬，劉程之隱居西林，故稱其居處西廬。❽茅茨已就治　茅茨，茅屋。就治，修繕治理完好。❾新疇復應畬　新疇，新田。畬，耕了兩年的土地。❿谷風轉淒薄　谷風，東風。淒薄，寒涼。⓫飢劬　饑餓勞累。⓬弱女　指劉程之有女無子。⓭悽悽　忙碌不安貌。⓮同翳如　同雲煙一樣，一齊泯滅。

【語譯】山野水澤久召喚，因為何事竟猶豫？只為親友的原因，不忍說出要歸隱。良辰美景感心懷，提著手杖歸西廬。道路荒蕪無行人，時時看到有廢墟。茅屋已經修治好，新墾田地還再翻。東風變得料峭寒，春酒解饑治疲勞。弱女雖非是男兒，撫慰情懷勝於無。塵世忙碌心忐忑，伴隨歲月漸淡泊。耕織可敷家中用，除此以外何所求？時光流逝百年後，身體名聲都泯沒。

【研　析】本詩乃與劉程之唱和之作。詩歌頌揚了劉程之的歸隱田園，也寄託了自己高隱田園、淡泊名利的高尚情懷。首四句以問答的方式，點出劉氏早有歸隱之志，而因為親舊的原因，猶豫耽擱，更見其人格情感之美。山澤見招，顯其非名利中人。「良辰」以下四句，寫其與自然應和，及辭官歸隱途中所見。良辰入懷，自然與人合而為一，不分彼此，劉氏情懷可見。道途破弊，彰示社會的黑暗，更驗證劉氏歸隱的明智。「茅茨」以下六句，寫劉氏西林隱居生活，竹籬茅舍，新酒數杯，愛女慰情，自得自樂。結末六句，就事議論，世事紛亂，緊張不安，一切都最終隨時光流逝遠去。而耕織為生，自給自足，享受寧靜快樂的人生，得到心靈的解脫，除此更有何求。百年以後，身名俱滅，無須去做考慮。沖淡平和，自然真醇，此與詩歌所寫之人、所寫主題，都吻合無間。

酬劉柴桑

窮居寡人用❶，時忘四運周❷。櫚庭❸多落葉，慨然知已秋。新葵鬱❹北牖，嘉穟❺養南疇。今我不為樂，知有來歲不？命室❻攜童弱，良日登遠遊。

【注　釋】❶窮居寡人用　窮居，窮僻之居。用，行。❷四運周　四運，四時。周，流轉。❸櫚庭　即閭庭，門庭。❹鬱　茂盛。❺嘉穟　美穗。❻室　家室，指妻子。

【語　譯】窮僻居所少人行，每每忘卻四時替。門庭多有落葉在，感慨之中知已秋。北窗鮮黃葵花盛，南畝美穗也長成。目今我不求快樂，知道還有來年否？召喚妻子攜幼子，吉日登高去遠遊。

【研　析】本詩亦與劉程之酬和之作。上詩寫劉，本篇專寫己，而寫劉有己，寫己有劉，同樣是高隱情懷。首四句以居所荒僻，少有人到，寫其擺脫塵俗，遠離喧囂；而忘記四時流轉遞嬗，寫其心靈的超脫俗世，不僅身隱，心也隱矣。詩人已完全融入了天地自然。「慨然」以下六句，承上之見落葉知秋，寫秋景之美。北窗外到處是燦爛金黃的葵花；南畝中遍是那成熟的穗子，如此好景，不可耽擱錯過，遂召喚妻子，挈帶幼子，同去登高遠遊，賞秋尋樂。頗得山野自然之趣。

和郭主簿二首

藹藹❶堂前林，中夏貯❷清陰。凱風❸因時來，回飇❹開我襟。息交游閑業❺，臥起弄書琴。園蔬有餘滋❻，舊穀猶儲今。營己良有極❼，過足非所欽❽。春秫❾作美酒，酒熟吾自斟。弱子戲我側，學語未成音❿。

此事真復樂，聊用忘華簪⓫。遙遙望白雲，懷古一何深！

「過足非所欽」，與「過此奚所須」，知足要言，一結悠然不盡。

【注釋】❶藹藹　樹木茂盛貌。❷貯　貯藏；貯留。❸凱風　南風。❹回飇　旋風。❺息交游閑業　息交，停止交遊。游，遊樂。閑業，指弄書琴等不急之務。❻餘滋　自吃有餘。❼營己良有極　營己，為自己營求生計。極，止境。❽過足非所欽　過足，超過夠用。欽，希冀。❾秫　黏稻。❿未成音　指學語階段，還不能成語。⓫華簪　華貴的頭簪，代指富貴官宦之人。

【語譯】堂前茂盛小樹林，盛夏貯存有涼蔭。南風應時刮過來，旋風吹開我衣襟。斷絕交遊迷閑藝，整日擺弄書和琴。園中蔬菜吃不盡，陳年穀子存到今。自家謀生誠有限，多餘不是我所欣。搗舂黏稻釀美酒，酒成我獨自個斟。幼子嬉戲我身旁，學話還未成句音。如此情景令人喜，姑且因此忘富貴。仰望天上白雲飄，懷古之情何其深！

【研析】〈和郭主簿〉二首，約作於東晉安帝義熙四年（西元四〇八年）。郭主簿事蹟不詳，乃州縣主管簿書之屬官。詩歌描寫了自己田園生活的悠閒自得。首四句寫景，炎熱的盛夏，茂密的小樹林能貯存陰涼，習習南風吹拂，回風掀起衣襟，詩人偏能享有清涼之樂。一個「貯」字，清涼全出。「息交」以下六句，斷絕交遊，琴書自娛，蔬菜自給，自得其樂，不必看人顏色，無須仰人鼻息，何其快樂。「舂秫」以下六句，舂秫釀酒，酒成獨飲，身旁幼子咿呀學語，享盡人生天倫之樂。結末二句，悠悠白雲，是詩人情志的寫照，也引發詩人的千古幽思，餘音繞梁，含蓄不盡。詩歌融寫景、敘事、議論為一爐，「景真，情真，事真，意真」（陳鐸曾《詩譜》），自然真醇，天然渾成，平和沖淡，一如田園自然風光的本色，詩人真田園詩聖手。

和澤周三春❶，清涼素秋節。露凝無游氛❷，天高風景澈。陵岑聳逸峰❸，遙瞻皆奇絕。芳菊開林耀❹，青松冠巖列。懷此貞秀姿，卓為霜下傑。銜觴念幽人❺，千載撫爾訣❻。檢素❼不獲展，厭厭❽竟良月。

【注釋】❶和澤周三春　和澤，雨水調和。周，遍。三春，春季三月。❷游氛　漂浮的霧氣。❸聳逸峰　飛逸高聳的山峰。❹林耀　樹林中光燦輝耀。❺銜觴念幽人　銜觴，飲酒。幽人，古代隱士。❻撫爾訣　撫，持。爾，指幽人。訣，法則；原則。❼檢素　自檢平素。❽厭厭　情緒不佳貌。

【語譯】雨水調和遍春天，秋季清涼好時節。露凝為霜霧全無，天高雲淡氣清爽。山陵飛逸高峰聳，遙望秀美也奇絕。林中芳菊綻燦爛，山岩青松成行立。想著這等貞秀態，卓然霜下是英傑。飲酒思想古隱士，千載堅持你原則。檢討平素志不伸，對著明月竟落寞。

【研析】本詩寫秋，由秋之松菊，寄託了貞節之志。首六句重點描寫秋景，由風調雨順的春天遞入，秋亦如春天般美麗。清秋送爽，露凝為霜，沒有一絲霧氣，天高雲淡，澄澈空明，連綿的山脈高聳飛逸著奇絕秀美的群峰，似乎連人都如同玻璃般透明。「芳菊」以下四句，就秋景中拈出菊、松二物，芳菊綻放林中，熠耀生輝；青松挺立在高山岩石之上，凌霜傲雪，高傲不屈。詩人對菊的貞秀姿容，松的卓然傲霜，是如此欽慕景仰，他覺得古人在其中寄寓理想的人格意志，實在精妙恰切。結末四句，懷念古之高人隱士，堅持他們的操節，詩人正在踐履著。但兼濟天下，也是詩人平素懷抱，他為自己不能一展素志，終不免感傷。雖然良辰美景，朗月在空，他也不由得神傷戚戚。蘇軾讚陶詩：「大率才高意遠，則所寓得其妙，選語精到之至，遂能如此。如大匠運斤，不見斧鑿之痕。」（《冷齋夜話》引）於此詩也稱的評。

贈羊長史❶

左軍羊長史銜使秦川，作此與之。

愚生三季❷後，慨然念黃虞❸。得知千載外，正賴古人書。賢聖留餘跡，事事在中都❹。豈忘游心目？關河不可踰。九域甫已一❺，逝❻將理舟輿。聞君當先邁❼，負痾❽不獲俱。路若經商山❾，為我少躊躇。多謝綺與甪，精爽❿今何如？紫芝誰復採，深谷久應蕪。駟馬無貰患⓫，貧賤有交娛。清謠結心曲⓬，人乖運見疏。擁懷⓭累代下，言盡意不舒。

【注　釋】❶贈羊長史　羊長史，即羊松齡，為左將軍朱齡石長史。東晉義熙十三年（西元四一七年），劉裕伐後秦，破長安，收復洛陽，駐軍關中，朱齡石派羊某前往稱賀，陶淵明贈羊此作。❷三季　夏、商、周三代之末。❸黃虞　黃帝、虞舜。❹中都　中州都城，指洛陽、長安。❺九域甫已一　九域，九州；全國。甫已一，開始統一。❻逝　語助詞。❼先邁　先行。❽負痾　患病在身。❾商山　在今陝西商縣。據載綺里季、甪里先生等商山四皓隱居於此，有〈紫芝歌〉。❿精爽　精神。⓫無貰患　不免禍患。⓬清謠結心曲　清謠，指〈紫芝歌〉。心曲，心靈深處。⓭擁懷　感懷。

【語　譯】左將軍長史羊松齡接受使命出使關中，作此詩贈他。

我生夏商周末代以後，感慨懷念黃帝、虞舜時代。能夠知道千載以前事，正有賴於古人寫就書。前代聖賢留下遺跡在，事事都在洛陽長安城。難道忘記一覽縱心目？關隘河流阻塞不可越。九州剛剛開始要統一，將要整備舟船與車馬。聽說您要先行去那裡，我身患病不能一道去。道途如果經由商山道，替我稍稍逗留作盤桓。多多致意綺里季、甪里，精神魂魄現今在哪裡？紫芝靈草誰還去採摘，幽深峽谷久應成荒蕪。駟馬高車難免遭禍凶，貧賤相處心靈享歡娛。〈紫芝〉清曲縈繞深心中，人已乖違時代也疏遠。累代多年之後興感慨，言辭有盡心意難盡抒。

【研　析】本詩題為贈別，實弔古傷今，諷喻勸戒之作。詩首八句懷古而起，自遠處道來。自己能夠了解上古黃帝、虞舜之世，靠的是古書；古代聖賢的蹤跡，留在中原古都，雖然嚮往觀瞻，然山河阻隔，難以遂願。此也點出亂世割據，南北分裂形勢。「九域」以下四句，敘寫今之送別。國家開始統一，自己希望一了夙願，且朋友將去，有了機會，但自己疾病纏身，不能同行。「路若」八句，是囑託更寓諷諫。希望朋友代自己憑弔四皓，也希望他能如四皓超脫高潔。四皓之精魂何在，紫芝無人去採，深谷荒蕪，都喻示古風不存，賢人已矣，世風日下，也微諷友人勿趨炎附勢，追逐名利。「駟馬」二句，竟化用傳說中的〈紫芝歌〉，揭出功名富貴的可怕，貧賤之肆志快意，為羊某當頭棒喝。「清謠」以下四句，以不見古人，懷想其為人，稱慕其作品，表達了對時事的慨歎，難以盡言的衷腸。沈德潛《說詩晬語》謂：「必所贈之人何人，所往之地何地，一一按切，而復以己之情性流露於中，自然可詠可讀。」頗能中的。

癸卯歲十二月中作與從弟敬遠

寢跡衡門下❶，邈與世相絕。顧眄莫誰知，荊扉❷晝長閉。必結切。淒淒歲暮風，翳翳❸經日雪。傾耳無希聲，在目皓已潔。勁氣侵襟袖，簞瓢謝屢設❹。蕭索空宇❺中，了無一可悅。歷覽千載書，時時見遺烈❻。高操非所攀，深得固窮節❼。平津❽苟不由，棲遲❾詎為拙？寄意一言❿外，茲契⓫誰能別？

淵明詠雪，未嘗不刻劃，卻不似後人粘滯。〇愚於漢人得兩語曰：「前日風雪中，故人從此去。」於晉人得兩語曰：「傾耳無希聲，在目皓已潔。」於宋人得一語曰：「明月照積雪。」為千古詠雪之式。

【注釋】❶寢跡衡門下　寢跡，隱居埋沒行跡。衡門，橫木為門，指居所簡陋。❷荊扉　柴門。❸翳翳　陰晦貌。❹簞瓢謝屢設　典出《論語・雍也》：「一簞食，一瓢飲，在陋巷，回也不改其樂。」謝，辭謝；謝絕。謂如顏回那樣簞食瓢飲也不常設，極言困頓貧寒。❺空宇　空屋。❻遺烈　前人遺留的節烈風操。❼固窮節　君子固窮之節。❽平津　坦途。❾棲遲　遊息，指隱居。❿一言　指固窮。⓫契　意旨。

【語譯】隱居蓬門陋巷中，深深與世相隔絕。環顧無人能知道，柴門白日長關閉。歲末寒風何淒厲，天地陰暗整日雪。側耳傾聽無聲息，滿目皚皚白且潔。刺骨寒氣鑽衣袖，簞瓢謝辭不常有。空屋之中好冷寂，沒有任何可歡愉。遍觀千載前賢書，時時能見其節烈。高尚操守難追攀，深得君子固窮節。倘若不取平坦道，隱居豈可算蹇塞？寄託心願守固窮，這個大旨誰能辨？

【研　析】本詩為晉安帝元興二年（西元四〇三年）詩人贈其從弟敬遠之作。敬遠與詩人同祖，其母與詩人母親又為姐妹，在詩人丁母憂家居時，二人嘗同耕田園，一齊讀書，志趣十分投合。本詩即抒寫了他們共同的歸隱固貧之趣。詩歌首四句，由閉門謝客，隱居陋巷寫起。「莫誰知」正寫其二人相知之深，無人能比。柴門晝閉，寫其居所幽僻，隱逸之深。「淒淒」四句，就臘月嚴寒著筆，專寫風雪。「淒淒」寫風之淒厲寒烈，「翳翳」狀飛雪迷漫天昏地暗，清簡中盡顯精神。無聲潔白，則分別由聽視，寫雪的輕盈嫵媚及雪落之大，也都窮盡神魄之筆。「勁氣」以下四句，寫寒凍之中自己的貧苦岑寂。「歷覽」四句，抒發自己讀書之樂，以及對古代聖賢的企慕，君子固貧，自己並不在意生活的困頓窘迫。結末四句，申述志向，自己既然不選擇平坦大道，不去求取仕宦榮達，而決意隱居貧寒，此亦並不為「拙」。但這志向，在芸芸眾生裡，除了敬遠，更有誰人能夠體察呢？最後又轉到贈從弟的題目上來。詩歌有情有景，敘事寫景議論融合一體，清澹簡潔，生動傳神。

始作鎮軍參軍經曲阿作

弱齡寄事外❶，委懷❷在琴書。被褐❸欣自得，屢空常晏如❹。時來苟冥會❺，宛轡憩通衢❻。投策命晨裝❼，暫與園田疏。眇眇❽孤舟逝，綿綿歸思紆❾。我行豈不遙，登降千里餘。目倦川途異，心念山澤居。望雲慚高鳥，臨水愧遊魚。真想初在襟❿，誰謂形迹拘？聊且憑化遷⓫，終返班生廬⓬。

班固〈幽通賦〉曰：終保己而貽則，止里仁之所廬。

【注釋】❶弱齡寄事外　弱齡，指年輕時。寄事外，寄身世事之外，指不願仕宦。❷委懷　寄志；置心。❸褐　粗毛布衣服，貧者之服。❹晏如　安然。❺時來苟冥會　時，機遇；時運。苟，如。冥會，默契；暗中相合。❻宛轡憩通衢　宛轡，紆轡；回駕。宛，曲。轡，馬韁繩。通衢，大道。❼投策命晨裝　投策，投杖。命晨裝，命人整備早晨出發的行裝。❽眇眇　遠貌。❾綿綿歸思紆　綿綿，不絕貌。紆，縈繞。❿真

想初在襟　真想，淳樸保真的情愫。初，原。襟，襟懷；胸襟。⓫憑化遷　任自然時運變化。⓬班生廬　班生指班固，其〈幽通賦〉曰：「終保己而貽則兮，止里仁之所廬。」指仁者、隱士居所。

【語　譯】年輕時候置身世外，專心致志彈琴讀書。穿著布衣欣然自得，資用常缺心中坦然。時運到來如同默契，回駕小憩在那大路。投杖命人整備行裝，暫時離開田園而去。孤舟駛去益發遙遠，回歸思緒縈繞不輟。我這一行難道不遠，崎嶇行進一千多里。沿途異景令眼疲累，心心念念山鄉田居。仰望流雲慚愧高鳥，近水羞對優遊魚兒。保真之想原在胸襟，誰說形跡能夠拘束？姑且隨順自然變化，終將返回隱居舊處。

【研　析】本詩作年凡四說：晉安帝元興三年（西元四〇四年），為劉裕參軍；晉安帝隆安二年（西元三九八年），或三年，或四年，均為劉牢之參軍。詩歌抒寫了雖迫於生計，出仕為官，其志終在於歸隱的思想。首四句寫其既往隱居生活，安於貧困，琴書自娛，自在悠閒。「時來」四句，交代其今之出仕，既然有此機遇，且隨造化播遷，暫離田園。「眇眇」八句，以途程所見所感，揭出其辭別田園的矛盾苦澀。孤舟獨自，日行日遠，身在前行，歸思卻時時縈繞糾纏著詩人。千里跋涉，旅途勞頓，是身體的疲勞，更是心靈的勞苦。沿途風物殊異，給詩人的不是激動興奮，卻是「目倦」神疲。在他心中，始終想念的只是山居陋室。他何其羨慕雲彩的自由，飛鳥的無拘，游魚的自得。詩人心中的痛苦可見，其所謂的任從造化也只能是自我的欺騙而已。「真想」以下四句，詩人表達了暫且任化，終將歸來的心願，其志在田園，肆志適情的志尚，終究難以泯滅。王世貞《藝苑卮言》謂：「淵明託旨沖淡，其造語有極工者，乃大如思來，琢之使無痕跡耳。」本詩中遣詞用語，頗能與此印證。

辛丑歲七月赴假❶還江陵夜行塗中❷作

閑居三十載，遂與塵事冥❸。詩書敦宿好，林園無俗情。如何捨此去，遙遙至南荊❹？叩枻❺新秋月，臨流別友生❻。涼風起將夕，夜景湛虛明❼。昭昭天宇闊，皛皛❽川上平。懷役不遑寐，中宵尚孤征❾。商歌非吾事❿，依依在耦耕⓫。投冠旋舊墟⓬，不為好爵縈⓭。養真衡茅下⓮，庶以善自名。

【注　釋】❶赴假　銷假赴任。❷塗中　或作「塗口」，地名，在今湖北安陸縣境。❸冥　遠隔。❹南荊　或作「西荊」，即荊州。❺枻　船舷。❻友生　朋友。❼湛虛明　湛，澄澈。虛明，天廓川平。❽皛皛　同「皎皎」。明潔貌。❾孤征　獨自遠行。❿商歌非吾事　《淮南子》載甯戚唱〈飯牛歌〉以打動齊桓公，求取仕祿。商為聲調名。⓫耦耕　並耕，用長沮、桀溺事。⓬投冠旋舊墟　投冠，辭官。旋，還。⓭縈　羈絆。⓮養真衡茅下　養真，保養真性。衡茅，指茅屋陋室。

【語　譯】悠閒隱居三十年，遂與塵俗事隔絕。詩書加深我舊好，田園林中無俗調。如何拋捨此離去，遙遙遠程到南荊？新秋月夜扣船舷，水邊辭卻好朋友。傍晚涼風習習吹，夜景澄澈天寬闊。天宇晴朗何高遠，川流明淨江上平。行役無暇把覺睡，半夜還在獨自行。商歌求仕非我慕，依依眷戀在耦耕。辭去官職回故鄉，不為高官相牽縈。茅屋之中養真性，希望以善自稱名。

【研 析】本詩作於晉安帝隆安五年（西元四〇一年）辛丑，乃詩人休假期滿，再返荊州任所時所作。詩歌以途程所見所感，表達了對田園隱逸的留連，及去官歸隱的志尚。首六句追述往事，三十載舉成數而約略言之，其間除了短暫的出仕，詩人曾有過三十餘年的田園生活。三十餘年中，詩人躬耕田園，詩書自娛，不受塵俗煩擾，優遊自得，享受著純真高潔的田園之樂。反問二句，正表達了對這種生活的無限留連之情。「扣枻」八句，寫其途中江行所見所思。皎皎秋夜，新月初上，涼風習習，詩人告別了朋友，孤舟飄蕩在江面之上，見江闊水平，天宇寥廓，本該入睡的時候了，想著行役在身，將赴任所，不禁沒有激動喜悅，反為自己獨自孤身行遠，惆悵萬端。「商歌」以下六句，闡說自己的志尚，也承上揭出心懷惆悵的原因。詩反用甯戚唱〈飯牛歌〉求仕之典，說自己不是官場中人，而志在田園，所以終究要辭去官職，擺脫名利羈絆，歸隱茅廬，修真養性。詩人對於官場的卑汙，深有感觸，也深致厭惡。詩用白描手法，不事雕飾而真切自然，感人至深。

桃花源詩

并記

晉太元中❶，武陵❷人捕魚為業。緣❸溪行，忘路之遠近。忽逢桃花林，夾岸數百步，中無雜樹，芳草鮮美，落英繽紛❹。漁人甚異之。復前行，欲窮其林。林盡水源，便得一山。山有小口，髣髴若有光，便捨船，從口入。初極狹，纔通人❺，復行數十步，豁然❻開朗。土地平曠，屋舍儼然❼，有良田美池桑竹之屬。阡陌交通❽，雞犬相聞。其中往來種作，男女衣著，悉如外人。黃髮垂髫❾，並怡然自樂。見漁人，乃大驚，問所從來。具❿答之。便要⓫還家，設酒殺雞作食。村中聞有此人，咸來問訊。自云先世避秦時亂，率妻子邑人，來此絕境，不復出焉，遂與外人間隔。問今是何世，乃不知有漢，無論魏晉。此人一一為具言所聞，皆歎惋。餘人各復延至其家，皆出酒食。停數日，辭去。此中人語云：「不足為外人道也。」既出，得其船，便扶向路⓬，處處誌⓭之。及郡下，詣⓮太守說如此。太守即遣人隨其往，尋向所誌，遂迷不復得路。南陽劉子驥⓯，高尚士也，聞之，欣然規⑯往，未果，尋⑰病終。後遂無問津⑱者。

嬴氏亂天紀⑲，賢者避其世。黃綺之商山⑳，伊人亦云逝㉑。往迹浸復湮㉒，來逕遂蕪廢。相命肆農耕㉓，日入從所憩。桑竹垂餘蔭，菽稷隨時藝㉔。春蠶收長絲，秋熟靡王稅㉕。荒路曖㉖交通，雞犬互鳴吠。俎豆有古法㉗，衣裳無新製㉘。童孺縱行歌，斑白歡遊詣。草榮識節和，木衰知風厲。雖無紀曆誌㉙，四時自成歲。怡然有餘樂，於何勞智慧？奇蹤隱五百㉚，一朝敞神界。淳薄既異原㉛，旋復還幽蔽㉜。借問游方士㉝，焉測塵囂外！願言躡輕風㉞，高舉尋吾契㉟。

此即羲皇之想也。必辨其有無，殊為多事。

【注釋】❶晉太元中　東晉太元年間。太元，東晉孝武帝年號，始於西元三七六年，迄三九六年。❷武陵　今湖南常德。❸緣　沿著；順著。❹落英繽紛　落英，初生之花。繽紛，繁盛貌。❺纔通人　剛好夠人過去。❻豁然　大開貌。❼儼然　整齊貌。❽阡陌交通　阡陌，田間小路。交通，交叉勾連。❾黃髮垂髫　黃髮，指老人。垂髫，垂髮未髻的孩童。❿具　一一；全部。⓫要　通「邀」。⓬扶向路　扶，順著。向路，舊路。⓭誌　記；作標記。⓮詣　往見。⓯劉子驥　南陽人，名驎之，好遊山澤。《晉書・隱逸傳》有傳。⓰規　計畫。⓱尋　不久。⓲問津　指訪求桃花源。⓳嬴氏亂天紀　嬴氏，指秦王嬴政，嬴為其姓。

亂天紀，指秦朝暴政擾亂天道。⑳黃綺之商山　黃，夏黃公；綺，綺里季。二人與東園公、甪里先生為躲避秦亂，避跡商山，並稱「商山四皓」，都是秦末漢初的賢士、隱者。㉑伊人亦云逝　伊人，指桃花源中人。云，虛字，無義。逝，逃隱。㉒往迹浸復湮　往迹，過去的蹤跡。浸，漸漸。湮，湮沒喪失。㉓相命肆農耕　相命，互相督促。肆，努力。㉔藝　種植。㉕靡王稅　靡，無。王稅，朝廷的賦稅。㉖曖　遮蔽。㉗俎豆有古法　俎、豆，古代祭祀盛祭品的兩種禮器，代指祭祀。古法，先秦時的禮法。㉘新製　新的式樣。㉙紀曆誌　記載時曆的書。㉚奇蹤隱五百　奇蹤，神祕的蹤跡。五百，指從其避秦亂以來五百有年。㉛異原　不同的根源。㉜旋復還幽蔽　旋，不久。復，歸來。還幽蔽，還變為深幽隱蔽。㉝游方士　遊於方內之人，指人間凡夫俗子。㉞願言躡輕風　言，語助詞，無義。躡，踏。㉟吾契　和我志向投合之人。

【語　譯】東晉太元年間，武陵有人以捕魚為業。沿著溪流行進，忘記走了多遠。忽然遇到一片桃花林，兩岸數百步之廣，中間無別的樹種，芳草潤澤美麗，新綻桃花繁盛。打漁人大為驚詫。又向前行，想走完這片桃林。樹林盡處是溪流源頭，看到一座小山。山有一個洞口，彷彿像有光亮，於是撇下船隻，從洞穴進入。起初極狹窄，剛好能過去一人，再走幾十步，一下子開闊明亮起來。土地平坦寬闊，屋舍整齊排列，有肥美的田地，美麗的池塘，桑樹竹林一類。田間小路相互交叉連接，雞鳴狗吠的聲音彼此可以聽到。其中往來行人與耕作農夫，男女穿著打扮，都和外面的人一樣。老人孩子，都閒適快樂。看見打漁之人，十分吃驚，問他從何處來此。漁人一一回答了他們。便邀請漁人回到家裡，擺酒殺雞招待。村中聽說有這樣一人，都來探看問候。他們自稱先輩躲避秦朝暴政，率領老婆孩子鄉鄰之人，來到這與世隔絕的地方，沒再出去，遂與外邊塵世斷絕。問現今是什麼世道，竟不知道有漢朝，更不必說魏晉。漁人一一向他們做了介紹，都感慨。其餘的人分別也邀請到他們的家裡，都拿出酒菜招待。過了幾天，告辭離去。桃花源中人說道：「不值得向外邊人誇說。」已經出來，找到船隻，便沿著舊路，處處做下標記。回到郡中，往見太守，說了這些情況。太守隨即派人跟他前往，尋找從前做下的標誌，卻迷失方向找不到道路。南陽人劉子驥，是位志節高尚的人，聽說這事，高興地準備著前往，沒能實現，不久病故。以後遂沒有再去探訪的人了。

秦王暴政亂天道，賢達隱逸避亂世。四皓歸隱到商山，他們也逃去隱逸。以往蹤跡漸湮沒，來時道路也遮蔽。相互督促勤農耕，太陽落山去歇息。桑樹竹林多蔭涼，豆類粟子按時播。春天養蠶收長絲，秋收沒有朝廷稅。道路荒草已湮埋，雞鳴狗吠互聽見。祭祀依照古禮法，衣裳沒有新時樣。孩童縱情把歌唱，老人歡快去遊樂。草木繁榮知春暖，樹木凋零知風寒。儘管沒有紀曆書，四季流轉自一年。舒暢愉悅歡樂多，何處需要用智巧？神祕蹤跡五百年，一日敞開神仙界。敦厚澆薄源不同，歸去這裡又隱蔽。請問俗世凡夫子，哪能了解塵世外！希望踏著輕靈風，高飛尋找我知契。

【研　析】〈桃花源詩并記〉，約作於宋武帝永初二年（西元四二一年），在陶淵明創作中，最享盛名，也是他的代表作之一。〈桃花源記〉是詩的序文，交代著詩歌的背景，也是詩歌的本事。詩歌乃〈記〉的詠贊。〈記〉本身就是一篇優美的遊記散文。正因為其自身的完整性，也獨立成篇，盛傳後世，為人們耳熟能詳。其影響之大，甚至超過詩歌，以至後人竟改其題目為〈桃花源記并詩〉。

〈桃花源記〉文章可分三段。首句至「漁人甚異之」為第一段，敘寫打漁人發現桃花林的偶然，不期而遇。漁人的驚異，在於不知走了多少的路程後，突然見此洞天福地，且這遍佈溪水兩岸的桃花林，桃花盛開，芳草鮮美，一望無盡，令人留連忘返。自「復前行」到「不足為外人道也」為第二段，正面寫有如神仙之境的桃花源世界。由於驚異桃花林的美麗，漁人便「欲窮其林」，而林的盡頭，便是溪水之源。在這溪水源頭，一山阻隔，似乎已山窮水盡。山上一洞，再度引起漁人的好奇。從山洞進入，竟豁然開朗，別有洞天，桃花源世界展現在了漁人眼前。對於桃花源世界的美，作者分別從田園自然風光，淳樸厚道熱情好客的人情，以及百姓的自給自足、怡然自得幾個方面描寫。而源中人的自稱云云，及其對將要辭別的漁人的叮嚀，更顯出其奇異莫測。「既出」至結尾為第三段，以太守的派人隨往而迷路，劉子驥的規往未果而病終，進一步渲染了桃花源的神祕。〈記〉文層次分明，線索清晰。寫作手法上的故神其事，奇詭浪漫傳奇之筆與真切寫實的相結合，使桃花源世界撲朔迷離，充滿了浪漫主義的神奇之美。

〈桃花源詩〉乃為主體。如果說〈記〉是假託漁人的遊蹤來寫桃花源，〈詩〉則徑直以詩人之口，謳歌了其理想中的桃花源世界。不同於〈記〉的按漁人遊蹤來寫，詩歌開首六句，即直接描寫了秦朝暴政，為避其亂，人們來到了桃花源。往跡的湮沒，來路的荒蕪，世人遂不知有此另外一個世界。詩歌的批判暴政，抨擊亂世，此傾向已經昭然若揭。為躲避暴政亂世的「秦人」也終於覓得了他們的樂土。「相命」十八句，具體描寫桃花源世界的快樂。日出而作，日落而息，依時播種，桑竹成蔭，道地的一幅堯舜太平時代〈擊壤歌〉般小農經濟耕作圖。春天蠶桑收穫長絲，夏季豐收沒有苛捐雜稅，兩句為全詩之眼。道路長滿荒草，雞鳴狗吠之聲相聞，此《老子》小國寡民翻版。祭祀用古法，衣裳無當今時樣，渲染其真正古民，古樸而未受塵世汙染。兒童的歡歌，老人的遊樂，寫其天然人倫之樂，適性任情，幸福美滿。由草木的繁榮枯萎，知春天到來，秋季降臨，無須曆書，更不勞智巧，也不會產生出俗世間的爾虞我詐、爭權奪利、相互殘殺。「奇蹤」以下八句，寫桃花源世界因為與世間世風的根本不同，偶一開放，旋即幽蔽，紅塵中人無法理解，更不會明白，但詩人卻深嚮往之，只有這裡，纔會有自己的知音。詩人的隱逸避世，不與濁世同流合汙之志彰名昭著。桃花源精神，也只有在詩歌中，纔得到了鮮明具體的表露。

歸田園居五首

少無適俗韻❶，性本愛丘山。誤落塵網❷中，一去三十年。羈鳥❸戀舊林，池魚思故淵❹。開荒南野際❺，守拙歸園田。方宅❻十餘畝，草屋八九間。榆柳蔭後簷，桃李羅堂前。曖曖❼遠人村，依依墟里煙❽。狗吠深巷中，雞鳴桑樹顛。戶庭無塵雜❾，虛室有餘閑❿。久在樊籠⓫裡，復得返自然。

【注　釋】❶適俗韻　適應世俗的氣韻風度，指和光同塵，與世混同。❷塵網　世俗的羅網，比喻仕途官場。❸羈鳥　被困於籠中的鳥。❹故淵　最初生活的深潭。❺際　間。❻方宅　指宅旁。方，旁。❼曖曖　昏暗貌。❽依依墟里煙　依依，裊裊輕柔貌。墟里，村落裡。煙，指炊煙。❾塵雜　塵俗雜事。❿虛室有餘閑　虛室，虛空寂靜的居室。餘閑，閒暇。⓫樊籠　關鳥獸的籠子，比喻官場。

【語　譯】自小沒有混世風度，性情原本愛好自然。失腳落入塵世羅網，一去就是三十有年。籠中困鳥思戀舊林，池中魚兒思想舊潭。開荒耕作南邊田間，固守愚拙回歸田園。宅院旁邊十多畝地，草屋也有八九房間。榆柳陰遮屋後之簷，桃李羅列在庭院前。遠處村落昏暗模糊，裊裊飄蕩升起炊煙。犬吠聲聲小巷深處，雞鳴啼叫桑樹頂端。門庭中間沒有俗事，虛靜室內享有清閒。長久關在籠子裡邊，又得返回來到自然。

【研　析】〈歸田園居五首〉，當作於晉安帝義熙二年（西元四〇六年），即詩人辭去彭澤縣令的次年。本首抒寫辭官回歸田園後的歡暢心情。首六句追敘既往，說自己本沒有混同俗世投機鑽營的世俗氣質，秉性即愛好自然山水，但種種原因，誤落塵網，一去就是多年。三十年，或以為是十三年。山水易改，本性難移，詩人也始終懷戀著自然，如同羈鳥思戀故林，池魚懷念深淵。「開荒」十二句，則寫今歸田園以後的幸福歡快。開荒南邊田野之間，保持著自己的自然本性。宅旁十餘畝田地，家有八九間草屋。屋後榆柳蔭蔽，堂前桃李羅列。遠處模糊可見的村莊，空中飄蕩著縷縷炊煙。雞鳴狗吠之聲相聞。這分明又是一個桃花源，恬靜，清新，質樸，純真，沒有喧囂，不見蠅營狗苟，詩人有的是閒暇，來充分享受這份寧靜恬適。

結末二句，是詩人發自肺腑的喊聲，是真心的慶幸歡呼，也呼應著開篇。黃庭堅讚陶詩「所謂不煩繩削而自合者」（〈題意可詩後〉），陳師道曰：「淵明不為詩，寫其胸中之妙爾。」（《後山詩話》）由此詩可以得到印證。

野外罕人事❶，窮巷寡輪鞅❷。白日掩荊扉❸，虛室絕塵想❹。時復墟曲中❺，披草❻共來往。相見無雜言，但道桑麻長。桑麻日已長，我土日已廣。常恐霜霰❼至，零落同草莽❽。

【注釋】❶罕人事　少有俗世間的交往應酬。❷窮巷寡輪鞅　窮巷，陋僻之巷。鞅，套在馬頸上的皮帶。輪鞅，代指馬車。❸荊扉　柴門。❹塵想　世俗的雜念。❺時復墟曲中　時復，時而。墟曲，墟里；鄉野。❻披草　以手撥草。❼霰　小雪粒。❽零落同草莽　零落，凋零。草莽，野草。

【語譯】荒郊野外鮮有俗世應酬，窮僻陋巷少見車馬來往。白天柴門多掩不開，空寂房中沒有塵世雜想。時而鄉野中間有人來去，手撥荒草尋徑串門來到。相互見面不說官場升降，只談田間桑麻成長狀況。桑麻一天更比一天長大，開墾土地一天更比一天寬廣。常常擔心霜雪過早來臨，田間莊稼遭打枯如草莽。

【研析】本詩抒寫了田園隱居，沒有塵世擾攘，不見澆薄世俗，淳樸簡淡的農家生活的愜意肆志。首四句田園隱居的寧靜，側重寫心。沒有塵世的交往應酬，不需要忙碌於關係網的編織，沒有人來人往的喧囂，所以得以虛室靜養，修心養性。「時復」四句，以動寫靜。道路荒蕪，被草遮掩，再證沒有車馬往來。農家來往，談的是莊稼長勢，糧食收成，而誰的官大官小，誰的浮沉升降，以及算計陷害，攀龍附鳳，都不在他們的攀談之列，相對於官場仕途的喧囂紛擾，此也何其雅靜。結末四句，詩人也似乎化身老農，看著自家田園中桑麻的漸長，喜不自勝，但又常常擔心冰霜雪粒早降，勞動的成果遭到毀壞。詩人此「憂」也靜，何其單純澄澈！詩歌語言及表達，正如它的對象，樸實醇厚，自然簡樸，大可玩味。

種豆南山下，草盛豆苗稀❶。晨興理荒穢❷，帶月❸荷鋤歸。道狹草木長，夕露沾我衣。衣沾不足惜，但使願無違❹。

【注　釋】❶種豆南山下二句　典出《漢書・楊惲傳》：「田彼南山，蕪穢不治。種一頃豆，落而為萁。人生行樂耳，須富貴何時？」謂鄙棄富貴功名，躬耕自給。❷晨興理荒穢　興，起身。理，清除。荒穢，雜草。❸帶月　或作「戴月」。❹願無違　不違背隱居躬耕的心願。

【語　譯】南山腳下播種豆，雜草茂盛豆苗少。清晨起來去鋤草，頂著月亮扛鋤回。道路狹窄草木盛，晚上露水濕我衣。衣裳沾露不可惜，只要不與志尚違。

【研　析】本詩寫田園勞動情景，以及詩人隱逸田園的無怨無悔。首四句寫種豆南山腳下。雜草淹沒了豆苗，是詩人種田技術的原因，還是土壤質地的關係，並不重要，重要的是詩人享受了單純簡樸的勞動過程。他每日早出晚歸，為這莊稼忙碌得不亦樂乎。其中也化用了楊惲〈拊缶歌〉的意境，表達出對功名富貴的唾棄鄙夷，對人生自由之樂的執著追尋。「道狹」四句，由歸途的田間小道狹窄，荒草茂盛，遮蔽小路，荒草上的露水打濕衣裳，極自然地吐出心聲：打濕衣裳並不足惜，只要不違背志尚，有心靈的自由即可。所以與其說詩歌表現的是田園勞動之樂，不如說是因為詩人在田園生活的淳樸中，得到了精神的愉悅享受。

久去山澤遊❶，浪莽❷林野娛。試❸攜子姪輩，披榛步荒墟❹。徘徊丘隴間，依依❺昔人居。井竈有遺處，桑竹殘朽株。借問采薪者，此人皆焉如❻？薪者向我言，死沒無復餘。一世異朝市❼，此語真不虛。人生似幻化❽，終當歸空無。

【注　釋】❶遊　宦遊。❷浪莽　即孟浪，放蕩曠達。❸試　姑且。❹披榛步荒墟　榛，草木叢生貌。荒墟，廢墟。❺依依　思念貌。❻焉如　何往；去哪裡。❼一世異朝市　近人丁福保釋曰：「三十年為一世。古者爵人於朝，刑人於市。言為公眾之地，人所指目也。『一世異朝市』，蓋古語，言三十年間，公眾指目之朝市，已遷改也。」❽幻化　空幻變化。

【語　譯】長久離開山澤去宦遊，歸來恣意放曠林野間。姑且挈帶子侄後輩人，撥開荒草走到廢墟內。徘徊不前成片土堆中，懷想思念從前人所居。井灶還有遺跡殘垣在，桑樹竹子僅剩朽幹枝。請問一聲打柴樵夫們，此地居民都到哪裡去？打柴樵夫對我把話講，死亡湮沒不再有剩餘。三十年一世朝市變，前人這話實在不虛言。人生在世如同虛幻般，最終都要毀滅歸空無。

【研　析】本詩寫詩人遊歷廢墟所感，表達了追求自然人性，及時行樂的道理。首四句照應前三篇，寫自己擺脫官場樊籠之後，放曠遊樂，與子侄家人一同尋樂的肆志適意。「徘徊」八句，承遊廢墟而來，寫廢墟之上的所見所聞。廢墟累累，該是以前的村落，井灶殘跡、桑竹朽幹，都印證了這點。但其人何去了呢？采薪樵夫常來往於此，應該最為清楚。詩人向他請問，「死沒無復餘」是他的回答。簡單的一問一答中，人世滄桑，歷史浮沉，人生的意義，生命的歸宿，盡包含於中。結末四句，詩人引用成語，抒發了滄桑巨變，生即有死的人生社會思考。寥寥數語，樸實明瞭的說出了引人心靈震撼的至大至深的道理。

悵恨獨策❶還，崎嶇歷榛曲❷。山澗清且淺，遇以濯我足。漉❸我新熟酒，隻雞招近局❹。日入室中闇，荊薪代明燭。歡來苦夕短，已復至天旭❺。儲、王極力擬之，然終似微隔，厚處朴處，不能到也。

【注釋】❶策 扶杖。❷榛曲 荒草掩映的曲折小路。❸漉 濾。❹近局 近鄰。❺天旭 天亮。

【語譯】惆悵獨自扶杖歸，所過草莽道路曲。山中溝水清又淺，遇到可以洗我腳。濾我釀製新美酒，隻雞做菜邀近鄰。太陽落山屋裡暗，柴薪代替明燭點。歡快起來苦夜短，不覺已經到天亮。

【研析】本詩敘寫田園生活的歡快自得之情。首四句寫田野歸來。獨自歸來，荒草掩映，道路崎嶇，詩人心中略生惆悵。而道經溪水，潺潺流動，清澈又淺，已讓詩人來了興致，心情轉好，他想起了「滄浪之水」那首古歌，慶幸著自己的隱跡山澤，纔能與古代賢人不謀而合。「漉我」以下六句寫夜飲之樂。倒出新釀的美酒，一隻草雞便是佳餚，再喚來近鄰老農，相對而飲。日落了，點上柴薪，似乎更亮似明燭。不知不覺中，已是天亮。簡單就是快樂，這裡沒有世俗的煩瑣禮節，沒有庸俗勢利的話語，只有淳樸的感情，真誠的溝通交流。元好問贊陶詩「君看陶集中，飲酒與歸田。此翁其作詩，直寫胸中天。」又道：「一語天然萬古新，豪華落盡見真醇。」此可為理解陶淵明田園詩作之金針也。

與殷晉安❶別

殷先作晉安南府長史掾，因居潯陽。後作太尉參軍，移家東下，作此以贈。

遊好非久長，一遇盡殷勤。信宿❷酬清話，益復知為親。去歲家南里，薄❸作少時鄰。負杖肆遊從，淹留忘宵晨。語默自殊勢❹，亦知當乖分。未謂事已及❺，興言❻在茲春。飄飄西來風，悠悠東去雲。山川千里外，言笑難為因。才華不隱世，江湖多賤貧。脫有❼經過便，念來存❽故人。

參軍已為宋臣矣，題仍以前朝官名之，題目便不苟且。○「才華不隱世」，何等周旋！所云故者無失其為故也，即此見古人忠厚。

【注　釋】❶殷晉安　陳郡長平人。名鐵，字景人。先為晉安南府長史掾，住潯陽，與陶淵明交。義熙七年（西元四一一年）劉裕改授太尉，殷為太尉行參軍。❷信宿　再宿。❸薄　語助詞，無義。❹語默自殊勢　本《周易》：「君子之道，或出或處，或默或語。」默、語分別代指隱居、仕宦。❺事已及　分離之事在即。❻興言　興起。言，語助詞，無義。❼脫有　若有。❽存　存問。

【語　譯】殷晉安先前曾作安南府長史掾，因此居住在潯陽。後來作太尉參軍，移家東下，作此詩贈給他。

交好不必定久長，一見傾心情殷殷。連夜清談吐知心，越發深知情誼親。去年家住在南里，曾經作過短時鄰。持杖縱情結伴遊，淹留遊息忘昏晨。仕宦隱逸情勢異，也知本該要分飛。不想分別期已到，事起就在今年春。西風吹來何飄搖，雲彩東行去悠悠。山川阻隔千里遠，言談見面無機會。才華之人不隱退，江湖隱逸多貧賤。倘若順便經過此，希望存問訪友人。

【研 析】本詩乃贈別之作。殷鐵先作南府長史掾，與詩人結鄰居住，得以相識。後作太尉劉裕參軍，將移家東下，詩人為此詩贈別。詩歌首四句寫交非長久而情誼深摯，一遇殷勤，信宿清話，足見一見傾心。「去歲」四句，具體寫其交遊。新識於去年，呼應結交不久；結伴遊樂，留連忘返，寫其相處之愉悅歡快。「語默」四句，就身分、追求不同，寫相別勢在必然。而不想分別匆匆在即，亦見出深情厚誼，難分難捨，依戀之情溢於辭表。「飄飄」四句，以風來雲去，比喻道路悠遠，山川阻隔，相見為難，惜別之意彰然。結末四句，以去留不同，追求有別，才人不隱，希望便道來顧，不忘故舊，再陳情誼永在，彼此眷戀，以此收束，亦真切感人。

卷九

晉詩

陶潛

乞食

飢來驅我去，不知竟何之❶。行行至斯里❷，叩門拙言辭。主人解余意，遺贈豈虛來❸？談諧終日夕❹，觴至輒傾杯。情欣新知❺歡，言詠遂賦詩。感子漂母惠❻，愧我非韓才。銜戢❼知何謝，冥報❽以相貽。不必看作設言愈妙。○結言厚道。少陵受人一飯，終身不忘，俱古人不可及處。

【注　釋】❶何之　往何處去。❷斯里　此村。❸遺贈豈虛來　遺，贈送。虛來，枉來。❹談諧終日夕　談諧，談話融洽。終日夕，直到日落。❺新知　新交。❻感子漂母惠　典出《史記·淮陰侯列傳》，在韓信貧賤之時，常苦肚饑，有漂洗老婦給他飯吃，後韓信封楚王，以千金贈老婦，感謝她的恩德。❼銜戢　銜於口而刺於心，形容銘心不忘。❽冥報　猶死後報答。

【語　譯】饑餓迫使我尋糧，不知竟往哪裡去。走啊走啊到此村，敲門卻又難啟齒。主人深知我心意，饋贈難道空跑來？攀談投機直到晚，獻酒上來都飲乾。結交新友心歡樂，詠歎感謝賦詩篇。感激您有漂母恩，慚愧我非韓信材。銘心深知如何謝，死後也要報恩德。

【研　析】本詩乃詩人晚年遭逢災害，無以為食，外出貸糧，受人饋贈及殷勤款待，感激於心而作。首四句寫饑寒所迫，詩人無奈出門告貸，但心高氣傲的稟性，使他羞於啟齒，不知所往，扣門言拙，極真切寫出其痛苦矛盾的心態。「主人」以下六句，勝讚主人的善解人意，慷慨豪爽，盡力解難，殷勤款待，意合情洽，以及自己的感激難盡，欣喜慶幸，相見恨晚，賦詩志喜。結末四句，引韓信受飯漂母典故，表達其感激難忘心情。而不能如韓信之生報，死也終當冥報，體現了詩人知恩報恩的美德。詩歌在樸素的敘寫裡，表現了醇厚善良的人情，讀來感人至深。

諸人共遊周家墓柏下

今日天氣佳，清吹與鳴彈❶。感彼柏下人❷，安得不為歡？清歌散新聲，綠酒開芳顏❸。未知明日事，余襟良已殫❹。

【注釋】❶清吹與鳴彈　清吹，指管樂器。鳴彈，指絃樂器。❷柏下人　指墓下死者。❸綠酒開芳顏　綠酒，新酒。芳顏，美好的容顏。❹余襟良已殫　襟，襟懷；胸懷。殫，竭；盡。

【語譯】今天天氣格外好，吹起簫來彈起琴。感想柏下墓中人，怎能不去及時歡？清唱歌聲播四方，新釀美酒人開顏。不知明天事如何，我的心懷已盡宣。

【研析】《晉書．陶潛傳》記載陶淵明歸田園後，「既絕州郡覲謁，其鄉親張野，及周旋人羊松齡、龐遵等，或有酒邀之」，詩題之諸人，當亦張、羊、龐等。周家與陶淵明家族乃世姻。詩人與朋友一齊出遊，歇息墓柏之下，有感而作此詩。詩歌首二句點出明媚日麗的日子，詩人與朋友一道，在郊野外墓柏下，吹拉彈唱，極盡歡樂。「感彼」二句，以墓中人的「長已矣」，寫出生命苦短，人生本應當及時行樂，也沒有理由不及時行樂。「清歌」二句，盡情歌唱，美酒開顏，寫歡樂之狀。結末二句，不管明日之事，且盡今日之歡，一切鬱悶盡得宣洩，詩人之胸襟豁達，其歡樂的程度，斑斑可見。鍾嶸《詩品》評陶詩，謂其：「文體省淨，殆無長語；篤意真古，辭典婉愜。」於此詩正相吻合。王夫之《古詩評選》謂：「亦賴『余襟良已殫』五字為風雅砥柱，不然輕佻圓麗，曹鄴之長伎耳。」對此詩也給予極高評價。

移居二首

昔欲居南村❶，非為卜其宅❷。聞多素心人❸，樂與數❹晨夕。懷此頗有年，今日從茲役❺。敝廬何必廣，取足蔽牀席❻。鄰曲❼時時來，抗言談在昔❽。奇文共欣賞，疑義相與析。

【注　釋】❶南村　又名南里，在潯陽城下。❷卜其宅　以占卜問宅地之吉凶。❸素心人　心性素樸的人。❹數　屢次；多次。❺茲役　指移居之事。❻取足蔽牀席　謂只要能夠遮蔽一張床一條席子即可。❼鄰曲　鄰居。指殷景仁、顏延之等人。❽抗言談在昔　抗言，熱烈地談論。在昔，指往事。

【語　譯】以前想來南村居住，並非因為占得好宅。聞聽此地人多素樸，高興與之共度晨夕。渴望此事很有幾年，今天著手遷居事體。寒廬何必太過廣大，只須能夠架床鋪席。鄰居不時過來走動，與高采烈談議往事。奇妙文章一齊欣賞，疑難文義共同分析。

【研　析】詩人歸田園居後，先居柴桑。晉安帝義熙四年（西元四〇八年），舊宅遭火，後移居南村。〈移居〉二首，大約作於義熙六年移家後不久。第一首寫移居以後，與朋友過從交往的快樂。首六句寫移居南村，渴望已久，不是因為卜得吉宅，而是聽說這裡多有心性素樸之人，與己性之相近，所以期待能與他們共度晨夕。而這一心願，今天終於實現，其欣喜可見。「敝廬」六句，寫自己對新居沒有太高要求，能夠放張床，鋪下一條席子，已經心滿意足。關鍵在，這裡的朋友都是性情之交，往來中談詩論文，可以不拘禮節，縱情暢談，奇文一齊欣賞，疑義共同解析。而結末二句的以文會友，文章知音，也成為千古名句。

春秋多佳日，登高賦新詩。過門更相呼❶，有酒斟酌之。農務各自歸，閑暇輒相思。相思則披衣❷，言笑無厭時。此理將不勝❸？無為忽去茲。衣食當須紀❹，力耕不吾欺。

【注　釋】❶過門更相呼　謂鄰里之間過門則呼人飲酒。❷披衣　指穿上外衣出門訪友。❸此理將不勝　此理，指鄰里融洽的關係。將，豈。勝，美。❹紀　經營。

【語　譯】春秋季節多好日子，登高覽勝撰寫新詩。經過門前鄰人相呼，家有美酒斟來飲吃。農忙時節各自歸去，閒暇時候往往思念。思念時候披衣起身，言談笑語無厭倦時。此等歡洽難道不美？不要匆匆離開此地。衣食事體應當經營，勤力耕作不騙自己。

【研　析】本首寫登高賦詩、鄰里飲酒談笑之樂。春、秋是覽勝遊歷的季節，逢上清明和暖的日子，登高賦詩，在詩人何其快樂！首二句也承上首結尾，銜接緊密。「過門」二句，足見素心人之交往淳樸真誠，沒有虛偽做作。「農務」四句，亦寫其交往的真誠自然，農忙各自歸去，忙其正務；真情永在，得閒暇便互相思念；思念則披衣而起，無須招呼，竟去拜訪，盡心暢談，歡快融洽，從不厭倦，迥異於官場的虛假應酬。「此理」二句，詩人情不自禁，以議論出之，寫其對南村的留連喜歡之情。結末二句，收轉農耕自足，「蓋第耽和樂，本務易荒，樂何能久？以此自警，意始周匝無弊，而用筆則矯變異常」（張玉穀《古詩賞析》）。

癸卯歲始春懷古田舍二首

在昔聞南畝，當年竟未踐。屢空❶既有人，春興❷豈自免？夙晨裝吾駕❸，啟塗情已緬❹。鳥弄歡新節❺，泠風送餘善❻。寒竹被荒蹊，地為罕人遠。是以植杖翁❼，悠然不復返。即理愧通識❽，所保詎乃淺？

【注　釋】❶屢空　本《論語‧先進》「回也其庶乎，屢空」，指貧窮。❷春興　春起，言春天起而耕作。❸夙晨裝吾駕　夙晨，清晨。裝吾駕，自己駕好車。❹啟塗情已緬　啟塗，啟程。情已緬，情思遙遠。緬，藐藐。❺鳥弄歡新節　弄，或作「哢」，鳥鳴聲。新節，春季。❻泠風送餘善　本《莊子》：「夫列子御風而行，泠然善也。」泠風，輕妙之風。善，美。❼植杖翁　指隱者。《論語・微子》：「子路從而後，遇丈人，以杖荷蓧。子路問曰：『子見夫子乎？』丈人曰：『四體不勤，五穀不分，孰為夫子？』植其杖而芸。」植，同「置」。芸，同「耘」。❽通識　通達識時，與俗世浮沉。

【語　譯】從前聽說南畝耕作，當年竟然沒有踐履。貧窮既然常有人在，春天起耕哪能免除？清晨自己套上車駕，踏上路途情思藐緬。鳥兒鳴囀歡欣春到，輕泠風吹送來美音。寒竹覆蓋荒蕪道途，人跡罕到地也曠遠。因此隱逸植杖老翁，悠然自得不願回返。就理慚愧缺乏通識，所保本性哪能說淺？

【研　析】懷古田舍，即在田舍中懷古。癸卯歲，即晉安帝元興二年（西元四〇三年），詩人正喪母家居。本首寫其躬耕之始，對隱居田園，自守本性清操的堅定信念。首四句交代南畝耕田，從前已經知道，但耕作實踐，開始於今。生活的貧困，也決定不可避免要在春來時投身耕作。「啟塗」以下八句，描寫田園風光，以及自己對田園生活的心嚮往之。清晨套車，心已飛馳。田野中，鳥鳴啁啾，調弄新聲，表達著春天的喜悅。輕泠之風，傳達著美妙不盡的裊裊餘音。荒莽小路上，竹子遮蓋。人跡罕到，更顯得野地曠遠深寂。「植杖翁」二句，懷念古之賢人荷蓧丈人，對如此美妙風光，無怪其堅執耕隱。這也何嘗不是詩人自己的心跡！結末二句，表達了自己沒有也不屑有混跡社會與世逶迤的本領，而耕隱田園秉有自然本性得益也自多多。

先師有遺訓❶，憂道不憂貧❷。瞻望邈難逮❸，轉欲志常勤❹。秉耒歡時務❺，解顏勸農人❻。平疇交遠風❼，良苗亦懷新❽。雖未量歲功❾，即事❿多所欣。耕種有時息，行者無問津⓫。日入相與歸，壺漿⓬勞近鄰。長吟掩柴門，聊為隴畝民⓭。

昔人問《詩經》何句最佳？或答曰：「楊柳依依。」此一時興到之言，然亦實是名句。倘有人問陶公何句最佳？愚答云：「平疇交遠風，良苗亦懷新。」亦一時興到也。

【注　釋】❶先師有遺訓　先師，尊稱孔子。遺訓，遺留下的教誨。❷憂道不憂貧　《論語・衛靈公》：「君子憂道不憂貧。」❸瞻望邈難逮　瞻望，仰望。邈，高邈。逮，及。❹轉欲志常勤　轉欲，轉念。長勤，長期從事農耕力作。❺秉耒歡時務　秉，持。耒，農具。時務，指農務。❻解顏勸農人　解顏，和顏悅色。勸，勉勵。❼平疇交遠風　平疇，平曠的田野。交，流通。❽懷新　生機勃勃，嚮往春天。❾量歲功　量，衡量。歲功，一年的農事收成。❿即事　指眼前的勞作及景物。⓫問津　打聽渡口處。《論語・微子》：「長沮、桀溺耦而耕，孔子過之，使子路問津焉。」以沮、溺自比。⓬壺漿　酒漿。⓭隴畝民　耕田的農民。

【語　譯】先師聖人留遺訓，憂心治世不憂貧。仰望高遠難企及，轉念立志作耕隱。手持犁耙農忙歡，和顏勸勉務農人。平曠田野遠風來，麥苗勃勃喜在春。雖未衡量年收成，眼前事務多歡欣。耕作有時田間歇，不見行道人問津。太陽落山一起歸，酒漿慰勞我近鄰。柴門虛掩曼吟詩，姑且做個耕田人。

【研　析】本首承上首的懷念長沮、桀溺，進一步寫其耕隱的歡樂喜悅之情。首四句寫聖人孔子留有遺訓，所憂者社會的治理，道的實施，而非自身貧困；但此境界何其高不可攀，難以企及！自己所要做的，也只能是長沮、桀溺的耕隱田園，其志尚已明。「秉耒」以下八句，寫田園風光以及自己的農耕之樂。詩人不獨自己農活幹得歡快，還勸慰農人勤於耕作，其〈勸農〉之作可證。「平疇」二句寫田疇風景，生機盎然，深得自然之趣，歷來為人稱道。無行者問津，化用孔子問道長沮、桀溺，呼應開頭的耕隱之志。結末四句，寫農耕歸來之樂，或酒漿慰勞鄰人，或虛掩柴門而吟詩撰文，都悠然自得，開懷愜意。整個詩歌清穆渾然，自然恬淡，內蘊豐厚。

庚戌歲九月中於西田穫早稻

人生歸有道❶，衣食固其端❷。孰是都不營❸，而以求自安？開春理常業❹，歲功聊❺可觀。晨出肆微勤❻，日入負耒還。山中饒❼霜露，風氣❽亦先寒。田家豈不苦？弗獲❾辭此難。四體誠乃疲，庶無異患干❿。盥濯⓫息簷下，斗酒散襟顏⓬。遙遙沮溺心⓭，千載乃相關。但願長如此，躬耕非所歎。

〈移居詩〉曰：「衣食終須紀，力耕不吾欺。」此云：「人生歸有道，衣食固其端。」又云：「貧居依稼穡。」自勉勉人，每在耕稼，陶公異於晉人如此。

【注釋】❶道　常理。❷端　首。❸孰是都不營　孰，何。是，指衣食。營，經理。❹理常業　打理農務。❺聊　賴。❻肆微勤　肆，從事；操持。微勤，些微的勞動。❼饒　多。❽風氣　氣候。❾弗獲　不能。❿異患干　異患，意外的禍患。干，犯。⓫盥濯　盥，洗臉洗手。濯，洗滌。⓬散襟顏　散除鬱悶，開懷愉悅。⓭沮溺心　長沮、桀溺的心思。

【語譯】人生總歸有常理，衣食本當推第一。哪有啥事不經營，卻要求得自安逸？開春打理農務事，一年收成便可觀。清晨出去幹些活，日落扛著農具回。山中冰霜露水多，氣候也要冷得先。農家難道不辛苦？不能推辭這艱難。四肢誠然很疲憊，大概沒有橫禍犯。洗臉滌刷簷下歇，杯酒解乏笑開顏。遙遠悠久沮溺心，千載懸隔情相關。但願長期能這樣，躬耕勞作不慨歎。

【研析】庚戌歲，即晉義熙六年（西元四一〇年），此時詩人已經辭官歸田園居數年。穫早稻，或以為當是「穫旱稻」，因為九月穫稻，不為早矣。此說不無道理。詩歌表達了詩人收穫稻子後的喜悅心情。首四句由人生常理，議論起筆，衣食為首，意義也大，而反問一句，更坐實此人生常理的千古不磨。「開春」以下十句，落筆春種，春天耕耘，日出而作，日落而息。山中高地，多冰霜寒露，農家耕作，不為不苦，但務農原其本分，衣食之求，也不能不爾。四體疲累，然沒有宦海風波，不測橫禍，卻也心神安泰，得享天年。「盥濯」二句，寫田間歸來之樂，屋簷下沐面洗刷，老酒數杯，自斟自飲，開懷歡暢。「遙遙」二句，說自己與長沮、桀溺，雖有千年懸隔，然心靈相通，志尚相近。結末二句，抒發了對躬耕田園的由衷喜悅，對歸隱生活的無怨無悔。議論敘事結合，出語沖淡而意蘊深邃。

丙辰歲八月中於下潠田❶舍穫

潠，音巽。

貧居依稼穡❷，戮力東林隈❸。不言春作苦，常恐負所懷。司田眷有秋❹，寄聲與我諧❺。饑者❻歡初飽，束帶候鳴雞。揚檝❼越平湖，泛❽隨清壑迴。鬱鬱荒山裡，猿聲閑且哀。悲風愛靜夜，林鳥喜晨開。曰余作此來❾，三四星火頹❿。姿年⓫逝已老，其事未云乖。遙謝荷蓧翁⓬，聊得從君棲⓭。

【注釋】❶下潠田　低窪有水之田。❷稼穡　泛指農務。❸戮力東林隈　戮力，盡力。東林，地名。隈，曲下處。❹司田眷有秋　司田，管理農務之官。眷，念。有秋，秋時的收穫。❺寄聲與我諧　寄聲，託人帶信。諧，戲謔。❻饑者　詩人自指。❼檝　通「楫」，槳。❽泛　蕩舟。❾曰余作此來　曰，語助詞，無義。此，指稼穡。❿三四星火頹　三四，十二年。星火，火星。火星西傾，表示秋季到來。⓫姿年　容顏年齡。⓬荷蓧翁　指古代隱士。⓭聊得從君棲　聊，樂。棲，止息。

【語譯】貧居依賴農務業，盡力耕作東林田。不談春種多辛苦，常常擔心與願違。司田農官惦秋收，捎信和我來戲謔。饑餓之人喜溫飽，繫好冠帶等雞鳴。揚楫行舟渡平湖，泛舟跟著水壑轉。荒莽一片深山中，猿啼悠悠聲且哀。淒厲風起多靜夜，林中鳥兒晨鳴歡。我來躬耕田園居，火星西傾十二回。容顏年齡漸衰老，躬耕務農還隨順。遙遙致意荷蓧翁，幸得隨從您止息。

【研　析】本詩作於晉義熙十二年（西元四一六年）丙辰，為慶田舍收穫而作。詩歌表達了詩人田園力耕，秋收之日的喜悅之情。首四句寫隱居田園，沒有別的收入，就靠的努力耕作。辛苦的勞動不算什麼，就擔心災年無收，辛苦赴之流水。此典型一老農心理，何其淳樸明淨！「司田」四句，以司農官的捎信戲謔，暗示秋天豐收；而束帶等待雞鳴，急於出遊，則表露出其收穫後的欣喜激動，心滿意足。「揚檝」六句，寫蕩舟湖中，遊歷山上。舟隨壑迴，寫盡湖的幽曲之勢；悠揚哀囀的猿鳴，靜夜刮起悲風，黎明林鳥歡唱，山林風物盡在眼前。「愛」、「喜」二字，化無情為有情，有點睛之效。「曰余」四句，言歸隱園田一十二年，時間匆遽，人也垂老，農事尚且順利。結末二句，引古賢以表其對於歸隱的慶幸，其老而不改尚，清操依舊，情溢於語表。

飲　酒

余閑居寡歡，兼比夜已長❶，偶有名酒，無夕不飲。顧影獨盡，忽焉復醉。既醉之後，輒題數句自娛。紙墨遂多，辭無詮次❷。聊命故人❸書之，以為歡笑爾。

【注釋】❶兼比夜已長　兼，加。比夜，近來之夜。❷詮次　選擇次序。❸故人　友人。

【語譯】我閒居寂寥少歡，加上近來夜已變長，偶然有了好酒，沒有哪個晚上不飲。看著自個的身影，獨自乾杯，不覺中再醉。既醉以後，常常寫上幾句自娛。筆墨文字漸漸已多，文辭缺乏次序選擇。姑且請朋友將它們書寫下來，以為談笑罷了。

【研析】小序以簡潔的文字，說明了〈飲酒〉詩的創作緣起，詩題取名的由來——飲酒之作，寫作上的時間——秋夜，內容上的沒有必然連貫，形式上的率意成章，以及朋友抄錄而傳流下來的背景。詩人的曠達豪放中，不無悲涼蒼茫之氣，詩乃寡歡飲酒後遺興所寫，這為讀者了解詩人的創作心境提供了重要參照，也是理解詩歌內容的一把鑰匙。

衰榮無定在，彼此更共之。邵生瓜田中，寧似東陵時❶？寒暑有代謝，
人道❷每如茲。達人解其會❸，逝❹將不復疑。忽與一觴酒，日夕歡相持。

【注釋】❶邵生瓜田中二句　言邵平種瓜之時與其為東陵侯之際，反差何其之大。《史記・蕭相國世家》載，秦東陵侯邵平，在秦亡之後，種瓜長安城東門外，其瓜甜美，人稱東陵瓜。❷人道　人間事理。❸會　指理之所在。❹逝　語助詞，無義。

【語　譯】衰亡繁榮沒有一定，彼此雙方互相依附。邵平種瓜田野中間，難道似他作東陵侯？寒暑季節更迭替換，人間事理每每如此。通達的人明白就裡，也將不會再生懷疑。隨意攜帶一壺老酒，晚間盡情暢飲淋漓。

【研　析】〈飲酒〉組詩凡二十首，當作於晉義熙十三年（西元四一七年）秋夜。本詩為第一首，寫人世盛衰無定，應該達觀盡樂。首二句總提，以議論出之，講出一個辨證的道理：世事無常，榮衰相互依伏，榮孕育著衰，衰孕育著榮，所謂禍福相依，庶幾近之。「邵生」二句，以典故史實印證著這一道理，邵平為侯時，何等顯赫，與其今之身為瓜農，反差何其懸殊，此榮枯即在一人身上發生。「寒暑」二句，則以寒暑代謝，比人世盛衰，也生動真切。「達人」以下四句，通達明白天理之人，不會對此有所疑惑，詩人自己自然深明此理，故而酒壺在手，暢飲取樂。在其化用典故中，已分明見出詩人對身在亂世的無奈。

積善云有報，夷叔在西山❶。善惡苟不應，何事空立言？九十行帶索❷，飢寒況當年❸。不賴固窮節，百世當誰傳？伯夷傳大旨，已盡於此。末二句，馬遷所云亦各從其志也。

【注　釋】❶夷叔在西山　言商末孤竹君二子伯夷、叔齊為避君位而逃，商亡而隱居西山，恥食周粟，採薇度日，終於饑餓而死。❷九十行帶索　《列子・天瑞》載，孔子遊泰山，見一人名榮啟期，年九十，披裘而以索為帶。行，且。❸當年　年當盛壯。

【語　譯】說是積善有好報，伯夷、叔齊亡西山。善惡如若不報應，為何空有如上言？啟期九十繩為帶，壯年更是受饑寒。若不依賴固窮節，百年以後誰能傳？

【研　析】本詩為〈飲酒〉二十首之二。詩歌寫君子固窮之志。首四句引伯夷、叔齊典故，以伯夷、叔齊的大賢而最終饑餓而死，對佛教宣揚、世俗篤信的所謂善惡果報觀念，提出了質疑。善人不得善報，其報應之說，簡直就是一紙空言。「九十」二句，復舉春秋榮啟期例，其年九十尚以索為帶，壯年的苦寒可知。「不賴」二句，總結全詩，無論伯夷、叔齊，還是孔子所見的榮啟期，其所以青史標名，永垂不朽，難道不正賴其守貧之節嗎？詩人之固貧節操，藐視富貴之志可見。以善惡報應說起，既奇崛矯橫，也顯見詩人憤世之意。

道喪向❶千載，人人惜其情❷。有酒不肯飲，但顧世間名。所以貴我身，豈不在一生？一生復能幾？倏如流電驚❸。鼎鼎❹百年內，持此欲何成？

【注　釋】❶向　近。❷惜其情　顧惜聲名。❸驚　迅疾。❹鼎鼎　寬漫貌。

【語　譯】大道淪喪近千年，人人顧惜身前名。有酒不肯盡歡飲，只顧世間獵虛聲。所以尊貴一己身，難道不就這一生？一生更能有幾何？倏忽如同雷電鳴。漫漫百年一生內，執此功名欲何用？

【研　析】本詩為〈飲酒〉二十首之三。詩歌表達了對功名的輕蔑，對心靈自由的執著。首四句言大道淪喪行將千年，自老子揭出，人人盡知，但追逐功名之心，競逐名利，使人置之不顧，甚至連人生的終極目的快樂人生也無暇顧及，迷失了本性，迷失了自我。「所以」以下六句，揭出本質，人生富貴功名的追逐，也僅在生前，但一生又有幾何？不過如閃電劃過天空，倏忽而逝。而人生的疲於奔命，浪費光陰，要此又終有何用？此不啻當頭棒喝，也如一劑清涼散。

結廬在人境❶，而無車馬喧。問君何能爾❷，心遠❸地自偏。采菊東籬下，悠然見南山。山氣日夕佳❹，飛鳥相與還❺。此中有真意，欲辯已忘言❻。

胸有元氣，自然流出，稍著痕迹便失之。

【注　釋】❶結廬在人境　結廬，建造住宅。人境，人間。❷問君何能爾　君，詩人自指。爾，如此。❸心遠　指超凡脫俗，擺脫世俗功名利祿的羈絆。❹山氣日夕佳　山中雲霧之氣。日夕，黃昏時候。❺相與還　成群結伴歸來。❻此中有真意二句　本《莊子・齊物論》：「辯也者，有不見也。夫大道不稱，大辯不言。」又〈外物〉：「言者所以在意也，得意忘言。」

【語　譯】築室居住在人間，卻無車馬來喧鬧。問我如何致此境，心裡淡泊地偏遠。東籬下邊採菊花，悠然看見有廬山。山中雲霧黃昏好，歸鳥結伴往回返。此中蘊藏有真諦，想要申辯已忘言。

【研　析】本詩為〈飲酒〉二十首之五。詩歌抒寫了田園生活的悠然自適，以及對自然人生真義的體察。首四句在敘轉問答中，抒發了淡泊脫俗之志，雖在人間，卻可以不受世俗擾攘，保持清淨閒適心境。「采菊」四句，悠然者詩人，亦南山，黃昏美麗的山間雲霧，結伴歸來的成群鳥兒，都與詩人悠然心境和諧融合，渾為一體，情在境中，境中含情，水乳交融。結末二句，總括全篇，是自然妙諦人生本質的體悟，是一種無法言表的人生境界。所謂「淵明不為詩，寫其胸中之妙耳」（陳詩道《後山詩話》），可謂本詩的評。「采菊」二句，以其淵深樸茂、靜穆淡遠，素來為人稱道，千古流傳不衰。

秋菊有佳色，裛露掇其英❶。泛此忘憂物❷，遠我遺世❸情。一觴雖
獨進，杯盡壺自傾。日入群動❹息，歸鳥趨林鳴。嘯傲❺東軒下，聊復得
此生❻。

「遺我遠世情」，陶集作「遠我遺世情」，從陶集為妥。

【注　釋】❶裛露掇其英　裛露，沾露。掇，拾取；採摘。英，花。❷泛此忘憂物　泛，縱。忘憂物，指

酒。❸遺世　遺棄世俗，超脫塵世。❹群動　各種活動的動物。❺嘯傲　自在地吟詠。❻得此生　指清閒自適，得人生真趣。

【語譯】秋菊開得好顏色，沾帶露水採其花。縱情暢飲忘憂酒，淡遠我心脫俗情。一觴雖然獨自飲，杯乾酒壺已傾倒。日落各類動物歇，歸鳥鳴唱奔林叢。自在吟詠東籬下，姑且再次享人生。

【研析】本詩為〈飲酒〉二十首之七，寫黃昏對菊飲酒之樂。首四句即寫對菊飲酒。秋天草木凋零，唯有菊花盛開，好個傲霜之姿，「有佳色」以極樸直語一洗千古俗氣。帶露掇菊英，有延年益壽之想，更有比況貞潔志尚之意。遺世之情不獨飲酒能淡，對菊花之姿猶可淡。「一觴」四句寫恬適自得之情，酒觴可人意，群動棲息，詩人更得其所。結末二句申述志尚，得以東籬把酒，悠然快意，此生不虛，真嘗人生之樂。詩歌寓曠達襟懷於悠閒之境，景中蘊情，物以寫人，詩人之品格操行畢現詞句之中。

清晨聞叩門，倒裳❶往自開。問子為誰與？田父有好懷❷。壺漿遠見候，疑我與時乖❸。繿縷❹茅簷下，未足為高棲❺。一世皆尚同❻，願君汩其泥❼。深感父老言，稟氣寡所諧❽。紆轡❾誠可學，違己詎非迷❿！

且共歡此飲，吾駕不可回。「稟氣寡所諧」，「吾駕不可回」，說得斬絕。

【注　釋】❶倒裳　語本《詩經・齊風・東方未明》：「東方未明，顛倒衣裳。顛之倒之，自公召之。」指急忙迎客，上衣下裳顛倒而穿。❷田父有好懷　田父，老農。好懷，好意。❸疑我與時乖　疑，怪。乖，不合。❹襤縷　衣衫破爛。❺高棲　高隱。❻一世皆尚同　一世，舉世。尚同，以混同世俗為高。❼汨其泥　本《楚辭・漁父》：「世人皆濁，何不淈其泥而揚其波？」汨，攪亂。❽稟氣寡所諧　稟氣，天生脾氣。寡所諧，難與世俗融洽。❾紆轡　回車。紆，曲。轡，轡繩。❿詎非迷　詎，豈。迷，迷途；錯誤。

【語　譯】清晨聽到敲門聲，衣裳顛倒忙開門。問聲先生是哪位？老農好心走過來。提著壺酒來問候，怪我與時不和恰。襤縷衣裳茅草屋，不值為此而隱居。舉世崇尚混流俗，希望您能攪其泥。深深感激鄉親語，稟性脾氣不合群。回車的確能夠學，違背身心豈非錯！姑且共同喜飲酒，我的車駕不可返。

【研　析】本詩為〈飲酒〉二十首之九。詩歌以問答之體，在自己的回答中，表明了隱跡田園，不復出仕的堅決。首六句起以清晨扣門，急忙開門，問知來者老農，好心前來問候，責備詩人不合流俗。雖為詩人敘述，然好客的詩人以及樸實真誠的老農形象，已呼之欲出。「襤縷」以下四句，是老農口吻，他深為高才賢德的詩人不平，他覺得襤縷衣裳茅草棚屋是對詩人的不公，而舉世皆濁，世道如斯，詩人沒必要獨抱清白，虧待了自己。「深感」以下六句，是詩人答覆。他固然深深感激老農的關切，但以為自己稟性不苟流俗，回到官場可以做到，但違背自己隱逸避世的初衷，他覺得仍然是個錯誤。詩人請老農不必再說，因為自己志向早定，開弓沒有回頭箭，自己不後悔當初的抉擇，決不再踏入汙濁的官場。詩歌化用《楚辭・漁父》中屈原與漁父的答問，隱有追攀屈原堅其操守之志。開門迎賓，對飲聊天，以生活瑣事入詩，真切自然，樸素本色。

在昔曾遠遊，直至東海隅❶。道路迥且長，風波阻中塗。此行誰使然，
似為飢所驅。傾身營一飽，少許便有餘。恐此非名計，息駕❷歸閑居。

【注釋】❶東海隅　東海邊。東晉安帝元興三年（西元四〇四年）詩人為劉裕參軍，經曲阿（今江蘇丹陽，當時屬南東海郡）赴丹徒。❷息駕　停車，指棄官歸隱。

【語譯】往昔遠處曾宦遊，直到東海水濱處。道路遙遠且漫長，風波險阻擋半路。此行何因而造成，似乎因為饑餓故。拚身營求填飽肚，少許酬薪便有餘。恐有背於求名理，停車返回田園居。

【研析】本詩為〈飲酒〉二十首之十。詩歌表達了對往昔遠遊仕宦的追悔，流露了對今日歸隱的稱慶。詩歌首四句追憶往昔遊宦所歷坎坷，道途遙遠，風波勞頓。「此行」二句，總結出仕原因，出於饑寒困頓，生計所迫，為貧而出仕。「傾身」二句，說自己並無太高的要求，有少許贏餘，便已滿足。結末二句，自覺此行與士人求取功名正理有悖，不能建功立業、於國

有補，便不如歸去，隱居田園。

故人賞我趣❶，挈壺❷相與至。班荊❸坐松下，數斟已復醉。父老雜亂言，觴酌失行次❹。不覺知有我，安知物為貴？悠悠迷所留❺，酒中有深味❻。

超超名理。

【注釋】❶趣　情趣；意趣。❷挈壺　帶著酒壺。❸班荊　以荊樹枝條鋪地。班，布。❹觴酌失行次　觴酌，斟酒勸飲。失行次，言酒醉而忘記長幼次序。❺所留　所止；歸宿。❻深味　指深邃的人生自然真諦。

【語譯】故人欣賞我情趣，帶著酒壺結伴至。鋪陳荊條松下坐，幾番斟酒已經醉。父老紛亂多言語，胡亂斟酒失次序。不再覺得身存在，哪知身外物榮貴？恍惚不知歸宿地，酒中品出長滋味。

【研析】本詩為〈飲酒〉二十首之十四。詩歌寫飲酒之樂，及酒醉中所達到的物我兩忘之高妙境界。首二句點出飲酒。故人到來飲酒，自挈酒至，其交往不拘客套，沒有虛假，及交情之淳樸真誠可見。「班荊」以下六句，寫飲酒之樂及酒醉迷狂。松下席地而坐，寫其不拘形跡，隨意自由；正因了無拘無束，相得甚歡，以至於不覺中多飲；醉酒之中，益發沒有束縛，不講一切虛禮。「雜亂言」，酒醉之態真切活脫；隨意敬酒，不復有長幼次序先後的講究。飄忽悠然中，既忘卻自身，一切身外之物更不存於心中。這纔是真正的快樂，真正的超脫。結末二句，物我兩忘中，詩人靈光閃現，忽然領悟出了人生的本質，自然的真諦。這是對飲酒之樂的自然昇華，雖說理，仍給人餘音裊裊，韻味悠悠，含蓄雋永之感。

少年罕人事❶，遊好在六經❷。行行向不惑❸，淹留❹遂無成。竟抱固窮節❺，飢寒飽所更❻。敝廬交悲風，荒草沒前庭。披褐守長夜，晨雞不肯鳴。孟公不在茲❼，終以翳❽吾情。

【注　釋】❶人事　俗世間的交往應酬。❷遊好在六經　遊好，沉潛愛好。六經，《詩》、《書》、《易》、《春秋》、《禮》、《樂》諸儒家經籍的總稱。❸向不惑　向，近。不惑，四十歲。❹淹留　停滯不前。❺固窮節　本《論語・衛靈公》：「子曰：『君子固窮，小人窮斯濫矣。』」節，操守。❻更　經歷。❼孟公不在茲　孟公，東漢劉龔，孟公其字。《高士傳》載，有高士張仲蔚，家貧，居處蓬蒿叢生，高不見人，時人無知之者，僅有孟公了解他。❽翳　遮蔽。

【語　譯】少年時代極少應酬，潛心喜好閱讀六經。時光流逝年近不惑，滯留不前事業無成。始終懷抱固窮節操，飽嘗饑寒苦難歷經。破舊草屋北風穿流，荒蕪野草埋沒院庭。身披短衣坐熬長夜，報曉之雞偏不肯鳴。劉龔孟公不在這裡，始終遮蔽心中真情。

【研　析】本詩為〈飲酒〉二十首之十六。詩歌回顧既往，感傷今天，抒寫了貧寒守節，不獲知音的苦悶心懷。首四句回顧少年以迄壯年，少年時代摒棄世俗應酬，潛心儒家六經；後雖出仕，世道黑暗，年近四十，壯志不遂。「竟抱」以下六句，寫歸田園後，破廬北風，饑寒交困，守固窮之節，不肯改志。「披褐」二句，寫盡饑寒難寐之人盼望天亮心理。結末二句，引張仲蔚受知劉龔之典，渲染其有張之困厄，無張之幸運的落寞悲哀。詩歌辭氣和婉，然貞潔之志，不平之氣，也深摯感人，扣人心弦。

羲農❶去我久，舉世少復真❷。汲汲魯中叟❸，彌縫❹使其淳。鳳鳥雖不至❺，禮樂暫得新❻。洙泗輟微響❼，漂流逮❽狂秦。詩書復何罪，一朝成灰塵❾？區區諸老翁❿，為事誠殷勤。如何絕世⓫下，六籍無一親⓬？終日馳車走，不見所問津⓭。若復不快飲，空負頭上巾⓮。但恨多謬誤，君當恕醉人。

「彌縫」二字，該盡孔子一生。「為事誠殷勤」五字，道盡漢儒訓詁。○末段忽然接入飲酒，此正是古人神化處。○晉人詩，曠達者徵引老莊，繁縟者徵引班揚，而陶公專用《論語》。漢人以下，宋儒以前，可推聖門弟子者，淵明也。康樂亦善用經語，而遜其無痕。

【注　釋】❶羲農　伏羲氏、神農氏，傳說中的上古帝王。❷真　真淳；質樸。❸汲汲魯中叟　汲汲，勤勞貌。魯中叟，指孔子，春秋時期魯國人。❹彌縫　縫合；補救。❺鳳鳥雖不至　本《論語．子罕》：「鳳鳥不至，河不出圖，吾已矣夫。」言非太平盛世。❻禮樂暫得新　《史記．孔子世家》載：孔子之時，周室式微，禮樂廢弛，《詩》《書》殘缺，孔子修禮樂詩書。言禮樂詩書得孔子整理修復而煥然一新。❼洙泗輟微響　洙、泗，二水名，在山東曲阜北。據《禮記．檀弓》，孔子曾設教於此。輟，停。微響，精微要妙的聲音。❽逮　至。❾詩書復何罪二句　指秦朝焚書坑儒。❿區區諸老翁　區區，猶拳拳，小心謹慎貌。諸老翁，指漢朝初年儒生伏生、申培公等人，年邁而傳授六經。⓫絕世　衰敗之世。⓬六籍無一親　六籍，六經。親，親近；重視。⓭問津　本《論語．微子》，長沮、桀溺耦耕，孔子使子路問津。指像孔子那樣為治世奔忙。⓮頭上巾　儒者頭戴的方巾。《宋書．陶潛傳》記載陶潛「取頭上葛巾漉酒，畢，復還著之」。

【語　譯】伏羲、神農離我久遠，整個社會少有真淳。忙碌勤劬魯地老頭，補救流俗使其淳厚。鳳凰儘管不現於世，整理禮樂煥然一新。洙泗水間微言停歇，漂流邁進狂暴之秦。詩書又有什麼罪過，一旦焚燒成為塵灰？赤誠勤謹諸位老人，傳播詩書的確殷勤。為何到了衰敗之世，六經無人親近尊貴？終日驅車奔走富貴，不見為政治理問津。如果再不暢快飲酒，空自辜負頭上儒巾。遺憾自己多有荒謬，請您寬恕酒醉中人。

【研　析】本詩為〈飲酒〉二十首最後一首。詩歌表達了對世風不古，風俗澆漓的憤懣，對禮樂詩書真淳社會的嚮往。首二句跨越浩淼時空，由上古的真淳，寫到今朝的風俗破弊，古風不再，是懷古，更是傷今。「汲汲」四句，由寫世，轉為頌人，謳歌了先聖孔子汲汲於世，處衰微之周，力挽狂瀾，刪訂詩書禮樂，傳道授業，補救時弊，詩書禮樂煥然一新，對聖人偉業，高山仰止，欽敬有加。「洙泗」四句，由孔子設帳於彼的洙泗之水，謂其漂流而至暴秦，有江河日下之感，用語措辭，也復有味。詩書無辜而遭燔燒，益證秦之暴政。反問設句，詩人痛心疾首憎惡之情顯見。「區區」二句，彰顯秦季漢初儒者，如濟南伏生等，不獨捨命保存詩書，又在衰邁暮年精誠勤勉傳授詩書，對文化遺產精華，奉獻畢生心血。「如何」四句，寫其置身之今世，人們忙碌追逐的是功名利祿，六經禮樂不再有人親近，治世之道不再有人關心。結末四句，處在這樣的世道，詩人只能避世高隱，陶醉曲蘗，獨善其身。而酒後荒謬，在所難免，詩人調侃，請別人不和酒醉之人計較。而這調侃，也何其悲苦！短詩一章，可視之為儒學式微史，世風流變史。由於感情的貫注，議論而不枯燥。其對研究詩人心跡，乃第一手資料。

有會❶而作

舊穀既沒，新穀未登❷，頗為老農，而值年災，日月尚悠❸，為患未已。登歲之功❹，既不可希❺，朝夕所資，煙火裁❻通，旬日已來，始念飢乏。歲云夕矣❼，慨焉詠懷。今我不述，後生❽何聞哉。

弱年逢家乏❾，老至更長飢。菽麥實所羨，孰敢慕甘肥❿？惄如亞九飯⓫，當暑厭寒衣。歲月將欲暮，如何辛苦悲？常善粥者心，深恨蒙袂非⑫。嗟來何足吝⑬，徒沒空自遺⑭。斯濫豈彼志，固窮夙所歸⑮。餒也已矣夫，在昔余多師。

【注釋】❶有會　有感。會，領悟；會心。❷未登　沒有收成。登，登場。❸日月尚悠　日子還長。❹登歲之功　指田稼收穫。❺希　希望；期待。❻裁　通「纔」。❼歲云夕矣　將到年末，喻指暮年。❽後生　子孫。❾弱年逢家乏　弱年，弱冠之年，指少年時期。家乏，家境貧困。❿甘肥　美味。⓫惄如亞九飯　惄，饑餓。九飯，本《說苑·立節》：「子思居衛，縕袍無表，三旬而九食。」⓬常善粥者心二句　典出《禮記·檀弓》：「齊大饑，黔敖為食於路，以待餓者而食之。有餓者蒙袂輯屨，貿貿然來。黔敖左奉食，右執飲，曰：『嗟來食。』揚其目而視之，曰：『予唯不食嗟來之食，以至於斯也。』從而謝焉，終不食而死。」粥者，施捨粥以賑濟饑民的人，指黔敖。蒙袂，以袖蒙面，羞於見人。⓭嗟來何足吝　嗟來，不尊敬的招呼。吝，恨。⓮徒沒空自遺　沒，死亡。遺，亡失。⓯斯濫豈彼志二句　本《論語·衛靈公》：「子曰：『君子固窮，小人窮斯濫矣。』」濫，放縱為非。夙，舊。

【語譯】舊年穀子已經吃盡，新的穀子尚未收成，做了多年老農，而遭逢災荒，時日還長，禍患還沒有到頭。莊稼豐收，已經不能指望，朝夕用度，勉強不至於斷炊，近日以來，開始感到匱乏。將近年末，感慨抒寫懷抱。今天我不記下，後代子孫如何知道呢？

少年時期家道蕭條，老年到來又經饑荒。豆麥之糧實所希望，哪敢羨慕美味佳餚？饑餓少餐亞於子思，正當暑天寒衣難脫。時光匆匆將近年末，如何心中悲酸苦澀？常常稱美施粥慈善，深深遺憾蒙臉為非。嗟來招呼何足惱恨，白白死亡空自喪生。放縱為非豈是我志，固窮之節為我心願。饑餓也就如此而已，往昔多人可為我師。

【研析】本詩大約作於宋元嘉三年（西元四二六年）詩人六十二歲時。詩歌描寫了饑饉之年，缺衣少食，固窮之節彌堅不變的志尚。首四句由少年寫起，言其對於生活並沒有太高的要求，只求衣食溫飽，不求美味華衣，是其一貫的本色。同時以老年長饑，點出遭逢荒年。「惄如」四句，比子思三旬九飯，渲染其饑寒的嚴重；暑天猶穿寒衣，極寫貧困少衣，無能替換。歲末年關，不是喜慶佳節到來，而是悲辛愁苦，擔心著來日如何過去，也何其淒慘！「常善」四句，引不食嗟來之食典故，在表面上對餓者的責難裡，寓含著對當今社會風氣不古，不獨無蒙袂守節者，更無慈善施捨肯於濟人賑濟者的抨擊。結末四句，化用《論語》君子固窮語，表達自己雖受饑餒，以子思、餓者為楷模，堅持固窮之節，守其清操的堅定志向。窮而知其志，詩人的人格操守，真古之賢聖。

擬古

榮榮❶窗下蘭，密密堂前柳。初與君❷別時，不謂行當久。出門萬里客，中道逢嘉友❸。未言心先醉❹，不在接杯酒。蘭枯柳亦衰，遂令此言❺負。多謝諸少年❻，相知不忠厚。意氣傾人命❼，離隔復何有？

【注釋】❶榮榮　繁盛貌。❷君　指遊子。❸中道逢嘉友　中道，半道，途中。嘉友，好友。❹心先醉　心先傾倒。❺此言　指初別時相約之言。❻多謝諸少年　謝，告訴。少年，泛指年輕人。❼傾人命　言可送性命。

【語譯】窗下蘭花長得盛，堂前柳樹枝葉密。初與閣下相別時，不曾說過去很久。出門浪跡萬里人，途中遇上好朋友。尚未交談已傾倒，不在觥籌交錯中。蘭草枯萎柳樹敗，遂使相約成泡影。多多告訴年輕人，朋友相交不忠厚。意氣相投性命交，離別相隔何嘗有？

【研析】陶淵明〈擬古〉詩凡九首，當作於宋武帝永初二年（西元四二一年）。多弔時傷世，追慕節義。擬古，摹擬古詩之謂。本詩為第一首，責遊子負約忘舊。首四句言送別，茂盛的蘭草，密密柳樹，興起比喻友情濃郁，不久再會，亦寫彼此拳拳留戀。「出門」以下四句，寫遊子客地途中新交，一見如故，相互傾倒。「中道」一詞，暗寓貶義，諷遊子訂交的草率；有此一墊，所謂交情不在杯酒談笑，不無滑稽。結末六句，照應開篇，以蘭枯柳衰，寫別離時間之久，遊子的忘懷故人，輕忽舊情。「多謝」云云，是以遊子為鑒，對時人輕率結交，不守信義的規勸，詩人以為，做人千萬莫學遊子，在時信誓旦旦，似乎性命之交，去後一切拋諸腦後，全不記往昔友情。詩歌結構綿密，措辭敏妙。

辭家夙嚴駕❶，當往志無終❷。問君今何行？非商復非戎。聞有田子春❸，節義為士雄。斯人久已死，鄉里習其風。生有高世名，既沒傳無窮。不學狂馳子❹，直在百年中❺。

田子春名疇，劉虞之臣。虞盡忠漢室，為公孫瓚所害，疇掃地而盟，誓欲復仇。後瓚已滅，烏桓已破，曹操欲加以封爵，疇不受，至欲自刎以明志。

【注釋】❶夙嚴駕　夙，早。嚴駕，整備車馬。❷志無終　志，陶集作「至」。無終，地名，今河北薊縣。❸田子春　陶集作「田子泰」，當從。子泰名疇，漢末無終人。《三國志・魏志》有傳。為人尚節義。董卓挾獻帝遷都長安，其為幽州牧劉虞使節，往見獻帝，拜騎都尉不受。公孫瓚滅劉虞，其哭墓致哀。歸隱徐無山，眾人歸之者五千餘室。❹狂馳子　追逐名利，苟且求榮之人。❺直在百年中　直，僅。百年中，一生。

【語譯】離家早早備車駕，當去到那無終地。問你去彼有何幹？不是經商非戎旅。聽說有位田子泰，重節守義士翹楚。這人已經死去久，鄉里保持其遺風。生前享有大名聲，死後美譽傳無窮。不學追名逐利人，榮華僅在一生中。

【研析】本詩為〈擬古〉第二首，抒發了對忠義之士的追慕之情，對名利之客的輕蔑不齒。首四句言出行，早早備車，寫其神往急切；至無終，寫其將去之地。「問君」二句，設問句式，答非正面之答，不是經商，不是從戎，進一步渲染造勢，為下文鄭重出之。「聞有」四句，千呼萬喚始出來，節義之士田子泰隆重登場。斯人已死，但其風節仍為鄉里繼承堅守，詩人正慕其高義，欲往其家鄉瞻仰憑弔。「生有」以下四句，以田之青史標名，永垂不朽，對比苟且追逐名利者的榮華盡止一生，並表達了自己義無返顧的抉擇，志尚所在。或云〈擬古〉之作，時當劉裕廢晉恭帝為零陵王，與田子泰遭逢董卓廢漢少帝相類，故此詩深有感慨寄焉，良有道理。

仲春遘❶時雨，始雷發東隅❷。眾蟄各潛駭❸，草木從橫舒。翩翩❹新來燕，雙雙入我廬。先巢故尚在❺，相將還舊居❻。自從分別來，門庭日荒蕪。我心固匪石❼，君情定何如？

【注釋】❶遘　逢。❷東隅　東邊。❸眾蟄各潛駭　蟄，動物冬眠。潛，藏。駭，驚起。❹翩翩　輕飛貌。❺先巢故尚在　先巢，舊巢。故，仍舊。❻相將還舊居　相將，相偕。舊居，指舊巢。❼我心固匪石　本《詩經・邶風・柏舟》：「我心匪石，不可轉也。」

【語譯】仲春遭逢及時雨，春雷始發在東邊。冬眠動物地下驚，草木萌芽舒展生。翩翩輕飛初來燕，成雙結對進我室。舊巢依舊還存在，相偕比翼還舊居。自從分別離此地，門庭日漸荒成片。我心堅定不可移，你的情思又如何？

【研　析】本詩〈擬古〉第三首，抒寫其堅貞不渝的高隱之志。首四句寫春到人間。春雷發動東方，春雨灑落人間，蟄伏冬眠之蟲驚起，草木沾雨露而萌發，何等欣欣向榮的春之景致！

始雷發、蟄潛駭、縱橫舒，寫春傳神如畫。「翩翩」四句，寫燕子歸來，認取舊巢。翩翩、雙雙，連用疊音之詞，窮盡燕子的可愛，令人歡喜。相偕，已將燕子擬人。「自從」四句，以門庭荒蕪，頌燕子不棄故舊，以襯托人的高節。而結末明知故問，益見其對忠義之燕子的欣賞讚譽之情。化用《詩經》語句，也彰顯其高隱不出的志尚堅定，所謂：「淵明詩初看若散緩，熟看有奇句。」（惠洪《冷齋夜話》引東坡語）信然。

迢迢百尺樓❶，分明望四荒❷。暮作歸雲宅❸，朝為飛鳥堂❹。山河滿目中，平原獨茫茫❺。古時功名士，慷慨爭此場❻。一旦百歲後，相與還北邙❼。松柏為人伐，高墳互低昂❽。頹基無遺主❾，遊魂在何方？榮華誠足貴，亦復可憐傷。

【注　釋】❶迢迢百尺樓　迢迢，高貌。百尺，言其高。❷四荒　四野。❸歸雲宅　雲彩繚繞其上，言其高。❹飛鳥堂　飛鳥聚集的地方，言樓空無人。❺茫茫　遼闊無垠貌。❻此場　指茫茫平原。❼北邙　洛陽城北，漢、魏、晉達官顯貴多葬此。❽低昂　高低錯落。❾頹基無遺主　頹基，坍塌的墓基。遺主，指死者的後人。

【語　譯】迢迢高聳百尺樓，登臨清晰見四野。晚上歸雲飄飄入，清晨飛鳥鳴其上。滿眼所見山河狀，平原獨自遼茫茫。古代追逐功名者，激昂奮力競侯王。一旦百年成灰後，一起歸葬在北邙。墓地松柏被人砍，陵墓高低多荒涼。坍塌墓基無主管，遊魂飄蕩在何方？榮華富貴誠顯赫，同時也令人憐愴。

【研析】本詩為〈擬古〉第四首，以登臨廢樓，傷古代功名之士的灰飛煙滅，表達了一種歷史滄桑之感，以及對功名富貴的唾棄。首四句廢樓高聳荒涼，分明望見四野，雲彩繚繞，飛鳥歇止，都寫其高。而鳥之集落鳴噪，則顯其荒。「山河」以下，則寫所見所感。滿目山河，平原茫茫，此古來多少競逐功名之人，慷慨激昂，躊躇滿志，逐鹿於此，然而百年之後，則一個個葬身北邙，無一例外。而其墓地，松柏遭人砍伐，但見丘墓參差；荒廢的墓基，也不見有他們的後人修整，悠悠魂魄，不知飄蕩何處。結末二句，詩人既遙想當年，說其曾經顯赫尊榮，也傷其今日蹤影全無，身後淒涼。功名富貴的不足依憑，不值得追逐，其意彰然昭著。或以為其可能是晉宋易代引發的感慨，雖嫌狹隘，也不無一定道理。王夫之讚其：「此真百一詩中傑作，鍾嶸一品，千秋論定矣。」（《古詩評選》）

東方有一士，被服常不完。三旬九遇食❶，十年著一冠。辛苦無此比，常有好容顏。我欲觀其人，晨去越河關。青松夾路生，白雲宿簷端。知我故來意，取琴為我彈。上絃驚〈別鶴〉❷，下絃操〈孤鸞〉❸。願留就君住，從今至歲寒❹。辛苦而有好容，所謂身困道亨也。

【注　釋】❶三旬九遇食　《說苑・立節》記載子思居衛，三旬而九食。❷上絃驚別鶴　〈別鶴〉，即〈別鶴操〉，曲名。崔豹《古今注》中記載，商陵牧子娶妻五年而無子，父兄將為別娶，其妻聞之，半夜依門而悲，牧子聞而作此歌。❸下絃操孤鸞　〈孤鸞〉，曲名。《西京雜記》記載，漢成帝時，有慶安世善鼓琴，能為「雙鳳離鸞」之曲。❹歲寒　本《論語》「歲寒然後知松柏之後凋也」。

【語　譯】東方有位這樣人，身上衣著常短缺。三旬九次吃到飯，十年纔戴一頂帽。辛苦艱難無人比，常常容顏好燦爛。我想見到這個人，清晨離家度河關。青松夾道兩邊長，白雲繚繞屋簷端。知道我來殷勤意，取出鳴琴為我彈。前曲奏出〈別鶴操〉，後曲彈奏有〈孤鸞〉。希望留下與結鄰，從今直住到天寒。

【研　析】本詩為〈擬古〉第五首，寫尋訪高隱，願與結鄰為伴之志。首六句點出有此一人，衣著短缺，三旬九餐，十年一冠，雖極貧寒，然常有好的容顏，足見其道高非凡，值得傾慕。「我欲」四句，寫自己的前往尋訪，慕名拜會，夾道青松，白雲繚繞屋簷，其居處脫俗超凡，不類紅塵喧囂，景物由遠而近，隨身所移，次第寫來。「知我」四句，乃隱士接見，琴奏夫妻乖違之曲，也暗點人間之苦，有超脫度引之意，愈見其識破紅塵的脫俗。結末二句，願留傍高隱而居，其志向可見，化用《論語》典故，寫其隱逸之志堅決，操節可以明鑑。王夫之《古詩評選》譽本詩：「結構規恢，真大作手，今人讀之不辨其為陶詩也。」

日暮天無雲，春風扇微和❶。佳人美清夜❷，達曙酣且歌❸。歌竟長歎息，持此感人多。皎皎❹雲間月，灼灼❺葉中華。豈無一時好，不久當如何？

【注　釋】❶微和　些微的和暖。❷美清夜　美，愛。清夜，晴朗的夜晚。❸達曙酣且歌　達曙，直到天亮。酣，酒足氣振貌。❹皎皎　明亮潔白貌。❺灼灼　鮮豔盛開貌。

【語　譯】夕陽西下藍天無雲，春風吹來些微和暖。美人喜愛晴朗夜景，直到天亮酣飲唱歌。歌完曲子長長歎息，這情這景感人良多。皎皎潔白雲間月亮，繁盛鮮豔葉叢花朵。難道沒有暫時美好，不久之後又該如何？

【研　析】本詩為〈擬古〉第七首，抒寫時光易逝，好景不長的美人遲暮之感。首四句寫春季日暮之景及美人歌飲之樂，晴空無雲，春風拂煦，的是良辰美景，美人之歡喜、歌飲，都在情理之中。「扇」之一字，春風也覺多情。「歌竟」二句，為一轉折。美人樂極，不覺悲生，如此良夜，又令她不由得生出感慨，於是歎息聲聲。「皎皎」四句，正寫其感慨，也其歎息之由。雲間皎潔明亮的月兒，繁枝密葉間鮮豔璀璨的花朵，美固美矣，但其奈凋零衰微何？而自己的青春美貌，亦何嘗不是如此！詩人又不獨感歎時光流逝，也不無感慨朝代更迭，世事易遷之意。鍾嶸《詩品》舉其「日暮天無雲」一句，謂詩人不單質直，也有「風華清靡」之作。王夫之更謂：「『日暮天無雲，春風扇微和』，摘出作景語，自是佳勝，然此又非景語，雅人胸中勝慨，天地山川無不自我而成其榮觀。」（《古詩評選》）

少時壯且厲❶，撫劍獨行遊。誰言行遊近？張掖至幽州❷。饑食首陽薇❸，渴飲易水流❹。不見相知人，惟見古時丘❺。路邊兩高墳，伯牙與莊周❻。此士❼難再得，吾行欲何求！首陽易水，托意顯然。

【注釋】❶壯且厲　強壯而性情剛烈。❷張掖至幽州　張掖，古郡名，在今甘肅。幽州，古州名，在今河北東北。❸饑食首陽薇　史載商末孤竹君二子伯夷、叔齊隱居首陽山，採薇而食，恥不食周粟。❹易水流　《史記·刺客列傳》載：荊軻將行刺秦王，燕太子丹及賓客在易水邊送行，荊軻作歌：「風蕭蕭兮易水寒，壯士一去兮不復還。」❺古時丘　古人墓地。❻伯牙與莊周　伯牙，《韓詩外傳》載，伯牙善鼓琴，鍾子期為其知音。子期死，伯牙毀琴，終生不彈。莊周，即莊子，《淮南子·脩務訓》載，莊周與惠施交好，兩人常一起辯論。惠施死，莊周因無對手，不再辯論。❼此士　指伯夷、叔齊、荊軻、伯牙、莊周。

【語譯】少年時期強壯剛烈，手撫長劍獨自出遊。誰說出遊途程太近？到了張掖再到幽州。饑餓採食首陽薇菜，乾渴飲用易水激流。不見知音善解之人，只見古代所留墓丘。路邊累累兩座墳墓，安葬伯牙還有莊周。此等高士難以再見，我身出遊又欲何求！

【研析】本詩為〈擬古〉第八首，抒寫了世無志士，知音難遇，有志難酬的落寞之感。首四句言少年壯遊，強健的體魄，剛烈的性情，撫劍遠遊，至張掖，到幽州，一個豪邁颯爽，立志有為的少年形象突兀而出，真切感人。「饑食」六句，食首陽之薇，飲易水之流，化用伯夷、叔齊及荊軻的典故，示其追慕聖賢、遊俠，欲有所為的心跡。不見知音人，為全詩之眼。惟見古丘，伯牙、莊周已矣，伯夷、叔齊、荊軻已矣，世無道德聖賢，無人能為詩人知音，詩人的苦悶鬱塞可知。結末二句，直抒胸臆，表達了不為世知有志難成的憤懣牢騷。朱熹說：「陶淵明詩，人皆說是平淡，據某看他自豪放，但豪放得來不覺耳。」並舉其「露出本相者」〈詠荊軻〉一首，謂：「平淡底人如何說得這樣言語出來？」（《朱子語類》）本詩亦當屬於露出本相者。

種桑長江邊，三年望❶當採。枝條始欲茂，忽值山河改❷。柯葉自摧折，根株浮滄海。春蠶既無食，寒衣欲誰待？本❸不植高原，今日復何悔！欲言難言，陶公詩根本節目，全在此種。

【注釋】❶望　盼望；期望。❷忽值山河改　值，遭遇。山河改，指滄海桑田之變。❸本　樹根。

【語譯】栽種桑樹長江邊，三年期望將桑採。枝條剛剛始茂盛，忽然遭遇山河遷。枝幹葉子自折壞，樹根漂浮在滄海。春蠶既已沒食喫，防寒衣裳何所賴？根株不種在高原，今日又有何遺憾！

【研析】本詩為〈擬古〉九首最後一首。詩歌通篇用比，以桑樹的遭遇，表達了對劉裕篡晉，東晉傾覆的看法。晉安帝義熙十四年（西元四一八年），劉裕廢安帝而立恭帝，元熙二年（西元四二〇年）六月，逼恭帝禪位，東晉滅亡，前後不足三年。詩歌首四句，以種桑說起，種桑三年，枝葉始茂，望能採桑，卻遭山河改移，此比恭帝即位三年，剛要有些成績，卻又被逼禪位之事，江山轉移，已屬劉宋。「柯葉」四句，寫山河之改造成的慘烈局面。枝葉摧折毀壞，根株漂浮汪洋，比晉主廢帝被害，社會在改朝換代中所受破壞。春蠶無食，寒衣沒有原料，比亡國遺民失所倚恃。結末二句，以桑樹本該種於高原，比晉室託庇劉裕之非，既有今日，何必當初，後悔也在情理之中。詩歌託物為比，婉曲幽隱，此為陶詩別一種風格。

雜詩

人生無根蒂❶，飄如陌上塵。分散逐風轉，此❷已非常身。落地為兄弟❸，何必骨肉親？得歡❹當作樂，斗酒聚比鄰❺。盛年不重來，一日難再晨。及時當勉勵，歲月不待人。

【注釋】❶根蔕 即根柢。❷此 指此身。❸落地為兄弟 本《論語・顏淵》：「四海之內，皆兄弟也。」落地，降生。❹得歡 遇歡慶之事。❺斗酒聚比鄰 斗，酒器名。比鄰，近鄰。

【語譯】人生原本無根柢，飄轉如同路上塵。分散漂泊隨風移，此時身已非原身。降生人世皆兄弟，何必一定骨肉親？遇有歡慶當盡樂，斗酒邀約近鄰飲。盛壯年華不再來，一天之中難兩晨。及時勉勵不錯過，歲月匆匆不等人。

【研析】陶淵明〈雜詩〉凡十二首，今人以其前八首辭意一貫等，考證其作於晉安帝義熙十年（西元四一四年），餘四首作於安帝隆安五年（西元四〇一年）。所謂雜詩，用《文選》李善注說，即「不拘流例，遇物即言」，隨感而作。本詩乃第一篇，言人生無常，應當和睦相處，及時行樂。首四句以「無根蔕」、「陌上塵」兩比人生，喻其無常飄忽，遷移不定。古詩謂：「人生寄一世，奄忽若飄塵。」陶詩化用其意。正因人生無定，所以既生世上，歷經磨礪後，便非來時之「我」。「落地」四句，承上而來。人生無常在，生命飄忽匆遽，身之皆非原身，故而便當珍惜。命運相同，四海以內皆兄弟，不是骨肉也是骨肉。有了歡慶，則應及時行樂，斗酒招近鄰，異姓兄弟，享受家庭般的溫馨。結末四句，以盛壯年華的不再，一日間清晨只能一次，闡說著及時行樂的必要，不可虛度。而這四句，因其緊迫的時間感，也成為後世勸學戒惰的名言。

白日淪西阿❶，素❷月出東嶺。遙遙萬里輝，蕩蕩空中景❸。風來入房戶❹，夜中枕席冷。氣變悟時易❺，不眠知夕永。欲言無予和❻，揮杯勸孤影❼。日月擲人去❽，有志不獲騁❾。念此懷悲悽，終曉❿不能靜。

【注釋】❶西阿　西山。❷素　白。❸蕩蕩空中景　蕩蕩，廣大貌。景，影；光色。❹房戶　屋門。❺氣變悟時易　氣變，氣候變化。時易，季節更替。❻無予和　沒人應答我。和，應答。❼勸孤影　向自個的影子勸酒。❽日月擲人去　日月，時光。擲，拋擲；拋下。❾騁　伸展。❿終曉　徹夜；直到天亮。

【語譯】太陽沉沒在西山，一輪素月出東嶺。遙遙萬里銀光輝，浩蕩夜空格外明。風起吹入門裡邊，夜半枕席猶覺冷。氣候變化知換季，難以入眠知夜長。想要說話無人應，舉起酒杯勸身影。時光拋撇人而去，有志難伸在胸中。想到這裡心悲淒，徹夜心中不平靜。

【研析】本詩乃〈雜詩〉第二首。詩歌抒寫時光流逝，有志難騁的悲慨。首四句寫月之皎潔澄明。太陽沉落，月出東山，萬里銀輝，玉宇明潔，誠如清人方東樹所評「白描情景，空明澄澈，氣韻清高」。「風來」六句一轉，寫詩人的孤獨之感。對良辰美景，孤寂落寞之人，益發感到孤寂，別是一番感受在心中。陣陣冷風入戶，夜半枕席尚寒；從這天氣的變化，詩人感受出季節的更替，時光的流逝；輾轉難眠，夜竟是那樣的漫長無邊，想和人攀談，卻是孤身獨自，無人應答，只能對影勸酒，自斟自酌。結末四句，感慨時光的拋人而去，志向的不能實現，表達了心中的悲苦情緒。「擲」之一字，寫盡時光的無情，流逝不再。宇宙的無窮，時光的流逝，景也似乎為情而生，詩人敏感細膩深邃豐富的人生體驗，打動著後來的無數讀者。

代耕❶本非望，所業在田桑。躬親未曾替❷，寒餒常糟糠❸。豈期過滿腹❹，便願飽粳糧❺。御冬足大布❻，麤絺以應陽❼。正爾❽不能得，哀哉亦可傷。人皆盡獲宜，拙生❾失其方。理也可奈何，且為陶❿一觴。

【注釋】❶代耕　指做官食俸祿。本《孟子‧萬章》：「祿足以代其耕也。」❷躬親未曾替　躬親，親自操作。替，廢。❸糟糠　糟，酒糟。糠，穀皮。❹過滿腹　本《莊子‧逍遙遊》：「偃鼠飲河，不過滿腹。」句謂只求填飽肚子而已。❺粳糧　指粳米。❻大布　粗布。❼麤絺以應陽　麤絺，粗葛布；麻布。應陽，應付炎暑。❽正爾　正是這點。❾拙生　拙於生計。❿陶　樂。

【語譯】做官本來非夙願，我所從事在耕田。親身耕作不曾廢，常常饑寒吃糟糠。哪裡指望多贏餘，只願粳米得飽嘗。粗布禦寒已滿足，麻衣用來應驕陽。就是這些也難得，我心悲哀好感傷。別人擁有所應有，我卻笨拙無良方。事理如此又奈何，姑且暢飲一滿觴。

【研析】本詩乃〈雜詩〉第八首，抒寫了躬耕難以自給，常受貧寒的境遇，以及排遣憂愁的曠達。首四句，言仕宦非己之所願，於是歸來田園，躬耕不輟，勤勉努力，卻常常饑寒，糟糠度日，社會之不公如此。「豈期」六句，言自己對於生活，本就沒有太高的要求，食不求多餘，粳米飽肚即可；衣不求華美，禦寒能有粗布，防曬能有麻衣滿足，然即此微薄的願望，也不能實現，其悲哀可知。結末四句，以人我對比來寫，別人想得到的都有，衣食無憂，獨自己拙於生計，缺衣少食，不無不平之氣。但詩人終竟豁達之人，如此事理，雖然不公，自己也不願改變素志，且飲一觴，以求逍遙。張玉穀《古詩賞析》謂：「靖節身丁易代，目擊時艱，其〈飲酒〉、〈擬古〉、〈雜詩〉等篇，多有欲言難言之隱流露其間。」可為理解這些篇什，示一門徑。

詠貧士

萬族各有託❶，孤雲獨無依。曖曖❷空中滅，何時見餘暉？朝霞開宿霧❸，眾鳥相與❹飛。遲遲出林翮❺，未夕復來歸。量力守故轍❻，豈不寒與飢？知音苟❼不存，已矣何所悲！

【注　釋】❶萬族各有託　萬族，萬類；眾物。託，依託。❷曖曖　昏昧貌。❸宿霧　隔夜之霧。❹相與　結伴。❺翮　鳥翼，指鳥。❻故轍　舊道。❼苟　且。

【語　譯】萬類眾物都有依託，孤雲悠悠沒有憑藉。黯然中間悄悄消失，何時見到它的餘暉？朝霞驅散夜來霧氣，眾鳥結伴一起高飛。一隻鳥兒遲遲出林，未到天黑又已飛回。量力甘守貧賤舊道，難道不受饑寒交摧？知音同志也不存在，如此罷了又有何悲！

【研　析】〈詠貧士〉組詩凡七首，其作年有二說：一說宋武帝永初二年（西元四二〇年）；

一說文帝永嘉三年(西元四二六年),歸為晉宋易代以後,詩人晚年之作,則無疑問。七首詩之前二章總寫,後五章分詠。本詩為第一首,以孤雲隻鳥自喻,寫貧士的高潔不群,孤獨無依。首四句寫孤雲,萬類各有所託,只有天邊那一抹孤雲無依無傍,孤另獨自;而其消失,也黯然而去,不知不覺,其孤傲高潔之態可見可感。「朝霞」四句,寫孤鳥。朝霞驅散夜霧,眾鳥趨附高飛,喻換代後群小趨炎附勢,攀附新朝;孤鳥不群,獨自晚出早歸,守著自己的家園,喻貧寒隱士,亦詩人自喻。結末四句,出以議論之筆,量力守拙,固守田園,不能沒有貧寒饑餓,但知音不存,不見同道,也還有什麼可以悲傷的呢?詩人晚年心境,已不如剛歸隱田園時期的恬淡蕭閑了。

淒厲歲云暮❶,擁褐曝❷前軒。南圃無遺秀❸,枯條盈北園。傾壺絕餘瀝❹,窺竈不見煙。詩書塞座外,日昃不遑研❺。閑居非陳厄,竊有慍見言❻。何以慰吾懷?賴古多此賢。

【注釋】❶歲云暮　歲末。云,語助詞,無義。❷曝　曬太陽。❸南圃無遺秀　圃,菜園。秀,指青綠枝葉。❹絕餘瀝　一滴酒也倒不出來。❺日昃不遑研　日昃,太陽偏西,日過正午。不遑研,無暇研讀。❻閑居非陳厄二句　本《論語・衛靈公》,載孔子困於陳,絕糧,子路慍曰:「君子亦有窮乎?」孔子曰:「君子固窮,小人窮斯濫矣。」謂自己不如孔子之困,也間有慍惱之言。

【語譯】歲末寒風淒厲刮，前軒短衣曬太陽。南圃已經無青色，北園樹木枝條枯。傾倒酒壺無滴酒，望眼灶上斷炊煙。詩書胡亂塞座外，日過正午無暇讀。貧居不同陳地厄，私下慍惱見於言。用啥寬慰我情懷？有賴古人多聖賢。

【研析】本詩為〈詠貧士〉第二首，寫貧困境況，及其以古代貧士自慰釋懷。首四句寫歲暮天寒，衣裳單薄。淒厲北風，前軒曬日，已寫盡少衣之苦。南圃北園，枯枝敗葉，了無綠意，蕭索荒涼之中益見淒苦之狀。四句意象突出，形象生動鮮明，情景交融無間。「傾壺」六句，寫饑餓。嚴寒之中，詩人想起飲酒取暖，但傾倒酒壺，早是滴酒都無；已過正午，太陽偏西，望眼灶上，沒有任何煙火，已是斷炊；詩書在手，無奈饑腸轆轆，哪有讀書的心情？「塞」字淋漓盡致表現出饑餓中詩人的心情。詩人不免懊惱起來。用《論語》中孔子厄陳典故，自謙中有自傲，比附聖人之志可見。結末二句，正以追慕攀比古之聖賢，自我告慰，也表露其志尚所在，清操堅定，同時開啟以下各篇的表彰古之貧士。

榮叟老帶索，欣然方彈琴❶。原生納決履，清歌暢商音❷。重華❸去我久，貧士世相尋。敝襟不掩肘，藜羹❹常乏斟。豈忘襲輕裘，苟得非所欽。賜也徒能辯❺，乃不見吾心。

【注釋】❶榮叟老帶索二句　本《列子・天瑞》，記孔子遊泰山，見九十老叟榮啟期鹿裘帶索，鼓琴而歌。❷原生納決履二句　本《韓詩外傳》，記原憲居魯，貧困潦倒，子貢往見，其穿鞋則鞋跟破裂，仍嘲笑子貢的車馬之飾。子貢去，原憲徐步曳杖歌〈商頌〉而返，聲如金石，淪於天地。決履，破了的履。商音，五音之一，其聲悲切。❸重華　上古君王虞舜之號。❹藜羹　野菜湯。❺賜也徒能辯　賜，即子貢，名端木賜，《史記・仲尼弟子列傳》載：「子貢利口巧辭，孔子常黜其辯。」

【語譯】榮翁老來索為帶，怡然欣樂彈琴歌。原憲穿著破口履，清歌一曲唱商音。虞舜盛世離我久，貧士代代不乏人。破衣爛衫難遮肘，野菜湯也常斷炊。難道不知穿輕裘，不義取來非歆慕。子貢徒然善辯才，不能與我心相合。

【研析】本詩為〈詠貧士〉第三首，詠榮啟期、原憲事。首六句，二句寫榮啟期九十高齡，索帶鹿裘，不改其樂；二句寫原憲破履而高尚其志；二句以虞舜久去，盛世不再，揭出亂世乃士貧不絕如縷的原因。「敝襟」以下六句，單承原憲事，寫其貧寒饑苦之極，也知輕裘之暖，但不義而富貴，於之如浮雲，端木賜空有辯才，其何嘗了解原憲之志節操守！「不見吾心」，詩人以原憲為伍，固窮守志心思可見。詩歌錯綜寫來，條理清晰，針線綿密，深得錯綜之法。

袁安困積雪，邈然不可干❶。阮公見錢入，即日棄其官❷。芻藁有常
溫❸，采莒❹足朝餐。豈不實辛苦，所懼非饑寒。貧富常交戰，道勝無戚

顏❺。至德冠邦閭❻，清節映西關❼。

「所懼非饑寒」，「所樂非窮通」，二語可書座右。

【注釋】❶袁安困積雪二句　袁安，東漢汝南人，家貧。《後漢書》本傳引《汝南先賢傳》載：「時大雪，積地丈餘。洛陽令自出案行，見人家皆除雪出，有乞食者。至袁安門，無有行路。謂安已死，令人除雪入戶，見安僵臥。問何以不出，安曰：『大雪人皆餓，不宜干人。』令以為賢，舉為孝廉也。」邈然，高遠貌。干，干求。❷阮公見錢入二句　不詳出處，或指居官有人送錢，即棄官而去。❸芻藁有常溫　芻藁，馬的草料。言睡臥其上，也頗溫暖。❹莒　野草名，可食。❺道勝無戚顏　道，仁義之道。戚，憂戚。❻至德冠邦閭　至德，最高尚的品德。邦閭，邦國閭里。❼清節映西關　清節，高潔的德操。西關，地名，或為阮公鄉里。

【語譯】袁安困於積雪中，心志高遠不求人。阮公見到不義錢，即日掛冠辭去官。草料睡臥常溫在，採摘莒草足三餐。難道不是真辛苦，心中所憂非饑寒。貧富在心常門爭，道義獲勝無憂容。高尚品德譽滿鄉，清風亮節照西關。

【研析】本詩為〈詠貧士〉第五首，詠袁安、阮公事。首四句雙提，分別寫袁安困雪、阮公掛冠。袁安僵臥拒絕干人，阮公被賄而辭去官職，均風節高尚，令人欽慕。「芻藁」六句，當為單承，寫阮公辭去榮華，席草而臥，野草為食雖極貧寒，然心安理得，不違道義，不犯王法，保全性命操行。而其心中貧富門爭，終以道勝，縱受饑寒，心無憂戚，神色泰然。結末二句雙收，鄉邦享名者袁安，清節光耀者阮公。以讚譽收束，足見詩人欽慕之情。

仲蔚愛窮居，繞宅生蒿蓬。翳然絕交遊，賦詩頗能工。舉世無知者，止有一劉龔❶。此士胡獨然？實由罕所同。介❷焉安其業，所樂非窮通❸。人事固以拙，聊得長相從。

劉龔，劉向之孫。○不懼飢寒，達天安命，陶公人品，不在季次原憲下。而概以晉人視之，何耶？○「所樂非窮通」，本《莊子》。

【注釋】❶仲蔚愛窮居六句　皇甫謐《高士傳》記載：張仲蔚，平陵人。與同郡魏景卿俱修道德，隱身不仕。通天文曆法，博學善屬文，好詩賦。常居窮素，所居蓬蒿沒人，閉門養性，不治榮名。時人莫識，惟劉龔知之。劉龔，字孟公，東漢長安人，劉向孫，善議論。❷介　耿介；孤獨。❸所樂非窮通　本《莊子・讓王》：「古之得道者，窮亦樂，通亦樂。所樂非窮通也，道得於此則樂。」

【語譯】仲蔚喜愛隱窮舍，環繞宅院蓬蒿長。隱蔽斷絕人來往，寫詩屬文極漂亮。舉世無人知他在，僅有劉龔為知音。這人何以塊然處？實因世人少同調。孤身自安其事業，他所喜好非窮達。我於人事也愚拙，且望能夠步他塵。

【研析】本詩為〈詠貧士〉第六首，寫張仲蔚事。首六句專述其事，蓬室陋巷，居所荒僻，蓬蒿叢生，斷絕所有交遊，一心寫他的詩賦。而世人能知他不俗的，惟劉龔一人而已。張仲蔚之隱，可謂深幽，可謂真隱。「此士」四句，轉以議論。張仲蔚為什麼要塊然獨處，與世隔絕？實因為世罕同調，他追求的是道義，濁世追求的是顯達富貴，道不同不相為謀，所以他只能落落寡和，不為人知，他自己也樂得不為俗人所知。結末二句，乃詩人自抒懷抱，表達了頗與古之賢人為徒，安貧樂道，不改清操。張玉穀《古詩賞析》謂此首「己可作諸章總結」，不無道理。

詠荊軻❶

燕丹善養士❷，志在報強嬴❸。招集百夫良❹，歲暮得荊卿。君子❺死知己，提劍出燕京。素驥鳴廣陌❻，慷慨送我行❼。雄髮指危冠❽，猛氣衝長纓❾。飲餞❿易水上，四座列群英。漸離擊悲筑⓫，宋意⓬唱高聲。蕭蕭哀風逝，淡淡寒波生⓭。商音⓮更流涕，羽⓯奏壯士驚。心知去不歸，且有後世名。登車何時顧⓰，飛蓋⓱入秦庭。凌厲⓲越萬里，逶迤⓳過千城。圖窮事自至⓴，豪主正怔營㉑。惜哉劍術疏，奇功遂不成。其人雖已沒，千載有餘情。

英氣勃發，情見乎詞。

【注釋】❶荊軻　戰國末年刺客，衛國人，遊燕，燕太子丹尊為上卿，燕人稱其荊卿，為燕太子行刺秦王，事敗被殺。❷燕丹善養士　燕丹，燕國太子丹。養士，豢養門客。❸強嬴　指秦國。秦王姓嬴氏。❹百

夫良　百裡挑一的優異人才。❺君子　道義之士，指荊軻。❻素驥鳴廣陌　素驥，白馬。廣陌，大道。❼慷慨送我行　《史記·刺客列傳》載，荊軻赴秦，燕丹與賓客白衣送之易水邊。❽雄髮指危冠　雄髮，猶怒髮。指，直立。危冠，高冠。❾長纓　用來結冠的絲帶。❿飲餞　飲餞行酒。⓫漸離擊悲筑　漸離，高漸離，燕國人，與荊軻交好，善能擊筑。筑，古樂器名，形似箏，以竹板擊鳴。⓬宋意　燕國勇士，亦燕丹門客。⓭蕭蕭哀風逝二句　本〈渡易水歌〉「風蕭蕭兮易水寒」。蕭蕭，風聲。逝，飄搖而去。淡淡，水波搖動貌。⓮商音　古樂分宮、商、角、徵、羽五音，商聲為其一。⓯羽　五音之一。⓰何時顧　何曾時時回看。⓱飛蓋　車行如飛。蓋，車蓬。⓲淩厲　勇往直前貌。⓳逶迤　綿延迂曲貌。⓴圖窮事自至　圖，指燕國地圖。窮，盡。事，行刺之事。㉑豪主正怔營　豪主，指秦王嬴政。怔營，驚恐貌。

【語　譯】燕丹喜好養門客，志在復仇滅秦國。招納聚集豪傑士，歲末得人名荊軻。義氣而為知己死，手提寶劍出燕都。白馬嘶鳴大道上，眾人慷慨送我行。怒髮豎立衝頂冠，勇猛氣勢飄帽帶。易水之上飲別酒，四座排列群英豪。漸離擊筑聲悲壯，宋意引吭發高歌。淒厲風聲蕭蕭響，水波搖漾泛寒光。商音令人涕淚落，轉至羽調壯士驚。心中明知去難回，將留英名在史冊。登車何曾回頭看，飛馳駛向秦朝廷。勇往直前越萬里，迂曲經過有千城。地圖展盡起行刺，豪強秦王大驚恐。可惜劍術不精湛，不世大功遂不成。荊軻其人雖已死，千載以後動人情。

【研　析】本詩約作於宋武帝永初二年（西元四二一年）以後。詩歌詠史，歌頌了荊軻的俠義除暴，惋惜其功敗垂成。史載太子丹曾在秦為人質，嬴政待其不善，逃回燕國。秦又先後蠶食諸侯，燕丹憂患，乃招募勇士，欲報仇刺殺秦王。首四句簡潔帶過，直奔主題，寫其得到荊軻。「百夫良」以下十六句，寫荊軻的傑出卓特。「君子」以下十六句，寫荊軻拚死報知己，及易水送別場面。史載荊軻臨行，「太子及賓客知其事者，皆白衣冠以送之。至易水之上，既祖，取道，高漸離擊筑，荊軻和而歌，為變徵之聲，士皆垂淚涕泣」，可以參證。白馬嘶鳴，慷慨激昂，怒髮衝冠，猛氣衝帶，荊軻的大義凜然威武激越神態如畫；群英會聚，易水餞行，高漸離筑聲悲越，宋意高歌激烈，在北風蕭蕭、易水寒波映襯下，生離死別一去不返的悲壯氣氛可見。心知不歸，而義無反顧，益發顯其不畏強暴的大無畏精神。「登車」以下六句，寫荊軻赴秦。萬里千城，雖然迂曲綿延，但勇士去得一往無前，沒有絲毫猶豫。具體行刺，僅有「圖窮」二句，行刺的功效也僅用「豪主正怔營」五字，其顯然並非詩人所要突出的重點。結末四句，對荊軻行刺未遂，深致遺憾；而於其精神勇氣，欽慕有加，讚譽備至，這也是詩歌所要表達的中心。詩中詳略，正圍繞其主題而裁剪。朱熹《朱子語類》評：「陶淵明詩，人皆說是平淡，據某看他自豪放，但豪放得來不覺耳。其露出本相者，是〈詠荊軻〉一篇，平淡底人如何說得這樣言語出來？」此詩顯示了陶詩另一種風格。

讀山海經❶

孟夏草木長，繞屋樹扶疏❷。眾鳥欣有託❸，吾亦愛吾廬。既耕亦已種，時還讀我書。窮巷隔深轍❹，頗迴❺故人車。歡言酌春酒❻，摘我園中蔬。微雨從東來，好風與之俱❼。泛覽周王傳❽，流觀《山海圖》❾。俯仰❿終宇宙，不樂復何如？觀物觀我，純乎元氣。

【注　釋】❶山海經　先秦典籍，十八卷，多記神話傳說及海內外山川異物等。漢劉歆校定，晉郭璞作注並題圖贊。❷扶疏　枝葉茂盛四佈貌。❸託　依託。❹窮巷隔深轍　窮巷，僻巷。隔，絕。轍，車行後的痕跡。❺迴　回轉。❻歡言酌春酒　歡言，歡然。言，語助詞，無義。春酒，仲冬釀造，經春始成之酒。❼俱　同來。❽泛覽周王傳　泛覽，瀏覽。周王傳，指《穆天子傳》，記周穆王駕乘八駿遊行四海事，乃神話題材。❾流觀山海圖　流觀，隨意瀏覽。《山海圖》，即《山海經圖》，據《山海經》故事繪製。❿俯仰　俯仰之間，極言時間之短促。

【語　譯】初夏草木茁壯長，繞屋綠樹枝葉繁。眾鳥欣然得棲所，我也喜歡我茅舍。耕耘播種事都了，有時還能讀些書。僻巷深幽無車轍，頗讓故人打回車。歡欣斟上春釀酒，採摘園中鮮菜蔬。霏霏細雨東邊來，和風伴隨到跟前。瀏覽奇書穆王傳，閒觀圖畫《山海經》。瞬息中間遍宇宙，心中不樂又如何？

【研　析】〈讀山海經〉凡十三首，乃詩人閱讀《山海經》及《穆天子傳》等隨感而作，時間當在宋永初三年（西元四二二年）。本篇為第一首，寫田園耕隱讀書的恬然自得之趣。首四句點出時序風物，初夏時節，草木繁榮，繞屋周圍綠樹蔭蔽，眾鳥得所之欣，是欣然之詩人所見，更渲染出其田園居住的恬然自適。「既耕」以下八句，寫其躬耕讀書之樂。耕種其首，耕作餘暇，一卷在手，享受精神的漫遊。窮巷深處，幽靜安閒，故人也難來到，更沒有喧囂噪耳。高興地斟上杯酒，園中採來新鮮的時蔬，自斟自飲，愜意適懷。和風拂煦，細雨霏霏，人如在圖畫之中。詩人與自然，已完全融和為一體。結末四句，隨意翻覽《山海圖》、《周穆王傳》，足不出戶，無舟車勞頓，而得以神遊天下，詩人陶醉其中，覺得沒有任何不快樂的理由。溫汝能《陶集彙評》謂：「此篇是淵明偶有所得，自然流出，所謂不見斧鑿痕也。大約詩之妙以自然為造極，陶詩率近自然，而此首更令人不可思議，神妙極矣。」可謂確評。

擬輓歌詞❶

荒草何茫茫，白楊亦蕭蕭。嚴霜九月中，送我出遠郊。四面無人居，
高墳正嶕嶢❷。馬為仰天鳴，風為自蕭條。幽室❸一已閉，千年不復朝。
千年不復朝，賢達無奈何。向❹來相送人，各自還其家。親戚或餘悲，他
人亦已歌。死去何所道，託體同山阿❺。即所謂「萬歲更相送，聖賢莫能度」也。音調彌響，哀思彌深。

【注　釋】❶擬輓歌詞　或題作「輓歌詩」。輓歌即喪葬之歌，相傳最初為拖引柩車的人所唱。❷嶕嶢　高貌。❸幽室　壙穴。❹向　昔時。❺山阿　山陵。

【語　譯】荒草漫漫無邊際，白楊蕭蕭風中鳴。寒霜天氣九月中，送我靈柩出遠郊。四周沒有人居住，墳墓壘壘何其高。馬兒為之仰天嘶，淒厲寒風更蕭條。幽暗墓穴一封閉，千年不再見天日。千年不再見天日，賢達聖人無奈何。先前所來送葬人，各自回到自己家。親戚或者多悲傷，別人已經唱起歌。死去又有何話說，寄身混同在山阿。

【研　析】〈擬輓歌詞〉凡三首，為詩人生前自輓之歌，當作於宋元嘉四年（西元四二七年）詩人臨死之前。本篇為第三首，寫送殯安葬之事。首四句寫送殯遠郊，道途荒涼蕭瑟。首句承第二首「今宿荒草鄉」而來，茫茫無邊的荒草，白楊樹悲風中嗚咽，寒霜天氣，極寫淒苦之況，與送殯場面正相映襯。「四面」四句，無人居，是墓地之景；高墳壘壘，益見荒寂；馬為悲鳴，風為瑟瑟，物之悲以寫人之哀傷。「幽室」四句，重疊二句，突出死者長已矣，一死難再生；賢達正同凡夫，對於死，一樣不能避免，沒人能違背自然規律。「向來」四句，既已安葬，送殯之人各自歸去，親戚血緣，感情深厚，無非多一陣子悲傷，其他的人，已經縱情歡歌，一切又恢復正常，此也照應第一首之「嬌兒索父啼，良友撫我哭」二句。結末二句，詩人對於生死既然勘破識透，死也不再有什麼可說，無非從自然來，又回歸自然，化為泥土，混同山阿，如此而已。詩歌奇想妙思，綿密深邃，直揭人生本質，讀之令人警醒。

謝　混

遊西池❶

悟彼〈蟋蟀〉唱❷，信此勞者歌❸。有來❹豈不疾？良遊常蹉跎。逍遙越城肆❺，願言❻屢經過。迴阡被陵闕❼，高臺眺飛霞。惠風蕩繁囿❽，白雲屯曾阿❾。景昃❿鳴禽集，水木湛清華⓫。褰裳順蘭沚⓬，徙倚引芳柯⓭。美人愆歲月，遲暮獨如何⓮？無為牽所思⓯，南榮戒其多⓰。《韓詩》云：伐木廢，朋友之道缺，勞者歌其事。詩人伐木，自苦其事，故以為文。○《莊子》：庚桑楚謂南榮趎曰：全汝形，抱汝生，無使汝思慮營營。

【注釋】❶西池　在丹陽（今江蘇江寧）。❷蟋蟀唱　本《詩經・唐風・蟋蟀》：「蟋蟀在堂，歲聿其莫。今我不樂，日月其除。」言時間已晚。❸勞者歌　本《詩經・小雅・伐木》：「伐木丁丁，鳥鳴嚶嚶。……嚶其鳴矣，求其友聲。」〈韓詩序〉稱〈伐木〉乃勞者之歌，此贊其交友道理，表達偕友共遊情志。❹有來　指歲月時光之到來。❺城肆　城中鬧市。❻願言　希望。言，語助詞，無義。❼迴阡被陵闕　迴阡，曲折的小道。陵闕，山陵城闕。❽惠風蕩繁囿　惠風，和風。繁囿，草木茂盛的園囿。❾曾阿　重疊的山巒。❿景昃　景，通「影」，日光。昃，日影斜。⓫水木湛清華　謂水清而木榮。湛，澄澈。⓬褰裳順蘭沚　褰裳，提起下衣。蘭沚，長著蘭草的小洲。⓭徙倚引芳柯　徙倚，留連徘徊。引，牽拉。芳柯，開花的枝條。⓮美人愆歲月二句　本〈離騷〉：「惟草木之零落兮，恐美人之遲暮。」愆，過期。⓯牽所

思　為所思牽絆。⑯南榮趎戒其多　本《莊子・庚桑楚》：「南榮趎蹵然正坐曰：『若趎之年者已長矣，將惡乎託業以及此言邪？』庚桑子曰：『全汝形，抱汝生，無使汝思慮營營。若此三年，則可以及此言矣！』」南榮趎，庚桑弟子。

【語　譯】〈蟋蟀〉醒悟時光晚，〈伐木〉說友理信然。歲月豈不太匆匆？美景勝遊常錯過。逍遙容與穿街市，希望常從此經過。山陵城闕曲徑多，高臺眺望見飛霞。苑囿草木和風搖，白雲集結在層巒。日影斜時鳴禽集，水清草木正繁華。提起下衣沿蘭洲，留連牽引樹上枝。美人錯過好時光，遲暮晚景該如何？切莫為己思慮牽，告誡南榮欲念多。

【研　析】謝混（？—西元四一二年），字叔源，東晉陳郡陽夏（今河南太康）人。謝安孫。歷仕中書令、中領軍、尚書左僕射。被劉裕所殺。本詩乃紀遊之作，並寫其人生感悟。首四句，由《詩經・唐風・蟋蟀》，感悟人生匆遽，行樂應該及時；由〈伐木〉，感念友道，朋友共樂之理，表達了歲月匆匆，常常錯過良辰美景，以及與朋友相偕遊賞的遺憾。「逍遙」十句，寫西池之遊，次第而來。閒適從容地穿過街市，希望常常如此；迂曲的道路，一路山陵城闕，登上高臺，有飛霞可以眺望；和風吹拂，園囿中繁茂的草木輕輕搖盪；層巒疊嶂中，白雲屯聚；日影西斜時，鳥兒聚集枝頭鳴噪；水木清華之地，褰裳沿著長滿蘭草的小洲漫步，在綠樹下牽引著芳香的枝葉留連遲回，陶醉著，想望著，如果有友人一起，其樂何如？結末四句，引〈離騷〉及《莊子》典故，闡發著美人遲暮，無須思慮太多，應當如庚桑楚教誨，「全汝形，抱汝生」，延年益壽，養生守真的道理。在由玄言即將告退，山水詩作方興之際，謝混此作，有導夫先路之功，意義不可小覷。

吳隱之

酌貪泉詩

《晉書》：隱之為廣州刺史，未至州十里，地名石門，有水曰貪泉，飲者懷無厭之欲，隱之酌而飲之，因賦此詩，及在州，清操愈厲。

古人云此水，一歃懷千金❶。試使夷齊❷飲，終當不易心。

【注釋】❶一歃懷千金　歃，飲。懷千金，有貪千金的欲望。❷夷齊　伯夷、叔齊，商末孤竹君二子，為避讓王位，先後逃逸，隱居首陽山。

【語譯】古人說道此泉水，一飲念想貪千金。試令伯夷、叔齊飲，終竟不會變其心。

【研析】吳隱之（？—西元四一三年），字處默，東晉濮陽鄄城（今山東鄄城）人。為晉陵太守，以清儉著稱。後又任廣州刺史，更以廉潔聞名。貪泉在廣州三十里外一個叫石門的地方，古來傳說飲此泉水，清廉之士也會變貪。詩人對此並不相信，路過此處，他有意飲之，並作本詩。詩歌首二句即復述傳說，詩人的態度，則在三、四兩句的反問中，顯示無遺。伯夷、叔齊古之高士，棄君位如弊屣，試令其飲此泉水，其素志不能改易，毋庸置疑。詩人不相信迷信，而相信人的操守志節，其追慕伯夷、叔齊，清節之操可見。《晉書・良吏傳》為其立傳，是對他的充分褒獎。詩歌樸實簡潔，義薄雲天，光彩奪目，感人至深。

廬山諸道人

遊石門詩

石門在精舍南十餘里❶，一名障山。基連大嶺，體絕眾阜。闢三泉之會❷，並立而開流。傾巖玄映❸其上，蒙形表於自然，故因以為名。此雖廬山之一隅，實斯地之奇觀。皆傳之於舊俗，而未覩者眾。將由懸瀨險峻❹，人獸迹絕，逕迴曲阜，路阻行難，故罕經焉。

釋法師以隆安四年仲春之月❺，因詠山水，遂杖錫❻而遊。於時交徒同趣❼，三十餘人，咸拂衣❽晨征，悵然增興。雖林壑幽邃，而開塗競進。雖乘危履石，並以所悅為安。

既至，則援木尋葛，歷險窮崖，猿臂相引，僅乃造極⑨。於是擁勝倚巖，詳觀其下，始知七嶺之美，蘊奇於此。雙闕⑩對峙其前，重巖⑪映帶其後，巒阜周迴以為障，崇嵓四營而開宇⑫。其中則有石臺石池，宮館⑬之象，觸類⑭之形，致可樂也。清泉分流而合注，淥淵⑮鏡淨於天池。文石發彩，煥若披面⑯。檉⑰松芳草，蔚然光目。其為神麗⑱，亦已備矣。斯日也，眾情奔悅，矚覽無厭。游觀未久，而天氣屢變。霄霧⑲塵集，則萬象隱形。流光迴照，則眾山倒影。開闢⑳之際，狀有靈焉，而不可測也。

乃其將登，則翔禽拂翮，鳴猿厲響。歸雲迴駕，想羽人之來儀㉑。哀聲相和，若玄音㉒之有寄。雖髣髴猶聞，而神以之暢。雖樂不期歡，而欣以永日。當其沖豫㉓自得，信有味焉，而未易言也。退而尋之，夫崖谷之間，會物㉔無主，應不以情而開興㉕；引人致深若此，豈不以虛明㉖朗其照，閒邃㉗篤其情耶？並三復㉘斯談，猶昧然未盡。俄而太陽告夕，所存已往，乃悟幽人之玄覽㉙，達恆物之大情。其為神趣，豈山水而已哉？於是徘徊崇嶺，流目四矚，九江如帶，丘阜成垤。因此而推，形有巨細，智亦宜然，迺喟然歎宇宙雖遐，古今一契。靈鷲㉚邈矣，荒途日隔，不有哲人，風迹雖存，應深悟遠，慨然長懷。各欣一遇之同歡，感良辰之難再，情發於中，遂共詠之云耳。

超興非有本，理感興自生。忽聞石門遊，奇唱㉛發幽情。褰裳思雲駕㉜，望崖想曾城㉝。馳步乘長巖，不覺質有輕。矯首登雲闕㉞，眇㉟若凌太清。端居運虛輪㊱，轉彼玄中經㊲。神仙㊳同物化，未若兩俱冥。一序奇情深理。發而為文，無禪習氣，亦無文士氣。詩復清灑不滓。

【注釋】❶石門在精舍南十餘里　石門，即石門山，在今浙江嵊縣。謝靈運《遊名山志》云：「石門澗六處，石門溯水上入兩山口，兩邊石壁，後邊石巖，下臨澗水。」精舍，道士、僧人修煉或居住的地方，或精美的房舍。❷闕三泉之會　闕，開啟。三泉，星座名，即三柱星。《漢書・天文志》：「有星守三淵，天下大水，地動，海魚出……三淵，蓋五車之三柱也。」❸玄映　掛映。玄，通「懸」。❹將由懸瀨險峻　將，大概。懸瀨，懸注激流；瀑布。❺釋法師以隆安四年仲春之月　釋，佛教。隆安四年，即西元四〇〇年。隆安為晉安帝年號。❻杖錫　拄著錫杖，指僧人出遊。❼交徒同趣　聯絡門徒及志趣相投的人。❽拂衣　提起衣襟。❾僅乃造極　纔算登到終點。❿雙闕　古代宮殿、祠廟、陵墓前兩邊高臺上的樓觀。⓫重巖　重疊的山巖，指高峻連綿的山崖。⓬開宇　開闢封地。⓭宮館　離宮別館；祠廟。⓮觸類　各種；每項。⓯淥淵　清澈的水潭。⓰披面　披著彩緞。⓱檉　檉柳，又稱觀音柳。⓲神麗　神妙妍麗。⓳霄霧　雲霧。⓴開闢　開啟。㉑想羽人之來儀　想，像。羽人，仙人。來儀，比喻卓特之人來臨。㉒玄音　佛的聲音；佛教經義。㉓沖豫　恬淡自適。㉔會物　體察物理。㉕開興　引發興致。㉖虛明　指內心的清虛純潔。㉗閒邃　閑靜深遠。㉘三復　反覆。㉙幽人之玄覽　幽人，隱士。玄覽，指心境。㉚靈鷲　在古印度，如來佛曾在此講說《法華》等經，佛教以為聖地。㉛奇唱　出人意料的倡導。㉜雲駕　仙駕。㉝曾城　神仙之山，在崑崙之上。㉞雲闕　雲霧掩映的宮闕。㉟眇　高邈貌。㊱運虛輪　遊心於太虛。虛輪，即空輪，《法苑珠林》：「大地依水輪，水輪依風輪，風輪依空輪，空無所依。」㊲玄中經　指佛教妙理。㊳神仙　指居於廬山的眾位古人。

【語　譯】石門在寺院南十多里地，又名障山。基脈連接大嶺，山體超絕眾山。開啟三柱星之總會，齊肩挺立而瀑流所從出。巖崖傾斜如倒掛在上，覆蓋之狀自然呈現，因此而有其名。這雖然為廬山的一個僻角，誠為此地的奇觀。一切都傳播於舊有民間，但不曾親見的居多。人概因為飛流險峻，人獸蹤跡斷絕，山間路途彎曲綿延，道路多險行走為難，所以鮮有經過的。

釋門法師在安帝隆安四年仲春月，因了詠山贊水，遂拄杖往遊。彼時聚積門徒志趣投合者三十多人，一起整裝提裳晨起出發，意有不足興致備增。儘管山林丘壑幽深，卻開闢道路奮力挺進。儘管攀登危途腳下踏著險石，都以心中所喜視為平安。

已到山麓，則攀緣樹木沿循藤葛，涉歷險要山崖，如猿猴手臂牽拉，方纔到達頂端。於是倚靠巖崖擁有勝景，仔細觀賞其下風景，纔知七嶺美景，奇妙蘊藏在此。前邊樓觀對峙，後邊有重疊山巒環繞，山陵峰巒四周圍繞可為屏障，高峻的山崖四周環轉而擁有自己的領域。其中則有石臺、石池，如同離宮別館的樣子，各類形狀，至為可樂。清澈山泉異道而來又匯流一起，天池潭水清澄明淨。彩石煥發光華，燦爛如同橫披綢緞。檉柳松樹花草，蔚然茂盛亮人眼目。此神妙妍麗，也稱完備了。這天，眾人心情歡暢奔放，觀覽沒有倦時。遊覽不久，而天氣多番變化。雲霧如同塵灰聚合，於是萬象隱匿形跡。流光返照，則眾山影子倒立。如天地開闢之際，情狀似有神靈，不可揣測。

將登之時，飛翔的鳥兒拍打羽翼，啼鳴的猿猴激發音響。雲彩歸來如車返回，似仙人降臨。悲涼的樂聲相和，如寄託了佛理。雖彷彿像能聽到，而精神因此暢達。雖快樂不期望盡歡，但整日欣然愉悅。正當恬然自得的時候，確有滋味存在其中，只是不容易表達。退步尋思，山崖幽谷之間，體察物理沒有固定，當不因情緒而引發興致；如此引人至深，難道不是因內心清澄纔觀照明朗，因悠閒恬靜加深感情嗎？連著數次反覆談及，尚昏暗不能窮盡。不久天晚，所存萬象已經遠去，於是領悟高隱情懷，明白常物的情理。其成為神妙之趣，難道僅僅是山水嗎？於是高嶺徘徊，顧盼四看，九江如同綢帶，山陵成了土丘。憑此推理，形狀有大有小，智慧也是如此，於是感慨宇宙雖然無際，古今道理一致。靈鷲聖地遙遠，荒蕪道途一天天遠去，哲人消逝，勝跡儘管還在，感悟也稱深遠，慨歎而深長思慕。各自欣喜偶見大家之歡樂，感歎美好時光的難以再得，心中生情，遂一起詠唱為詩。

超邁興致沒有固定，感悟事理興致自生。忽聽有此石門之遊，奇妙倡導引發幽情。提起下裳思想仙遊，遙望山崖想起曾城。快步登攀漫長山巖，不覺之中身體變輕。仰首登上入雲高觀，高邈如同上了太空。穩坐心遊太虛之境，周轉在那佛經理中。神仙隨同造物遷化，不如心形兩忘俱冥。

【研　析】〈遊石門詩〉乃廬山眾僧人遊石門集體創作，時間在晉安帝隆安四年（西元四〇〇年）農曆仲春二月。序文寫遊山所見所感。首句至「故罕經焉」為第一自然段。寫石門山所在方位，得名由來，以及由於山勢奇絕，山路險阻，人跡罕至，以往人們對它的了解，多限於古來傳聞。「釋法師」以下，至「並以所悅為安」，為第二自然段，交代高僧往遊的時間、緣起、從行之人，以及僧眾不畏險途，但求心悅的精神境界。「既至」迄「而不可測也」為第三自然段，寫攀緣艱難，及既登山上，所見神奇美麗的景觀。雙闕對峙，重巒疊嶂，山巒綿延環繞，清泉總匯於一體，天池澄澈，宮館之象，五彩之石，檉松芳草，林林總總，千姿百態，乃自然山水景觀；雲霧之中，另一番景象，萬象隱形，流光返照，群山倒影，詭譎不可測度。極力渲染，宛然天下奇美，盡萃於此。「乃其將登」以下，為第四自然段，由上文的「狀有靈焉」而來，著重寫精神上的愉悅及哲理的感受。自由翱翔的飛鳥，激越哀鳴的猿猴，翩翩歸山的雲彩，自然天籟之音中，佛理似乎寄託其中，遊者神清氣爽，若有會心。作者以為，其所以感人至深，實因了內心澄明、恬然自得的情趣使然。物之為形有巨細之別，人的智慧有高低之異，此無關緊要，關鍵要能領悟要道玄理，得自然神趣。沈德潛評小序「奇情深理，發而為文，無禪習氣，亦無文士氣」，對其清遠格調，給予了極高評價。

詩歌首四句，以超邁理趣沒有固定，隨感而生，引出法師倡導作石門之遊，因而有感觸機緣。「褰裳」六句，具體寫石門遊歷，有別於文章的刻劃盡致，窮形盡貌，詩歌更偏重於形象空靈。登險絕之境，比之仙遊駕雲；遙望山峰，聯想神仙之山曾城，渲染石門高聳縹緲；既類仙遊，則攀緣而能如飛，仙體輕盈，不同濁胎；登雲闕，凌太虛，進一步渲染狀似仙遊，以及石門險峻，高聳雲天。結末四句，由狀類神仙，太虛之境，自然而然生出玄理感悟，神仙也有盡時，只有身形、心思兩忘，進入澄明境界，纔得長久。得道高僧，詩也清麗不染塵滓之氣。王夫之《古詩評選》評此詩曰：「一絲密運，不立經緯，而自成文章，唯晉宋人能之。此及遠公詩，說理而無理臼，所以足入風雅。唐宋人一說理，眉間早有三斛醋氣。」評價極高。

惠遠

廬山東林❶雜詩

崇巖吐清氣❷，幽岫棲神跡❸。希聲❹奏群籟，響出山溜❺滴。有客
獨冥游❻，徑然忘所適。揮手撫雲門❼，靈關❽安足闢？流心叩玄扃❾，
感至理弗隔。孰是騰九霄？不奮沖天翮。妙同趣❿自均，一悟超三益⓫。

高僧詩，自有一種清奧之氣。唐時詩僧，以引用內典為長，便染成習氣，不可嚮邇矣。

【注釋】❶東林　即東林寺，位於今江西廬山，建於東晉，乃江州刺史桓伊為惠遠所修。❷清氣　指山

中雲霧。❸幽岫棲神跡　惠遠《廬山記略》：「有匡裕先生者，出自殷周之際，……受道於仙人，共遊此山，遂託室崖岫，即巖成館，故時人謂其所止為神仙之廬，因以名山焉。」❹希聲　無聲。❺山溜　山上向下傾注的細流。❻冥游　在奧妙的境界中神遊。❼雲門　指谷口。❽靈關　心靈的關口。❾玄扃　玄門；奧妙精深的境界。❿趣　同「趨」。⓫三益　本《論語・季氏》：「益者三友，損者三友。友直，友諒，友多聞，益也。」

【語　譯】高山險峰吐露雲霧，幽邃洞穴神仙棲居。天地靜闃群籟奏鳴，山澗細流滴答成音。有人獨自冥想神遊，徑直前行忘所去處。揮動手去撫摩谷口，心無關隘哪用開闢？遊心扣動玄妙之門，感悟玄理沒有遮攔。如何纔能騰身九天？無須展動沖天羽翼。臻於妙境趨向自同，一旦超悟勝過三益。

【研　析】釋惠遠（一作慧遠，西元三三四年—四一六年），本姓賈，東晉雁門樓煩（今山西寧武）人。少年為諸生，遊學許昌、洛陽。後出家，師從釋道安。輾轉恆山、襄陽、荊州，後至廬山。江州刺史桓伊為築東林寺。居此三十餘年，為淨土宗之祖。本詩見存其《廬山記》中。詩歌寫廬山勝景及其參悟禪理。首四句寫景。高峰山嵐，雲霧繚繞，已是神祕超凡，頗具仙氣。幽穴神仙遺跡，山亦頓時有名有靈。自然人文，交相輝映。大音希聲，極寫山林幽寂；山溜水滴，美妙的天籟樂聲中，更顯靜謐。「有客」以下十句，即景寫情，抒發妙悟玄機。有人獨行神遊，此詩人也。其遊意不在看山，故忘其所往。伸手撫摩谷口，他想起了心靈，心靈無門，何用開闢？遊心所至，扣動奧妙玄理的大門，豁然感悟，自然登堂入室，妙道勝理清晰可見。「孰是」二句設為問句，答案則見於其後。只要悟道而進入妙境，便無所不宜，在在都是勝景，身心自由而無掛礙，無須奮翼而能沖天，絕勝過儒家所謂三益之友。沈德潛評：「高僧詩，自有一種清奧之氣。」此詩高妙，既在其不染塵滓，更在其妙悟自然所得，不似後來僧詩「引用內典為長」，專談玄理，丟卻詩家精神。

帛道猷

陵峰采藥觸興為詩

連峰數千里，修林帶平津❶。雲過遠山翳❷，風至梗荒榛❸。茅茨❹隱不見，雞鳴知有人。閒步踐其徑，處處見遺薪❺。始知百代下，故有上皇❻民。

【注　釋】❶修林帶平津　修林，長林。帶，繞。平津，坦途；大道。❷翳　遮蔽。❸梗荒榛　即梗莽，荊棘草莽。❹茅茨　茅草屋頂。❺薪　柴禾。❻上皇　上古帝王。

【語　譯】連綿峰巒幾千里，長林繞護大道邊。雲彩飄過遮遠山，疾風吹來荊莽叢。茅草屋頂藏難見，聽到雞鳴知有人。漫步走上其中道，處處看見散柴薪。方纔知道百代下，依然還有上古民。

【研　析】帛道猷，生卒年不詳。本姓馮，山陰（今浙江紹興）人。東晉高僧，居若耶山，曾與釋道壹往還，本詩又題〈寄道壹〉。首四句大處著筆，由遠而近。綿延數千里的山巒，長林環繞的大道，雲彩飄過遮住了遠山，風來荊棘草木縱橫參差。「茅茨」四句，寫眼前景，在叢生草木中，茅屋完全被遮蔽不見了，只有斷續的雞鳴，使人意識到，這裡有百姓居住。閒步其間，處處散落的柴薪，更令人確信，這裡有人煙聚集。結末二句，點醒詩人要稱讚的內容：好一個小國寡民、恬靜自然的原始村落。「上皇民」，以上古太平盛事許之，可見詩人的歆慕歎賞之情。此又一人間「桃花源」，表達了生逢亂世的詩人，對於太平時代及淳樸民風的神往。王夫之《古詩評選》評曰：「賓主歷然，情景合一。」

謝道韞

登山

峨峨東嶽❶高，秀極❷沖青天。巖中間虛宇❸，寂寞幽以玄。非工復非匠，雲構❹發自然。氣象❺爾何物？遂令我屢遷。逝將宅斯宇，可以盡天年。

【注釋】❶東嶽　即泰山。❷秀極　秀麗的峰頂。❸巖中間虛宇　間，橫絕。虛宇，指巖洞。❹雲構　高山上的巖洞。❺氣象　指時運造化。

【語　譯】巍峨崇峻泰山高聳，秀麗峰頂直沖青天。岩崖中間橫絕洞穴，寂寞冷清幽深且暗。並非人工也非匠作，岩洞生成出於自然。時運造化你是何物？使令我身屢次搬遷。將要居住在此洞穴，可以平安盡享天年。

【研　析】謝道韞，生卒年不詳。東晉陳郡陽夏（今河南太康）人。安西將軍謝奕女，謝安侄女，會稽內史王凝之妻。王凝之死於孫恩之亂，其寡居會稽以終。道韞為古代著名才女，其詠雪之句深得謝安賞重。後世以「詠絮之才」比喻才華善文之女，即由她而來。本詩或題〈泰山吟〉，詩歌表達了詩人對泰山山宇的歆慕喜歡之情。首二句寫泰山，巍峨狀其雄偉，沖天狀其高聳入雲，磅礴大氣，氣象不凡。「巖中」四句，寫山上巖洞。間虛宇，寫其形勢；幽以玄，狀其景象，均如畫筆，形象真切。雙重否定之句，強調了它的本於天然巧構，鬼斧神工。「氣象」四句，質問蒼天，為什麼偏獨自己遭逢不幸，屢多遷徙？鬱鬱不平之氣，憤世之慨可見。願擇此永年，表達了對此山宇的喜歡之情，以及其壯偉奇崛的性情胸襟。王夫之《古詩評選》譽其：「入手落手轉手，總有秋月孤懸、春雲忽起之勢，不但古今閨秀不敢望其肩背，即中散當年，猶有凝滯之色，方斯未逮也。」不為過譽。

趙整

諫歌

秦王堅與慕容垂夫人同輦遊後庭，宦官趙整歌云云，堅改容謝之，命夫人下輦。

不見雀來入燕室，但見浮雲蔽白日。

【語譯】看不到麻雀前來鑽進燕子的窩，只見到飄浮雲彩遮蔽了白日光。

【研析】趙整，生卒年不詳，字文業，洛陽清水人。在前秦苻堅朝為著作郎，遷黃門侍郎、武威太守。本歌為其諷諫苻堅之作。慕容垂在前燕封吳王，後為太傅慕容評等人排擠，投奔前秦王苻堅。苻堅與慕容垂夫人同車遊後園，趙整為此歌以諫之。雀不入燕室，浮雲遮蔽白日，都為生活中常識，而在特殊場合，進行特殊組織，也便有了不同意義。雀不入燕室，不同類也，但你秦王卻與慕容夫人同車共遊，自然不大合適；浮雲蔽白日，古詩多用，比喻君王的受人蒙蔽，這裡也是勸說秦王不可為人蠱惑。苻堅創立前秦政權，有一定作為，不失為明主，所以他能夠知錯即改，「改容謝之，命夫人下輦」。

無名氏

短兵篇

劍為短兵，其勢險危。疾踰飛電，回旋應規❶。武節❷齊聲，或合或離。電發星騖❸，若景若差❹。兵法攸眾❺，軍容是儀。

【注釋】❶應規　符合規矩。❷武節　武德。❸星騖　星馳。❹差　次第；有序。❺攸眾　諸事。攸，助詞。

【語譯】劍為短兵器，勢頭很危險。速過閃雷電，回旋中規矩。武德聲威整，有合也有離。電閃星飛馳，如影有次序。兵法關乎眾，軍容要威儀。

【研析】此無名氏詠劍之作。劍為古代軍中利器，詩歌首四句鋪寫了它的威力，快如閃電，隨心所欲，致人要害，置人死地。「武節」以下四句，進而寫武德，劍雖利器，使用卻要合乎武德，或合或離，若影隨形，次序井然。結末二句，點出主旨，兵者關乎眾，軍紀軍容，最為重要，不可疏忽。

獨漉❶篇

獨漉獨漉，水深泥濁。泥濁尚可，水深殺我。雍雍❷雙雁，游戲田畔。我欲射雁，念子孤散❸。翩翩浮萍，得風搖輕❹。我心何合❺，與之同并？空床低帷❻，誰知無人。夜衣錦繡，誰別偽真？刀鳴箾❼中，倚床無施❽。父冤不報，欲活何為？猛虎斑斑，游戲山間。虎欲殺人，不避豪賢。

英爽直追漢人。

【注釋】❶獨漉　獨自淌水渡河。漉，諧音祿，喻獨涉仕途。❷雍雍　同「喁喁」。雁和鳴聲。❸念子孤散　子，指孤雁。孤散，指被拆而孤單。❹搖輕　輕輕飄搖。❺何合　與誰相和。❻低帷　垂帳。❼箾　同「鞘」。刀鞘。❽施　用。

【語譯】獨自淌水來渡河，水也深來泥也濁。泥濁也不算什麼，水深會將我淹殺。喁喁鳴叫一對雁，嬉戲遊玩在田邊。我要舉箭去射雁，想起拆散你孤單。翩翩浮動水上萍，得到風吹輕搖動。我心有誰能投合，和他同心共運命？空空大床帳低垂，誰知其中沒有人。夜間穿著錦繡服，誰能辨別假與真？寶刀嘶鳴刀鞘中，靠床空擺沒有用。父親冤仇不能報，活著還有啥意義？斑斕花紋一猛虎，山中四處亂遊蕩。猛虎要去撲人吃，不管豪賢與忠良。

【研析】本歌見收《晉書・樂志》，為拂舞歌詩五篇之一，作〈獨祿篇〉。《樂府詩集》卷五四「晉拂舞歌詩」〈獨漉篇〉解題曰：「求祿求祿，清白不濁。清白尚可，貪汙殺我。晉歌為『鹿』字，古通用也，疑是諷刺之辭。」詩歌當為諷刺官場汙濁，清白之士難以存身之作。首四句以渡河為比，寫特立獨行之士立身官場的艱難危險。「雍雍」四句，以孤雁寫正道不行，其身孤單。「翩翩」四句，寫沒有知音同道的孤獨。「空床」四句，寫官場是非不分，真假莫辨，賢德難為人知。「刀鳴」四句，寫空有德才，報國無門，生之苦悶。「猛虎」四句，言汙濁的官場，滿布陷阱，到處是傾軋，隨時有傷身之危。詩歌多用比興，有《詩經・國風》遺意，所謂「英爽直追漢人」，可謂的評。

晉白紵舞歌詩

輕軀徐起何洋洋❶，高舉兩手白鵠翔。宛若龍轉乍低昂，凝停善睞容儀光❷。如推若引留且行，隨世而變誠無方❸。舞以盡神安可忘，晉世方昌樂未央。質如輕雲色如銀，愛之遺誰贈佳人。制以為袍餘作巾，袍以光軀巾拂塵。麗服在御❹會佳賓，醪醴❺盈樽美且淳。清歌徐舞降祇神❻，四座歡樂胡可陳？

【注　釋】❶洋洋　舒緩美盛貌。❷凝停善睞容儀光　凝停，凝目專注。善睞，顧盼；旁視。❸無方　沒有一定格式。❹在御　在用；正穿在身上。❺醪醴　醪，濁酒。醴，甜酒。❻祇神　神祇。

【語　譯】輕盈身軀徐徐站立何其舒緩，兩手高舉姿態宛曲如同白鶴飛翔。隊形宛如天龍轉動忽而低伏忽而高昂，目光變幻時而凝睇時而顧盼流光。一會兒前推一會兒牽引時停時前行，如世變化千姿百態沒有固定儀方。舞姿靈幻出神入化哪裡能夠忘記，晉朝大業方興未艾正當昌盛萬壽無疆。白紵之布輕如雲彩顏色如同白銀，愛不釋手將它贈誰送給美人。裁製袍子剩餘製為手巾，袍子穿起身體光耀手巾能拂塵灰。穿著華麗隆重會見嘉賓，美酒滿杯飲上一口甜美而且厚醇。清亮歌聲徐步舞蹈神靈也來光臨，四座歡樂群情激昂哪裡能夠盡陳？

【研　析】《晉白紵舞歌詩》凡三首，見收《宋書・樂志》及《樂府詩集・舞曲歌辭》。《宋書》以為，紵為吳產，故此為吳舞，至三國歸晉，始流行南北。本篇為第一首。首句至「晉世方昌樂未央」為第一層，描寫舞蹈姿態及場面。舞女輕盈的體態款款站起，音樂開始，舞蹈開始。兩手舉起，婀娜之狀，如同白鶴展翅翩翩翱翔。舞隊蜿蜒，低昂參差，又如天龍擺動。舞女們時而凝目，時而顧盼，神采飛揚，容光生輝。整個舞隊，或如後推，或如前引，時而停步，時而前行，變幻無窮，眼花繚亂，令人歎為觀止。幾句文字，寫盡了舞蹈的美妙，賞心悅目。而謳歌晉朝江山永固，繁榮昌盛，合乎宮廷宴會場面，也為樂府體式。「質如輕雲」以下八句，就白紵說起，柔細潔白之布讓人歡喜，此可以為袍為巾，穿著可以會嘉賓，降神靈。美酒、清歌，也寫觀舞宴會之樂，所謂「卻有在觀舞者邊著筆，應前而不復前，婀娜多姿，歌如其舞」（張玉穀《古詩賞析》）。

陽春白日風花香，趨步明玉舞瑤璫❶。聲發金石媚笙簧❷，羅袿❸徐轉紅袖揚。清歌流響繞鳳梁❹，如矜若思凝且翔。轉盼遺精❺豔輝光，將流將引雙雁行。歡來何晚意何長，明君御世永歌昌。極寫舞態，中忽入「晉世方昌樂未央」，「明君御世永歌昌」等句，此樂府體。

【注釋】❶瑤璫　玉製的耳飾。❷聲發金石媚笙簧　金石，鐘磬一類樂器，這裡指鐘磬之聲。媚，迎合。笙簧，即笙。簧，指笙中簧片。❸羅袿　女性的絲羅衣裳。❹鳳梁　雕繪鳳凰等圖案的樑柱。❺精　眼神。

【語譯】陽春麗日風和花也香，舞步時急時緩玉佩響。鐘磬笙樂齊奏相和諧，羅衣徐轉紅袖款款揚。歌聲環繞雕鳳屋柱樑，若有所思或住或飛翔。顧盼神飛神采生豔光，流轉牽引雙雁齊飛行。歡樂來晚意味何綿長，明主統治永久而盛昌。

【研析】本篇為第三首，寫歌舞之美。陽春三月，風和日麗，花香馥郁，歌舞在這樣的時節發生，益顯其美。舞女盛裝打扮，音樂笙磬和諧，絲羅素體徐徐轉動，紅袖婀娜揮揚，歌聲繞鳳樑，似凝又似翔，顧盼神飛，光彩照人，何其快樂。恨晚顯其樂，意長寫其韻。結末頌朝廷江山永固，也屬樂府體式。

淫豫

《國史補》云：蜀之三峽，最號峻急，四月五月尤險，故行者歌之。一作「灩豫」，峽中之灘也。

淫豫❶大如馬，瞿唐不可下。淫豫大如象，瞿唐不可上。

【注　釋】❶淫豫　長江險灘名，又名「灩澦堆」，在瞿唐峽。

【語　譯】淫豫出水如馬大，不可經過瞿唐下。淫豫出水如象大，不可經過瞿唐上。

【研　析】這是一首關於瞿塘峽淫豫灘的謠諺。長江三峽形勢險峻，行船最難。而在三峽中，又以瞿塘峽最險。其中淫豫灘，為險中之險。據載農曆四、五月間枯水季節，其露出水面尤多，也對行船危害最大。如馬如象之比，形象具體地交代了淫豫灘行船之須知，可為船家導航。

女兒子

巴東三峽猿鳴悲❶，夜鳴三聲淚沾衣。

《古今樂錄》曰：女兒子，倚歌也。三峽謂廣溪峽、巫峽、西陵峽也。林木高茂，猿鳴至清，行者聞之，莫不懷土。○說猿聲之悲始此。

【注　釋】❶巴東三峽猿鳴悲　巴東，郡名，約相當今奉節、雲陽、巫山一帶，郡治在奉節東。三峽，指瞿塘峽、巫峽、西陵峽。

【語譯】巴東三峽猿啼悲切，夜叫三聲催人淚落。

【研析】〈女兒子〉據《古今樂錄》說，乃「倚歌也」。倚歌為樂歌的一種，伴奏有鼓吹而無弦樂。或稱為漁歌，北魏酈道元《水經注・江水》載：「自三峽七百里中，兩岸連山，略無闕處。重岩疊嶂，隱天蔽日，自非亭午夜分，不見曦月。……每至晴初霜旦，林寒澗肅，常有高猿長嘯，屬引淒異，空谷傳響，哀轉久絕。故漁歌曰……」三峽本湍流水激，地勢險峻，難見日月，行船危險，人多提心吊膽，猿聲啼鳴，更憑添了氣氛的荒涼。此歌謠可謂真切地揭示了三峽的特徵，而猿鳴更成為三峽之標誌。「說猿聲之悲始此」，其後稱猿鳴聲悲，以此為祖。

我欲上蜀蜀水難，蹋蹀珂頭腰環環❶。

【注釋】❶蹋蹀珂頭腰環環　蹋、蹀，均指踏步，難以行進貌。珂，馬勒的飾物，言人如馬狀。環環，繩子環繞。

【語譯】我想往蜀蜀水難行，縴夫拖船勒頭腰繩。

【研析】此歌也寫蜀道之難。蜀道窮山惡水，不獨山路難行，水道如三峽之中，多有險灘，船行也難。下句縴夫如馬之拉車，卻步履維艱。踏步不前，足見其艱難，也反映了蜀地水道的險惡。

三峽謠

《水經注》曰：峽中有灘，名曰黃牛，巖石既高，江湍紆迴，雖途經信宿，猶望見之，故行者謠云。

朝見黃牛❶，暮見黃牛。三朝三暮❷，黃牛如故。 四語中寫盡紆迴沿溯之苦。

【注釋】❶黃牛　指黃牛灘，在西陵峽西。❷三朝三暮　三天三夜。

【語譯】早晨開船望見黃牛，晚上歇船望見黃牛。三天三夜船行下來，望見黃牛依然如舊。

【研析】這首歌謠極寫黃牛灘艱險難行。據《水經注．江水》記載：「江水又東，經黃牛山下，有灘名黃牛灘。南岸重嶺疊起，最外高岩間有石色，如人負刀牽牛，人黑牛黃，成就分明，既人跡所絕，莫得究焉。此岩既高，加以江湍迂迴，雖途經信宿，猶望見此物。」歌謠真實地反映了這一情況。歌謠層層遞進，朝見暮見，三朝三暮猶見，黃牛灘的迂曲艱險，九曲迴腸，令人歎為觀止，船夫行船艱辛可知。

隴上❶歌

《晉書》：劉曜圍陳安於隴城，安敗走，曜使將軍平先追之，平斬安於澗曲。安善於撫下，吉凶夷險，與眾共之，及死，隴上為之歌。

隴上壯士有陳安❷，軀幹雖小腹中寬❸，愛養❹將士同心肝。䯀驄文馬鐵鍛鞍❺，七尺大刀奮如湍❻，丈八蛇矛左右盤❼，十盪十決無當前❽。百騎俱出如雲浮，追者千萬騎悠悠❾，戰始三交失蛇矛。棄我躡驄竄巖幽❿，為我外援而懸頭。西流之水東流河⓫，一去不還奈子何！中極狀其勇。一結悠然，餘哀不盡。○「百騎俱出」二句，見死於敵兵之多，非戰罪也。本詞無，趙書有，今從增入。

【注釋】❶隴上　即東漢隴縣，治所涼州，在今甘肅張家川自治縣。❷陳安　隴上人，西晉末年聚眾反抗前趙劉曜，據上邽（今甘肅天水西南），稱涼王。❸腹中寬　指其胸懷博大寬廣。❹愛養　愛撫。❺躡驄文馬鐵鍛鞍　躡驄，馬跑快捷。驄，毛色青白之馬。文馬，牡馬。鐵鍛鞍，鐵製馬鞍。❻湍　水流之急，喻刀光如流。❼盤　盤轉。❽十盪十決無當前　盪，衝擊。決，突圍。❾悠悠　無盡貌。❿竄巖幽　竄，逃竄。巖幽，山洞。⓫西流之水東流河　西流，指隴水，西流進入洮水。東流河，指洮水東流入黃河。

【語譯】隴上有位壯士名陳安，身材雖小胸懷寬，愛撫將士如同己心肝。騎著青驄駿馬座下鐵打鞍，揮舞七尺大刀流光如急湍，丈八長矛左右自如運盤旋，屢次衝擊突圍無人能阻攔。百騎齊出如同浮雲走，千軍萬馬追趕無盡頭，戰鬥三番矛失而敗逃。撇下青驄駿馬逃竄進洞穴，為了援外復出而掉頭。西流河水東向入黃河，壯士一去不回又讓人奈何！

【研析】本詩又題〈隴上壯士歌〉，或〈隴上為陳安歌〉。詩歌本事見《晉書・劉曜載記》，以寫實鋪敘的手法，塑造謳歌了仁義勇武的壯士陳安形象。首三句交代其出身，又以身材短小與胸懷寬廣博大對比，及其愛撫將士，揭示了其偉大光輝的人格之美，此為總寫定調。「躡驄」以下四句，以其座下駿馬、鐵鞍，手中大刀、長矛，刻劃了他的超凡神武，所向披靡，無人抵擋。「百騎」二句，寫敵眾我寡，力量對比懸殊，傷亡慘重，場面慘烈。「棄我」二句，寫其本可逃生，苟全性命，但為了將士，挺身再出，終於壯烈犧牲，成就仁義。結末二句，以西流之水尚有回頭向東，反襯壯士竟然一去不歸，讓人歎惋景仰。「一結悠然，餘哀不盡」。張玉穀《古詩賞析》云：「通首逐句用韻，轉接不測，音節極為悲壯。」斯可為百姓築造的英雄陳安紀念碑。

來羅

鬱金黃花標❶，下有同心草。草生已日長，人生日就❷老。

【注　釋】❶鬱金黃花標　鬱金，鬱金香，多年生草本植物，百合科，春季開花，有黃、白、紅、紫紅等色。標，掛。❷就　走向。

【語　譯】鬱金香開著黃花，下邊生著同心草。草兒一天天長大，人生一天天漸老。

【研　析】〈來羅〉見收於《樂府詩集》卷四九〈清商曲辭・西曲歌下〉。《古今樂錄》謂西曲「出於荊、郢、樊、鄧之間，而其聲節送和，與吳歌亦異，故因其方俗而謂之西曲云」。「來羅」，《古今樂錄》云其「倚歌也」。凡四首，本篇為第一首。詩歌以比興手法，寫人生易老，當珍惜同心之歡。鬱金香黃花綻放，美麗之極。同心草長於其下，同心之愛亦如鬱金香之美。草之日長，人也漸老，不可辜負了美麗的同心之歡。形象生動，主題鮮明。

作蠶絲

春蠶不應老❶，晝夜常懷絲❷。何惜微軀盡，纏綿❸自有時。

纏綿溫厚，不同〈子夜〉〈讀曲〉等歌。

【注釋】❶老　久。❷懷絲　諧音「懷思」。❸纏綿　以蠶絲的纏綿雙關男女情愛的纏綿。

【語譯】春蠶不會太長久，經常晝夜要吐絲。哪裡在乎生命盡，吐絲纏綿有定時。

【研析】〈作蠶絲〉四首，見《樂府詩集・西曲歌下》。四首分別以採桑、養蠶、繅絲、織綺，寫青年男女對自由愛情的追求。本篇為第二首。通篇用比，寄託對愛情幸福的堅執追求。春蠶懷絲，晝夜不歇，何其執著，何等堅韌。而其不惜生命，在於吐絲有時，要抓緊機會。懷思的少男少女，青春也易流逝，為了愛情幸福，也何惜一軀？他們相信，不懈的追求終有收穫，甜美纏綿的愛情終將能夠實現。詩歌以日常生活習見的東西取譬，生動具體，格調自然清新，意味雋永。

休洗紅二章

休洗紅，洗多紅色澹。不惜故縫衣❶，記得初按茜❷？人壽百年能幾何？後來新婦今為婆。

【注釋】❶故縫衣 舊衣。❷按茜 下染料。茜，又稱茅蒐，多年生草本植物，根可作紅色染料。

【語譯】切莫洗那紅衣衫，多洗紅褪色變淡。不知珍惜舊衣裳，曾記當初新染茜？人壽百年能多久，新婦今成老婆婆。

【研析】本詩以洗紅為譬，抒寫女子年長色衰，遭丈夫嫌棄的悲歎。洗紅多而褪色，紅色變淡，歲月的淘洗也如之。隨時光流逝，青春消退，容顏衰老。「不惜」二句，問得淒愴，舊衣裳也曾有過新時，比年長而遭嫌棄，提醒丈夫記起自己也曾有過花容月貌的盛時，青春是為他付出。結末二句，新婦今成老婆婆，喻人都有衰時，丈夫也不能倖免，而衰老更非自己之過。

休洗紅，洗多紅在水。新紅❶裁作衣，舊紅翻作裡。迴黃轉綠❷無定期，世事返復君所知。

「迴黃轉綠」，字極生新，要知是善用經語。

【注釋】❶新紅　新染的紅色布料。❷迴黃轉綠　本《詩經・國風・綠衣》：「綠兮衣兮，綠衣黃裡。」

【語譯】切莫洗那紅衣衫，洗得太多紅褪漂在水。新染紅布裁製衣，舊時紅布翻作衣襯裡。黃綠顛倒無一定，世事反覆你也知。

【研析】本首也以洗紅為譬，多洗褪色，紅漂水中，隨水流去，喻時光如水，一去不返。舊紅色褪，由面改裡，喻色衰失寵。黃綠顛之倒之，誰主誰副，本無一定，世事何嘗不是如此！命運無常之感，油然而生。兩首詩歌由日常生活現象取譬，新婦為婆，俚極趣極；迴黃轉綠，「字極生新」，「是善用經語」。

安東平

淒淒烈烈❶，北風為雪。船道不通，步道斷絕。

【注釋】❶淒淒烈烈　寒冷貌。

【語譯】寒冷啊寒冷，北風飄著雪花。水道不通難行船，旱道阻塞人過難。

【研析】〈安東平〉五首，見收《樂府詩集・清商曲辭・西曲歌》。「出於荊、樊、郢、鄧之間」，是流行於江漢流域的民歌。原第五首曰：「東平劉生，復感人情。」可知詩題謂安撫東平少年也。本詩為第一首，四句十六字，以風雪阻隔，水道旱道均阻塞不通，寫其與情郎隔絕，不得交通相見的苦惱。首句連用疊音之詞，悲苦意緒纏綿無盡。

惠帝元康中❶京洛童謠

見《晉書・五行志》。

南風起兮吹白沙❷，遙望魯國何嵯峨，千歲髑髏生齒牙❸。

南風，賈后字也。白，晉行也。沙門，太子小字也。魯國，賈謐也。言后與謐為亂，以危太子，而趙王因釁以篡奪也。

【注釋】❶惠帝元康中　惠帝，即西晉惠帝司馬衷，元康為其年號，始西元二九一年，迄二九九年。❷南風起兮吹白沙　南風，賈充女，晉武帝泰始年間冊為太子妃，惠帝即位，立為皇后，荒淫放恣，廢愍懷太子，後為趙王倫所殺。白，晉為白色。沙，即沙門，太子字。魯國，指賈后兄弟賈謐，恃寵專橫，權過人主，後被趙王倫所殺。❸千歲髑髏生齒牙　指趙王司馬倫矯詔殺賈后乘機篡位。髑髏，骷髏。

【語譯】南風刮起吹動白沙，遙望魯國何其高峻，千年骷髏長出齒牙。

【研析】這首童謠見《晉書》〈五行志〉〈愍懷太子傳〉及《樂府詩集・雜歌謠辭》，〈五行志〉無「兮」字。寫西晉惠帝朝賈后姐弟專斷朝廷，迫害太子，終於玩火自焚，自食惡果，身首異處；而千歲王司馬倫也得乘機篡位。歌謠類於啞謎，通篇隱語，淒風苦雨，飛沙走石，骷髏長牙，儼然一鬼蜮世界。

惠帝時洛陽童謠

見《晉書》，明年而石勒反。

鄴中女子莫千妖❶，前至三月抱胡腰。

風俗奢淫過甚，必有兵戈之慘繼之，千秋炯戒也。

【注釋】❶鄴中女子莫千妖　鄴中，即鄴城，三國魏建都於此，在今河北臨漳縣西南。莫千妖，疑為人名。

【語譯】鄴城女子莫千妖，到了明年三月去抱胡人腰。

【研析】這首童謠見《晉書》、《樂府詩集‧雜歌謠辭》，據載此謠傳出之次年，北方少數民族石勒、劉羽反叛。世風奢靡淫逸，乃亡國之徵。國之窳敗，良有以也。「不曰胡抱其腰，而曰抱胡腰，毒甚」（張玉穀《古詩賞析》），所傍者敵類，有奶是娘，氣節墮盡，良知墮盡。

惠帝大安中❶童謠

見《晉書‧五行志》。後中原大亂，宗藩多絕，唯琅邪、汝南、西陽、南頓、彭城同至江東，而元帝嗣統矣。

五馬浮渡江，一馬化為龍。

【注　釋】❶大安中　指惠帝太安年間。

【語　譯】五匹馬兒浮過長江，一匹馬兒搖身變成龍。

【研　析】這首童謠見《晉書・五行志》、《樂府詩集・雜歌謠辭》。據《晉書》記載：「其後中原大亂，宗蕃多絕，唯瑯琊、汝南、西陽、南頓、彭城同至江東，而元帝嗣統矣。」琅邪王即東晉元帝司馬睿。晉室司馬，以馬喻之；龍為君象，以此喻司馬睿為帝。「龍馬有變化之理，切而仍隱」（張玉穀《古詩賞析》），此童謠隱曲絕妙。

綿州❶巴歌

豆子山❷，打瓦鼓。揚平山❸，撒白雨。下白雨，取龍女。織得絹，二丈五。一半屬羅江❹，一半屬玄武❺。

【注　釋】❶綿州　隋代所置，治巴西縣，今為四川綿陽縣。❷豆子山　即豆圌山，在今綿陽。❸揚平山　山名，不詳所在。❹羅江　水名，在羅江縣東。❺玄武　湖名，在玄武縣。

【語　譯】豆子山中，打瓦鼓聲。揚平山中，灑著白雨。下著白雨，娶婦龍女。織成素絹，二丈五尺。一半屬於羅江，一半屬於玄武。

【研　析】此歌見《五燈會元》卷一九，詠川地瀑布之作。首四句寫瀑布所從出，在豆子山湧出，聲響如敲瓦鼓，為蜀地民間聲口；由揚平山飛濺而下，如天上潑下白雨，形象生動。雨由天降，傳說為龍所製造，故自然引出娶龍女一比。「下白雨」四句，由龍女引起織絹，瀑布如絹，寫其潔白密集。結末二句，寫瀑布落地後分流羅江、玄武二處。「取象極奇幻，造句極古奧，紬繹數四，始得證入，為之一快」（張玉穀《古詩賞析》），可謂知味。

卷十

宋詩

孝武帝

宋人詩，日流於弱，古之終而律之始也。無鮑、謝二公，恐風雅無色。〇孝武詩，時有巧思。

自君之出矣

自君之出矣，金翠闇無精❶。思君如日月，回還❷晝夜生。

【注釋】❶金翠闇無精　金翠，黃金翠玉之飾物。闇無精，暗淡沒有光彩。❷回還　輪回。

【語譯】自從您出門以後，黃金翠玉無光彩。思念您像日月出，輪回相替晝夜來。

【研析】宋孝武帝劉駿（西元四三〇年—四六四年），字休龍，小字道民，彭城（今江蘇徐州）人。南朝宋武帝劉裕孫，文帝劉義隆第三子。初封武陵王。太子劉劭篡弒，舉兵討逆，即帝位。擅詩文，《隋志》著錄其有集二十五卷，已散佚。本篇又作〈擬徐幹〉，或作〈擬室思〉。徐幹〈室思〉五首其三後四句云：「自君之出矣，明鏡暗不治。思君如流水，何有窮已時。」此劉駿詩所依擬。詩歌同樣寫思婦懷夫，雖不如徐作樸直自然，但首飾無光，寫思婦愁苦孤寂之感；日月循環相生寫其愁思不絕如縷，也都新穎別致。鍾嶸《詩品》評：「孝武詩，雕文織彩，過為精密。」此詩取象與構思，也都一定程度上有所體現。

南平王鑠

白紵曲

僊僊❶徐動何盈盈，玉腕俱凝❷若雲行。佳人舉袖輝青蛾❸，摻摻擢手映鮮羅❹。狀似明月泛雲河，體如輕風動流波。

晉曲似拙，然氣味極厚，此但覺其鮮秀矣。風氣升降，作者不能自主。

【注釋】❶僊僊 舞姿輕盈、輕舉貌。❷俱凝 一起凝止。❸輝青蛾 輝，輝映。青蛾，美人的眉毛，借指少女、美人。❹摻摻擢手映鮮羅 摻摻，少女之手纖美貌。鮮羅，色彩鮮豔的綺羅。

【語譯】徐徐舞動舞姿何其輕盈，玉腕伸出凝滯如同雲行。美人揚袖輝映美麗容顏，纖細手指綺羅愈發光鮮。狀貌有似明月漂蕩雲河，身體輕如風兒與那水波。

【研析】南平王劉鑠（西元四三一年—四五三年），字休玄，彭城（今江蘇徐州）人。南朝宋文帝劉義隆第四子，封南平王。與三兄劉駿不和。太子劉劭篡弒自立，鑠事之。劉劭敗，孝武帝劉駿即位，進司空，後被毒死。有集五卷，已佚。東晉有〈白紵舞歌詩〉，此擬作。詩歌專就舞女起舞時舞姿來寫，徐徐而起，體態輕盈，玉腕凝脂，相連如同雲行；彩袖翩翩，與美麗的容顏交相輝映；纖細潔白的手指伸出，映照著鮮豔的綺羅愈發鮮豔；其情態猶如雲河漂行的明月，身體如輕風及流動的水波。辭藻華美輕豔，卻似淡酒味薄，少有醇厚。

擬行行重行行

眇眇陵長道❶，遙遙行遠之。迴車背京里❷，揮手從此辭。堂上流塵生，庭中綠草滋。寒螿翔水曲，秋兔依山基❸。芳年有華月，佳人無還期。日夕涼風起，對酒長相思。悲發江南調❹，憂委〈子衿〉詩❺。臥覺明燈晦❻，坐見輕紈緇❼。淚容不可飾，幽鏡難復持❽。願垂薄暮景，照妾桑榆時❾。

頗臻古意。

【注釋】❶眇眇陵長道　眇眇，遠貌。陵，登。❷迴車背京里　迴車，掉轉車頭。背，背離。京里，京城。❸寒螿翔水曲二句　本《淮南子》：「兔走歸窟，寒螿翔水，各哀其所生。」高誘注：寒螿，水鳥。哀，愛。《風土記》：「七月而螻蛄鳴於朝，寒螿鳴於夕。」❹江南調　指〈採蓮曲〉。❺子衿詩　指《詩經・鄭風・子衿》，有「青青子衿，悠悠我心」，「一日不見，如三月兮」等句。❻明燈晦　指夜久明燈變暗。晦，暗。❼輕紈緇　輕薄的素帛變黑。❽淚容不可飾二句　本曹植〈七哀詩〉：「膏沐誰為容，明鏡暗不治。」幽鏡，暗鏡。❾願垂薄暮景二句　本陸機〈塘上行〉：「願君廣末光，照妾薄暮年。」景，同「影」。日光。桑榆，晚景。

【語　譯】登上遙遠漫漫長道，行進去那渺茫遠地。掉轉車頭背離京城，揮手致意從此別去。屋堂上邊飛塵遮蔽，庭院中間綠草滋生。寒螿飛翔水池之上，秋天兔子託身山腳。青春芳年月光皎潔，美麗的人歸還無期。天晚一陣涼風刮起，面對美酒深深思念。心中生悲唱江南歌，憂愁寄託〈子衿〉古詩。臥床感覺明燈漸暗，坐起看見素衣變黑。淚容滿面不能修飾，蒙塵鏡子難以再舉。希望留下黃昏殘光，照耀我身晚年日子。

【研　析】本詩乃擬樂府之作，寫閨中懷遠之情。首四句追憶別時光景，丈夫揮手辭別京城，踏上遙遙征途，開首兩句，連用疊音之詞，寫盡思婦纏綿感情。「堂上」六句，寫丈夫既去之後，家中孤寂冷清之狀，堂上生飛塵，庭中荒草長，極寫荒寂之象。寒螿、秋兔留戀家園，益發增添思婦對遠方遊子的懷念，他怎地就長久滯留異鄉，不思還家呢？芳年猶如明月，是這樣美好，但遠方之人，卻偏偏不知珍惜，讓光陰流逝。「日夕」八句，寫閨中懷思。晚上秋風起，涼意生，不見那人，對酒難飲。「悲發」二句互文，因了悲愁憂傷，唱〈採蓮曲〉、〈子衿〉詩，抒發懷抱，宣洩鬱悶。輾轉反側，難以入眠，只覺得明燈漸暗，但看見紈衣變黑，無情無緒，淚水盈面無法修飾，也無心修飾，蒙塵的鏡子懶得再度照映。結末二句，曲終奏雅，溫柔敦厚，希望丈夫不要忘了自己，能分些餘光，照耀自己。沈德潛評其：「頗臻古意。」張玉穀稱：「尚存古意，猶是雅音。」

何承天

雉子遊原澤篇

雉子遊原澤❶，幼懷耿介❷心。飲啄雖勤苦，不願棲園林。古有避世士，抗志青霄岑❸。浩然寄卜肆❹，揮棹通川陰。逍遙風塵外，散髮撫鳴琴。卿相非所盼，何況於千金。功名豈不美，寵辱亦相尋❺。冰炭結六府❻，憂虞纏胸襟。當世須大度，量己不克任。三復泉流誡❼，自警良已深。

【注釋】❶雉子遊原澤 雉子，雛雉；幼雉。原澤，廣平沼澤地帶。❷耿介 正直清操，不阿世俗。❸抗志青霄岑 抗志，高尚其志。青霄岑，青雲之巔。❹卜肆 賣卜的鋪子。❺相尋 相繼。❻冰炭結六府 冰炭，形容思想上的矛盾衝突。六府，即六腑，心中。❼三復泉流誡 三復，反覆思考。泉流誡，本《孟子·離婁上》，載童子歌滄浪之水，孔子告誡學生：「小子聽之！清斯濯纓，濁斯濯足矣。自取之也。」

【語譯】小野雞遊玩平曠沼澤，幼年便志向正直不阿。飲食儘管也勤勞辛苦，不喜歡棲息豪華園林。古來有避世逃隱高士，存志向在於青雲頂巔。浩然志節寄身卜肆，揚棹將船划到河南岸。逍遙意適情在紅塵外，散髮愜意將琴來彈撥。卿相位非我所期盼，又何況身外那千金財！功名難道非好東西，榮寵羞辱緊接相伴隨。官隱矛盾盤結胸中，憂愁擔心纏繞深心。做官人必須要大度能容，權量我無能力擔當波折。屢次來思考聖人訓誡，自警真可謂命意遙深。

【研析】何承天（西元三七〇年—四四七年），東海郯（今山東郯城）人。東晉末年，累官宋臺尚書祠部郎，南朝宋仕至御史中丞。天文曆算學家、文學家、史學家。據《晉書》載，承天於東晉義熙末私造〈鼓吹鐃歌〉十五篇，本詩為其中一篇。詩題用首句為名。詩歌抒發了高尚其志，不事王侯，葆其清操的志向。首四句以山澤野雉起興，山澤野雉優遊大澤，猶懷高尚之志，寧願辛苦啄食草野，保持節操，不願寄身園林，仰人鼻息。「古有」八句，自然延伸及於避世之士，其志在雲霄，高潔不群，託身卜肆，養浩然之氣，泛舟川流，逍遙紅塵世外，散髮彈琴，孤傲不受塵染，既不屑卿相之位，更不屑身外財物。「功名」六句，轉到自身，自己並未能忘懷功名富貴，但害怕的是宦海風波叵測，仕與隱的矛盾交織心中，但也常常充滿憂虞，仕宦要與世浮沉，能屈能伸，自己卻難以做到。結末二句，引孔子訓誡，謂一切皆由自取，當謹慎其身。詩歌表現了詩人矛盾的心跡，遭逢亂世的痛苦心理。認識亦深，感受亦真。

顏延之

顏詩，惠休品為鏤金錯采。然鏤刻太甚，填綴求工，轉傷真氣。中間如〈五君詠〉、〈秋胡行〉，皆清真高逸者也。〇士衡長於敷陳，延之長於鏤刻，然亦緣此為累。詩云：穆如清風，是為雅音。

應詔讌曲水❶作詩八章

《宋略》曰：文帝元嘉十一年三月丙辰，禊飲於樂遊苑，且祖江夏王義恭、衡陽王義季，有詔會者賦詩。

道隱未形，治彰既亂❷。帝跡懸衡，皇流共貫❸。惟王創物，永錫洪算❹。仁固開周，義高登漢❺。

【注　釋】❶曲水　原樂遊苑，南朝宋武帝所建，文帝元嘉十一年（西元四三四年）以為曲水。三月三日上巳日，人們多宴飲水濱，以為可除不祥，亦稱曲水。❷道隱未形二句　《老子》曰：「大象無形。」又曰：「道隱無名。」道，大道。未形，不顯。治，治理。彰，顯然。❸帝跡懸衡二句　跡，形跡；功績。懸衡，《申子》：「君必有明法正義，若懸權衡以稱輕重，所以一群臣也。」指制訂法度。皇流共貫，謂萬國共貫。皇流，〈長楊賦〉：「逮至孝文，隨風乘流。」指皇家一脈。❹惟王創物二句　創物，《周禮》曰：「智者創物。」錫，賜。洪算，洪壽；大壽。算，壽算。❺仁固開周二句　謂周朝以仁開國，漢朝以義得有天下。固，本。

【語　譯】大道隱藏不見形，亂世治理易彰明。帝王功在頒法度，皇家世代恪遵行。聖哲帝王創天下，永遠賜有高壽命。仁德為本開有周，高尚仁義漢邦成。

【研　析】顏延之（西元三八四年—四五六年），字延年，琅琊臨沂（今山東臨沂）人。少年孤貧好學。東晉朝，為劉裕世子參軍。南朝宋武帝朝為太子舍人，少帝時為始安太守，文帝朝為中書侍郎，轉太子中庶子，領步兵校尉，貶永嘉太守，孝武帝時官至金紫光祿大夫。與陶淵明交好，詩歌和謝靈運齊名，並稱「顏謝」。作品有明人輯本《顏光祿集》。《宋略》記載，文帝元嘉十一年（西元四三四年）三月三日上巳日，帝設宴樂遊苑禊飲，並為江夏王劉義恭、衡陽王劉義季餞別，詔與宴者賦詩，顏延之乃有此作。詩凡八章，首章總領，就國家治道而言。道之為物，隱而難見，但其於國家治理之中，盡顯無遺。而劉宋代東晉而起，亂世歸治，即為有道。祖宗作則，後代承繼，先王創業，國祚綿長。周朝開國，漢之江山，都為道義仁德所致，亦其能合無名大道。此暗寓稱頌劉宋享國之意，與應制題旨隱合。

祚融世哲，業光列聖❶。太上正位，天臨海鏡❷。制以化裁，樹之形性❸。惠浸萌生，信及翔泳❹。（太上，謂文帝也。）

【注釋】❶祚融世哲二句　祚，國運。融，長。世哲，代有哲王。光，光大。❷太上正位二句　太上，天子，指文帝。海鏡，明亮如鏡的海面。❸制以化裁二句　化裁，變化。形性，本《莊子》：「流動而生物，物成生理謂之形；形體保神，各有儀則謂之性。」指形體物性。❹惠浸萌生二句　萌生，指萬物。信，延伸。翔泳，指魚鳥諸類。

【語譯】國運綿長代有哲王，基業光大歷朝聖明。天子繼承朝廷大統，猶如蒼天映照海平。根據變化因地制宜，無為而治遵從物性。恩惠澤被天下萬物，延伸至於飛鳥水生。

【研析】本章由宋朝先王至於文帝，代有明主，事業光大。文帝承統，如海天廣闊。其能因變施政，遵從物性，恩澤不僅澤及黎民百姓，連天上飛的，水中游的，俱受澤被。此章總寫文帝之仁德。

崇虛非徵，積實莫尚❶。豈伊人和？實靈所貺❷。日完其朔，月不掩望❸。航琛越水，輦賮踰嶂❹。（賮，同贐，言遠夷納貢也。）

【注釋】❶崇虛非徵二句　崇虛，崇尚教化之虛。徵，同「懲」，懲治。積實莫尚，謂積累成實，莫能上也。❷實靈所貺　靈，天。貺，贈與。❸日完其朔二句　本《漢書》：「天下太平，日不蝕朔，月不掩望。」朔，農曆每月初一。望，農曆每月十五。❹航琛越水二句　琛，寶物。賮，納貢的禮品。

【語譯】崇尚教化不用嚴懲，積累成果無能相比。難道因為得力人和？實是上天化育賜贈。太陽初一完好不蝕，月亮十五圓滿光明。遠方航行運寶獻奉，車乘翻山前來朝貢。

【研析】此章言文帝崇尚教化禮樂，不尚刑罰，日積月累，教化沾溉，太平和樂，欣欣向榮。而這一切，是因順從天道，是上天賜予福佑。天人感應，既無初一日蝕，也無十五月蝕，的是太平盛世景象。教化感召，就連邊夷之國，紛紛航船或翻山越嶺，前來朝貢稱臣。教化之功，可謂偉矣。

帝體麗明，儀辰作貳❶。君彼東朝，金昭玉粹❷。德有潤身，禮不愆器❸。柔中淵映，芳猷蘭祕❹。

帝體，太子也。《記》曰：長子正體於上。○《詩傳》曰：儀，匹也。辰，北辰也。

【注釋】❶帝體麗明二句　帝體，指太子。麗明，附麗其父皇而有明德。儀，匹；比。辰，北斗，指文帝。❷君彼東朝二句　東朝，東宮，太子所居。昭，明。粹，純。❸德有潤身二句　《禮記》載曾子曰：「富潤屋，德潤身。」禮器，謂禮使人成器。愆，違背。❹柔中淵映二句　柔中，言太子性情寬厚溫和。淵映，明澈如潭水照映。芳猷蘭祕，蘭芳幽密。

【語　譯】太子附麗明德，匹配北斗為副。主持東宮事務，燦金純玉品質。道德能夠潤身，禮樂不違成器。寬和明澈德行，蘭芳一般幽密。

【研　析】此章頌太子，寫文帝有後，克紹其德。太子附麗文帝而有明德，有其父則有其子。太子德行寬厚，接受禮教而成大器，必能繼承父業，光耀祖先。如潭之清澈，蘭花一般芳香，極寫其品格出眾不凡。

昔在文昭，今惟武穆❶。於赫王宰，方旦居叔❷。有睟叡蕃，爰履奠牧❸。甯極和鈞，屏京維服❹。

王宰，謂王為宰輔。比之周旦，而亦居叔也，指江夏、衡陽二王。

【注　釋】❶昔在文昭二句　文昭，文王之昭。武穆，武王之穆。昭穆，指父子。❷於赫王宰二句　於赫，歎詞。王宰，王之宰輔，指彭城王劉義康，時為司徒。方旦居叔，言如周公旦居叔父之位。❸有睟叡蕃二句　睟，潤澤貌。叡，即睿，睿智。蕃，蕃王，指江夏王、衡陽王。爰，於。履，疆界。奠牧，鎮定郊牧。❹甯極和鈞二句　鈞，平。屏京，蕃王封地。

【語　譯】過去有文王之昭，現在是武王之穆。好偉大的宰輔，如同周公為叔。聰明睿智蕃王，封地太平安居。寧靜和平至極，封國順服無事。

【研　析】此章頌文帝各位兄弟蕃王，太子諸位叔叔。文昭武穆，皇帝父子有德，太子的叔叔們，則宰輔有周公品格，藩王也各盡心於王事，以其聰明睿智，治理封國太平無事，百姓心服。可謂有德王室。

朏魄雙交，月氣參變❶。開榮灑澤，舒虹爍電❷。化際無間，皇情爰眷❸。伊思鎬飲，每惟洛宴❹。

朏魄雙交，謂月之三日也。月氣參變，謂三月也。此說入修禊。

【注　釋】❶朏魄雙交二句　朏魄雙交，指農曆每月初三日。月氣參變，指三月。月氣每月一變。❷開榮灑澤二句　開榮，梧桐開花。灑澤，指降春雨。舒虹，彩虹始現。爍電，閃電之始。❸化際無間二句　化際，太平時節。間，罅隙。眷，顧念。❹伊思鎬飲二句　鎬飲，本《詩經・小雅・魚藻》：「王在在鎬，豈樂飲酒。」鎬，西周京城，在今陝西西安市西。豈，通「愷」，樂。洛宴，典出《齊諧記》：「昔周公卜洛邑，因流水以汎酒。」

【語　譯】日子在初三這天，月份在三月這月。梧桐花開春雨降，彩虹舒展打閃電。太平時節無嫌隙，皇上佳節好心情。想起鎬京歡飲酒，念及洛陽臨水宴。

【研　析】此章入題，寫三月三日修禊宴飲。首二句點明時間，「舒虹」四句，桐花開，喜雨降，閃電始，彩虹現，一派欣欣向榮景象，而朝廷和睦，天下太平，皇帝當此佳節，喜氣洋洋。末二句，引周王、周公宴飲典故，暗含頌揚當今皇上之意。

郊餞有壇，君舉有禮❶。幕帷蘭甸，畫流高陛❷。分庭薦樂，析波浮醴❸。豫同夏諺❹，事兼出濟。

【注釋】❶郊餞有壇二句　餞，指為二王餞行。壇，高臺。舉，舉事。❷幕帷蘭甸二句　幕，帳。蘭甸，蘭皋，蘭生於甸。畫流，分流。陛，臺階。❸分庭薦樂二句　分庭，分庭抗禮。薦，進獻。浮醴，即浮觴，古人在修禊日宴飲水曲，水上流放置酒杯，順流漂下，酒杯停在誰面前誰飲。❹豫同夏諺　《孟子》引夏諺曰：「吾王不豫，吾何以助？」

【語譯】郊外餞行築高壇，國君行事有禮儀。蘭皋懸掛設帳幕，安排分流高階處。分別進獻奏歡樂，水波分流漂酒杯。歡悅正如夏諺說，事情關涉出濟國。

【研析】此章言文帝設宴，既是修禊宴飲，也兼為諸王餞行。所謂有壇有禮，皇家氣象。「分庭薦樂」以下，寫與宴之人，其樂融融，諸王以文帝之樂為樂，就藩亦是濟國，為君分憂。

仰閱豐施，降惟微物❶。三妨儲隸，五麈朝黻❷。途泰命屯，恩充報屈❸。有悔可悛，滯瑕難拂❹。

微物，自謂也。三妨、五麈，謂己所歷之官位。〇八章次序有法，追金琢玉，不妨沉悶，義山所謂句奇語重者耶。

【注釋】❶仰閱豐施二句　閱，數。微物，自謂。❷三妨儲隸二句　指自己三次出任太子屬官，五次在朝廷任職。妨、塵，自謙之辭。❸途泰命屯二句　泰、屯，《周易》二卦名，泰為通達，屯為坎坷。屈，短。❹有悔可悛二句　悔，過。悛，改。滯瑕，積穢。

【語譯】高仰敬數恩施，垂降賞賜卑微。三為太子屬官，五在朝廷任職。路平命運不濟，恩隆報答有限。後悔可以改正，積穢難以拂去。

【研析】末章歸到自己。首四句言自身沾溉皇恩之盛，三為太子屬官，五為京朝之官，恩寵非凡。末四句說自己路途平坦卻命運不濟，面對朝廷隆恩，報答有限，過失可改，而積塵難拂，秉性難移，深負皇帝恩賞。八章連絡而下，構思縝密，語詞典雅，如沈德潛所評：「八章次序有法。追金琢玉，不妨沉悶，義山所謂句奇語重者耶！」

郊祀歌

夤威寶命，嚴恭帝祖❶。炳海表岱，系唐胄楚❷。靈監睿文，民屬睿武❸。奄受敷錫，宅中拓宇❹。亘地稱皇，罄天作主❺。月竁來賓，日際奉土❻。開元時正，禮交樂舉❼。六典聯事，九官列序❽。有牷在滌，有絜同潔。在俎❾。薦饗王衷❿，以答神祜。

《尚書》曰：海岱及淮惟徐州。〈東京賦〉曰：系唐統，接漢緒。沈約《宋書》曰：高祖，彭城人，楚元王之後也。彭城，徐州之境。○竁，同窟。

【注　釋】❶夤威寶命二句　《尚書》記周公曰：「嚴恭寅威。」夤威，敬畏。寶命，天命。帝，上帝。祖，先祖。❷炳海表岱二句　炳，照耀。表，顯揚。海岱，渤海泰山，代指青徐。系唐胄楚，〈東京賦〉：「系唐統，接漢緒。」言劉宋為唐堯支脈，漢朝楚元王後代。❸靈監睿文二句　靈監，神靈明察。睿文，皇帝的文德。睿武，皇帝的武德。❹奄受敷錫二句　奄，大。敷，施。拓宇，開疆拓土。❺亘地稱皇二句　亘地，遍地，緬邈的土地。罄天，整個天下。❻月竁來賓二句　月竁，即月亮。竁，同「窟」。奉土，獻上版圖。❼開元時正二句　開元時正，謂開國建號，正曆改朝。禮交樂舉，《禮記》：「禮交動乎上，樂交應乎下。」禮交，指以禮交接。❽六典聯事二句　六典，《周禮》以治、禮、教、政、刑、事為治國六典。九官，《尚書》載虞舜時代有九官佐政，禹作司空，棄后稷，契司徒，皋繇作士師，垂共工，益朕虞，伯夷秩宗，夔典樂，龍納言。❾有牷在滌二句　牷，純色牛。滌、俎，均祭器。絜，潔淨，指潔淨了的犧牲。❿薦饗王衷　薦，獻。衷，誠心。

【語　譯】敬畏神聖天命，恭敬上帝先祖。海岱青徐彪炳，唐虞支派漢嗣。神靈明察文德，百姓矚目武德。廣受上天賜予，居中開拓疆土。廣袤大地稱君，整個天下為主。月邊過來賓服，日邊前來納土。開國建號正曆，興禮作樂教化。治國六典聯合，朝廷九官有序。純色之牛在滌，潔淨犧牲在俎。獻上君王誠心，報答神靈護佑。

【研　析】《宋書・樂志》載：「文帝元嘉二十二年，詔顏延之造〈天地郊夕牲〉、〈迎送神〉、〈享神〉雅樂登歌二篇。」這裡所錄為〈夕牲歌〉及〈迎送神歌〉。這首〈夕牲歌〉，述劉宋朝廷文治武功，道德禮樂，四方賓服，郊祭謝天福佑。首四句，唐虞支脈，漢朝後代，對出身彭城的劉裕所創宋朝，高其門第，顯其正宗，敬天者劉宋，用倒裝句法。「靈監」四句，頌劉宋朝廷開疆拓土，文武之德。「亘地」四句，月窟、日際，極寫其疆域之廣，四海賓服之眾，凸顯其武功德化。「開元」四句，寫其禮樂教化，君臣同心，政治井然有序，太平盛世景象。結末四句，犧牲祭品的豐盛潔淨，見祭祀者的鄭重虔誠，致謝神靈福佑，以為收束。

維聖饗帝，維孝饗親❶。皇乎備矣，有事上春❷。禮行宗祀，敬達郊禋❸。金枝中樹❹，廣樂四陳。陟配在京，降德在民❺。奔精昭夜，高燎煬晨❻。陰明浮爍，沉禜深淪❼。告成大報，受釐元神❽。月御按節，星驅扶輪❾。遙興遠駕，曜曜振振❿。奔精，星流也。○宋為水德而主辰，故陰明之宿，浮爍而揚光。沉禜，所祭沉淪而沉靜也。禜，祭名。○「月御」二句，言天神降而月御為之按節，星驅為之扶輪也。

【注釋】❶維聖饗帝二句　本《禮記》：「唯聖人為能享帝，孝子為能享親。」❷皇乎備矣二句　謂大孝完備，正月郊祭。皇，大。上春，孟春；農曆正月。❸禮行宗祀二句　宗祀，祀祖。郊禋，郊外祭天之禮。❹金枝中樹　金枝，葆羽上的修飾，指旗幡。廣樂，盛大之樂。❺陟配在京二句　本《詩經・大雅・下武》：「三后在天，王配於京。」陟配，謂天子升遐後，於祭天時配享。❻奔精昭夜二句　奔精，流星。燎，燃燒。煬，火旺。❼陰明浮爍二句　陰明，北方辰星。浮爍，光芒上浮。沉禜，古代祭祀名，指祭水禳災。深淪，深水。❽告成大報二句　成，成功。大報，指上天。釐，福。元神，天神。❾月御按節二句　月禦，神話中為月亮駕車者。按節，按下馬鞭慢行。星驅，神話中星的馭者。扶輪，在側推進。❿遙興遠

駕二句 遙輿，起而遠行。遠駕，乘車遠行。曜曜，閃電貌。振振，雷聲。

【語 譯】只有聖賢能享上帝，只有孝子能享祖先。孝德美盛而且完備，孟春祭祀舉辦起來。行禮祭祀列祖列宗，敬誠延伸郊外祭天。旗幟烈烈中間樹立，盛大音樂四周佈陳。祖先配享在於京都，降賜福佑給予下民。流星劃過照亮黑夜，高點火炬直燒到晨。北方辰星光芒浮揚，禳災祈福來到深水。報告功成說與上蒼，接受賜福來自天神。月馭駕車停鞭緩行，星馭在傍為之推車。起身乘車遠行出門，雷閃光耀雷聲震震。

【研 析】本首為〈迎送神歌〉，寫祭祀場面及天神降臨。首六句，點出祭祀。聖賢孝子能享神明，頌朝廷有德大孝。祭祀祖先顯其孝；郊外祭天寫其敬畏上帝。「金枝」十句，旗幡豎立，盛大音樂，是祭祀場面，顯其隆重；「陟配」二句，稟報敬祖赤誠，祈求賜民恩德；流星照天，高燭燃燒，辰星光耀，深水祈禳，是夜祭光景；告成天帝，祈其享祭，再番陳述。「月御」以下四句，寫天神降臨，月亮的馭者為其駕車，星星的馭者為其推車，風光派頭十足；閃電光耀，雷鳴轟轡，的是天神身分。湯惠休評顏詩「如錯彩鏤金」（鍾嶸《詩品》引），鮑照稱其「若鋪錦列繡，亦雕繢滿眼」（《南史・顏延之傳》引），於此〈郊祀歌〉已見一斑。

贈王太常❶

玉水記方流，璇源載圓折❷。蓄寶每希聲，雖祕猶彰徹❸。聆龍䁯音砌。

九淵，聞鳳窺丹穴❹。歷聽豈多士，巋然覯時哲❺。舒文廣國華，敷言遠朝列❻。德輝灼邦懋，芳風被鄉耋❼。側同幽人居❽，郊扉常晝閉。必列切。林閭時晏開，亟❾迴長者轍。庭昏見野陰，山明望松雪。靜惟浹群化，徂生入窮節❿。豫往誠歡歇，悲來非樂闋⓫。屬美謝繁翰，遙懷具短札⓬。《尸子》曰：凡水，其方折者有玉，其圓折者有珠。○睞，察也。○用筆太重，非詩人本色。

【注釋】❶王太常　即王僧達，官太常。❷玉水記方流二句　本《尸子》：「凡水，其方折者有玉，其圓折者有珠也。」旋源，產珠的水流。❸蓄寶每希聲二句　希聲，無聲，本《老子》：「大音希聲。」彰徹，彰明，本《左傳》：「若險危大人，而有名彰徹也。」❹聆龍睞九淵二句　睞，察；視。九淵，本《莊子》：「夫千金之珠，必在九重之泉，驪龍頷下。」丹穴，山名，《山海經》：「丹穴之山有鳥焉，其狀如鶴，五彩，名曰鳳凰。」❺歷聽豈多士二句　歷聽，遍聽。多士，眾多賢士。巋然，屹立貌。遘，遭逢。時哲，當代賢達之士。❻舒文廣國華二句　舒文，鋪文；撰文。國華，國之珍品。敷言，鋪陳辭藻。列，業。❼德輝灼邦懋二句　邦懋，國家興盛景象。鄉耋，鄉之老者。❽側同幽人居　側，僻遠。幽人，隱士。❾亟　屢多。❿靜惟浹群化二句　惟，思。浹，周。群化，萬物的變化。徂生，餘生。窮節，固窮之節。⓫闋　終。⓬屬美謝繁翰二句　屬，綴。謝，慚愧。繁翰，豐富的辭藻。懷，思念。

【語譯】據載產玉之水突折流，據載產珠之水圓曲轉。蘊藏美玉沒有微聲息，即使祕密尚且能彰明。聆聽龍吟細察深水處，聞聽鳳鳴窺探丹穴山。遍聽莫非多有賢才士，屹然卓特遭逢今賢哲。撰寫文章光大國之寶，鋪陳辭藻遠離宦顯達。道德輝光照耀國繁榮，芳香操節冠蓋鄉老者。僻遠如同隱士山林居，郊外柴門常常晝虛掩。林中鄉村往往晚開門，每每回轉忠厚長者車。庭院昏暗曠野變陰沉，山上明亮望見松和雪。靜思周邊萬物之變化，晚年開始獨抱固窮節。愉悅既往歡樂誠銷歇，悲苦到來並非樂終結。描述美德慚愧少辭藻，遙遙思念呈上短篇札。

【研　析】本詩乃贈王僧達之作，是一篇王氏頌歌。首四句為興為比，珠玉或產於圓曲之流，或生在方折之水，蘊涵美玉者無聲，卻依然彰明昭著，人所周知，此亦所謂桃李不言，下自成蹊。「聆龍」四句，以龍在九淵，鳳處丹穴，引出卓特屹然獨立其身的當代賢哲王僧達。千金之珠在九淵驪龍頷下，由開篇的珠玉，到九淵之龍的轉換，亦極自然而然。「舒文」以下十二句，分別寫王氏文章道德，高隱情懷，來往長者，山居愜意，固窮之節。其文章國之瑰寶，其道德輝耀邦國鄉閭，隱居田園得自然之趣悟自然之理。「豫往」以下四句，愉悅既去而歡盡，悲生而樂尚未終，是王氏的境界，也是詩人的勸勉；光輝的事蹟不能寫盡，短章難以盡意，是自謙，更是對王氏的褒揚。沈德潛評本詩：「用筆太重，非詩人本色。」可謂的評。其揄揚既過，事典亦繁，何焯《義門讀書記》批其「拉雜而至，亦復何趣」，不無道理。

夏夜呈從兄散騎車長沙❶

散騎，字敬宗。車長沙，字仲遠。

炎天方埃鬱，暑晏闋塵紛❷。獨靜闕偶坐，臨堂對星分❸。側聽風薄❹

木，遙睇月開雲。夜蟬當夏急，陰蟲❺先秋聞。歲候初過半，荃蕙❻豈久芬。屏居惻物變，慕類抱情殷❼。九逝❽非空思，七襄❾無成文。《楚詞》曰：惟郢路之遼遼兮，魂一夕而九逝。

【注　釋】❶夏夜呈從兄散騎車長沙　從兄散騎，指詩人從兄顏敬宗，官散騎常侍。車長沙，指車仲遠，官長沙令。❷炎天方埃鬱二句　鬱，積。晏，晚。闋，息。紛，亂。❸獨靜闕偶坐二句　闕，帝王朝廷所居，借指京城。偶坐，對坐。星分，夜以星分。❹薄　激蕩。❺陰蟲　指秋蟲蟋蟀一類。❻荃蕙　皆香草名。❼屏居惻物變二句　屏居，退隱而居。惻，傷。慕類，思慕儔類。殷，憂。❽九逝　本《楚辭》：「惟郢路之遼遼兮，魂一夕而九逝。」逝，往。❾七襄　七次移動位置。本《詩經・小雅・大東》：「雖則七襄，不成報章。」

【語　譯】炎熱夏天正積塵埃，暑天將盡塵落紛紛。偏獨京城靜默對坐，近堂對看星示夜分。側耳細聽風刮樹木，遙望天際月破雲層。當夏晚間蟬聲急促，蟋蟀先於秋來發音。年景剛剛過去一半，荃蕙哪能長久芳芬？退居傷感外物變化，思慕儔類情懷殷憂。思緒九往並非虛情，屢多移動不成彩紋。

【研　析】本詩乃詩人呈送從兄敬宗及長沙令車仲遠之作，寫惜別之情。首四句點明題目，炎夏天氣，已經將盡，塵埃鬱積，到處落著灰塵，就在這樣一個荒漠的夜晚，詩人與從兄及友人，對坐靜默，看著星星移動，夜益深沉。何以悶坐而不言歡？必有心事在胸也。「遙睇」六句，風激林木，月破雲而湧出，夜蟬急促鳴噪，蟋蟀先秋啼響，雖在炎夏，秋意已見，芳草馨香難久，傷秋之情已蘊含其中，別離之悲也呼之欲出。「屏居」四句，賦閑家居，傷時光流逝，季候變化，思同儔遠去，憂愁百結，但織女忙碌，終無結果，傷感也復何用？詩人化用《詩經》篇意，聊為寬慰解脫。詩歌自然流轉，也是顏氏特色。情不為辭掩，乃此詩好處。

北使洛

《宋書》曰：延之洛陽道中作。文辭藻麗，為謝晦、傅亮所賞。

改服飭徒旅，首路跼險艱❶。振楫發吳洲，秣馬陵楚山❷。塗出梁宋郊，道由周鄭間❸。前登陽城路，日夕望三川❹。在昔輟期運，經始闊聖賢❺。伊瀔絕津濟，臺館無尺椽❻。宮陛多巢穴，城闕生雲煙❼。王猷升八表，嗟行方暮年❽。陰風振涼野，飛雪瞀窮天❾。臨塗未及引❿，置酒慘無言。隱閔徒御悲，威遲良馬煩⓫。遊役去芳時，歸來屢徂諐⓬。古愆字。蓬心既已矣，飛薄殊亦然⓭。

《抱朴子》曰：聞之前志，聖人生率闊五百歲。○黍離之感，行役之悲，情旨暢越。

【注釋】❶改服飭徒旅二句　改服，換上行裝。飭，整頓。徒旅，隨從人員。首路，啟程；上路。跼，局促；狹窄曲折。❷振楫發吳洲二句　振楫，蕩槳。吳洲，泛指江南吳地。秣馬，餵馬。陵，登。楚山，楚地之山，指長江中下游地區山陵。❸塗出梁宋郊二句　梁宋，黃河中下游地區，古屬梁、宋二國。周鄭，指周王城洛陽以及鄭都新鄭一帶。❹前登陽城路二句　陽城，春秋時期鄭國邑名，在今河南登封縣東南。三川，戰國時期郡名，治所在滎陽，因黃河、洛水、伊水而名。❺在昔輟期運二句　在昔，昔者，指東晉王朝。輟，終止。期運，運數。經始，開始經營。闊，遠。❻伊瀔絕津濟二句　伊瀔，二水名。臺館，樓臺館閣。椽，房屋椽木。❼宮陛多巢穴二句　宮陛，宮殿的臺階。城闕，城門樓。❽王猷升八表二句　王猷，王道。八表，八荒；八方。行，經歷。暮年，指王朝的末日。❾晉窮天　晉，遮蔽而昏暗。窮天，一年將盡的季冬之時。❿引　進。⓫隱閔徒御悲二句　隱閔，心中黯然悲傷。徒，枉。御，止。威遲，曲折綿延貌。煩，疲殆。⓬遊役去芳時二句　遊役，行役在外。去芳時，耗去青春年華。徂僭，誤期。⓭蓬心既已矣二句　本《莊子・逍遙遊》：「夫子猶有蓬之心也夫。」蓬心，心如蓬草，沒有定準。已矣，已經如此了。飛薄，飄泊。

【語　譯】換上行裝整頓隨從，登上途程歷經艱險。蕩起舟楫吳地出發，餵飽馬兒翻越楚山。道途出沒梁宋故地，道經周城新鄭中間。前行登上陽城之路，天晚望見三川地面。舊朝氣運衰敗終止，創始開業聖賢遙遠。伊瀔二水無渡可濟，樓臺館閣廢無尺椽。宮殿臺階多成巢穴，城門樓上雲煙飄散。王道升起八荒以外，感傷經歷朝代末年。荒野冷風颼颼吹刮，冬末飛雪迷漫遮天。臨近未及行進趕路，擺下酒宴慘淒無言。深心憂傷欲止徒勞。道曲綿延駿馬疲倦。行役飄零青春耗盡，歸來屢屢延誤耽擱。飄蓬之心已經如此，飄泊身體尤其這般。

【研　析】《宋書・顏延之傳》記載，晉安帝義熙十二年（西元四一六年），劉裕北伐，「有宋公之授，府遣一使慶殊命，參起居，延之至洛陽，道中作詩二首，文辭藻麗，為謝晦、傅亮所賞」。此二詩，一即本首，另一為〈還至梁城作〉。〈北使洛〉寫出使洛陽，由所見引發的晉室凋敝之感，及行途坎坷生發的行役之苦。詩歌首八句，寫道途經歷，水陸奔波，由吳地出發，先水道，復山路，一路顛簸，終於望見三川。「在昔」以下十二句，傷晉室衰敗，洛陽舊城殘破荒蕪，歲末年終，風雪狂舞，天昏地暗，對景傷楚，難以制止。「威遲」以下四句，點出遠道行役，人困馬乏，亂世飄零之苦。詩人為祝賀北伐大捷而行，但山河破碎，使他無法興奮起來，全詩終篇為蒼涼意緒籠罩。沈德潛評其：「黍離之感，行役之悲，情旨暢越。」張玉穀《古詩賞析》謂：「顏詩此種，尚不致過於雕琢，有傷自然。」都頗為中肯。

五君詠五首

竹林七賢，山濤、王戎，以貴顯被斥。

阮步兵 籍

阮公雖淪迹，識密鑒亦洞❶。沉醉似埋照，寓辭類託諷❷。長嘯❸若懷人，越禮自驚眾❹。物故❺不可論，途窮能無慟❻？

【注釋】❶阮公雖淪迹二句　阮公，指魏晉之際詩人阮籍，曾任步兵校尉，世稱阮步兵。淪迹，指隱沒埋其蹤跡，不露真實面目。識密，見識細密。鑒，照；觀察識別。洞，洞徹；深邃。❷沉醉似埋照二句 埋照，斂藏光芒。寓辭，詩文中的寓意。類，好似。託諷，託辭以寄諷。❸長嘯 撮口吹氣為音。《晉書》本傳記載，阮籍曾遊蘇門山，遇隱者，談太古無為之道，論五帝三王之義，皆不應。籍乃對之長嘯而退。至半嶺，蘇門生亦嘯，若鸞鳳之鳴。❹越禮自驚眾 據《晉書》本傳，阮籍不遵俗禮，嫂歸寧，與之作別，或譏之，說：「禮豈為我設耶？」又其卧鄰家賣酒婦之側，有兵家女死而往哭，都驚世駭俗。❺物故 世故。❻途窮能無慟 本《晉書》本傳：「時率意獨駕，不由徑路，車跡所窮，輒慟哭而反。」

【語　譯】阮公雖然遮形跡，見解細密洞精微。沉醉似乎光芒斂，詩文寓意託譏諷。長嘯好像懷故人，背棄禮教眾人驚。世事不可去評論，窮途末路能不慟？

【研　析】顏延之在「竹林七賢」中捨棄發達了的山濤、王戎，取其他五賢，成〈五君詠〉，分別詠之。本篇專詠阮籍。首二句總領，概論阮籍為人，說他雖然隱藏行跡，但不能遮掩其精密的見解，深邃的洞察。「沉醉」以下四句，分舉醉酒、詩文、長嘯、違背禮教，具體寫其一生。沉醉似用來遮掩鋒芒，詠懷詩寓意寄託，長嘯懷念親人，背禮放達驚動世聽，阮籍的個性，盡現眼前。結末二句，乃詩人議論之筆，是對阮籍的蓋棺論定，說他生在季世，本沒有什麼好去議論，而生逢亂世看不見前途，又怎能不傷心悲痛！顏詩以〈五君詠〉最為後人稱道，陳祚明《采菽堂古詩選》謂：「五篇則為新裁，其聲堅蒼，其音超越。每於結句淒婉壯激，餘音詘然，千秋乃有此本。」給予極高評價。

嵇中散

康

中散不偶世，本自餐霞人❶。形解驗默仙，吐論知凝神❷。立俗迕流議，尋山洽隱淪❸。鸞翮有時鎩，龍性誰能馴❹。

《桓子新論》曰：聖人皆形解仙去。

【注釋】❶中散不偶世二句　中散，指嵇康，曾官中散大夫，世稱嵇中散。不偶世，與世俗之人不能融洽。餐霞人，仙人，道教修煉有餐霞飲露之法。❷形解驗默仙二句　形解，即尸解，道教稱脫離形體而解脫成仙。晉人有嵇康尸解成仙之說，見顧凱之《嵇康傳》。驗，驗證。默仙，默然成仙。吐論，指其所作〈養生論〉。凝神，謂其修煉達到精神寧靜專一之境。❸立俗迕流議二句　立俗，立身世俗。迕，違背。流議，世俗議論。洽，親近。隱淪，隱士。❹鸞翮有時鎩二句　鸞翮，鸞鳳的翅膀。鎩，羽毛摧折。龍性，本《晉書‧嵇康傳》鍾會對司馬昭語：「嵇康臥龍也，不可起。」指其狂傲不羈的性格。馴，馴服。

【語譯】中散與世不合拍，原本就是仙家人。尸解驗證悄成仙，著論知他能凝神。立身俗世唱反論，入山親近那高隱。鸞鳳翅膀時摧折，桀驁龍性難馴順。

【研析】本篇專詠嵇康。首二句總領，寫其仙風道骨，飄逸不群，不融於俗世。中四句，尸解悄然成仙，〈養生論〉見其超凡脫俗境界，承「餐霞人」具體言之；非湯、武而薄周、孔，悖流俗之論，入山而親近隱逸，承「不偶世」而言。結末二句畫龍點睛，總結而論，嵇康平生疾惡如仇，鋒芒逼人，如鸞鳳雖然屢翅膀時折，屢遭摧殘，但其如龍本性，桀驁不屈，雖被殘殺，而不改剛烈。嵇康因此而永生。

劉參軍 伶

劉伶善閉關，懷情滅聞見❶。鼓鐘不足歡，榮色豈能眩❷！韜精日沉飲，誰知非荒宴❸？頌酒雖短章，深衷自此見❹。

《老子》曰：善閉者無關鍵而不可開。言道德內充，情欲俱閉也。

【注釋】❶劉伶善閉關二句　劉伶，「竹林七賢」之一，字伯倫，縱酒放達，曾官建威參軍。閉關，閉門謝客，斷絕往來，指其不為塵世干擾。懷情，不動感情。滅，絕。❷鼓鐘不足歡二句　鐘鼓，代指音樂。榮色，花色。眩，惑。❸韜精日沉飲二句　韜精，掩藏才華。沉飲，耽酒。荒宴，宴遊過度，荒廢事務。❹頌酒雖短章二句　頌酒，指其曾作〈酒德頌〉。深衷，內心真情。

【語譯】劉伶善於閉門自守，感情不為見聞所亂。鐘鼓音樂不足為歡，鮮豔花色豈能迷惑！掩藏才華天天耽酒，誰知並非貪酒過限？〈酒德頌〉篇雖然短文，內心真情由此顯現。

【研析】本篇專詠劉伶。首二句總領，概論其善於閉關，不為外界見聞所動。中四句，音樂不足為歡，榮色不能迷惑，承滅聞見具體而言；耽酒出於韜光，並非純然酒鬼，承善閉關言之。反問一句，其憤激世事，放達掩飾苦衷可見。結末二句，以其名篇〈酒德頌〉見其深衷收束，進一步揭示其耽酒以反抗名教的本質，是對其最本質的評價。

799 十 卷

阮始平

咸

仲容青雲器，實稟生民秀❶。達音何用深，識微在金奏❷。郭奕已心醉❸，山公非虛覯❹。屢薦不入官❺，一麾乃出守❻。

阮咸哀樂至到，過絕於人。太原郭奕，見之心醉。○山濤《啟事》曰：咸若在官之職，必妙絕於時。

【注　釋】❶仲容青雲器二句　仲容，阮咸字，阮籍之侄，「竹林七賢」之一，曾官始平太守。青雲器，志趣高遠之材。稟，領受；先天具有。秀，美。❷達音何用深二句　達音，通曉音律。傅暢《晉諸公贊》：「中護軍長史阮咸倡議：『荀勖所造樂聲高，聲高則悲，亡國之音哀以思。今聲不合雅，懼非德政中和之善，必古今尺長短之所致。』後掘地得古銅尺，歲久欲腐壞，以此尺度於勖今尺，短四分。時人名咸為神解。」金奏，金屬樂器，指此類音樂。❸郭奕已心醉　《名士傳》載：「阮咸哀樂至，過絕於人，太原郭奕見之心醉，不覺歎服。」❹山公非虛覯　山濤《啟事》曰：「咸若在官之職，必妙絕於時。」覯，見。❺屢薦不入官　曹嘉之《晉紀》載：「山濤舉咸為吏部郎，章三上，武帝不能用。」❻一麾乃出守　《晉諸公贊》載：「勖性自矜，因事左遷，咸為始平太守。」麾，指揮；招手。

【語　譯】阮咸志尚高遠材，稟有人中最傑秀。通達音律何需深，見識精微在樂曲。郭奕心醉深傾倒，山濤感覺不虛遇。屢次薦舉未出仕，一旦招手任太守。

【研　析】本篇專詠阮咸。首二句總領，贊阮咸志向高遠，稟賦人生美質。中四句，通曉音律，鑒賞精微，郭奕傾倒，山濤心儀，具體而論。結末二句，以其一麾而為太守，驗證其青雲之器，人中龍鳳。

向常侍 秀

向秀甘澹薄，深心託豪素❶。探道好淵玄，觀書鄙章句❷。交呂既鴻軒，攀嵇亦鳳舉❸。流連河裡遊，惻愴山陽賦❹。秀嘗與嵇康偶鍛於洛邑，與呂安灌園於山陽。

【注釋】❶向秀甘澹薄二句　向秀，字子期，河內懷縣（今河南武陟西南）人，曾官散騎常侍，「竹林七賢」之一。澹薄，澹泊寡欲，薄於名利。豪素，紙筆。❷探道好淵玄二句　指其研討老莊，著《莊子隱解》，注重義理而不屑章句之注。淵玄，深刻玄奧之理。❸交呂既鴻軒二句　〈向秀別傳〉載：「秀與嵇康、呂安為友，趣捨不同。康傲世不羈，安放逸邁俗，而秀雅好讀書。」交，結交。呂，指呂安，〈向秀傳〉載其「又共呂安灌園於山陽」。鴻，大雁一類。軒，高飛。攀，攀附；結交。嵇，指嵇康。鳳舉，如鳳飛舉。❹流連河裡遊二句　河裡，河內。嵇康、呂安都曾寓居河內，與向秀交遊。惻愴，悲愴。山陽賦，指嵇康、呂安二人被殺後，向秀悼友而作〈思舊賦〉。

【語譯】向秀甘於澹泊名利，一腔深情託於紙筆。探求大道喜好玄理，讀書鄙薄篇章字句。交接呂安如鴻高飛，攀附嵇康也屬鳳起。流連河內往還時節，悲愴撰寫〈思舊賦〉篇。

【研析】本篇專詠向秀。首二句總領概述，澹泊寡欲，薄於名利，雅好讀書，正是向秀平生大端。「探道」以下四句，分說其行事，闡說開篇之總論。好道家，喜歡玄奧深邃的大道之理，不屑章句小儒，注《莊子》重闡義理，此說其讀書；交接呂安、嵇康這樣的鴻飛鳳舉之士，不喜歡官場中人，不講仕途經濟，說其澹泊情懷。結末二句，嵇康、呂安被殺，向秀懷念不已，流連其河內往還的日子，悲愴於懷，作〈思舊賦〉，妙在並不明講嵇、呂已死。據載，宋文帝元嘉十一年（西元四三四年），專斷朝政的彭城王劉義康等不滿顏延之的耿介放誕，再次宣佈將他外放，為永嘉太守。前一年，謝靈運已遭處死。顏延之骨鯁在喉，不吐不快，遂作〈五君詠〉寄託憤慨。劉義康見此詩而益怒，欲將其作更遠放逐，因文帝發話，最後顏延之僅被罷官，還鄉而已。從這一記載，可見〈五君詠〉不同於一般的懷古，而是別有託寄寓意在。

秋胡詩❶九首

椅梧傾高鳳❷，寒谷待鳴律❸。影響豈不懷，自遠每相匹❹。婉彼幽閑女，作嬪君子室❺。峻節貫秋霜，明豔侔朝日❻。嘉運既我從，欣願自此畢❼。

椅梧佇鳳鳥之來儀，寒谷待吹律而成煦，言夫婦之相匹，如影響之相思也。

【注釋】❶秋胡詩 〈秋胡行〉為樂府〈相和歌辭・清調曲〉詩題，本事為《列女傳》中秋胡戲妻故事。故事說，春秋時期的魯國，有男子秋胡，娶妻數日即赴陳國為官。五年後衣錦還鄉，近鄉途中，見採桑美婦，下車挑逗，贈金被拒。及回家，妻子回來，知即採桑婦。婦責以大義，投河而死。❷椅梧傾高鳳　椅梧，椅樹與梧桐。椅樹，梧類。高鳳，高出的鳳凰。❸寒谷待鳴律　本劉向《別錄》：「鄒衍在燕，有谷，寒不生五穀。鄒子吹律而溫至，生黍焉。」❹影響豈不懷二句　謂影伴形，響隨聲，夫婦匹配，夫唱婦隨。匹，配偶。❺婉彼幽閑女二句　婉，美好貌。幽閑，賢淑秀美。嬪，婦。君子，指秋胡。❻峻節貫秋霜二句　峻節，峻嚴高節。貫，連。明豔，容貌嬌豔。侔，等同。❼嘉運既我從二句　嘉運，好運。從，伴隨。欣願，美好願望。畢，完結；實現。

【語譯】椅樹梧桐傾斜迎鳳，寒谷等待吹律溫生。影響豈不懷思形聲？打從遠方常來相並。那位幽閑秀美女子，成為君子秋胡妻室。有那秋霜一般節操，燦爛如同清晨麗日。好運既已伴隨著我，美好心願自此實現。

【研析】此第一首敘秋胡新娶的歡愉。首四句，椅樹梧桐傾斜枝葉，佇候鳳凰來儀；冰寒深谷，期待吹律生溫，五穀成長；影子隨形，音響隨聲，我秋胡終於迎來遠方嫁到的新婦。比興而起，秋胡的欣喜，對新婦的喜歡，洋溢可見。「婉彼」四句，稱美新婦美貌幽閑，秋霜節操，晨日一般燦爛明媚，都是秋胡所見所感，是其喜悅心情的表露。結末二句，說自己好運伴隨，美夢成真，於願已足，自得自滿，也喜氣洋洋。通篇寫秋胡喜悅心情。

燕居未及好，良人顧有違❶。脫巾千里外，結綬登王畿❷。戒徒在昧旦❸，左右來相依。驅車出郊郭，行路正威遲❹。存為久離別，沒為長不歸。

【注　釋】❶燕居未及好二句　燕居，指燕爾新婚的日子。好，歡好。良人，丈夫。違，離。❷脫巾千里外二句　巾，處士所戴。綬，仕者所佩。王畿，指陳國，王者所起之地。❸戒徒在昧旦　戒徒，告誡隨從。昧旦，破曉。❹驅車出郊郭二句　郊郭，郊外。威遲，曲折綿延貌。

【語　譯】新婚燕爾未及歡好，丈夫卻要別離而去。千里之外脫去頭巾，為結綬帶登上陳路。告誡隨從明日拂曉，一起過來伴從相依。趕車出門來到郊外，遠方路程尚且漫漫。活者當要長久別離，若死也將永不回歸。

【研　析】此第二首敘新婚別離。首四句，言新婚未久，丈夫宦遊，將要離去，脫去處士巾，求得結綬帶，指其因求官而別。「戒徒」四句，是秋胡口吻，告誡隨從，破曉起身，道路尚遠，急切之情可見，全無流連心思。結末二句，存亡不測，生也長久離別，死則成為永訣，不言新婦之悲而其悲苦自見，妙在含蓄不露。

嗟余怨行役❶，三陟❷窮晨暮。嚴駕越風寒，解鞍犯霜露❸。原隰多悲涼，迴飆卷高樹❹。離獸起荒蹊，驚鳥縱橫去❺。悲哉遊宦子，勞此山川路❻。

〈卷耳〉詩：「陟彼崔嵬，陟彼高岡，陟彼砠矣。」故曰三陟。

【注釋】❶嗟余怨行役　嗟，感歎。行役，指秋胡宦遊。❷三陟　本《詩經・魏風・陟岵》三段起首：「陟彼岵兮，瞻望父兮。」「陟彼屺兮，瞻望母兮。」「陟彼岡兮，瞻望兄兮。」後遂以三陟為遊子思念親人的代稱。❸嚴駕越風寒二句　嚴駕，整備車馬。解鞍，指下馬徒步而行。❹原隰多悲涼二句　原隰，泛指原野。悲涼，悲愁。迴飆，旋風。❺離獸起荒蹊二句　離獸，失群之獸。荒蹊，荒蕪的小路。縱橫，紛亂四起貌。❻勞此山川路　本《詩經・小雅・漸漸之石》：「山川悠遠，維其勞矣。」傷兵役之詩。

【語譯】感歎聲我怨宦遊，念家鄉盡晨盡暮。坐車行穿越風寒，下車行經受霜露。原野上多生悲愁，旋風能捲起高樹。離群獸出沒荒徑，驚飛鳥四散而去。悲苦啊宦遊之人，山川道悠悠勞苦。

【研析】此第三首乃新婦揣度遊子之苦。首四句，新婦猜想著，風塵僕僕的丈夫也抱怨遠行遊宦；晨暮中間，他必然刻骨思念著家鄉親人；車行歷風寒，徒步犯霜露，行人也何其悲苦。「原隰」四句，是新婦想像中丈夫經歷道途之景。原野渺茫，悲從中來；旋風狂刮，高樹拔起；荒蕪的小道，失群野獸出沒，驚鳥四散亂飛，荒涼沒有人煙，冷清寥落，失魂落魄，丈夫的遠行，是如此令她牽腸掛肚，不能釋懷。結末二句，直抒胸臆，悲傷著遊子的辛苦寂寥。

超遙行人遠，宛轉年運徂❶。良時❷為此別，日月方向除❸。孰知寒暑積，僶俛見榮枯❹。歲暮臨空房，涼風起坐隅❺。寢興日已寒，白露生庭蕪❻。一章至四章，言宦仕於外，己之靡日不思也。

【注　釋】❶超遙行人遠二句　超遙，遙遠貌。宛轉，光陰流逝。年運，歲月。❷良時　好時光，指新婚。❸日月方向除　本《詩經・小雅・小明》：「昔我往矣，日月方除。」除，除舊，新歲開始。❹孰知寒暑積二句　寒暑積，經歷寒來暑往。僶俛，俯仰；瞬息之間。❺坐隅　座位旁邊。❻寢興日已寒二句　寢興，睡下起來，指日常起居。蕪，草。

【語　譯】行人走得忒遙遠，光陰迢遞歲月逝。新婚良時作此別，日月正近舊歲除。哪裡知道寒暑易，俯仰中間榮枯變。歲末來到空房裡，涼風颼颼生座邊。起居之間天已寒，庭院野草起白露。

【研　析】此第四首敘新婦對遊子的思念。首六句，丈夫走的遙遠，杳無音信；時光流逝，歲月匆匆而去；新婚燕爾作別，轉瞬又是除歲之時；俯仰之間，哪裡知道已是榮枯更替。短促之感，乃由丈夫不歸，感覺時光太速之故。新婦的思念熱烈刻骨，斑斑可見。「歲暮」以下四句，正面寫其空房寂寞，冷清孤單，白露生，再點時近歲末，反覆中見出其盼夫歸來之切。

勤役從歸願，反路遵山河❶。昔辭秋未素，今也歲載華❷。蠶月歡時暇❸，桑野多經過。佳人從所務，窈窕援高柯❹。傾城誰不顧，弭節停中阿❺。

【注釋】❶勤役從歸願二句　勤役，行役；因公務跋涉在外。遵，沿著。❷昔辭秋未素二句　秋未素，秋未著霜，指夏末秋初。載華，指春天草木榮華。❸蠶月歡時暇　蠶月，養蠶時節，農曆三月。暇，指時間寬裕。❹佳人從所務二句　從所務，從事所業。窈窕，嫻靜嬌好貌。援，引。高柯，高枝。❺傾城誰不顧二句　傾城，極言貌美。弭節，放下馬鞭，指停下車子。中阿，中途。

【語譯】宦遊如願得歸來，返途沿行山野間。從前辭別未秋霜，今日時光草木繁。歡喜蠶月時間多，常常經過桑樹邊。年少美人事本業，佳人攀下高樹枝。美貌嬌豔誰不想，停車在那半路前。

【研析】此第五首敘秋胡衣錦還鄉，半道遇採桑婦而停車。首四句寫秋胡如願歸來，「今也歲載華」，既點出時間流逝，也襯托秋胡榮歸之得意欣喜心情。「蠶月」四句，是歸途景，描繪出蠶桑月份，養蠶女忙碌景象，而秋胡的歸家悠閒，既與此恰成鮮明對照，更揭出其還鄉的僅為炫耀鄉鄰。結末二句，「誰不顧」是秋胡聲口，是好色者心思，停車乃好色者必然行為。

年往誠思勞，路遠闊音形❶。雖為五載別，相與昧平生❷。捨車遵往路，鳧藻馳目成❸。南金❹豈不重，聊自意所輕。義心多苦調，密比金玉聲❺。五章至六章，言遇於桑下，秋胡子下車，與之以金也。〇班彪〈冀州賦〉曰：感鳧藻以進樂。

【注釋】❶年往誠思勞二句　往，逝，勞，苦。闊音形，音容生疏。❷昧平生　素不相識。❸鳧藻馳目成　鳧藻，鳧戲於水藻，喻歡悅。鳧，野鴨。目成，眉目傳情以訂交好。❹南金　南方出產的黃金。❺義心多苦調二句　義心，守節之心。密，切近。金玉聲，本《詩經・小雅・白駒》：「毋金玉爾音，而有遐心。」

【語譯】歲月流逝思念誠勞苦，道途遠隔音容也生疏。雖然只有五年相別離，相互間卻如素昧平生。丟下車子循著去時路，如鳧戲藻眉目來傳情。南方黃金難道不珍貴，僅是我自心下看它輕。守節心意多是悲苦調，相比更近金玉一般聲。

【研析】此第六首敘調戲不成，贈金遭拒。首四句，言新婚相別，相處未久，時光流逝，道途間隔，雖為夫婦，卻形同陌路，如素昧平生。「五載別」，點出別離時間。「昧平生」，新婦守得冤枉。「捨車」四句，前二句以野鴨戲藻，眉目傳情，刻劃秋胡好色輕薄如畫；後二句南金非不為重，而意輕之，比秋胡薄倖，襯托出新婦堅貞品格。「義心」二句，議論之筆，詩人難以掩飾對新婦的讚美之情，以為其守節之心雖多悲苦之調，卻聲聲如金玉之音，彌足珍貴，值得頌美。

高節難久淹，朅來空復辭❶。遲遲前途盡，依依造門基❷。上堂拜嘉慶❸，入室問何之。日暮行采歸，物色桑榆時❹。美人望昏至，慚歎前相持。此章言其母使人呼其婦至，乃向采桑者也。

【注　釋】❶高節難久淹二句　高節，高尚的節操。淹，留。朅來，去來。❷遲遲前途盡二句　遲遲，徐行貌。依依，留戀不捨。造，到。門基，門檻。❸拜嘉慶　指拜見老母，祝福吉祥。❹物色桑榆時　物色，景象。桑榆時，傍晚。

【語　譯】少婦高節久留無益，去也枉自多說徒然。徐徐行進路途已盡，戀戀難捨到了家門。來到堂上拜見老母，進入房間問婦何去。傍晚還在採摘桑葉，時光已經接近黃昏。將近昏黑美人回來，羞愧感慨前去牽手。

【研　析】此第七首敘秋胡到家見到妻母。首四句，少婦高節，徒留無益，再多言語也是白搭，秋胡掃興離去，心有不甘，行也遲遲，依依不捨，就這樣到了家門。「上堂」四句，敘秋胡登堂拜見老母，母親告其妻子採桑未歸，此已逗起讀者聯想。結末二句，黃昏妻子歸來，秋胡羞愧相見，不明言而人盡知即其調戲之婦也。「美人」照應「傾城」佳人。

有懷誰能已，聊用申苦言。離居殊❶年載，一別阻河關。春來無時豫❷，秋至恆❸早寒。明發❹動愁心，閨中起長歎。慘悽歲方晏❺，日落遊子顏。言情之慘悽，在乎歲之方晏，日之將落，愈思遊子之顏。此章申言五載中思慕情事。○前章說相持矣，以常情言，宜即出憤語，此卻申言離居之苦，急處用緩承，正是節奏之妙。

【注釋】❶殊　超過。❷豫　歡樂。❸恆　常。❹明發　黎明。❺慘悽歲方晏　慘悽，悲慘悽惻。方，將。晏，晚。

【語譯】有所懷思誰能止，聊且說說悲苦話。分離相別超年歲，一別山河相阻隔。春天到來無歡悅，秋天到來常早寒。黎明興起愁苦情，閨閣發出長歎息。悽楚時光年將盡，日落幻想遊子顏。

【研　析】此第八章新婦申說離居之苦。首二句總領，愁苦無盡，今為分說。「離居」二句是苦因，離別歷年，一別多年，山河阻隔，音信杳然，苦由此而生。「春來」以下，俱是苦情。春天到來，萬物復蘇，欣欣向榮，但思婦沒有歡顏，無法高興；愁苦之人，於秋感受最為敏感，常常覺得天冷得如此之早；黎明是一天的開始，但對於思婦，又是煎熬的一日，故閨中每多歎氣之聲。歲之將晚，一年又盡；日之將落，漫漫長夜降臨，該是團聚的時候，思婦益覺孤單，由日落幻想遊子容顏，其思念之深切，無須多言。本篇補足第四首所寫愁苦，在第七首之後，作一緩衝，且為最後一首斥責鋪墊。

高張生絕絃，聲急由調起❶。自昔枉光塵，結言固終始❷。如何久為別，百行僁（古愆字）諸己❸？君子失明義❹，誰與偕沒齒❺！愧彼〈行露〉詩❻，甘之長川氾❼。

高張生於絕弦，喻立節期於效命。聲急由乎調起，喻詞切興於悵深。○《易》曰：歸妹，人之終始也。○無古樂府之警健，然章法綿密，布置穩順，在延之為上乘矣。

【注釋】❶高張生絕絃二句　高張，指弦緊而琴聲高昂。聲急，聲音急促。❷自昔枉光塵二句　光塵，猶風采。結言，猶誓言。❸百行僁　百行，各種行為。僁，過錯。❹失明義　本《孔子家語》：「淫亂者，生於男女；男女無別，則夫婦失義。」❺偕沒齒　白頭偕老。❻行露詩　〈行露〉，《詩經・召南》篇名，舊序稱「強暴之男不能侵凌貞女也」。❼甘之長川氾　之，往；赴。氾，水名。

【語譯】弦緊音高琴弦易斷，聲音急促由調而起。從前承你大駕枉顧，誓言善始又且善終。如何久別這段時間，諸多行為荒謬背己？你既失去夫婦道義，誰再和你白頭偕老！慚愧讀那〈行露〉詩篇，甘願奔赴長河氾水。

【研析】此最後一首，承第七首，責以大義，誓以永訣。首二句以比作起，弦緊有絕響，聲急因調起，決裂之詞，死志已明。「自昔」以下四句，責之激烈，當初新娶，你曾誓言善始善終，但別離以後，你的作為，已經荒謬至極。「君子」以下四句，是訣別語，既然你已失夫婦大義，誰還與你白頭偕老！〈行露〉之詩可為榜樣，我要捨身赴那清流，保存貞節；你熟讀詩書之人，能不愧死！鍾嶸《詩品》謂顏詩「體裁綺密」，此敘事長篇敘述有序，章法嚴謹，足可當之。沈德潛評其：「無古樂府之警健，然章法綿密，布置穩順，在延之為上乘矣。」

頗中肯綮。

謝靈運

前人評康樂詩，謂東海揚帆，風日流利，此不甚允。大約經營慘淡，鉤深索隱，而一歸自然。山水閒適，時遇理趣，匠心獨運，少規往則。建安諸公，都非所屑，況士衡以下！○陶詩合下自然，不可及處，在真在厚。謝詩追琢而返於自然，不可及處，在新在俊，千古並稱，厥有由夫。○陶詩高處在不排，謝詩勝處在排，所以終遜一籌。○劉勰〈明詩篇〉曰：「老莊告退，而山水方滋。」見遊山水詩以康樂為最。

從遊京口北固應詔❶ 從宋武帝。

玉璽誡誠信，黃屋示崇高❷。事為名教用，道以神理超❸。昔聞汾水遊❹，今見塵外鑣❺。鳴笳發春渚，稅鑾登山椒❻。張組眺倒景（同影。），列筵矚歸潮❼。遠巖映蘭薄，白日麗江皋❽。原隰荑綠柳，墟囿散紅桃❾。皇心美陽澤，萬象咸光昭❿。顧己枉維縶，撫志慚場苗⓫。工拙各所宜，終以返林巢⓬。曾是縈舊想，覽物奏長謠⓭。

《莊子》曰：堯見四子藐姑射之山，汾水之陽。○理語入詩，而不覺其腐，全在骨高。

【注　釋】❶從遊京口北固應詔　京口，地名，今江蘇鎮江，為古代軍事重鎮。北固，山名，在鎮江北，凸入長江，三面臨水。宋文帝元嘉四年（西元四二七年）二月，文帝劉義隆遊鎮江，登北固山，謝靈運為祕書監，從遊，應詔而為此詩。❷玉璽誡誠信二句　玉璽，天子用玉製印信。誡，告誡。黃屋，古代帝王的車蓋，因以黃繒為蓋而得名。❸事為名教用二句　事，指上述玉璽、黃屋。名教，禮教。道，指政治教化。神理，超然物外之理。❹昔聞汾水遊　本《莊子・逍遙遊》：「堯治天下之民，平海內之政，往見四子藐姑射之山，汾水之陽，窅然喪其天下焉。」言從前聽說堯帝遊歷汾水。❺塵外鑣　塵外，世外。鑣，馬口所銜鐵，代指馬。❻鳴笳發春渚二句　鳴笳，吹笳。笳，古代管樂器，漢朝流行於西域，後為帝王出行儀仗樂器。渚，水中小塊陸地。稅鑾，解駕停車。稅，通「脫」。鑾，馬頭兩邊的鈴鐺，代指車駕。山椒，山頂。❼張組眺倒景二句　張組，拉開帳幕。組，繫幃帳的絲帶。倒景，倒映在江水中的景物。景，同「影」。列筵，擺下酒席。矚，凝視。❽遠巖映蘭薄二句　蘭薄，蘭叢。麗，附麗；映射。江皐，江岸。❾原隰荑綠柳二句　原隰，高平的原野與低窪的濕地。荑，草木初生的嫩芽。墟，村落。囿，有圍牆的園地。❿皇心美陽澤二句　皇心，皇帝之心意。美陽澤，美似太陽的光澤。萬象，宇宙間一切事物。光昭，光輝照亮。⓫顧己枉維縶二句　本《詩經・小雅・白駒》：「皎皎白駒，食我場苗；縶之維之，以永今朝。」顧己，回頭看自己。枉，空自。維縶，見縶，挽留之義。撫志，持志。場苗，場圃裡的秧苗。言自己無才，空被挽留，食君之祿，心有慚愧。⓬工拙各所宜二句　工拙，工巧與笨拙，指善於仕進與不善於仕進。林巢，山林之間，堯帝時代巢父隱居山林，以樹為巢。⓭曾是縈舊想二句　縈，纏繞。舊想，過去的想法，指隱逸之志。長謠，長歌，指本詩。

【語　譯】帝王玉璽誡示誠信，御駕黃蓋顯示崇高。此物都為禮教規定，教化治道超然形表。從前聽說堯遊汾水，今見皇上揚鑣塵外。春日江洲鳴笳聲聲，解駕停車登上山巔。張開帳幕眺望倒影，擺列宴席凝視回潮。遠處山巖蘭叢輝映，白日將那江畔映照。高原窪地綠柳吐芽，村落園地遍布紅桃。我皇心意美如陽光，萬物沐浴都閃光亮。回看自己空被挽留，持志羞愧白食俸祿。人生工拙各有所宜，終將退身隱居林巢。曾有舊念盤繞心中，觀覽景物獻此長謠。

【研 析】謝靈運（西元三八五年—四三三年），小名客兒，陳郡陽夏（今河南太康）人。東晉名將謝玄之孫，襲爵康樂公，世稱謝康樂。劉宋武帝時代，降爵為侯。歷官散騎常侍、太子左衛率、永嘉太守、祕書監、臨川太守等，以狂放終遭誅殺。為我國詩歌史上第一位大量創作山水詩的作家，詩歌不無雕飾堆砌，也每有清新之作，為山水詩鼻祖。作品有明人輯《謝康樂集》。本詩為侍遊應詔之作。首六句，以玉璽、黃屋，寫皇帝地位崇高；此為名教之顯，道在神理之中，寫文帝仁德治世之道；堯帝汾水之遊，也比文帝賢德超群，同時點醒出遊。「鳴笳」四句，春日江洲鳴笳，歇駕山頂，眺望江水中倒影，宴席列坐，觀看歸潮，寫遊山筵飲玩景之樂。「遠巖」以下六句，遠山蘭叢，麗日輝映江畔，綠柳吐芽，園中桃花，具體寫山上所見春景，而以皇心如同陽光，沐浴天下，萬物輝光，頌揚得體。「顧己」以下六句，落到自身，言其無才空被挽留在朝，虛糜朝廷俸祿，而自己拙於為官，素志在於山林，思歸林莽作結，別有意趣。沈德潛評：「大約經營慘淡，鈎深索隱，而一歸自然。」「理語入詩，而不覺其腐，全在骨高。」不無道理。

述祖德詩❶二首

序曰：太元中❷，王父龕定淮南❸，負荷世業，尊主隆人。逮賢相徂謝❹，君子道消❺，拂衣蕃岳❻，考卜東山❼。事同樂生之時❽，志期范蠡之舉❾。王父，謂玄也。龕，同戡，勝也。龕定淮南，謂敗符堅事。

達人貴自我，高情屬天雲❿。兼抱濟物性，而不纓垢氛⓫。段生蕃魏國，展季救魯人⓬。弦高犒⿰日晉師，仲連卻秦軍⓭。臨組乍不緤，對珪寧肯分⓮。惠物辭所賞，勵志故絕人⓯。苕苕歷千載，遙遙播清塵⓰。清塵竟誰嗣，明哲垂經綸⓱。委講輟道論，改服康世屯⓲。屯難既云康，尊主隆斯民⓳。

「弦高犒秦師」，在⿰日晉之道。⿰日晉，音晉，見《呂氏春秋》。諸本為晉字之誤也，因改正。

【注釋】❶述祖德詩　乃敘述其祖父謝玄功德之作。❷太元中　太元年間。太元，晉孝武帝司馬曜年號（西元三七六年—三九六年）。❸王父龕定淮南　王父，即祖父。龕，通「戡」，平定。淮南，淮水以南地帶，指太元八年（西元三八三年）謝玄大破前秦軍隊於淝水。❹逮賢相徂謝　賢相，指謝安。徂謝，死亡。❺君子道消　本《周易·否卦》，謂正派勢力受壓。❻拂衣蕃岳　拂衣，振衣。蕃，通「藩」，藩國。岳，岳牧，地方官。❼考卜東山　考卜，以龜卜決疑，決定趨向。東山，在始寧（今浙江上虞），為謝安出山前所居。❽事同樂生之時　樂生，指樂毅，戰國時期燕國人，曾率諸國伐齊，克七十餘城，後中田單反間計，投奔趙國。此比謝玄功高不安景況。❾志期范蠡之舉　范蠡，春秋時期楚國人，事越王句踐，復興越國，滅吳之後，隱姓埋名，遁跡江湖。此喻謝玄有范蠡類似志向。❿達人貴自我二句　達人，見識超邁之人。高情，高逸的情致。⓫兼抱濟物性二句　濟物性，救助蒼生的秉性。纓，繞，即沾染。垢氛，塵汙。⓬段生蕃魏國二句　段生，指段干木，戰國時期晉國人，高尚之士，流寓魏國，為魏文侯敬重，秦國以魏之禮賢下士而不敢侵魏。蕃，籬笆，引申為屏護。展季，即展禽，又稱柳下惠，春秋時期魯國大夫，曾教導展喜說服齊國退兵，保全了魯國。⓭弦高犒晉師二句　弦高，春秋時期鄭國商人，其行商途中，遇襲鄭的秦國軍隊，假鄭伯之命犒勞秦師，秦以其設防，遂退。師，伐晉之師。晉，地名。仲連，即魯仲連，戰國時期齊國人，嘗為趙國解除秦兵之圍，平原君贈其千金，不受報而去。⓮臨組乍不緤二句　本左思〈詠史〉之三：「臨組不肯緤，對珪寧肯分？」組，繫印的絲帶，代指印。乍，止。緤，結。珪，瑞玉，古代封爵所用，代官爵。⓯惠物辭所賞二句　惠物，澤及生靈。辭，謝絕。絕人，不同流俗之人。⓰苕苕歷千載二句　苕苕，通「迢迢」，綿遠貌。播，傳揚。清塵，喻清高的遺風。⓱清塵竟誰嗣二句　嗣，繼承。明哲，深明事理之人，指謝玄。經綸，治理國家的才能。⓲委講輟道論二句　委講，放棄清談。輟道論，終止道學議論。改服，換裝。康，平定。世屯，世難。⓳尊主隆斯民　尊主，尊王室。隆斯民，使百姓興隆。

【語　譯】小序說：太元年間，祖父平定淮河一帶，擁不世功業，輔佐王室，使百姓富足興隆。到賢達宰相去世，正人一派衰落，振衣離京為地方官，擇地東山。情勢同於樂毅功高不安的時候，志在有范蠡那樣的飄零江湖舉措。

見識超邁人貴自身，高尚情致天曠雲逸。兼有匡扶蒼生志向，卻不玷汙俗世穢塵。段干木能屏蔽魏國，柳下惠可挽救魯民。弦高犒賞犯鄭秦師，仲連談笑退去秦軍。面對官印拒絕佩戴，看著官爵哪肯去分？澤及蒼生拒絕賞賜，砥礪志尚原異俗人。綿遠經歷千年以後，遙遙不絕播揚芳芬。清高遺風有誰能繼？明哲高標滿腹經綸。捨棄清談終止講道，更換服裝拯救世難。世難既已平定之後，輔佐朝廷興隆我民。

【研析】〈述祖德詩二首〉，詩題已揭示其命意。小序撮述大意，敘祖父謝玄出則救民水火，匡扶社稷，澤及百姓；功成身退，全身養性，有高隱之志。本首前四句，寫謝玄可稱「達人」，既有高天逸雲、自我養生之性，又有濟世挽救社稷之才，不為世汙，真正高尚之人。「段生」以下十句，歷舉古之聖賢，如高臥而能為國屏障的段干木，不出戶而解國難的柳下惠，足智多謀挽救國家的商賈弦高，談笑退秦兵的魯仲連，對他們功高不受賞，不貪功名富貴，超絕凡人的高風亮節，欽慕有加，推崇至極，說他們清高品節流風遺韻千古不磨。「清塵」以下六句，在前文做了充分鋪墊造勢後，隆重推出乃祖謝玄，說如上聖賢的偉大傳統，有誰能繼？只有明哲的祖先謝玄，滿腹經綸，在國家需要他的時候，挺身而出，捨棄清談高隱，毅然出山，一戰大敗數十萬侵略大軍，平定淮河一帶，功高而不倨傲，輔佐朝廷，富民強國，此功此德，較之古代聖賢，不分軒輊，列於聖賢，當之無愧。王夫之《古詩評選》謂之：「構撰高絕，從蕩蕩上帝來，千載而遙，遂無與為鼎足者。」

中原昔喪亂，喪亂豈解已❶。崩騰永嘉末，逼迫太元始❷。河水無反正，江介有蹙圮❸。萬邦咸震懾，橫流賴君子❹。拯溺由道情❺，龕暴資神理❻。秦趙欣來蘇，燕魏遲文軌❼。賢相謝世運，遠圖因事止❽。高揖七州外，拂衣五湖裡❾。隨山疏濬潭，傍巖藝枌梓❿。遺情捨塵物，貞觀丘壑美⓫。

蹙圮，《詩》曰：「日蹙國百里。」《爾雅》曰：圮，敗覆也。《莊子》曰：「夫道有情有性。」

【注　釋】❶中原昔喪亂二句　中原，指洛陽一帶。西晉懷帝永嘉末年，劉聰、石勒亂起，中原淪陷異族統治。解已，止息。❷崩騰永嘉末二句　崩騰，喻國家形勢如山陵崩壞坍塌。逼迫，指在異族的威脅下。太元，東晉孝武帝年號，指前秦苻堅南侵。❸河水無反正二句　反正，撥亂反正。江介，江間。蹙圮，指國土日漸削減。圮，傾覆。❹萬邦咸震懾二句　萬邦，萬國。橫流，喻指國勢敗壞。君子，指謝玄。❺拯溺由道情　本《孟子》「天下溺則援之以道」，謂出於道義，拯救天下於水火。❻龕暴資神理　龕暴，勘定暴亂。資，憑藉。神理，指應付事變的態度。❼秦趙欣來蘇二句　秦、趙、燕、魏，指前秦統治北方各地。來蘇，本《尚書》「后來其蘇」，來者晉朝軍隊，蘇指百姓的休養生息。遲，等待。文軌，本《中庸》「書同文車同軌」，指祖國統一的願望。❽賢相謝世運二句　賢相，指謝安。謝世運，謝世。遠圖，收復失地的遠大宏圖。❾高揖七州外二句　高揖，拱手讓位。七州，舜分天下為十二州，晉據其七。五湖，太湖，借指始寧太康湖。❿隨山疏濬潭二句　疏濬，開通。潭，深水淵。藝，種植。枌，榆樹。梓，楸樹。⓫貞觀丘壑美　貞觀，正視，指觀覽。丘壑，指山水。

【語　譯】從前中原發生喪亂，喪亂哪裡能夠銷歇？分崩離析永嘉末年，進犯威逼太元開端。黃河一帶沒有反正，長江中間也漸削減。前秦勢凶萬國驚怕，國勢破敗有賴君子。拯救溺水出於道義，勘平暴亂憑藉膽識。秦趙之民欣迎生息，燕魏百姓期待統一。賢哲宰相謝世離去，遠大鴻圖因事擱置。七州以外拱手相讓，振衣賦閒太康湖裡。就著山勢開通深潭，依著山巖栽種枌梓。忘懷世情捨身世外，遊覽山川風物景觀。

【研 析】本篇寫謝玄匡扶社稷鴻材，力挽狂瀾膽識，以及被迫賦閒後的能夠超然物外，優遊山川。首八句，歷敘永嘉以來戰亂，干戈擾攘，生靈塗炭，迄於太元之初，非但沒有好轉，反而前秦勢力日益膨脹，國土進一步縮小，在舉國驚恐中，謝玄以其超人膽略，挺身而出。「拯溺」以下六句，謝玄完全有能力大有作為，其道德才識足以當之，北方百姓也翹首盼望祖國統一，得以休養生息，享受太平，但謝安去世之後，因為朝廷內部矛盾，統一天下的遠大鴻圖無奈擱淺。「高揖」以下六句，寫謝玄壯志未酬，只能眼看著失地依舊，優遊五湖。隨山開潭傍巖植樹，遺落世情，觀覽山川，是一種超然，更是一種無可奈何，鬱勃不平之氣寓焉。

九日從宋公戲馬臺集送孔令❶

季秋邊朔苦，旅雁違霜雪❷。淒淒陽卉腓❸，皎皎寒潭潔。良辰感聖心，雲旗興暮節❹。鳴笳戾朱宮，蘭卮獻時哲❺。餞宴光有孚❻，和樂隆所缺❼。在宥天下理，吹萬群方悅❽。歸客遂海隅，脫冠謝朝列❾。弭棹薄枉渚，指景待樂闋⑩。河流有急瀾，浮驂無緩轍⑪。豈伊川途念，宿心愧將別⑫。彼美丘園道，喟焉傷薄劣⑬。《詩序》曰：「鹿鳴廢，則和樂缺矣。」○《莊子》曰：「聞在宥天下，不聞在治天下也。」郭象曰：「宥使自在，則治也。」○《莊子》曰：「南郭子綦曰：夫吹萬不同，而使其自已也。」司馬彪曰：「言天氣吹煦，長養萬物，形氣不同。」已，止也，使各得其性而止。

【注　釋】❶九日從宋公戲馬臺集送孔令　東晉安帝義熙十四年六月，劉裕受九錫，欲以孔靖為宋國尚書令，靖不受，至九月九日將歸老家山陰（今浙江紹興），劉裕在戲馬臺為之餞行，詩人與會，並作此詩。宋公，即劉裕。戲馬臺，即項羽掠馬臺，在今江蘇徐州銅山縣南。孔令，即孔靖，字季恭，山陰（今紹興）人，與劉裕交好。❷季秋邊朔苦二句　季秋，晚秋。邊朔，北疆，這裡指彭城，其北當時都在異族佔領下。違，避。❸淒淒陽卉腓　本《詩經・小雅・四月》：「秋日淒淒，百卉具腓。」陽卉，太陽下百草。腓，草木枯萎。❹良辰感聖心二句　聖心，聖人之心，這裡指劉裕。雲旗，繡著熊虎雲物的旗幟。暮節，指秋末。❺鳴笳戾朱宮二句　戾，到。朱宮，皇宮，這裡指戲馬臺樓閣。蘭卮，盛滿如蘭芬芳的美酒。卮，酒杯。時哲，當今聖賢，指孔靖。❻餞晏光有孚　餞晏，餞別宴席。光有孚，本《周易・未濟》：「有孚於飲酒，無咎。」言發揚誠信。孚，信用；誠實。❼和樂隆所缺　本《詩經・小雅・鹿鳴》、〈毛詩序〉謂：「〈鹿鳴〉廢則和樂缺矣。」隆，隆興。所缺，所廢缺的典禮。❽在宥天下理二句　在宥，《莊子・在宥》：「聞在宥天下，不聞在治天下也。」在，自在。宥，寬舒。天下理，自然規律。吹萬，《莊子・齊物論》：「夫吹萬不同，而使其自已也，咸其自取。」指大自然自發的千差萬別的聲音。群方，多方；眾人。❾歸客遂海隅二句　歸客，指孔靖。遂，往。海隅，海角。脫冠，辭職。謝朝列，離開朝臣的行列。❿弭棹薄枉渚二句　弭棹，停下船槳。薄，近。枉渚，曲折的洲岸。指景，指影；指日。樂闋，音樂終了。⓫河流

有急瀾二句　急瀾，湍急的波瀾。浮驂，行駕。轍，車輪行跡。⓬豈伊川途念二句　伊，語助詞。川途，水陸道路。宿心，素昔的心願。《文選》李善注曰：「禮以養素為榮，而已以戀位為尊，故云愧也。」⓭彼美丘園道二句　彼，指孔靖。丘園，本《周易・賁》：「賁於丘園，束帛戔戔。」指歸隱丘園。喟，感慨。薄劣，才德低下。

【語　譯】晚秋北方邊庭苦寒，大雁南飛躲避霜雪。秋陽之下茂草枯萎，寒洌潭水明淨清澈。吉日良辰聖人感懷，雲龍繡旗秋末烈烈。笳樂聲傳戲馬臺閣，如蘭美酒奉獻時哲。餞別酒宴弘揚誠信，和樂歡飲隆興缺禮。自在寬舒自然之理，大地本音萬眾歡樂。歸去之人前往海角，辭官離開朝臣行列。停舟靠近曲折洲岸，為時不久音樂終了。河中流水波瀾湍急，返途車乘沒有緩行。難道繫念途程之人，有背素願愧對友人。人家歸隱丘園道美，感慨自悲我身薄劣。

【研　析】本詩乃詩人參加劉裕為孔靖舉辦的餞行酒會，美孔氏嘉行之作。首四句以北地苦寒，大雁南飛，比孔靖的辭官將返家鄉紹興；寒潭皎潔，喻孔某品格高潔。「良辰」以下八句，誇讚劉裕「聖心」之美，不忘故舊，在重陽佳節，為友餞別；並頌揚其宅心仁厚，使廢缺禮儀重興，施政寬和，百姓擁戴。「歸客」以下四句，寫送別。孔某將回海隅，已離朝列，泊舟碼頭，唯待餞行之樂終了，即將順流急下，而送行之人，也將馬不停蹄各自返回。「豈伊」以下四句，寫分別之感，稱美孔某的歸隱山野大吉，感歎自己的有背夙願，貪戀官位，才德薄劣，覺得愧對高人。詩歌構思縝密，語言精工，頌也得體，理寓於中，無說教之感。

鄰里相送至方山❶

祇役出皇邑，相期憩甌越❷。解纜及流潮，懷舊不能發❸。析析就衰林❹，皎皎明秋月。含情易為盈，遇物難可歇❺。積痾謝生慮，寡欲罕所闕❻。資此永幽棲，豈伊千歲別❼。各勉日新志，音塵慰寂蔑❽。

「解纜」二句，別緒低徊。「含情」二句，觸境自得。

【注釋】❶方山　在今南京市南郊，又名天印山，以其山形方如印而得名。❷祇役出皇邑二句　祇役，恭從朝命赴任。皇邑，指京都建業（今南京）。相期，期待。憩，休憩；休息。甌越，古甌族、越族，代指永嘉。❸解纜及流潮二句　及，趁。流潮，江潮。懷舊，留戀故人。發，啟程。❹析析就衰林　析析，風吹樹聲。就，近。衰林，凋敗之林。❺含情易為盈二句　含情，懷情。盈，充滿。遇物，遭逢外界景物。歇，消歇。❻積痾謝生慮二句　積痾，多病。謝，杜絕。生慮，生計之憂慮。闕，缺憾。❼資此永幽棲二句　資，借。此，指赴永嘉之任。幽棲，隱居。伊，猶「惟」，只。千歲，別本作「年歲」，指相別不止一年半載。❽各勉日新志二句　日新志，本《周易・大畜》「日新其德」，言日益修德進身。音塵，音信。寂蔑，寂寥；岑寂。

【語譯】恭從朝命離京赴任，期待甌越休憩身心。趁著江潮解開纜繩，眷戀舊友不能啟程。

將哀樹林聲響瑟瑟，明亮秋月何其皎潔。懷別易感哀情盈滿，感觸外物難可消歇。多病杜絕生計之慮，欲望本少也鮮不足。借此外放永為隱居，別離何止一年半載。彼此勉勵日進其德，音信不斷慰藉寂寞。

【研　析】宋永初三年（西元四二二年）七月，新即帝位的少帝劉義符，以「構扇異同，非毀執政」的罪名，將謝靈運外放為永嘉太守。本詩即作於詩人離開京都建業前夕。首四句寫將行未行，行的原因是奉朝命外任，去處是甌越之地；所以遲留者，是故人難捨，所以解纜將行時，躊躇徘徊。「析析」以下四句，風中瑟瑟作響的將衰林木，皎皎明亮的秋夜月色，皆途中所見；詩人離情別緒在胸，原就哀感易滿，而今感觸外物，更悲傷不能自已。「積疴」四句，是寬慰語，也是詩人對自己去路的設計，多病之身，不容許再為生計出路想得太多，欲望不多，也就沒有得失縈懷，權將這難料時間長短的外放作為休憩隱居，好好將養身體。「各勉」二句，是離別時與親友贈別語，相互勉勵，進德修身，別忘寄信，撫慰寂寥，古詩中多見，類於套話。詩歌語言凝練，情意亦稱真切。王夫之《古詩評選》謂：「情景相入，涯際不分，振往古，盡來今，唯康樂能之。」評價極高，讚譽備至。

過始寧墅❶

束髮懷耿介，逐物遂推遷❷。違志似如昨，二紀及茲年❸。緇磷謝清曠，疲薾慙貞堅❹。拙疾相倚薄，還得靜者便❺。剖竹守滄海，枉帆過舊山❻。山行窮登頓，水涉盡洄沿❼。巖峭嶺稠疊，洲縈渚連綿❽。白雲抱幽石，綠篠媚清漣❾。葺宇臨迴江，築觀基層巔❿。揮手告鄉曲，二載期歸旋⓫。且為樹枌檟，無令孤願言⓬。登頓沿洄，非老於遊山水者不知。○《左傳》：初季孫為己樹六檟於蒲圃泉門之外。杜註曰：檟，自為櫬也。○始寧縣，謝公故宅及墅在焉，茲因之官過此，故有末四句。

【注　釋】❶始寧墅　謝家莊園，在始寧縣（今浙江上虞）東山西，又名西莊，謝玄所建。❷束髮懷耿介二句　束髮，古人童年時期束髮為飾，代指童年。耿介，守正不阿，不肯與世苟合。逐物，與世浮沉，競逐世事。推遷，與時推移，時光流逝。❸違志似如昨二句　違志，指違背素昔隱居之志。二紀，二十四年。一紀十二年。指初仕至今。茲年，今年。❹緇磷謝清曠二句　緇，染黑。磷，磨薄。比喻沒能夠堅貞不渝，不改本性。疲薾，疲倦至極的樣子。❺拙疾相倚薄二句　拙，笨拙，指不善為官。疾，指多病。倚薄，指二者相依附。靜者，本《老子》「歸根曰靜，是謂復命」，指回歸故園。❻剖竹守滄海二句　剖竹，漢朝制度，剖竹為二，一留朝廷，一給本人，以為符節。滄海，東海的別稱，指永嘉郡。枉帆，繞行。舊山，指故鄉始寧別墅。❼山行窮登頓二句　窮，盡。登頓，上山為登，下山為頓。洄沿，逆流而行為洄，順流而下為沿。❽巖峭嶺稠疊二句　峭，峭拔；險峻。稠疊，層層疊疊。洲，水中大塊陸地。渚，水中小塊陸地。連綿，接連不斷。❾綠篠媚清漣　篠，細竹。清漣，粼粼細波。❿葺宇臨迴江二句　葺宇，修葺房舍。迴江，江流轉彎處。層巔，高山頂端。⓫揮手告鄉曲二句　鄉曲，鄉里。歸旋，回還。⓬且為樹枌檟二句　枌，白榆。檟，楸樹。均上好木材。孤，辜負。願言，所說志願與交代的話。

【語 譯】童年胸懷耿介志尚，官場競逐時光推移。違背素志恍如昨天，二紀已過至於今天。染黑磨薄背離清曠，身心疲弊愧對貞堅。迂拙多病相互因倚，還得回歸故園之便。剖竹為符出守滄海，繞道經過故鄉舊山。山路之行高低歷盡，水道行進盡是回曲。山巖陡峭峰嶺層疊，大洲小渚縈迴不絕。白雲縈繞幽峭山崖，漣漪碧波翠竹自媚。臨近水灣修葺房舍，高山頂端修築臺觀。舉手告別故鄉親舊，三年以後期望歸來。姑且為栽白榆楸樹，別讓辜負臨別贈言。

【研 析】本詩作於永初三年（西元四二二年）詩人被放永嘉太守，道途經過家鄉之時。首六句，敘少年耿介，及出仕步入官場，二十餘年，如緇如磷，違背初衷，遭染受玷，身心疲憊，心生厭倦。「拙疾」以下四句，點出出守，因了拙於為官，多病纏身，遂被外放，為滄海太守，有迂道而過家園之便。「拙」之一字，已見不平，是對遭受排擠打擊的憤懣。「山行」以下八句，由山道坎坷歷盡，水路洄沿遍經，山巖峻峭，峰嶺重疊，洲渚縈洄連綿，白雲縈繞峰巖，碧波漣漪如鏡，綠竹婀娜自媚，到臨水葺舍，山巔築觀，盡情寫其故鄉山水美景，恣意遊覽陶醉其中的快意。「葺宇」二句，申明其歸隱之志。「白雲」二句，多為後人稱美。結末四句，揮手作別，預訂歸期，華木之栽，以明歸隱之志。詩歌紀遊寫景，美侖美奐，細膩精微，情志寄寓其中，孤高飄逸之氣可見。

七里瀨[1]

羇心積秋晨，晨積展遊眺❷。孤客傷逝湍，徒旅苦奔峭❸。石淺水潺湲❹，日落山照曜。荒林紛沃若❺，哀禽相叫嘯。遭物悼遷斥，存期得要妙❻。既秉上皇心，豈屑末代誚❼。目覩嚴子瀨，想屬任公釣❽。誰謂今古殊，異代可同調❾。

【注釋】❶七里瀨　在今浙江桐廬縣富春江上。瀨，淺水沙洲。❷羇心積秋晨二句　羇旅愁思。積，沉積。展，放開。遊眺，縱目覽賞。❸孤客傷逝湍二句　逝湍，奔流逝去之水。本《論語・子罕》：「子在川上曰：『逝者如斯夫，不捨晝夜。』」奔峭，崩塌的江岸峭壁。❹潺湲　江水緩流貌。❺荒林紛沃若　荒林，荒無人煙的林莽。紛，多。沃若，繁盛貌。❻遭物悼遷斥二句　遭物，指所見各種景象。遷斥，貶謫。存，存想。期，希冀。要妙，精微之大道玄理。❼既秉上皇心二句　秉，承。上皇心，指如同上古之世淳樸寡欲的思想狀態。上皇，指伏羲氏。屑，顧。末代，衰亂之世。誚，譏嘲。❽目覩嚴子瀨二句　嚴子瀨，在七里瀨下游不遠處，東漢嚴子陵曾隱居於此。想屬，聯想起。任公釣，本《莊子・外物》，記有任公子者，以五十頭牛為魚餌，垂釣東海，一年後得一大魚，自淛江以東，蒼梧以北，人盡得以飽食。❾同調　志趣投合的知音。

【語譯】羇旅愁思秋晨鬱積，清晨鬱悶縱情賞覽。孤獨遊客感傷奔流，行旅之人感觸崩崖。石頭淺露水流潺湲，日落時分山嶺光耀。荒莽山林草木繁茂，淒厲禽鳴聲聲不斷。眼見外物傷感貶謫，想望悟到玄理奧妙。既已秉有上古情致，哪裡在乎亂世譏誚。親眼看見嚴光隱處，浮想思及任公子釣。誰說今古相異隔絕，不同時代可為同調。

【研析】本詩作於永初三年（西元四二二年）詩人外放，赴永嘉太守任，道經富春江上七里瀨時。首四句寫羈旅愁思，秋天是多愁的季節，清晨起來，詩人便滿肚子苦惱，為抒發鬱悶，有縱情遊覽之舉。而觀覽之中，「逝者如斯」的湍流，浪花沖刷崩塌倒壞了的岩岸，益令詩人愁苦。「石淺」以下四句寫景，石淺水流，日暮山照，荒蕪林莽，哀禽啼鳴，一幅蕭瑟荒涼之景。「遭物」四句，感觸而發，變為抒情，詩人感傷自己的貶謫，但又有感悟妙道的希冀，以上皇之心期許，是自我排遣，也是對政敵的輕蔑。「目覩」以下四句，由目見嚴子瀨想及高隱嚴光品格，再由嚴光垂釣聯想及釣魚東海的神話人物任公子，二人皆曠世高才，詩人頓時感覺在草野之中，找到了兩位古代知音。

登池上樓❶ 在永嘉郡。

潛虯媚幽姿，飛鴻響遠音❷。薄霄愧雲浮，棲川怍淵沈❸。進德智所拙，退耕力不任❹。狥祿反窮海，臥疴對空林❺。衾枕昧節候，褰開暫窺臨❻。傾耳聆波瀾，舉目眺嶇嶔❼。初景革緒風，新陽改故陰❽。池塘生春草，園柳變鳴禽❾。祁祁傷豳歌❿，萋萋感楚吟⓫。索居易永久，離群難處心⓬。持操豈獨古，無悶徵在今⓭。

虬以深潛而保真，鴻以高飛而遠害，今以嬰世網，故有愧虬與鴻也。薄霄，頂飛鴻。棲川，頂潛虬。

○《楚詞》曰：款秋冬之緒風。○「池塘生春草」，偶然佳句，何必深求。權德輿解為玉澤竭，候將變，何句不可穿鑿耶？

【注釋】❶池上樓　在永嘉郡（今浙江溫州）。❷潛虬媚幽姿二句　虬，帶角的小龍。幽姿，沉潛水中的姿態。遠音，傳響悠遠的鳴聲。❸薄霄愧雲浮二句　薄，泊；止。怍，慚愧。淵沈，沉潛深淵。❹進德智所拙二句　進德，本《周易‧乾卦》：「子曰：『君子進德修業，欲及時也。』」謂增進道德修養。退耕，退隱從事農耕。任，勝任。❺狥祿反窮海二句　狥，從；求。窮海，即滄海，指永嘉。臥痾，臥病。空林，落葉之林。❻衾枕昧節候二句　衾枕，指病臥被枕中間。昧，暗於。褰開，揭開。窺臨，臨窗窺視。❼傾耳聆波瀾二句　傾耳，側耳傾聽。聆，仔細聽。嶇嶔，山高峻貌。❽初景革緒風二句　初景，初春的陽光。革，變；除。緒風，餘風，指冬日餘寒。新陽，指春天。故陰，指寒冬。❾變鳴禽　換了別種鳴叫的鳥兒。❿祁祁傷豳歌　本《詩經‧豳風‧七月》：「春日遲遲，采蘩祁祁。女心傷悲，殆及公子同歸。」祁祁，眾多貌。⓫萋萋感楚吟　本《楚辭‧招隱士》：「王孫遊兮不歸，春草生兮萋萋。」萋萋，草木茂盛貌。⓬索居易永久二句　離群索居，獨居無偶。處心，安心。⓭持操豈獨古二句　持操，保持節操。獨古，獨有古人能做到。無悶，指遁世。本《周易‧乾卦》：「龍德而隱者也，不易乎世，不成乎名，遯世無悶。」徵，驗。

【語譯】虬龍深潛自媚體態，大雁翱翔聲傳悠遠。愧對停歇雲中鴻雁，羞對沉潛深淵虬龍。

進德修業智能笨拙，退隱耕種氣力不勝。追求俸祿返回滄海，臥病面對蕭瑟衰林。衾枕中間不知換季，揭開帳子臨窗窺視。側耳傾聽波濤聲起，舉目遠眺崇山峻嶺。初春陽光革除寒氣，春天到來驅除冬寒。池塘堤岸春草萌生，園柳之上鳴鳥換種。〈豳風〉祁祁歌唱感傷，《楚辭》萋萋吟詠興感。獨居幽僻易覺久遠，離開人群難以安心。保持節操豈獨古人，隱居以證在於而今。

【研　析】本詩為詩人赴永嘉太守任次年春天，病後登樓，有感而作。首六句，以潛虬飛鴻作比，寫其既不能如飛鴻凌空展翅，翱翔雲霄之中；也不能如虬龍，沉潛深淵，自媚姿態，進德智有所拙，退隱耕作體力不勝，矛盾苦悶，進退維谷。「狥祿」四句，寫其為求祿而來到永嘉，寒冬之季，一病沉重，臥床不起，衾枕中間，於季節變換也無知覺。「傾耳」以下八句，即褰帳臨窗所見。波濤聲聲，峰巒高聳，初春陽光和煦，冬寒早驅除乾淨，池塘邊春草如茵，園中柳樹枝葉間，鳴禽也換了種類，歌〈七月〉之篇、〈招隱〉之什，不由得感傷悽楚，為大病初愈，也為自己的政治處境、仕隱出處的矛盾心態。「索居」以下四句，由〈招隱〉而來，雖然離群索居易覺長久，難以安心，但自己相信，保持操節不獨古人可以做到，自己今天就要為其驗證。詩中「池塘」二句，最為後人稱道，宋人葉夢得《石林詩話》云：「『池塘生春草，園柳變鳴禽』，世多不解此語為工，蓋欲以奇求之耳。此語之工，正在無所用意，猝然與景相遇，借以成章，不假繩削，故非常情所能到。」

遊南亭❶

亦永嘉郡。

時竟夕澄霽，雲歸日西馳❷。密林含餘清，遠峰隱半規❸。久痗昏墊苦，旅館眺郊岐❹。澤蘭漸被徑❺，芙蓉始發池❻。未厭青春好，已覩朱明移❼。慼慼感物歎，星星白髮垂❽。藥餌情所止，衰疾忽在斯❾。逝將候秋水，息景偃舊崖❿。我志誰與亮，賞心惟良知⓫。起先用寫景，第六句點出眺郊岐，此倒插法也，少陵往往用之。○良知，謂良友。

【注釋】❶南亭　在永嘉郡治所永寧（今浙江溫州市）。❷時竟夕澄霽二句　時，四時中一時，此指春季。竟，盡；結束。澄，清。霽，雨止。歸，散去。❸密林含餘清二句　餘清，指雨後空氣清新。半規，半圓，指半個太陽。❹久痗昏墊苦二句　痗，病，用作動詞，以……為病，意即厭惡。昏墊，本《尚書·益稷》：「洪水滔天，浩浩懷山襄陵，下民昏墊。」困於水災，指霖雨不停。郊岐，郊外的小路。❺澤蘭漸被徑　本《楚辭·招魂》：「皋蘭被徑兮斯路漸。」澤蘭，生長於沼澤邊的蘭草。❻芙蓉始發池　本《楚辭·招魂》：「芙蓉始發，雜枝荷些。」芙蓉，荷花。發，生。❼未厭青春好二句　厭，滿足。青春，指春季。朱明，夏季。移，到來。❽慼慼感物歎二句　慼慼，憂傷貌。物，自然界事物。星星，斑斑。❾藥餌情所止二句　藥餌，本《老子》：「樂與餌，過客止。」謂音樂美食令行人而止步。二句言貪戀美食仕祿，人生衰病匆匆而至。❿逝將候秋水二句　逝，通「誓」。秋水，本《莊子‧秋水》：「秋水時至，百川灌河。」息，偃，止息；停歇。景，同「影」，身影。舊崖，指始寧別墅山崖。⓫我志誰與亮二句　亮，信。賞心，心所喜悅。良知，良友。

【語　譯】春末傍晚雨停天晴，雲彩散去太陽西墜。茂林雨過空氣清新，遠出峰巒日遮半輪。持久霖雨令人厭惡，新晴旅館眺望郊外。澤畔蘭草漸埋小路，池中荷花開始生發。春天好景尚未滿足，已經看見夏日來臨。感觸外物心中傷楚，斑斑白髮懸掛鬢邊。歌舞美食令人情繫，衰邁疾病倏忽而至。誓願等候秋水到來，身影歇息舊居崖際。我心情志誰能照察，心中歡悅只有良朋。

【研　析】本詩作於南朝宋少帝景平元年（西元四二三年）初夏，即詩人被貶永嘉太守的次年。首六句，敘一場令人生厭的持久霖雨之後，春盡夏初的一個傍晚，雨過天晴，茂密的樹林中尚存清涼餘意，半個太陽已被遠山遮住，詩人在旅館欣喜眺望戶外之景。五、六句與前四句為倒裝筆法。眺望為出遊張本。「澤蘭」以下四句，乃遊南亭所見。埋沒小路的澤畔蘭草，池塘中長出的荷花，都是夏初景象，是暗寫夏時。「未厭」二句，則明點春去夏來。「慼慼」以下八句，抒所感。外物的變化，時令的轉換，令詩人觸景生情，憂傷於心，鬢生華髮。詩人深感貪戀功名聲色，使人衰老。他決心等秋水到來，歸隱老家。而自己的心志，也只有個別良朋能解，與他們一起，纔能心情暢達歡悅。詩歌條理清密，情景交融，煉詞造句，穩老深曲。

遊赤石進泛海❶

首夏猶清和，芳草亦未歇❷。水宿淹晨暮，陰霞屢興沒❸。周覽倦瀛壖，況乃凌窮髮❹。川后時安流，天吳靜不發❺。揚帆采石華，挂席拾海月❻。溟漲無端倪，虛舟有超越❼。仲連輕齊組，子牟眷魏闕❽。矜名道不足，適己物可忽❾。請附任公言，終然謝先伐❿。

張衡〈歸田賦〉：「仲春令月，時和氣清。」指二月言。此言首夏，猶之清和，芳草亦未歇也。後人以四月為清和，謬矣。〇《臨海志》曰：石華，附石而生。海月，大如鏡，白色。〇《莊子》曰：孔子圍於陳，太公任往弔之，曰：直木先伐，甘泉先竭，子其意者飾智以驚愚，修身以明汙，昭昭若揭日月而行，故不免也。

【注　釋】❶遊赤石進泛海　赤石，地名，在浙江永嘉、瑞安二縣間。泛海，即今帆遊山，宋人鄭緝之《永嘉郡記》載：「帆遊山，地昔為海，多過舟，故山以帆名。」❷首夏猶清和二句　首夏，初夏。清和，清涼和煦。歇，盡。❸水宿淹晨暮二句　水宿，謂住在舟上，過著水上生活。淹，滯留。陰霞，雲霞。興沒，時隱時見。❹周覽倦瀛壖二句　周覽，遍覽。瀛壖，大海岸邊。瀛，海。壖，空地。凌，越；渡。窮髮，本《莊子．逍遙遊》：「窮髮之北，有冥海者，天池也。」窮髮，指極北不毛之地，這裡指遙遠的海洋。❺川后時安流二句　川后，波神。天吳，水伯，《山海經》曰：「朝陽之谷神曰天吳，是水伯也。其獸也，八首，八足，八尾，背黃青。」❻揚帆采石華二句　揚帆、挂席，均指揚起風帆，借風而行。石華，介類，生於海崖石上，肉可食。海月，海生動物，殼可為裝飾，肉可食。❼溟漲無端倪二句　溟漲，溟海波漲連天。端倪，涯際。虛舟，輕舟。超越，輕疾貌。❽仲連輕齊組二句　仲連，戰國齊人，曾助田單反攻聊城，計殺燕將，齊國欲賞其封爵，拒受而逃隱海上。齊組，指齊國封爵。子牟，即公子牟，中山國人。眷，眷戀。魏闕，古時宮門外高聳的樓觀，懸掛所頒法令之所。《莊子・讓王》：「公子牟謂詹子曰：『身在江海之上，心懸魏闕之下，奈何？』」❾矜名道不足二句　矜名，崇尚虛名。適己，適合自己的本性。忽，遺忘；忽略。❿請附任公言二句　附，附和。任公言，指《莊子・山木》中任公勸說孔子之言，所謂「直木先伐，甘泉先竭」，「飾智以驚愚」，終不免陳蔡之厄；而「削跡損勢，不為功名」，纔能不受負累。謝，避開。先伐，指未長成而被砍伐，不能享有天年。

【語　譯】初夏尚且清涼和煦，芳草鬱勃生機無限。日夜滯留水上舟中，雲霞出沒時隱時見。海岸遍覽已覺厭倦，何況渡越汪洋大海。水波之神此時平靜，水伯天吳寧靜安閑。揚帆啟程採拾石華，掛起風帆掇拾海月。溟海波起連天無際，輕舟迅捷行進輕疾。仲連輕蔑齊國封爵，子牟眷戀朝廷爵祿。貪戀功名道行不足，肆志適意身外物輕。也請附和任公高論，終究避免被伐天斬。

【研　析】方東樹《昭昧詹言》謂：「自病起登池上樓，遂遊南亭，繼之以赤石帆海，又繼以登江中孤嶼，皆一時漸歷之跡。」知此詩作於〈游南亭〉之後。詩歌首二句點出遊歷時間，初夏時分，天尚清涼溫煦，並不甚熱，草木生機鬱勃，也驗證天氣的和暖。「水宿」以下四句，寫遊赤石。雲霞興沒，不謂不美，但終日水上生活，詩人於海岸生活，已不無疲倦。此由跌出遠遊泛海。「川后」六句，寫泛海。大海景觀，頗出詩人意料之外。初出大海，風平浪靜，波浪不興，揚帆而進，採石華，拾海月，已自愜意稱懷；繼而滔起浪作，連天無窮，磅礴宏偉，歎為觀止，輕舟疾飛，又恍如人在仙境。「『溟漲』十字，真寫得泛海神理出」（張玉穀《古詩賞析》）。「『仲連』以下四句，由泛海連類而及海上故事，一者魯仲連，輕視爵祿，肆情適志，隱跡海上；二者公子牟，雖居海上，心戀爵祿，於道有損。結末二句，以任公勸孔子言，表達了自己的志向所在，歸隱全身之志，「收出韜晦本心，極耐咀味」（同上）。其情其理，盡寓風景描繪遊歷敘寫之中。

登江中孤嶼❶

在永嘉江心。

江南倦歷覽，江北曠周旋❷。懷新道轉迥，尋異景不延❸。亂流趨正絕，孤嶼媚中川❹。雲日相輝映，空水共澄鮮❺。表靈物莫賞，蘊真誰為傳❻？想像崑山姿，緬邈區中緣❼。始信安期術，得盡養生年❽。

「懷新道轉迥」，謂貪尋新境，忘其道之遠也。「尋異景不延」，謂往前探奇，當前妙景，不能少遷延也。深於尋幽者知之。十字字字耐人咀味。○「亂流」二句，謂截流而渡，忽得孤嶼，余嘗遊金焦，誦此二句，愈覺其妙。

【注釋】❶登江中孤嶼　江，指永嘉江（今甌江）。孤嶼，孤島，在永嘉江中，今溫州市北。❷江南倦歷覽二句　歷覽，遍覽。曠，久。謂兩岸早已遍遊。❸懷新道轉迥二句　懷新，懷慕新景。迥，遠。異，新奇之景。景，影，指時日。延，長。❹亂流趨正絕二句　亂流，截流橫渡。正絕流曰亂。趨，疾行。媚，妍美悅人。中川，江中。❺空水共澄鮮　空水，長空與江水。澄鮮，清澈明媚。❻表靈物莫賞二句　表靈，顯示神異。物，愚胎凡夫。賞，欣賞。蘊真，蘊藏仙人。真，仙人。❼想像崑山姿二句　崑山，崑崙山，傳說中的神仙之山。姿，丰姿。緬邈，縹緲遙遠貌。區中，人世。❽始信安期術二句　安期，即安期生，傳說中仙人名，有長生之術。盡，極。

【語　譯】甌江南岸遍覽已倦，甌江北岸也早盤桓。懷慕新景道路反遠，尋找奇景時日易轉。疾行橫渡截流而進，江中孤島悅人美妍。雲彩日光交相輝映，長空江水澄澈明鮮。顯示神異凡夫難賞，蘊藏仙跡誰為揚傳？想像崑崙山上仙蹤，與塵世緣愈發邈遠。方始相信安期道術，得以極盡頤養天年。

【研　析】本詩乃遊赤石泛海之後，再遊江中孤嶼而作。首四句，敘永嘉江南、北兩岸，已經遍遊厭倦，渴望再探新景，有奇異的遊歷。「亂流」以下四句，寫新探之景江中孤嶼，據江之中，妍媚喜人，雲日輝映，空水澄澈，奇秀之極，脫俗之至。「表靈」以下六句，所想所感。詩人由此絕妙奇異勝景，想到此地必也蘊藏神仙蹤跡，乃濁世凡夫無人能賞，無人傳揚，遂至湮沒。而想像著神仙丰姿，自己也愈覺與塵世遠隔，於是也相信神仙道術，表露了歸隱養生的願望。詩歌構思縝密，詞語新警，情見乎詞，詩人之思想人格盡含其中。

登永嘉綠嶂山❶詩

裹糧杖輕策，懷遲上幽室❷。行源徑轉遠，距陸情未畢❸。澹瀲結寒姿，團欒潤霜質❹。澗委水屢迷，林迥巖逾密❺。眷西謂初月，顧東疑落日❻。踐夕奄昬曙，蔽翳皆周悉❼。蠱上貴不事，履二美貞吉❽。幽人常坦步，高尚邈難匹❾。頤阿竟何端，寂寂寄抱一❿。恬如既已交，繕性自此出⓫。

「眷西」四句，言深入蒼翠中，幾不知旦暮，左眺右瞻，疑誤日月也。然此詩過於雕鏤，漸失天趣，取其用意之佳耳。

【注釋】❶綠嶂山　山名，在永嘉城北，《讀史方輿紀要》曰：「(永嘉)西北有青嶂山，上有大湖，澄波浩渺，一名七峰山。」約即此。❷裹糧杖輕策二句　裹糧，準備乾糧。輕策，輕便的手杖。懷遲，猶逶迤，沿著山路徐行。幽室，風景清幽的地方。❸行源徑轉遠二句　行源，溯源而上。徑，小路。距陸，到上岸處。情未畢，遊興未盡。❹澹瀲結寒姿二句　澹瀲，水波瀲灩貌。結，凝結。寒姿，清寒之勢，指深潭。團欒，亦作「檀欒」，形容竹子形態，此指竹子。潤霜質，指經霜益顯蒼翠青潤。❺澗委水屢迷二句　澗委，澗流彎曲。水屢迷，指澗水幽曲，往往去向難辨。林迥，叢林深遠。❻眷西謂初月二句　眷、顧，均指回看。❼踐夕奄昬曙二句　奄昬曙，言自朝暮之間，匆促而過。蔽翳，指山岩樹林幽密隱蔽之處。周悉，遍悉。❽蠱上貴不事二句　蠱上，即〈蠱卦〉上九，《周易‧蠱》曰：「上九，『不事王侯，高尚其事。』」履二，指〈履卦〉九二，《周易‧履》曰：「九二，『履道坦坦，幽人貞吉。』」❾幽人常坦步二句　幽人，隱士。坦步，安行無礙。難匹，無人匹敵。❿頤阿竟何端二句　頤阿，應答之聲。何端，何由。抱一，守道，本《老子》「聖人抱一為天下式」。⓫恬如既已交二句　恬如，當為「恬知」，《莊子‧繕性》曰：「古之治道者，以恬養知，知生而無以知為也，謂之以知養恬。知與恬交相養，而和理出其性。」謂古代治道術之人，以恬靜來涵養智慧，智慧生成也不拿去運用，稱以智慧涵養恬靜。智慧與恬靜交相涵養，和順便從本性中產生。繕性，指養性存生，達到物我同一的境界。

【語　譯】準備乾糧提起輕杖，迤邐攀登幽邃山岡。溯源而上路途轉遠，來到岸邊興致未盡。澹澹水波凝成寒潭，檀欒竹子經霜翠蒼。澗水委曲去向迷離，樹林深遠山岩層疊。回看西方以為初月，回看東方疑落日光。沉湎觀賞匆促至晚，深隱幽密都已遍覽。〈蠱卦〉上九貴在不事，〈履卦〉九二稱美安然。隱士常常坦步無險，高尚志向無人比肩。無由聆聽謦欬之聲，寂寞中間抱守道一。恬靜智慧交相涵養，養性存真由此生出。

【研　析】本詩亦詩人永嘉太守任上遊歷之作。首四句交代出遊，整備乾糧，拿起輕便手杖，欲善其事，必先利其器；委蛇而行，攀山登岩，或取水路，逆流而上，「上幽室」、「情未畢」，詩人遊興之高之濃，歷歷可見。「澹瀲」以下八句，寫所見之景。水流澹澹，漩成深潭，望之寒意可感；岸上幽竹茂林，經霜而益發蒼翠欲滴，令人感佩心喜；山澗溪水，彎曲流淌，委蛇而行，去向使人迷茫難辨；深林遠處，層巒疊嶂，益遠似乎益密；深山幽林中間，陽光斑駁，看西疑是新生之月，看東疑為落日餘暉，惝恍迷離。詩人沉浸於斯，陶醉於斯，不覺中時光已到傍晚，而幽深隱祕勝跡所在，皆已覽遍。「蠱上」以下八句，寫所悟所感。《周易》所謂的不事王侯，不為俗累，坦然無礙，高尚其志，似乎就是自己，此志也罕有匹敵，世上少見。幽密之處，無從聆聽謦欬，卻能養道存真，物我混一，臻上妙境界。王夫之評本詩：

「遠者皆近，密者皆通，康樂之獨致也。他人遠則必迂，密則必澀矣。」（《古詩評選》）其寫景之深細靈動，精工卓越，罕有匹敵。

齋中❶讀書

昔余遊京華，未嘗廢丘壑❷。矧乃歸山川，心跡雙寂漠❸。虛館絕諍訟，空庭來鳥雀❹。臥疾豐暇豫，翰墨時間作❺。懷抱觀古今，寢食展戲謔❻。既笑沮溺苦，又哂子雲閣❼。執戟亦以疲，耕稼豈云樂❽？萬事難並歡，達生❾幸可託。

《楚辭》曰：「野寂漠其無人。」漠，同寞。○子雲閣，強押。

【注釋】❶齋中　為詩人永嘉太守任上書齋。❷昔余遊京華二句　京華，京都，指建康（今南京）。丘壑，指山水。❸矧乃歸山川二句　矧，何況。歸山川，指到風景勝地永嘉。心跡，心志形跡。寂漠，清虛淡泊。❹虛館絕諍訟二句　虛館，空閒的官署。絕諍訟，沒有訴訟案件。空庭鳥雀，本《鬻子》：「禹治天下，朝廷之間可以羅雀矣。」❺臥疾豐暇豫二句　臥疾，臥病。豐暇豫，多閒暇安樂的時光。翰墨，指文章。時間作，不時寫作。❻懷抱觀古今二句　懷抱，捧書在懷。寢食，指茶餘飯後。展戲謔，調說笑評騭書中內容。❼既笑沮溺苦二句　沮溺，長沮、桀溺，春秋時期高隱，躬耕田園。子雲閣，史載西漢揚雄字子雲，在王莽篡漢後，因其子牽連，當使者前來收捕時，他正校書天祿閣，跳樓自殺未遂，京師童謠嘲之：「惟寂寞，自投閣。」❽執戟亦以疲二句　執戟，漢朝侍衛官名，揚雄曾做過「執戟之臣」。以，已。云，語助詞。❾達生　徹悟保身全生的道理。《莊子》有〈達生〉一篇。

【語　譯】往昔我宦遊在京城，不曾拋棄山水情志。何況來到山水勝地，心志形跡淡泊清虛。官署空閒沒有諍訟，庭院空寂鳥雀來棲。臥病在床多有閒暇，詩文不時作上幾篇。懷抱書籍觀覽古今，茶餘飯後嬉戲評騭。既自嘲笑沮溺勞苦，又笑揚雄戀爵投閣。執戟做官也已疲倦，躬耕稼穡難道快樂？世上難有萬事歡快，達生之道幸可寄託。

【研　析】本詩乃詩人於永嘉郡齋中所作。首二句，追憶往昔京華時光，雖為朝官，並未放棄山水雅興。「矧乃」二句，寫今，來到永嘉山水清絕之地，更要遊山玩水，從內心到形跡，俱超然塵外，不為物累。「虛館」二句，是對其永嘉太守任上「肆意遨遊」、「民間聽訟，不復關懷」的紀實，在詩人，自覺得這是一種超然塵俗，高尚情致。「臥疾」以下八句，撲進主題，寫其郡齋讀書。臥病在床，多的是閒暇，除了寫詩作文，便是一卷在手，泛覽古今。而茶餘飯後，則評騭嬉笑。其嘲笑者，有高隱長沮、桀溺，說他們耦耕太過勞苦；有揚雄，一代文章大家，卻貪戀祿位，不講品節，為王莽寫〈劇秦美新〉，跳樓自殺不遂，更成笑柄。為官疲倦，躬耕亦苦。結末二句，《莊子》之達生，可為寄託，詩人的思想歸宿，也只能是消極的養生全身之論。詩歌以齋中讀書為中心，縱橫捭闔，抒寫其仕與隱的矛盾，闡說著老莊的達生養性，理從事出，並無枯燥之感。

田南樹園激流植援❶

命題簡古。

樵隱俱在山，由來事不同❷。不同非一事，養痾❸亦園中。中園屏氛雜，清曠招遠風❹。卜室倚北阜，啟扉面南江❺。激澗代汲井，插槿當列墉❻。群木既羅戶，眾山亦當窗❼。靡迤趨下田，迢遞瞰高峰❽。寡欲不期勞，即事罕人功❾。惟開蔣生徑，永懷求羊蹤❿。賞心不可忘，妙善冀能同⓫。

郭象注《莊》曰：「妙善同，故無往而不冥也。」同字重韻。

【注釋】❶田南樹園激流植援　田，田莊，在謝家始寧墅。樹，建造。激流，攔水。援，籬笆。❷樵隱俱在山二句　本臧榮緒《晉書》引胡孔明言：「隱者在山，樵者亦在山，在山則同，所以在山則異。」❸養痾　養病。❹中園屏氛雜二句　中園，園中。屏，排除。氛雜，塵氛與喧囂。清曠，清幽空曠。招，引致。❺卜室倚北阜二句　卜室，卜筮吉凶，決定築室。北阜，北面的山阜。啟扉，開門。面，對著。❻激澗代汲井二句　激澗，攔阻澗水。汲井，從井裡打水。插槿，插種木槿。列墉，排列的圍牆。❼群木既羅戶二句　羅戶，排列戶前。當窗，對窗。❽靡迤趨下田二句　靡迤，山路順山勢斜曲向下延伸的樣子。趨，向。迢遞，緬邈高遠的樣子。瞰，遠望。❾寡欲不期勞二句　寡欲，少欲。不期勞，不想勞人動眾。人功，人力。❿惟開蔣生徑二句　蔣生，指漢朝蔣詡，字元卿，隱居杜陵。其在舍前竹林下開闢三徑，接待高士，來往者羊仲、求仲。求羊蹤，求仲、羊仲這樣的高士行跡。⓫賞心不可忘二句　賞心，心情歡暢。妙善，極妙極善的言論，本《莊子・寓言》：「顏成子游謂東郭子綦曰：『自吾聞子之言，……八年而不知死不知生，九年而大妙。』」向秀注：「妙善同，故無往而不冥也。」冀，希望。同，同歸於道。

【語　譯】樵子隱士都在山上，在山因由事體不同。不屬同類非一事體，我為養病居在園中。園中屏除塵氛雜亂，清幽空曠引致遠風。卜筮造屋挨著北山，打開門戶對著南江。阻斷澗水代替井灌，栽槿當作排列圍牆。群樹既已排列門前，眾山亦恰對著窗口。逶迤綿延下到田野，遠望緬邈高峰在上。欲望稀少不想勞眾，順勢就地少用人力。只闢蔣生三條小路，長慕求仲、羊仲行蹤。心悅友朋不可忘來，至善妙論希望道同。

【研　析】本詩為詩人辭去永嘉太守，回到始寧別墅後作。首四句化胡孔明言，謂同是在山，樵子、隱士本質殊異；而同在田園，自己與農夫也自不同，他們為生計，隱士出於高尚其志，自己則為頤養性情。「中園」以下十二句，寫新開之園。屏除塵滓喧囂，清幽空曠，是總寫。卜筮起造，倚山面水；截澗灌溉，代替井中汲水；栽槿以為圍牆；群木羅列門前，窗戶對著眾山；小路逶迤順山而下，遠望高山緬邈，皆因地取材，就勢興造，果如詩人所說，不期勞眾，罕用人工，此與其養性，遵從自然之性吻合。結末四句，引蔣詡及《莊子》典故，抒發其求友尋道之志，同時綰合開篇「養痾」。王夫之評本詩：「亦理亦情亦趣，逶迤而下，多取象外，不失圜中。」（《古詩評選》）也稱中肯。

石壁精舍還湖中作❶

昏旦變氣候，山水含清暉❷。清暉能娛人，遊子憺忘歸❸。出谷日尚早，入舟陽已微❹。林壑斂暝色，雲霞收夕霏❺。芰荷迭映蔚，蒲稗相因依❻。披拂趨南徑，愉悅偃東扉❼。慮澹物自輕，意愜理無違❽。寄言攝生客，試用此道推❾。

【注　釋】❶石壁精舍還湖中作　石壁精舍，詩人讀書處，與始寧墅隔一巫湖。湖，巫湖。❷昏旦變氣候二句　昏，暮。旦，晨。清暉，氣清景明。❸清暉能娛人二句　本《楚辭．九歌．東君》：「羌聲色兮娛人，觀者憺兮望歸。」憺，安。❹陽已微　日光已經昏暗。❺林壑斂暝色二句　斂，收斂；聚合。暝色，暮色。霏，雲飛貌。❻芰荷迭映蔚二句　芰，菱。映蔚，相互映照，蔚然成片。蒲，菖蒲。稗，稗草。因依，依倚。❼披拂趨南徑二句　披拂，撥開。趨，疾行。偃，息。❽慮澹物自輕二句　慮澹，思想澹泊。物，身外之物。意愜，心滿意足。❾寄言攝生客二句　寄言，贈言。攝生客，追求養生長壽之道的人。推，推求。

【語　譯】湖中晨暮氣候多變，山水之間氣清景明。氣清景明詩人愉悅，遊客適意忘記歸還。出谷時候日色尚早，回到舟上光已昏昧。山林丘壑暮色聚合，晚霞凝聚飄到天邊。菱荷相互映照蔚然，菖蒲稗草互相依倚。撥開荒草南徑疾行，心情愉悅歇息東屋。思想澹泊看輕外物，心滿意足於理不背。贈言追求長生之人，試用此理去做類推。

【研析】謝靈運《遊名山志》曰：「巫湖三面悉高山枕水渚，山溪間凡有五處，南第一谷今在，謂石壁精舍。」石壁精舍與詩人始寧別墅隔一巫湖，本詩乃傍晚自精舍返還湖上所作。首六句，言遊石壁之樂。山水清暉，晨暮變幻，令人快意，以致忘歸，清晨出來，傍晚歸舟，可知整日於此。「林壑」以下六句，寫傍晚湖中所見景色。林壑蒼茫，雲霞凝聚天際，是遠景；芰荷相映，蔚然連片，蒲稗依倚，茂密繁盛，是近景，然因暮色沉沉，竟也不辨彼此。撥草疾行，棲息東屋，是歸來情景，田園自然風光，淳樸本真。「慮澹」以下四句，抒寫感悟。由自然之怡悅，詩人感悟出自然之理，澹泊於心，便不為物累，不為身外之物煩惱；容易滿足也就不背自然之道。而養生企求長壽者，也可由此得其門徑。詩歌情、景、理融合無間，說理水到渠成，所謂「舒情綴景，暢達理旨，三者兼長，洵堪睥睨一世」（黃子雲《野鴻詩的》），信然。

登石門❶最高頂

晨策尋絕壁❷，夕息在山棲。疏峰抗高館，對嶺臨迴溪❸。長林羅戶穴，積石擁階基❹。連巖覺路塞❺，密竹使徑迷。來人忘新術，去子惑故谿❻。活活夕流駛，噭噭夜猿啼❼。沈冥豈別理，守道自不攜❽。心契九秋榦，目翫三春荑❾。居常以待終，處順故安排❿。惜無同懷客，共登青雲梯⓫。

【注釋】❶石門　山名，在今浙江嵊縣嶀山的南面。謝靈運《遊名山志》云：「石門澗六處，石門溯水，上入兩山口，兩邊山壁，後邊石巖，下臨澗水。」❷晨策尋絕壁　策，拄杖而行。絕壁，陡峭峻拔的懸崖，指石門。❸疏峰抗高館二句　疏峰，疏散之峰。抗，舉。迴溪，迴曲的溪流。❹長林羅戶穴二句　戶穴，門洞，指門前。階基，臺階；石階。❺連巖覺路塞　連巖，山巖迭起。路塞，道路阻塞。❻來人忘新術二句　術，道路。去子，離去的人。蹊，小路。❼活活夕流駛二句　活活，水流聲。夕流，晚間的流水。駛，如奔而去。噭噭，猿鳴聲。❽沈冥豈別理二句　沈冥，玄默恬靜的狀態。不攜，不貳。❾心契九秋榦二句　心契，合。九秋，秋季九十天。榦，指凌霜傲雪的松柏樹榦。三春，春季三個月。荑，草木初生嫩葉。❿居常以待終二句　漢人劉向《新序》：「榮啟期曰：『貧者士之常，死者人之終，居常待終何憂哉！』」居常待終，即安居貧困，不懼死亡，順應自然。處順，行為順應自然。安排，指達到物我合一的境界。⓫惜無同懷客二句　同懷客，抱負相同的人。青雲梯，登天的梯子，喻指隱逸之路。

【語譯】晨起拄杖尋峭壁，晚上歇息在山巔。疏散峰巒托高閣，遙對峰巔靠曲溪。綿延樹林列門前，亂石堆積擁臺階。層疊山巖路阻塞，邃密竹林路迷離。來人忘記新路徑，歸去恍惚來時路。活活聲響晚流水，噭噭之音夜猿啼。玄默恬寂非別理，堅守大道心不貳。心志默契秋松柏，眼睛賞玩春萌葉。安居順受待老死，順應自然暗合天。歎息沒有志同人，一起攀登青雲梯。

【研析】本詩寫石門夜望所見，及由見而感。詩首二句寫出遊，登石門絕壁，夜宿於上，點明題目。「疏峰」四句，寫高館建築形勢，位居群峰之上，有如被托而起；遙對高嶺，臨靠洄溪；長林羅列門庭，亂石堆積簇擁臺階，無限風光在險峰。「連巖」以下六句，寫望中之景。層巒疊嶂，感覺道路難通；竹林幽邃，山徑迂曲難以分辨；來人不辨新路，去者對來路而恍惚，足見地形複雜；「活活」水流之聲，「噭噭」夜猿啼鳴，從聽覺虛寫山的幽寂淒迷。「沈冥」以下四句興感，玄默恬寂中守道抱一，與經霜彌堅之松柏枝幹心契，會心於春天新生葉子的舒展，此見其心志。「居常」以下四句以榮啟期言論及莊子大道，寫其歸隱之思，無同調共遊，憤世之意存焉。詩歌層次分明，情景交融，意境淒迷，曠達中見孤寂之情。

石門新營所住四面高山迴溪石瀨茂林修竹

躋險築幽居，披雲臥石門❶。苔滑誰能步，葛弱豈可捫❷？嫋嫋秋風過❸，萋萋春草繁❹。美人遊不還，佳期何由敦❺？芳塵凝瑤席，清醑滿金樽❻。洞庭空波瀾❼，桂枝徒攀翻❽。結念屬霄漢，孤景莫與諼❾。俯濯石下潭，仰看條上猿⑩。早聞夕飆急，晚見朝日暾⑪。崖傾光難留，林深響易奔⑫。感往慮有復⑬，理來情無存⑭。庶持乘日車，得以慰營魂⑮。匪為眾人說，冀與智者論⑯。「早聞」二句，總見光景之不同。「感往」二句，言悲感已往，而夭壽紛錯，故慮有迴復。妙理若來，而物我俱喪，故情無所存。○《莊子．牧馬》篇：童子謂黃帝曰：有長者教子曰：若乘日之車，而遊襄城之野。○《楚辭》曰：載營魂而升霞。

【注釋】❶躋險築幽居二句　躋險，攀登險峻的山峰。披雲，撥開雲彩，指石門館高聳雲霄。❷苔滑誰能步二句　步，行走。葛，葛藤。捫，持。❸嫋嫋秋風過　本《楚辭．九歌．湘夫人》：「嫋嫋兮秋風。」嫋嫋，風吹物動貌。❹萋萋春草繁　本《楚辭．招隱士》：「春草生兮萋萋。」萋萋，草木繁盛貌。❺美人遊不還二句　美人，指友人。敦，信。❻芳塵凝瑤席二句　芳塵，輕塵。凝，落滿。瑤席，華美的坐席。清醑，美酒。金樽，名貴的酒器。❼洞庭空波瀾　本《楚辭．九歌．湘夫人》：「洞庭波兮木葉下。」洞庭，湖名，在今湖南省。❽桂枝徒攀翻　本《楚辭．招隱士》：「攀桂枝兮聊淹留。」攀翻，翻弄。❾結念屬霄漢二句　結念，念念不忘。屬，矚目。霄漢，天宇。孤景，孤影。莫與諼，無人與我消憂。諼，忘。❿俯濯石下潭二句　濯，洗。條，枝條。⓫早聞夕飆急二句　夕飆，晚間暴風。暾，朝日初升貌。⓬崖傾光難留二句　崖傾，高崖傾斜。光難留，指日照極短。響易奔，指風吹林濤之聲容易奔遠。⓭慮有復　思慮重重。⓮理來情無存　謂以理化情，臻於無情無欲。⓯庶持乘日車二句　乘日車，《莊子．徐无鬼》：「牧馬童子謂黃帝曰：『有長者教予曰：若乘日之車，而遊襄陽之野。』」郭象注：「日出而遊，日入而息。」營魂，魂魄，精神寄居的地方。⓰匪為眾人說二句　匪，非。眾人，俗人。智者，哲人。

【語　譯】攀登險峰建築幽居，分開雲彩躺臥石門。苔蘚濕滑誰能行走，葛藤柔弱哪可攀持？秋風經過草木俯仰，春草繁茂茁壯生長。友人出遊久不歸來，相約佳期如何兌現？輕塵落滿華美坐席，美酒盛滿名貴酒器。洞庭空自波瀾迭起，手中桂枝白白翻轉。念念不忘注目霄漢，孤身隻影無人攀談。俯身洗濯石下深潭，抬頭上看枝上猴猿。早早聽到晚間風暴，遲遲看到朝日升起。險崖傾斜光照難停，樹林深邃林濤易奔。感慨往事思慮重重，悟得妙理情欲都除。希望攀持太陽之車，得以慰藉心中魂魄。不與凡俗愚人講說，希望能與哲人論道。

【研　析】本詩詩題已昭示大略，詩歌寫石門幽居形勝環境，懷念友人之情，以及所悟自然之理。首四句點出題目所示「石門新營」的險峻幽邃。披雲而臥，高韜形象可見。苔蘚濕滑，葛藤難攀，補充交代著如何險峻。「嫋嫋」以下四句，寫秋去春來，時令有準，友人不歸，相約成空。「芳塵」以下六句，坐席積塵，寫朋友久去不歸；美酒盈罍，寫渴望朋友歸來之切。又引〈九歌·湘夫人〉及〈招隱士〉語典，以洞庭洪波浩淼，寫友人蹤跡難定；以桂枝翻轉，寫等待朋友歸來之誠。「空」、「徒」二字，惆悵失望之情顯見。結念雲霄，音信渺茫，孤身獨自，無與消愁，思念之情殷切誠摯。「俯濯」以下六句，照應題目後半段，寫新營幽居的環境。俯見寒潭清澈，仰觀猿猴樹上跳躍，是所見；晚間林濤早聞，是所聽；朝暾遲上，又是所見；危崖傾斜，光照難久，樹林幽深，林濤易播，是所感。在所見所聽所感中，自然環境的高峻清幽、人跡罕見、隔絕塵氛喧囂，彰然顯見。「感往」以下為詩人所悟之理。往事悠悠，令人感觸多多，而由自然所悟之理，物我合一，足以蕩滌一切煩惱，詩人心神澄明，也衷心希望能夠順應自然，天人合一，臻於高妙之境。最後二句，以玄妙的道理不足為俗人道，希望哲人到來，再次表達了對友人的思念，思念之情，婉曲深摯。王夫之評此詩：「亦興亦賦亦比，因仍而變化莫測。檃括得之〈小雅〉，寄託得之〈離騷〉。此康樂集中第一篇大文字。」《古詩選評》有極高評價。

於南山往北山經湖中瞻眺❶

朝旦發陽崖，景落憩陰峰❷。舍舟眺迥渚，停策倚茂松❸。側徑既窈窕，環洲亦玲瓏❹。俯視喬木杪，仰聆大壑淙❺。石橫水分流，林密蹊絕蹤❻。解（音蟹。）作❼竟何感？升長皆丰容❽。初篁苞綠籜，新蒲含紫茸❾。海鷗戲春岸，天雞弄和風❿。撫化心無厭，覽物眷彌重⓫。不惜去人遠，但恨莫與同⓬。孤游非情歎，賞廢理誰通？（《易》曰：「天地解而雷雨作，雷雨作而百果草木皆甲坼。」又曰：「地中生木升。」詩中用經，無如謝公者。）

【注釋】❶於南山往北山經湖中瞻眺　南山，今浙江嵊縣嶀山。北山，又稱院山，即史籍所說東山。湖，指巫湖。❷朝旦發陽崖二句　朝旦，清晨。陽崖，南山，山南稱陽。景落，日落。景，通「影」。陰峰，指北山。❸舍舟眺迥渚二句　迥渚，遙遠的水中小洲。停策，拄杖不行。倚，靠著。❹側徑既窈窕二句　側徑，旁邊的小路。窈窕，幽深綿遠貌。環洲，圓形小洲。❺俯視喬木杪二句　喬木，高大的樹木。杪，樹梢。聆，聽。大壑，聚水的深谷。淙，流水聲。❻蹊絕蹤　山路被密林遮沒了去向。❼解作　本《周易・象》：「天地解而雷雨作，雷雨作而百果草木皆甲坼。」指春雷響而草木復蘇。❽升長皆丰容　升長，代指草木。丰容，草木茂盛貌。❾初篁苞綠籜二句　初篁，新竹。苞綠籜，指已脫的筍殼尚半包著綠色的竹身。新蒲，新生的水草。紫茸，紫色細茸花。❿海鷗戲春岸二句　海鷗，水鳥名。天雞，野雞。⓫撫化心無厭二句　撫化，內心隨自然萬物而變化。覽物，觀賞自然景物。眷，顧念。彌重，更加深切。⓬不惜去人遠二句　去人，逝去的古人。莫與同，指沒有共與觀賞山水的人。

【語　譯】清晨從南山出發，日落而歇息北山。丟下小舟眺遠洲，拄杖止步靠大松。旁山小路窄又長，圓洲澄澈且空明。俯視高大樹木梢，仰聽大壑水流聲。山石橫擋水分流，樹林茂密路斷蹤。春雷蘇物作何感？草木欣欣都繁榮。新竹筍殼半包竹，嫩蒲紫花毛茸茸。海鷗嬉戲春湖畔，山雞起舞迎和風。與物變化無滿足，觀覽風物情深重。不惜古人去已遠，只歎山水無共賞。心中歎惋非孤遊，遊賞真諦誰人通？

【研　析】本詩亦記遊之作。首四句點清題目，晨發南山，暮宿北山，即「於南山往北山」，時間則整整一天。丟下船隻，靠松拄杖，眺望湖中小洲，即題目「經湖中瞻眺」。「側徑」以下十二句，則寫眺中景物。旁山小路狹窄綿長，圓洲空明澄澈，是遠景。俯視腳下，能見喬木樹梢，見出其所處高峻；聆聽大壑流水淙淙，是聽來。岩石橫出，溪水分流；森林茂密，山徑遮沒，都真切細膩。詩人由眼前滿目蔥蘢，想起《周易》中語，而新竹之生，嫩蒲紫花，正是春雷春雨之後萬物復蘇的見證。「詩中用經，無如謝公者」（沈德潛語），貴在於化用無間。海鷗的嬉戲春之湖畔，山雞的和風中起舞，生機無限，春意盎然。「撫化」以下六句，寫賞景所興之感。詩人說，自己心隨物化，與物交融，益覺賞覽沒有滿足的時候；古人已矣，無須歎息，所傷歎者乃當今之世竟無人能與自己共同賞山覽水；孤身獨自亦不足歎息，可歎者遊賞山水的真諦無人通達，此真正可悲。方東樹《昭昧詹言》謂：「唯其思深氣沉，風格凝重，造語工妙，興象宛然，人自不能及。」謝詩確有其過人之處。

從斤竹澗❶越嶺溪行

猿鳴誠知曙❷，谷幽光未顯。巖下雲方合，花上露猶泫❸。逶迤傍隈隩，迢遞陟陘峴❹。過澗既厲急，登棧亦陵緬❺。川渚屢經復，乘流翫迴轉❻。蘋萍泛沉深，菰蒲冒清淺❼。企石挹飛泉，攀林摘葉卷❽。想見山阿人，薜蘿若在眼❾。握蘭勤徒結，折麻心莫展❿。情用賞為美，事昧竟誰辨⓫？觀此遺物慮，一悟得所遣⓬。

「過澗既厲急」，用以衣涉水事。○棗據〈逸民賦〉曰：「握春蘭兮遺芳。」《楚辭》曰：「折疎麻兮瑤華，將以遺兮離居。」此云勤徒結，心莫展，言欲贈友而末由也，承上二句看便明。

【注釋】❶斤竹澗　澗名，《遊名山志》曰：「神子溪南山，與七里山分流，去斤竹澗數里。」❷曙天亮。❸巖下雲方合二句　方，正。泫，露珠流轉欲滴貌。❹逶迤傍隈隩二句　逶迤，山路曲折綿延貌。傍，依著。隈隩，山曲水彎處。迢遞，高遠緬邈貌。陘，山脈中斷處。峴，不高的山嶺。❺過澗既厲急二句　厲，提起衣裳趟過水流。急，急流。棧，棧道，指山上險峭處架木而成的道路。陵緬，升起很高的樣子。❻川渚屢經復二句　經復，彎來曲去。乘流，順著溪流。翫，賞玩。迴轉，溪流回旋貌。❼蘋萍泛沉深二句　蘋，大萍，水草。泛沉深，漂浮在深沉的水上。菰，也稱菰菜、茭白，多年生草本植物，生於池沼，可食用。蒲，香蒲，水生植物。冒，覆蓋。❽企石挹飛泉二句　企石，踮腳立在石上。挹，酌取。葉卷，新生尚未舒展開的葉子。❾想見山阿人二句　本《楚辭・九歌・山鬼》：「若有人兮山之阿，被薜荔兮帶女蘿。」山阿，山曲折處。薜蘿，薜荔、女蘿。薜荔，香草名。女蘿，又名菟絲，蔓生植物。寫高山隱士。❿握蘭勤徒結二句　握蘭，蘭花盈握。勤，殷勤。折麻，採摘疏麻之花，本〈九歌・大司命〉：「折疏麻兮瑤華，將以遺兮離居。」⓫情用賞為美二句　用，因。事昧，事理不明。⓬觀此遺物慮二句　遺，遺棄。物慮，世俗的思慮。遣，排遣。

【語譯】猿猴啼鳴知天亮，山谷幽深未顯光。山崖下邊雲彩聚，花上露水轉欲滴。山曲水彎迤邐行，山脈起伏跋涉中。提裳渡過急流澗，登上棧道也高遠。河流小洲彎曲折，順流賞玩溪迴轉。萍藻漂浮深潭上，清淺水面蓋菰蒲。踮腳石上舀飛泉，攀拉林木摘嫩葉。想到山中高隱士，似披薜蘿在眼前。滿手蘭草白殷勤，折麻難贈愁鬱結。情因賞覽便是美，此理隱蔽誰能辨？覽景遺棄心中愁，豁然悟道鬱悶遣。

【研析】本詩如題所示，寫詩人從斤竹澗翻越山嶺渡過溪水沿途所觀所感。首四句點明出遊，山谷幽深，光照不足，從猿猴啼鳴，知已天亮，遂有出行；山巖白雲縈繞，花上露水流轉，是出門所見。「逶迤」以下四句，山曲水折，迤邐行去，翻越山嶺，渡過澗流，登上棧道，山嶺水澗一總統寫。「川渚」以下六句，寫溪行所見所為。川渚彎曲，順流觀賞，喜悅之情洋溢。深潭浮萍，清淺之水菰蒲田田，是所見。踮腳站立石上，手接飛泉；伸臂攀引樹木，摘其嫩葉，是所為，行為中流露出激動歡悅。「想見」以下四句，由眼前景想起山中高士，恍惚中看到他們身披薜荔女蘿，站在面前。採蘭草、折疏麻，欲以贈給同調知音，但無人可贈，只能殷勤徒結心中，失望難以開懷。「情用」四句，是觀覽中所悟之理。詩人覺得，欣賞最為重要，用情則美，但此種道理，卻無人能夠領會；而觀覽佳景，能有心會，則可驅遣煩惱，排除世俗之慮，於是陶醉於獨樂之中。王夫之評此詩：「亦往往在人意中。顧他人詩，入人意即薄劣，謝獨不爾。」（《古詩選評》）

過白岸亭❶詩

拂衣遵沙垣，緩步入蓬屋❷。近澗涓密石❸，遠山映疏木。空翠難強名，漁釣易為曲❹。援蘿聆青崖，春心自相屬❺。交交止栩黃，呦呦食苹鹿。傷彼人百哀，嘉爾承筐樂❻。榮悴迭去來，窮通成休慼❼。未若常疏散，萬事恆抱朴❽。

凡物可以名，則淺矣。「難強名」，神於寫空翠者。○「止栩黃」，言黃鳥止於栩也，然終未妥。

【注釋】❶白岸亭　在柟溪西南，距離永嘉八十餘里，以溪岸有白沙而得名。❷拂衣遵沙垣二句　拂衣，振衣。遵，沿著。沙垣，如牆垣般的沙岸。蓬屋，蓬草蓋的屋子，指白岸亭。❸澗密石　細水流過密石。澗，細流。❹空翠難強名二句　空翠，空耀青翠的山色。難強名，難以進行描述。易為曲，指釣者之樂易於吟詠歌唱。❺援蘿聆青崖二句　援蘿，手攀松蘿。聆青崖，在青崖聆聽。春心，春與心。屬，連。❻交交止栩黃四句　「交交」、「傷彼」二句，本《詩經・秦風・黃鳥》：「交交黃鳥，止於棘。誰從穆公？子車奄息。……彼蒼者天，殲我良人！如可贖兮，人百其身。」〈小雅・黃鳥〉：「黃鳥，黃鳥，無集於栩。」交交，鳥鳴聲。栩，柞樹。謂柞樹上鳴叫的黃鳥，令我想起為秦穆公殉葬的奄息、仲行、鍼虎，和秦人對他們的哀悼，心生傷感。「呦呦」、「嘉爾」二句，本《詩經・小雅・鹿鳴》：「呦呦鹿鳴，食野之苹。我有嘉賓，鼓瑟吹笙。吹笙鼓簧，承筐是將。」呦呦，鹿鳴聲。苹，白蒿類。承，奉。筐，盛幣帛以賜賓客。謂食苹之鹿的鳴叫，使我想起宴享群臣封賞之樂。❼榮悴迭去來二句　榮，榮盛。悴，衰困。迭，更替。窮，困頓。通，發達。休，喜。慼，憂。❽未若常疏散二句　疏散，蕭閒散淡。抱朴，本《老子》：「見素抱朴，少私寡欲。」喻人守其本真。

【語譯】振衣沿著沙岸行走，緩緩走進蓬草亭屋。近澗細水流過密石，遠山映照稀疏林木。蒼翠山色難以描述，垂釣之樂容易吟詠。攀緣松蘿青崖聆聽，春與心情自相交融。交交哀鳴柞樹黃鶯，呦呦鳴唱食苹之鹿。哀傷殉葬令人悲痛，嘉許你那賞筐之樂。榮盛衰敗遞相來去，困頓發達而致悲喜。不如常有蕭閒散淡，事事總能抱樸守真。

【研　析】本詩當作於宋少帝景平元年（西元四二三年），即詩人貶謫永嘉太守的次年春天，乃過白岸亭而作。詩歌首二句便點出題目，順著如垣沙堤，悠閒緩步，來到了茅屋白岸亭。「近澗」以下四句，寫沿途景物。近處澗流潺湲，溪水緩緩在密石中穿行；遠處山林相映，蒼翠山色欲滴，有難以描狀之美，漁釣易歌，益襯托其一種無法形容的神韻。「援蘿」以下八句，則為在白岸亭觀感。攀緣藤蘿，身在翠綠的山崖下，詩人感覺已與春色融於一體。交交鳴囀的黃鳥，呦呦嘶鳴的小鹿，是眼前景，令詩人不禁聯想起《詩經》中的名篇〈黃鳥〉、〈鹿鳴〉來。〈黃鳥〉的哀忠良之士殉葬，〈鹿鳴〉的頌宴賞群臣，又聯想及人生的榮悴更替，窮通悲喜，春之感心，春心相連，由此可見。結末二句，乃所悟老莊之理，常有蕭閒散淡之心，抱樸守真，少私寡欲，這應該是最合乎全身養性之道了。詩歌構思縝密，「空翠」補說「遠山」，「漁釣」照應「近澗」，黃鳥鳴囀及鹿之鳴唱，呼應「援蘿」聆聽，所傷所感是為春心相屬，聯絡相套，絲絲如扣，詩人之文心使人歎服。

初去郡

為永嘉守二年，稱疾去職還始寧。

彭薛裁知恥❶，貢公未遺榮❷。或可優貪競，豈足稱達生❸？伊予秉微尚，拙訥謝浮名❹。廬園當棲巖，卑位代躬耕❺。顧己雖自許，心跡❻

猶未并。無庸妨周任，有疾象長卿❼。畢娶類尚子❽，薄遊似邴生❾。恭承古人意，促裝返柴荊❿。牽絲及元興，解龜在景平⓫。負心二十載，於今廢將迎⓬。理棹遄還期，遵渚騖修坰⓭。溯溪⓮終水涉，登嶺始山行。野曠沙岸淨，天高秋月明。憩石挹飛泉，攀林搴落英⓯。戰勝臞者肥⓰，鑒止流歸停⓱。即是羲唐化，獲我〈擊壤〉情⓲。

《漢書》曰：廣德當宣，近於知恥。謂彭宣、薛廣德也。貢公，指貢禹。○邴生，謂曼容，養志自修，為官不肯過六百石，輒自免去。○子夏曰：吾入見先王之義則榮之，出見富貴又榮之，二者戰於胸臆，故臞。今見先王之義戰勝，故肥也。○《文子》曰：莫監於流潦，而監於止水。

【注釋】❶彭薛裁知恥　彭，彭宣，字子佩，西漢淮陽陽夏（今河南太康）人，官至大司空，王莽專權，上書請歸鄉里。薛，薛廣德，字長卿，漢沛郡相（今安徽宿縣）人，官至御史大夫，辭官還鄉後，將所賜安車懸起，以示不再出仕。裁，通「纔」。知恥，《漢書・敘傳》稱：「廣德當宣，近於知恥。」❷貢公未遺榮　貢公，即貢禹，字少翁，漢琅琊（今山東諸城）人，曾為河南令，以上司呵責而辭官歸隱，後復出仕，元帝朝為光祿大夫，進御史大夫。未遺榮，不曾遺棄榮華。❸或可優貪競二句　優，勝於。貪競，貪名逐利。達生，道家關於保身全生的理論。❹伊予秉微尚二句　伊，惟。秉，持。微尚，隱遁之志。拙訥，指秉性迂拙木訥，不善於鑽營應酬。謝，辭去。浮名，空名。❺廬園當棲巖二句　棲巖，棲止岩穴之間，指隱居。卑位，指其康樂侯的封爵，乃謙稱。躬耕，親自耕作。❻心跡　指歸隱之志與仕宦行跡。❼無庸

妨周任二句　無庸，沒有功績。妨，比方。周任，周朝大夫，《論語．季氏》孔子引其語：「周任有言曰：『陳力就列，不能者止。』」長卿，司馬相如，漢朝辭賦家，患消渴病，終死於此症。❽畢娶類尚子　畢娶，了卻兒女婚事。尚子，即尚長，字子平，東漢河內（今河南黃河以北地區）人，在為兒女辦完婚事後即離家歸隱。❾薄遊似邴生　薄遊，為微薄俸祿而宦遊。邴生，指邴曼容，漢朝琅琊人，為官不肯過六百石，養志自修。❿恭承古人意二句　古人，指周任、司馬相如、尚長、邴曼容。促裝，收拾行裝。柴荊，柴荊為門牆的居所。⓫牽絲及元興二句　牽絲，指出仕為官，本《禮記．緇衣》：「王言如絲。」為官即牽於王命。元興，東晉安帝年號。詩人初仕在義熙元年，正月始改元，上年即元興，故云「及元興」。解龜，解去龜鈕之印，指解職。景平，宋少帝年號。⓬負心二十載二句　負心，違背隱居之志。廢將迎，省去送往迎來的官場應酬。將，送。⓭理棹遄還期二句　理棹，整頓船隻。遄，急速。遵渚，沿著河中小洲。鶩，奔馳而過。修坰，綿長的原野。⓮泝溪　逆溪流而上。⓯憩石挹飛泉二句　憩，息。挹，捧。搴落英，採摘盛開的花卉。⓰戰勝臞者肥　戰勝，指隱居的思想戰勝出仕的思想。臞者肥，瘦者變胖。本《韓子》：「子夏曰：『吾入見先王之義則榮之，出見富貴又榮之，二者戰於胸臆，故曰臞。今見先王之義戰勝，故肥也。』」⓱鑒止流歸停　鑒，作動詞「臨照」。止，靜止之水。流歸停，流水歸於停止狀態。本《文子》：「莫鑒於流潦而鑒於止水，以其保心而不外蕩也。」⓲即是羲唐化二句　羲唐，伏羲、唐堯。化，治化。擊壤情，指〈擊壤歌〉表現的上古初民的淳樸自然的生活狀態。

【語　譯】彭宣、廣德僅算知恥，貢禹沒有遺忘榮華。或者可說強於貪競，哪裡夠上稱作達生？我身秉持隱逸志向，迂拙木訥辭去虛名。茅廬田園權當高隱，卑微爵祿代替躬耕。想著自己雖然自許，心志行跡尚未一同。無功彷彿大夫周任，患病有類司馬長卿。子女完婚可比尚長，薄祿養志好似邴生。秉承古賢高尚志趣，收拾行裝返歸村落。出仕上及元興之時，解職歸田時已景平。違背心志二十有年，在今終止往來送迎。整頓船隻加緊還期，沿洲水行廣野奔馳。逆流行到水路終點，攀登山陵開始山行。田野遼闊沙岸明淨，天高雲淡秋月皎潔。休憩石上手接飛泉，攀引樹木摘取花卉。隱能勝仕瘦可變胖，臨照止水流歸於停。此為伏羲、唐堯治化，我心得有〈擊壤〉之情。

【研　析】本詩作於宋景平元年（西元四二三年）秋天，乃詩人辭去永嘉太守，還鄉之作。詩歌首四句，舉漢朝彭宣、薛廣德及貢禹事，分別評騭：彭、薛或辭職或懸車，僅算知恥；貢禹隱而復仕，則內心並未忘懷榮華功名。他們可以說比鑽營奔競者稍勝，卻遠不能稱得上老莊所說的「達生」境界。「伊予」以下六句，說到己身。自己素抱隱逸之志，木訥迂拙不善官場應酬，應該辭去功名，以田園權當高隱，以安於卑位之薄俸為生，但卻往往思想行為矛盾衝突，行不由衷。「無庸」以下六句，再以古人為比，說自己無功可比周任，多病類司馬相如，兒女婚姻完畢一如尚長，薄俸養志類乎邴曼容，而四位古代賢人，都淡泊其志，或終於走上隱居道路，秉承古賢遺志，抓緊辭官還鄉，此也當務之急。「牽絲」以下四句，說自己自元興出仕，迄於今之景平，約莫二十年時光，過的正是一種違背素願的生活，今天終於結束了這送往迎來的無聊應酬，如釋重負，何其快意！「理棹」以下八句，是歸途還鄉所見。所謂人逢喜事，詩人將辭去永嘉太守視為喜事，其爽快的心情，洋溢於沿途所見風物之中。整頓船隻，順洲而行，原野一片片被拋在身後，此正顯示著詩人輕快的心情。逆流到了水盡，改行山路。原野寥廓，沙岸明淨，天空高曠，秋月皎潔，詩人心情之豁然開朗，澄明高遠，情見乎辭。休憩在石頭上，伸臂以手捧接飛泉，攀引樹枝，採其花卉，詩人何等喜悅歡欣！「戰勝」以下四句為議論之筆，引《韓子》、《文子》及〈擊壤歌〉典故，說自己經過仕與隱的鬥爭，隱終於勝利，在思想折磨中消瘦的身子很快可以肥胖起來了，歸隱是堅決的選擇，如此也類伏羲、唐堯時代之生民，自由自在，「帝力於我何有哉」，不復在政治漩渦中煎熬，擺脫「貪競」，臻於「達生」。呼應開篇，前後照應，謹嚴細密。

夜宿石門詩

朝搴苑中蘭，畏彼霜下歇❶。暝還雲際宿，弄此石上月❷。鳥鳴識夜棲，木落知風發。異音同至聽，殊響俱清越❸。妙物莫為賞，芳醑誰與伐❹。美人竟不來，陽阿徒晞髮❺。

「異音同至聽」，「空翠難強名」，皆謝公獨造語。

【注釋】❶朝搴苑中蘭二句　搴，採摘。苑，苑囿。蘭，木蘭，香草名。歇，盡；凋謝。❷暝還雲際宿二句　暝，夜。雲際，白雲繚繞的石門山巖。弄，賞玩。❸異音同至聽二句　異音，指鳥鳴、風吹之不同聲音。至聽，至於耳。殊響，不同的聲響。清越，清亮悠揚。❹妙物莫為賞二句　妙物，指上舉各種美妙的風物。莫為，無人能。賞，欣賞。芳醑，美酒。伐，誇美。❺美人竟不來二句　本屈原〈九歌・少司命〉：「與汝沐兮咸池，晞汝髮兮陽之阿。望美人兮未來，臨風怳兮浩歌。」陽，山南。阿，山曲。晞髮，晾乾頭髮。

【語　譯】清晨去採園中木蘭，害怕它遇秋霜凋零。晚上回到雲間歇宿，賞玩巖上皎潔月色。鳴囀聲聲知是棲鳥，樹葉零落知風興作。相異聲音一同到耳，不同聲都清亮悠揚。美妙風物無人欣賞，美酒佳釀誰來誇獎？美人終於沒能到來，山南隅中徒然晾髮。

【研　析】本詩或題〈石門巖上宿〉。詩歌首四句即點出題目。朝遊採蘭，高潔不俗；懼其遭霜凋零，有生不逢時之感，孤獨落寞意緒，由此而過渡到夜宿雲際，巖上玩月，自然而然。「鳥鳴」以下四句，寫夜中巖上之景，惟其夜景，以耳代目，由聽當視，鳥鳴知其棲息，樹葉零落知有風吹，全從聽裡寫景，而其美妙之至，也從「清越」之中傳遞而出。結末四句，妙物無人能賞，美酒無人誇美，美人不來，徒然晾髮，不遇知音，孤高傲睨世俗之情可見。王夫之《古詩評選》謂之：「轉成一片，如滿月含光，都無輪廓。」於其渾融天成，給予了極高評價。

入彭蠡湖口❶

客遊倦水宿，風潮難具論❷。洲島驟迴合，圻岸屢崩奔❸。乘月聽哀狖，浥露馥芳蓀❹。春晚綠野秀，巖高白雲屯❺。千念集日夜，萬感盈朝昏❻。攀崖照石鏡，牽葉入松門❼。三江事多往，九派理空存❽。靈物𠫤珍怪，異人祕精魂❾。金膏滅明光，水碧綴流溫❿。徒作〈千里〉曲，絃絕念彌敦⓫。

【注　釋】❶彭蠡湖口　指鄱陽湖與長江接口處，在今九江口。鄱陽湖古稱彭蠡。❷客遊倦水宿二句　倦，厭倦。水宿，夜宿船中。具論，一一講述。❸洲島驟迴合二句　驟，急遽。迴合，指水沖洲而迂曲旋轉，從兩邊繞過。迴，通「洄」，水轉。圻岸，指江岸。圻，地界。崩奔，指江岸遭沖刷而坍塌的泥沙順流奔下。❹乘月聽哀狖二句　哀狖，猿猴哀啼聲。狖，黑毛長尾猿。浥，濕。馥，香氣。蓀，香草名。❺春晚綠野秀二句　春晚，暮春。秀，草木花開。屯，聚。❻千念集日夜二句　千念、萬感，指萬千思緒。盈，滿。朝昏，早晚；整天。❼攀崖照石鏡二句　照石鏡，《文選》李善注引張僧鑒《潯陽記》：「石鏡山，東有一圓石，懸崖明淨，照人見影。」石鏡山在今江西潯陽一帶。牽葉，手牽樹葉。松門，山名，李善注引顧野王《輿地志》：「自入湖三百三十里，窮於松門。東西四十里，青松遍於兩岸。」❽三江事多往二句　三江，《尚書‧禹貢》：「三江既入。」鄭玄注：「三江分於彭蠡，為三孔，東入海。」事多往，指古代記載的關於三江的事蹟，已不清楚。派，支流。理空存，指其中蘊含的玄理也不能知詳。❾靈物𠫤珍怪二句　靈物，神物。𠫤，同「吝」。異人，神人。祕，閉藏。精魂，神魂。❿金膏滅明光二句　金膏，仙藥。滅明光，掩其光輝而不顯。水碧，水玉。流溫，言其溫潤。⓫徒作千里曲二句　千里曲，即〈千里別鶴〉，又稱〈別鶴操〉，古代琴曲名。絃絕，曲終。念，思慮。敦，厚。

【語　譯】客遊水行船上住得厭，風起潮湧難以一一言。洲島附近水急盤旋過，江岸崩塌泥石順流下。月光之下聽到猿悲啼，露水打濕蓀草愈芬芳。暮春時節綠野草木榮，山巖高峻白雲悠然聚。千種思慮日夜相湧起，萬種感慨朝暮盈胸臆。攀登石鏡山崖能照人，牽引松葉進入松門山。三江事蹟大多成既往，九派玄理空存難辨識。神物吝嗇珍奇之面目，神人閉藏精神魂魄隱。金膏仙藥掩其光不顯，水玉常綴溫潤之光澤。徒然彈奏〈千里別鶴〉曲，曲到終了憂思更轉深。

【研　析】本詩乃宋文帝元嘉八年（西元四三一年）暮春，詩人被謫赴臨川內史任途中所作。詩歌首四句，起句點出久行水上，心理情緒的厭倦，此意緒又縱貫全篇。風起潮漲，難以具論，景也為情之顯現，詩人複雜的心情更難以一一言表。洲島激流，浪花沖刷，江岸坍塌，泥石俱下，闡說著「難具論」的風潮，演繹著難表達的心境。「乘月」以下六句，月夜猿聲哀鳴，經露打濕的香草更加芬芳，暮春原野草木繁華，山巖聳峻而白雲繚繞，晝夜清麗美好的春景，益發令詩人百感交集，想到自己坎坷不如意的遭遇，萬千愁思，盈滿胸臆，此照應開篇的「倦水宿」，明白寫出其心靈的倦意。「攀崖」以下八句，詩人強打精神，勉力前進，攀石鏡，登松門，三百三十里湖中，探異尋奇，但歷史悠悠，三江、九派記載杳然，其蘊含的玄理也難把捉，靈物吝於一見，神人閉其精魂，仙藥藏而不露，水碧流溫久綴，一切都似乎昭示著「天地閉，賢人隱」，詩人迷惘惆悵，心灰意懶。結末二句，詩人希望以古曲排遣鬱悶，但曲終而愁愈深，簡直難以自拔。詩歌草蛇灰線，構思嚴謹，情、景、理交融無間，渾然一體。

入華子岡是麻源第三谷❶

南州實炎德，桂樹凌寒山❷。銅陵映碧澗，石磴瀉紅泉❸。既枉隱淪客，亦棲肥遯賢❹。險徑無測度，天路非術阡❺。遂登群峰首，邈若升雲烟❻。羽人絕髣髴，丹丘徒空筌❼。圖牒復磨滅，碑版誰聞傳❽。莫辨百代後，安知千載前。且申獨往❾意，乘月弄潺湲❿。恆充俄頃用，豈為古今然！

【注釋】❶入華子岡是麻源第三谷　華子岡，在江西南城縣西十五里。其為麻源第三谷。傳說祿里先生弟子華子期翔集此頂，故名。麻源，以仙人麻姑得名。❷南州實炎德二句　本《楚辭・遠遊》：「嘉南州之炎德，麗桂樹之冬榮。」南州，泛指南方州縣，指臨川郡。炎德，言南方炎熱。❸銅陵映碧澗二句　銅陵，即銅山，在今南城縣西十五里。石磴，石階。瀉，流淌而下。紅泉，紅色之水。❹既枉隱淪客二句　枉，勞駕暫遊。隱淪客、肥遯賢，均指高隱之士。棲，結廬而居。❺天路非術阡　上摩蒼天之路。術阡，道路。❻遂登群峰首二句　群峰首，終山最高點，指華子岡。邈若，遙遠貌。❼羽人絕髣髴二句　本《楚辭・遠遊》「時髣髴以遙見兮」，「仰羽人於丹丘，留不死之舊鄉」。羽人，仙人，指華子期。絕，極。髣髴，恍惚不清楚的樣子。丹丘，傳說中的仙山。空筌，空而無魚的捕魚器具。❽圖牒復磨滅二句　圖牒，圖書譜牒。摩滅，消滅。碑版，鐫有文字的金石。❾獨往　道家語，謂順自然而不顧塵世。❿恆充俄頃用　恆充，常備。俄頃，片刻間。用，享用。

【語　譯】南方天氣真炎熱，桂樹綻放寒山上。銅山輝映碧水澗，石階傾瀉赭紅泉。既使高士枉顧訪，也使高隱來結廬。險峻山道難測度，摩天非同尋常路。於是登上眾山頂，渺茫如升進雲煙。仙人行蹤恍惚間，丹丘也如空魚筌。圖書譜牒又消亡，金石碑銘誰聽傳？無人能辨百代後，哪裡知道千年前？姑且發抒獨往意，月色之下賞流水。常備片刻間享用，哪管是古或當前！

【研　析】本詩乃詩人被謫江西臨川內史，到任以後所作。首四句寫華子岡奇觀異景。南方天熱，已到寒冷季節，依然桂樹繁茂；澗水清碧，山水相映，風景秀麗；而沿著山坡石階，赤水飛泄流下，更是一道奇異風景。「既枉」二句，議論之筆，說古來多少高士隱淪，正是慕其大名，或屈駕遊覽，或結廬長居，有關的傳說，便是說明。「險徑」以下四句，山路奇險不可測度，如同天路，非比常徑，群峰之巔雲煙縹緲，是詩人登上山巔後所見所感，也承上凸出其隔絕塵世，仙風靈氣，恍如仙界。「羽人」以下六句，筆鋒一轉，再作議論。仙人蹤跡不見，仙山也如空筌，既無載記，更無碑銘，詩人猛然省悟，就連自己身後百代，也不會有人知道其今天的行跡，更何況千年前之古事，又如何不渺茫難尋，縱其仙人，亦不能例外。「且申」以下四句，是詩人否定了神仙虛幻不經後，對自己今天行蹤及日後人生出路的思考。且任自然，乘月賞玩溪流潺湲，但求片刻的快意，何必考慮古往今來那樣宏大沉重的題目！是怨憤語，也是無奈語。詩之理融於情、景之中，渾成一體。

歲暮

殷憂不能寐，苦此夜難頹❶。明月照積雪，朔風勁且哀❷。運往無淹物，年逝覺已催❸。闕文。

【注釋】❶殷憂不能寐二句　殷憂，深切沉重的憂慮。頹，衰；盡。❷朔風勁且哀　朔風，北風。勁，猛烈。哀，聲音淒厲。❸運往無淹物二句　運往，指時光歲月流逝。淹物，久留之物。年逝，年華逝去。催，緊迫。

【語譯】深深憂慮不能入睡，苦於這夜好難度盡。月亮皎潔照耀積雪，北風呼嘯猛烈悲切。時光匆匆無物久留，年華逝去令人緊迫。

【研析】本詩乃歎逝述懷之作。首二句點出歲末之夜，殷憂難眠，輾轉反側，但覺長夜漫漫，難以忍受。起以「殷憂」，已給人突兀之感；而不寫殷憂為何，更逗人深長思之。「明月」二句，前句是所見，後句是所聞。積雪滿地，已經寒冽；清月映照，愈見寒意徹骨。猛烈淒厲的北風怒吼著，整個天地一大冰窟。「運往」二句扣題，歎時光匆促，歲月易逝，生命不永，功業未建，壯志難酬的惆悵，盡寓其中，此也殷憂的內容。「明月」二句，歷來為人稱道，鍾嶸《詩品》謂其不出經史，非關用事，「皆由直尋」，為「古今勝語」，可謂的評。沈德潛疑為殘詩，也主觀臆斷。

卷十一

宋詩

謝瞻

答靈運

夕霽風氣涼，閑房有餘清❶。開軒滅華燭，月露皓已盈❷。獨夜無物役，寢者亦云寧❸。忽獲〈愁霖〉唱，懷勞奏所誠❹。歎彼行旅艱，深茲眷言情❺。伊余雖寡慰，殷憂暫為輕❻。牽率酬嘉藻，長揖愧吾生❼。

【注　釋】❶夕霽風氣涼二句　霽，雨過天晴。餘清，雨後清涼。❷開軒滅華燭二句　軒，窗。華燭，明亮的燭光。月露，月亮露出。❸獨夜無物役二句　獨，惟獨。物役，為外物所役，受世俗塵事牽累。云，語助詞。❹忽獲愁霖唱二句　愁霖唱，指謝靈運贈〈愁霖〉之詩。霖，連綿陰雨。懷勞，滿懷劬勞。誠，真誠，指真切的情懷。❺歎彼行旅艱二句　行旅，指在外地行役中人。茲，此。言，語助詞。❻伊余雖寡慰二句　伊，發語詞。寡慰，少得寬慰。殷憂，深憂。❼牽率酬嘉藻二句　牽率，牽強草率，自謙之辭。嘉藻，華美的辭藻。長揖，深深作揖，表示歉意。

【語　譯】晚上轉晴氣候涼爽，空寂房中清新微涼。打開窗戶明燭熄滅，月兒露出圓又明亮。惟獨夜間不受紛擾，睡覺的人也自安寧。忽然得到〈愁霖〉詩篇，滿懷劬勞呈上心扉。感慨他的宦遊艱難，深切知他眷戀情真。儘管我也少得寬慰，殷憂因此暫時變輕。粗率之作酬答華章，深深作揖愧我無能。

【研　析】謝瞻（西元約三八三年—四二一年），字宣遠，一名檐，字通遠。陳郡陽夏（今河南太康縣）人。東晉末期，歷仕至安成相、中書侍郎。劉宋朝，為中書黃門侍郎、相國從事中郎，出為豫章太守，卒於官。瞻善文章，文集散佚，今僅存詩六首。本詩乃為酬答其從弟謝靈運見贈〈愁霖〉詩而作。首六句，敘雨過天晴的晚上，自己處空房之中，雨後涼爽，開窗燭滅，對一輪新出皎潔圓月，心情閒適愜意，獨享不受塵世紛擾的寧靜。「忽獲」以下六句，寫突然得靈運贈詩，見其抒寫仕途疲勞，及所表現之殷切真情，不無感動，自己雖少得寬慰，而由其兄弟情誼，平素裡重重憂愁也得稍減，切入酬答主題。末二句，例行酬答套話，說自己不能有靈運的鴻才，粗率之作，聊以奉答，長揖致歉。詩有傲視行役之意，也多真切之語，可謂兄弟而知己。

九日從宋公戲馬臺集送孔令詩❶

宋高祖遊戲馬臺送孔靖，命僚佐賦詩，瞻作冠於一時。

風至授寒服，霜降休百工❷。繁林收陽彩，密苑解華叢❸。巢幕無留燕，遵渚有來鴻❹。輕霞冠秋日，迅商薄清穹❺。聖心眷嘉節，揚鑾戾行宮❻。四筵霑芳醴，中堂起絲桐❼。扶光迫西汜，歡餘宴有窮❽。逝矣將歸客，養素克有終❾。臨流怨莫從，歡心歎飛蓬。《淮南子》曰：「日出暘谷拂扶桑。」《楚辭》曰：「出自暘谷，次於蒙汜。」○時晉帝尚存，而崇媚宋公至此，視淵明有餘慚矣。康樂篇亦然。

【注釋】❶九日從宋公戲馬臺集送孔令詩　參謝靈運同題詩注釋。❷風至授寒服二句　風至，指初秋，《禮記》：「孟秋之月，涼風至。」授寒服，本《詩經・豳風・七月》：「七月流火，九月授衣。」休百工，《禮記》：「季秋之月，霜始降，則百工休。」百工，眾匠人。❸繁林收陽彩二句　繁林，繁茂的樹林。陽彩，夏日的光彩。密苑，茂密的園囿。解，解除。華叢，花叢。❹巢幕無留燕二句　巢幕，帳幕上的鳥巢。遵渚，沿水濱。❺輕霞冠秋日二句　輕霞，清淡的雲霞。迅商，迅疾的西風。清穹，蒼天。❻聖

心眷嘉節二句　聖心，皇帝的心意，這裡指劉裕。眷，念。戾，到。行宮，指戲馬臺。❼四筵霑芳醴二句　霑，分享。芳醴，美酒。絲桐，指音樂。❽扶光迫西汜　扶光，扶桑之光，指太陽。西汜，日落處，屈原〈天問〉：「出自湯谷，次於蒙汜。」❾逝矣將歸客二句　將歸客，指孔靖。養素，養素全真，道家語。

【語　譯】初秋風涼授予冬衣，霜降之時百工休息。茂林收起夏日繁榮，盛密苑囿花叢解析。帳幕鳥巢沒有留燕，沿著水濱飛來鴻鵠。輕淡雲霞飄過秋日，猛烈西風上捲蒼天。聖人心意歡喜佳節，車駕來到戲馬行宮。四周筵席分享美酒，大堂之上音樂響起。太陽迫近西汜將落，歡慶尾聲宴席將盡。將歸客人就要遠去，養素全真能得善終。站在水邊歎不能從，歡喜之中感慨如蓬。

【研　析】東晉安帝義熙十四年（西元四一八年）九月九日重陽節，孔靖辭宋國尚書令不就，將歸鄉里，宋公劉裕在戲馬臺為之餞行，謝瞻也與盛會，並為此詩。首八句均就九月九日來寫，以授寒衣、休百工之典，暗示時間。繁林衰敗，百花凋零，是初秋自然之景。燕子飛去，大雁南飛經過，是當地當時景況。雲淡天高，秋風席捲，亦初秋氣候。「聖心」六句，寫餞行宴會場面。頌揚劉裕聖心仁厚，駕臨戲馬臺，為朋友餞別。寫酒筵之盛，音樂之美，眾人歡快沾惠。時間匆促，轉瞬日之將落，也寫歡愉易過。「逝矣」以下四句，寫到送客。孔令將去，養素全真，必能善終；自己則臨水興歎，感慨不能隨之俱去，在筵席之歡中，傷身如飄蓬，背井離鄉。沈德潛評：「時晉帝尚存，而崇媚宋公至此，視淵明有餘慚矣。康樂篇亦然。」對謝瞻、謝靈運的諂諛劉裕，不無貶責。王夫之《古詩評選》獨賞其「尾句如乘風收帆，欻然而止。」讚其乾淨俐落。

謝惠連

謝宣遠詩，一味鏤刻，失自然之致。詠張子房作，為生硬之尤者，雖當時推重，刪之。

擣衣

衡紀無淹度，晷運倏如催❶。白露滋園菊，秋風落庭槐。肅肅莎雞羽，烈烈寒螿啼❷。夕陰結空幕，宵月皓中閨❸。美人戒裳服，端飾相招攜❹。簪玉出北房，鳴金步南階❺。櫚高砧響發，楹長杵聲哀❻。微芳起兩袖，輕汗染雙題❼。紈素❽既已成，君子行未歸。裁用笥中刀，縫為萬里衣❾。盈篋自余手，幽緘❿俟君開。腰帶準疇昔⓫，不知今是非？《漢書》曰：用昏建者杓夜半。建者，衡。衡，斗之中央也。〇一結能作情語，不入纖靡。

【注釋】❶衡紀無淹度二句　衡，北斗第五星。紀，星紀，北斗、牽牛星。淹度，久度。晷，日影。倏，迅疾。❷肅肅莎雞羽二句　肅肅，蟲振翅膀聲。莎雞，俗稱紡織娘，類似蟋蟀的一種昆蟲。烈烈，寒蟬鳴聲。寒螿，寒蟬。❸夕陰結空幕二句　夕陰，傍晚的陰雲。結空幕，聚集於天空。皓，照亮。中閨，閨房。❹美人戒裳服二句　戒，備。端飾，仔細修飾打扮。招攜，招呼同行。❺簪玉出北房二句　簪玉，頭戴玉飾。鳴金，指身上佩帶金屬之器摩擦發出的聲音。❻櫚高砧響發二句　櫚，同「簷」。砧，擣衣用的木板或者石砧。楹，廊柱，指長廊。杵，捶衣棒。哀，感人。❼題　額頰。❽紈素　精細的白色絹帛。❾裁用笥中刀二句　笥，古代女子用來盛針線、刀尺的筐籮。萬里衣，指為萬里外行人縫製的衣服。❿幽緘　鎖藏在箱篋之中。⓫疇昔　往昔。

【語　譯】星斗沒有停留時，日影移動迅如催。白露滋潤園中菊，秋風吹落院槐葉。肅肅紡織娘振翅，烈烈寒蟬聲聲啼。晚間雲彩天空聚，夜間月亮照閨房。美人整備冬天裝，打扮仔細相召喚。頭戴玉飾出北房，走在南階佩金響。高簷下邊砧聲動，長廊杵聲感動人。輕微芳香兩袖起，些微汗水兩頰泛。白絹布帛已捶好，夫君遠行還未歸。裁剪使用筐中刀，縫製萬里外人衣。滿箱出自我的手，鎖藏等待君來開。腰身照著往昔樣，不知今天合身否？

【研　析】謝惠連（西元三九七年—四三三年），陳郡陽夏（今河南太康）人。少年能文。行為輕薄，不為乃父所喜。宋文帝朝嘗官彭城王劉義慶法曹參軍。為族兄謝靈運賞識，曾在永嘉同遊。本詩題「擣衣」，實寫擣帛。起八句寫季秋風物。星移斗轉，日影如催，轉瞬白露降，秋菊綻放，秋風中槐樹葉落，莎雞振翅，寒蟬鳴唱，都是深秋景致。晚上陰雲集結，明月照亮閨中，二句為過渡語，轉入下文擣衣女子。「美人」以下八句，遞及擣衣。在皎皎月夜，女子們精心裝扮，相互招喚，聚集擣衣。頭簪美玉，身上金屬器飾隨著行走南面階級之上，玎玲作響，此主要就擣衣女著筆。高高屋簷之下，砧聲興起，杵擊砧的響聲在長廊迴蕩，清脆動人，淡淡芳香從擣衣女兩袖散出，兩頰之上香汗點點，則具體描寫擣衣。「紈素」以下八句，再遞及懷人。素帛擣成，丈夫未歸，閨中人將思念縫在一針一線中，滿箱的衣服，都親自縫成，鎖藏等待丈夫回來開取。結末二句，含蓄蘊藉，真摯情深，明人譚元春稱其：「千古擣衣妙詩，不能出二語範圍。」（《詩歸》）詩歌語言精工富麗，構思纖細縝密。

西陵遇風獻康樂❶

我行指孟春，春仲尚未發❷。趣途遠有期，念離情無歇❸。成裝候良辰，漾舟陶嘉月❹。瞻塗意少悰，還顧情多闕❺。

《楚辭》曰：「陶嘉月兮總駕。」陶，喜也。

【注　釋】❶西陵遇風獻康樂　西陵，在浙江錢塘。獻，進呈。康樂，指謝靈運，東晉末襲封康樂公。❷我行指孟春二句　指，定在。春仲，即仲春。❸趣途遠有期二句　趣，向；往。期，指抵達日期。歇，止。❹成裝候良辰二句　成裝，整好行裝。漾舟，蕩舟。陶，樂；喜。嘉月，美好的月份。❺瞻塗意少悰二句　瞻，前望。悰，心情，情緒。闕，缺憾。

【語　譯】我行日期定在初春，到了仲春還未出發。去路遙遠抵達有期，繫念別離心情難歇。整好行裝等吉時辰，蕩舟喜悅美好月份。瞻望前途心無情緒，回頭望眼多感缺憾。

【研　析】本詩乃宋文帝元嘉六年（西元四二九年），謝惠連離開始寧，奔赴京都建康，至錢塘西陵，興懷而作，寄呈謝靈運。此首章言離別之難與眷戀深情。首四句，已經定在孟春遠行，直到仲春尚未成行，如此延擱，必有原因在，此即道途雖遠，終有抵達日期，而離別之情，眷眷難捨。「成裝」以下四句，整裝待發，惟等吉日良辰，春光明媚中，蕩舟水流，此也樂事，但在眷戀難捨之詩人，則瞻望前程而無情無緒，回頭看去心中悵然若失，滿是遺憾。婉曲有致，辭簡情深。

哲兄感仳別，相送越坰林❶。飲餞野亭館，分袂澄湖陰❷。悽悽留子言，眷眷浮客心❸。迴塘隱艫栧，遠望絕形音❹。

【注　釋】❶哲兄感仳別二句　哲兄，明哲之兄，對謝靈運的尊稱。仳別，離別。坰林，荒郊；原野。❷飲餞野亭館二句　飲餞，飲酒餞行。亭館，供人休憩的亭臺館閣。分袂，分別。澄湖，澄澈的湖水。陰，水南岸。❸悽悽留子言二句　悽悽，淒惻悲傷貌。留子，留下的人，指謝靈運。眷眷，依戀貌。浮客，遊子；行人。❹迴塘隱艫栧二句　迴塘，迂曲的堤岸。艫栧，指船隻。艫，船頭。栧，船槳。形音，音容。

【語　譯】哲兄感傷相離別，相送遠行到荒野。設酒餞行郊野亭，分手澄澈湖南岸。留下之人言悲傷，遊子眷眷難割捨。迂曲堤岸遮行船，遙望音容兩茫茫。

【研　析】此第二章敘郊野餞行，彼此眷戀之情。終於決定出行了，謝靈運分外傷感，一直送到遠郊野外，在十里長亭為詩人餞別。澄澈的湖水邊，是兩人的分別處。前四句敘事。「悽悽」

以下四句，留者言辭悲戚，行者心情難捨，是詩人將別時的感受。堤岸曲折，船隻隱沒其中，遠望已難見送者的音容，詩人之抱怨「迴塘」，在一「隱」一「絕」中，包藏已盡。王夫之《古詩評選》頗賞其「迴塘隱艫栧」一句，稱之「即景含情，古今妙語」。

靡靡即長路，戚戚抱遙悲❶。悲遙但自弭❷，路長當語誰？行行道轉遠，去去情彌遲❸。昨發浦陽汭，今宿浙江湄❹。

【注釋】❶靡靡即長路二句　靡靡，緩緩。即，就。戚戚，憂傷貌。遙悲，遠行之悲。❷弭　消弭。❸彌遲　更久。❹昨發浦陽汭二句　浦陽，即浦陽江，錢塘江支流。汭，河北岸。浙江，即浙水，又名之江。湄，水濱。

【語　譯】緩緩踏上漫漫路，心中戚戚悲遠行。遠行之悲自消弭，悠悠長途與誰言？走啊走啊路更遠，離開離開情更深。浦江北岸昨出發，今晚歇宿浙水濱。

【研　析】此第三章寫行程之悲。靡靡、長路，詩人心情的沉重可知。抱遙悲，是對首句的具體詮釋。「悲遙」一句，以頂真手法，悲切之情更遞進一層，漫漫長途，無知音之人共語，只能自個銷愁，可憐可傷。「行行」二句，接連用疊音之詞，抒發其行之躊躇，眷戀難捨情深。結末二句，昨與今之對比，對昨之留戀彰然昭著。「含吐完平，居然一首古詩」，王夫之《古詩評選》頗激賞其格調。

屯雲蔽曾嶺，驚風涌飛流❶。零雨潤墳澤，落雪灑林丘❷。浮氛晦崖巘，積素惑原疇❸。曲汜薄停旅，通川絕行舟❹。

【注釋】❶屯雲蔽曾嶺二句　屯雲，積雲。曾嶺，層嶺；高山。驚風，烈風；勁風。❷零雨潤墳澤二句　零雨，降雨。墳，高地。澤，水澤。林丘，泛指山林。❸浮氛晦崖巘二句　浮氛，飄動的雲霧。晦，暗。崖巘，高崖險峰。巘，山峰。積素，積雪。或，亂。原疇，平疇原野。❹曲汜薄停旅　曲汜，水流曲折處。薄，泊。停旅，駐留的旅人。

【語譯】烏雲聚集遮蔽高山，風狂浪湧水如飛流。雨落滋潤高地水澤，雪花紛紛飄灑山林。雲霧流蕩山崖陰暗，原野積雪迷亂人眼。水流曲處旅人駐泊，整個河流行舟絕跡。

【研析】此第四章寫途程荒寂，風雨阻人。雲遮高山、風掀浪湧、雨潤丘澤、雪灑山林、山崖陰暗、積雪迷人，再到水灣處旅人停泊，河流中舟船絕跡，單調如流水帳，鮮有創造，意境上也了無新意。王夫之《古詩評選》以「平敘」二字為其考評，實也無可鑒賞。

臨津不得濟，佇楫阻風波❶。蕭條洲渚際，氣色少諧和❷。西瞻興游歎，東睇起悽歌❸。積憤成疢痗，無萱將如何❹？雅音徘徊，清婉可誦。

【注釋】❶臨津不得濟二句　津，渡口。濟，渡。佇楫，停船。❷蕭條洲渚際二句　蕭條，冷清荒涼。洲渚，水中陸地，大者為洲，小者為渚。氣色，天氣。諧和，和諧，和順。❸西瞻興遊歎二句　遊歎，離鄉客遊之歎。睇，看。悽歌，悲歌。❹積憤成疢痗二句　疢痗，憂思成疾。萱，忘憂草。

【語譯】臨近渡口不能渡河，風波阻遏船隻停歇。水上島中蕭條清冷，天氣不佳少有順和。西望興發客遊悲歎，東看引起悲傷之歌。心中鬱結憂傷成病，沒有萱草將又如何？

【研析】此最後一章抒發風波阻舟、不得渡河時興起憂傷淒惻之感。首二句點出風波所阻，臨津難渡。三、四兩句，寫停泊洲渚之上淒清蕭瑟的天氣環境。「西瞻」二句，以「西瞻」、「東睇」互文見義中，突出其感傷悲楚情緒。結末二句積憤成疾，顯示「憤」之濃重，沒有萱草，憂之難忘，其憂可謂大矣。王夫之《古詩評選》對此組詩評價極高：「沿洄情事而成數章，其制自小謝始，康樂和之，遂成一體。……後人祖此，不知紀極，行即無止，序事即不可言情，乃別立一番開合，累牘煩疲，令讀者情盡，而詞正未訖，則更於何處有詩邪？」沈德潛也讚其：「雅音徘徊，清婉可誦。」

秋懷

平生無志意，少小嬰憂患❶。如何乘苦心，矧復值秋晏❷。皎皎天月明，奕奕河宿爛❸。蕭瑟含風蟬，寥唳度雲雁❹。寒商動清閨，孤燈曖幽幔❺。耿介繁慮積，展轉長宵半❻。夷險難預謀，倚伏昧前算❼。雖好相如達，不同長卿慢❽。頗悅鄭生偃，無取白衣宦❾。未知古人心，且從性所翫❿。賓至可命觴，朋來當染翰⓫。高臺驟登踐，清淺時陵亂⓬。頹魄不再圓，傾羲無兩旦⓭。金石終銷毀，丹青暫雕煥⓮。各勉玄髮⓯歡，無貽白首歎。因歌遂成賦，聊用布親串⓰。雖好相如之達，而不同其慢，頗悅鄭均之偃仰，而無取其為白衣尚書，故下云「且從性所翫」也。○《汲冢紀年》：懿王元年，天再旦於鄭。○串，音慣，讀作穿上聲者非。

【注釋】❶平生無志意二句　志意，意願。嬰，纏繞。❷如何乘苦心二句　乘，加。矧，況；又。值，遇。秋晏，晚秋。❸奕奕河宿爛　奕奕，眾盛貌。河宿，銀河中星宿。爛，燦爛；光明。❹蕭瑟含風蟬二句　蕭瑟，淒涼貌。寥唳，指雁鳴聲淒清高遠。❺寒商動清閨二句　寒商，指秋風。清閨，清冷的內室。曖，昏暗；不明。幽幔，深閨中的帳幔。❻耿介繁慮積二句　耿介，心中不安。展轉，翻來覆去。❼夷險難預謀二句　夷險，指道路的平坦或坎坷。倚伏，本《老子》：「禍兮福之所倚，福兮禍之所伏。」昧，暗。❽雖好相如達二句　相如，西漢文學家司馬相如，字長卿。達，放達不拘小節。慢，傲慢；玩世不恭。❾頗悅鄭生偃二句　鄭生，東漢鄭均，字仲虞，東平任城人。《後漢書》本傳記載：「公車特徵，再遷尚書。後病乞骸骨，拜議郎，告歸。因稱病篤。帝東巡，過任城，乃幸均舍，敕賜尚書祿以終其身，故人號為白衣尚書。」偃，偃仰不仕。❿未知古人心二句　古人，指司馬相如、鄭均。性，本性。翫，愛好。⓫賓至可命觴二句　命觴，置酒。染翰，以筆蘸墨，指操筆賦詩。⓬高臺驟登踐二句　驟，屢。登踐，登臨。

清淺，指河水。陵亂，指渡水。⓭頹魄不再圓二句　頹魄，殘月。傾羲，西斜的太陽。羲，羲和。旦，晨。⓮丹青暫雕煥　丹青，指史書。雕煥，生輝光彩。⓯玄髮　黑髮，指少壯之時。⓰因歌遂成賦二句　賦，指本詩。布，陳述。親串，親眷。

【語　譯】此生沒有稱意時，自小憂患便纏身。如何多有愁苦心，又當秋天已到晚。皎潔天上月光亮，繁星閃爍在銀河。秋風傳送蟬悲鳴，穿雲散出雁鳴咽。清冷內室秋風吹，深閨帳幔孤燈暗。心中不寧愁鬱積，翻來覆去到夜半。平坦坎坷難預料，禍福相倚先未卜。雖好相如性放達，不學他的把世玩。頗喜鄭均輕仕途，不學他做白衣官。不能度量古人心，且任天性所喜歡。客人來了設酒宴，朋友到來和詩篇。高臺常常去登臨，清淺河流每渡越。殘月不能重新圓，斜日沒有二次晨。金石篆刻終銷毀，史書暫時光璀璨。勉力少壯及時歡，不留暮年生感慨。於是作詩成此篇，且對親眷陳心扉。

【研　析】本詩乃詩人作品中之名篇，為述懷之作。首四句，言少小遭逢兵燹戰亂，此生無稱意之時，心本已苦，又遇晚秋，點出詩題「秋懷」。「皎皎」四句，寫秋景，因是夜晚，故或寫明月繁星，或寫耳中聽來之寒蟬淒切、大雁寥唳悲鳴。「寒商」二句為過渡，秋風吹進清寂的內室，帳幔孤燈，灰暗無光，由秋景暗轉到人。「耿介」以下十句，具體寫其所懷。愁腸百結，夜不能眠。想到人生道路難以預料，禍福相倚無從預知；喜歡司馬相如的放達，而不贊同其玩世不恭；欣賞鄭均的偃仰不仕，而不苟同其為白衣尚書。而古人遙遠，難度其心，於自己，則順從天性，任其自然而已。「賓至」四句，即任性之內容：客來觥籌交錯，有朋則詩歌唱和，登高以遠望，臨水而賞覽，不亦樂乎。「頹魄」以下六句，以當日之殘月不再圓，日落難再晨，時光流逝不再，以及金石碑銘終將銷毀磨滅，青史丹青也暫時光彩煥發，引出及時行樂，不至於晚年歎之不及。結末二句，交代出將以此贈之親近，以為共勉，知其為贈友之作。詩歌表現了對功名的淡泊，對偃仰不仕的人生選擇。其思想，一定程度上反映出了劉宋時代走向式微的世家舊族的沒落心跡。張玉穀《古詩賞析》評其：「局陣展拓，而結構仍復嚴謹，法曹詩此為壓卷。」

泛湖歸出樓中望月

日落泛澄瀛，星羅游輕橈❶。憩樹面曲汜，臨流對迴潮❷。輟策共駢筵，並坐相招要❸。哀鴻鳴沙渚，悲猿響山椒❹。亭亭映江月，飂飂出谷飇❺。斐斐氣冪岫，泫泫露盈條❻。近矚祛幽蘊，遠視蕩諠囂❼。晤言不知罷❽，從夕至清朝。

【注釋】❶日落泛澄瀛二句　澄瀛，澄澈明淨的湖水。瀛，池沼。輕橈，輕快的小船。橈，小槳。❷憩樹面曲汜二句　憩樹，別本作「憩榭」，指休憩在水濱修築的高臺木屋上。曲汜，分而復合的曲流。迴潮，迴波。❸輟策共駢筵二句　輟策，停杖，即停下腳步。駢筵，連筵接席。要，通「邀」。❹哀鴻鳴沙渚二

句　沙渚，水上小洲。山椒，山頂。❺亭亭映江月二句　亭亭，高遠貌。飂飂，風聲。颸，疾風。❻斐斐氣冪岫二句　斐斐，輕貌。冪，覆蓋。岫，山洞。泫泫，露水閃光。❼近矚袪幽蘊二句　袪，散開。幽蘊，指藏於胸中的鬱悶。諠囂，即喧囂。❽晤言不知罷　晤言，對語。罷，疲倦。

【語　譯】日落蕩舟水澄澈，星羅棋布輕舟遊。休憩水榭對曲流，面前水流漩成渦。停杖止步共連筵，相互邀請並肩坐。鴻雁聲哀鳴沙洲，猿聲悲切響山巒。亭亭空中月照水，飂飂風疾出山谷。輕淡夜霧蒙山穴，晶瑩露珠滿枝條。近看袪除心鬱結，遠觀蕩滌喧囂亂。對語娓娓不知倦，從晚一直到清晨。

【研　析】本詩當作於謝靈運始寧別墅，湖指大小巫湖。詩首二句點出泛湖，太陽落山，星星滿空布列的時候，詩人輕舟泛遊湖上，開篇即展示一副清幽的湖上夜景。「憩榭」二句，已來到岸上，歸而再出樓中，對曲流，歇亭榭，眼前曲流迴波，賞心悅目。「輟策」二句，寫水濱亭榭，成群結伴，相互邀約，連席而坐。「哀鴻」以下六句，寫水濱所聞所見。沙洲鴻雁哀鳴，山巒猿聲悲凄悠遠，是所聞，於開首清幽之境中，更添凄清意緒。亭亭明月，照耀水面，是所見，月之孤高不俗，形象鮮明。山谷疾風飂飂作響，淡淡夜霧如帳幕般覆蓋山陵，晶瑩流轉的滿枝露珠，都是月照下景觀，眾星拱月，烘托著月的高傲不群。「近矚」以下四句，是所感。月下清景，近觀能袪胸中憂鬱，遠望如蕩滌一切塵世喧囂紛亂，詩人心胸在自然中，得到了澡雪淨化。自夕至朝，也照應題目望月及開篇日落。詩歌情景交融，情在景中，景以寫志，詩人的寄託懷抱，盡見其中。而疊字的運用，如陳祚明《采菽堂古詩選》云：「甚得疊字法，清出有態。」有音樂、形象之美。

謝莊

北宅秘園❶

夕天霽晚氣，輕霞澄暮陰❷。微風清幽幌❸，餘日照青林。收光漸窗歇，窮園自荒深❹。綠池翻素景，秋懷響寒音❺。伊人儻同愛，絃酒共棲尋❻。

棲尋，謂同棲息、同遊尋也。○諸謝詩獨詳康樂，餘所收從略。

【注釋】❶秘園　不為人知的荒園。❷夕天霽晚氣二句　霽，雲散天晴。輕霞，指晚霞。澄，澄明。❸幽幌　內室中帳幔。❹收光漸窗歇二句　收光，落日餘暉。窗歇，從窗格上漫漫消失。窮園，僻陋之園。❺綠池翻素景二句　翻，跳動。素景，月影。秋懷，別本作「秋槐」，為是。寒音，蕭瑟之音。❻伊人儻同愛二句　伊人，那人，泛指友人。儻，通「倘」。絃酒，彈琴飲酒。棲尋，棲息尋遊。

【語譯】傍晚天晴雲氣散盡，淡淡晚霞天宇澄清。微風吹拂深閨帳幔，餘暉照耀蒼翠樹林。太陽餘光窗格漸盡，僻陋園中益顯幽深。碧水池中月光跳動，秋槐瑟瑟發出清音。友人若有愛好相同，彈琴飲酒共棲同尋。

【研析】謝莊（西元四二一年—四六六年），字希逸，陳郡陽夏（今河南太康）人。劉宋王朝，曾官吏部尚書、中書令、散騎常侍，進金紫光祿大夫。工於詩賦，明人輯其作品為《謝光祿集》。本詩乃棲隱閒適之作，寫秘園清幽景致。首四句，寫傍晚時分，雲散天晴，晚霞滿天，微風吹拂，帳幕晃動，落日餘暉照耀蒼翠林木，一幅明麗清新曠遠怡神景致。「收光」以下四句，窗格上太陽餘光漸漸消退，僻陋荒園愈顯幽深，而碧池跳動的月光，秋槐的瑟瑟之音，動中烘托著窮園靜謐，有聲有色，內蘊豐富。「伊人」二句，抒發所感，願得志趣投合友人，共棲於此，彈琴飲酒，尋芳探勝，與人同樂。此詩迥別於其應制之作，不用典實，清新飄逸，不帶玄言，純寫勝景，其錘煉字詞，工穩的對仗，開後世永明體先河。

鮑照

明遠樂府，如五丁鑿山，開人世所未有，後太白往往效之。五言古亦在顏、謝之間。○抗音吐懷，每成亮節，其高處遠軼機、雲，上追操、植。○五言古雕琢與謝公相似，自然處不及。

代東門行❶

代，猶擬也。

傷禽惡弦驚❷，倦客惡離聲❸。離聲斷客情，賓御❹皆涕零。涕零心斷絕，將去復還訣❺。一息不相知❻，何況異鄉別！遙遙征駕遠，杳杳白日晚❼。居人掩閨臥，行子夜中飯❽。野風吹秋木，行子心腸斷。食梅常苦酸，衣葛常苦寒❾。絲竹徒滿座，憂人不解顏❿。長歌欲自慰，彌起長恨端⓫。

「食梅常苦酸」一聯，與〈青青河畔草〉篇忽入「枯桑知天風，海水知天寒」，一種神理。

【注釋】❶代東門行　代即擬，仿作。〈東門行〉屬樂府相和歌辭。❷傷禽惡弦驚　本《戰國策・楚策》，據載，一日更羸與魏王處京臺之下，更羸見鳥飛過，乃引無箭空弦，鳥竟落下。更羸解釋說，此受傷失群之雁，聞弦聲驚恐高飛，傷發而隕。❸倦客惡離聲　倦客，疲倦的行人。離聲，離歌之聲。❹賓御　賓，送行之人。御，趕車的人。❺還訣　回頭訣別。❻一息不相知　一息，指片刻之間。息，呼吸。不相知，不在一起，指片刻分離已經難受。❼遙遙征駕遠二句　征駕，遠行的車輛。杳杳，幽暗貌。❽夜中飯　半夜吃飯。❾食梅常苦酸二句　苦，患。衣葛，穿葛麻之衣。❿絲竹徒滿座二句　絲竹，古代對弦樂與管樂器的統稱，泛指音樂。滿座，指滿堂賓客。解顏，指歡笑。⓫彌起長恨端　彌，更。端，由頭；頭緒。

【語譯】傷鳥厭惡弓弦驚嚇，疲倦行人討厭離歌。離歌之聲行人腸斷，賓客車夫也都淚下。淚下心中柔腸寸斷，將去又還回頭訣別。片刻相別已經難受，何況遠往異鄉久別！遠行車輛愈行愈遠，白日已晚天色幽暗。居家之人掩門臥寢，遊子行人夜半進餐。山野勁風吹刮秋樹，行人愁腸寸寸斷絕。吃梅常常害怕苦酸，穿著葛衣常常受寒。徒然客滿音樂盈耳，憂愁之人難以歡顏。想以長歌自我寬慰，更發長恨無限端緒。

【研　析】鮑照（西元約四一四年—四六六年），字明遠，東海（今山東剡城）人。出身寒門，初仕為臨川王劉義慶國侍郎，再為宋文帝遷中書舍人，後為臨海王劉子頊前軍參軍，世稱鮑參軍。子頊作亂，詩人為亂兵所殺。鮑照為劉宋時代傑出的詩人，其創作又以樂府詩最為突出，為人稱道。作品有《鮑參軍集》。本篇擬樂府〈東門行〉而作，古辭寫貧民衣食所迫，鋌而走險，此擬作僅寫離家遊子之苦。詩歌由開篇至「何況異鄉別」為前段，寫離別之苦。首句以受傷禽鳥的厭惡弓弦之聲，興比而起，引出行人遊子厭惡離別之歌，及離別在人們心理上的難以忍受。「離聲」二句，頂真寫來，進一步說明離別的不堪，以至送行之人，駕車的車夫，都為之傷心涕零。「涕零」二句，再回轉行人，欲去又回過頭來，再次告別，其不忍之態如畫。「一息」二句，以議論之筆，作一小結，片時的分手尚心有不忍，何況遠行異鄉，天高地遠，長久之別呢？「遙遙」以下為第二層，寫行人客途淒苦。車愈行愈遠，天色陰暗下來了，又走了一天的路程，在家的人都已上床歇息，而行人吃飯的時候，已經半夜時分，行路難，其情已見。但行人之苦，更在心中。野外狂風勁吹著秋樹，枝葉瑟瑟，觸景生情，行人柔腸寸斷。「食梅」二句為比，吃梅子怕其酸苦，穿葛衣常要受凍，行人心中的滋味，何嘗不是如此！賓客滿座，絲竹盈耳，歡笑的場面，而客地行人，憂愁懷鄉，絲毫高興不起來；長歌一曲，本想用來自我寬慰，結果是更引發綿綿愁思。詩歌寫情，婉轉迴環，而表情益深；頂真運用，層層遞進；間插比興議論，抑揚頓挫。

代放歌行❶

蓼蟲避葵堇，習苦不言非❷。小人自齷齪，安知曠士懷❸。雞鳴洛城裡，禁門平旦開❹。冠蓋縱橫至，車騎四方來❺。素帶曳長飆，華纓結遠埃❻。日中安能止，鐘鳴❼猶未歸。夷世不可逢，賢君信愛才❽。明慮自天斷❾，不受外嫌猜。一言分珪爵，片善辭草萊❿。豈伊白璧賜，將起黃金臺⓫。今君有何疾，臨路獨遲迴⓬？

《楚辭》曰：「蓼蟲不徙乎葵藿。」言蓼蟲處辛辣，食苦惡，不徙葵藿，食甘美也。○「素帶」二語，寫盡富貴人塵俗之狀，漢詩中所謂「冠帶日相索」也。

【注釋】❶代放歌行　〈放歌行〉屬樂府相和歌辭。❷蓼蟲避葵堇二句　蓼蟲，食蓼之蟲。蓼，草本植物，味辛辣。葵、堇，兩種味美的菜蔬。習，習慣。非，不好。❸小人自齷齪二句　齷齪，狹隘局促。曠士，曠達之人。❹雞鳴洛城裡二句　洛城，洛陽，泛指京城。禁門，指宮門。平旦，天剛亮。❺冠蓋縱橫至二句　官宦的冠冕及車蓋，指達官顯貴。車騎，車馬。❻素帶曳長飆二句　素帶，古時大夫所用衣帶。曳長飆，形容在風塵中奔行貌。曳，牽引。飆，疾風。華纓，以彩色絲做成的帽纓。結遠埃，形容風塵僕僕的樣子。❼鐘鳴　指夜半漏盡的時候。❽夷世不可逢二句　夷世，太平盛世。信，確實。❾明慮自天斷　明慮，聖明的考慮。天，指朝廷。❿一言分珪爵二句　分珪爵，指封官授爵。珪，瑞玉，古代封官時賜予。

辭草萊，告別草野之地。⓫豈伊白璧賜二句　上句本《史記・平原君虞卿列傳》：「虞卿者，遊說之士也。躡蹻擔簦說趙孝成王，一見，賜黃金百鎰，白璧一雙。」下句本燕昭王易水東南築黃金臺招攬天下賢士事。伊，語助詞。⓬今君有何疾二句　為小人詰問君子之語。遲迴，遲疑不決。

【語　譯】蓼蟲躲避甜美葵菫，習慣苦惡不覺不美。小人齷齪狹隘眼淺，哪裡知道曠士高懷！京城裡邊雄雞啼鳴，宮禁之門天亮打開。冠帶車蓋紛沓趕到，車馬來自八方四面。疾風之中長帶飄搖，華麗帽纓上積遠塵。日當正午哪能歇足，夜半漏盡尚未歸還。太平盛世難得遭逢，賢明君主真愛人才。聖明慮事出自朝廷，不受干擾嫌疑忌猜。一言可用分封爵位，片語美好辭別草野。豈止賞賜白璧珍寶，將為築起黃金高臺。目今你有何等疾病，近路獨自遲疑徘徊？

【研　析】本詩擬樂府〈放歌行〉而作，詩歌為官場奔競小人作真切畫像。首四句，食蓼之蟲，習慣於苦辣之蓼，卻迴避甜美的葵菫，其習性如此，已不知臭之為臭。小人習性齷齪，如食蓼之蟲逐臭避香，於曠士高懷，並不知其為美。在比興及對比之中，開篇即揭出小人本性。「雞鳴」以下八句，是京城奔競鑽營者寫照。一日之中，從雞鳴天亮，宮禁之門打開，便滿目可見四面八方接踵而來的官場中人，他們不辭辛苦，在狂風塵埃中奔馳，衣帶在風中飄蕩，冠纓上落滿了遠道而來沾染的塵土，正午難以歇足，甚至到了半夜仍未歸去，此寫鑽營奔競者何其形象生動，大筆如椽，入木三分，刻劃淋漓盡致。「夷世」以下，是奔競者頌揚朝廷，詰問君子之語。千載難逢的太平盛世，萬年不遇的聖明愛才君主，他的決斷都英明不凡，只要有片言隻語可採，都會給你封官授爵，令你脫離草野，步入朝廷，不獨白璧之賜，甚至如好賢的燕昭王，將為築造黃金之臺，禮聘下士。結末二句，詰問君子，如此千載良機，還不就道，猶豫彷徨，是否有什麼疾病？小人的沉湎名利，忘懷羞恥，斑斑可見。而對小人的評騭，但看篇首已知。

代白頭吟❶

直如朱絲繩，清如玉壺冰❷。何慚宿昔意，猜恨坐相仍❸。人情賤恩舊，世議逐衰興。毫髮一為瑕，丘山不可勝❹。食苗實碩鼠❺，點白信蒼蠅❻。鳧鵠遠成美❼，薪芻前見陵❽。申黜褒女進❾，班去趙姬升❿。周王日淪惑⓫，漢帝益嗟稱⓬。心賞猶難恃，貌恭豈易憑⓭？古來共如此，非君獨撫膺。

「鳧鵠遠成美」，言雖以近而忘其美，鵠以所從來遠而覺其美也，用田饒答魯哀公語意。○「薪芻前見陵」，陵，侵也，即譬如積薪，後來者處上意。

【注釋】❶代白頭吟 〈白頭吟〉屬樂府相和歌辭。❷直如朱絲繩二句 朱絲繩，琴瑟之繩弦。玉壺冰，玉壺中貯冰，指其冰清玉潔。❸何慚宿昔意二句 宿昔，過去。猜恨，猜疑怨恨。坐，無故。相仍，相繼。❹毫髮一為瑕二句 瑕，玉上之斑，引申為毛病、瑕疵。丘山，山陵。勝，承受。❺食苗實碩鼠 本《詩經・魏風・碩鼠》：「碩鼠碩鼠，無食我苗。」❻點白信蒼蠅 本《詩經・小雅・青蠅》：「營營青蠅，止于樊。」信，確實。❼梟鵠遠成美　本《韓詩外傳》：「田饒事魯哀公而不見察，謂哀公曰：『臣將去君，黃鵠舉也矣。』哀公曰：『何謂也？』田饒曰：『君獨不見夫雞乎？頭戴冠者，文也；足傅距者，武也；敵在前敢鬥者，勇也；見食相乎者，仁也；守夜不失時者，信也。雞雖有此五德，君猶日瀹而食之者，何也？則以其所從來者近也。夫黃鵠一舉千里，止君園池，食君魚鱉，啄君稻粱，無此五德者而貴之者，何也？以其所從來者遠也。故臣將去君，黃鵠舉也。」❽薪芻前見陵　本《史記・汲鄭列傳》：「陛下用群臣如積薪耳，後來者居上。」見陵，被侵壓。❾申黜褒女進　用周幽王事，謂申后遭貶黜，然後褒姒得寵幸。❿班去趙姬升　用漢成帝事，謂班婕妤失寵而趙飛燕得幸。⓫淪惑　沉迷，指幽王烽火戲諸侯，以博褒姒一笑事。⓬嗟稱　歎賞。《飛燕外傳》載：成帝私下嘗說，后雖有異香，不如婕妤體自香也。嗟稱者指此。⓭心賞猶難恃二句　心賞，心愛。貌恭，容色謙恭。撫膺，捶胸表示憤慨。

【語　譯】正直如同琴瑟弦，清白恰如玉壺冰。過去心志何慚愧，猜疑嫉恨無故生。人情輕賤舊恩義，世俗謗議隨衰興。毫毛些微成瑕疵，大如山陵難受承。啃食青苗真碩鼠，玷汙潔白實蒼蠅。鴨鵠相比遠成美，柴草前邊被侵凌。申后遭貶褒姒幸，班姬冷遇飛燕榮。幽王日漸迷聲色，成帝也多歎賞聲。心愛尚且難依恃，容色謙恭哪足憑？古來事情都如此，非獨你個痛捶胸。

【研　析】〈白頭吟〉為樂府古題，本寫棄婦之怨，此擬樂府之作，則寫正道不容於君，為俗世擠兌。首四句以琴弦之直、玉壺冰之冰清玉潔，雙層比起，但就是這樣的完人，沒有任何遺憾，卻遭受迭相生出的猜疑嫉恨，世風之不古可見。「人情」以下八句，進一步解剖這一現象。人情冷漠，世風澆漓，人們不看重情義，喜歡的是落井下石，一絲紕漏，會被說成山陵之大。正是這食苗的碩鼠，善於汙白為黑的蒼蠅，一幫讒佞小人，惑亂君主，使得五德之雞遭害，遠來禍人之鵠享受大爵大祿，如柴薪前者受壓，後者高升，世道不公如此。「申黜」以下八句，以申后受黜褒姒得寵，班婕妤失寵而趙飛燕被幸，班之被成帝歎賞也難保地位，比正道如自己一類，不得意於世，古來即然，不值得過於悲傷憤激。本詩為樂府舊題，拓寬了表現的內容，賦予了新的靈魂。

代東武吟❶

主人且勿諠，賤子歌一言❷。僕本寒鄉士❸，出身蒙漢恩。始隨張校尉，占募到河源❹。後逐李輕車，追虜窮塞垣❺。密塗亙萬里，寧歲猶七奔❻。肌力盡鞍甲，心思歷涼溫❼。將軍既下世，部曲亦罕存❽。時事一朝異，孤績❾誰復論。少壯辭家去，窮老還入門。腰鐮刈葵藿，倚杖牧雞豚❿。昔如韝上鷹，今似檻中猿⓫。徒結千載恨⓬，空負百年怨。平聲。棄席思君幄⓭，疲馬戀君軒⓮。願垂晉主⓯惠，不愧田子魂⓰。

張校尉謂張騫，李輕車謂李蔡。○七奔，《左傳》：吳入州來，子重子反，於是乎一歲七奔命。○棄席用晉文公事，疲馬用田子方事，俱見《韓詩外傳》。

【注　釋】❶代東武吟　〈東武吟〉屬楚調曲，為古樂府曲調名。東武，泰山下小山名。❷主人且勿諠二句　諠，喧譁。賤子，歌者自謙之詞。❸僕本寒鄉士　僕，歌者自謙之稱。寒鄉，窮鄉僻壤。❹始隨張校尉二句　張校尉，指張騫，西漢成固（今陝西城固縣）人，曾以校尉身份從大將軍衛青討伐匈奴。占募，被招募。河源，黃河源頭。❺後逐李輕車二句　逐，追隨。李輕車，西漢李蔡，李廣從弟，武帝朝為輕車將軍，征討匈奴右賢王建功。窮，盡。塞垣，指邊疆。❻密塗亘萬里二句　密塗，近途。亘，從這頭到那頭。寧歲，太平歲月。七奔，多次奔命。七，約數，言其多。❼肌力盡鞍甲二句　肌力，筋骨之力。盡，耗盡。涼溫，寒暑。❽將軍既下世二句　下世，死去。部曲，部下。漢朝軍事編制，大將軍營五部，部下有曲。❾孤績　獨有的戰功。❿腰鐮刈葵藿二句　腰鐮，腰插鐮刀。刈，割草或莊稼。葵，冬葵。藿，豆葉。豚，小豬。⓫昔如韝上鷹二句　韝，皮革製成的臂衣，用來打獵時架鷹。檻，圈獸用的柵欄。⓬徒結千載恨　徒，空。結，鬱積。⓭棄席思君幄　本晉文公事。《韓非子．外儲說左上》載，晉公子重耳流浪多年後還國為君，到黃河邊，下令：「籩豆捐之，席蓐捐之，手足胼胝面目黎黑者後之。」手下咎犯諫諍：「籩豆所以食也，而君捐之；席蓐所以臥也，而君棄之；手足胼胝面目黎黑有功勞者，而君後之，今臣與在後中，不勝其哀，故哭之。」文公乃收其成命。幄，帷幄，營帳。⓮疲馬戀君軒　用戰國魏人田子方故事。《韓詩外傳》載，田子方見老馬於道，問駕者，答曰：故公家畜也，罷而不為用，故出放也。田子方乃束帛贖之。⓯晉主　指晉文公。⓰不愧田子魂　田子，指田子方。魂，在天之靈。

【語　譯】主人暫且請別喧譁，聽我歌唱進上一言。我本窮鄉僻壤之人，走向社會蒙受漢恩。起始跟隨張騫校尉，應募到了黃河源頭。後來追隨輕車李蔡，追剿賊虜到了邊庭。近路綿延一萬里地，太平歲月尚屢征進。體力耗盡鞍馬之上，心理經歷多個寒暑。將軍已經下世死去，部下也少存在人世。時事變更一朝不同，獨建大功誰人講論。年輕力壯離家遠去，窮途暮年回到家門。腰插鐮刀收割葵藿，拄著拐杖放雞牧豬。往昔如同獵鷹停臂，今天好似欄中老猿。徒然鬱積千年遺憾，空自負載百年懊恨。被棄席子思念君帳，衰憊馬兒眷戀君車。希望垂施晉文惠澤，無愧子方田氏靈魂。

【研　析】本詩擬樂府〈東武吟〉而作。詩歌敘寫了一位少壯從軍，暮年歸來，建下奇功，卻遭世遺棄的老人的悲劇。詩以第一人稱寫法，整篇出自老人的口述。首二句為開場白，主人公登場亮相，請人暫勿喧譁，說要向人們講述一個故事。「僕本」以下十句，正式開講，自述出身貧寒，蒙受漢朝之恩，應募從軍。先從張騫，轉戰來到黃河源頭；再從李蔡，征討賊虜到了邊塞；戰事頻仍，近路行進了萬里，太平時期尚且屢多征伐；體力在鞍馬上消耗殆盡，心理上經受了歲月的細細打磨。「將軍」以下八句，為一轉折。跟隨的將軍辭世死去，他的部下也少有活著下來，時事變易，改朝換代，曾經立下的赫赫戰功無人記起，得不到行賞，大好時光在戰場上度過，衰暮之年，貧老還鄉，無以為生，只有插把鐮刀割冬葵豆葉，拄著拐杖放雞牧豬，來維持生計。「昔如」以下四句，今昔對比，不勝慘楚，空有遺憾怨恨，也自無補於實，於上文作一小結。結末四句，引晉文公及田子方二典，表達了拳拳忠誠之心，也希望打動君王，能被撫恤。詩歌以敘事為主，通過典型事例，今昔對比，反映了自己的不平遭遇。而其所寫邊塞題材，也對後世邊塞詩導夫先路。王夫之《古詩評選》評本詩曰：「中間許多情事，平敘初終，一如白樂天歌行然者。乃從始至末，但一人口述語耳，於〈琵琶行〉纔占得一段，而言者之平生，聞者之感觸，無窮無方，皆所含蓄。故言若已盡，而意正未發，自非唐宋人力所及心所謀也。」

代出自薊北門行❶

羽檄起邊亭，烽火入咸陽❷。徵師屯廣武，分兵救朔方❸。嚴秋筋竿勁，虜陣精且彊❹。天子按劍怒，使者遙相望。雁行緣石徑，魚貫度飛梁❺。簫鼓流漢思，旌甲被胡霜❻。疾風衝塞起，沙礫自飄揚。馬毛縮如蝟，角弓不可張❼。時危見臣節，世亂識忠良。投軀報明主，身死為國殤❽。明遠能為抗壯之音，頗似孟德。

【注　釋】❶代出自薊北門行　本篇《樂府詩集》列之〈雜曲歌辭〉。曹植〈豔歌行〉首句「出自薊北門」，《樂府解題》謂：「其致與〈從軍行〉同，而兼言燕、薊風物及突騎勇悍之狀。」薊，故燕國，在今北京西南。❷羽檄起邊亭二句　羽檄，插有鳥羽的緊急軍事文書。邊亭，邊境上建築的用來偵察敵情的崗亭。烽火，邊庭用來報警的煙火，又稱狼煙。咸陽，秦朝京都，泛指國都。❸徵師屯廣武二句　屯，集結。廣武，縣名，在今山西代縣西。朔方，郡名，相當於今內蒙古自治區黃河以南地區。❹嚴秋筋竿勁二句　嚴秋，肅殺之秋。筋竿，指弓箭。勁，堅硬。彊，同「強」。❺雁行緣石徑二句　雁行，形容軍隊行列整齊。魚貫，順序而進。飛梁，高架如飛的橋樑。❻簫鼓流漢思二句　簫鼓，指軍樂。流，傳達。漢，漢地，指故鄉。旌甲，旌旗鎧甲。胡，胡地。❼馬毛縮如蝟二句　蝟，刺蝟。角弓，用獸角裝飾的弓。❽國殤　為國犧牲的人。

【語　譯】插羽文書發自邊亭，報警烽火傳到京城。徵集軍隊集結廣武，分兵一支救援朔方。肅殺秋天弓箭強硬，敵人兵力精銳強盛。天子聞警握劍大怒，派出使者絡繹不絕。隊伍整齊雁行山路，順序挺進越過險橋。軍樂聲傳漢地之思，旌旗鎧甲蒙上胡霜。狂風衝起來自邊塞，飛砂走石空中飄揚。馬毛受風縮如刺蝟，手凍角弓難以開張。時勢危急見臣節操，國勢紛亂分辨忠良。投身報答聖主明君，捐軀赴難為國身亡。

【研　析】本詩擬〈出自薊北門行〉而作，寫邊塞景觀及志士衛國壯志。詩歌首八句，寫邊亭羽檄傳來，戰事興起，消息到了京城，朝廷徵調軍隊，一路屯師廣武，另一路救援朔方。肅殺秋天，敵勢方熾，朝廷震怒，派出使者連翩而出，形勢的緊急可見。「雁行」以下八句，朝廷軍隊隊伍整齊，順序挺進，軍樂聲中傳達著故鄉之思，旌旗鎧甲上蒙了層北地寒霜。狂風捲地而起，沙礫飛揚飄蕩，馬毛如同刺蝟，手凍得難開角弓，極寫邊塞荒寒艱苦。「時危」以下四句，危難見節操，板蕩識忠良，壯士們沒有畏懼，他們要捨身報國，不辭為國捐軀，志向可鑒日月。前人對此詩多有盛讚，朱熹《朱子語類》謂「疾風」四句「分明說出邊塞之狀，語又峻健」；方東樹《昭昧詹言》謂：「『嚴秋』十二句，寫邊塞戰場情景，激壯蒼涼悲慨，使人神魂飛越。」稱其為唐人邊塞詩之祖，並不過分。

代鳴雁行❶

邕邕鳴雁鳴始旦，齊行命侶入雲漢❷。中夜相失群雜亂，留連徘徊不忍散。憔悴儀容君不知，辛苦風霜亦何為？

【注釋】❶代鳴雁行　《樂府詩集》云：「衛〈匏有苦葉〉詩曰：『噰噰鳴雁，旭日始旦。』鄭康成曰：『雁者，隨陽之鳥，似婦人從夫，故昏禮用焉。噰噰，聲和也。』〈鳴雁行〉蓋始於此。」❷齊行命侶入雲漢　齊行，行列整齊。命旅，指眾鳥。

【語　譯】大雁喁喁鳴叫聲中天剛亮，呼朋喚侶整齊翱翔雲霄裡，半夜迷失隊伍分散遭離亂，流連躊躇徘徊顧盼不忍去。面色枯黃容顏憔悴君不知，風吹霜打流離道途也為何？

【研　析】本詩乃思婦思夫之作。首四句以大雁結隊，呼朋喚侶，成群列行飛行，喁喁和鳴，比夫唱婦隨，琴瑟和諧；而中途流散，喻夫婦分離；不忍離散，喻夫婦情深，恩愛纏綿。結末二句，寫分別之後，自己思念之強烈，刻骨相思，容顏憔悴；末句一問，見出思婦怨情，也表現了她對丈夫的關切。情深意厚，筆勢甚為矯健。

代淮南王❶

淮南王，好長生，服食煉氣讀仙經❷。琉璃作盌牙作盤，金鼎玉匕合神丹❸。合神丹，戲紫房❹，紫房綵女❺弄明璫，鸞歌鳳舞斷君腸。朱城九門門九閨❻，願逐明月入君懷。入君懷，結君佩，怨君恨君恃君愛。築城思堅劍思利，同盛同衰莫相棄。

怨、恨、愛，并在一句中，是樂府句法。下「築城」句，是樂府神理。

【注釋】❶代淮南王　崔豹《古今注》曰：「〈淮南王〉，淮南小山之所作也。淮南王服食求仙，遍禮方士，遂與八公相攜俱去，莫知所往。小山之徒思戀不已，乃作〈淮南王〉曲焉。」晉〈拂舞歌〉有〈淮南王〉篇，鮑照乃擬此。❷服食煉氣讀仙經　服食、煉氣，均道教術語。煉氣乃鍛煉心氣，導引呼吸之類。仙經，指記載神仙之事的書籍。❸琉璃作盌牙作盤二句　牙，象牙。金鼎，煉丹之器。匕，湯匙類。神丹，仙丹。❹紫房　道教稱仙人居所。❺綵女　宮女。❻朱城九門門九閨　朱城，宮城。閨，小門。

【語譯】淮南王，喜好長生術，餐霞食藥鍛煉心氣閱讀神仙書。琉璃作杯象牙製作盤，金鼎玉匙調和煉仙丹。調仙丹，嬉戲求仙房室中，仙房宮女手上玩耍有玉明璫，鸞歌鳳舞靡靡之音令君斷柔腸。宮城九門各門另有九小門，願隨明月之光一齊進入君懷內。進入君懷中，成為君的隨身佩，怨君恨君依靠君寵愛。築城希望城牆堅固鍛劍希望劍鋒利，榮辱與共共盛同衰不要將我拋棄。

【研析】本詩乃擬樂府〈淮南王〉而作。起首五句，交代淮南王之好長生之術，服藥煉氣讀神仙之書，琉璃杯象牙盤金鼎玉匙，不惜本錢奢靡鋪張調製仙丹，癡迷於斯難以自拔。「合神丹」以下四句，以丹房之中，彩女同在，明月大珠，鸞歌鳳舞，貪欲濁念，寫其求仙虛妄，終難成事；而後宮怨曠盡在其中。「朱城」以下五句，是後宮希冀，希望化作月光，照入君懷，成君佩帶，與君相守。其思也摯，故既不得君幸，乃生怨生恨；怨恨又望君愛。結末二句，以築城望城堅固、鍛劍望劍鋒利為比，表達了願與君王盛衰相共不被拋棄的真摯願望。沈德潛評：「怨、恨、愛，并在一句中，是樂府句法。下『築城』句，是樂府神理。」

代春日行❶

獻歲發❷，吾將行。春山茂，春日明。園中鳥，多嘉聲。梅始發，桃始青。泛舟艫❸，齊櫂驚❹。奏〈采菱〉❺，歌〈鹿鳴〉❻。微風起，波微生。絃亦發，酒亦傾。入蓮池，折桂枝。芳袖動，芬葉披。兩相思，兩不知。聲情駘宕，末六字比「心悅君兮君不知」更深。

【注釋】❶代春日行　〈春日行〉屬樂府雜曲歌辭。❷獻歲發　本《楚辭・招魂》：「獻歲發春兮，汩吾南征。」獻歲，歲首；一年之始。❸舟艫　泛指船隻。艫，船頭。❹齊櫂驚　櫂，似槳的一種划船工具。驚，指驚起飛鳥。❺采菱　曲名，吳楚採菱之歌，《樂府詩集》收此類歌入〈清商曲辭・江南弄〉。❻鹿鳴　《詩經・小雅》篇名，為宴客之詩。

【語　譯】新年開始，我將出行。春山蔥蘢，春日光明。園中鳥兒，多發麗聲。梅花開始綻放，桃樹萌葉變青。蕩起船隻，一齊舉槳鳥驚起。奏響〈采菱〉歌，唱起〈鹿鳴〉詩。微風輕輕吹拂，水波漾起漣漪。撥動琴弦，斟上美酒。進入荷花池，採折桂樹枝。芳香袖子擺動，芬芳葉子披散。彼此相互想思，彼此互相不知。

【研　析】本詩擬〈春日行〉而作，寫陽光明媚的春天，青年男女郊遊嬉戲的歡樂。首八句寫郊遊所見春景。新歲開始，出行踏青遊春，春光明媚，春山變綠，鳥兒鳴囀弄音，梅花綻放，桃樹吐出了新葉，一幅生機盎然、欣欣向榮景象。「泛舟艫」以下八句，改陸遊為水遊。泛舟水中，眾人齊舉木槳，喧鬧中鳥兒驚起。唱著〈采菱〉歌、〈鹿鳴〉詩，微風吹綴綠水，一片漣漪，彈起琴弦，斟上美酒，歡快愉悅場面如畫。「入蓮池」以下四句，他們時而出沒荷花叢中，時而傍岸採折桂枝，香袖輕舉，在芬芳的枝葉間穿行，此就女子一邊來寫。結末二句，寫出懷春的少男少女微妙心理，極生動傳神。詩歌擬民歌而作，其明快的節奏，鮮明的畫面，清新的格調，都得民歌神髓。

代白紵舞歌辭四首

係奉詔作。

吳刀楚製為佩褘❶，纖羅霧縠垂羽衣❷。含商咀徵歌露晞❸，珠履颯沓紈袖飛❹。淒風夏起素雲迴。車怠馬煩客忘歸，蘭膏❺明燭承夜輝。

【注　釋】❶吳刀楚製為佩褘　吳刀，吳地所產剪刀。楚製，楚服的形製，衣較短。佩褘，即佩幃，佩帶的香囊。❷纖羅霧縠垂羽衣　霧縠，如霧般有皺紋的薄紗。羽衣，輕盈的衣衫。❸含商咀徵歌露晞　商、徵，樂調名。晞，乾。❹珠履颯沓紈袖飛　珠履，珍珠裝飾的鞋子。颯沓，群舞若飛貌。❺蘭膏　蘭香煉成之油，可點燈。

【語　譯】吳地剪刀楚地形製裁剪成香囊，纖細絲羅如霧薄紗輕盈衣衫垂。一會兒商調一會兒徵調歌唱白露曲，珍珠鞋子舞姿蹁躚薄紗袖子如翻飛。淒涼寒風夏日刮起白雲縈繞旋轉。車子毀壞馬兒疲累客人忘歸去，蘭香油膏點亮明燭夜間放光輝。

【研　析】詩人曾在始興王劉濬幕中為侍郎，〈代白紵舞歌辭四首〉即為奉始興王之詔擬樂府而作。此第一首總寫舞女裝扮，歌舞之妙，令人留連低徊。首二句吳地剪刀、楚地形制，裁製香囊羅衣，鋪陳描寫其裝扮。「含商」以下三句，移商換徵，白露之晞，寫其音樂之美；步履蹁躚，彩袖翻飛，寫其舞姿之妙；如淒涼風起，白雲迴旋，是觀者所感。結末二句，以車怠馬煩，襯客之不願離去；客忘歸，烘托歌舞的迷人；蘭膏明燭，寫歌舞場面之盛。王夫之《古詩評選》曰：「七言之製，斷以明遠為祖何？前雖有作者，正荒忽中鳥徑耳。柞棫初拔，即開夷庚，明遠於此，實已範圍千古。」對其在七言詩體發展史中的地位，給予了極高評價。

桂宮柏寢擬天居❶，朱爵文窗韜綺疏❷。象牀瑤席鎮犀渠❸，雕屏匼匝組帷舒❹。秦箏趙瑟挾笙竽，垂璫散珮盈玉除❺。停觴不御❻欲誰須？

【注　釋】❶桂宮柏寢擬天居　桂宮，宮殿名，又指王宮。柏寢，臺閣名。天居，形容朝廷居處的華美。❷朱爵文窗韜綺疏　朱爵，赤色酒器。文窗，雕刻精細的窗子。韜，掩藏。綺疏，指窗戶。❸象牀瑤席鎮犀渠　象牀，象牙為牀。瑤席，白玉為席。鎮，鎮圭，寶器。犀渠，古代傳說中獸名，狀如牛，蒼身，啼如嬰兒。❹雕屏匼匝組帷舒　匼匝，猶周匝，四周。舒，張開。❺垂璫散珮盈玉除　璫，耳掛之珠。玉除，玉階。❻停觴不御欲誰須　御，用。須，待。

【語　譯】宮廷臺閣可比天上居，赤爵紋窗掩藏在窗裡。象牙牀白玉席犀渠角鎮圭，花雕圍屏周圍帳幔張掛開。秦地箏趙地瑟帶有笙和竽，耳珠零玉堆積滿玉階。停下酒杯不用美酒要等誰？

【研　析】此第二首極寫宮殿豪華，音樂之盛，及有待難飲。首句總領，寫王宮堪比天居。「朱爵」以下四句，以朱色酒器，雕紋之窗，象牙之牀，白玉之席，犀渠鎮圭，具體誇飾奢華富麗；雕鏤屏風，帳幔掛起，秦箏趙瑟，笙竽齊奏，明寫歌舞場面之盛；而滿地耳珠玉佩，則暗寫烘托。結末一句，停杯不飲，若有所待，餘味無窮。王夫之《古詩評選》評本首：「一氣四十二字，平平衍序。終以七字，於悄然暇然中遂轉遂收，氣度聲情，吾不知其何以得此也！」又說：「其妙都在平起，平故不迫急轉抑。前無發端，則引人入情處，澹而自遠，微而弘，收之促切而不短。用氣之妙有如此者。」

三星❶參差露霑濕，絃悲管清月將入，寒光蕭條候蟲❷急。荊王❸流歎楚妃泣，紅顏難長時易戢❹。凝華結藻❺久延立，非君之故豈安集❻！

【注　釋】❶三星　參星。❷候蟲　應節令之蟲。❸荊王　楚王。❹戢　止息；消逝。❺凝華結藻　指盛為裝飾。華、藻，指華彩。❻安集　聚會。

【語　譯】參差三星露水濕滿地，管弦音樂悲傷淒清月亮也將墜，清冷寒光蕭瑟之中候蟲啼鳴急。楚王歎息妃子悲聲泣，韶華盛年難以久留時光易逝去。盛裝打扮長久在站立，不是您的原因哪裡要聚集！

【研　析】此第三首為歎逝懷人。三星在天，時光已晚，露水早上，此點出歌舞已到夜闌。弦悲管清，淒清的音樂在月將沒時仍在鳴響。月將落，餘光清寒，一派蕭瑟氣氛，候蟲急促的鳴叫益發增添了幾絲荒涼。「荊王」二句，以楚王悲歎、妃子悲戚，引出青春易逝，時光匆遽。結末二句，盛裝打扮，長久而立，宴會之設，均為一人，渴慕之殷切，溢於辭表。王夫之評本首：「較有推排，而神光無損。」（《古詩評選》）

池中赤鯉庖所捐❶，琴高乘去騰上天❷。命逢福世丁溢恩❸，簪金藉綺升曲絃❹。恩厚德深委如山❺，潔誠洗志期暮年❻。烏白馬角寧足言❼！

【注　釋】❶池中赤鯉庖所捐　庖，廚師。捐，棄。❷琴高乘去騰上天　琴高，傳說為戰國時期趙國人，善鼓琴，為宋康王舍人，修長生之術，浮遊冀州二百餘年，入碭水取龍子，與弟子約某日歸來，至期，果乘赤鯉而出，留一月，復入水。❸命逢福世丁溢恩　丁，當。溢恩，超常之殊恩。❹簪金藉綺升曲絃　簪金藉綺，猶紆青拖紫。曲絃，即曲懸，諸侯之樂。升曲絃，謂登宴而坐。❺委如山　謂輸出恩德如山厚重。❻潔誠洗志期暮年　本《搜神記》：「泰山之東，有醴泉，其形如井，本體是石也。取欲飲者，皆洗心志，跪而挹之，則泉出如飛，多少足用。若或汙漫，則泉止焉。」❼烏白馬角寧足言　《史記索引》：「燕丹求歸，秦王曰：『烏頭白，馬生角，乃許耳。』丹仰天歎，烏頭既白，馬亦生角。」

【語　譯】池中紅鯉廚師廢棄物，仙人琴高騎乘騰上天。命交福世被受超常恩，紆金拖紫坐上王侯宴。深恩厚德賞賜如山重，洗滌心志真誠期待報恩在晚年。烏鴉頭白馬生長角此等典實難道值得言！

【研　析】此第四首歸到應詔之作，感謝王恩厚重，思當竭誠報之。首二句為比，池中赤鯉，在廚師為棄物，於琴高為駿騎，遭遇不同，結局竟有如此懸殊！「命逢」以下三句，頌聖之詞，言自己好運遭際福世，蒙受厚恩，紆青拖紫，榮華富貴，得與王侯宴席，如此深恩厚德，飲水思源，當有以報之。結末一句，引秦王典，否決秦王無情，頌揚始興王有義。王夫之《古詩評選》評其：「涓涓潔潔，裁此短章，頓挫沿洄，遂已盡致。自非如此，亦安貴有七言哉？」於其表達的從容迂緩，淋漓盡致，給予極高評價。

擬行路難❶

奉君金卮之美酒，瑇瑁玉匣之雕琴❷，七綵芙蓉之羽帳，九華葡萄之錦衾❸。紅顏零落歲將暮，寒光宛轉時欲沉❹。願君裁悲且減思，聽我抵節行路吟❺。不見柏梁銅雀上，寧聞古時清吹音❻。

【注釋】❶擬行路難　〈行路難〉，樂府古題，屬雜曲歌辭，古辭亡佚。❷奉君金卮之美酒二句　奉，獻。卮，古代盛酒器具。瑇瑁，即玳瑁龜類，背上有甲，可作裝飾品。雕琴，雕飾精緻的琴。❸七綵芙蓉之羽帳二句　七綵芙蓉，七色彩線繡成芙蓉。羽帳，以翠鳥毛羽做成的帳子。九華，極言其華美。錦衾，錦繡被子。❹紅顏零落歲將暮二句　紅顏，青春容顏。寒光，冬日。❺願君裁悲且減思二句　裁悲、減思，節制悲哀與憂思。抵節，即抵節，拍擊樂器。節，一種竹製樂器。行路吟，歌〈行路難〉曲。❻不見柏梁銅雀上二句　柏梁、銅雀，均臺名。柏梁臺在長安，建於漢武帝時。銅雀臺在鄴城，東漢建安年間曹操建。寧，豈。清吹，管樂。

【語譯】獻給您金杯美酒，玳瑁玉匣精雕細刻琴，七色彩線繡成芙蓉圖案鳥羽帳，華美葡萄文飾錦繡被。青春容顏凋零垂暮年，冬日悠悠年景將要盡。願您節制悲哀減憂思，聽我拍擊樂器唱首〈行路難〉。不見那柏梁銅雀臺之上，哪聽到古時管樂聲聲樂？

【研析】鮑照〈擬行路難〉組詩凡十八首，是詩人作品中好評如潮、影響極大，也是其成就最高的作品之一。〈行路難〉古辭，《樂府解題》云：「備言世路艱難及離別悲傷之意。」擬作也多抒寫詩人苦悶的情緒。本篇為第一首，有序曲的性質。首四句一「奉」而下，金杯美酒、玳瑁玉匣雕琴、七彩芙蓉羽帳、九華葡萄錦衾，極富麗堂皇，豪奢享樂。「紅顏」二句急轉直下，青春凋零，美人遲暮，冬日流蕩，又是一年將盡，也何其悲楚淒涼！「願君」四句，正是為節制悲哀，減少愁緒，詩人要歌上一曲〈行路難〉，柏梁、銅雀臺的繁華不再，強調了今歌今樂的重要。王夫之《古詩評選》評本詩：「全於閑處妝點，妝點處皆至極處也。」

洛陽名工鑄為金博山❶，千斲復萬鏤，上刻秦女攜手僊❷。承君清夜之歡娛，列置幃裡明燭前。外發龍鱗之丹綵❸，內含麝芬之紫煙❹。如今君心一朝異，對此長歎終百年。

【注　釋】❶金博山　銅香爐，像傳說中的仙山博山之形，故稱。❷秦女攜手僊　用弄玉、蕭史故事。春秋時秦穆公之女弄玉，嫁善吹簫之蕭史，後夫婦跨鳳升仙。❸外發龍鱗之丹綵　指香爐在燭光照耀下閃出龍鱗一樣丹彩。❹內含麝芬之紫煙　言香爐中燃燒麝香，紫煙裊裊。

【語　譯】洛陽名工親手鑄造而成銅香爐，千次斫削萬次雕鏤，上刻秦王小女弄玉和那蕭史攜手成了仙。陪侍您來清夜歡娛中，擺設在那明燭帳幔間。外表散發龍鱗樣華彩，內燃麝香裊裊之紫煙。如今君心一朝有變化，對著香爐長歎孤身度百年。

【研　析】本篇為〈擬行路難〉原第二首，歎人心易變，寫女子被遺棄後的痛苦。首三句，極寫博山爐的精美，出自名工鑄造，精雕細刻，仙人圖案，美輪美奐。而弄玉、蕭史，一對恩愛美滿的夫妻，也暗示著他們曾經有過感情的蜜月，夫婦和諧。「承君」以下四句，伴隨著他們一起分享清夜的歡娛，在明燭光照之下，華彩閃爍，麝香紫煙裊裊，竟是他們愛的見證。結末二句筆鋒一轉，以「今」之負心薄倖，與往昔的恩愛成鮮明對比，從前愛的深沉，益襯托今之遭棄的痛楚。對爐興歎，也是對往日甜美的追想眷戀。博山之爐，成為詩中貫穿全篇的線索，喜則爐與之俱喜，悲則爐與其同悲。

璇閨玉墀上椒閣❶，文窗繡戶垂羅幕。中有一人字金蘭，被服纖羅采芳藿❷。春燕參差風散梅，開幃對景弄春爵❸。含歌攬涕恆抱愁❹，人生幾時得為樂？寧作野中之雙鳧，不願雲間之別鶴❺。

【注　釋】❶璇閨玉墀上椒閣　璇閨，建造華美的閨房。璇，美石。墀，臺階。椒閣，古代后妃及貴夫人的居所，因以花椒和泥塗壁，故稱。❷藿　藿香，一種香草。❸春燕參差風散梅二句　參差，不齊貌。散，吹落。景，通「影」，日光。弄，玩賞。爵，通「雀」。❹含歌攬涕恆抱愁　含歌，欲唱未唱，含而未發。攬涕，收淚。❺寧作野中之雙鳧二句　野，野外。鳧，野鴨。別鶴，失偶的孤鶴。

【語　譯】美石閨房玉砌臺階上椒閣，雕花窗戶內中掛著絲羅帳幕。其中一人名字叫金蘭，穿著細絹手中採有藿香草。春燕參差飛翔梅花被風吹飄散，掀開帳幔對著陽光玩賞窗外雀。含歌未唱收淚常懷有憂愁，人生什麼時候纔能有歡樂？寧願做那野外成對的鴨子，不願做那翱翔雲間失偶孤獨鶴。

【研析】本篇為〈擬行路難〉原第三首，抒寫了貴家女子愛情的苦悶。首六句，俱從別人眼中看出。華美的閨房，由玉階而上，來到椒閣；雕花窗戶內，錦帳低垂；其中一人，名叫金蘭，穿著細絹之服，手握採來的藿香；春燕高低飛翔，梅花在風中散落，她終於為窗外的春色誘引，揭開帳幕，對著陽光，玩賞起外邊的雀兒來。金蘭之名，本《周易》「二人同心，其利斷金；同心之言，其臭如蘭」語意，寓同心一意，永不分離之義，女主人公的追求彰然可見。「人生」四句，直端出女子心中苦惱：她欲唱而難以唱出，收起淚水，常多愁懷；愁苦不為別的，乃人生歡樂，何時纔能享有。何為其嚮往之樂？成雙結對的野鴨纏綿不離為她歆慕，失偶翱翔雲間的孤鶴非其所取，其意大白。王夫之《古詩評選》評本首：「冉冉而來，若將無窮者，倏然澹止，遂終以無窮。然非末二語之亭亭條條，亦遽不能止也。」

瀉水❶置平地，各自東西南北流。人生亦有命，安能行歎復坐愁。酌酒以自寬，舉杯斷絕歌〈路難〉❷。心非木石豈無感，吞聲躑躅不敢言❸！

妙在不曾說破，讀之自然生愁。○起手無端而下，如黃河落天走東海也，若移在中間，猶是恆調。

【注釋】❶瀉水　傾水。❷舉杯斷絕歌路難　謂舉杯飲酒而中斷歌唱〈行路難〉。❸吞聲躑躅不敢言吞聲，聲欲發而又止。躑躅，徘徊不前。

【語譯】將水倒在平地上，漫流東西南北方。人生也由命中定，哪能走著歎氣坐也愁。斟酒自飲以寬慰，舉杯飲酒中斷歌唱〈行路難〉。心非木石哪能無感觸，忍氣吞聲徘徊猶豫有話不敢言！

【研析】本篇為〈擬行路難〉原第四首，詩歌抒寫著一種難以排遣的苦悶憂愁。首四句以傾水於地，四處漫流，興起比喻人生本也各自有命，不必為時乖運蹇坎坷多艱而悲歎傷愁。「舉杯」二句，承上更進一步，以酒消愁，自我寬慰，因了飲酒，中斷了〈行路難〉之歌。「心非」二句，筆鋒急轉，人心非同木頭石塊，哪能無情無感？人生的不如意，壯志的難伸，社會的不公，人情的澆薄等等，鬱結於胸，但黑暗的社會，也只能忍氣吞聲，滿腹牢騷而不敢明言。而前邊的排解寬慰，都成鋪墊，一個原本樂觀豁達的人，有如此隱憂，其憂愁悲傷之大，可以知矣。長短句式，參差錯落，而結末長句，無限之憤盡寓其中。

對案❶不能食，拔劍擊柱長歎息。丈夫生世會幾時，安能蹀躞❷垂羽翼？棄置罷官去，還家自休息。朝出與親辭，暮還在親側。弄兒牀前戲，看婦機中織。自古聖賢盡貧賤，何況我輩孤且直❸。家庭之樂，豈宦遊可比，明遠乃亦不免俗見耶。江淹〈恨賦〉，亦以左對孺人，顧弄稚子為恨。功名中人，懷抱爾爾。

【注釋】❶案　擺放食器的小几，如有腳的托盤。❷蹀躞　小步行走貌。❸孤且直　孤，族寒勢孤。直，鯁直。

【語譯】對著飯几不能下嚥，拔劍砍擊柱子長聲歎氣。大丈夫生在世上能夠有幾時，哪裡能夠裹足不前垂下翅翼？拋棄官職離去，回家自在休息。早上出門辭別親人，晚上回來廝守一起。床前逗著小兒遊戲，看著妻子機上織布。自古聖賢貧賤難遇時，何況我族寒勢孤又鯁直。

【研析】本篇為〈擬行路難〉原第六首，乃直抒胸臆，宣洩其鬱憤牢騷之作。首四句開篇即傾瀉其滿腔鬱憤，一肚皮牢騷不平。不能食、拔劍擊柱、長歎息，當有大怨憤在。大丈夫生世，而不能一展鴻圖，猥猥瑣瑣，垂頭喪氣，對於壯志凌雲的詩人，是可忍孰不可忍！「棄官」以下六句，是志不得伸，不願為五斗米折腰的必然選擇。辭官回家，與親人廝守，早出晚歸，與小兒嬉戲，看妻子織布，洋溢著生活的樂趣，享受著親情的溫馨。「自古」二句，筆勢再轉，賦閒在家，並不是詩人的宿願，一個有雄心大志的人，不會甘願碌碌無為，以古聖賢為比，更本質的揭發了社會普遍的不公，而「孤且直」者的遭棄用，對門閥社會的用人制度也發出了強烈的譴責。劉熙載盛讚鮑詩：「慷慨任氣，磊落使才，在當時不可無一，不能有二。」(《藝概・詩概》)於此詩可窺一斑。

愁思忽而至，跨馬出北門。舉頭四顧望，但見松柏園❶，荊棘鬱蹲蹲❷。中有一鳥名杜鵑，言是古時蜀帝魂❸。聲音哀苦鳴不息，羽毛憔悴似人髡❹。飛走樹間啄蟲蟻，豈憶往日天子尊！念此死生變化非常理，中心❺惻愴不能言。

【注釋】❶松柏園　指墳墓。❷蹲蹲　或作「樽樽」，叢聚茂密貌。❸蜀帝魂　周末蜀國國君杜宇，號望帝，後禪位開明而歸隱。傳說他的靈魂化成了杜鵑鳥。❹髡　古代一種剃去頭髮的刑罰。❺中心　內心。

【語譯】愁思忽然興起，跨馬出了城北門。抬頭環視四周，只見松柏墳地，荊棘叢生荒蕪。中間有隻鳥兒名杜鵑，說是古代蜀國君主魂化成。淒苦聲音鳴叫不停歇，羽毛零落好似人剃髮。飛行樹叢啄食小蟲子，哪裡想起往日天子的尊嚴！想到這死生變化不同尋常理，深心淒愴悲楚不能用言表。

【研析】本篇為〈擬行路難〉原第七首。詩歌抒寫了歷史浮沉與人生感觸。起二句言愁思忽然而至、跨馬出門開篇，起筆聳拔，令讀者急欲知道詩人所愁何在。「舉頭」以下三句，並沒有交代其愁的內容，而是寫其出北門以後所見，荒墳累累，荊棘叢生，極顯荒涼氣氛。「中有」以下六句，寫墳園所見，一隻杜鵑鳥兒，羽毛脫落有如髡刑，不歇的哀鳴，傳說中蜀國君主靈魂所化，也全丟去了昔日的尊貴，今日以啄食蟲蟻為生。一用此典，詩人的命意已不同於一般的感慨人生無常，具有了強烈的現實針對性。有人以為詩中影射著晉恭帝被篡或少帝被弒事，不為無理。結末二句點出篇旨，生死變化的無常，政治的雲雨翻覆，歷史的滄海桑田，使詩人愴然悲楚，其難言之愁，或許正因為與當前社會關係太密，故不能言，不敢言。詩用比體，故其意蘊，便不如前幾首的顯豁，是別一種風格。

中庭五株桃，一株先作花。陽春妖冶❶二三月，從風簸蕩落西家❷。西家思婦見悲惋，零淚沾衣撫心歎。初我送君出戶時，何言淹留節迴換❸？牀席生塵明鏡垢，纖腰瘦削髮蓬亂。人生不得恆稱意，惆悵倚徙❹至夜半。

【注　釋】❶妖冶　明媚豔麗貌。❷從風簸蕩落西家　指東風刮來，故花順風落於西家。❸何言淹留節迴換　謂不曾說到在外滯留，以至於季節變換。❹倚徙　流連；徘徊。

【語　譯】庭院生長五棵桃樹，一棵率先綻放桃花。陽光明媚春二三月，順風飄蕩落入西家。西家思婦見景悲楚生惋惜，淚水零落沾濕衣服拍胸歎。當初我送夫君出門時，何嘗說過在外久留季節都轉換？牀席生了灰塵明鏡也汙黑，細腰瘦削頭髮如蓬亂。人生不能永遠都稱意，惆悵徘徊彷徨猶豫到夜半。

【研析】本篇為〈擬行路難〉原第八首，寫遊子不歸，思婦落寞惆悵之感。首四句寫景，院中五棵桃樹，一樹率先綻放，早開之花在東風吹拂中，片片飄落西院，是實景，也勾起思婦青春零落之感。「西家」二句，正寫其觸景生情，想起丈夫的不歸，獨守空房，美人遲暮之感油然而生，不覺涕淚濕衣。「初我」以下四句，是思婦自述心扉，當初送你出門時，並沒有說過耽擱太久，然而季節轉換，冬又到春，牀席生塵，明鏡長久不用而汙垢，細腰更瘦，頭髮如蓬，仍不見你歸來。結末二句，總寫一筆，人生多不稱心之事，思婦懷憂，所以惆悵徘徊，夜半尚難以入睡。本首與上邊「璇閨」一首，異趨而同工。

剉蘗染黃絲❶，黃絲歷亂不可治❷。我昔與君始相值，爾時自謂可君意❸。結帶❹與君言，死生好惡不相置❺。今朝見我顏色衰，意中索寞❻與先異。還君金釵玳瑁簪❼，不忍見之益❽愁思。

悲涼跌宕，曼聲促節，體自明遠獨剏。

【注釋】❶剉蘗染黃絲　剉，斬截。蘗，即黃柏，皮黃可做染料。❷黃絲歷亂不可治　歷亂，紛亂。治，整理。❸可君意　合您的心意。❹結帶　謂結裙帶相示，表達心許。❺置　棄置。❻索寞　冷落淡漠。❼玳瑁簪　用玳瑁製成的簪子。❽益　增。

【語譯】斬截黃柏染製黃色絲，黃絲紛亂不能理順之。從前我和你剛剛相遇時，那時候自己認為合乎你心意。結起裙帶和你說，死生好惡相互不棄置。今日見我容貌漸衰老，心中冷落淡漠與前便生異。退回您的金釵玳瑁簪，不忍心看到它們增添傷愁緒。

【研　析】本篇為〈擬行路難〉原第九首，寫棄婦怨憤之情緒。首二句以染黃絲為比，絲諧音思，絲亂難治寫棄婦心亂之極，難以理清。「我昔」以下六句，今昔對比，昔之相識之始，頗可君意，故信誓旦旦，生死不負；而今日一旦見我年長色衰，則情變冷淡，與先前大不相同。「結末」二句，退還金釵與玳瑁簪等定情之物，怕因見物傷情，益見其心有眷戀，難以割捨，也越發襯出男子的負心薄倖。王夫之《古詩評選》謂：「〈行路難〉諸篇，一以天才天韻吹宕而成，獨唱千秋，更無和者。太白得其一桃，大者仙，小者豪矣。」

梅花落❶

中庭❷雜樹多，偏為梅咨嗟❸。問君何獨然❹，念其霜中能作花，霜中能作實❺，搖蕩春風媚❻春日。念爾零落逐寒風❼，徒有霜華無霜質❽。

以花字聯上嗟字成韻，以實字聯下日字成韻，格法甚奇。

【注　釋】❶梅花落　屬樂府橫吹曲，古辭已經不存。❷中庭　庭中。❸咨嗟　慨歎。❹問君何獨然　君，指詩人。獨然，獨讚歎梅花。❺作實　結實。❻媚　鬥媚。❼念爾零落逐寒風　爾，指雜樹。逐，追隨。

❽徒有霜華無霜質　霜華，霜中開花。霜質，指抵抗嚴霜的特質。

【語　譯】庭院中間多生雜樹，偏獨為梅讚歎稱頌。請問詩人何以偏這樣，想到它抗寒頂霜花綻放，嚴霜之下結果實，迎著春風搖曳鬥妍爭奇春光裡。想到雜樹飄零隨寒風，徒然霜中開花卻無傲霜質。

【研　析】〈梅花落〉古辭不存，在《樂府詩集》中，以鮑照這首作品為最早。詩歌讚頌了梅花的一種傲視嚴霜的品格操守。首三句，單刀直入，即以問句格，提出了庭院雜樹甚多，何以不論其他，獨讚梅花，令人關注。「念其」以下三句，就疑問作出解答：因為梅花能傲視嚴霜，開花結實，春風中爭奇鬥妍，風采骨氣兼備。「念爾」以下二句，則解說雜樹不值得稱讚的原因：雖也有霜中開花者，卻隨著寒風飄零，徒然開花，不能成實，沒有抵抗嚴寒的風骨。花具有著人格內涵，梅花象徵了高潔不屈，雜樹喻示著隨波逐流，對比中便具有了強烈的感染力。問答之句，對比手法，使詩歌活脫而不板滯，單純而富有意趣。詩人之胸襟也於中可見一斑。

登黃鶴磯❶

木落江渡寒❷，雁還風送秋。臨流斷商絃❸，瞰川悲棹謳❹。適郢無東轅❺，還夏有西浮❻。三崖隱丹磴❼，九派❽引滄流。淚竹感湘別❾，弄珠懷漢游❿。豈伊藥餌⓫泰，得奪旅人憂！出語蒼堅，發端有力。

【注釋】❶黃鶴磯　即黃鶴山，在湖北武昌蛇山西北。❷木落江渡寒　木落，樹葉飄落。江渡寒，寒氣渡江而來。❸商絃　奏商調的琴弦。❹瞰川悲棹謳　瞰，俯視。棹謳，划船時所唱之歌。❺適郢無東轅　郢，楚國之都，在湖北荊州。東轅，東來之轅。轅，代指車。❻還夏有西浮　夏，夏口，夏水入口處。夏水在江陵附近。西浮，浮舟西行。❼三崖隱丹磴　三崖，指南京三山，在石頭城附近。丹磴，赤色石級。❽九派　指潯陽至武昌段流入長江的支流。❾淚竹感湘別　本舜之二妃事。《博物志》記載：「舜崩，二妃啼，以涕揮竹，竹盡斑。」❿弄珠懷漢游　《文選》李善注引《韓詩外傳》：「鄭交甫將南適楚，遵彼漢皋臺上，乃遇兩女，佩兩珠，大如荊雞之卵。」「鄭交甫遵彼漢皋臺下，遇二女，與言曰：願請子之佩。二女與交甫，交甫受而懷之，超然而去，十步，循探之，即亡矣。回顧二女，亦即亡矣。」⓫藥餌　即樂與餌，音樂與飲食。

【語譯】寒意由江渡過樹木落葉，秋季由風送來大雁南飛。對著江水彈奏商調琴弦崩斷，俯視大川為傳來漁歌悲傷。到郢地沒有東來車駕，回夏口只有乘舟西行。金陵三山赤色石級隱沒不見，九條支流縱橫流溢就在眼前。淚竹令人感慨湘地之別，漢水之遊弄珠故事讓人動懷。哪裡是那些音樂美食舒泰，能夠驅除旅居客地人憂慘！

【研析】本詩乃劉宋孝武帝大明六年（西元四六二年）秋天，詩人為劉子頊將軍府參軍，隨赴荊州任，沿途經武昌登黃鶴磯而作。詩歌表達了離鄉之愁及人生奔波之苦。首四句，寒由隔江渡來，樹木飄零；秋由風送來，大雁南飛，寫寒秋肅殺氣氛如畫。臨流彈琴，點出題目。商調斷弦、漁舟哀歌，更渲染了氣氛的悽楚。「適郢」四句，無東來之車，回路已斷；詩人西行，只能乘舟。家鄉金陵三山已隱沒不見，眼前所見，只有亂流縱橫。詩人傷目前之景，懷鄉之情的濃烈可見。「淚竹」以下四句，用舜之二妃、鄭交甫漢皋臺失二女故事，抒寫其對於前景的悵然之感。音樂美食難驅憂愁，詩人之憂，固不在生活享樂，而在於人生蹉跎，志不得伸，事業無成。詩歌造語奇警，如開篇二句。對仗的工穩，也開後之永明體先河。

日落望江贈荀丞❶

旅人❷乏愉樂，薄暮增思深。日落嶺雲歸，延頸望江陰❸。亂流灇❹大壑，長霧匝❺高林。林際無窮極，雲邊不可尋。惟見獨飛鳥，千里一揚音。推其感物情，則知遊子心。君居帝京內，高會日揮金。豈念慕群客，咨嗟戀景沉❻。

【注　釋】❶荀丞　指荀赤松，詩人的友人，時為尚書左丞。❷旅人　遊子。❸江陰　江南。❹灇　水匯合。❺匝 繞。❻景沉 日落。景，通「影」。

【語 譯】客居外鄉少歡樂，黃昏時分添愁深。日落雲彩歸山嶺，伸長脖子望江南。縱橫支流匯長江，綿延霧氣繞高林。樹林邊際望不盡，雲彩盡頭不可尋。只見隻鳥獨自飛，鳴叫一聲千里音。推度感物觸發情，便可知道遊子心。君居京都朝廷內，賓朋聚會擲千金。哪裡想到孤單人，顧戀落日正傷心。

【研 析】本詩乃宋文帝元嘉末年，詩人客居江北，思親懷鄉，贈寄友人之作。首四句，落日黃昏，對歸嶺之雲，想及自身，客地孤寂，窮愁潦倒，懷鄉之情油然而生。「望江陰」，友人所在，朝廷之地，是孤身不得意之人繫念處。「亂流」以下八句，是望江陰所見所感。眾流縱橫，盡匯長江；迷漫霧氣，環繞高林；樹林蒼茫不見邊際，雲霧浩蕩難見盡頭，孤獨的一隻鳥兒，在天空翱翔，悲鳴之聲，激越千里，暮色蒼茫，景象雄渾蒼涼。這孤獨飛翔的鳥兒，令詩人依稀看到了自己的身影，感物觸懷，對景生情，詩人的心情何其寥落！結末四句，歸到贈友。友人在帝京得意，置酒高會，千金一擲，哪裡想到還有落魄的故人，黃昏之時，正在面江南望，對著落日感慨悽楚呢？綰合開篇落日黃昏，呼應縝密，結構嚴謹。王夫之《古詩評選》謂：「古今之間，別立一體，全以激昂風韻，自致勝地。……鮑集中此種極少，乃似劍埋土中，偶爾被發，清光直欲徹天。」

吳興黃浦亭庾中郎別❶

風起洲渚寒，雲上日無輝。連山眇❷烟霧，長波迥難依❸。旅雁方南過，浮客❹未西歸。已經江海別，復與親眷違。奔景❺易有窮，離袖安可揮？懽觴為悲酌，歌服成泣衣。溫念終不渝❻，藻志遠存追❼。役人多牽滯❽，顧路慚奮飛。昧心附遠翰❾，炯言藏佩韋❿。

【注釋】❶吳興黃浦亭庾中郎別　吳興，今屬浙江湖州。黃浦，一名黃蘗澗，在湖州。庾中郎，未詳誰何。❷眇　遠貌。❸長波迥難依　長波，連續不斷的波浪。迥，遠貌。❹浮客　遊子。❺奔景　奔馳的時光。景，通「影」。❻溫念終不渝　溫念，溫柔的思念。渝，變。❼藻志遠存追　藻志，美好的情志。遠存追，遠而能存，值得追憶。❽役人多牽滯　役人，行役之人，詩人自指。牽滯，羈絆滯留。❾昧心附遠翰　昧心，違心。遠翰，遠行。翰，羽毛。❿炯言藏佩韋　炯言，明言。佩韋，本《韓非子・觀行》：「西門豹之性急，故佩韋以自緩。」韋性柔韌，性急者佩之以警戒。韋，皮繩。

【語譯】起風以後洲上寒冷，烏雲升騰太陽失光。連綿山脈煙霧渺茫，波浪遠接遙遙難依。南飛大雁剛剛經過，遊子飄零沒有西回。已經有過江海之別，又與親眷別離相違。時光流逝容易度過，離別哪裡能揮動手？歡喜之宴成為悲飲，歡歌服裝成為哀衣。溫柔思念始終不變，美好情志雖遠可追。行役多有羈絆滯留，回看道途愧不能飛。違心追附遠行之人，諄諄明言藏為佩韋。

【研析】本詩乃客地送歸之作。首四句寫黃浦亭送別，眼前所見之景。寒風起，洲渚寒意籠罩；烏雲蒸騰，太陽隱沒失去光輝；遠山綿延，煙鎖霧罩；水中波浪迭起，層層伸向遙遠，目光難以窮盡，一副慘愁蕭瑟淒清斷腸之景，是實景，更是離別人心中之景。「旅雁」以下八句，寫到惜別。大雁南來，遊子未歸，從前與家人相別，四海為家，今天又將與知心摯友別離。時光容易過去，和庾氏相處的日子，竟這樣匆匆結束了，告別揮手是如此沉重，餞別之酒成了悲酒，歌兒舞女盛裝打扮，在詩人眼中也成悲戚之服。「溫念」以下六句，是別時之言。詩人說自己將永遠想念友人；朋友高尚的情志遠隨時光推移，不僅能存，且可追憶；自己雖滯留外鄉，不能一道奮飛，克制傷感，違心遠送，將把朋友的臨別贈言藏為佩韋，以為左右銘言，警戒自身。由客中送客，惜別之情，到懷鄉思親，情深意摯。「奔景」以下四句，造語也稱新警。

贈傅都曹別❶

輕鴻戲江潭❷，孤雁集洲沚❸。邂逅❹兩相親，緣念共無已❺。風雨好東西❻，一隔頓萬里。追憶棲宿時，聲容滿心耳。落日川渚寒，愁雲繞天起。短翮不能翔，徘徊煙霧裡。

【注釋】❶贈傅都曹別　傅都曹，名字里籍不詳。都曹，官名。❷江潭　水邊。❸集洲沚　集，止。沚，小洲。❹邂逅　不期而遇。❺緣念共無已　緣念，情意。已，止。❻好東西　好，喜好。東西，時東時西。

【語譯】輕捷大雁嬉戲江邊，獨隻鳧雁落在水洲。不期而遇兩人情好，友誼深情都無歇時。風雨無定時東時西，片刻相隔萬里之地。追憶共同休憩時候，聲音容貌在心在耳。落日時分江中洲寒，愁雲慘淡瀰漫天地。短小翅膀不能飛翔，徘徊躊躇煙霧中間。

【研析】本詩乃贈別友人之作。首四句，鴻比傅氏，雁以自比；鴻之輕捷，美友人高舉之能；雁之孤、集，寫自己窮愁落魄；邂逅相遇，情志投合，情深難捨，寫其交情的深摯。「風雨」四句，風雨無常，瞬息東西，比人生聚散的無定，設想著別後將銘記兩人的情誼。結末四句，落日時分，江洲寒意產生，陰雲瀰漫，極寫別時蕭瑟氛圍。短翮難飛，喻不能與友人共同翱翔得意。徘徊煙霧之中，照應開頭的「孤」字。詩歌通篇用比，在自然平淡的描敘中，有深情密意在。

行京口至竹里❶

高柯危且竦，鋒石橫復仄❷。複澗隱松聲，重崖伏雲色。冰閉❸寒方壯，風動鳥傾翼。斯志逢彫嚴，孤游值曛逼❹。兼塗無憩鞍❺，半菽不遑食❻。君子樹令名，細人效命力❼。不見長河水，清濁俱不息。

【注釋】❶行京口至竹里　京口，今江蘇鎮江。竹里，竹里山，又名翻車峴，在江蘇句容境內。❷高柯危且竦二句　高柯，高樹。危，高聳。竦，聳立。鋒石，尖利的山石。仄，窄斜。❸冰閉　結冰。❹斯志逢彫嚴二句　斯志，此志。彫嚴，指冬天。曛，黃昏。❺無憩鞍　沒有歇息的時候。❻半菽不遑食　半菽，半菜半糧。菽，豆。不遑，沒有閒暇。❼細人效命力　細人，身分卑微的人。效命力，為人役使而獻力。

【語　譯】高大樹木高聳撐天，尖利石塊橫出斜窄。重重山澗松濤隱隱，層層山崖伏臥雲色。結冰天寒正凍堅實，寒風凜冽飛鳥翅斜。實現志向遭遇嚴冬，孤零宦遊逢天將晚。兼程而行馬不卸鞍，粗茶淡飯無暇去吃。大人先生建樹美名，平頭百姓為人役使。豈不見那長江流水，不分清濁都不停歇。

【研　析】本詩乃劉宋文帝元嘉十七年（西元四四〇年）初冬，詩人作為臨川王劉義慶的國侍郎，隨從赴任廣陵，至鎮江而作。詩歌寫沿途所見，並抒發為人驅使奔走的艱辛，及壯志難酬的鬱悶。首六句敘所見之景，高樹枯枝聳向天空，尖利的石塊橫斜伸出，重重山澗松濤隱隱傳來，層層巖崖雲煙臥伏，嚴寒天氣冰凍正堅，飛鳥在凜冽寒風中翅膀都難以平直，多個意象，一個特點，即冷酷奇崛，其反映的正是鬱結難以化開的詩人的心境，是情中景，是人格化了的景觀。「斯志」四句，就自己而言，雖有壯志，卻遭嚴冬；孤單宦遊，又值黃昏；日夜兼程，半菜半飯的粗食，尚無暇去吃，只有忙碌艱辛地奔走。「君子」以下四句，拓寬就一般而言，大人先生們要的是建樹美名，而身分卑微者如自己，只能供人驅使，像那長河流水，不論清濁，總是不停地流瀉，人生也大抵如此。詩人的辛酸苦澀之感，溢於辭表。所謂：「不粘不脫，收得靈動異常。」（張玉穀《古詩賞析》）

上潯陽還都道中作❶

昨夜宿南陵❷，今旦入蘆洲❸。客行惜日月，崩波❹不可留。侵星❺赴早路，畢景逐前儔❻。鱗鱗❼夕雲起，獵獵晚風遒❽。騰沙鬱黃霧，翻浪揚白鷗❾。登艫眺淮甸❿，掩泣望荊流⓫。絕目⓬盡平原，時見遠烟浮。倏忽坐⓭還合，俄思甚兼秋⓮。未嘗違戶庭，安能千里遊？誰令乏古節⓯，貽此越鄉⓰憂？

【注釋】❶上潯陽還都道中作　潯陽，今江西九江。都，指建康（今南京）。❷南陵　南陵戍，在今安徽省繁昌西北江邊。❸蘆洲　當在南陵戍以下。❹崩波　奔騰的波濤。❺侵星　戴星，指早起。❻畢景逐前儔　畢景，落日。前儔，先行者。❼鱗鱗　雲彩之貌。❽獵獵晚風遒　獵獵，風聲。遒，勁。❾翻浪揚白鷗　謂浪花翻騰而鷗鳥驚飛。❿登艫眺淮甸　艫，船頭划槳的地方，指船。淮甸，指繁昌以下一帶地方。

⓫荊流　指長江。⓬絕目　極目。⓭坐　漸。⓮俄思甚兼秋　俄思，俄爾。思，語助詞。兼秋，三秋。⓯古節　指古人慎於出處之操行。⓰越鄉　背井離鄉。

【語　譯】昨夜歇宿在南陵，今晨已經進蘆洲。客地行程惜時光，波濤奔騰難停留。頭頂星星趕早路，太陽落山追前行。暮雲泛起魚鱗狀，獵獵晚風刮正猛。黃沙騰起黃霧結，翻騰浪花鷗鳥飛。登船眺望繁昌下，掩面流涕望長江。極目平原盡頭處，不時看到遠煙浮。一會兒雲霧漸聚合，頃刻寒意過三秋。不曾有過離開家，哪裡能作千里遊？誰令缺乏古高節，留下此等背鄉憂？

【研　析】詩人在宋文帝元嘉十六年（西元四三九年），被臨川王劉義慶任命為國侍郎，到江州任職。這是詩人最初為官。本詩乃詩人由江州任因事返都，途程所作。詩歌首六句，敘返程情況。昨夜留宿南陵，今天已到蘆洲，寫其行程行進的神速。客途珍惜時間，爭分奪秒，言其歸心似箭，不肯有任何耽擱。江濤奔騰，詩人也隨著波濤滾滾，奔馳京城，披星戴月，日夜兼程。「鱗鱗」以下四句，為途程所見之景。暮雲如鱗，晚風獵獵，黃沙翻滾塵霧迷漫，波濤洶湧白鷗驚飛，是黃昏時分江上江畔景致，有如畫筆，傳神寫照。「登艫」以下六句，為詩人眺望所感。淮甸為京國之地，荊流是任職之所，詩人極目遠眺，見浮煙裊裊時起，雲霧聚合，想到自身的遭遇，仕途的不測風波，離鄉背井的飄零生涯，覺冷過三秋，心境更感蒼涼悲愴，不禁悲從中來，掩面而泣。結末四句，直抒感慨，從前不曾離開家鄉一步，而今忽為千里宦遊，而這懷鄉之憂的造成，都在自己不能有古人慎其出處的操行，輕於出仕導致，頗有自悔自責之意。何焯謂此詩「字字清新句句奇」（《昭昧詹言》引），頗激賞其文字。

發後渚❶

江上氣早寒，仲秋始霜雪。從軍乏衣糧，方❷冬與家別。蕭條背鄉心，悽愴清渚❸發。涼埃暉平皋，飛潮隱修樾❹。孤光獨徘徊，空烟視昇滅。塗隨前峰遠，意逐後雲結❺。華志❻分馳年，韶顏慘驚節❼。推琴三起歎，聲為君❽斷絕。

琢句甯生澀，不肯凡近。

【注釋】❶發後渚　長江灘頭名，在建業（今南京）城外江上。❷方　初。❸清渚　清江之渚。❹涼埃暉平皋二句　埃，煙塵。暉，別本作「晦」，暗。平皋，這裡指江岸。修樾，長長的林蔭。❺結　聚積。❻華志　美好的情志。❼韶顏慘驚節　韶顏，美好的容顏。慘，慘傷。驚節，驚痛時序的飛轉。❽君　詩人自謂。

【語譯】長江之上天氣早寒，仲秋時節初降霜雪。從軍而行衣糧短缺，初冬時候告別家人。背井離鄉心中淒涼，悽愴悲傷清江舟發。寒涼塵埃隱沒江岸，飛騰潮水遮隱長林。太陽孤影獨自遊蕩，空中炊煙時見起滅。道途隨著峰來而遠，雲逝身後心緒鬱結。美好情志隨年流逝，容顏慘傷驚痛時過。推琴起身多聲歎息，琴聲因君站起斷絕。

【研析】本詩寫行役之作。首六句寫出行時情景。江上寒氣來早，仲秋已見霜雪，到詩人從軍出行之初冬，嚴寒可知。天氣的嚴寒，又缺衣少糧，衣食難飽，其苦可知。正是在這樣一種情景下，詩人懷著蕭瑟的背井離鄉之情，悽楚傷感地從清江後渚出發了。「涼埃」以下六句，寫沿途之景。塵埃之涼，足見天寒。寒涼的塵埃飛揚，江岸為之昏暗；潮水洶湧，長林為之隱沒；太陽光孤零零地遊蕩，空中炊煙時起時隱；到一峰前，前途似乎更加遙遠；雲彩向身後飛逝，思親之情愈濃，肅殺淒迷之景中，詩人迷惘灰暗的心情昭然。結末四句，前二句再點時節及行役，表現時光流逝，事業無成的苦悶；後二句以推琴而起，琴聲斷絕，感歎不置作收。詩歌「涼埃」以下，每多生新造語，王夫之尤讚其「孤光」句，謂之「髮心泉筆」《古詩評選》，心細如髮，筆如泉湧。

詠史

五都矜財雄，三川養聲利❶。千金不市死，明經有高位❷。京城十二衢，飛甍各鱗次❸。仕子彯華纓，游客竦輕轡❹。明星晨未晞，軒蓋已雲至❺。賓御紛颯沓❻，鞍馬光照地。寒暑在一時，繁華及春媚。君平獨寂寞⑦，身世兩相棄。陶朱公曰：吾聞千金之子，不死於市。○任得斗絕，昔人所謂勒舞馬勢也。

【注釋】❶五都矜財雄二句　五都，分別指洛陽、邯鄲、臨淄、宛、成都，漢朝的五座城市。矜，誇耀；依仗。三川，郡名，以擁有河、洛、伊三水得名。聲利，名利。❷千金不市死二句　市死，死於市，指受極刑。明經，精通經學，漢朝以明經術者為博士官。❸京城十二衢二句　衢，大道。飛甍，翹起如飛的屋簷。鱗次，密集有序的排列。❹仕子彯華纓二句　彯，長帶飄動貌。纓，冠帶。竦輕轡，形容提轡策馬奔馳的形狀。竦，執；動。❺明星晨未晞二句　明星晨未晞，言天尚未亮。晞，本作「稀」。軒蓋，車蓋，指貴族所乘之車。❻賓御紛颯沓　御，車夫。颯沓，眾盛貌。❼君平獨寂寞　用漢朝嚴君平事。《漢書》載其卜筮於成都，得百錢足自養，則閉肆下簾授《老子》，依老莊之旨著書十餘萬言。

【語譯】五都誇耀財力雄厚，三川滋生富貴名利。千金之子不死於市，精通經學具有高位。京城之地十二大道，飛翹屋簷各如鱗次。官宦華美冠帶飄揚，遊客提轡策馬奔馳。凌晨明星還未稀疏，貴族車駕如雲已至。賓客車夫紛至沓來，鞍馬金光照耀道路。寒去暑來一時之間，繁華如同春光明媚。嚴氏君平獨自寂寞，自身與世兩相遺棄。

【研析】本詩託詠史以寫實，以京城富貴榮華名利之場，與隱者嚴君平的寂寞窮居，形成對比，歌頌了不仕之士，諷刺了追逐名利之徒。首四句總寫五座都市奢華而炫耀財力，京城乃名利之場，及富貴者特權與出身。「京城」以下四句，專門鋪寫京城繁華，冠蓋滿城，遊者飛揚。「明星」以下六句，由遊者遞及宦遊之人，奔競權利之人，天尚未亮，已如雲而至，鑽營謀職。鞍馬之光照地，足見其盛眾。寒暑一時，繁華也如春媚，比得警驚。結末二句，大熱之後，亮出一冷，嚴君平淡泊名利，身既隱，喧囂俗世也忘其存在。冷熱對比中見出品節高尚與卑下。所謂：「跌得醒，勒得峭。」（張玉穀《古詩賞析》）

擬古

魯客事楚王，懷金襲丹素❶。既荷主人恩，又蒙令尹顧❷。日晏罷朝歸，輿馬塞衢路❸。宗黨生光華，賓僕遠傾慕❹。富貴人所欲，道德亦何懼！南國有儒生，迷方獨淪誤❺。伐木清江湄❻，設罝守毚兔❼。

【注　釋】❶魯客事楚王二句　魯客，詩中假設之人。懷金，懷揣金印。襲，穿著。丹素，本《詩經・唐風・揚之水》：「素衣朱襮。」後世泛稱士大夫的衣服為丹素。❷既荷主人恩二句　荷，承受。主人，指楚王。令尹，卿相。楚國稱諸侯之卿為令尹。顧，眷念。❸日晏罷朝歸二句　日晏，日暮。輿馬，車馬。衢路，四通八達的大道。❹宗黨生光華二句　宗黨，宗族鄉鄰。賓僕，賓客僕人。❺南國有儒生二句　儒生，詩人自指。迷方，迷失道路。淪誤，沉淪謬誤。❻伐木清江湄　本《詩經・魏風・伐檀》：「坎坎伐檀兮，置之河之干兮，河水清且漣猗。」謂伐木為車以陸行，置之河邊則無用。湄，河邊。❼設罝守毚兔　罝，捕兔之網。毚兔，狡兔。

【語　譯】魯客出仕侍奉楚王，懷抱金印穿著丹素。既已承受君主恩惠，又蒙卿相顯貴眷顧。

日暮散朝眾官歸來，車馬塞滿寬敞大路。宗族鄉鄰感覺光彩，賓客僕人四邊傾慕。富貴世上人所想要，合乎道德也何懼怕！南國有位讀書儒生，迷失方向沉淪謬誤。砍伐木頭清水河邊，設置兔網等候狡兔。

【研　析】擬古乃模擬古詩文而作。鮑照〈擬古〉凡八首，本篇為原第一首。在虛擬魯客的榮華顯達，與自寓的南國儒生的潦倒固窮而守志的對照中，表明了對高隱情懷的讚頌。首八句，前四句寫魯客出仕楚國，受楚王厚恩，蒙卿相看重，揣金印，衣丹素，極其得意榮華。「日晏」二句，寫散朝後摩肩接踵之熱鬧景觀，衢路輿馬為之阻塞，喧鬧一時。「宗黨」二句，所謂一人升天，仙及雞犬，賓朋僕人為人傾慕，宗族親戚為之榮耀，的是封建時代真實情景。「富貴」二句，用《論語・里仁》典故，「富與貴，是人之所欲也；不以其道得之，不處也。」就上文所寫作一議論小結：富貴乃人之所欲，符合道德，也無不可。但取富貴以道，又何其容易！「南國」以下四句，寫南國儒生，求仕無方，沉淪迷惑，此也鬱憤之言，是對社會用人不公的針砭；伐木清江之濱，設網以待狡兔，詩人高尚其志可知。

十五諷詩書，篇翰靡不通❶。弱冠參多士，飛步遊秦宮❷。側覲君子論，預見古人風❸。兩說窮舌端❹，五車摧筆鋒❺。羞當白璧貺❻，恥受聊城功❼。晚節從世務，乘障遠和戎❽。解佩襲犀渠，卷袠奉盧弓❾。始願❿力不足，安知今所終。

《韓詩外傳》：楚襄王遣使者持金千斤，白璧百雙，聘莊子為相，莊子不許。

【注　釋】❶十五諷詩書二句　諷，背誦。篇翰，篇籍書翰，泛指典籍文章。❷弱冠參多士二句　參，拜謁。多士，世顯之人；朝臣顯貴。飛步，高步；步履如飛。秦宮，秦朝咸陽之宮，泛指京都。❸側覩君子論二句　側覩，旁觀。君子論，有德行者的著述。古人風，古人風度。❹兩說窮舌端　用戰國齊人魯仲連兩次遊說解救趙齊二國事。見《史記・魯仲連列傳》。窮舌端，使舌辯之士辭窮。❺五車摧筆鋒　五車，本《莊子・天下》：「惠施多方，其書五車。」指著述之多。摧筆鋒，摧折文士的筆鋒。❻羞當白璧貺　本《韓詩外傳》記載，楚襄王派人以黃金千斤、白璧百雙聘莊子為相，莊子不受。貺，賞賜。❼恥受聊城功　《史記・魯仲連列傳》載，魯仲連助田單攻下聊城，平原君欲授爵祿，仲連不受，逃隱海上。❽晚節從世務二句　晚節，指晚年。世務，治世之務。乘，守。障，在邊塞修築的防禦城堡。和戎，和睦鄰族。❾解佩襲犀渠二句　指因穿戎裝而解下常服玉佩。襲，穿。犀渠，犀牛一類，指犀渠皮製成的鎧甲。袠，書套；書衣。盧弓，黑色的弓。❿始願　往日的志願。

【語　譯】十五少年背誦詩書，文章典籍無不通悉。弱冠之年拜謁顯貴，步履輕盈出入京城。旁窺獲讀聖賢高論，先能知悉古人風度。仲連兩說辯才辭窮，學富摧折文士筆鋒。羞於接受白璧賞賜，恥於接受聊城爵封。晚年忙於從事公務，守護屏障遠和邊庭。解下玉佩穿上鎧甲，捲起書套捧起大弓。最初志願無力實現，哪裡知道眼下結局。

【研　析】本篇為〈擬古〉八首之二。詩歌抒寫了素志未酬，以及對於未來的惘然心緒。首四句，寫自己少年飽讀詩書，精通典籍，拜會權貴，出入京城，希望有所際遇，際會風雲，建功立業。「側覘」以下六句，寫自己得窺古代賢人高論，修煉古聖人風度，知道了魯仲連兩次遊說，屈舌辯之士，摧折文人筆鋒，建巨功而羞受白璧之賜，恥要爵祿之封，此也自己素志所在，於心羨之。「晚節」四句，寫自己晚年忙碌於公務瑣事，換下儒裝，捲起詩書，穿上戎裝，捧起大弓，去戍守邊庭，有背夙願。結末二句，以始願的無力實現，表達了對將來前途的迷惘心緒，詩人心情的黯淡可知。詩歌風格類於阮籍〈詠懷〉及左思〈詠史〉之作。

幽并重騎射❶，少年好馳逐。氈帶佩雙鞬，象弧插雕服❷。獸肥春草短，飛鞚越平陸❸。朝游雁門上，暮還樓煩宿❹。石梁有餘勁❺，驚雀無全目❻。漢虜方未和，邊城屢翻覆❼。留我一白羽，將以分符竹❽。

《闞子》曰：宋景公使弓人為弓，九年乃成。公援弓東面而射之，矢踰於西霜之山，集於彭城之東，其餘力益勁，猶飲羽於石梁。○《帝王世紀》：羿與吳賀北遊，賀使羿射雀，羿曰：生之乎？殺之乎？賀曰：射其左目。羿中其右目，抑首而媿，終身不忘。

【注釋】❶幽并重騎射　幽并，幽州、并州。自古二州多遊俠。❷氈帶佩雙鞬二句　氈帶，毛織佩帶。鞬，盛弓之器；弓袋。象弧，象牙裝飾的弓。雕服，繪彩的箭囊。❸飛鞚越平陸　飛鞚，跑馬如飛。鞚，馬勒。平陸，平川。❹朝游雁門上二句　雁門，雁門山，在今山西代縣西北，為古來邊地要塞。樓煩，縣名，在今山西省寧武縣附近。❺石梁有餘勁　本《闞子》所載宋景公故事。景公使工人為弓，九年始成。景公登虎圈臺，援弓東面射之，箭逾於西霜之山，集於彭城之東，其餘力逸勁，猶沒羽於石梁。❻驚雀無

全目 本《帝王世紀》載后羿故事。據載,帝羿有窮氏與吳賀北遊,賀使羿射雀,羿曰:「生之乎?殺之乎?」賀曰:「射其左目。」羿引弓射之,誤中右目。羿仰首慚愧,終身不忘。❼漢虜方未和二句 漢,代指中原。虜,對北部少數民族的蔑稱。翻覆,指戰事頻仍,翻來覆去。❽留我一白羽二句 白羽,箭名。符竹,銅虎符與竹使符,漢朝國家派兵遣使的憑信,剖而為二,右半留京都,左半分給郡守。

【語 譯】幽并風俗重視騎馬射箭,英俊少年喜歡馳騁奔逐。毛織佩帶掛著盛弓器具,象牙雕弓插在彩繪箭囊裡邊。野獸肥碩春天草兒還短,奔馳跑馬穿越草原平川。清晨遊歷雁門邊塞之上,黃昏回到樓煩縣城歇宿。沒羽石梁飛箭尚有餘勁,驚起雀兒已經沒有全目。中原邊庭尚在未和之際,邊疆戰爭多有翻覆產生。留下白羽一枝給我,將用分剖虎竹符節。

【研 析】本篇為〈擬古〉八首之三,詩歌通過對幽并豪俠少年的謳歌,表達了詩人為國戍邊,建功立業的壯志。首二句直接推出人物,幽、并之地,民風強悍,古來多有豪俠;英俊少年,喜好的就是跑馬射箭,習尚武事。「氈帶」以下八句,分別寫其颯爽英姿及超凡的騎射之術。毛織佩帶,掛有一雙弓袋;象牙雕弓,彩繪箭囊滿插箭矢,都是少年豪俠武士裝扮。草短獸肥,正是射獵時候,在開闊的草原平川上,騎馬少年們正揚鞭策馬,馳騁飛奔著。朝遊雁門,晚歇樓煩,可見其騎術高妙,速度迅捷。箭羽沒入石堰,用宋景公典故,寫其超人的臂力;雀無完目,用后羿典故,誇飾其神異箭法。「漢虜」以下四句,乃少年自述,邊庭未安,戰事頻仍,願留一箭,鎮守邊關,此也詩人之志。他希望能如幽并少年一樣,抗擊外侵,為劉宋安定邊疆,建不世功勳。詩寫得俊逸奇警,與曹植〈白馬篇〉彷彿。

鑿井北陵隈❶，百丈不及泉。生事本瀾漫，何用獨精堅❷。幼壯重寸陰，衰暮及輕年❸。放駕息朝歌，提爵止中山❹。日夕登城隅，周迴視洛川❺。街衢積凍草，城郭宿寒烟。繁華悉何在，宮闕久崩填❻。空謗齊景非，徒稱夷叔賢❼。末即賢愚同盡意。

【注　釋】❶鑿井北陵隈　北陵，地名，或稱為雁門山。隈，山曲處。❷生事本瀾漫二句　生事，人生之事。瀾漫，如瀾之漫，分散眾多貌。精堅，專於一途。❸幼壯重寸陰二句　重寸陰，珍視分秒的時間。及，或作「反」。輕年，指輕忽時間。❹放駕息朝歌二句　放駕，脫駕，停車。朝歌，地名，殷朝都城，在河南淇縣北。《漢書・鄒陽傳》載「邑號朝歌，墨子回車」，言墨子反對音樂，故聞其名而返，這裡乃反用其意。爵，飲酒器。中山，漢朝郡名，原古中山國地，在河北定縣。❺日夕登城隅二句　城隅，城角。周迴，反覆。洛川，洛水。❻崩填　崩塌填平。❼空謗齊景非二句　齊景，齊景公。夷叔，伯夷、叔齊。

【語　譯】北陵山曲開鑿水井，百丈深處不及泉眼。人生之事本來多樣，豈用專攻惟獨一門。少壯時候珍重分秒，衰老之年反輕時間。停車歇息京城之中，提著酒壺停在中山。日暮登上城的一角，反覆觀覽流水洛川。寬敞街道堆積凍草，城市中間寒煙盤旋。繁華鼎盛都在哪裡，宮殿崩毀重又填平。空自譭謗齊景公非，徒然稱頌夷齊聖賢。

【研　析】本篇為〈擬古〉八首之四，擬暮年放志行樂之詩。首六句，以鑿井北陵，百丈之深，尚不及水為比，寫人生原本多樣，而自己少壯沉湎學問，珍惜時間，也終於徒然無益，暮年醒悟，不可執著，此也不無憤激之意在。「放駕」四句，寫放志行樂的內容，遊朝歌，止中山，美酒一壺，登城隅，望洛川。「街衢」四句，就所見揭出富貴繁華難留，昔日繁華地，今為瓦礫場，反證及時行樂的正確。「空謗」二句，以古人為例，再揭示譭謗榮辱，轉瞬成空，學問無益，當放志行樂。似悟徹人生，實憤激成語。

河畔草未黃，胡雁已矯翼❶。秋螢扶戶吟，寒婦成夜織❷。去歲征人還，流傳舊相識❸。聞君上隴時❹，東望久歎息。宿昔改衣帶，朝日異容色❺。念此憂如何，夜長愁更多。明鏡塵匣中，瑤琴生網羅❻。

扶戶吟，扶，猶依也。

【注　釋】❶胡雁已矯翼　胡雁，北來之雁。矯翼，振翅。❷秋螢扶戶吟二句　秋螢，別本作「秋蛩」，蟋蟀。扶，傍。成夜，整夜。❸去歲征人還二句　征人，行役之人。流傳，傳言。❹聞君上隴時　君，指丈夫。上隴，登上隴山，在今陝西隴縣西北。❺宿昔改衣帶二句　宿昔，早晚。改衣帶，指因憂愁而消瘦，腰帶變寬。異容色，指容顏變得憔悴。❻明鏡塵匣中二句　謂因思念夫君，無心化妝，明鏡閒置蒙塵之匣中，無心彈琴，瑤琴上結滿了蜘蛛網。瑤，美玉。

【語　譯】河畔草兒尚未枯黃，大雁已經振翅欲翔。蟋蟀傍著門戶吟唱，貧寒婦人整夜紡織。去年行役有人歸來，傳說與你邊地相識。聽說在你登隴山時，東望家鄉久久歎息。早晚之間衣帶變寬，晨暮一日憔悴容顏。想到這些憂愁不堪，長夜漫漫憂傷更多。明鏡閒置塵匣之中，瑤琴拋擱上結網羅。

【研　析】本篇為〈擬古〉八首之七，乃擬思婦之作。首四句，寫秋天寒婦夜織。河畔秋草未黃，季節已到，北雁已經準備南飛，此寓懷念遠人未歸之意。蟋蟀啼鳴，進一步渲染秋意，寒婦正是在肅殺之秋中，成日整夜地紡織。「去歲」以下六句，就征人還者，傳言認識丈夫，寫行役中人懷鄉思親之苦。望鄉長歎，衣帶頓寬，容顏憔悴，寫行人也寫思婦，思婦之苦，必更甚者。「念此」以下四句，轉換韻腳，再寫思婦孤寂冷清，無情無緒，懶得化妝，鏡子閒置匣中蒙塵，無心彈琴，以致上邊結滿蜘蛛之網。張玉穀《古詩賞析》評：「音節鏗鏘之後，忽用曼聲搖曳之，何等姿致！」

蜀漢多奇山，仰望與雲平。陰崖❶積夏雪，陽谷❷散秋榮。朝朝見雲歸，夜夜聞猿鳴。憂人本自悲，孤客易傷情。臨堂設樽酒，留酌思平生。石以堅為性，君勿慚素誠❸。

〈擬古〉諸作，得陳思、太沖遺意。

【注　釋】❶陰崖　山北崖。❷陽谷　山南谷。❸素誠　素有的誠意。

【語　譯】蜀漢地帶多有奇山，抬頭仰望高入雲端。北山崖上夏日積雪，南山谷裡秋季花開。

日日看見雲彩歸來，夜夜聽到猿猴哀鳴。懷憂的人本就悲楚，獨在外鄉容易傷情。堂上擺下美酒一樽，留著斟酌思念平生。石頭堅硬為其本性，您也不愧素來真誠。

【研　析】本詩乃〈擬古〉八首最後一篇，詩寫客地懷念親友之情。首四句敘客地之景，蜀漢高山林立，山峰高聳入於雲霄。夏日北山尚積雪未化，秋日南山谷裡鮮花開得正盛，氣候的差異，也足以顯示其地勢的複雜，山巒的奇峻。「朝朝」四句，寫客地孤寂，懷鄉思親。「朝朝」、「夜夜」互文見義，雲之歸山，猿之啼鳴，觸景傷情，使本有憂愁的人更添愁思，使孤身飄零在外的遊子益覺悲楚，懷鄉思親之愁越發濃烈。結末四句，臨堂設酒，留酒以待友人；石頭的堅固，比友情的不可動搖；詩人不懷疑朋友的真誠，也希望朋友同樣堅如金石。沈德潛評：「〈擬古〉諸作，得陳思、太沖遺意。」謂其樸直有風骨在焉。

紹古辭❶

橘生湘水側，菲陋❷人莫傳。逢君金華宴❸，得在玉几❹前。三川窮名利❺，京洛富妖妍❻。恩榮難久恃，隆寵易衰偏。觀席❼妾悽愴，覩翰君泫然❽。徒抱忠孝志，猶為葑菲遷❾。

【注　釋】❶紹古辭　紹，承繼，謂承繼隱括古詩篇意。❷菲陋　菲薄淺陋。❸金華宴　金華殿之宴。金華殿，漢朝宮殿名。❹玉几　玉案，帝王所用。❺三川窮名利　東周以河、洛、伊為三川。窮，盡。❻京洛富妖姸　本曹植〈名都篇〉：「名都多妖女，京洛出少年。」❼席　宴席。❽覩翰君泫然　翰，書信。泫然，流淚貌。❾猶為葑菲遷　本《詩經．邶風．谷風》：「采葑采菲，無以下體。」葑，蔓菁。菲，蘿蔔。下體，根莖。謂以其根莖之苦而連葉一同拋棄。葑菲，用作自謙，謂其人鄙陋或有一德可取。

【語　譯】橘子生長湘水畔，菲薄淺陋無人傳。遭逢君王宮殿宴，得以擺到玉案前。三川之地盡名利，京洛多有妖豔女。恩惠難以久憑恃，盛寵容易轉衰弛。觀看宴席我悽愴，看到書信君淚潸。徒然抱有忠孝心，還作葑菲遭棄置。

【研　析】〈紹古辭〉凡七首，本書選其三首。紹即承繼，謂承古詩之意而為此詩。本篇為第一首。詩歌承襲屈原〈橘頌〉之意，以橘樹自比，表明自己「受命不遷」、「更壹志兮」的品格。首四句，自比橘子，因了君王宴席，得擺其案頭，謂自己得以出仕的偶然。「三川」以下四句，謂京洛三川之地，名利場中，人們競名逐利，多有鑽營好手，而恩寵也如此不可靠，難久恃，的是宦海常情。「觀席」以下四句，妾自指，觀朝廷群臣，蠅營狗苟，詩人悽愴悲切；而朝廷看自己忠貞滿溢之信，應當感動流涕，此詩人一廂情願的想法。結末二句，忠孝之志徒抱，葑菲見棄，即是明證，既然對社會有如此清醒認識，詩人之感慨悲傷可見。

昔與君別時，蠶妾初獻絲❶。何言年月駛，寒衣已擣治❷。絲縧多廢亂，篇帛久塵緇❸。離心壯為劇，飛念如懸旗❹。石席我不爽，德音君勿欺❺。　易旌為旗，古人亦有此種強押。

【注　釋】❶蠶妾初獻絲　蠶妾，養蠶女。初獻絲，指農曆三月，《禮記・月令》載：「季春蠶事既登。」❷何言年月駛二句　本古詩：「涼風率已厲，遊子寒無衣。」何言，不意。駛，迅疾。擣治，言擣絲以治冬衣。❸絛繡多廢亂二句　本陸機〈為顧彥先贈婦詩〉：「京洛多風塵，素衣化為緇。」絛繡，捆繫好的花繡。絛，編絲繩。篇帛，理好的絲帛。篇，連。❹離心壯為劇二句　本《戰國策》「心搖搖如懸旌而無所終薄」。壯，大。劇，強烈。懸旗，比喻心中不安的樣子。❺石席我不爽二句　《詩經・邶風・柏舟》：「我心匪石，不可轉也。我心匪席，不可卷也。」爽，失約。德音，美善之言。欺，辜負。

【語　譯】從前和您相別時，蠶女獻絲三月天。不料年月如奔駛，已到擣治冬衣期。捆好花繡多廢亂，理成絲帛久塵染。離別愁思好強烈，心緒紊亂如搖旗。石席之言我不背，好聽話兒君莫違。

【研　析】本篇為組詩第二首，寫思婦思夫之情。首四句，由昔到今，昔之相別，在蠶女獻絲之時；而今時光，已到秋末冬初擣治冬衣，大半個年景已過。「絛繡」以下四句，絛繡之亂，篇帛塵染，都暗寫思婦的無情無緒，寂寥度日。愁緒難安，再以搖旗比之，益發形象真切。「石席」二句，用《詩經》典故，申說自己的不負丈夫，而丈夫則負約薄倖。記住走時信誓旦旦的美言，不要辜負，怨怒之情盡顯。

瑟瑟涼海風，竦竦寒山木❶。紛紛羈思盈，慊慊夜絃促❷。訪言山海路，千里歌別鶴❸。絃絕空咨嗟，形音誰賞錄❹！辛苦異人狀，美貌改❺如玉。徒畜巧言鳥❻，不解心款曲。

【注　釋】❶瑟瑟涼海風二句　瑟瑟，涼貌。竦竦，寒貌。❷紛紛羈思盈二句　紛紛，盈貌。慊慊，促貌。❸訪言山海路二句　嵇康〈琴賦〉：「王昭楚妃，千里歌別鶴。」訪言，尋訪。言，語詞，無義。千里歌別鶴，樂府有〈飛鵠行〉。❹絃絕空咨嗟二句　本《呂氏春秋》：「鍾子期死，伯牙擗琴絕弦，終身不復鼓琴，以為世無足鼓琴者也。」❺改　再。❻巧言鳥　指鸜鵒。

【語　譯】瑟瑟吹拂海風涼，竦竦刮響山林寒。羈旅愁思紛紛是，夜間琴弦聲慊慊。山海茫茫探尋路，千里飄零歌別鶴。擗斷琴弦空歎息，容顏聲音誰鑒賞！辛苦憔悴異人形，美貌也如白玉潤。徒然養得八哥鳥，不能理解人心跡。

【研　析】本詩為組詩第三首，寫渴慕知音之情。首四句言客地羈旅之苦，浪跡飄零，從海邊到山林，愁思如織，盈滿心懷，夜間急促的琴聲，正是焦灼煩躁心情的寫照。「訪言」以下四句，由四海茫茫，延及昭君故實；由別鶴曲，再延及鍾子期擗琴謝知音的故事，知音不存，無人鑒賞，只能空懷惆悵。結末四句，自己才美如玉，愁思憔悴，養得巧言八哥，也徒然不能理解心跡。世無知音，才人苦悶至極。結末八哥鳥之喻，新警喜人。

學劉公幹體❶

胡風吹朔雪，千里度龍山❷。集君瑤臺上，飛舞兩楹前❸。茲晨❹自為美，當避豔陽天❺。豔陽桃李❻節，皎潔不成妍。

【注　釋】❶學劉公幹體　劉公幹，即「建安七子」之一的劉楨。蓋學其〈贈從弟〉之作。❷胡風吹朔雪二句　胡風，北風。朔雪，北方之雪，喻高潔之士。龍山，逴龍山。《楚辭・大招》王逸注：「北方有常寒之山，陰不見日，名曰逴龍。」❸集君瑤臺上二句　瑤臺，華美的樓臺。楹，堂屋前柱子。❹茲晨　或作「茲辰」，這時辰。❺豔陽天　指春日。❻桃李　喻小人。

【語　譯】北風吹刮著北方雪，越過龍山千里來。停落朝廷華美樓臺，輕盈飛舞在楹柱之前。這個時候自感美麗，應當躲避春日照曬。春天是那桃李的季節，皎潔雪花不能美妍。

【研　析】〈學劉公幹體〉凡五首，本篇為其第三首。詩歌通篇用比，首四句，朔方邊寒之地，其晶瑩潔白之雪，被北風吹刮，越過龍山，來到京都，或落在華美的樓臺上，或飛舞在廳堂前之楹柱間，正如出身寒微之詩人，偶然的機會，憑其才學，得進朝廷。「茲晨」以下四句，雪花固然美麗之極，但朝廷非其所在，春日豔陽之天，這是桃李爭奇鬥妍的季節，春日只對桃李施惠，於雪花，只能帶來毀滅，此也比喻如詩人這般具有晶瑩高潔人格者，在蠅營狗苟的官場，並不可能有好的出路。王夫之《古詩評選》謂：「光響殊不似劉。劉俊，鮑本自俊，故鮑喜學之。然起二語思路遠，遣句有神韻，固已敻絕。」

遇銅山掘黃精❶

土肪閟中經，水芝韜內策❷。寶餌緩童年，命藥駐衰曆❸。矧蓄終古情，重拾烟霧迹❹。羊角棲斷雲，榼口流隘日❺。銅溪晝森沉，乳竇夜涓滴❻。既類風門磴，復像天井壁❼。蹀蹀寒葉離，灇灇秋水積❽。松色隨野深，月露依草白。空守江海思，豈懷梁鄭客❾。得仁古無怨❿，順道今何惜⓫。

清而幽，謝公詩中無此一種，此唐人先聲也。

【注釋】❶遇銅山掘黃精　銅山，在今江蘇徐州銅山縣東北。黃精，草名，又名黃芝，古人稱其太陽之草，食之可以長生。❷土肪閟中經二句　肪，肥沃。閟，隱而不發。中經，指《山海經·中山經》。水芝，指黃芝。韜，藏。內策，東漢稱緯書為內策。❸寶餌緩童年二句　餌，藥。緩，延緩。命藥，續命之藥。衰曆，衰年。❹矧蓄終古情二句　矧，況；又。蓄，含有。終古，千古不老。烟霧迹，指修仙養道之事。❺羊角棲斷雲二句　羊角，山峰名。榼口，喻指淺澗。榼，古代盛酒器具，酒壺類。❻銅溪晝森沉二句森沉，陰沉。乳竇，石鐘乳洞。涓滴，水滴瀝不停。❼既類風門磴二句　風門，《武陵記》：「風門之山，有石門，去地百餘丈。將欲風起，隱隱有黑氣上，須臾竟天。」磴，石階。天井，關隘名，在上黨地區。❽蹀蹀寒葉離二句　蹀蹀，微動貌。灇灇，水流聲。❾梁鄭客　指莊子、列子一類。莊子梁地蒙人，列子鄭人。❿得仁古無怨　本《論語》：「求仁得仁，又何怨？」⓫順道今何惜　《三國志·魏志·鍾繇傳》注：「順道者昌，逆德者亡。」

【語譯】肥土中經祕不宣，靈芝深藏在內書。寶藥延緩童年期，延命靈藥止衰年。又為擁有長生情，重新撿起煙霞事。羊角高峰斷雲棲，淺澗狹流難見日。銅山溪澗晝陰森，鐘乳石洞夜滴水。既類風門山上階，又像天井谷中壁。寒意籠罩草木搖，淙淙流響秋水聚。松葉如同郊野色，月下露水同草白。空有放情四海志，哪裡繫念莊列儕？得仁古來無怨悔，遵從正道今何歎。

【研析】本詩以銅山掘得仙草黃芝為由頭，抒發了放情四海之志，正道無悔之心。首六句，寫靈藥長生之事。銅山肥土，中經祕而不宣；水芝仙藥，內書中藏而不顯，俱寫黃精的神祕，發現之不易。寶藥延年，青春持久，終止衰老，都為求神仙者的說法，有了養生不老之情，便有了古來神仙之事。「羊角」以下十句，均寫銅山溪澗風景。峰巒如同羊角，斷雲繚繞；谷口有似酒壺，陽光難以照映；白晝陰森黑暗，夜晚鐘乳石洞水滴不斷；類於風門山之石階，又似天井谷的峭壁；寒意籠罩中，草木之葉凋落，淙淙水流，秋水匯集；松樹枝葉如原野之色，月下白露混同秋草，一個幽邃神祕、人跡罕到之地，唯其如此，纔長有黃精仙芝。「空守」以下四句，乃由景生情，詩人說自己並不懷戀莊子、列子等道教中人，表明其對神仙之說，並不認同；而放情四海之志的「空守」，詩人落寞失意心跡可知。得仁無怨，詩人以古之聖賢為比，抒發了其無怨無悔，不肯改變素志的節操。沈德潛評：「清而幽，謝公詩中無此一種，此唐人先聲也。」充分肯定了其導夫先路之功。

秋夜

遯跡避紛喧，貨農棲寂寞❶。荒徑馳野鼠，空庭聚山雀。既遠人世歡，還賴泉卉❷樂。折柳樊場圃❸，負綆❹汲潭壑。霽旦❺見雲峰，風夜聞海鶴❻。江介❼早寒來，白露先秋落。麻壟方結葉，瓜田已掃籜❽。傾暉忽西下，迴景思華幕❾。攀蘿席中軒❿，臨觴不能酌。終古自多恨，幽悲共淪鑠⓫。

【注釋】❶遯跡避紛喧二句　遯跡，隱跡。貨農，生利於農。❷卉　泛稱花草。❸折柳樊場圃　《詩經・齊風・東方未明》：「折柳樊圃。」樊，編籬笆。圃，菜園。場圃，《周禮・地官》疏：「場圃連言，同地耳。春夏為圃，秋冬為場。」❹綆　井繩。❺霽旦　晴天。❻海鶴　即江鷗。❼江介　江岸。❽麻壟方結葉二句　壟，田中高處。結葉，葉子捲曲。籜，皮；殼。❾傾暉忽西下二句　孫綽〈遂初賦〉：「少慕老莊，仰其風流，乃經始東山，建五畝之宅。帶長阜，倚茂林，孰與坐華幕、擊鐘鼓者同年而語其樂哉？」傾暉，斜陽。迴景，返射的夕陽。華幕，華麗的帷幕。⑩攀蘿席中軒　席，坐。中軒，庭院中。⑪淪鑠　銷化沉沒。

【語　譯】隱居逃避紛亂喧囂，生利於農棲身幽僻。荒蕪小路野鼠奔竄，空寂院落山雀聚集。既已遠離人世歡鬧，還賴林泉自然之樂。折柳編織園圃籬笆，背著井繩潭壑汲水。晴日能見雲繞峰巒，大風夜聽江鷗鳴聲。江畔寒氣過早到來，白露先於秋季降臨。高處麻田剛剛捲葉，瓜地已經打掃瓜皮。斜陽匆匆西邊落山，夕陽返照思慕華幕。手掰藤蘿坐在院中，對著酒壺難以飲喝。自古以來多有恨事，深悲一齊消磨沉淪。

【研　析】〈秋夜〉凡二首，本篇為第二首。這是一首田園詩。首二句，點出為避鬧市喧囂紛亂，歸隱田園，躬耕自足，不寄生於農民。「荒徑」以下十二句，是田園風光。小路荒草叢生，野鼠奔竄；空曠的庭院裡，山雀旁若無人地聚停；詩人欣賞著山光水色自然泉林之美。折柳為園圃編織籬笆，扛著井繩到深潭幽壑汲水，晴天看見峰巒雲繞，風夜聽到江鷗鳴唱，江畔早寒，白露先秋而降，麻葉方捲，瓜田已開始清掃，都是田園勞動與生活中最真切的感受與見聞。「傾暉」以下六句，是詩人面對斜陽夕照，所興感慨。夕陽返照，似乎思戀著華美的帷幕；詩人則手牽藤蘿，坐在庭院，對酒難飲，想著古來多少不平之事，一齊銷鑠沉淪。

翫月城西門廨中❶

始見西南樓，纖纖如玉鉤❷。末映西北墀，娟娟似蛾眉❸。蛾眉蔽珠櫳，玉鉤隔瑣窗❹。三五二八時，千里與君同❺。夜移衡漢落，裴徊帷戶中❻。歸華先委露，別葉早辭風❼。客遊厭苦辛，仕子倦飄塵❽。休澣自公日，宴慰及私辰❾。蜀琴抽〈白雪〉，郢曲發〈陽春〉❿。肴乾酒未闋，金壺起夕淪⓫。迴軒駐輕蓋⓬，留酌待情人。少陵所云俊逸，應指此種。

【注釋】❶廨中　公府之中。❷玉鈎　指月牙。❸末映西北墀二句　西北，或作「東北」。墀，臺階。娟娟，姣好貌。蛾眉，蠶蛾的觸鬚彎且細長，形容女子眉毛的修長。❹蛾眉蔽珠櫳二句　珠櫳，珠簾裝飾的窗戶。瑣窗，有連瑣花紋的窗戶。❺三五二八時二句　三五、二八，農曆每月十五、十六。君，指知音「情人」。❻夜移衡漢落二句　衡，北斗星。漢，銀河。裴徊，遊弋。帷戶，帳幔。❼歸華先委露二句　歸華，落花。委，棄。別葉，落葉。❽仕子倦飄塵　仕子，出仕做官的人。飄塵，飄泊風塵之中。❾休澣自公日二句　休澣，即休沐日，古時官員的例假。宴，安。慰，慰勞。❿蜀琴抽白雪二句　蜀琴，蜀地之琴，因蜀人司馬相如善彈琴，故稱。抽，彈奏。白雪，〈陽春〉〈白雪〉，指高雅曲調。郢曲，郢地之曲，宋玉〈對楚王問〉：「客有歌於郢中者，……其為〈陽春〉〈白雪〉，國中屬而和者，不過數十人。」⓫肴乾酒未闋二句　肴，菜肴。闋，盡。金壺，銅壺、更壺，古時計時之器。起夕淪，指滴水將滿而起微波。淪，微波。⓬迴軒駐輕蓋　迴軒，回車。駐，止。蓋，車蓋，代指車乘。

【語譯】最初看見西南樓上，纖細微弱如同玉鉤。末光映照西北臺階，娟秀美麗好似蛾眉。

蛾眉之光珠簾窗遮，玉鉤光弱瑣紋窗隔。十五十六明月滿時，千里相隔與君同享。夜深北斗銀河漸沒，月光遊弋帳幔之中。花因寒露率先零落，風吹葉子早與枝別。客居外鄉厭倦辛苦，出仕倦於如塵飄轉。休沐日子官定例假，自安自慰屬於私人。蜀琴彈奏〈白雪〉之曲，郢地之曲發〈陽春〉音。菜肴已乾酒興未盡，金人銅壺微波泛起。回車駐足停下車乘，留酒斟酌待知己飲。

【研　析】本詩乃劉宋孝武帝孝建年間，詩人在秣陵縣（今南京市江寧區）縣令任，秋日於城西門官署中望月所作。首六句寫新月初生，最初見到，在西南樓上，纖細如同玉鉤，微末弱光，映照在西北方向的臺階之上。月牙娟秀，恰似蛾眉秀麗。而這蛾眉微光，何其嬌弱，似乎珠簾瑣窗都能將她遮蔽擋開。「三五」以下六句，寫十五、十六滿月。此時月照九州，可與知音共享；在北斗星、銀河消隱之後，光亮更足，穿過窗戶，射進帳幔，在其中遊弋。月光下，花兒因寒露在萎落，葉子被秋風吹刮而飄離枝幹。「客遊」以下十句，由月下秋景，遞入心緒的抒寫，詩人厭倦了在外奔波，如同飄塵的日子；休沐之日，屬於個人私有，聽蜀琴鳴奏〈白雪〉之曲，郢曲歌〈陽春〉之音，佳餚已盡，酒興正濃，已是銅壺滴漏水滿起了微波，很晚的時候，本該回家，卻又返車駐足，留酒等待「情人」，希望共與飲酒賞月。詩歌風格清麗，寫景能形神兼備，在詩人創作中，另是一格。

鮑令暉

代葛沙門❶妻郭小玉作

明月何皎皎，垂幌照羅茵❷。若共相思夜，知同憂怨晨。芳華豈矜貌❸，霜露不憐人。君非青雲逝❹，飄迹事咸秦❺。妾持一生淚，經秋復度春。

【注　釋】❶葛沙門　人名，事蹟不詳。❷垂幌照羅茵　幌，帳幔。茵，坐蓐。❸芳華豈矜貌　芳華，芬芳年華，代指青春。矜，誇耀。❹青雲逝　本《琴操・箕山操》載上古高隱許由所說：「吾志在青雲，何乃劣為九州伍長乎？」謂放志不仕。❺咸秦　秦都咸陽，泛指京城。

【語　譯】明月何其皎潔光亮，照耀帳幔以及坐蓐。如若共有夜中相思，可知同有清晨幽怨。芬芳年華豈能久誇，寒霜冷露不可憐人。您既不是青雲散澹，飄轉行跡出仕朝廷。我的一生淚水盈掬，經過秋天再熬過春。

【研　析】鮑令暉，詩人鮑照之妹，有文才，生活於南齊時。《詩品》稱「令暉歌詩，往往嶄絕清巧，擬古尤勝」，得齊武帝誇賞。詩乃代作，寫閨中人思夫之情。凡二首，此為其第一首。首六句，就秋月起筆。月亮皎潔圓滿，映照懸掛的帳幔與絲羅坐蓐，逗起閨中人一片相思。

明月照九州，同在月下的丈夫，如若同自己一樣月夜相思，則其清晨同自己一樣心懷憂怨亦可知也。青春年華正如鮮花，哪裡能夠長久誇耀其美貌，豈不見那無情的霜露，在摧折著繁花！「君非」以下四句，丈夫不是散澹淡薄名利之人，他萍漂蓬轉，追逐著功名，自己的一生，也只能經秋復春，年復一年，以淚洗面，孤苦度日了。所謂「字字轉，句句曲」，「不多綴語，愈覺味長」（張玉穀《古詩賞析》），洗練的語言中，蘊情亦深。

題書後寄行人❶

自君之出矣，臨軒不解顏❷。砧杵夜不發，高門晝恆關。帳中流熠燿❸，庭前華紫蘭。楊枯識節異，鴻歸知客寒。遊用❹暮冬盡，除❺春待君還。

「楊枯」十字作意。

【注釋】❶題書後寄行人　一作「寄行人」。屬樂府雜曲歌辭，題「自君之出矣」。❷解顏　開顏。❸熠燿　螢火蟲。❹用　以。❺除　改。

【語譯】自君出門以後，靠近窗口不開顏。擣衣之聲夜不響，高門白日常關閉。帳幔之中螢火飛，庭院前邊紫蘭妍。楊樹凋零知道節換，大雁歸來知道行人寒。外鄉之遊因為冬來歇，改春等待君回來。

【研　析】本詩為擬樂府而作，屬樂府雜曲歌辭。詩歌寫思婦思夫之情。首四句，寫丈夫出門以後，孤寂落寞，鬱鬱寡歡，臨窗見景也不能開顏歡悅，無情無緒，心灰意懶，寒天將至也無心擣帛裁製寒衣，大門常關，雖有人而毫無生氣，死寂一片。「帳中」四句，流螢飛舞，紫蘭花開，寫時序變化；由於不出大門，對於季節的變化，也變得遲鈍，看到楊樹枯萎，大雁歸來，纔知道季節更替，寒天將至，客地的行人要添加寒衣了。「遊用」二句，天冷的時候，遊子便當歸來，而丈夫未歸，則待春天，想必應該回來。盼夫歸來之情可見。詩歌清新自然，白描出之，構思也每有新異之處。

吳邁遠

胡笳曲❶

輕命重意氣，古來豈但今。緩頰獻一說，揚眉受千金❷。邊風落寒草，鳴笳墮飛禽❸。越情結楚思，漢耳聽胡音❹。既懷離俗傷，復悲朝光侵❺。

日當故鄉沒，遙見浮雲陰。

【注　釋】❶胡笳曲　古代的一種管樂，由西域傳入，音調悲涼。❷緩頰獻一說二句　緩頰，和顏悅色，指婉言相勸，替人說情。獻一說，指獻上說辭。揚眉，指功成以後心情歡暢。❸邊風落寒草二句　邊風，邊地之風。落，倒伏。墮飛禽，指飛鳥因聽了悲咽的胡笳聲而傷心墜地。❹越情結楚思二句　越情，本《史記・陳軫傳》，載越人莊舄為官楚地，以思鄉而病，病中呻吟之聲也發越音。楚思，《左傳》成公九年記載，楚國樂官鍾儀被囚於晉，晉侯令其奏琴，所彈為楚國樂調。漢耳，指中原人的耳朵。胡音，北方少數民族的音調。❺既懷離俗傷二句　俗，鄉俗。朝光，時光。侵，剝蝕；消逝。

【語　譯】看重義氣重於生命，古來如此何止今天。和顏悅色婉言說情，功成揚眉受謝千金。邊塞烈風吹伏寒草，胡笳嗚咽鳥悲墜落。越情楚思鄉愁難除，漢人耳朵聞聽胡音。既已懷有離鄉傷楚，又悲時光無情剝蝕。太陽對著故鄉隱沒，遙望浮雲陰沉掩映。

【研　析】吳邁遠（？—西元四七四年），里籍不詳。恃才自負，嘗為宋明帝召見，未被用。做過荊州刺史桂陽王劉休範的從事，後桂陽王謀反敗亡，邁遠也被族誅。本詩寫塞外思鄉之情。首四句，就古今習見之事說起：重義氣者看重義氣超過生命，古今皆然；而婉辭為人說情，事成而揚眉受賞，同樣為古今習見。蓋主人出使邊地，乃為人排難解憂，故有此說。「邊風」四句，寫邊塞之景以及觸景所生之情。朔風寒烈，秋草倒伏；胡笳嗚咽，鳥為之悲傷墜落；越情楚思，鄉情難忘，聽著北方異族音樂，更思念起故鄉親人來了。「既懷」以下四句，懷念故鄉，歎息時光無情，遙望故鄉，但見日落隱沒，浮雲掩映，惆悵之感油然而生。景語也情語，鳥悲其實是人悲；風景淒迷，也人之心境折射。詩歌的蒼涼意境，正是胡笳曲固有風格。

古意贈今人

寒鄉無異服，氈褐代文練❶。日日望君歸，年年不解綖❷。荊揚春蚤和❸，幽薊猶霜霰❹。北寒妾已知，南心❺君不見。誰為道辛苦？寄情雙飛燕。形迫杼煎絲❻，顏落風催電❼。容華一朝改，惟餘心不變。「北寒」「南心」，巧於著詞。

【注釋】❶氈褐代文練　氈褐，北方兩種禦寒的粗毛製品。文練，有花紋的熟絲織品。❷解綖　即解延，解緩。❸荊揚春蚤和　荊揚，荊州、揚州，泛指南方。蚤，通「早」。和，和暖。❹幽薊猶霜霰　幽冀，幽州、冀州，泛指北方。霰，不成片的冰晶或雪粒。❺南心　指身在南方的思婦望夫之心。❻形迫杼煎絲　形迫，指為家務忙碌。杼煎絲，比喻不得休息。杼，梭子。❼風摧電　比喻容顏衰老迅速。

【語　譯】邊寒地帶沒有華美服，毛氈粗布代替精熟絲。天天盼望夫君早歸來，年年期待心情難以解緩。荊揚二州南方春早暖，幽冀二州北方尚降霜霰。北方寒冷我心深知悉，南方思婦愁思君不見。向誰訴說心中苦與悲？寄託情思一雙飛燕子。身體忙碌如同梭織絲，顏色衰老似那風與閃電奔。容貌一朝會改變，只剩癡心不更移。

【研析】本詩《玉臺新詠》作鮑令暉詩。詩歌擬寫思婦寄遠望歸。首四句，前二就丈夫說，您在北方寒冷的地方，沒有華美輕暖的衣服，只有穿著皮毛粗布短衣，聊且代替熟絲禦寒；後二寫己，天天盼望夫君歸來，一年又一年，希望落空，憂思難解。「荊揚」以下六句，先說自己，推及夫君，說自己所在的南方已經春暖，但夫君所在北方尚且霜霰嚴寒；自己深知北地的夫君寒冷，夫君卻看不見自己在南方的相思之苦。辛苦無人可談，寄情雙飛燕子，表達了對夫婦比翼齊飛的渴慕。結末四句，傾訴衷腸，寫其「南心」：自己操持家務忙碌，顏色衰老快如風電之過；雖然容顏易改，而癡情不變。所謂：「應起作收，措詞特妙。」（張玉穀《古詩賞析》）

長相思

晨有行路客，依依造門端❶。人馬風塵色，知從河塞❷還。時我有同棲❸，結宦遊邯鄲❹。將不異❺客子，分饑復共寒。煩君尺帛書❻，寸心從此殫❼。遣妾長憔悴，豈復歌笑顏？簷隱千霜樹，庭枯十載蘭。經春不舉袖，秋落寧復看❽。一見願道意❾，君門已九關❿。虞卿棄相印⓫，擔簦為同歡⓬。閨陰欲蚤霜⓭，何事空盤桓⓮？

【注　釋】❶依依造門端　依依，緩緩貌。造，至。❷河塞　黃河以北的邊塞之地。❸同棲　指丈夫。❹結宦遊邯鄲　結宦，指為官。邯鄲，戰國趙之都城，為北方大都市。❺異　怠慢。❻煩君尺帛書　君，指行路客。尺帛書，以一尺白絹寫成的書信。❼寸心從此殫　寸心，區區之心。殫，竭盡。❽遣妾長憔悴六句　均書信中言語。遣，使。隱，沒。千霜樹，指千年老樹。舉袖，指抬手摘花。❾一見願道意以下六句　均為託客人面陳之語。❿君門已九關　本宋玉〈九辯〉：「豈不鬱陶而思君兮，君之門以九重。」言仕途無望。⓫虞卿棄相印　虞卿，戰國時期遊說之士，趙孝成王授其相印，為上卿，後因救魏齊而拋棄趙國相位。事載《史記・虞卿列傳》。⓬擔簦為同歡　簦，帶柄的竹笠。指恢復貧賤生活。⓭閨陰欲蚤霜　閨陰，閨閣陰冷。蚤霜，早降霜露，比喻衰老之快。⓮盤桓　逗留。

【語　譯】清晨有位遠行客人，緩緩來到我家門首。人馬僕僕風塵滿面，知道來自北方邊塞。此時我有同床夫君，宦遊到了邯鄲地方。不願怠慢客地遊子，饑寒相共分給衣飯。麻煩客人捎封書信，區區之情盡寓裡邊。使我長期憔悴容顏，哪裡還能歡歌笑顏？簷下老樹隱沒不存，庭中枯死十年之蘭。整個春天胳臂不抬，秋天落花難道要看？一見之後希望致意，朝廷大門九重閉關。虞卿拋棄卿相金印，擔著竹笠為求同歡。閨閣陰冷霜降甚早，因為何事空自盤桓？

【研　析】本詩乃擬思婦寄書懷遠之作，《樂府詩集》收入〈雜曲歌辭〉。首四句，就行客說起，此為捎帶書信之人，也為遠方宦遊丈夫影子。「時我」四句，點出丈夫宦遊北方，殷勤款待，也因思及客遊夫君之故。「煩君」以下八句，寫託書及信中內容。丈夫外出不歸，思婦憂傷憔悴，不再歡歌笑語；千年老樹的隱沒，十年蘭花的枯萎，為夫婦分離，也渲染出生機斷盡，了無生命之趣；整個春天，袖子不擡，無心採花，難道是待到秋天零落之時再賞？思婦孤苦傷愁至極。「一見」以下六句，是囑託客人面陳之語，也是反覆叮嚀之語。君門九重，層層關閉，仕途不會有什麼希望；古人虞卿的辭去相位，再歸貧賤，就是為的家人同歡，求的夫唱婦隨，天倫之樂；閨閣寂寞陰冷，霜降極早，自己的青春容顏也很快就要凋零，您究竟是為的何事，空自在外滯留？王夫之《古詩評選》謂：「纔清切拈出，即用興用比托開結意，尺幅之中，春波萬里。」詩之意境，可稱開闊。

王徽

雜詩

思婦臨高臺，長想憑華軒❶。弄絃不成曲，哀歌送苦言。箕帚留江介❷，良人❸處雁門。詎❹憶無衣苦，但知狐白❺溫。日暗❻牛羊下，野雀滿空園。孟冬寒風起，東壁正中昏❼。朱火❽獨照人，抱景❾自愁怨。誰知心曲亂，所思不可論。

【注　釋】❶華軒　彩繪的曲欄。❷箕帚留江介　箕帚，掃除用具，代指婦女，這裡為思婦。江介，江邊，這裡指江南。❸良人　丈夫。❹詎　豈。❺狐白　狐白裘衣。❻日暗　指黃昏。❼東壁正中昏　東壁，星宿名，即壁宿。中昏，農曆十月黃昏時分，此星出現在正南方天際。❽朱火　燭光。❾抱景　指形影相弔，與影子為伴。

【語　譯】思婦登臨高臺上，憑倚欄杆長相思。撥弄琴弦不成曲，哀歌傳達淒苦言。箕帚之身留江南，丈夫身在雁門關。哪裡想起缺衣苦，只知狐白裘衣暖。黃昏時分牛羊歸，野雀落滿空闊園。初冬天氣寒風起，東壁傍晚現南天。燭火照見人一個，對著影子自愁怨。誰知她心亂如麻，心中所想不能言。

【研　析】王徽（西元四一五年—四五三年），字景玄，琅琊臨沂（今山東臨沂）人。曾官南平王劉鑠右軍咨議參軍，歷中書侍郎。父喪去職，不復出仕。本詩乃閨怨之作。首四句，即推出思婦形象，其登臨高臺，憑欄眺望，既無所見，乃撫弄琴弦，以排遣憂愁，終不能成曲，則哀歌一曲，訴說苦思。「箕帚」以下四句，交代思婦淒苦的原因，乃丈夫行役北去，自己孤身獨留江南，更甚者，丈夫在外發達，只知享受裘衣輕暖，早將往日的恩情拋棄腦後。「日暗」四句，是黃昏高臺所見。「日暗」一句，化用《詩經．王風．君子行役》「日之夕矣，牛羊下來。君子行役，如之何勿思」語意，表達對遠方遊子的思念。日暮黃昏，放牧的牛羊回家了，滿園停歇著野雀，寒風習習，正南方天際亮著東壁星，思婦的心情，已與此景融為一體。「朱火」以下四句，轉入閨中，孤燈明滅，單身隻影，悽惶冷寂，思婦滿腹憂怨，心亂如麻，無人訴說，淒苦矣哉！詩歌或訴諸動作，或訴諸景物，或用古詩意境，寫清怨淋漓盡致。

王僧達

答顏延年

長卿冠華陽，仲連擅海陰❶。珪璋既文府，精理亦道心❷。君子聳高駕，塵軌實為林❸。崇情符遠跡，清氣溢素襟❹。結遊略年義，篤顧棄浮沉❺。寒榮共偃曝，春醞時獻斟❻。聿來歲序暄，輕雲出東岑❼。麥壟多秀色，楊園流好音❽。歡此乘日暇，忽忘逝景侵❾。幽衷何用慰，翰墨久謠吟❿。棲鳳難為條，淑貺非所臨⓫。誦以永周旋，匣以代兼金⓬。亦著意追琢。答顏詩與顏體相似。〇《莊子》曰：忘年志義，振於無境。

【注　釋】❶長卿冠華陽二句　長卿，西漢文學家司馬相如的字。華陽，古地名，即益州（今成都地區）。仲連，即魯仲連，戰國齊人。海陰，大海的南面。❷珪璋既文府二句　珪璋，玉製禮器，比喻精美的詩文。文府，文章府庫，收藏圖書的地方。精理，微妙的義理。道心，悟道之心。❸君子聳高駕二句　君子，指顏延年。聳，縱躍。高駕，高大的車駕。塵軌，世途。❹崇情符遠跡二句　崇情，高尚的情懷。清氣，清高之氣。素襟，素潔襟懷。❺結遊略年義二句　結遊，結交。略年義，忽略年歲名分。篤顧，厚念。浮沉，盛衰。❻寒榮共偃曝二句　寒榮，冬天屋之南簷。偃曝，趴著曬太陽。春醞，春酒。獻斟，獻杯。❼聿來歲序暄二句　聿來，自來。歲序，年歲的時序。暄，溫暖。岑，小而高的山。❽麥壟多秀色二句　麥壟，麥田。好音，指動聽的鳥鳴。❾歡此乘日暇二句　乘日，終日。逝景，流逝的時光。侵，剝蝕。❿幽衷何用慰二句　幽衷，深心的情思。翰墨，筆墨；詩文。謠吟，歌吟。⓫棲鳳難為條二句　難為條，難尋枝條。淑貺，嘉贈；美賜。非所臨，非我能做。⓬誦以永周旋二句　周旋，酬唱。匣，以匣珍藏。兼金，成色雙倍的精金。

【語　譯】司馬長卿名蓋華陽，魯氏仲連揚名海南。詩文光華既亮文府，精微妙理也盡道心。顏氏君子躍身高車，馳騁世途列於儒林。高尚情懷符合遠遊，清高氣節滿溢本心。結交忽略行年名分，深厚情誼拋棄盛衰。冬屋南簷共臥曬日，春釀新酒時時斟來。溫暖時節自然來到，冉冉雲彩生出東山。麥田中間分外秀麗，楊樹園中鳥弄好音。欣喜有此終日閒暇，片刻暫忘時光消逝。深幽情懷哪用寬慰，詩文篇章長久歌吟。鳳凰棲息難尋枝條，所賜美文非我能為。吟誦用為持久酬唱，珍藏匣中視為精金。

【研　析】王僧達（西元四二三年—四五八年），琅琊臨沂（今山東臨沂）人。幼聰敏，善屬文。宋文帝朝曾為太子舍人、宣城太守等，武帝時為尚書右僕射、吳郡太守，累遷中書令。恃才傲物，孝武帝大明二年，被誣下獄，賜死。顏延之有〈贈王太常〉，本詩乃王僧達和作。詩歌首四句，以司馬相如、魯仲連為比，頌顏延之名滿一時，文章光華，義理精妙，冠於當世。「君子」以下四句，讚顏延之獨步天下，情懷高尚，心地磊落。「結遊」以下四句，寫顏延之結交朋友，脫略形跡，不論年歲身分，不講浮沉盛衰，但講志趣。獻酒之殷勤，屋簷下曬日，極寫其相得甚歡。「聿來」四句，寫出遊所見，和暖的天氣，東山頭上繚繞的淡雲，麥田的秀麗，楊園的鳥聲鳴囀，寫春光如畫。「歡此」以下四句，寫共遊之樂。有此終日盤桓，陶醉其中，暫時忘記了時光的流逝，吟誦著華美的篇章，喜其美妙，幽深的情思哪裡還需要另外的安慰。結末四句，以鳳凰非梧桐不棲，棲居難尋，頌顏延之高絕於世，難有知音；以美賜非自己所能，進一步頌顏之高才無比；長久吟誦，密之匣中，均誇美顏之贈詩。沈德潛評：「亦著意追琢。答顏詩與顏體相似。」謂其雕琢堆砌如顏延之，頗中本詩要害。

和琅琊王依古

少年好馳俠，旅宦游關源❶。既踐終古❷跡，聊訊興亡言。隆周為藪澤，皇漢成山樊❸。久沒離宮❹地，安識壽陵❺園？仲秋邊風起，孤蓬卷霜根。白日無精景❻，黃沙千里昏。顯軌❼莫殊轍，幽途豈異魂？聖賢良已矣，抱命復何怨！壽陵，景帝陵也。

【注　釋】❶關源　指關中地區，因有汧源、渭源，故稱。❷終古　往昔。❸隆周為藪澤二句　謂關中乃周朝、漢朝興起的地方，今卻成為藪澤山樊。山樊，山中茂林。❹離宮　皇帝的行宮。❺壽陵　漢景帝陵寢。❻精景　明亮的日光。❼顯軌　新的道路。

【語　譯】少年時候喜好遊俠，宦遊來到關中地帶。既已踏上往古故地，聊且探詢興亡話題。興隆周朝成為沼澤，大漢根基成為山林。皇帝行宮久已湮沒，哪裡辨識壽陵墓園？仲秋時節邊地風起，孤零蓬蒿霜根脫離。白天沒有明亮陽光，千里黃沙瀰漫灰暗。新路沒有相異車轍，幽冥之途豈有異鬼？古代聖賢誠然已了，信守命運又何怨憤！

【研　析】本詩乃弔古感懷之作。首四句，寫自己少年好遊俠，為了求官來到關中，這是古代王朝崛起的地方，免不了要探詢一下朝代興亡的話題。「隆周」以下四句，感慨興亡盛衰之理。曾幾何時，繁榮的周朝，今日已成藪澤；而漢家鼎盛，今也早成荒莽山林，離宮湮滅不見，壽陵也讓人難以辨認。「仲秋」以下四句，就眼見景寫荒漠意，寒風瑟瑟，孤蓬捲起，黃沙漫漫，白日無光，何其肅殺淒涼。結末四句，以新路無異轍為比，說明在通向死亡之路上，人莫能外，古之聖賢成了過去，認命也就沒有了怨憤牢騷。王夫之《古詩評選》謂：「古人但因事序入，或直或紆，前後不勞映帶而自融合，首末結成一片，隨手意致自到矣。」對本詩頗多譽美。

沈慶之

侍宴詩

《南史》云：孝武令群臣賦詩，慶之有口辯，手不能書，上令作賦，慶之曰：「臣請口授師伯。」上令顏師伯執筆，慶之云云。上甚悅，眾坐並稱其詞意之美。

微生遇多幸❶，得逢時運昌。朽老筋力盡，徒步還南岡。辭榮❷此聖世，何媿張子房❸！

武臣詩不嫌其直，與曹景宗詩並傳。

【注　釋】❶微生遇多幸　微生，卑微的人生。多幸，僥倖；慶幸。❷辭榮　辭去榮華，指辭官歸田。❸何媿張子房　本《漢書·張良傳》：「良乃稱曰：『以三寸舌為帝者師，封萬戶，為列侯，此布衣之極，於良足矣。願棄人間事，欲從赤松子遊耳。』」

【語　譯】卑微一生得以幸運，遭逢時代社會昌盛。衰朽年邁筋力已盡，徒步回到南山岡上。聖明之世辭官歸田，相比子房有何慚愧！

【研　析】沈慶之，字弘先，武康（今屬浙江德清）人。未冠，討擊孫恩之亂，即以勇著。宋文帝元嘉年間，為建威將軍。復為孝武帝撫軍中兵參軍，因功進領軍將軍、兗州刺史，封南昌縣公。廢帝立，加侍中、太尉，以直諫被害。《宋書・沈慶之傳》記載，宋武帝在宴席上，令群臣為詩，慶之不知書，不識字，逼令為詩，乃口授而成此作。首二句，說自己卑微一生，幸遇聖明之世，開篇頌聖，合乎侍宴體制。「朽老」二句，趁便乞休致仕，說出告老還鄉之意。結末二句，以張子房為比，自誇功業；也以盛世辭官，再頌朝廷。可謂善於辭令，能宛轉其詞。

陸凱

贈范曄❶詩

《荊州記》曰：凱與范曄交善，自江南寄梅花一枝與曄，贈詩云云。

折梅逢驛使❷，寄與隴頭❸人。江南無所有，聊贈一枝春。

【注釋】❶范曄　字蔚宗，順陽（今屬河南）人，南朝宋史學家，曾官尚書吏部郎、宣城太守，遷左衛將軍、太子詹事等。❷驛使　古代驛站傳遞文書的信使。❸隴頭　隴山，在今陝西隴縣西北。

【語譯】採折梅花恰遇信使，捎上寄給隴山征人。江南沒有別的東西，姑且贈予一枝暖春。

【研析】陸凱，字智君，代（今河北蔚縣東）人。《荊州記》載「陸凱與范曄交善，自江南寄梅花一枝，詣長安與曄」，並寄此詩。詩首二句，即點出題目贈人。剛在折梅，巧逢信使，詩人何快如之！其對朋友的思念，也必常在心中，所以纔能立即想到贈友。「江南」二句，一枝春，是將江南先到的春天帶給尚在寒季的友人，隨梅花帶去的，是朋友深摯的友情，真誠的關切，充滿春意的溫情。此「一枝春」該是世上最珍貴的禮品。

湯惠休

怨詩行❶

明月照高樓，含君千里光❷。巷中情思滿，斷絕孤妾腸❸。悲風蕩帷帳，瑤翠❹坐自傷。妾心依天末❺，思與浮雲長。嘯歌❻視秋草，幽葉豈再揚❼？暮蘭不待歲，離華能幾芳❽？願作〈張女引〉❾，流悲繞君堂。君堂嚴且秘，絕調徒飛揚。

只一起便是絕唱，文通「碧雲」之句，庶足相擬。○禪寂人作情語，轉覺入微，微處亦可證禪也。○顏延之謂惠休制作委巷間歌謠耳，方當誤後生，豈因其近於豔耶？

【注　釋】❶怨詩行　或作「怨歌行」，屬於樂府〈相和歌楚調曲〉。❷含君千里光　謂月光既照自己，也照千里之外的夫君。❸巷中情思滿二句　巷中，指居宅閨閣之中。斷絕，指柔腸寸斷。❹瑤翠　瓊瑤、翡翠，指思婦美麗的資質。❺依天末　依，依戀。天末，天盡頭；天邊。❻嘯歌　長嘯而歌。❼幽葉豈再揚　幽葉，葉子黯淡無光。揚，揚舉。❽暮蘭不待歲二句　暮，歲暮。離華，落花。❾張女引　古曲調名，音調悲涼。

【語　譯】明月照耀高樓上，光照千里夫君身。深巷閨閣滿愁思，我因悲而柔腸斷。悲涼之風吹帳幔，美豔資質獨自傷。我心依戀天邊人，思緒與雲一般長。眼看秋草長嘯歌，葉子黯淡豈再長？歲暮蘭花難過年，落花能再吐芬芳？願身化作〈張女引〉，悲愁流轉繞君堂。君住堂屋嚴又密，高絕音調空飛揚。

【研　析】湯惠休，字茂遠，初為僧，以善於屬文為徐湛之欣賞，宋孝武帝劉駿命其還俗，官揚州從事史、宛朐令。本詩乃擬樂府而作，寫閨怨之情。首四句，就明月起筆，月既照我，也照千里外之夫君，而巷中閨閣愁思滿盈，柔腸寸斷，也正因為千里外之人。「悲風」四句，寫自己懷遠思夫之愁，悲風撩人，益添傷悲，情繫天邊，思與浮雲同長，綿綿無盡。「嘯歌」四句，悲秋草枯萎，葉子無光，蘭草將凋，落花委泥，傷青春易逝，紅顏易老，美人遲暮，人生大好時光虛度。「願作」以下四句，幻想化作悲歌，飄揚而至夫君住所；但君堂嚴密，不能進入，來到君之身旁，不無怨意。言情婉轉之至。

劉俣

詩一首

城上草，植根非不高，所恨風霜蚤。似謠。

【語　譯】城牆上邊草，根子生得不能說不高，遺憾是風霜來得早。

【研　析】劉俣，劉彥節子。其父曾與袁粲謀誅齊高帝蕭道成，不遂而死。俣乃剃髮著僧裝，逃至京口（今鎮江），於客棧為人識出，被逮而死。本詩近乎歌謠，富於哲理。牆頭草，其根子所長的地方不謂不高，也稱風光顯赫，但遺憾者，早受風霜，枯萎亦易。此可謂人生鏡鑒。所謂「意確筆峭」（張玉穀《古詩賞析》），信然。

漁父

答孫緬歌❶

《南史》：潯陽太守孫緬遇漁父，與論用世之道，漁父曰：「僕山海狂人，不達世務，未辨貧賤，無論榮貴。」乃歌云云，於是悠然鼓枻而去。

竹竿籊籊❷，河水浟浟❸。相忘為樂❹，貪餌吞鉤❺。非夷非惠❻，聊以忘憂。

東方先生曰：首陽為拙，柳下為工。此斟酌於工拙之間。

【注釋】❶答孫緬歌　《南史・隱逸傳》記載，劉宋時代，潯陽（今江西九江）太守孫緬，某日遊水濱，見一漁父「神韻瀟灑，垂綸長嘯」，問其可否賣魚。漁父答：「其釣非釣，寧賣魚者邪？」孫緬勸其出仕以博取「黃金白璧」、「駟馬高蓋」，漁父再答：「僕山海狂人，不達世務，未辨貧賤，無論榮貴。」作此歌而悠然離去。❷竹竿籊籊　本《詩經・衛風・竹竿》「籊籊竹竿」。籊籊，形容竹竿長而尖貌。❸浟浟　同「悠悠」。水流貌。❹相忘為樂　本《莊子・大宗師》：「泉涸，魚相與處於陸，相呴以濕，相濡以沫，不如相忘於江湖。與其譽堯而非桀也，不如兩忘而化其道。」謂心中無榮辱貴賤等區別，便安時處順，心境平和。❺貪餌吞鉤　比喻貪於名利，終必致禍。❻非夷非惠　夷，伯夷。惠，柳下惠。謂既不似伯夷那樣追求高潔脫俗，也不似柳下惠處濁自安，不夠嚴肅。

【語譯】竹竿尖又長，河水悠悠流。忘掉榮辱則快樂，貪戀魚餌吞魚鉤。不似伯夷、柳下惠，姑且忘去有憂愁。

【研　析】本歌是一首隱士之歌。首二句，垂釣之竹竿尖細而長，面前之流水悠悠不盡，八字便展現了一幅清幽高曠脫離塵俗喧囂的畫面，高隱的形象，已經隱約見乎其中。「相忘」二句，對舉成文，忘去榮辱窮通則樂，貪戀功名富貴則有魚吞鉤之憂，此勘破世相之語，是對太守勸說的回答。「非夷」二句，既不學伯夷的清高，也不學柳下惠的隱忍混世，齊萬物，等是非，是漁父皈依老莊的人生態度的表現。詩歌四言成句，古樸典雅，寫景議論，比況人生，含蓄有味，警策深邃。

宋人歌❶

《南史》：檀道濟宋之良將，為敵所畏，宋主疑而殺之，宋人作歌。

可憐白符鳩，枉殺檀江州❷。

【注　釋】❶宋人歌　《南史》記載，檀道濟為宋之良將，為敵人所畏，宋主疑而殺之，宋人乃為此歌。❷可憐白符鳩二句　《南史・檀道濟傳》載：「(元嘉)十三年春，將遣還鎮，下渚不發，有似鶴鳥集船而鳴。會上疾動，義隆矯召入祖道，收付廷尉，及其子八人並誅。」檀江州，指檀道濟，曾任江州刺史。

【語　譯】可憐白符鳩啼鳴，怨殺道濟檀江州。

【研　析】歌謠凡二句，首句起興，白符鳩那令人憐憫的啼聲，似也為檀道濟之冤死悲鳴；次句則直接抒發了百姓對於檀道濟忠良被殺的不平之鳴。的是民歌聲口。

石城謠❶

《南史》：袁粲謀舉兵誅齊高帝，褚淵發其謀，粲遇害，而淵獨輔政，百姓語曰。

可憐石頭城❷，寧為袁粲死，不作褚淵生。

【注釋】❶石城謠　《南史》記載，袁粲謀舉兵誅齊高帝，褚淵揭發，粲被害，而淵獨輔政，百姓為此歌。❷石頭城　在今江蘇南京市西北。

【語譯】可憐南朝石頭城，寧作袁粲身赴死，不作褚淵卑劣生。

【研析】齊高帝即南朝齊建立者蕭道成，本為宋之將領，代宋自立為帝。歌謠圍繞的是一個義與不義的話題：食宋之祿的蕭道成篡宋，為不義之舉；袁粲的謀誅不義，是謂大義，因而是人們肯定的對象；而褚淵的出賣別人獲取富貴，亦為不義。大義死而永生，不義雖生如死，寧為大義而死，不為卑劣苟且偷生，字字金石，不勘之論。

青溪小姑歌❶

蔣侯妹。

日暮風吹，葉落依枝。丹心寸意，愁君未知。

【注　釋】❶青溪小姑歌　屬於樂府〈神弦歌〉，南朝民間娛神的祭祀之歌。《異苑》載，青溪小姑，為蔣侯第三妹。青溪，在今江蘇南京，為東吳時期開鑿的人工河道。

【語　譯】黃昏時分起了風，傍枝樹葉落紛紛。赤心寸意情綿綿，憂愁情郎不知悉。

【研　析】本詩乃祭神之歌。首二句日暮黃昏，秋風落葉，一幅蕭瑟淒迷景象。次二句，一片丹心柔情，不被情郎所知，寫青溪小姑愁苦入木三分。歌與屈原〈九歌〉相類，也頗得〈湘夫人〉之神韻。

卷十二

齊詩

謝朓

玄暉靈心秀口，每誦名句，淵然泠然，覺筆墨之中，筆墨之外，別有一段深情妙理。〇康樂每板拙，玄暉多清俊，然《詩品》終在康樂下，能清不能厚也。

江上曲❶

易陽❷春草出，踟躕日已暮。蓮葉尚田田❸，淇水不可渡❹。願子淹桂舟❺，時同千里路。千里既相許，桂舟復容與❻。江上可採菱，清歌共南楚❼。

【注釋】❶江上曲　屬於《樂府詩集・雜曲歌辭》。❷易陽　易水之陽，易水北邊。❸蓮葉尚田田　本漢樂府〈江南〉：「蓮葉何田田。」❹淇水不可渡　本《詩經・衛風・氓》：「淇水湯湯，漸車帷裳。」❺願子淹桂舟　子，所愛之人。淹，留停。桂舟，桂木船。❻容與　舒緩悠閒貌。❼南楚　今湖北江陵縣一帶，借指楚地情歌。

【語譯】易水北岸春草吐綠，留連徘徊天已黃昏。荷葉正是繁盛茂密，淇水水深難以橫渡。心愛的人停下桂舟，時時相伴千里程途。既然相許千里作伴，桂木小船悠閒舒緩。江水之上可以採菱，清歌一曲共唱南楚。

【研析】謝朓（西元四六四年—四九九年），字玄暉，陳郡陽夏（今河南太康）人。謝靈運的族侄，二人並稱「大小謝」。曾任竟陵王蕭子良功曹、隨王蕭子隆文學。齊明帝時任中書郎、宣城太守、尚書吏部郎。東昏侯永元元年（西元四九九年）遭誣陷下獄死。世稱「謝宣城」。小謝為齊代傑出的詩人，「永明體」的重要創始人之一。詩歌風格清俊秀麗。本詩乃一首情歌，寫少女對心中情郎的懷想追慕。首四句，春光明媚的一天，易水北岸，翠綠的新草，少女遊春踏青其中。她留連徘徊，望著春景，掩飾不住蕩漾的春心。已經到了日暮黃昏，她仍在徘徊。水中蓮葉繁茂，但淇水水深，難近採折。「願子」二句，直面表達了自己的心聲，希望心愛的人停下桂木船隻，載上自己，千里同行，時刻不離。「千里」以下四句，是想像攜手後的歡快，千里相伴，桂舟閒適，一同採著菱角，唱著楚地情歌，何其歡悅！詩歌格調清麗，寫少女心思如繪，如王夫之《古詩評選》所評：「空中懸想，曲折如真。」

同謝諮議詠銅雀臺❶

繐帷飄井榦❷，罇酒若平生。鬱鬱❸西陵樹，詎聞鼓吹聲！芳襟染淚迹，嬋娟空復情❹。玉座❺猶寂寞，況乃妾身輕。

笑魏武也，而托之於樹，何等含蘊！可悟立言之妙。

【注　釋】❶同謝諮議詠銅雀臺　同，和。謝諮議，名璟，官諮議。銅雀臺，東漢建安十五年（西元二一〇年）冬建造。曹操臨終著〈遺令〉，命歿後葬鄴城西崗，伎人皆住臺上，設六尺床，下繐帳，早晚供食，每月初一、十五對靈帳奏樂，諸子西望西陵墓田。❷繐帷飄井榦　繐帷，指靈帳。井榦，臺閣。❸鬱鬱　樹木茂盛貌。❹嬋娟空復情　嬋娟，嬌好貌，借指伎人。空復情，空多傷感之情。❺玉座　玉床，天子之位，這裡指曹操。

【語　譯】高臺之上靈帳飄蕩，盛設酒器如同生前。鬱鬱蔥蔥西陵墓樹，哪裡聽到鼓樂歌聲！芳香衣襟染著淚痕，窈窕淑女空懷悲情。王侯尚且身後寂寞，何況群妾身分卑賤！

【研　析】本詩收入《樂府詩集．相和歌辭》，詩歌為弔古之作，詠寫曹操〈遺令〉事。首二句，曹操子孫照辦了曹操的遺令，高臺靈床靈幕，靈前盛陳酒水祭物，極其隆重莊嚴。「鬱鬱」

二句，西陵樹，代指陵下之人。詩人反問，歌樂鼓吹，每月按時響起，但墓下之人，又何嘗能夠聽見？譏諷之意可見，曹操之愚可知。「芳襟」四句，以伎人之徒悲無益，說到無論王侯，抑或凡庶，死後總歸寂寞，令人讀來猛醒。傷今之情，盡寓其中，世人之癡迷可笑，詩歌婉約含蓄有致。

玉階怨❶

夕殿下珠簾，流螢❷飛復息。長夜縫羅衣，思君此何極❸？竟是唐人絕句，在唐人中為最上者。

【注　釋】❶玉階怨　見收於《樂府詩集・相和歌辭》。❷流螢　飛動的螢火蟲。❸此何極　謂思念無窮。

【語　譯】黃昏宮殿放下珠簾，螢火蟲兒時飛時歇。長夜縫製絲羅衣裳，想念君王哪能有盡？

【研　析】本詩乃宮怨之作，寫宮女孤寂落寞的心緒。首二句，「夕殿」應題，黃昏即放珠簾，必冷宮僻殿，皇帝長久不到的去處；而流螢飛舞，益發襯托出冷宮荒寂，宮女心情的孤獨。三、四兩句，縫製羅衣，既消遣永夜，也表達出宮女期盼皇帝到來寵幸的心理；思念無極，是冷宮久不見君王之宮女心理，不說怨而怨情盡在其中。沈德潛謂：「竟是唐人絕句，在唐人中為最上者。」其為永明新體代表之作可知。

金谷聚❶

渠碗❷送佳人，玉杯邀上客。車馬一東西，別後思今夕。別離情事，以澹澹語出之，其情自深，蘇李詩亦不作蹙蹶聲也。

【注釋】❶金谷聚　屬於樂府雜曲歌辭。金谷，水名。❷渠碗　硨磲製成的碗。硨磲，一種玉。

【語譯】硨磲玉碗送美人，玉杯贈給我貴賓。車馬奔走各東西，別離以後想到今。

【研析】本詩言別離苦思。硨磲碗及玉杯之贈，交情匪淺；各自東西，思念至今，思念之銘心刻骨可知；未言別時悽楚感傷，其時淒苦之情自非尋常。平淡語出之，情亦深摯濃厚。

入朝曲❶

〈隋王鼓吹曲十首〉之一。

江南佳麗地，金陵帝王州❷。逶迤帶綠水，迢遞起朱樓❸。飛甍夾馳道，垂楊蔭御溝❹。凝笳翼高蓋，疊鼓送華輈❺。獻納雲臺表，功名良可收❻。

【注　釋】❶入朝曲　〈齊隨王鼓吹曲十首〉之一。❷江南佳麗地二句　佳麗，指風光秀美。金陵，今南京，春秋楚武王置金陵邑，三國吳、南朝宋及詩人所處齊代均以此為都。❸逶迤帶綠水二句　逶迤，蜿蜒曲折。帶，環繞。綠水，碧水。迢遞，高遠貌。❹飛甍夾馳道二句　飛甍，高聳若飛的屋脊。馳道，天子專行的路。蔭，掩映。御溝，流入宮中的河道。❺凝笳翼高蓋二句　凝笳，笳聲徐引。翼，護送。高蓋，帝王出行的高車。疊鼓，輕擊鼓。華輈，華美之車乘。❻獻納雲臺表二句　獻納，獻策望納。雲臺，入雲高臺。良，誠。

【語　譯】江南風光秀美地，金陵累代帝王州。蜿蜒碧水環繞城，崛起紅樓望高遠。欲飛屋脊御道旁，御溝低垂楊掩映。笳聲徐徐隨高車，輕擊小鼓送華車。獻策進用高臺上，功名業績真可據。

【研　析】本詩為〈齊隨王鼓吹曲十首〉之一，乃齊武帝永明八年（西元四九〇年），詩人遷鎮西功曹並轉文學，赴荊州道中，奉隨王教而作。詩首二句總領，歌頌當今王朝所在都城金陵，歷代帝王之都，風景秀美之地。「逶迤」以下六句，分層描寫帝京風光。護城河綠水環繞，宮殿朱樓迢遞而起，御道兩旁有高聳如飛屋脊，御溝邊垂楊婀娜掩映，四句寫自然之景；笳聲徐徐，小鼓輕敲，高車華蓋，儀仗威嚴，此寫帝王貴臣出入盛況。「獻納」以下二句，頌祝之辭，獻策朝廷，建樹功名，是對隨王的祝福，也表達了詩人的胸襟志向。所謂：「清麗工整，漸開五七言近體」（方伯海語）；「風調高華，句成渾麗，此子建餘風也」（陳胤倩語），從不同角度，都對本詩有中肯評價。

同王主簿有所思❶

佳期期未歸❷，望望下鳴機❸。徘徊東陌❹上，月出行人稀。即景含情，怨在言外。

【注　釋】❶同王主簿有所思　王主簿，即王融，官主簿，與詩人同為「竟陵八友」。有所思，屬於樂府〈鼓吹曲辭漢鐃歌〉。❷期未歸　期盼而沒有歸來。❸望望下鳴機　望望，失意貌。下鳴機，走下織機。❹陌　小路。

【語　譯】約好佳期望歸未歸，惆悵失意走下織機。徘徊東郊小路之上，月亮升起行人漸稀。

【研　析】本詩乃和友人王融〈有所思〉而作。詩寫思婦懷人。首二句，約好日期卻不見歸來，思婦悵然若失，沒有了織布的心思，走下了織機，思婦心情紛亂可見。三、四兩句，思婦走下織機，乃心有不甘，來到了郊外，遠迎遊子，但徘徊留連，直到月上，行人已經稀少，仍不見歸來，失望大約已變作絕望，不言怨恚而怨恚已在。思婦心情轉換，步步深入，層層推進。

京路夜發

自丹陽之宣城郡。

擾擾整夜裝，肅肅戒徂兩❶。曉星正寥落，晨光復泱漭❷。猶霑餘露團❸，稍見朝霞上。故鄉邈已夐❹，山川修且廣。文奏方盈前，懷人去心賞❺。敕躬每跼蹐，瞻恩惟震蕩❻。行矣倦路長，無由稅歸鞅❼。

【注　釋】❶擾擾整夜裝二句　擾擾，忙亂貌。肅肅，迅疾貌。戒，命。徂兩，遠行車輛。❷曉星正寥落二句　寥落，稀疏貌。泱漭，不明貌。❸團　露水垂落貌。❹夐　遠，遼闊。❺文奏方盈前二句　文奏，文牘。去心賞，離開賞心知音。❻敕躬每跼蹐二句　敕躬，謹持其身。跼蹐，彎腰小步行走，形容小心戒懼之貌。震蕩，惶恐不安。❼稅歸鞅　稅，解脫。鞅，繫在馬頸上用來負軛的革帶。

【語　譯】夜間忙亂整行裝，命駕出行忒迅疾。拂曉星星正稀疏，晨曦還在昏暗時。滴落殘露尚沾衣，漸見朝霞升天際。故鄉已經遠渺茫，山川道路寬又長。公文案牘剛擺上，懷親別友心惆悵。謹飭自身常小心，看見恩賞心惶恐。行人疲倦路正長，無由解駕歇車馬。

【研　析】本詩乃齊明帝建武二年（西元四九五年）詩人赴宣城太守任上作。首二句，夜間紛亂地收拾行裝，迅疾命駕備車，點出夜發。「曉星」以下六句，是夜發所見所感。晨星稀疏，晨光尚未明亮，殘露濕人衣裳，直到朝霞漸上，時間流轉，離家已遠，前路正長。「文奏」以下四句，是對上任後的懸設。案牘公文擺在面前，則想到離開了親人朋友；而既受皇恩，自然心中惶恐，會如履薄冰，謹飭自身，小心戒懼。結末二句，抒發了倦於奔波，難於歸去的悵惘之情。孫月峰頗賞其「曉星」以下四句，謂：「意趣全在此點景四語上，數虛字何等斟酌！」

和徐都曹出新亭渚❶

徐勉有〈昧旦出新亭渚〉詩。

宛洛佳遨遊，春色滿皇州❷。結軫青郊路❸，迴瞰蒼江流。日華川上動，風光草際浮❹。桃李成蹊徑，桑榆蔭道周❺。東都已俶載，言歸望綠疇❻。

【注　釋】❶和徐都曹出新亭渚　徐都曹，即徐勉，字脩仁，東海郯人。都曹為官職。新亭渚，新亭在建康郊外江渚之上。❷宛洛佳遨遊二句　宛洛，南陽、洛陽，借指帝都建康。皇州，帝都。❸結軫青郊路　結軫，車馬相從。青，東方。❹日華川上動二句　日華，太陽的光輝。風光，風吹草葉上閃動的日光。❺道周　曲折的道路。❻東都已俶載二句　東都，洛陽，借指建康。俶載，本《詩經・周頌・載芟》：「俶載南畝。」指開始耕作。言，語助詞。

【語　譯】帝都繁華上佳遊賞，春光明媚帝王之州。車駕接踵東郊路上，回頭鳥瞰蒼綠江流。太陽光輝水上閃動，風吹光耀草中浮沉。桃李樹下蹊徑自成，桑榆樹蔭遮蔽曲路。京都已經開始耕作，歸去探看綠色田疇。

【研　析】本詩乃詩人唱和友人徐勉〈昧旦出新亭渚〉而作。詩歌首二句總寫，京都繁華之地，乃絕佳遊賞去處，當春光明媚之日，春色遍滿京城，更使遊人愜意。一個「滿」字，春色如欲溢出，彰然可見。「結軫」以下六句，具體描寫京郊春景。往東郊的道路上車輛絡繹不絕；回頭可見長江碧水奔流；太陽的光輝隨水波晃動閃亮；風吹草擺，葉子上陽光閃爍；桃李樹下是縱橫交通的路徑；茂盛的桑榆樹蔭如傘般遮蔽了曲折的道路，整個一幅生機盎然的春景圖畫。結末二句，由京城郊外的開始春耕，詩人想起了歸田耕隱，到大自然中飽覽田疇之景。成倬雲評：「風華旖旎，句句皆熨貼而成，何等細密！」又說：「『日華』二語，景實難繪，看他自在寫出，能不推為絕唱！」

遊敬亭山❶

茲山亘百里，合沓與雲齊❷。隱淪既已託，靈異居然棲❸。上干蔽白日，下屬帶迴谿❹。交藤荒且蔓，樛枝聳復低❺。獨鶴方朝唳，饑鼯此夜啼❻。渫雲❼已漫漫，夕雨亦淒淒。我行雖紆組，兼得尋幽蹊❽。緣源殊未極，歸徑窅如迷❾。要欲追奇趣，即此凌丹梯❿。皇恩竟已矣，茲理庶無睽⓫。

【注　釋】❶敬亭山　在安徽宣城北，山上有敬亭。❷茲山亙百里二句　茲，此。亙，綿亙。合沓，重疊。❸隱淪既已託二句　隱淪，隱士。託，託身。靈異，神仙。居然，安然。❹上干蔽白日二句　干，犯；沖。白日，太陽。屬，連接。迴谿，曲折的山溪。❺交藤荒且蔓二句　交藤，糾結的藤蔓。荒，掩蓋。蔓，蔓延。樛枝，彎曲的樹枝。❻獨鶴方朝唳二句　唳，鶴鳴。鼯，鼠名，俗稱飛鼠，似蝙蝠之形。❼渫雲　飄散的雲。❽我行雖紆組二句　紆組，繫戴印綬，指做官。組，繫印的絲繩。幽蹊，山徑。❾緣源殊未極二句　緣源，沿尋水源。殊，很。窅，深遠貌。❿淩丹梯　淩，登。丹梯，指山。⓫茲理庶無睽　茲理，指登山尋奇趣。睽，乖違。

【語　譯】這座山脈綿亙百里，重疊高聳與雲相齊。隱士既已託身在此，神仙安然於此棲居。上沖雲天遮蔽太陽，向下連帶曲折山溪。糾結藤蔓掩蓋蔓延，彎曲枝幹或高或低。孤鶴正當白日鳴唳，饑餓鼯鼠在那夜啼。雲彩飄散瀰漫天空，晚間雨落也感淒迷。我來宣城儘管做官，同時得以尋訪山徑。沿溪探源難有盡頭，歸路深遠令人欲迷。一心想要追訪奇趣，就此登山攀附雲梯。皇恩終竟已經逝去，登山尋勝庶幾無違。

【研　析】本詩乃詩人被放宣城太守任上所作。首四句總寫敬亭山高絕神異。前二句實寫長綿亙百里，高與雲齊；三、四兩句以隱淪託跡，靈異棲息，虛筆形其超凡拔俗。「上干」以下八句，具體描寫山勢及山中風景。高聳向上，遮蔽白日，進一步寫其高；山下連帶曲折山溪，逶迤無際，寫其長遠；藤蔓糾葛，渺渺茫茫，虬枝伸延，高低縱橫，孤鶴白日長鳴，饑鼯夜間啼叫，雲彩瀰漫，夜雨淒淒，是山中景；晨夜之間，見出詩人遊歷此地，已經終日。「我行」以下八句，則寫其山中遊歷所感。宣城之行，乃為一方守牧，而詩人覺得這並不妨礙自己尋幽探勝。探訪山溪之源沒有窮盡，歸路已迷離恍惚，有桃花源之感。欲要尋訪勝境，即此繼續攀登，表明詩人遊山情致之濃。當今朝廷既無殊恩，唯此賞覽不可有誤，詩人在覽勝中陶醉，宣洩鬱悶情懷，彰然可見。何義門評此詩：「『茲山』領起，直入有勢。以『即此凌丹梯』叫轉，警絕。前四句總寫，一半寫景，一半寫情。唐人律詩作法，俱是此種。」

遊東田❶

戚戚苦無悰❷，攜手共行樂。尋雲陟累榭，隨山望菌閣❸。遠樹曖阡阡，生煙紛漠漠❹。魚戲新荷動，鳥散餘花落。不對芳春酒，還望青山郭❺。

【注　釋】❶東田　齊武帝文惠太子立樓館於鍾山（位於今南京市東），號東田。❷戚戚苦無悰　戚戚，憂傷貌。悰，歡樂。❸尋雲陟累榭二句　陟，登高。累，重疊。榭，臺上有屋稱榭。菌閣，形容臺閣之頂如芝菌之蓋。❹遠樹曖阡阡二句　曖，不分明貌。阡阡，同「芊芊」，繁盛貌。漠漠，散佈貌。❺青山郭　近青山之城郭。

【語　譯】憂戚愁苦無歡情，友朋攜手同尋樂。尋訪雲蹤登高臺，順山望見如菌閣。遠樹朦朧鬱蔥蔥，生出山嵐紛瀰漫。魚兒嬉戲新荷動，鳥兒散去殘花落。不飲芳香新春酒，還望青山近城郭。

【研　析】本詩寫遊歷東田所見夏初之景。首四句，就出遊緣起，說到東田之遊，亭榭為東山景觀，如菌寫亭榭之形，點醒題目。「遠樹」以下四句，「阡阡」、「漠漠」，寫望中所見樹木山嵐遠景；魚戲而新荷晃動，鳥散而殘花零落，則為眼前近景。結末二句，以不對芳春酒，卻望青山郭，渲染青山郭之較美酒更其誘人，進一步寫出東田景色的迷人。詩歌風格淡遠清新，「魚戲」二句生動飛舞，尤為人們欽賞。

暫使下都夜發新林至京邑贈西府同僚❶

大江流日夜，客心悲未央❷。徒念關山近，終知返路長❸。秋河曙耿耿，寒渚夜蒼蒼❹。引領見京室，宮雉正相望❺。金波麗鳷鵲，玉繩低建章❻。驅車鼎門外，思見昭丘陽❼。馳暉不可接，何況隔兩鄉❽！風雲有鳥道，江漢限無梁。常恐鷹隼擊，時菊委嚴霜❾。寄言罻羅❿者，寥廓已高翔。

成王定鼎於郟鄏，其南門曰鼎門。○一起滔滔莽莽，其來無端。「望京」一段，眷戀不已。○「秋河」六語，應「關山近」。「驅車」六語，應「返路長」。時朓被讒而去，故有末二語。言已翔乎寥廓，羅者無如何也。用長卿〈難父老〉篇語意。

【注　釋】❶暫使下都夜發新林至京邑贈西府同僚　下都，指還金陵。新林，在金陵西南。京邑，指金陵。

西府，指荊州隨王府。❷大江流日夜二句　大江，長江。未央，未已。❸徒念關山近二句　關山，入京都的關隘。返路，返回荊州的路途。❹秋河曙耿耿二句　秋河，秋日的銀河。耿耿，光亮貌。蒼蒼，深青色。❺引領見京室二句　京室，指金陵。宮雉，宮牆。❻金波麗鳷鵲二句　金波，指月光。麗，附麗。鳷鵲，漢朝觀名，武帝時所建。玉繩，星名。建章，漢宮名。❼驅車鼎門外二句　鼎門，《帝王世紀》載：「春秋，成王定鼎於郟鄏，其南門名定鼎門。」此指金陵南門。昭丘，楚昭王墓，在荊州。陽，丘之南。❽馳暉不可接二句　馳暉，指太陽。接，迎。兩鄉，指荊州、金陵兩地。❾常恐鷹隼擊二句　鷹隼，鷹類，比鷹略小。委，枯萎。❿罻羅　捕鳥的網羅。

【語　譯】滾滾長江日夜流淌，旅客心悲沒有止時。空自想著京都已近，終於知道返程路長。秋天銀河光亮閃爍，蕭瑟江洲夜色蒼蒼。伸頸望見京城屋舍，城中宮牆遙對相望。月光照著帝京樓觀，玉繩星垂低於建章。驅車來到城南門外，思想見到楚王墓陽。太陽光輝不可迎接，何況遙遠兩地隔絕！風雲起湧尚有鳥道，江漢阻隔沒有橋樑。常常擔心鷹隼撲擊，時時怕菊凋零寒霜。贈送一言設羅網者，寥廓高空我已高翔。

【研　析】《南齊書·謝朓傳》載，謝朓為隋王蕭子隆文學，「子隆在荊州，好辭賦，朓以文才尤被賞愛，流連晤對，不捨日夕。長史王秀之以朓年少相妒，密以啟聞。……世祖敕曰：『朓可還都。』」朓道中為詩寄西府。」即本詩之作。詩歌抒發了對西府生活的眷戀之情，表達了遠禍全身的思想。首四句，以大江滾滾流淌，比悲愁之情無盡，起句蒼茫；離京已近，返程卻長，此也詩人悲心未央的緣起。「秋河」以下六句，承「關山近」而來，寫帝京景象。銀河耿耿，寒渚蒼蒼，點出夜發光景。京都可見，宮牆能辨，月灑宮觀，玉繩低垂，皆眼前所見之景。「驅車」以下六句，承「返路長」，寫荊州、金陵兩地遙隔，懷念故地，但河漢無梁，山川阻隔，返日難期，身不如鳥，雖在風雲之中，尚能展翅翱翔。「常恐」以下四句，以擔心鷹隼撲擊、菊花遭嚴霜摧殘，比自己懷憂畏讒心理，其悲心所在，蓋也在此；罻羅者，喻陷害自己的人；已經高翔寥廓天空，是對自己擺脫羅網的慶幸。詩人既懷戀楚地生活，又欣幸遠禍全身，複雜的思想情緒，盡顯於字裡行間。王夫之《古詩評選》謂：「舊稱眺詩工於發端，如此發端語，寥天孤出，正復宛詣，豈不夐絕千古！」對其起句，給予極高評價。孫月峰評：「此玄暉最有名詩，音調最響，造語最精峭，然而氣格亦漸近唐。」於其全詩，有精當評價。

酬王晉安❶

梢梢枝早勁，塗塗露晚晞❷。南中榮橘柚❸，寧知鴻雁飛？拂霧朝青閣，日旰坐彤闈❹。悵望一途阻，參差百慮依。春草秋更綠，公子未西歸❺。誰能久京洛，緇塵染素衣❻。

《楚辭》曰：「白露紛以塗。」塗，謂厚也。〇鴻雁南棲衡陽，不入晉安之郡，故曰「寧知」。晉安，即今之泉州。

【注釋】❶王晉安　名德元，晉安（今福建福州）太守。❷梢梢枝早勁二句　梢梢，勁直挺拔貌。勁，勁直。塗塗，濃厚貌。晞，曬乾。❸南中榮橘柚　南中，這裡指晉安郡。榮，茂盛。橘、柚，均南方水果。

❹拂霧朝青閣二句　拂霧，言時光之早。青閣，朝堂。旰，晚；遲。彤闈，宮門，指詩人辦公的尚書處。❺春草秋更綠二句　本《楚辭・招隱士》：「王孫遊兮不歸，春草生兮萋萋。」❻誰能久京洛二句　本陸機〈為顧彥先贈婦詩〉：「京洛多風塵，素衣化為緇。」

【語　譯】樹枝根根勁直挺拔，濃厚寒露很晚纔乾。南方晉安橘柚正盛，哪裡知道鴻雁南飛？冒著晨霧上朝覲見，天色已晚尚坐公署。惆悵遙望道途阻隔，百慮參差眾念叢生。春草秋來更顯碧綠，公子宦遊尚未西歸。誰人能夠久居京城，塵灰染黑白色裳衣。

【研　析】本詩乃永明十一年詩人被讒返回金陵後，酬贈友人王德元之作。詩歌抒發了思鄉懷友，畏懼讒言，前途渺茫的心情。首四句，以金陵秋至，樹枝枯直，寒露已濃，而南中晉安還在盛夏，橘柚正盛，南飛大雁不到，友人不知秋天已至，隱寫自己心靈上的蕭瑟，及友人的難以了解自己的處境。「拂霧」四句，寫自己近況，早出晚歸，辛苦於王事，思親懷友，道途阻絕，不得相見，惆悵萬端。結末四句，用古詩典故，既表達了對友人不歸的思念，也反映了自己處在京城是非之地，不可預測的命運。王夫之《古詩評選》謂：「宣城於聲情中外別有玄得，時酣暢出之，遂臻逸品，乃不恤古人風局。顧如此等作，收放含吐，絕不欲奔湧以出，其致自高，非抗之也。」

郡內高齋閑望答呂法曹❶

郡為宣城郡。

結搆何迢遞，曠望極高深❷。窗中列遠岫，庭際俯喬林❸。日出眾鳥散，山暝孤猿吟。已有池上酌，復此風中琴❹。非君美無度❺，孰為勞寸心？惠而能好我❻，問以瑤華音❼。若遺金門步，見就玉山岑❽。

【注釋】❶郡內高齋閑望答呂法曹　郡，指宣城。高齋，在陵陽山頂，詩人為宣城太守時所建。呂法曹，即呂僧珍，字元瑜，東平范人。法曹乃官職名。呂曾為齊王法曹。❷結搆何迢遞二句　結搆，屋宇。迢遞，高貌。曠，遠。❸窗中列遠岫二句　岫，峰巒。喬林，成林的高樹。❹已有池上酌二句　池上酌，本石崇〈思婦吟〉：「宴華池，酌玉觴。」風中琴，本嵇康〈贈秀才詩〉：「習習和風，吹我素琴。」前句言往日友情，後句言別後呂氏來信關切。❺美無度　本《詩經・魏風・汾沮洳》：「彼其之子，美無度。」無度，無比。❻惠而能好我　語本《詩經・邶風・北風》：「惠而好我，攜手同行。」惠，愛。❼問以瑤華音　問，遺；贈。瑤華音，指呂氏所贈詩篇華美。瑤華，玉樹。❽若遺金門步二句　遺，離；棄。金門，金馬門，漢朝官員在此奉詔，指朝廷。見就，相就。玉山，傳說中仙山。岑，小而高的山。

【語譯】屋宇何其高大，遠望極其高深。窗見遠山排列，庭中俯瞰高林。日出眾鳥飛散，山暗孤猿悲吟。曾在池上飲酒，又曾風中弄琴。非君美好無比，誰為煩勞寸心？垂愛能喜歡我，贈以玉樹音信。若拋金門之行，相就仙山頂巔。

【研析】本詩作於建武二年宣城太守任上，乃署中閑望，酬答友人之作。首六句，寫高齋形勢及署中望見之景。屋宇高大，遠望高深，寫高齋。透過窗中，但見遠山羅列，庭際高林莽莽，日出時飛鳥散盡，山暗時孤猿啼鳴，所見所聞，時序變換，皆高齋所得，寫山景，也寫高齋。「已有」以下六句，由眼前歡樂，池上飲酒，風中弄琴，自然想到從前一齊相樂的友人，而友人的贈詩，煩勞思慮，記掛著自己，也足見友誼深摯。結末二句，遺棄金門步，是官場失意的委婉說法；而往就神仙之山，可謂出世之想。所謂「清新中逸氣遄飛」（方伯海評），頗中鵠的。

新亭渚別范零陵雲❶

洞庭張樂地，瀟湘帝子遊❷。雲去蒼梧野，水還江漢流❸。停驂我悵望，輟棹子夷猶❹。廣平聽方籍❺，茂陵將見求❻。心事俱已矣，江上徒離憂❼。

言范同廣平，而聲聽方籍，已當居茂陵之下，將因彼而求見也。郭袤為廣平太守。

【注釋】❶新亭渚別范零陵雲　新亭，在今南京市南。范零陵雲，即范雲，為零陵郡內史。❷洞庭張樂地二句　洞庭，山名，在洞庭湖中。張樂，作樂。傳說黃帝在此奏〈咸池〉之樂。瀟湘，水名，湘水流至零陵縣西與瀟水匯合，稱瀟湘。帝子，指堯女娥皇、女英，傳說二人隨舜赴南方，死於湘水。❸雲去蒼梧野二句　蒼梧，九嶷山，傳說舜死在蒼梧之野。水還，指零陵水由江漢金陵東流入海。❹停驂我悵望二句　停驂，停車。輟棹，停船。夷猶，猶豫不前。❺廣平聽方籍　廣平，晉廣平太守鄭袤。聽方籍，聲望甚著。

❻茂陵將見求　漢朝司馬相如謝病居茂陵，武帝派人往求其書。❼離憂　罹憂；遭憂。

【語　譯】洞庭山水奏樂地，瀟湘帝女去遊歷。行雲飄蕩蒼梧野，水如長江還東去。停下車我惆悵望，放下船槳你彷徨。廣平太守名聲藉，茂陵文章人來求。心事到此都罷了，江水之上徒心憂。

【研　析】本詩乃永明十一年（西元四九三年），友人范雲由司徒參軍遷零陵內史，將行，詩人在京都新亭為之餞行而作。詩首六句，以黃帝洞庭奏樂及舜與娥皇、女英故事，引出范雲將往的瀟湘之地；雲去水還，點出范去己留；停驂悵望者自己，停船夷猶者友人，彼此眷戀惜別之情可見。「廣平」以下四句，廣平比之友人，茂陵用以自比，寓有從此一別，身分判然之意；傷感也只能傷感，一個「俱」字，並寫兩人；而江上離憂，照應新亭之渚。孫月峰評：「淺而淨，意態有餘，音調可風。」

之宣城郡出新林浦向板橋❶

江路西南永，歸流東北騖❷。天際識歸舟，雲中辨江樹。旅思倦搖搖，

孤遊昔已屢❸。既歡懷祿情，復協滄洲趣❹。囂塵自茲隔，賞心於此遇❺。

雖無玄豹姿，終隱南山霧❻。

【注釋】❶之宣城郡出新林浦向板橋　板橋，在南京西南。《文選》李善注引《水經注》云：「江水經三山，又湘浦出焉。水上南北結浮橋渡水，故曰板橋浦。江又北經新林浦。」❷江路西南永二句　江路，指長江水道。歸流，指江水。騖，奔馳。❸旅思倦搖搖二句　搖搖，心情恍惚。屢，多次。❹既歡懷祿情二句　祿，俸祿。協，合。滄洲，滄江冷僻之地，隱者之居所。❺囂塵自茲隔二句　囂塵，喧囂的塵世。賞心，心情舒暢。❻雖無玄豹姿二句　《列女傳．賢明傳》載，陶答子治陶三年，名譽不興，家富三倍。其妻曰：「妾聞南山有玄豹，霧雨七日，而不食者，何也？欲以澤其毛成其文章也，故藏而遠害。犬彘不擇食以肥其身，坐而須死耳。」期年，答子之家果被盜誅。玄豹，黑虎。二句謂幽棲以遠害。

【語譯】長江向西南方延長，水行東北奔馳浩蕩。認出天邊歸舟點點，回首江樹雲霧迷茫。旅途疲憊精神恍惚，孤獨客遊已經屢嘗。既喜為官俸祿得有，又可協合滄洲野趣。從此隔絕喧囂紛亂，賞心樂事在此遭遇。雖然沒有玄豹姿質，終隱居於南山霧裡。

【研析】本詩乃建武二年（西元四九五年），詩人赴宣城太守任，過新林浦板橋而作。首四句寫江行之景，逆江而上西南，前途茫茫正長，回首處，江水朝著東北，浩浩湯湯，奔流而下，天邊歸舟點點，江霧迷漫，江樹隱約難辨。「旅思」以下八句，寫興起感觸思緒。旅途疲憊，孤身宦遊，在自己已是累次經歷；但這次外放，可以有俸祿之歡，還能有幽棲之趣，並且遠離塵世喧囂紛爭，避開政治漩渦，能夠心情歡暢，沒有玄豹之智，卻有南山之隱，遠禍全身，不亦快哉！王夫之《古詩評選》最賞其「天際」二句，謂：「隱然一含情凝眺之人，呼之欲出，從此寫景，乃為活景。」詩歌寫景而畫面鮮明，語不及情而情自無限。

在郡臥病呈沈尚書❶

尚書約也。

淮陽股肱守，高臥猶在茲❷。況復南山曲，何異幽棲時❸！連陰盛農節，簑笠聚東菑❹。高閣常晝掩，荒階少諍辭❺。珍簟清夏室，輕扇動涼颸❻。嘉魴聊可薦，淥蟻方獨持❼。夏李沉朱實，秋藕折輕絲。良辰竟何許，夙昔夢佳期❽。坐嘯徒可積，為邦歲已期❾。絃歌終莫取，撫几令自嗤❿。

南陽太守弘農成縉，任功曹岑晊，時人語曰：「南陽太守岑公孝，弘農成縉但坐嘯。」

【注　釋】❶沈尚書　即沈約，字休文，官至尚書令。❷淮陽股肱守二句　股肱守，本《漢書・季布傳》：「季布為河東太守，上召布曰：『河東吾股肱郡，故時召君耳。』」宣城為南朝近京畿大郡，故其太守亦成股肱守。高臥，本《漢書・汲黯傳》：「拜汲黯為淮陽太守，黯伏地不受印。上曰：『君薄淮陽耶？顧淮陽吏人不相得，吾徒得君重，臥而治之也。』」謂無為而治。❸況復南山曲二句　謝靈運〈鄰里相送至方山〉：「資此永幽棲。」曲，深隱。❹連陰盛農節二句　農節，農忙時節。簑笠，草帽；斗笠。菑，新墾的土地。❺高閣常晝掩二句　高閣，指官署。諍辭，訟狀。❻珍簟清夏室二句　簟，竹席。颸，微風。❼嘉魴聊可薦二句　魴，鯿魚。薦，進。淥蟻，本指斟酒泛起的泡沫，代指酒。❽良辰竟何許二句　何許，何時。夙昔，前夜。佳期，見面的日子。❾坐嘯徒可積二句　坐嘯，本張璠《漢紀》：「南陽太守弘農成瑨，任功曹岑晊。時人為之語曰：『南陽太守岑公孝，弘農成瑨但坐嘯。』」閑坐吟嘯，清靜無為。為邦，為政。期，一年。❿絃歌終莫取二句　絃歌，《論語》：「子游為武城宰，聞絃歌之聲。」指絃歌教化。撫几，指伏案。自嗤，自我嗤笑。

【語　譯】淮陽重地股肱守令，無為而治如在此時。何況又有南山深曲，與那隱居有何差異！連綿陰雨盛於農時，頭戴斗笠相聚東地。官署高閣晝常閉門，臺階荒蕪少有訟辭。精美竹席夏室清涼，輕扇搖動涼風習習。美味鯿魚略可進餐，手中美酒剛好端持。夏李沉水浸成紅果，秋天蓮藕折成輕絲。良辰究竟在於何時，前夜夢中相會佳期。閑坐嘯吟空自累積，太守之職一年已屆。弦歌教化終未取得，守令伏案自我嗤笑。

【研　析】本詩乃詩人宣城太守任上，臥病而作。首四句，化用典故，宣城乃京畿近地，太守為重要之職，然無為而治，兼有山川勝景，雖重任在肩，卻不啻幽棲隱居，總寫任上蕭閑灑脫。「連陰」以下十二句，具體展開描寫。正在農時，卻遇連綿陰雨，百姓都聚集農田，忙於農事；官署清閒，白晝常常閉門，長期沒有諍訟，署前臺階也都荒蕪；自己則室中竹席，輕扇徐風，吃著美味鯿魚，飲著佳釀美酒，品著冰涼的夏李及秋藕，不勝快意。「良辰」二句，表達對友人的思念，夢寐之想，可知期待相會之殷切，詩人盼望能與友人共同享受人生的愜意。「坐嘯」以下四句，說自己終日嘯吟閑坐，到任已經一年，期望弦歌教化，並沒能夠實現，所以每當伏案，便覺自己可笑，此也謙遜之辭。孫月峰評本詩：「此猶得康樂遺度，但調微清輕耳。」所說極是。

晚登三山還望京邑❶

灞涘望長安，河陽視京縣❷。白日麗飛甍❸，參差皆可見。餘霞散成綺，澄江靜如練❹。喧鳥覆春洲，雜英滿芳甸❺。去矣方滯淫，懷哉罷歡宴❻。佳期悵何許，淚下如流霰❼。有情知望鄉，誰能鬒❽不變！

【注釋】❶晚登三山還望京邑　三山，在今南京石頭城附近。還望，回頭眺望。京邑，京城。❷灞涘望長安二句　灞涘，灞水之濱。灞水，在西安。河陽，縣名，在今河南孟縣西。京縣，指洛陽。這裡都比喻詩人望京城建康。❸白日麗飛甍　白日，太陽。麗，附麗，指照耀。飛甍，若欲飛起的屋脊。❹餘霞散成綺二句　綺，錦緞。練，白綢。❺喧鳥覆春洲二句　覆，蓋。雜英，各色的花。甸，郊野。❻去矣方滯淫二句　方，將。滯淫，淹留；久留。懷，懷念。罷，止。❼佳期悵何許二句　佳期，歸期。何許，何時。霰，小雪粒。❽鬒　黑髮。

【語譯】灞水之濱遙望長安，河陽縣境眺望京城。太陽光耀如飛屋脊，參差高低都能看見。落日晚霞散如錦緞，澄澈江水如同白練。喧鬧鳥兒落滿春洲，各色花兒開滿芳甸。離去將在異鄉滯留，懷念停止舊有歡宴。歸期難卜惆悵悲歎，淚下如同天降冰霰。多情深知望鄉之苦，誰能保證黑髮不變！

【研析】本詩乃建武二年（西元四九五年）詩人出為宣城太守，前往赴任，離開金陵時所作。首四句，用王粲〈七哀詩〉及潘岳〈河陽詩〉詩意，點出對京城的留戀；再寫出日落時分京城絢麗，點明題目之「晚登」。「餘霞」以下四句，是登三山所見之景。晚霞散布如錦緞，江水澄靜如白綢，將流動變為凝固，亦錦繡心腸。喧鬧的鳥兒落滿春之洲渚，各色鮮花開滿郊外，狀江南春景如畫。「去矣」以下六句，去的地方將滯留難歸，舊有歡宴令人懷念，歸期難卜，詩人不禁淚落如霰；望鄉之苦，詩人擔心要一夜間黑髮變白。大詩人李白在其〈金陵城西樓月下吟〉中說：「月下沉吟久不歸，古來相接眼中稀。解到澄江靜如練，令人長憶謝玄暉。」對此詩推崇備至。

直中書省❶

紫殿肅陰陰，彤庭赫弘敞❷。風動萬年枝，日華承露掌❸。玲瓏結綺錢，深沉映朱網❹。紅藥當階翻，蒼苔依砌上❺。茲言翔鳳池，鳴珮多清響❻。信美非吾室❼，中園思偃仰❽。朋情以鬱陶，春物方駘蕩❾。安得凌風翰，聊恣山泉賞❿。

《東宮舊事》曰：窗有四面，結綺連錢。

【注　釋】❶直中書省　直，值宿。中書省，官署名，掌朝廷發佈政令事。詩人時為中書郎。❷紫殿肅陰陰二句　紫殿，指帝王宮禁。肅，肅穆。陰陰，蔭蔽貌。彤庭，指皇宮。赫，紅色鮮明貌。弘敞，寬敞。❸風動萬年枝二句　萬年枝，指冬青樹枝。日華，太陽的光華。承露掌，漢武帝好神仙，在建章宮神明臺造承露盤，立銅鑄仙人舒掌承接甘露，以為服食可以長生。❹玲瓏結綺錢二句　玲瓏，空明貌。綺錢，宮殿的窗飾。深沉，幽靜隱蔽。❺紅藥當階翻二句　紅藥，芍藥。翻，飛。依，附。砌，臺階。❻茲言翔鳳池二句　茲，這裡。言，語助詞。翔鳳池，鳳凰池，本為禁苑中池沼，魏晉以來因設中書省於禁苑，故稱中書省為鳳池。珮，官員身上的玉佩。清響，清脆的響聲。❼信美非吾室　本王粲〈登樓賦〉：「雖信美而非吾土兮，曾何足以少留。」❽中園思偃仰　中園，園中。偃仰，俯仰，指悠然自得的生活。❾朋情以鬱陶二句　朋情，友情。鬱陶，憂思積聚貌。駘蕩，舒緩蕩漾貌。❿安得凌風翰二句　凌風翰，乘風高飛。恣，縱情。山泉賞，優遊山泉。

【語　譯】紫殿宮禁肅穆森嚴，彤庭皇宮鮮紅廓大。微風吹動萬年樹枝，陽光照耀仙人露盤。玲瓏剔透綺錢窗連，朱網簾幕深沉相映。臺階之上芍藥搖曳，階級上邊青苔遍長。此處正是鳳池要地，官員玉佩清脆作響。誠然佳處非我家室，思想園中適意偃仰。想起友情心情鬱結，正是春景舒緩蕩漾。怎能乘風高飛遠去，聊且縱情山水欣賞。

【研　析】本詩作於建武二年（西元四九五年）春天，時詩人為中書郎，值班鳳池。前十句，俱就中書省來寫，極力鋪陳其森嚴華美，富麗高貴。宮廷之地，肅穆威嚴，氣勢博大，開頭總寫其形勢。春風搖盪，萬年樹枝披拂；日光照耀，仙人承露盤熠熠生輝；玲瓏的綺錢窗飾，深沉的簾幕；當階盛開的芍藥，爬滿臺階的青苔；還有來往官員身上玉佩的清越聲響，共同構成了一幅典麗華贍的鳳池景觀。其中，一「動」一「華」，風物頓活；紅藥之「翻」，青苔之「上」，生動傳神。「信美」以下六句，轉入另一層意思。鳳池禁地，美則美矣，終非自己的精神歸宿。詩人由春風駘蕩，滿園春色，想起了山林自然之趣。他多麼希望能與好友一起，徜徉山水，俯仰人生。到此，我們終於明白，前十句的鋪陳，無非為此後六句鋪墊蓄勢，詩篇的中心，在於後者。方伯海評：「典麗不入穠穢，清新不入寒瘦，此君詩，古秀全在骨。」

宣城郡內登望

借問下車日，匪直望舒圓❶。寒城一以眺，平楚❷正蒼然。山積陵陽阻，溪流春穀泉❸。威紆距遙甸，巉巖帶遠天❹。切切陰風暮，桑柘起寒煙❺。悵望心已極，惝怳❻魂屢遷。結髮倦為旅，平生早事邊❼。誰規鼎食盛，寧要狐白鮮❽？方弃汝南諾，言稅遼東田❾。

「寒城」一聯格高，朱子亦賞之。○《續漢書》曰：「汝南太守宗資，任用范滂，時人謠曰：汝南太守范孟博，南陽宗資主畫諾。」○《魏志》曰：「管寧聞公孫度令行海外，遂至遼東。」

【注釋】❶借問下車日二句　借問，請問。下車日，到任的日子。匪，非。直，徑直。望舒，月亮。❷平楚　言放眼望去，樹梢齊平如地。楚，叢木。❸山積陵陽阻二句　積，堆積；重疊。陵陽，山名；春穀，水名，均在宣城郡內。❹威紆距遙甸二句　威紆，迂曲回折。距，到。甸，郊外。巉巖，險峻的山巖。帶，連。❺切切陰風暮二句　切切，象聲詞，形容風聲蕭瑟。柘，桑一類樹木。❻惝怳　失意貌。❼結髮倦為旅二句　結髮，指成年後。事邊，邊郡從戎。❽誰規鼎食盛二句　規，規求。鼎食，列鼎而食，指豪奢的生活。狐白，狐狸腋下白毛，指精美的狐裘。❾方弃汝南諾二句　汝南諾，本《後漢書・黨錮列傳序》：宗資為汝南太守，諸事悉委之功曹范滂，自己僅唯喏而已，時人歌謠曰：「汝南太守范孟博，南陽宗資主畫諾。」畫諾，同意照辦。言，發語詞。稅，往。遼東田，《高士傳》記載，三國時期管寧，避亂遼東，結廬山谷，魏文帝、明帝累召不就。

【語　譯】請問下車到任日，不止數次月圓時。蕭瑟城上遠眺望，叢林平整正蒼翠。山巒重疊陵陽被擋，山溪流淌春穀成泉。迂曲回折到遠郊，山巖險峻連遠天。黃昏切切陰風吹，桑柘中間寒煙生。遠望惆悵心傷極，失魂落魄魂飄轉。成年以來倦行旅，弱冠從戎事邊陲。誰人規求貪豪奢，難道企求狐白裘？剛棄汝南清閒職，將往遼東隱田園。

【研　析】本詩或題〈郡內登望詩〉，乃詩人宣城任所作。首四句，以下車日久，登臨遠望，點出題目。前二句用張景陽「下車如昨日，望舒四五圓」句意，不僅四五圓，其時更久。「寒城」兩句，蒼茫有力。「山積」以下八句，為望中所見所感。層巒疊嶂，巉巖峭壁；山澗溪流，逶迤綿延；黃昏陰風，切切悽楚；桑柘樹叢，寒煙朦朧。苦寒之景，令詩人惆悵萬端，神魂恍惚。「結髮」以下六句，回顧弱冠以來，萍漂蓬轉，宦遊四方，飽嘗奔波飄零之苦；而思想自身，既不是為的鼎食尊榮，也不是為的華美麗服，此又何苦來哉！拋棄無所事事的官職，歸隱田園，纔可以適志快意，結末引用典故，顯得厚重而不單薄。

高齋視事❶

餘雪映青山，寒霧開白日。曖曖❷江村見，離離❸海樹出。披衣就清盥❹，憑軒方秉筆❺。列俎歸單味，連駕止容膝❻。空為大國憂，紛詭諒非一❼。安得掃蓬逕❽，鎖❾吾愁與疾。

起四句寫雪後入神。

【注　釋】❶高齋視事　高齋，在陵陽山頂。視事，指審理案牘。❷曖曖　昏暗不明貌。❸離離　羅列分明貌。❹清盥　洗濯。❺秉筆　執筆治事。❻列俎歸單味二句　本《韓詩外傳》：「今如結駟連騎，所安不過容膝；食方丈於前，所甘不過一肉。」列俎，擺列豐盛的美味佳餚。俎，盛祭品的器具。單味，單一食物。❼空為大國憂二句　大國，指宣城大郡。紛詭，紛雜。❽蓬逕　雜草叢生的小路，隱者居處。❾鎖　本集作「銷」。散。

【語　譯】殘雪映照青山間，寒霧散去太陽出。昏暗朦朧江村現，歷歷分明海樹顯。披起衣裳去盥洗，憑臨窗口正執筆。擺列佳餚取一味，連駕車乘僅放膝。空自為這大郡憂，紛雜欺詐誠一端。怎能打掃蓬草徑，散我心中憂與疾。

【研　析】本詩乃詩人宣城太守任上作。首四句寫景，雪未融盡的時候，山已青，尚有殘雪；已經很晚，太陽纔破霧湧出，轉眼雲霧散盡；原先迷蒙昏昧的江村露出，盛密的江邊樹木羅列可見。因詩人身在高齋，故有此一覽無餘。殘雪、寒霧、曖曖江村、離離海樹，景色固然很美，卻給人一種特殊的感受。「披衣」四句，轉到自身。詩人睡起，披衣盥洗，臨窗辦公，故有如上眺望；豐盛的佳餚中僅取一味，連駕大車僅取容膝，待遇固豐，然能夠享受者有限，處心積慮地鑽營謀求，究竟有多少意義！「空為」四句，抒寫感慨。終日為一郡之事操勞，但官場紛亂，欺詐橫生，操勞也只能是徒然；而得一幽僻去處，清靜隱居，纔能夠銷除憂愁與疾病。在仕與隱之間，詩人總是這樣搖擺著。

落日悵望

昧旦多紛喧，日晏未遑舍❶。落日餘清陰，高枕東窗下。寒槐漸如束，
秋菊行當把❷。借問此何時，涼風懷朔馬❸。已傷暮歸❹客，復思離居者。
情嗜幸非多，案牘偏為寡❺。既乏瑯琊政，方憩洛陽社❻。

【注釋】❶昧旦多紛喧二句　昧旦，黎明。紛喧，紛擾喧囂。日晏，傍晚。未遑舍，顧不上停止。❷寒槐漸如束二句　寒槐，落葉之槐。如束，如捆，形其乾枯。行，將。把，採。❸涼風懷朔馬　本古詩「胡馬依北風」句。涼風，北風。朔馬，北地之馬。❹暮歸　遲歸；晚歸。❺情嗜幸非多二句　情嗜，嗜好。案牘，公文。❻既乏瑯琊政二句　瑯琊政，用東漢張宗事，《後漢書》本傳載「其政好嚴猛，敢殺伐」。洛

陽社，據《晉書・董京傳》載：「初與隴西計吏俱至洛陽，被髮而行，逍遙吟詠，常宿白社中。」白社，地名，在洛陽東。

【語　譯】黎明已經喧囂紛亂，傍晚時分無暇停歇。日落剩下清涼之蔭，東窗下邊高枕而臥。槐樹葉落枝如柴束，秋菊將到採摘時候。請問這是什麼季候，北風吹起朔馬懷思。既已傷感遲歸旅客，又為飄零分離人悲。嗜好欲望幸虧不多，案上公文政務也少。既然缺乏張宗嚴猛，將要休憩洛陽白社。

【研　析】本詩乃深秋暮景中感懷，抒發的是一種惆悵之情。首四句敘事，從黎明迎來忙碌喧鬧，直到天晚，都沒空歇息，詩人可謂身心俱已疲憊；落日以後，剩下清蔭，這次第，擺脫了所有的煩擾，東窗之下，高臥愜意，不勝快慰。前後兩種生活方式的鮮明對照，詩人的好惡昭然。「寒槐」以下六句，槐樹葉落，枝如柴束，秋菊含苞，將可採摘，點出時序；「借問」則明知故問；朔馬依戀北風，由季節自然轉入懷人思鄉。詩人既傷感日暮遲歸的旅人，也為飄零離居者悲歎，更為自己的宦遊惆悵。「情嗜」以下四句，說自己不是多欲之人，政務也算清閒，但既然缺乏「嚴猛」的陰辣手段，還是歸去棲息在田園為好。惆悵之感，包籠全篇。

移病還園示親屬❶

疲策倦人世，斂性就幽蓬❷。停琴佇涼月，滅燭聽歸鴻。涼葉乘暮析，秋華臨夜空❸。葉低知露密，崖斷識雲重。折荷葺寒袂❹，開鏡盼❺衰容。
海暮騰清氣，河關祕棲沖❻。煙衡時未歇，芝蘭去相從❼。

【注釋】❶移病還園示親屬 移，公文，指呈公文言病告假。園，指詩人在建康的家園東田。❷疲策倦人世二句 疲策，疲於驅使。斂性，收斂心性。幽蓬，幽靜的茅舍。❸涼蒹乘暮析二句 蒹，草名，即蘆葦。析，同「晰」，明。暮晰、秋華，均指月光。❹折荷葺寒袂 本屈原〈離騷〉：「製芰荷以為衣。」葺，修補。袂，衣袖，代指衣裳。❺盼 或作「眄」，斜視。❻海暮騰清氣二句 海，寬闊的江面。河關，河流關隘。祕，閉。棲沖，沖和淡泊的去處。❼煙衡時未歇二句 煙衡，杜衡，香草名。芝蘭，香草名。

【語譯】疲於驅策厭倦人事，收斂心性僻居茅屋。停琴佇立清涼月夜，吹滅燭火聽歸鴻鳴。寒涼蘆花月中明晰，一輪光照正當夜空。葦葉低垂知道露濃，山崖隔斷辨出雲重。採折荷葉修補冬衣，鏡子打開斜視衰容。黃昏江濱霧氣蒸騰，河流關隘幽居深祕。杜衡此時沒有衰歇，芝蘭香草來去相從。

【研析】本詩乃詩人託病辭職，回家園贈親友之作。首二句，疲於驅策，倦於官場爭競，詩人要收斂心性，拋去功名，到幽靜茅屋，尋找恬適快意，此其「移病」辭官的真實原由。「停琴」以下六句，寫「幽蓬」中暮夜所見之景。停琴為月光皎潔可以玩賞；滅燭為月光明亮，歸鴻嘹唳則月夜更顯寥廓靜寂；蘆花明晰，月亮之故；秋月當空，何其澄清！蘆葦葉子低垂，知是露水過於濃密，山崖若斷若續，知是雲霧繚繞阻隔。恬靜之境，詩人陶醉其中，思慮明淨，一洗所有煩惱。「折荷」以下六句，以荷製衣，象徵高潔；開鏡者，池水明澈如鏡，可以照見衰老的容顏；江濱霧氣蒸騰，河關更顯幽僻，詩人珍惜年華，思想如芝蘭去從杜衡，既表明自身節操，也讚美親友品格。詩歌清新明淨，超塵脫俗。

送江兵曹檀主簿朱孝廉還上國❶

方舟❷泛春渚，攜手趨上京。安知慕歸客，詎意山中情❸！香風蕊上發，好鳥葉間鳴。揮袂❹送君已，獨此夜琴聲。

【注　釋】❶送江兵曹檀主簿朱孝廉還上國　江兵曹，即江泌，字士清，濟陽考城人，歷仕南中郎行參軍。檀主簿，即檀超，字悅祖，高平金鄉人，官驃騎參軍、寧蠻主簿、鎮北諮議。朱孝廉，未詳誰何。上國，上京；都城。❷方舟　並舟；大船。❸安知慕歸客二句　慕歸，思歸。詎，豈。意，度。山中情，山中人之情懷。❹揮袂　揮手送別。

【語　譯】大船從春日洲渚起航，諸位相攜手一起回京。哪裡知道思歸者一人，豈能猜度山中人情懷！馥郁香風來自花蕊上，美麗的鳥兒葉間相鳴叫。揮手告別送君已經去，僅剩下這夜間鳴琴聲。

【研　析】本詩乃詩人宣城太守任上，送別三位友人還都，感慨而作。前四句，由友人舟發春渚，結伴同行，齊回京都，表達了自己的思歸之情，以及對無人理解自己衷情的苦惱。後四句，香風馥郁，來自花蕊；好鳥嚶鳴，發自葉間，是眼前春景；而自然的生機，也與結末二句友人去後，僅剩琴鳴的孤寂形成對照，襯托著心靈的落寞。詩歌風格幽深孤峭。

秋夜

秋夜促織❶鳴，南鄰擣衣急。思君隔九重❷，夜夜空佇立。北牕輕幔垂，西戶月光入。何知白露下，坐視階前濕。誰能長分居，秋盡冬復及❸。

【注釋】❶促織　蟋蟀。❷思君隔九重　君，指夫君。九重，九重天，極言相隔之遠。❸及　來臨。

【語譯】秋夜蟋蟀正鳴唱，南面鄰家擣衣忙。思念夫君遙遙隔，每天夜間久空望。北窗紗幔低垂下，西窗月光照進來。如何知道白露降，坐看臺階前潮濕。誰人能夠長分居，秋日終了冬又至。

【研析】本詩擬閨怨之作，寫思婦懷人。首四句，促織夜鳴，擣衣聲急，是秋夜景象；由急促擣衣之聲，遞及思念夫君，久立凝想，思婦形象盡顯紙上。「北窗」四句，北窗帳幔低垂，西窗月光透入，坐看階前潮濕，知是白露降下，極淺顯語，也寫景極工。結末二句抒情，秋盡冬來，四季輪替，光陰流逝，時不我待，有誰能夠長久分離，過著殘缺的生活，虛度大好的時光呢？辭淺情深。

和何議曹郊遊❶

春心澹容與，挾弋步中林❷。朝光映紅萼，微風吹好音❸。江隍得清賞，山際果幽尋❹。未嘗遠離別，知此愜歸心。流泝終靡已，嗟行方至今❺。

【注　釋】❶和何議曹郊遊　何議曹，即何佟之，字士威，廬江人，歷兵部校尉、國子博士、驃騎諮議參軍。❷春心澹容與二句　澹，安適。容與，閑舒貌。弋，繫著絲繩的箭矢，這裡指射弋之具。❸朝光映紅萼二句　紅萼，紅花。好音，動聽的鳥鳴。❹江隍得清賞二句　江隍，江濱。果，克；必。幽尋，猶清遊。❺流泝終靡已二句　泝，逆流而上。靡已，不止。嗟，悲歎聲。

【語　譯】春日心情好舒閑，挾帶弓矢步林中。朝日映照紅花上，微風送來鳥鳴音。江邊得以有清賞，山中能夠有清遊。不曾經過遠別離，知此深愜歸來心。逆流而上終不止，嗟歎遠行到如今。

【研　析】本題凡二首，此為第一首，乃郊遊與何佟之唱和之作。首四句，寫春光明媚，心情舒暢，挾弓帶箭，出遊郊外林中，既見朝日映照紅花，又聽風送鳥聲鳴囀，春光無限，生機無限。「江隍」二句，盛讚江邊清賞，山際清遊，不虛此行。結末四句，詩人既慶幸不曾與何遠別，對逆流而上，又感慨宦遊飄零至於今天。寫景之句，頗稱清麗。

和王著作融八公山❶

謝玄敗苻堅處。

二別阻漢坻，雙崤望河澳❷。茲嶺復巑岏，分區奠淮服❸。東限琅琊臺，西距孟諸陸❹。阡眠起雜樹，檀欒蔭修竹❺。日隱澗疑空，雲聚岫如複。出沒眺樓雉，遠近送春目❻。戎州昔亂華，素景淪伊穀❼。阽危賴宗袞，微管寄明牧❽。長蛇固能翦，奔鯨自此曝❾。道峻芳塵流，業遙年運倏❿。平生仰令圖，吁嗟命不淑⓫。浩蕩別親知，連翩戒征軸⓬。再遠館娃宮，兩去河陽谷⓭。風煙四時犯，霜雨朝夜沐。春秀良已彫⓮，秋場庶能築⓯。

戎州亂華，謂苻堅。素景，謂晉以金德王也。〇宗袞，謂謝安。明牧，謂謝玄。微管，即「微管仲吾其被髮左衽」意。古人引用，多割截者。〇長蛇奔鯨，喻苻堅、苻融也。〇「平生仰令圖」以下，皆朓自謂。〇小謝詩俱極流利，而此篇及〈和伏武昌〉作，典重質實，俱宗仰康樂。

【注釋】❶和王著作融八公山　王著作融，即王融，字元長，琅琊人，「竟陵八友」之一。八公山，山名，在今安徽省壽縣北。據載淮南王劉安養士數千，中有高才八人，稱八公。及被告謀反，乃與八公登山飛升，成仙而去。東晉謝玄在肥水大敗前秦苻堅，苻堅逃跑中望見八公山上草木，以為有晉兵埋伏。❷二別阻漢坻二句　二別，即大別山、小別山，在今安徽霍丘縣西南漢水北岸。漢，即漢水。坻，水中小洲或高地。雙崤，指崤山東西二陵，在河南洛寧縣北。河，黃河。澳，水邊地。❸茲嶺復巑岏二句　茲嶺，指八公山。巑岏，峻峭貌。奠，定。淮服，淮地。服，古代指王畿以外的地方。❹東限瑯琊臺二句　指澤西至山。瑯琊臺，在今山東諸城東南琅琊山上。距，至。孟諸，古代大澤名，故址在今河南商丘北。❺阡眠起雜樹二句　阡眠，茂盛貌。檀欒，竹美貌。❻出沒眺樓雉二句　雉，古代計算城牆面積的單位，長三丈、高一丈為一雉，引申為城牆。春目，滿目春光。❼戎州昔亂華二句　戎州，古代大九州之一，西南曰戎州，這裡指前秦苻堅。亂華，指進犯華夏。素景，指晉朝，晉以金德王。淪伊穀，指淪陷伊、穀二水流域。二水在中原地帶。❽阽危賴宗衮二句　阽危，臨危。宗衮，指謝安。衮，地位尊崇的大臣。微管，本《論語》子曰：「微管仲，吾其被髮左衽也。」明牧，明府，對地方官的尊稱，指謝玄。❾長蛇固能翦二句　長蛇、奔鯨，喻指苻堅。❿道峻芳塵流二句　芳塵，美好的名聲。年運，歲月。⓫平生仰令圖二句　令圖，遠大的謀略。淑，善。⓬浩蕩別親知二句　浩蕩，心神恍惚貌。連翩，孤獨無依貌。戒，準備。征軸，行車。⓭再遠館娃宮二句　館娃宮，春秋吳王夫差所築，借指吳地。河陽，縣名，今屬河南，謝家於此有別業。⓮春秀良已彫　比喻精神已衰。⓯秋場庶能築　本《詩經・豳風・七月》：「九月築場圃。」謂辭官歸田。

【語　譯】漢水大小別山成險阻，崤山東西二嶺近黃河。八公這座山嶺也峻峭，分割區劃奠定淮區域。向東直抵山東琅琊臺，在西直到河南孟諸地。各類雜樹叢生鬱蔥蘢，成片綠蔭美麗長竿竹。太陽隱沒山澗似空闊，雲彩聚結山穴如重疊。眺望但見城牆蜿蜒出，遠近周邊滿目是春光。北方苻堅昔日犯華夏，晉朝淪陷中原山水區。瀕危賴我宗族顯赫臣，沒有管仲寄託在明府。兇惡長蛇本就能剪除，狂奔鯨魚自此曝曬死。道途艱險美名得流播，勳業遙隔歲月匆匆逝。生來仰慕遠大之謀略，感慨我生命運不交美。猶豫彷徨告別親與友，孤獨無依準備征行車。一而再遠吳地館娃宮，兩次離開河陽我別業。一年四時冒著風與霧，日夜之間頂著霜和雨。春之美景真的已凋謝，秋天場圃大概已可築。

【研　析】本詩詩題《文選》作〈和王著作八公山一首〉，作年難定，然無論是作於宣城，還是赴江陵及宣城以後，其非和王融之作，學人看法一致。詩歌借詠八公山，緬懷了先人在此取得的輝煌業績，同時表達了生不逢時，壯志難酬，歸隱田園的情思。詩歌首六句，以大小別山、嶓山雙嶺，帶出八公山亦險峻要地。「阡眠」以下六句，就八公山自身，寫其鬱鬱蔥蔥、茂林修竹、山澗幽隱、雲霧繚繞、城牆逶迤、滿目春色，種種形勝景觀。「戎州」以下八句，則由八公山想起先人勳業，東晉之時，前秦苻堅南侵，中原淪陷，危亡之秋，先人謝安、謝玄有管仲一般的韜略，力挽狂瀾，在肥水大敗侵略者，亂世播芳名。「平生」以下十句，轉到自身，自己仰慕先人德業，然時運不濟，萍飄蓬轉，風塵雨雪，蹉跎歲月，一事無成，而歸隱田園，大概是最好的選擇。沈德潛評：「小謝詩俱極流利，而此篇及〈和伏武昌〉作，典重質實，俱宗仰康樂。」

和伏武昌登孫權故城❶

❶ 伏曼容為武昌太守。

炎靈遺劍璽，當塗駭龍戰❷。聖期缺中壤，霸功興寓縣❸。鵲起登吳山，鳳翔凌楚甸❹。衿帶窮巖險，帷帟（音亦。）盡謀選❺。北拒溺驂鑣，西龕收組練❻。江海既無波，俯仰流英盼❼。裘冕類禋郊，卜揆崇離殿❽。釣臺臨講閱，樊山開廣讌❾。文物共葳蕤，聲明且葱蒨❿。三光厭分景，書軌欲同薦⓫。參差世祀忽，寂寞市朝變⓬。舞館識餘基，歌梁想遺囀⓭。故林衰木平，芳池秋草徧。雄圖悵若茲，茂宰深遐睠⓮。幽客滯江皐，從賞乖纓弁⓯。清巵阻獻酬，良書限聞見⓰。幸藉芳音多，承風采餘絢⓱。于役倘有期，鄂渚同遊衍⓲。

炎靈，謂漢。當塗，謂魏，言當道而高大者，魏也。○「帷帟盡謀選」，言帷帳共事者皆善謀而諸侯之選也。○北拒，謂禦曹操。西龕，謂敗西蜀。「龕」與「戡」同。○《周禮》曰：「王祀昊天上帝，則服大裘而冕，祀五帝亦如之。」卜揆，即卜云其吉，揆之以日，言作室也。○《三國名臣頌》曰：三光參分，宇宙暫隔。此言厭分景者，幾欲混一天下也。「參差世祀忽」以下，指亡國後說。○茂宰，謂伏武昌。幽客，自謂。《墨子》曰：墨子獻書於惠王，王受而讀之曰：此良書也。此指武昌原作。○宣城係遙和，非共登城者，玩末二句自見。

【注釋】❶和伏武昌登孫權故城　伏武昌，即伏曼容，由大司馬參軍，出為武昌太守。孫權曾在武昌置都。❷炎靈遺劍璽二句　炎靈，指漢朝，漢屬火德。遺，喪失。劍璽，指漢朝統治的象徵。劍，指漢高祖斬白蛇起義之劍。璽，玉璽。當塗，漢朝讖緯之詞，指魏。駭，起。龍戰，本《周易》：「龍戰於野，其血玄黃。」本指陰陽二氣的交戰，後指群雄割據戰爭。❸聖期缺中壤二句　聖期，本《論衡》引孟子云：

「五百年必有王者興。五百年者，以為天出聖期也。」中壤，中土；中國。霸功，霸業，指孫吳政權。寓縣，即宇縣，猶天下。❹鵲起登吳山二句　指孫吳初都武昌，後都建鄴。❺衿帶窮巖險二句　衿帶，謂地勢迂曲險要。帷帟，幃帳。謀選，智謀之士；諸侯之選。❻北拒溺驂鑣二句　北拒，謂敗曹操於赤壁。驂，三匹馬拉一輛車。鑣，馬嚼子。西龕，謂西敗劉備。龕，同「戡」，勝。組練，衣甲，借指軍隊。❼江海既無波二句　無波，指政治清平。流英盼，指雄視天下。❽裘冕類禋郊二句　裘冕，古帝王祭天時的服飾。類，通「禷」，與「禋」、「郊」均祭祀名。卜，占卜選擇。揆，度量。崇，立。離殿，離宮別殿，帝王正式宮殿以外的居處。❾釣臺臨講閱二句　釣臺，臺名，在江上。樊山，山名，即袁山。均在武昌。講閱，講武閱兵。❿文物共葳蕤二句　文物，聲明，指禮樂典章制度。葳蕤、葱蒨，皆盛貌。⓫三光厭分景二句　三光，指日、月、星。厭分景，指上天厭惡三分天下。書軌，本《禮記・中庸》：「今天下車同軌，書同文。」指天下統一。薦，獻。⓬參差世祀忽二句　世祀，世代祭禮，指王命延續。忽，倏忽。市朝，爭名逐利的場所。⓭歌梁想遺囀　歌梁，歌音繞樑。遺囀，遺音。⓮茂宰深遐睠　茂宰，對伏曼容的美稱。茂，美。遐睠，深深眷念。⓯幽客滯江皐二句　幽客，詩人自指。纓弁，冠上紐帶，指伏曼容。⓰清卮阻獻酬二句　卮，酒器。獻酬，勸酒。良書，本《墨子》：「墨子獻書惠王，王受而讀之，曰：『良書也。』」指伏曼容原詩。⓱絢　文采。⓲于役倘有期二句　于役，外出服役，本《詩經・王風・君子于役》：「君子于役，不知其期。」鄂渚，武昌江中渚。遊衍，遊樂。

【語　譯】漢朝失去政權統治，曹魏挑起諸侯混戰。生聖之期中土不備，王霸之業天下出現。鵲起登臨吳地之山，鳳翔超邁楚之地盤。迂曲環護盡是險要，帷幄之中盡為謀臣。北敗曹魏車馬溺江，西勝劉蜀盡降精銳。所統域內政治清平，頃刻中間雄視周邊。裘冕鄭重祭祀上天，度量選擇建築別殿。來到釣臺講武閱兵，樊山之上廣開盛宴。典章制度共相繁榮，禮樂教化也自昌盛。蒼天三光厭惡分隔，文字車乘希望同獻。王朝延續參差不整，哄鬧市朝轉瞬荒漠。舞館僅剩殘敗根基，餘音繞樑想像中間。舊時樹林衰敗平地，鮮美池沼秋草長遍。雄圖遠大惆悵成此，美質太守深深懷念。幽僻如我滯留江畔，錯過隨從大人賞覽。清酒未能相勸共飲，佳作所寫未得親見。幸賴詩中多有妙言，承繼風華勉力成篇。行役公幹若有機會，武昌江渚共同盤桓。

【研析】本詩乃遙和武昌太守伏曼容所作。首十句，由漢朝式微，曹魏興起，王道不作，霸業而成，漸遞入孫吳崛起，曾都武昌，天險可憑，文武人才濟濟，北敗曹操，西勝劉備。「江海」以下八句，寫孫吳文治武功，雄視天下，郊祀天帝，修築別殿，講武閱兵，典章禮樂盛極一時。「三光」以下十句，再由天厭分裂，寫到孫吳衰亡，朝市轉眼荒涼，歌樓舞館僅剩殘基，樹林成為平地，美池荒草漫漫，在古之英雄，徒抱惆悵，於今之太守，也只能弔古懷念。「幽客」以下八句，轉到自身，因為滯留江皋，未獲隨同太守共遊，不能在一起觥籌交錯，也沒能一見太守詩中所描摹勝景。而賴太守之作，以成斯篇，拍到詩題之唱和；希望公幹而有機會，到武昌與太守共遊，也為唱和應有之意。方伯海評此詩：「字字新雋警拔，氣體復凝厚，兼此者難矣。引用故實，簡而該，煉而流，宜李青蓮折服賞心也。」

新治北窗和何從事❶

國小暇日多，民淳紛務屏❷。闢牖期清曠，開簾候風景❸。泱泱日照溪，團團雲去嶺❹。岧嶢蘭橑峻，駢闐石路整❺。池北樹如浮，竹外山猶影❻。自來彌弦望，及君臨箕潁❼。清文蔚且詠，微言超已領❽。不見城壕側❾，思君朝夕頃。迴舟方在辰，何以慰延頸❿？

【注釋】❶新治北窗和何從事　北窗，指其宣城太守公署北窗。何從事，蓋其宣城任上僚屬。❷國小暇日多二句　國，指宣城郡。紛務，紛雜的公務。❸闢牖期清曠二句　牖，窗戶。清曠，清遠。風景，風及日光。❹泱泱日照溪二句　泱泱，宏大貌。團團，凝聚貌。❺岧嶢蘭橑峻二句　岧嶢，峻拔貌。蘭橑，以木蘭為屋椽。皆指樓閣。橑，屋椽。駢闐，聚集連屬。❻猶影　指像影子一樣隱現。❼自來彌弦望二句　彌，遍。弦望，指月的圓缺。箕潁，箕山、潁水，上古高士許由隱居的地方，代指隱者所居。❽清文蔚且詠二句　清文，讚美何詩清麗之篇。蔚，文采華美。微言，精妙的議論。超，超妙。❾城壕側　城隅。❿迴舟方在辰二句　辰，時。延頸，殷切盼望。

【語譯】轄郡狹小清閒日多，民風淳樸紛雜事無。開闢窗戶期望清遠，打開簾幕迎風與日。泱泱光輝照耀溪流，成團雲彩飄離山嶺。木蘭樓閣高峻挺拔，聚集連綴石路齊整。池北樹木如同漂浮，竹外山巒似隱又現。窗成後月亮盈虧遍，此時閣下要去箕潁。清麗詩篇華美可詠，精深妙言已經領會。城隅地方不見身影，思念您來朝夕不斷。舟船返程將在何時，如何慰藉殷勤企盼？

【研析】何從事既題詩人新治北窗，詩人乃有此唱和之作。詩歌首四句，就窗戶說起，因了宣城郡不大，又且民風淳樸，公務清閒，纔有闢窗以望清遠、開簾以延風日的舉措。「泱泱」六句，是開窗後所見景色，日光燦爛照耀山溪，團團雲彩飄離山嶺，樓閣高峻，石道整齊，池水滿盈而樹木如浮其上，竹林幽密山巒仍然依稀可見，風光清奇，秀美無比。「自來」以下四句，寫與何氏相處，何氏題詩之美，盛讚其清麗可喜、微言妙論。結末四句，寫自己對何氏的依戀之情，雖暫時之別也思念不置，遠別更繫念掛懷，企盼歸來。成倬雲評本詩：「筆致閒曠，意興飛騰，層次井井中自成起伏，是著意經營之作。」

和江丞北戌琅琊城❶

春城麗白日，阿閣跨層樓❷。蒼江忽渺渺，驅馬復悠悠❸。京洛多塵霧，淮濟未安流❹。豈不思撫劍？惜哉無輕舟❺。夫君❻良自勉，歲暮勿淹留。

【注釋】❶和江丞北戌琅琊城　江丞，即江孝嗣，有〈北戌琅琊城〉詩作。丞為官職名。❷春城麗白日二句　麗，附麗，指陽光照耀。阿閣，即閣有四阿，類四柱屋。層樓，多層樓。❸蒼江忽渺渺二句　渺渺，微遠貌。悠悠，遠貌。❹京洛多塵霧二句　京洛，帝京洛陽，這裡指齊之京都建康。多塵霧，多風塵之警。

淮濟，淮水、濟水。❺無輕舟　指欲報國而無門。❻夫君　古代對男子的敬稱，這裡指江孝嗣。

【語　譯】春天城池白日照耀，阿閣跨過層層高樓。蒼莽江水奔馳流遠，驅馬行進也自遙遙。京城多有風塵之警，淮濟流域形勢動盪。難道不想把劍報國？可惜沒有輕舟渡河。閣下珍重多要努力，已是歲晚不可久留。

【研　析】江孝嗣戍守山東，歲暮懷鄉，作〈北戍琅琊城〉寄呈詩人，詩人乃有此唱和之作。首四句寫景，春城麗日，阿閣層樓，是京城自然之景；蒼江奔馳流遠，驅馬來到遠處，是詩人出京所見。「渺渺」、「悠悠」，已有恍惚迷茫意緒流露。「京洛」以下四句，先揭出京城本質，勾心鬥角，爾虞我詐，塵霧瀰漫；再寫北方戰火連綿，形勢動盪；復寫自己也想離開京城，到前線去殺敵報國，卻苦於沒有機會，不能前往。結末二句，是勉勵語，希望友人好自為之，不可蹉跎歲月。方東樹《昭昧詹言》評：「頓挫往復。」可謂中的。

和王中丞聞琴❶

涼風吹月露，圓景❷動清陰。蕙風❸入懷抱，聞君此夜琴。蕭瑟❹滿林聽，輕鳴響澗音。無為澹容與❺，蹉跎江海心❻。

【注　釋】❶和王中丞聞琴　王中丞，即王思遠，山東臨沂人，曾官竟陵王錄事參軍、太子中舍人、吳郡丞、御史中丞。❷圓景 月亮。❸蕙風 香風。❹蕭瑟 秋風貌。❺澹容與 舒閑貌。❻蹉跎江海心　蹉跎，時光流失。江海心，寄志江海。

【語譯】涼風吹落枝頭露滴，月亮揮灑清涼陰影。香風陣陣投送懷抱，聽到閣下這夜鳴琴。蕭瑟秋風滿林可聽，淙淙輕鳴山澗水音。不要舒閑遲緩延擱，耽誤歸隱江海之心。

【研析】本詩乃唱和王中丞〈聞琴〉詩而作。首二句寫月夜涼風習習，吹落枝頭露滴，淅瀝作響；月亮皎潔，揮灑清涼之陰，一「吹」一「動」，動中益發襯託出清謐幽靜氛圍。「蕙風」二句，香風識趣入懷，有焚香鼓琴之意；聞君夜琴，點出題目。「蕭瑟」二句，以秋風滿林、澗水淙淙，寫琴之鳴聲，與前文渲染環境正相吻合。結末二句，歸隱之志，託跡自然，江海之心，也與上邊情緒氛圍一脈相承。詩寫聞琴，全篇多寫環境及詩人感受，虛中寫實。成倬雲評：「清微淡遠，有翛然塵表之致。」

離夜

玉繩隱高樹，斜漢耿層臺❶。離堂華燭盡，別幌清琴哀❷。翻潮尚知恨❸，客思渺難裁❹。山川不可盡，況乃故人杯！

【注釋】❶玉繩隱高樹二句 玉繩，《春秋元命苞》謂：「玉衡北兩星為玉繩。」玉衡，北斗七星之第五星。斜漢，銀河斜掛。耿，光明。層臺，重臺。❷離堂華燭盡二句　離堂，離別處的堂屋。華燭，華美的燭炬。別幌，別離處的帳幔。❸翻潮尚知恨　傳說江潮洶湧，至柴桑（今江西九江西南）而盡。「恨」，謝集作「限」，為是。❹渺難裁　渺，遠。裁，量度。

【語　譯】玉繩隱藏高樹梢，銀河西斜亮高臺。離別堂屋燭燃盡，相別帳幔琴淒清。翻滾江潮有盡頭，客遊愁思遠難量。山川不能有窮盡，何況懷念故人情！

【研　析】詩乃遠行別友之作。首四句乃別離情景，玉繩隱於樹梢，河漢斜掛，詩人與友人的別離酒席已飲到很晚，仍沒有結束，眷戀之情可見；華燭燃盡，琴聲悲涼清越，燭之淚，樂之悲，渲染別離悲切之情。「翻潮」四句，以江潮知盡，反襯客思綿綿沒有止歇；以山川不盡，正襯對故人的依戀一往情深，沒有窮盡。方東樹《昭昧詹言》評：「此詩通身為行者自述之辭，短篇極則。」又評：「章法宏放，縱蕩汪洋。」

王孫遊❶

綠草蔓如絲，雜樹紅英發❷。無論君不歸，君歸芳已歇❸。

【注　釋】❶王孫遊　本《楚辭・招隱士》：「王孫遊兮不歸，春草生兮萋萋。」❷綠草蔓如絲二句　蔓，蔓延。英，花。❸無論君不歸二句　無論，不必說。芳已歇，春已盡。

【語　譯】綠草蔓延宛如絲，各色雜樹紅花綻。不必說君不回來，等君回來春已盡。

【研　析】本詩《樂府詩集》收入《雜曲歌辭》。詩歌化用《楚辭・招隱士》句意而來，抒發的是時光易逝，美人遲暮之感觸。首二句描寫燦爛的春景，綠草如絲，雜樹紅花，紅綠點綴，生機無限。「無論」二句，筆勢急轉，這個時候，思念之人還沒歸來，大好的春光雖然正盛，但等到那人回來，春事必然已歇，時光匆匆，難以等人。張玉穀《古詩賞析》評「真乃意新筆曲」，信然。

臨溪送別

悵望南浦時，徙倚北梁步❶。葉上涼風初，日隱輕霞暮。荒城迥易陰，秋溪廣難渡。沫泣豈徒然，君子行多露❷。

【注　釋】❶悵望南浦時二句　南浦，南水岸。《楚辭・九歌・河伯》：「送美人兮南浦。」徙倚，低徊留連。北梁，北橋。《楚辭・九懷》：「絕北梁兮永辭。」南浦、北梁亦後世文人送別常用語。❷沫泣豈徒然二句　沫泣，淚水灑面。行多露，本《詩經・召南・行露》：「厭浥行露，豈不夙夜，謂行多露。」本指出行多露水打濕衣裳，喻指行人艱難不易。

【語　譯】南水岸邊送別時，北橋徘徊且留連。涼風初起吹樹葉，太陽隱沒晚霞現。荒城遼遠易陰沉，秋天溪水寬難渡。淚水滿面豈無端，君子出行多艱險。

【研　析】本詩乃臨河送別友人之作。首四句，南浦悵望，北梁徘徊，寫惜別眷戀之情，化用典故益添含蘊；風吹樹葉，日暮黃昏，晚霞滿天，點出分別時間，及別時之景。「荒城」以下四句，荒蕪之城池偏僻而易變陰暗，秋溪水滿而難渡，是眼前景，也暗含去路艱難；淚水盈面，出行多艱險，是對友人前途的關心，見出其深摯之情。成倬雲評：「起結將正意點清，中間寫景處即有情在。唐人每用之，殆效法於此。」

王　融

淥水曲❶

湛露改寒司，交鶯變春旭❷。瓊樹落晨紅，瑤塘水初淥❸。日霽沙溆明，風泉動華燭❹。遵渚泛蘭觴，乘漪弄清曲❺。斗酒千金輕，寸陰百年促。何用盡歡娛，王度式如玉❻。

【注　釋】❶淥水曲　古曲名。《樂府解題》稱：「齊明王歌辭七曲，王融應司徒教而作也。其三曰〈淥水曲〉，一曲三解。」❷湛露改寒司二句　湛露，露水晶瑩濃重。《詩經・小雅・湛露》：「湛湛露斯。」寒司，寒神掌管的季節，指冬季。交，鶯鳴聲。❸瓊樹落晨紅二句　瓊樹，樹木的美稱。瑤塘，池塘的美稱。淥，清澈。❹日霽沙溆明二句　沙溆，沙灘臨水處。風泉，生風之穴，指風。❺遵渚泛蘭觴二句　遵渚，沿著水邊。泛蘭觴，指三月三日流觴曲水。蘭觴，酒杯的美稱。漪，微波。❻王度式如玉　本《左傳》昭公十二年：「思我王度，式如玉，式如金。」王度，王者的品德胸襟。式，發語詞。

【語　譯】轉冬露水晶瑩濃重，瞬間已是鶯鳴春暖。嘉樹清晨飄落花蕊，美麗池塘水變清澈。天晴沙岸明亮閃爍，微風吹拂華燭明滅。沿著水邊漂流酒杯，乘著微波吹奏清曲。斗酒暢飲千金輕賤，珍惜寸陰百年短促。哪裡需要縱情為歡，我王品德純美如玉。

【研　析】王融（西元四六七年—四九三年），字元長，琅琊臨沂（今屬山東）人。幼孤，負文才。「竟陵八友」之一。歷官竟陵王蕭子良法曹行參軍、太子舍人、丹陽丞、中書郎。齊武帝病危，欲擁立子良為帝，未果，被蕭鸞所殺。精於音律，為詩歌史上「永明體」創始人之一。本詩乃三月三日修禊日應命所作。首四句寫時序遞嬗，秋露轉冬，冬復至春。春日旭暖，黃鶯交鳴，嘉樹落英，池塘水清，即是春日景象。「日霽」四句，寫三月三日曲水修禊，風和日麗，沙岸明淨，華燭在微風中搖曳，沿著水邊人們擺放著酒杯順水漂流，微波蕩漾中清曲徐奏，一幅歡樂熱鬧的場面。「斗酒」以下四句，就眼前場面而作議論稱頌，斗酒暢飲，千金為輕；歡快中寸陰珍貴，似乎百年也短，此熱鬧中人們的心情。詩人最後說，有我王的賢明，人們歡樂之日正多，不必如此爭分奪秒。頌諫盡在其中。鍾嶸《詩品》稱其「詞美英淨」，信然。

巫山高❶

想像巫山高，薄暮陽臺曲❷。煙霞乍舒卷❸，猿鳥時斷續。彼美如可期，寤言紛在矚❹。憮然坐相思，秋風下庭綠❺。

【注釋】❶巫山高　漢樂府〈鼓吹曲鐃歌〉十八曲之一，本詩乃借古題而作。❷想像巫山高二句　謂由曲名想像到薄暮時分陽臺之上巫山神女為雲行雨之事。❸乍舒卷　驟然舒放收捲。❹彼美如可期二句　彼美，指神女。期，待。寤言，醒來。言，語助詞。矚，視。❺憮然坐相思二句　憮然，悵然若失貌。下，吹落。庭綠，庭樹之葉。

【語譯】想像高高巫山上，傍晚陽臺雲雨曲。煙霞驟然捲或舒，猿鳥啼鳴時斷續。神女倘若能等待，醒來紛披在眼前。悵然若失坐相思，秋風吹落院樹葉。

【研析】本詩乃詩人與沈約、謝朓等人同時賦寫。詩原題〈同沈右率諸公賦鼓吹曲二首〉，本篇為第一首。〈巫山高〉亦僅襲舊題，而與樂府古辭的遠望思歸主題了不相涉。詩歌用巫山神女事，「旦為朝雲，暮為行雨，朝朝暮暮，陽臺之下」（〈高唐賦序〉），美麗的神話，是詩人想像的起點。首四句，詩人點出乃想像之境。高峻的巫山之上，陽臺之下，薄暮時分，有神女在焉。煙霞乍舒乍捲，在薄暮之時，更顯迷離朦朧。猿鳥時斷時續的啼鳴，益發見得幽隱神祕。四句寫巫山神女的生活環境，極夢幻之美。「彼美」以下四句，就〈高唐賦序〉、〈神女賦序〉所謂的懷王、襄王夢見神女生發而出，詩人以為，若真的神女可期，則夢醒來當依然款款在目，但自己眼前，卻只有蕭瑟秋風，吹落著飄零的庭院落葉，惆悵淒迷而已。詩歌以想像出發，抒寫了歆慕期待而終歸失望的心理，可謂善於揣摩想像者。

蕭諮議西上夜集❶

徘徊將所愛，惜別在河梁❷。衿袖三春隔❸，江山千里長。寸心無遠近，邊地有風霜。勉哉勤歲暮，敬矣事容光❹。山中殊未懌❺，杜若❻空自芳。

【注　釋】❶蕭諮議西上夜集　蕭諮議，即梁武帝蕭衍，仕齊為隨王鎮西諮議參軍，後代齊建梁。❷河梁　橋樑，古代稱為送別之地。❸衿袖隔　指分手。❹容光　容顏風采。❺懌　悅。❻杜若　即杜衡，香草名。

【語　譯】徘徊留連送心愛，依依惜別在橋上。三春分袂將別離，江山遠隔千里長。寸心眷戀無遠近，邊塞地方多風霜。勤自珍重在歲暮，謹慎保持美丰儀。山中日子頗不悅，杜衡空自吐芳香。

【研　析】本詩乃送別蕭衍而作。首四句，點出送別。三春時節，徘徊躊躇在河梁之上，自己就要送別心喜的友人，他將要遠行到千里之外。「衿袖隔」到「千里長」，何其殘酷的分離。「寸心」四句，承上句，雖有江山千里遠隔，但心在一起；而歲暮天氣，邊地苦寒，環境惡劣，衷心希望友人能好自珍重，風采不減。結末二句，山中人的不悅，傷孤寂也；杜衡空自芳香，無心去賞，或無人能賞也。起二句分寫敏妙，寫別情真切深摯。

和王友德元古意二首❶

遊禽暮知返，行人獨未歸。坐❷銷芳草氣，空度明月輝。嚬容❸入朝鏡，思淚點春衣。巫山彩雲沒❹，淇上❺綠楊稀。待君竟不至，秋雁雙雙飛。

【注　釋】❶和王友德元古意二首　王德元，南齊尚書令王晏之子，官晉安王友，齊明帝建武四年（西元四九七年）與父、兄同時被害。友，官名，南朝諸王有師、友、文學各一人。❷坐　猶空。❸嚬容　顰容，憂愁貌。❹巫山彩雲沒　本〈高唐賦〉巫山神女事，寫歡會不再。❺淇上　淇水之上，送別行人處。《詩經・鄘風・桑中》：「期我乎桑中，要我乎上宮，送我乎淇之上矣。」

【語　譯】飛出禽鳥天黑知返，行旅之人偏獨不歸。白白耗盡芳草天氣，空自度過月明光輝。

清晨愁容照入鏡子，懷思淚水點染春衣。巫山彩雲隱沒不見，淇水之上綠楊疏稀。等待夫君竟不歸來，秋雁成雙對對翔飛。

【研　析】本詩詩題或作〈古意〉，乃唱和王德元同題之詩而作，為擬閨怨之詩。此第一首，首二句，以遊禽知返，禽鳥之有情，帶出行役在外之人，獨不如鳥，不知歸來。「坐銷」四句，寫思婦寂寥愁苦。春日芳草連天，月明皎皎，但思婦獨自一人，深閨寂寞，無情無緒，既虛度大好春光，也辜負皓月當空，清晨鏡中愁顏，知其夜之悲苦，淚水之零落點染春衣，知其始終為悲愁所籠。「巫山」四句，巫山彩雲隱沒，反用巫山神女典故，言歡情不再；送別戀人之淇水上的楊柳變稀，謂思婦春之期盼，已成為秋之失望；竟不至，怨情可見；秋雁雙飛的結尾，照應開篇禽之有情，反襯所思之人的薄倖。

霜氣下孟津，秋風度函谷❶。念君淒以寒，當軒卷羅縠❷。纖手廢裁縫，曲鬢罷膏沐❸。千里不相聞，寸心鬱紛蘊（平聲）。況復飛螢夜，木葉亂紛紛。

【注　釋】❶霜氣下孟津二句　孟津、函谷，均常見古地名，前者在今河南孟縣南，後者在今函谷關。❷羅縠　一種稀疏的絲織品。❸曲鬢罷膏沐　本《詩經・小雅・采綠》「予髮曲局，薄言歸沐」、〈衛風・伯兮〉

「自伯之東，首如飛蓬。豈無膏沐，誰適為容」。

【語　譯】嚴寒霜氣南到孟津，瑟瑟秋風度越函谷。想到夫君淒然寒冷，對著窗戶捲動細布。纖纖玉手終止裁縫，鬢髮捲曲罷停化妝。千里遠隔不聞聲訊，寸心深處鬱結紛紜。何況流螢飛舞之夜，樹葉飄零紛紛落下。

【研　析】此第二首專就秋天來寫。首四句，孟津霜降，秋風度越函谷，點明時序已是秋天；天之轉涼，思婦思夫，想起他必然孤寒，乃整布將縫冬衣，思婦深情，彰然可見。「纖手」以下四句，寫思婦矛盾愁苦心態。「廢」字寫盡矛盾心理。鬢髮捲曲，無心化妝，其苦悶心緒畢現。音信渺茫，不通聲氣，此正是思婦心亂痛苦的根源。結末二句，既以景結情，景語亦情語；而流螢飛，木葉落，也再點明秋時，呼應開篇。

張融

別詩

白雲山上盡❶，清風松下歇❷。欲識離人悲，孤臺見明月。

【注釋】❶盡　淨；飄盡。❷歇　止。

【語譯】山頭白雲飄盡，松下清風止歇。要知別離悲緒，高臺遙望明月。

【研析】張融（西元四四四年—四九七年），字思光，吳郡吳（今江蘇蘇州）人。南朝宋為新安王參軍、封溪令。入齊，官黃門郎、太子中庶子、司徒左長史。其自謂「天地之逸民也。進不辨貴，退不知賤，兀然造化，忽如草木」（《南史・張融傳》）。明人張溥《張長史集題辭》評其：「傳詩絕少，落落如之，白雲清風，孤臺明月，想見其人。」作品有明人輯本《張長史集》。本詩為送別詩。送別對象，由山上白雲、松下清風之描寫，知其高人隱士一類。詩四句，三句寫景，唯「欲識離人悲」一句寫情，有此一句，則雲之盡、風之歇，亦具離情；高臺明月，分外寂寥，景語亦情語，唯出之淡泊而已。詩人的襟懷情操，在所寫意象中也畫顯無遺。

劉繪

有所思❶

別離安可再，而我更重之❷。佳人不相見，明月空在帷。共御滿堂酌❸，獨斂向隅眉❹。中心亂如雪❺，甯知❻有所思？

【注釋】❶有所思　漢樂府鐃歌十八曲曲調名，本詩乃借古題與同仁相互唱和之作。❷重之　指反覆經歷別離。❸共御滿堂酌　御，用。滿堂酌，指朋友暢飲於一堂。❹獨斂向隅眉　斂眉，鎖眉。向隅，面對牆角。❺亂如雪　心亂紛紛如雪花飄落。❻甯知　誰知。

【語譯】別離哪能再經歷，而我更是多經受。心愛之人不相見，明月皎皎徒在帷。滿堂熱鬧共飲酒，獨自向隅斂愁眉。心中紛亂如雪灑，誰知我心有所思？

【研析】劉繪（西元四五八年—五〇二年），字士章，彭城（今江蘇徐州）人。南朝宋末，官著作郎。入齊，官南康相、中書郎、太子中庶子、寧朔將軍、長沙內史、東海太守、大司馬從事中郎等。鍾嶸《詩品》將其列之下品，稱其與王融「並有盛才，詞美英淨」。本詩乃用樂府舊題，寫思婦閨怨。首二句，言別離不可有再，而我反覆經歷，屢多遭遇，更進一層，寫出自己經受的不一般的別離之苦。「佳人」二句，不見所思之人，本已痛苦，而明月照空幃，由明月普照逗起相思，苦痛更甚。「共御」二句，以眾人之歡鬧，寫自己的落落寡歡，深心的孤獨，人之歡更顯己之悲。結末二句，是思婦的心理獨白：心緒之亂，似那空中飛雪；但這紛亂之苦，更有誰人能解？所謂「將別離翻深一層再翻深一層」，「真無一筆直，一筆實也」（張玉穀《古詩賞析》），可謂的評。

孔稚圭

遊太平山❶

石險天貌分❷，林交日容缺❸。陰澗❹落春榮，寒巖❺留夏雪。

陰森。

【注釋】❶太平山　在今浙江餘姚縣南。❷天貌分　謂山峰聳立上欲穿破天空。❸林交日容缺　謂森林蓊鬱遮天蔽日。❹陰澗　山澗背陰。❺寒巖　高寒的岩崖。

【語譯】山石奇險將天分切，林木蓊鬱太陽似缺。背陰山澗春花凋零，高寒岩崖夏留殘雪。

【研析】孔稚圭（西元四四七年—五〇一年），字德璋，會稽山陰（今浙江紹興）人。少有美名，舉秀才。南朝宋為安成王車騎法曹行參軍。入齊，官御史中丞、南郡太守，仕至太子詹事，加散騎常侍。有散文名篇〈北山遺文〉。本詩乃遊覽太平山所作。首句寫山峰高險，上破雲天；次句寫林木茂密，隱天蔽日，陽光難照；第三句寫山澗陰冷，春花易謝；末句寫山勢高冷，夏猶存雪不化。句句寫景，或仰望，或俯視，角度變換，誇張手法，極寫太平山之奇峻幽險。所謂：「四句皆寫景，而煉句奇辟，亦是一格。」（張玉穀《古詩賞析》）頗中鵠的。

陸厥

臨江王節士歌❶

木葉下，江波連❷，秋月照浦雲歇山❸。秋思不可裁❹，復帶秋葉來。秋風來已寒，白露驚羅紈❺。節士❻慷慨髮衝冠，彎弓挂若木，長劍竦雲端❼。

【注釋】❶臨江王節士歌　漢朝有〈臨江王及愁思節士歌詩〉，已散佚。本詩乃仿古題擬作。《樂府詩集》收入〈雜歌謠辭〉。❷木葉下二句　本屈原〈九歌．湘夫人〉：「嫋嫋兮秋風，洞庭波兮木葉下。」下，落。❸秋月照浦雲歇山　浦，水邊。雲歇山，指山上雲霧散盡。❹裁　剪斷。❺白露驚羅紈　白露，霜。驚，驚覺。羅紈，兩種質地輕柔的絲織品。❻節士　志節高尚之士。❼彎弓挂若木二句　本阮籍〈詠懷〉第三十八首：「彎弓挂扶桑，長劍倚天外。」若木，古代神話中的神樹。竦，通「聳」。

【語譯】樹葉紛紛落下，江水波浪相連，秋月照耀江岸，白雲山峰盡散。秋思不能剪斷，又帶秋葉同來。秋風吹來天已寒，霜降驚覺羅衣單。志節之士慷慨激昂頭髮衝起冠，彎弓掛在若木上，長劍高聳倚雲端。

【研析】陸厥（西元四七二年—四九九年），字韓卿，吳郡吳（今江蘇蘇州）人。南朝齊武帝永明九年（西元四九一年）舉秀才，官少傅主簿、後軍參軍。本詩乃擬古之作，自寫懷抱。首三句，化〈九歌·湘夫人〉語意，寫秋景壯闊優美；秋月點明秋夜。「秋思」四句，寫悲秋之懷。剪不斷的秋思，隨紛紛秋葉而至；秋風吹來，蕭瑟寒涼；霜降而驚覺身上羅衣單薄，身心俱寒。「節士」三句，自寓懷抱，慷慨激昂，怒髮衝冠，盤弓掛於神樹，長劍聳倚雲端，壯懷激烈，戛然而終，扣動讀者心弦。「音節鏗鏘入古」（張玉穀《古詩賞析》），信然。

江孝嗣

北戍琅琊城詩

驅馬一連翩，日下情不息❶。芳樹似佳人，惆悵余何極❷。薄暮苦羈愁，終朝傷旅食❸。丈夫許人世，安得顧心憶❹！按劍勿復言，誰能耕與織❺！

【注釋】❶驅馬一連翩二句　一，何其。連翩，迅疾貌。日下，日斜。息，歇止。❷芳樹似佳人二句　芳樹，春天鮮花盛開的樹木。余，我。何極，無窮。❸薄暮苦羈愁二句　羈愁，羈旅之愁。旅食，寄食；客居。❹丈夫許人世二句　許人世，謂人生許身報國。心憶，私心。❺耕與織　指歸隱田園。

【語譯】策馬奔馳何其迅疾，日落疾馳情猶不歇。芳美樹木好似佳人，我心惆悵沒有窮極。傍晚時分心苦羈旅，整個早晨傷懷客遊。男兒丈夫志在報國，怎能顧念個人私心！手按長劍不必再言，誰又能去老死田園！

【研析】江孝嗣，南朝齊人，事蹟不詳，與詩人謝朓熟稔並有唱和。本詩抒寫了北戍琅琊懷鄉報國之情。首六句，詩人馳騁在北往戍所的道路上，太陽落山，仍心有未已，奔馳不歇；看著朝身後逝去的搖曳芳樹，他想起了家中的佳人，不禁惆悵萬端；薄暮時分，動物尚知要回到家裡，而自己早晚一天，都在旅途，有家難回。薄暮、終朝互文見義，自謂終日奔波旅途，早晚都傷羈旅。「丈夫」以下四句，筆勢急轉，好男兒志在四方，心存報國，哪能顧及私情？國家多事之秋，又有誰人能夠終老田園，默默無聞？詩人按劍而立，情志激昂豪邁，英雄本色彰然可見。詩歌選擇路途片段，透過心理變化，寫戍守之志，也別具一格；芳樹佳人之比，用筆奇幻。

東昏時百姓歌❶

《金陵志》：東昏侯即臺城閱武堂為芳樂苑，又於苑中立店肆，以潘妃為市令。

閱武堂，種楊柳。至尊屠肉，潘妃沽酒❷。

【注釋】❶東昏時百姓歌　東昏，即南朝齊東昏侯蕭寶卷，西元四九九年—五〇一年在位。以荒淫無道，被廢為東昏侯。❷至尊屠肉二句　至尊，指皇帝。潘妃，蕭寶卷寵妃，小字玉兒。沽酒，賣酒。

【語譯】閱武演兵堂，種上楊柳樹。皇帝當肉販，潘妃來賣酒。

【研析】《金陵志》記載：「東昏侯即臺城閱武堂為芳樂苑，又於苑中立店肆，以潘妃為市令。百姓諷歌曰……。」是為本歌謠創作緣起。歌謠四句，凡十四個字，直陳而不加褒貶，褒貶已在其中，刻劃入木三分，一個荒淫逸樂，不務正業，置軍國大事於不顧，十足的紈袴子弟形象，躍然紙上。民歌是治政的一面鏡子，於此可見。

梁詩

武帝

逸民

如壟生木，木有異心❶。如林鳴鳥，鳥有殊音❷。如江游魚，魚有浮沉。巖巖❸山高，湛湛❹水深。事跡易見，理相❺難尋。淵淵渾渾，不類齊梁風格。

【注釋】❶如壟生木二句　壟，高丘。異心，心志有別。❷殊音　不同的鳴聲。❸巖巖　高峻貌。❹湛湛　水深貌。❺理相　事物的本質。

【語譯】如同高丘生樹木，不同樹木心有別。如同林中鳥兒鳴，不同鳥兒聲各異。如同江中那游魚，魚兒有浮也有沉。奇峰險峻山陵高，湛湛難測其水深。行事蹤跡易看見，事物本質難跟尋。

【研析】梁武帝蕭衍（西元四六四年—五四九年），字叔達，南蘭陵武進（今江蘇常州西北）人。南朝齊，仕至驃騎大將軍、揚州刺史，封梁公，進位相國。起兵殺齊廢帝東昏侯。一年後受齊和帝禪位，建梁朝。在位四十八年。作品有明人輯本《梁武帝集》。本詩又名〈逸民吟〉，屬於樂府雜曲歌辭。詩前六句，以壟之生木，而心各異；林之鳥鳴，而聲不同；江之游魚，有浮有沉，疊用三比，寫人之殊異，逸民之存在的合理。「巖巖」二句，再以山之高峻，水之深不可測，二比逸民之難以跟尋。結末二句，以一般事蹟易見，事物本質難以把捉，最後點醒主題，極橫溢恣肆。沈德潛評：「淵淵渾渾，不類齊梁風格。」可謂別具慧眼。

西洲曲❶

一作晉辭。

憶梅下西洲❷，折梅寄江北。單衫杏子紅❸，雙鬢鴉雛色❹。西洲在何處？兩槳❺橋頭渡。日暮伯勞❻飛，風吹烏桕樹❼。樹下即門前，門中露翠鈿❽。開門郎不至，出門采紅蓮。采蓮南塘秋，蓮花過人頭。低頭弄❾蓮子，蓮子青如水。置蓮懷袖中，蓮心❿徹底紅。憶郎郎不至，仰首望飛鴻⓫。鴻飛滿西洲，望郎上青樓⓬。樓高望不見，盡日闌干頭。闌干十二曲，垂手明如玉。卷簾天自高，海水搖空綠。海水夢悠悠⓭，君⓮愁我亦愁。南風知我意，吹夢到西洲。續續相生，連跗接萼，搖曳無窮，情味愈出。〇似絕句數首，攢簇而成，樂府中又生一體。初唐張若虛、劉希夷七言古，發源於此。

【注　釋】❶西洲曲　《樂府詩集》列入〈雜曲歌辭〉，並注「古辭」，當為長江流域民歌，經了文人的修飾，非蕭衍之作已明。❷下西洲　下，落。西洲，地名，未詳所在。❸杏子紅　杏紅色。❹鴉雛色　指像雛鴉那樣烏黑的顏色。❺兩槳　指船隻。❻伯勞　鳴禽，仲夏始鳴。❼烏桕樹　一種高大的落葉喬木。❽翠鈿　鑲嵌翠玉的首飾，代指女子。❾弄　剝。❿蓮心　諧音「憐心」，憐愛之心。⓫望飛鴻　古有鴻雁傳書之說，寓意盼望回書。⑫青樓　漆成青色的樓，指顯貴之家。⑬悠悠　渺遠。⑭君　指女子眷戀之人。

【語　譯】懷想梅花落西洲，折枝梅花寄江北。身穿單衫杏紅色，鬢如雛鴉黑油油。要問西洲在哪裡？橋頭渡口蕩船去。黃昏時分伯勞飛，晚風吹動烏桕樹。樹下即是家門前，門中半露翠鈿飾。開門看視郎未到，出門前去採紅蓮。採蓮南塘好秋色，蓮花亭亭高人頭。低頭去剝蓮蓬子，蓮子青青色如水。放置蓮子衣襟中，蓮心透底裡外紅。想念情郎郎不來，抬頭仰望有飛鴻。飛鴻翩翩滿西洲，遙望郎君上青樓。樓層雖高望不見，整日守著闌干頭。闌干曲折十二彎，雙手下垂如玉白。捲起帷簾天高遠，碧藍如海蕩波瀾。夢如海水無盡頭，情郎愁來我也愁。南風知道我心意，將我夢吹到西洲。

【研　析】本詩作者，或謂江淹，或謂梁武帝蕭衍，《樂府詩集》則列入〈雜曲歌辭〉，其實為南朝樂府民歌無疑。詩歌擬寫了江南少女愛的心扉，是其對心愛情郎愛的思念。全詩可分三層。起首至「出門采紅蓮」為第一層，乃自春到夏的懷想。首句點出西洲，這是他們愛情發生的地方，梅花繽紛而落的時候，他們在這裡相愛著，在愛河中徜徉著。而今又是梅花盛開的時候，女主人想起了已在江北的她心愛的人，於是折枝梅花，寄贈表情。杏紅單衫，雛鴉一般的油黑雙鬢，少女的青春俏麗可見。西洲何處，少女自是十分熟悉，橋頭渡口蕩船即到。黃昏伯勞飛，烏桕樹風中搖曳，是眼前景，少女的家就在烏桕樹下。伯勞鳴、烏桕花開，暗寫時序已進夏天。少女懷想著情郎，常常探頭門外張望，張望不見，乃出門採蓮。蓮者憐也，她對情郎的愛憐，何其深摯！「采蓮南塘秋」以下八句，為第二層，寫少女採蓮及所懷想。

南塘水中，蓮花亭亭，高過人頭，少女不顧，只是低頭採摘蓮子。蓮子者憐子，她愛著心愛的人，也渴望著情郎對自己的愛憐。蓮子如水之清，喻其愛的純潔清澈；蓮心之紅，喻其愛的赤誠火熱。銘心刻骨地思念，不見其來，而抬頭仰望飛鴻，這傳遞書信的使者，期盼著牠們帶來愛的關懷。「飛鴻滿西洲」以下十二句，寫登樓懷想。飛鴻落滿西洲，但音信渺茫，於是少女乃登樓眺望。腳下樓層雖高，但奈遙遠何！雖然一無所見，少女依然癡情地站在樓上守望。闌干十二曲，在少女如數家珍，她不知撫摩了多少遍！天高雲淡，碧藍如洗，如大海般寥廓，悠悠不盡；少女的夢，也如這大海般綿綿無盡。她想著情郎也是這般的憂愁。她希望南風能夠了解自己的心意，能夠將她溫馨的夢，吹到西洲，那塊她與情郎歡會的地方。詩歌用頂真、諧音、比興等民歌常用手法，時間上從春到夏到秋，地點上西洲、橋頭、門前、南塘、青樓，既宛轉回環，又跳蕩靈動，細膩真切地表現了少女情感，稱其體現了南朝樂府民歌的最高成就，並非溢美。

擬青青河畔草

幕幕繡戶絲，悠悠懷昔期❶。昔期久不歸，鄉國曠音徽❷。音徽空結遲，半寢覺如至。既寤了無形，與君隔平生。月似雲掩光，葉似霜摧老。當途竟自容❸，莫肯為妾道。

【注釋】❶幕幕繡戶絲二句　幕幕，覆蓋周密貌。繡戶，雕繪華美的門戶，指閨室。絲，柳絲。昔期，久望之人。❷鄉國曠音徽　鄉國，家鄉。音徽，琴上的音位標誌，引申指琴聲。❸當途竟自容　當途，路上人。容，掩飾。

【語譯】閨閣密密覆蓋柳絲，懷念久望情思悠悠。盼望之人久不歸來，家鄉琴聲中斷已久。琴聲空自遲遲終結，睡眠中間恍惚到來。醒來以後了無蹤影，與君隔絕宛如一生。月亮似被雲掩光芒，葉子好像被霜摧老。行路人們竟自掩飾，無人肯替我去說道。

【研析】本詩擬古詩〈青青河畔草〉而作，所寫亦思婦思夫之情。首四句即開門見山，端出思婦思夫。依依楊柳，比喻著思婦綿綿相思；所思之人久不歸來，琴聲也為中輟，無心去彈。「音徽」以下四句，思婦積思成夢，夢境中依稀見到丈夫歸來，夢醒來了無蹤跡，似乎生來便不曾見面，失望之極，傷心之極。「月似」以下四句，以景寫情，心情黯淡中，似乎月亮為雲所遮，失了光彩；草木綠葉，似乎為霜摧殘，枯萎衰老。而無人傳信，將思婦苦情告訴丈夫，在思婦看來，這卻是丈夫久久不歸的原因。以怨當途之人表其不滿，怨得含蓄巧妙。詩歌構思，別有情致。

河中之水歌❶ 一作晉辭。

河中之水向東流，洛陽女兒名莫愁。莫愁十三能織綺❷，十四采桑南陌頭❸，十五嫁為盧家婦，十六生兒字阿侯。盧家蘭室桂為梁❹，中有鬱金蘇合香❺。頭上金釵十二行，足下絲履五文章❻。珊瑚掛鏡爛生光，平頭奴子擎履箱❼。人生富貴何所望❽？恨不早嫁東家王❾。

【注　釋】❶河中之水歌　《玉臺新詠》卷九、《藝文類聚》卷四三稱為古辭，《樂府詩集》列之〈雜歌謠辭〉，署梁武帝作。❷綺　一種帶花紋的絲織品。❸南陌頭　村南路頭。❹盧家蘭室桂為梁　蘭室、桂梁，言閨室華美。❺鬱金蘇合香　西域產的兩種香料。❻五文章　有縱橫相交的花紋。❼平頭奴子擎履箱　平頭，巾名。奴子，奴僕。❽望　怨悵。❾東家王　東鄰王姓之人。

【語　譯】河中水啊向東流，洛陽少女名莫愁。莫愁十三能織綺羅，十四採桑村南路頭，十五出嫁成盧家媳，十六生兒名叫阿侯。盧家閨房蘭桂華美，房中有那西域名香。頭戴金釵有十二行，腳下綢鞋縱橫紋樣。珊瑚掛鏡燦爛閃光，平頭小奴捧化妝箱。人生富貴有何怨悵？恨不早嫁東鄰小王。

【研　析】本詩或作樂府古辭，或稱梁武帝所作，其實為南朝樂府無疑。詩歌寫洛陽女兒隱祕心曲。首二句，河水東流為興為比，既寫黃河畔洛陽少女，也寫其心有嚮往。「莫愁」以下十句，先鋪寫其聰明能幹，再寫其嫁得富貴，享受榮華，似乎心滿意足，別無所求。結末二句，筆勢急轉，寫其人生富貴，仍心有怨悵，遺憾者沒能嫁與東家少年，此其情之所衷，較之錦衣玉食，更令其神往，直揭出婚姻不自由的苦惱。王夫之《古詩評選》謂：「推含不測，就事逼真，慷慨流連，引古今人於無盡，逼真漢人樂府。」

東飛伯勞歌❶ 一作古辭。

東飛伯勞西飛燕，黃姑❷織女時相見。誰家兒女對門居，開顏發豔照里閭❸。南窗北牖挂明光❹，羅幃綺帳脂粉香。女兒年紀十五六，窈窕無雙顏如玉。三春已暮花從風，空留可憐❺誰與同？ 何許駘宕！

【注釋】❶東飛伯勞歌 《玉臺新詠》卷九、《藝文類聚》卷四三、《樂府詩集》卷六八並稱其為古辭，《文苑英華》卷二〇六署梁武帝作。伯勞，鳥名。❷黃姑 星名，即河鼓，又曰牽牛，在銀河南，與銀河北之織女星相對。❸開顏發豔照里閭 開顏發豔，笑容豔麗。里閭，里巷；村里。❹挂明光 謂臨窗而容光煥發。❺可憐 可愛。

【語譯】東飛的伯勞西飛的燕，牽牛織女時時相見面。對門是誰家女兒住，笑容豔麗光彩照一村。南北窗戶煥發現容光，羅綺幔帳散發脂粉香。少女年紀約莫十五六，美麗無雙容顏如白玉。晚春時分花隨風吹落，空留衰顏誰會來垂愛？

【研析】本詩作者是否為梁武帝，迄無定論，然其為南朝樂府無疑。詩歌抒寫了男子對鄰家少女的愛慕之情。首四句，以伯勞燕子各自分飛，牽牛織女相對而見，興起對門之女，與自己時時相見，美豔驚動鄉里。「南窗」以下四句，寫少女之香豔美麗，青春照人。末二句，以暮春花落，比青春易逝，表達了期盼與少女結縭的急切心情。「意既婉曲，調亦極其駘宕」（張玉穀《古詩賞析》）。

天安寺❶疏圃堂

乘和蕩猶豫❷，此焉聊止息。連山去無限，長洲望不極。參差照光彩，
左右皆春色。晻曖矚遊絲❸，出沒看飛翼。其樂信難忘，倏然❹甯有適。

【注釋】❶天安寺　金陵佛寺名，原稱中興寺。❷乘和蕩猶豫　和，和煦。猶豫，遲疑。❸晻曖矚遊絲　晻曖，灰暗貌，盛貌。遊絲，飄蕩於空中的蛛絲。❹倏然　自適貌。

【語譯】春暖和煦銷除遲疑，此地姑且歇止休憩。山巒連綿去向無盡，水中洲長沒有邊際。陽光照耀參差不齊，左右身邊滿是春色。注目游絲佈滿天空，看著鳥兒鼓翅出沒。此等快樂的確難忘，逍遙自在安寧閒適。

【研　析】本詩乃春遊天安寺而作。詩歌寫春，不著意於春之勃勃生機，而是寫其和煦寧靜。首二句，在和煦的春光中，詩人心中猶豫蕩盡，此處堪作休憩。「連山」以下六句，山之綿延

無限，洲之遙遠無盡，陽光的參差普照，滿目春色，以及瀰漫空中的游絲，出沒的鳥兒，整個圖卷，都洋溢著無邊無際的靜穆、愜意，有超然塵外之致。結末二句，抒發著超然自得、恬靜閒適的情致。

藉田❶

寅賓始出日，律中方星鳥❷。千畝土膏紫，萬頃陂色縹❸。嚴駕伫霞昕，浥露逗光曉❹。啟行天猶暗，伐鼓❺地未悄。蒼龍發蟠蜿，青旂引窈窕❻。仁化洽孩蟲，德令禁胎夭❼。耕藉乘月映，遺滯❽指秋杪。年豐廉讓多，歲薄禮節少。公卿秉耒耜，庶甿荷鋤耰❾。（同擾。）一人慙百王，三推先億兆❿。

典重肅穆，能與題稱。

【注　釋】❶藉田　古代名義上由天子親自耕作的農田。❷寅賓始出日二句　本《尚書・堯典》：「寅賓日出。」寅，敬。賓，導。律，節氣；時令。古人以律與曆附會，十二律對應十二月。星鳥，南方朱雀七宿之一，二十八宿中的星星。《尚書・堯典》：「日中星鳥，以殷仲春。」指時在仲春。❸千畝土膏紫二句　土膏，指肥沃的土壤。紫，指朝霞映照土壤的顏色。陂，池塘。縹，淡青色。❹嚴駕伫霞昕二句　嚴駕，整備車馬。霞昕，明麗的朝霞。浥露，潤濕的露水。逗，逗引。光曉，曉光，晨光。❺伐鼓　擊鼓。❻蒼龍發蟠蜿二句　蒼龍，青色的駿馬。蟠蜿，蟠曲貌。青旂，青色的旗幟。❼仁化洽孩蟲二句　孩蟲，幼蟲。胎夭，指尚未出生或剛剛出生的動物。❽遺滯　延誤；滯留。❾公卿秉耒耜二句　秉，持。耒耜、鋤耰，均古代農具名。庶甿，百姓。荷，扛。❿一人慚百王二句　百王，眾王侯。三推，指撥弄農具。《禮記・月令》載天子「帥三公九卿諸侯大夫躬耕帝藉，天子三推，三公五推，卿諸侯九推」。億兆，百姓。

【語　譯】恭敬迎接太陽初升，律令正是仲春時分。千畝沃土朝霞映紫，萬頃池塘顏色淡青。車駕佇立燦爛霞彩，潤濕露水逗引晨光。出發天還昏暗未亮，敲鼓咚咚大地喧鬧。青馬行進蟠曲延伸，青色旗幟招搖飄飄。仁政化育幼蟲歡恰，慈德禁令傷小動物。藉田耕作借助月光，延誤危害直在秋晚。年景豐收人多廉讓，荒歲歉收人少禮節。公卿大臣秉持耒耜，黎民百姓扛負鋤耰。一人躬耕諸侯慚愧，操持農具百姓典範。

【研　析】本詩賦天子躬耕事。首四句，以時在仲春，沃土映照彩霞，池塘水色淡青，帶出春耕之時，天子將躬耕藉田。「嚴駕」以下六句，寫天子出行儀仗之盛，與輝煌燦爛的景色。明麗的朝霞，閃爍在晨光中的晶瑩露珠，一種充滿朝氣生機的景觀，與駿馬蟠曲、青旗烈烈、鼓聲喧闐之陣，相映成趣。「仁化」六句，蕩開一筆，先寫帝王仁德政令，惠及幼蟲幼獸，再正面寫其抓緊農時勤勉耕作，最後寫豐年糧食足而天下知禮讓，歉收衣食不足則人少禮節，強調勤耕的意義重大。結末四句，公卿百姓勤耕，乃天子藉田的楷模示範推動，藉田的意義昭然若揭。「典重肅穆，能與題稱」，是此詩的格調。

簡文帝

詩至蕭梁，君臣上下，惟以豔情為娛，失溫柔敦厚之旨，漢魏遺軌，蕩然掃地矣，故所選從略。

折楊柳❶

楊柳亂成絲，攀折上春❷時。葉密鳥飛礙，風輕花落遲❸。城高短簫❹發，林空畫角❺悲。曲中無別意，併是為相思。

「風輕花落遲」，五字雋絕。

【注釋】❶折楊柳　樂府曲調名，屬於橫吹曲。詩原有總題〈和湘東王橫吹曲〉。湘東王為詩人之弟蕭繹，即後來的梁元帝。❷上春　農曆正月，這裡泛指春天。❸遲　緩。❹短簫　吹奏樂器名，樂音清揚。❺畫角　吹奏樂器名，聲音悲涼高亢。

【語譯】楊柳飄拂亂如絲，春天時候來折取。枝葉茂密阻鳥飛，風兒輕柔絮落緩。城池高處短簫鳴，空寂樹中畫角哀。曲中沒有別意思，都是為的相思情。

【研析】簡文帝蕭綱（西元五〇三年—五五一年），字世纘，小字六通，梁武帝蕭衍第三子，南蘭陵（今江蘇武進）人。初封晉安王。歷官南兗州刺史、丹陽尹及荊州、江州、南徐州、雍州、揚州刺史。梁武帝中大通三年（西元五三一年）立為太子。太清三年（西元五四九年）

即位為帝。大寶二年（西元五五一年）被殺。作品有明人輯本《梁簡文帝集》。所倡導宮體詩風靡一時。本詩乃和其弟蕭繹〈楊柳枝〉之作，寫相思之情。首四句就楊柳來寫，風中飄拂的楊柳其亂如絲，攀折楊柳，寓贈人之意，此亦古來已成習俗；楊柳枝葉茂密，鳥難飛過，春日和風，柳絮飄落輕緩，乃工筆刻劃。「城高」以下四句，就〈楊柳枝〉曲著筆，高城短簫發音清越，空林畫角聲音鳴咽，意境淒迷；結末都是為相思，點出主題。沈德潛獨賞「風清花落遲」一句，謂其「五字雋絕」。

臨高臺❶

高臺半行雲，望望高不極❷。草樹無參差，山河同一色。彷彿洛陽道❸，道遠難別識❹。玉階故情人❺，情來共相憶。

「山河同一色」，自是登高遠望神理。少陵〈登塔〉云：「俯視但一氣，焉能辨皇州。」更覺雄跨數倍。

【注釋】❶臨高臺　漢樂府古題，〈漢鐃歌〉古辭第十六曲。本詩或題梁武帝蕭衍作。❷不極　無極；看不到頭。❸彷彿洛陽道　彷彿，好似。洛陽道，通往洛陽的道路。❹別識　辨識。❺玉階故情人　玉階，白玉臺階。故情人，指詩人在洛陽的情人。

【語譯】高臺半腰雲彩繚繞，望啊望啊高不見頂。綠草樹木沒有高低，山巒河流同一顏色。

模糊好似去洛陽路，道途遙遠難辨清晰。白玉階上舊時情人，思念情起共同相思。

【研析】本詩《玉臺新詠》題蕭衍作，《樂府詩集》、《文苑英華》題蕭綱作。詩歌寫登高懷人之思。詩首二句總領，寫高臺之高聳入雲，不見其頂。「行雲」化用巫山神女「旦為朝雲，暮為行雨」故實，已寓相思意。「草樹」以下四句，乃承「高不極」來寫。唯其高，故高臺之上所見，草樹已經沒有高下參差，只有一片碧色蒼翠；山河茫茫，山光水色打成一片，也不再分出彼此顏色；遠眺情人所在方向的洛陽之路，依稀可見，又難辨清楚。「玉階」以下二句，則為所想，在那遙遠的洛陽，白玉階上，情人佇立眺望，與自己一樣，也在思念懷戀著遠地的情人。「連彼邊硬派在內，敏妙」（張玉穀《古詩賞析》）。詩歌寫草樹山河，氣象雄渾，境界開闊，深得寫景之神理。

納涼

斜日晚駸駸❶，池塘生半陰。避暑高梧側，輕風時入襟。落花還就影，
驚蟬乍失❷林。遊魚吹水沫，神蔡❸上荷心。翠竹垂秋采，丹棗映疎❹砧。
無勞夜遊曲，寄此託微吟。

【注釋】❶騤騤　迅疾貌。❷失　奔；逃走。❸神蔡　指龜，以春秋時神龜出於大蔡，故名。❹疎　分佈；陳列。

【語譯】天晚斜日落山快，池塘裡邊半成陰。避暑高大梧桐旁，微風時時入襟懷。落花還落陰影處，驚起鳴蟬離樹林。遊魚吹吐水泡沫，烏龜爬上荷花心。翠竹展現秋彩色，紅棗列砧相映襯。不勞夜遊曲子吹，於此寄託發為吟。

【研　析】本詩寫日暮納涼情景。首四句，點出西斜太陽匆匆逝去，池塘裡已經半是陰影，天色已晚，詩人在池邊梧桐樹下避暑，微風徐徐入懷，不勝愜意。「落花」以下四句，花落就陰影，一個「就」字，花亦有避暑之感；落花驚起鳴蟬，飛離樹林，觀察細緻入微；池中遊魚探頭吐著水沫，烏龜乘涼爬上荷花之上，以動物的感受渲染天氣的炎熱。「翠竹」以下四句，而竹之顯露秋色，棗兒的赤紅，交代時間已是夏末；疏砧則暗示秋夜擣衣，有懷人之意在；而此時之樂，正無須夜遊，故賦詩記懷。詩歌輕快流麗，寫景極工細之致。

元　帝

詠陽雲樓簷柳

楊柳非花樹，依樓自覺春。枝邊通粉色，葉裡映紅巾❶。帶日交❷簾影，因❸吹掃席塵。拂簷應有意，偏宜桃李人❹。

詠楊柳者，唐人佳句甚多，然不如梁元二語，有天然之致。○「落星依遠戍，斜月半平林。」二語澹遠可風，摘錄於此。

【注　釋】❶枝邊通粉色二句　謂透過楊柳枝葉，可以看見樓中人脂粉紅巾的顏色。❷交　交映。❸因　借。❹偏宜桃李人　偏宜，特別適宜。桃李人，指年華如桃李花般的女子。

【語　譯】楊柳不是開花樹，臨樓自能感春意。枝條之際透粉色，綠葉映見有紅巾。日照枝葉影橫簾，借風掃除席上塵。蕩拂樓簷是有意，尤其適宜桃李人。

【研　析】梁元帝蕭繹（西元五〇八年—五五四年），字世誠，小字七符，自號金樓子。梁武帝蕭衍第七子，簡文帝蕭綱之弟。初封湘東王。歷官會稽太守、丹陽尹、江州刺史、荊州刺史。大寶三年（西元五五二年）平侯景亂，即帝位於江陵。在位三年，西魏陷江陵，被執遇害。宮體詩代表作家之一。其作品有明人輯本《梁元帝集》。詩乃詠柳之作。首二句點題，寫依樓楊柳；柳非開花之樹，但依樓仍見出春意，令人急欲知其解釋。「枝邊」以下四句，枝裡漏出粉色，葉間映出紅巾，綠中粉紅之人，正是春意所在；楊柳的帶日灑其影子於簾上，又借著風吹去掃除席上灰塵，楊柳似也如人多情。結末二句，楊柳有意蕩拂屋簷，是詩人之想；而此景之最宜佳人，佳人是那萬綠叢中一點紅，於是因柳而人，是寫柳，也是寫人。詩歌富於想像，又熨帖得體。

折楊柳❶

巫山巫峽長❷，垂柳復垂楊。同心且同折，故人懷故鄉。山似蓮花豔，流❸如明月光。寒夜猿聲徹，遊子淚霑裳。

連上篇，此種音節，竟是五言近體矣。古詩之亡，亡於齊梁之間，唐陳射洪起而廓清之。文得昌黎，詩得射洪，挽回之功不小。

【注釋】❶折楊柳　漢樂府橫吹曲名，古辭已亡。❷巫山巫峽長　巫山在四川、湖北兩省邊境，長江穿流其間。巫峽，三峽中最長的一峽。❸流　指江水。

【語譯】巫山巫峽綿延長，除了垂柳又垂楊。同心人將同時折，故人懷念其故鄉。巫山美豔似蓮花，江水澄澈似月光。通夜寒涼猿啼鳴，遊子淚水濕衣裳。

【研析】本詩寫遊子懷鄉之情。首四句，以巫山巫峽，引出連綿楊柳，同心人曾共同採折，而同心之人今在異鄉，正深切思念著故鄉親友。「山似」以下四句，就巫山巫峽著筆，山之美有如蓮花，水之澄澈有如明月之光，善於為比；風景雖美，不如早還鄉，而通宵淒厲的峽中猿鳴，更令遊子黯然神傷，淒然下淚。詩歌清麗流轉，「此種音節，竟是五言近體矣」。

沈約

家令詩，較之鮑、謝，性情聲色，俱遜一格矣，然在蕭梁之代，亦推大家。以邊幅尚闊，詞氣尚厚，能存古詩一脈也。爾時江屯騎、何水曹，各自成家，可以鼎足。

○水部名句極多，然漸入近體。

臨高臺❶

高臺不可望，望遠使人愁。連山無斷絕，河水復悠悠❷。所思❸竟何在？洛陽南陌頭❹。可望不可見，何用❺解人憂？

【注　釋】❶臨高臺　漢樂府古題，鐃歌十八曲之一。這裡乃借題而作。❷悠悠　綿綿無盡貌。❸所思　思念之人。❹南陌頭　指城南之路。❺用　以。

【語　譯】高臺之上不可望，眺望遠處使人愁。山巒連接無中斷，河水也不見盡頭。思念之人在哪裡？洛陽城南小路旁。遠望卻尚無所見，何以解除心中愁？

【研　析】沈約（西元四四一年—五一三年），字休文，吳興武康（今浙江德清）人。「竟陵八友」之一。歷宋、齊、梁三代。南朝宋，曾官郢州刺史記室、尚書度支郎等。齊朝，歷官太子右衛率、太子家令兼著作郎、東陽太守、國子祭酒等。入梁，歷官尚書左僕射、侍中、丹陽尹、中書令，仕至尚書令兼太子少傅。卒謚隱，後人稱沈隱侯。詩歌史上「永明體」的重要創始人，為齊、梁間文壇一代領袖。作品有明人輯本《沈隱侯集》。本詩寫懷人之思。首二句突兀而起，高臺本可望遠，這裡卻反說不可望，起人疑竇；接著次句頂真而來，以為解說，不可望者，乃望著遠處，令人生愁。「連山」二句，山巒連綿不斷，河水悠悠無盡，是高臺所見，也寓意愁思之沒有盡頭。「所思」二句，交代出思念之人所在。結末二句，寫高臺既不能望見所思洛陽之人，心中思念之愁無以解除，徒增憂傷，故高臺不可望。結構綿密，清麗雋永，抒情真摯。

夜夜曲❶

河漢❷縱且橫，北斗❸橫復直。星漢空如此，寧知心有憶？孤燈曖❹不明，寒機曉猶織。零淚向誰道？雞鳴徒嘆息。

【注釋】❶夜夜曲　《樂府詩集》收入〈雜曲歌辭〉。❷河漢　銀河。❸北斗　北斗七星。❹曖　灰暗貌。

【語譯】銀河先縱再呈橫，北斗由橫變成直。星漢空自見變化，哪知我心想一人？孤燈灰暗明滅間，嚴寒到曉踏織機。淚水零落向誰訴？雞鳴徒然自歎息。

【研析】〈夜夜曲〉乃詩人所創，抒寫的是思婦懷人之情。首四句，乃夜間室外所見，銀河由縱到橫，北斗星由橫到直，是凝望中所見，點出時間的變換；而抱怨銀河、北斗的不解人意，不知人之愁思，見出思婦心中悲苦之深。「孤燈」以下四句，轉入室內，孤燈閃爍灰暗，是思婦憂鬱心態寫照；寒機織到曉，夜不能寐，消遣憂愁也；淚水零落，無人可訴，歎息到天明，思婦何其孤寂淒苦！詩歌用語洗練，寫法活脫。

新安江❶至清淺深見底貽京邑遊好

眷言❷訪舟客，茲川信可珍。洞徹隨清淺，皎鏡無冬春❸。千仞寫❹高樹，百丈見遊鱗。滄浪有時濁❺，清濟❻涸無津。豈若乘斯去，俯映石磷磷。紛吾隔囂滓，寧假濯衣巾❼？願以潺湲水，霑君纓上塵。

【注　釋】❶新安江　水名，發源安徽省婺源縣西北率山，流經休寧、歙縣，在浙江建德縣境與蘭溪匯合，成浙江。❷眷言　顧戀。❸洞徹隨清淺二句　洞徹，澄澈。皎鏡，形容水清如鏡。❹寫　映照。❺滄浪有時濁　本《孟子・離婁》：「滄浪之水清兮，可以濯吾衣；滄浪之水濁兮，可以濯吾足。」❻清濟　《戰國策・燕策》：「齊有清濟濁河。」濟水，發源河南濟源王屋山，故道經山東與黃河並行入海。❼紛吾隔囂滓二句　囂滓，塵囂；塵世。假，借。

【語　譯】心懷眷戀訪問船夫，這條河流確可珍視。隨其深淺澄澈清亮，明潔如鏡不分冬春。千仞高樹倒映其中，百丈之深能見遊魚。滄浪之水有時渾濁，清澈濟水乾涸無渡。何如乘著這水而去，俯仰看視亂石磷磷。我此行去隔絕塵囂，哪裡需要洗濯衣巾？願用這條清緩流水，洗濯您的帽上灰塵。

【研　析】本詩乃南朝齊鬱林王隆昌元年（西元四九四年），詩人由吏部郎外任東陽太守，途中所作。首六句，先總寫新安江的可愛可珍，點醒詩題；再具體描繪水之不分深淺，不論冬春，均澄澈見底，明淨如鏡；而千仞高樹的投影其中，百丈深處可見遊魚，進一步說明水之清澈可喜。「滄浪」以下四句，化用二典，寫其雖遭貶外放，卻可以肆志養性；世道渾濁，可以獨善其身；置身清流之中，見亂石磷磷，寄情託志。結末四句，由清水轉到自身及友人，自己遠離囂世，無須濯纓；而友人身在塵俗之中，則需以此洗去塵染，於是油然生出一種輕鬆慶幸之感。

直學省愁臥❶

學省，國學也。

秋風吹廣陌，蕭瑟入南闈❷。愁人掩軒臥，高窗時動扉❸。虛館清陰滿，神宇曖微微❹。網蟲垂戶織，夕鳥傍櫩飛❺。纓珮空為忝，江海事多違❻。山中有桂樹，歲暮可言歸。

詩品自在，是《文選》體。

【注釋】❶直學省愁臥　直，同「值」，值勤。學省，即國學、國子學，古代中國國家最高學府及教育管理機構。❷秋風吹廣陌二句　廣陌，大道。闈，小門。❸愁人掩軒臥二句　掩軒，關窗。軒，有窗的長廊。扉，窗扇。❹虛館清陰滿二句　虛館，寂靜無人的學館。清陰，清冷陰涼。神宇，神聖的國學屋宇。曖，灰暗不明貌。微微，模糊不清。❺網蟲垂戶織二句　網蟲，蜘蛛。垂，懸。戶，門。櫩，屋簷下走廊。

❻纓珮空為忝二句　纓珮，官員的帽帶及服飾，代指官職。忝，辱。江海，隱逸之志。

【語　譯】大道之上秋風吹，蕭瑟聲聲入南門。愁苦之人關窗臥，高窗時時風扇動。冷寂館舍滿清陰，神聖國學昏沉沉。蜘蛛掛門織絲網，歸巢鳥傍走廊飛。既不稱意辱官位，歸隱之志多違背。山中有那好桂樹，歲晚恰好可回歸。

【研　析】本詩乃齊明帝建武元年（西元四九四年），詩人為國子祭酒，值勤國學所作。首四句，點醒題目，秋風由大道上吹來，吹入南闈，風聲蕭瑟淒涼，有一愁苦之人掩窗而臥，本欲避開惱人的秋風，而高窗窗扇，在風中不停地作響，使詩人欲靜而不得。「虛館」以下四句，寫學省中冷寂荒涼之景，館舍空寂，滿是清冷的陰涼，國學中灰暗陰沉，蜘蛛掛門結網，歸鳥傍著屋簷下走廊而飛，此景亦詩人心境的寫照。「纓珮」以下四句，抒寫情志，為官既不稱意，也就空辱此位，並且違背夙願；山中好景，當此晚歲暮年，不如歸去，可以肆志人生。此亦不得意之牢騷言，詩人的苦悶可知。陳祚明《采菽堂古詩選》評：「景情交盡，都無浮溢。」頗中肯綮。

宿東園❶

陳王鬬雞道，安仁采樵路❷。東郊豈異昔？聊可閒余步。野徑既盤紆，荒阡亦交互❸。槿籬疏復密，荊扉新且故❹。樹頂鳴風飆❺，草根積霜露。驚麏去不息，征鳥時相顧❻。茅棟嘯愁鴟，平岡走寒兔❼。夕陰帶層阜，長煙引輕素❽。飛光忽我遒，豈止歲云暮❾！若蒙西山藥，頹齡倘能度❿。

潘岳詩曰：「出自東郊，憂心搖搖。遵彼萊田，言采其樵。」○西山藥，見魏文詩。

【注釋】❶宿東園　東園，詩人家庭園林，在南京鍾山東。❷陳王鬭雞道二句　陳王，陳思王曹植。鬭雞道，曹植〈名都篇〉：「鬥雞東郊道，走馬長楸間。」安仁，西晉潘岳，字安仁。采樵路，本潘岳〈東郊詩〉：「出自東郊，憂心搖搖。遵彼萊田，言采其樵。」❸野徑既盤紆二句　盤紆，盤繞迂曲。交互，交錯縱橫。❹槿籬疏復密二句　槿，木槿植成的籬笆。荊扉，柴門。❺風飆　疾風；暴風。❻驚麏去不息二句　麏，獐子。征鳥，飛鳥。❼茅棟嘯愁鴟二句　茅棟，茅屋。愁鴟，使人愁苦的鴟梟。鴟，貓頭鷹一類。平岡，山脊平坦處。寒兔，寒冬裡的野兔。❽夕陰帶層阜二句　夕陰，暮靄。層阜，重疊的山巒。長煙，指瀰漫空中的霧氣。輕素，輕而薄的白色絲織品。❾飛光忽我遒二句　飛光，日月之光；時光。遒，迫近。云，語助詞。❿若蒙西山藥二句　西山藥，曹丕〈折楊柳行〉：「西山一何高，高高殊無極。上有兩仙童，不飲亦不食。與我一丸藥，光輝有五色。服藥四五日，身體生羽翼。」後以西山藥為仙藥的代名詞。頹齡，衰暮之年。倘，或許。

【語譯】曹植曾經鬥雞的道，潘安采樵走過的路。東郊難道與昔異？姑且閒適我度步。野外小路既盤曲，荒蕪小道也交錯。木槿籬笆疏變密，柴門由新變成舊。樹梢之上疾風嘯，草根覆蓋有霜露。獐子受驚逃不歇，飛鳥盤旋時回看。茅屋鴟鳴人悲愁，平坦山脊寒兔跑。暮靄環繞重疊山，煙霧瀰漫如輕絹。時光匆匆迫近我，難道僅僅到歲暮！倘若蒙獲神仙藥，衰暮年齡許可度。

【研　析】本詩乃詩人宿東園而作。首六句寫東郊。起二句引曹植及潘安詩典，以曹、潘門雞、采樵的無奈悲楚揭出自己心中的失意淒涼；而東郊之路無異於往昔，自己今天也只能如前輩那樣在此徘徊遣愁；野徑、荒阡盤曲交錯，荒寂落寞之景，正是詩人心理寫照。「槿籬」以下八句，寫東園之景。植木槿為籬笆，而今由疏長密，柴門由新變舊，點出時間帶來的變化；樹梢北風呼嘯，草根覆蓋著霜露，點出時在歲暮；獐子受驚而奔逃不歇，飛鳥翱翔而不時回顧，茅屋上鴟梟發出令人悲楚的鳴叫，荒寒的平岡上野兔奔走，暮靄籠罩重疊山巒，瀰漫的煙霧宛如白色的輕絹，以一組不同的對象，共同組成了一幅蕭條淒涼的意象，驚、征、愁、寒這些帶有主觀色彩的限定詞的使用，詩人內心的傷楚灰暗昭然可見，所謂景中含情。結末四句，出一議論之筆，時光流逝，歲不我待，轉瞬歲暮晚景；西山仙藥自不可得，詩人希望的頹齡能度也只能是幻想，何其悲苦。王闓運《八代詩選》評：「此篇亦極有名，其寫景處，亦漸細密新巧。」陳祚明《采菽堂古詩選》評：「向後寫景一氣直下，蕭瑟蒼涼，遊味其中，愈入愈悲，景中有情。」

別范安成❶

生平少年日，分手易前期❷。及爾同衰暮，非復別離時。勿言一尊❸

酒，明日難重持。夢中不識路，何以慰相思。一片真氣流出，句句轉，字字厚，去「十九首」不遠。

【注釋】❶范安成　即范岫，字懋賓，南朝齊為安成內史，與詩人感情深篤。❷易前期　把來日會期看得容易。❸尊　同「樽」。酒杯。

【語譯】從前年輕日子裡，分手看得相會易。與你同到衰暮年，不比當初別離時。不要說僅一杯酒，明日難以再共舉。夢中不能認去路，如何慰藉我相思。

【研析】本詩約為齊明帝建武年間范岫赴安成（今江西安福）內史任，詩人賦詩為贈。首四句，以昔今對比，昔之年輕，將分手再會看得容易，今之衰暮，非復往昔，相別再見為難，寫出老年人分別心理。「勿言」以下四句，進一步寫衰暮別友之情，重會再舉酒杯已難，夢中也不得見為苦，何啻生離死別！吳淇《六朝詩選定論》評：「看他一篇文字，只覷定『別離時』三字，真是看著日影說話。往前寫，直寫到『少年日』，何其太長；往後寫，只寫到『明日』止，何其太短。一短一長，只逼此眼前離別一刻，真老年人手筆也。」

傷謝朓

吏部信才傑，文峰振奇響❶。調與金石諧，思逐風雲上❷。豈言陵霜質，忽隨人事往。尺璧爾何冤❸，一旦同丘壤。三四語，能狀謝朓之詩。

【注釋】❶吏部信才傑二句　吏部，指謝朓，曾官尚書吏部郎。文峰，猶文壇。❷調與金石諧二句　金石，指鐘磬一類樂器。風雲上，言其才思高超。❸尺璧爾何冤　徑尺大璧，喻謝朓品質的潔白。

【語譯】吏部才華真的傑出，文壇獨標別樹一幟。音韻鏗鏘金石和諧，文思超邁青雲之上。何從談起凌霜品質，忽隨世事變遷而往。大璧品格你何其冤，一旦身死埋沒丘壤。

【研析】本詩為〈懷舊詩〉二首之一。詩歌首四句，誇美謝氏文壇高才，謂其登壇樹幟，與同仁共創永明之體；講求聲調音韻，鏗鏘能與金石和諧；文思超邁，想像宏富，健筆凌雲。後四句，讚譽其品格德行，凌霜之質，尺璧一樣冰清玉潔；歎其冤死，無辜被人殺害。陳祚明《采菽堂古詩選》評：「三、四頗能貌宣城之詩，調諧言其工穩，思上言其遒拔也。」

石塘瀨聽猿❶

噭噭❷夜猿鳴，溶溶❸晨霧合。不知聲遠近，惟見山重沓❹。既歡東嶺唱，復佇西巖答。

【注釋】❶石塘瀨聽猿　石塘，石築堤岸。瀨，急流。❷噭噭　猿悲鳴聲。❸溶溶　水氣盛貌。❹重沓重疊。

【語譯】深夜噭噭猿悲鳴，清晨霧氣紛紛聚。不知聲音在遠近，只見山巒相重疊。既已喜歡東山鳴，久立西山聽和聲。

【研析】本詩寫石堤急流中聽猿鳴。或疑此詩殘缺不完。首二句，點醒題目，寫自夜至晨聆聽猿鳴。二句連用疊音詞，將漫漫晨霧中猿鳴之聲，表現得韻味十足。「不知」二句，承上晨霧來寫，既是霧氣蒸騰，山巒模糊見其重疊，猿聲之遠近自然難辨，而此鳴聲，也益見空靈神祕。結末二句抒感，東嶺猿鳴令人陶醉，於是佇立已久，再聽西嶺猿之和鳴，詩人陶醉沉迷之態可見。猿鳴多寫悲緒，本詩寫其喜悅，新人耳目。三聯平仄工穩，已是近體格局。

遊沈道士❶館

秦皇御宇宙，漢帝恢武功❷。歡娛人事盡，情性猶未充❸。銳意三山上，託慕九霄中❹。既表祈年觀，復立望仙宮❺。寧為心好道，直由意無窮❻。曰余知止足，是願不須豐❼。遇可淹留處，便欲息微躬❽。山嶂遠重疊，竹樹近蒙籠❾。開襟濯寒水，解帶臨清風。所累非物外，為念在玄空⑩。朋來握石髓，賓至駕輕鴻⑪。都令人徑絕，惟使雲路⑫通。一舉凌倒景，同影。無事適華嵩⑬。寄言賞心客，歲暮爾來同。谷永曰：遇風輕舉，登遐倒景，言身在日月之上，日月反從下照，故其景倒也。○「歡娛人事盡」十字，「甯為心好道」十字，從來富貴人慕神仙之故，斷得確，說得盡。

【注　釋】❶沈道士　即沈恭，事蹟不詳。❷秦皇御宇宙二句　秦皇，秦始皇。御宇宙，統治天下。漢帝，漢武帝。恢武功，恢弘武功，指其依仗軍事開疆拓土。❸充　滿足。❹銳意三山上二句　銳意，銳志；專注。三山，指傳說中的蓬萊、方丈、瀛洲三座仙山。託慕，託志仰慕。九霄，九天；神仙居住之地。❺既表祈年觀二句　表、立，均建造。祈年觀，即祈年宮，秦穆公所造，故址在今陝西鳳翔南。望仙宮，漢武帝所造，在華陰。❻甯為心好道二句　甯，豈。道，道教之術。直，只。意，欲望。❼曰余知止足二句　曰，語助詞。知止足，知止知足，本《老子》：「知足不辱，知止不殆。」不須豐，不貪多。❽遇可淹留處二句　淹留，滯留，指隱居之處。微躬，賤軀；卑微的身軀。❾蒙籠　草木茂盛貌。❿所累非物外二句　累，牽累。物外，身外之物。玄空，玄虛之道。⓫朋來握石髓二句　石髓，石之精髓，道教以為服之可以長生。輕鴻，輕捷的飛鴻。⓬雲路　升仙登天之路。⓭一舉凌倒景二句　舉，飛舉。凌，升；登。倒景，倒影，日月之光由下往上照射。無事，無須。華嵩，華山、嵩山。

【語　譯】秦皇統治全天下，漢武恢弘好武力。歡娛享盡人間事，欲望性情尚不足。銳意專注三仙山，託志歆慕九霄外。已經築起祈年觀，再修建成望仙宮。難道心中好求道，只是由於欲無窮。我求知止且知足，心中願望不求多。遇到可以淹留處，便想歇息賤身軀。遠處山巒層疊起，近處竹林樹木盛。開襟洗塵在寒水，解去衣帶吹清風。不為身外物所累，心心念念於道空。朋友來時握石髓，賓客到來坐輕鴻。仙境人跡都斷絕，只有雲路可通行。飛起凌越日月外，無須求道去華嵩。寄言賞心志同者，歲末你們來共遊。

【研　析】本詩乃遊沈道士館而作，以求仙話題，抒寫了自己知止知足的淡泊情志。首十句為一層，秦始皇駕御全國，漢武帝好用武力，在詩人看來，皆為歡娛其志；而其享盡人間之樂，意猶未足，乃渴慕成仙。修造祈年宮、望仙宮，是其明證。然其所謂的好道求仙，非真好道，乃貪欲無窮，貪心不足而已。「曰余」以下八句，轉到己身。自己深知止足，不求貪多，隨遇而安，可淹留處且淹留，能歇息處便歇息。館之所在，山巒重疊，竹樹蓊鬱，開襟可以澗中寒水洗去塵汙，解帶隨風蕩除鬱悶，優遊自得，不勝愜意快哉！「所累」以下十句為最後一層，寫求仙之樂。能夠不為身外之物所累，心心念念於玄道，則仙人自然到來。朋則握有石髓，賓則乘坐飛鴻，皆神仙中人。仙境之中，人跡難到，往來通行著雲路而已。飛起則上越日月，也無須奔波華山嵩山，前去求道。結末二句，希望同志前來共遊，呼應題目。敘寫平淡，而反襯烘托，主題凸出有力。

早發定山❶

夙齡愛遠壑，晚莅見奇山❷。標峰❸綵虹外，置嶺白雲間。傾壁忽斜豎，絕頂復孤圓❹。歸流海漫漫，出浦水濺濺❺。野棠開未落，山櫻發欲然❻。忘歸屬蘭杜，懷祿寄芳荃❼。眷言采三秀，徘徊望九仙❽。

通體對耦，亦成一格。

【注　釋】❶定山　在今浙江杭州東南。❷夙齡愛遠壑二句　夙齡，早年；青少年時代。遠壑，幽僻的山谷。晚莅，暮年到職。❸標峰　山峰聳立。❹傾壁忽斜豎二句　傾壁，傾斜的崖壁。絕頂，山之頂巔。孤圓，孤立而形圓。❺歸流海漫漫二句　歸流海，別本作「歸海流」。漫漫，河流寬闊貌。出浦，經灘浦而出海。濺濺，水流淺而急。❻然　同「燃」。❼忘歸屬蘭杜二句　屬，屬意。蘭杜，蘭草、杜若。芳荃，香草名。❽眷言采三秀二句　眷言，留戀。言，語助詞。三秀，芝草，一年三開花。九仙，九仙術。

【語　譯】早年喜愛幽僻峽谷，晚年到任得見奇山。山峰聳立彩虹之外，高嶺置於白雲中間。危崖忽斜有時又豎，絕頂極端孤立形圓。水流歸海水面寬闊，流出灘浦疾馳飛濺。野棠花開盛而未落，山中櫻桃綻放如燃。屬意蘭杜忘記歸來，貪祿又且寄心芳荃。留戀採摘三秀靈芝，徘徊期望傳授九仙。

【研　析】本詩乃南朝齊鬱林王隆昌元年（西元四九四年），詩人赴東陽太守任，道經定山而作。首二句點醒題目，自己早年喜愛幽遠山壑，晚年任職，得遇奇山，不亦快哉！「標峰」以下八句，專寫定山風景。山峰聳立彩虹之外，高嶺如置白雲中間，危崖忽斜忽豎，頂巔則孤直而圓，山真稱奇。歸海之流開闊平緩，出灘浦而急流，野海棠開而未落，櫻桃綻放如火燃燒，山中之景也稱奇秀。「忘歸」以下四句抒情，屬意於蘭草杜衡而忘記歸去，懷戀祿位又寄意芳荃，留戀採摘靈芝，期望得授成仙之法，詩人獨善其身，葆其清操之志可見。詩歌即景抒情，色彩爛漫，通體對偶，是其藝術特色。

冬節後至丞相第詣世子車中作❶

《齊書》：豫章王嶷薨，贈丞相、揚州牧，長子廉為世子。

廉公失權勢，門館有虛盈❷。貴賤猶如此，況乃曲池平❸。高車塵未滅，珠履故餘聲❹。賓階綠錢滿，客位紫苔生❺。誰當九原上，鬱鬱望佳城❻？

《史記・廉頗傳》曰：廉頗失勢之時，故客盡去，及復為將，又復至。

【注　釋】❶冬節後至丞相第詣世子車中作　冬節，冬至日。丞相，指蕭嶷，永明十年四月卒。世子指蕭嶷長子蕭廉。❷廉公失權勢二句　本《史記・廉頗藺相如列傳》，載廉頗被免除長平職位後，故客盡去，及重新起用，客又復至。虛盈，偏義複詞，指空虛。❸曲池平　本《桓子新論》：「千秋萬歲後，高臺既已傾，曲池又以平。」指人死之後。❹高車塵未滅二句　高車，車蓋高的車子，代指顯貴者。塵未滅，車行後之煙塵未落盡。珠履，珍珠綴飾的鞋子。故餘聲，謂行步之聲餘音尚在。❺賓階綠錢滿二句　賓階，賓客所走的臺階。綠錢，苔蘚。客位，賓客的坐席。❻誰當九原上二句　九原，古地名，在山西新絳縣北，春秋時期晉國卿大夫多葬此，後為墓地的代稱。鬱鬱，形容墓地松柏茂盛的樣子。佳城，指墓地。

【語　譯】廉公失去權勢日，門下公館成虛室。貴賤變化尚如此，何況在人身後時。高車行過靡未盡，珠鞋腳步餘音在。賓行臺階長綠苔，客人坐席紫苔生。誰會在那九原上，望見墓地鬱蔥蔥？

【研　析】本詩乃詩人冬至節探望已故丞相蕭嶷世子蕭廉，感慨世態炎涼而作。詩歌首四句，以廉頗故事引出。廉頗偶爾失勢，原先鼎沸之門下，頓成虛空，賓客散盡，而今之豫章王已死，其門前冷落，更在情理之中，於是揭出人情冷暖，為古今通理。「高車」四句具體寫丞相蕭嶷之門前冷寂荒涼，世情冷暖的立竿見影。丞相高車大馬行過所濺起的煙塵還沒有落盡，腳下珠履之聲尚宛如在耳，昔日賓客接踵行進的臺階上，已長出了綠色苔蘚，客人不絕的坐席，也生出了紫苔，蕭丞相似乎在人們的記憶中被抹個乾淨。結末二句議論，死者已矣，誰還會到墓地之上，去看那蓊鬱的墓上之樹呢？對比的妙用，諷刺亦稱辛辣。

奉和竟陵王經劉瓛墓❶

表閭欽逸軌，式墓禮真魂❷。化塗終渺默，神理曖猶存❸。塵經未輟幌，高衡已委門❹。日蕪子雲舍，徒望董生園❺。華陰無遺布❻，楚席有靈樽❼。元泉倘能慰，長夜且勿論❽。

「華陰」句，用王烈遺盜牛者布事。

【注　釋】❶奉和竟陵王經劉瓛墓　竟陵王，即蕭子良，作有〈登山望雷居士精舍同沈右衛〉，本篇乃和作。劉瓛，字子珪，沛國相（今安徽濉溪縣西北）人，博通五經，儒學冠於當時，永明七年（西元四八九年）卒。❷表閭欽逸軌二句　表閭，標榜其里門，紀其功德。欽，欽重；敬仰。逸軌，超逸的軌範。式墓，即軾墓，車過墓地，身憑車前橫木以示敬。真魂，神魂。❸化塗終渺默二句　化塗，幽冥之途。渺默，渺遠貌。神理，神妙之理。❹塵經未輟幌二句　塵經，蒙塵之經籍。幌，幔帳，指設帳授徒。高衡，指門上橫木。委，落。❺日蕪子雲舍二句　蕪，荒蕪。子雲，西漢學者揚雄。董生，指董仲舒，西漢經學家。❻華陰無遺布　本《後漢書．張楷傳》：「學者隨之，所居成市。後華陰山南遂有公超市。」遺布，別本作「遺市」。❼楚席有靈樽　《漢書》記載，楚元王敬禮穆生，穆生不嗜酒，王每置酒，常為穆生設醴，本此。「靈樽」，別本作「遺樽」。❽元泉倘能慰二句　元泉，玄泉，即幽壤。長夜，幽冥。

【語　譯】旌表門閭欽敬典範，車過墓前禮拜神魂。幽冥之途終究渺遠，神妙之理灰暗猶存。幔帳未撤經籍蒙塵，門上橫木已經委垂。黃昏日暮子雲舍暗，空自遙望董生家園。華陰沒有公超市留，楚王宴上有遺酒杯。幽壤之下若能慰藉，幽冥遠隔可以不論。

【研　析】憑弔悼念劉瓛，有隨郡王蕭子隆、竟陵王蕭子良，以及虞炎、柳惲、謝朓、沈約相繼為詩。沈約本詩，首四句，點醒題目，謂劉氏雖已作古，幽冥懸隔，然其精神猶存，旌表其門閭，憑弔其墓葬，即為如此。「塵經」以下六句，乃傷其已逝，斯人不在。授徒之帳幔仍在，而經書已經蒙塵；門上橫木已經廢墮，物是人非，令人傷歎。揚雄、董仲舒之俱成往矣，張楷華陰「公超市」之遺跡不存，楚王宴上酒杯空設，以古之聖賢凋零，悼念劉氏大賢亡逝。結末二句，九泉有知，當可以無憾，表達了對劉氏深深的緬懷之情。悼亡之作，感情真摯，催人下淚。

卷十三

梁詩

江淹

文通頗能修飾，而風骨未高。

從冠軍建平王登廬山香爐峰❶

廣成愛神鼎，淮南好丹經❷。此山具鸞鶴❸，往來盡仙靈。瑤草正翕赩，玉樹信蔥青❹。絳氣下縈薄，白雲上杳冥❺。中坐瞰蜿虹❻，俛伏視流星。不尋遐怪極，則知耳目驚❼。日落長沙渚，曾陰❽萬里生。藉蘭素多意，臨風默含情❾。方學松柏隱，羞逐市井名。幸承光誦末❿，伏思託後旍。

【注釋】❶從冠軍建平王登廬山香爐峰　冠軍建平王，即南朝宋建平王劉景素，加給事中、冠軍將軍。香爐峰，廬山著名山峰。❷廣成愛神鼎二句　廣成，廣成子，傳說為黃帝時期的仙人。神鼎，道家煉丹之鼎。淮南，西漢淮南王劉安，好道術，傳說其門下八公皆仙人，授之道家典籍丹經。❸鸞鶴　傳說仙人出行所乘。❹瑤草正翕艴二句　瑤草，仙草。翕艴，光色盛貌。玉樹，仙樹。蔥青，林木茂盛貌。❺絳氣下縈薄二句　絳氣，深紅色的霧氣。縈薄，草木叢生的曲折地帶，指山下丘壑。杳冥，高遠無極之地，指天空。❻中坐瞰蜿虹　中坐，平坐。蜿虹，彎曲的彩虹。❼不尋遐怪極二句　遐怪，遠方怪異的景色。耳目，指眼前所見。❽曾陰　層陰，重疊的密雲。❾藉蘭素多意二句　藉蘭，憑依坐臥於蘭草之上。素，本來。臨風，迎風。❿幸承光誦末二句　光誦，華美的篇章。後旍，後車。

【語譯】廣成愛好煉丹鼎，淮南喜好讀丹經。此山有鸞並有鶴，來來往往皆仙靈。瑤草正自閃光澤，玉樹長得好青蔥。深紅雲霧罩丘壑，白雲蒸騰上冥空。平坐遠眺彎曲虹，俯視觀看有流星。不必遠尋怪異景，近處眼見已足驚。太陽落入長沙洲，層層雲彩萬里生。坐臥蘭草本多思，迎風默然心含情。恰要學那松柏隱，慚愧追逐塵世名。承蒙列名華篇末，恭謹託身車後行。

【研　析】江淹（西元四四四年—五〇五年），字文通，濟陽考城（今河南蘭考）人。歷仕宋、齊、梁三代。南朝宋，為建平王劉景素屬官，曾因事下獄，上書自白而獲釋，後為尚書駕部郎、驃騎參軍。入齊，歷官御史中丞、祕書監、侍中。入梁，官至金紫光祿大夫，封醴陵侯。擅詩賦，主要創作發生在劉宋後期，後來有「江郎才盡」之說。作品有明人輯本《江醴陵集》。本詩為宋明帝泰豫元年（西元四七二年），詩人隨建平王劉景素赴荊州刺史任，經廬山登香爐峰而作。首四句總寫「仙山」的不同凡俗，引入廣成子、淮南王等仙家故事鋪墊，又且鸞鶴仙駕來往不絕，足以見出此山乃神仙福地。「瑤草」以下十句，即具體鋪寫「仙山」迷人的風景。瑤草、玉樹，仙界之物，形容山上草木之珍異。草之光亮潤澤，樹之蔥蘢茂盛，孕無限生機。深紅色水霧披蓋山坡，籠罩丘壑；白雲的蒸騰而上，雲霧迷漫中更顯縹緲空靈，神祕莫測，也足證香爐峰得名之不虛。平坐可視蜿蜒的彩虹，俯視能見劃過的流星，極寫腳下香爐峰的高聳雲霄。不用極力去遠方尋找怪異之景，眼前所見已足夠令人驚詫，議論之句，言峰上景物的新異動人。日落沙渚，層雲疊起，是日暮景色，點出詩人留連於此已晚。「藉蘭」以下六句，抒發所感。坐臥於如茵蘭草上，本多美好的遐想，而迎風吹來，則又不禁默然靜思，含情不發。慚愧於塵世的追逐浮名，正要學那山上松柏之隱，但主人的恩澤，又使詩人感激，思想追隨車後，效其勤勞。此也照應題目的從遊。詩歌就仙境寫廬山香爐峰，虛實得法，空靈超逸。

望荊山❶

奉詔至江漢，始知楚塞長❷。南關繞桐柏，西嶽出魯陽❸。寒郊無留影，秋日懸清光❹。悲風撓重林，雲霞肅川漲❺。歲晏君如何？零淚霑衣裳。玉柱空掩露，金樽坐含霜❻。一聞〈苦寒〉奏，再使〈豔歌〉傷❼。

蕭瑟。

【注釋】❶荊山　山名，在今湖北省西部。❷奉詔至江漢二句　奉詔，或作「奉義」。塞，山嶺要塞。❸南關繞桐柏二句　南關，指荊山南端關隘。桐柏，山名，在今河南、湖北兩省交界處。魯陽，山名，在今河南魯山縣。❹寒郊無留影二句　無留影，指草木凋零，葉子落盡。清光，清冽寒光。❺悲風撓重林二句　撓，擾。肅，寒。漲，水大貌。❻玉柱空掩露二句　玉柱，琴箏等樂器上架弦的柱子，代指樂器。掩露，蒙上寒露。金樽，酒器。坐，因。❼一聞苦寒奏二句　苦寒，即〈苦寒行〉，樂府相和歌辭曲調名。豔歌，即〈豔歌行〉，樂府相和歌辭曲調名。

【語譯】奉詔來到江漢地，始知楚地山塞長。南端關隘桐柏繞，西邊山嶺出魯陽。郊外寒冽草木枯，秋日清冽灑寒光。淒厲寒風過重林，雲霞之中川水盛。歲暮我心作何感？淚水零落濕衣裳。琴瑟空自蒙白露，金樽酒中因落霜。初聞〈苦寒行〉方奏，再聽〈豔歌行〉感傷。

【研　析】本詩作年有二說：一說作於隨宋建平王劉景素赴荊州任；另一說以為作於之前赴襄陽任雍州刺史劉休若巴陵王國左常侍時。詩歌首二句點題，言奉詔來到江漢，於是得見綿延無盡的楚塞荊山。楚之關塞屏障，已見荊山的雄偉。「南關」以下六句，寫荊山風景。向南有桐柏環繞，向西則伸出魯陽，承上寫其綿長；寒涼的郊外草木零落枯萎，秋天的太陽散發著淒清無力的黯淡之光，淒厲之風在重林中呼嘯，雲霞下幽冷的河流水勢兇猛，是深秋荊山中景致。「歲晏」以下六句，寫觸景所生之情，所興之感。蕭瑟荒寂的歲末，懷鄉思親，回顧自己的人生，坎坷的遭遇，詩人淚水零落，沾滿衣襟；琴瑟無心去彈，上邊已蒙了層寒露；金樽無心去飲，酒中已落進白霜；不知是誰彈起了悽楚的〈苦寒行〉樂曲，令詩人悲切於中，接著再奏響〈豔歌行〉來，詩人感傷愈重，心境愈悲。整個詩篇都籠罩在蕭瑟孤寂之中，感傷傷愁貫穿了詩歌全篇。

古離別❶

雜擬共三十首，今存五首。

遠與君別者，乃至雁門關。黃雲❷蔽千里，遊子何時還？送君如昨日❸，簷前露已團❹。不惜蕙草❺晚，所悲道里❻寒。君在天一涯，妾身長別離。願一見顏色，不異瓊樹枝❼。兔絲及水萍❽，所寄終不移。

《淮南子》曰：「夫萍

樹根於水，木樹根於土，天地性也。」此借以表己志之貞。

面生長。

【注釋】❶古離別　即擬古離別詩之作。❷黃雲　指塞北大風刮起，黃沙迷漫，望之如同黃色雲霧。❸如昨日　記憶猶新。❹團　通「溥」。露水盛貌。❺蕙草　香草名，女子自比。❻道里　泛指邊塞地帶。漢朝邊遠之縣稱「道」。❼瓊樹枝　玉樹枝，言其難得。❽兔絲及水萍　兔絲攀緣其他植物而生，浮萍在水面生長。

【語譯】與君相別極遙遠，竟然到了雁門關。黃沙塵起千里暗，在外遊子何時還？送別您去如昨日，屋簷前邊露已濃。不惜蕙草將凋零，悲傷邊塞人受寒。您在天的最邊腳，我身久受別離苦。希望一見君容顏，與見玉樹無差別。兔絲與那水萍生，託身之處終不改。

【研析】〈雜體詩三十首〉，乃詩人選取漢魏到晉宋三十家詩體，逐首模擬而成。本詩為第一首，為模擬別離詩，寫思婦思夫之情。首四句，點出與夫君別離，其所去向，乃邊塞之地雁門關，此是征夫戍邊的場所；塞北地帶，環境惡劣艱苦，北風刮起，黃沙滿天，千里陰霾，思婦深深思念著丈夫，不知他什麼時候纔能歸來。「送君」以下四句，如昨日，寫其對丈夫的深情彌新；露已團，點出時序的變遷；不惜、所悲，謂關心丈夫勝如自身，自己青春的凋零在所不惜，悲傷的是丈夫在邊地經受嚴寒。「君在」以下六句，言山川阻隔，久受別離之苦，見面為難，但如兔絲附女蘿，浮萍依水生，自己對丈夫的感情堅貞不渝，永不更改。詩歌語言樸質明白，寫情深摯，有古詩之風。

班婕妤詠扇❶

紈扇如團月，出自機中素❷。畫作秦王女，乘鸞向煙霧❸。彩色世所重，雖新不代故。竊愁涼風至，吹我玉階樹❹。君子恩未畢，零落在中路❺。

【注釋】❶班婕妤詠扇　班婕妤，漢成帝嬪妃，史學家班固祖姑，有〈怨歌行〉詠紈扇。❷紈扇如團月二句　本〈怨歌行〉：「新裂齊紈素，鮮潔如霜雪。裁為合歡扇，團團似明月。」團月，圓月。❸畫作秦王女二句　用弄玉、蕭史故事。《列仙傳》載，秦穆公小女弄玉好吹簫，嫁善吹簫之蕭史，後夫婦齊乘鸞鳳飛升成仙。❹竊愁涼風至二句　本〈怨歌行〉：「常恐秋節至，涼飆奪炎熱。」❺君子恩未畢二句　本〈怨歌行〉：「棄置篋笥中，恩情中道絕。」

【語譯】紈扇形狀如圓月，來自機織素絹製。畫有秦王女弄玉，駕乘鸞鳳奔雲霧。彩色世人所看重，雖新不能替代故。私下擔心涼風來，吹我白玉階上樹。君子恩情還未盡，零落枯萎在半路。

【研析】本詩擬班婕妤〈怨歌行〉而作，而意趣又與〈怨歌行〉有別。首四句，寫紈扇由絹素製成，形如圓月；扇面畫有蕭史、弄玉騎鸞飛升之圖，此就紈扇本身來寫。「彩色」二句，是世人常情，新不能代故，也一般之理。「竊愁」以下四句，非如〈怨歌行〉之寫紈扇因天涼被棄置，而寫秋風蕭瑟中，擔心如玉樹之愛人的凋零。君子之恩未盡，自非薄倖之人。秋風將其摧折，佳人必為之心碎。此寫盡女子對丈夫的一片柔情，關心備至。

劉太尉琨傷亂

皇晉遘陽九，天下橫氛霧❶。秦趙值薄蝕，幽并逢虎據❷。伊余荷寵靈，感激徇馳騖❸。雖無六奇術，冀與張韓遇❹。甯戚扣角歌，桓公遭乃舉❺。荀息冒險難，實以忠貞故❻。空令日月逝，愧無古人度。飲馬出城壕❼，北望沙漠路。千里何蕭條，白日隱寒樹。投袂❽既憤懣，撫枕懷百慮。功名惜未立，玄髮已改素。時哉苟有會❾，治亂惟冥數。

末段悲壯，去太尉不遠。

【注釋】❶皇晉遘陽九二句　皇，大。遘，遭遇。陽九，古人認為九為陽數之極，有災厄降臨。橫，塞。氛霧，霧氣，比喻世道混亂。❷秦趙值薄蝕二句　秦趙，指古秦、趙二國之地。薄蝕，日食，這裡指晉國本土被匈奴劉淵、羯族石勒等佔領。幽并，古幽州、并州。虎據，劉琨為并州刺史，段匹磾為幽州刺史，二人欲聯合討伐石勒。❸伊余荷寵靈二句　代劉琨立言，謂受朝廷恩寵重用，願為國奔走效力。荷寵靈，受恩寵。徇馳騖，驅馳奔走。❹雖無六奇術二句　六奇術，指陳平曾為劉邦六出奇策。張韓，張良、韓信。

❺甯戚扣角歌二句 《淮南子・主術訓》載，春秋時甯戚，餵牛時扣牛角而歌，齊桓公聞聽，大用之。❻荀息冒險難二句 《左傳》僖公九年記載，晉獻公臨終囑託大夫荀息輔佐奚齊，荀息曰：「臣竭其股肱之力，加之以忠貞，其濟，君之靈也；不濟，則以死繼之。」其後奚齊被殺，荀息也赴死。❼城壕 護城河。❽投袂 甩袖子。❾會 時運際會。

【語　譯】大晉遭逢陽九災，天下充塞霧氣滿。秦趙之地遇侵佔，幽并二州虎將守。我受朝廷恩寵重，感激奔走去效命。雖然沒有六奇謀，希遇張良與韓信。甯戚扣擊牛角歌，桓公遇見乃重用。荀息冒險去犯難，實在因為忠貞故。空令時光流逝去，愧無古人之氣度。飲馬出了護城河，北望漫漫沙漠路。千里地遠何蕭條，白日光天寒樹隱。甩動袖子已憤懣，拍著枕頭懷百憂。歎息功名沒建成，黑髮已經變為白。時運倘若有際會，天下治亂有天數。

【研　析】本詩亦〈雜體詩三十首〉之一，乃擬西晉詩人劉琨感時傷世之作。首四句寫西晉末年板蕩的形勢，晉朝不幸，天下擾攘，秦趙之地淪陷，幽并也成戰場。「伊余」以下十句，寫劉琨自感蒙受國恩，心意當為國效力，供朝廷驅使。縱使不如陳平那樣六出奇計，也思遇張良、韓信這樣的賢士，共扶社稷，同建功業。甯戚遇桓公而得重用，荀息為知遇之恩而赴難，都表達了劉琨渴望得到君主信任，希望建功立業的意願。時光空自流逝，表現了劉琨對抗敵衛國終無大成的失望。「飲馬」以下十句，前四句是劉琨北上就并州刺史任途中所見戰亂中荒涼之景，投袂之舉是其憤懣心情的外化，百憂難寐見其為國事而心急如焚，烈士暮年，壯心不已，然形勢又非一劉琨所能扭轉，且看時運，或許能有一番作為，蒼涼之感，油然而生。

慷慨悲涼，一如劉琨之作。

陶徵君潛田居❶

種苗在東皋，苗生滿阡陌❷。雖有荷鉏倦，濁酒聊自適❸。日暮巾柴車❹，路闇光已夕。歸人望煙火，稚子候簷隙❺。問君亦何為？百年會有沒❻。但願桑麻成，蠶月得紡績❼。素心正如此，開徑望三益❽。

得彭澤之清逸矣。

【注　釋】❶陶徵君潛田居　徵君，徵士的敬稱，指不受朝廷官職的人。田居，田園居，指田園題材的作品。❷種苗在東皋二句　東皋，東邊的高地。阡陌，田界，這裡泛指田地。❸雖有荷鉏倦二句　荷，負。濁酒，農家釀製的渾酒。適，滿足；快意。❹巾柴車　指駕車出行。巾，車幃，用作動詞「張幃」。❺歸人望煙火二句　歸人，指陶氏。煙火，指炊煙。稚子，幼子。簷隙，指屋簷之下。❻百年會有沒　百年，指人的一生。沒，別本作「役」，勞作，對照陶淵明詩，作「役」為是。❼蠶月得紡績　蠶月，指農曆三月忙於養蠶之時。紡績，紡絲績麻。❽素心正如此二句　素心，本心。開徑，開闢小路。《三輔決錄》記載，漢末王莽專權，蔣詡免職回家，於屋前竹林下開徑三條，只與求仲、羊仲往來。三益，指志趣投合的朋友，本《論語·季氏》：「益者三友，損者三友。友直，友諒，友多聞，益矣。」

【語　譯】東邊高地種禾苗，禾苗長得滿田地。雖然扛鋤有些累，濁酒聊且自快慰。日暮駕起車子回，路上灰暗光已微。歸家人望炊煙起，幼子屋簷下等候。問您為何這樣做？人生百年當勞作。只盼田間桑麻長，三月得將絲麻紡。本心夙願正如此，闢路期待知音來。

【研　析】本詩亦〈雜體詩三十首〉之一，乃擬寫陶淵明田園詩。首四句，總寫田園稼穡雖然辛苦，但見禾苗茁壯成長，有濁酒自斟自飲，也自快意恬適。「日暮」四句，寫黃昏田間歸來，情景真切。太陽落山了，套車回家，光線已暗，路也不再光亮，近家時，只見炊煙正起，幼子屋簷之下等候，何其親切溫馨！「問君」二句，自設問答，為什麼要如此辛苦？人生本來就需要勞作。「但願」四句，望桑麻成長，三月間有絲麻得紡，是老農心思。本心淡泊，只希望能與二三知己往來，又是歸隱有操行者思想。此詩恬淡自然，擬陶形神逼肖，致使長期被混編於陶淵明集中，被視為〈歸田園居〉之第六首，大詩人蘇東坡並作奉和。

休上人怨別❶

西北秋風至，楚客心悠哉❷。日暮碧雲合❸，佳人殊未來。露彩方泛豔，月華始徘徊❹。寶書為君掩，瑤琴詎能開❺！相思巫山渚，悵望陽雲臺❻。高鑪絕沉燎，綺席生浮埃❼。桂水日千里，因之平生懷❽。

有佳句。

【注　釋】❶休上人怨別　休上人即湯惠休。上人，即僧人。怨別，指其怨別題材的詩作。❷楚客心悠哉　楚客，旅居在外的楚人。悠，指愁思無盡。❸日暮碧雲合二句　碧雲，青白色的雲彩。佳人，指懷念之人。殊，還。❹露彩方泛豔二句　露彩，露珠。泛豔，閃耀著光彩。月華，月光。❺寶書為君掩二句　寶書，道書。掩，合上。瑤琴，玉飾之琴。詎，豈。❻相思巫山渚二句　巫山渚，巫山附近的洲渚。陽雲臺，楚王與神女相會之處。❼高罏絕沉燎二句　高罏，別本作「膏爐」，即香爐。沉燎，指濃郁的香火。綺席，華麗的床席。❽桂水日千里二句　桂水，湘江的支流，在今湖南省桂陽附近，屬於楚國地域。這裡為泛稱，指流水芬芳。因，憑藉。之，往；送。

【語　譯】西北秋風吹過來，飄零楚人愁悠長。傍晚時分雲聚結，所思佳人還未來。露珠正自晶瑩亮，月亮始出光流轉。道書因你合起來，瑤琴哪有心思彈！相思情寄巫山洲，惆悵遙望陽雲臺。香爐濃郁香火斷，華麗床席蒙塵埃。桂水一日流千里，借它送去平生念。

【研　析】本詩亦〈雜體詩三十首〉之一，乃擬湯惠休怨別之詩。湯詩多秋風及化用《楚辭》意象，本詩首二句，即以秋風起、楚客悲領起。三、四兩句，天已傍晚，碧雲聚合，是家人團聚的時候，而佳人尚未歸來。「露彩」二句，露珠晶瑩閃爍，月亮初上，月光灑滿大地，點出時間推移。「寶書」二句，因為刻骨的相思，僧人的道書合上，身旁的瑤琴也無心去彈。「相思」二句，巫山陽臺，以巫山神女的典故，寄託著對往昔歡會的懷念。「高罏」二句，昔日佳人所用，今其不在，乃香斷蒙塵，虛設已久。結末「桂水」二句，以日流千里之桂水，送其思念情懷，也何其飄逸之至。詩歌自然渾成，情景交融，其三、四句及結末兩句，頗膾炙人口，為人稱道。

效阮公詩

歲暮懷感傷，中夕❶弄清琴。戾戾❷曙風急，團團明月陰❸。孤雲出北山，宿鳥驚東林。誰謂人道❹廣，憂慨自相尋❺。甯知❻霜雪後，獨見松竹心。

【注釋】❶中夕　半夜。❷戾戾　風聲。❸陰　暗。❹人道　人生之道。❺相尋　相繼。❻甯知　怎知。

【語譯】歲末心中好感傷，半夜起來彈清琴。拂曉風聲刮得緊，圓圓月亮變暗淡。北山飄出一片雲，東林夜宿鳥驚飛。誰說人生道寬廣，憂愁憤慨相跟尋。怎知寒霜下雪後，獨見松竹品堅貞。

【研析】〈效阮公詩〉，或題〈效古〉。據《南史．江淹傳》載：「少帝即位，多失德。（宋建平王）景素專據上流，咸勸因此舉事。淹每從容進諫，景素不納。及鎮京口，淹為鎮軍參軍，領南東海郡丞。景素與腹心日夜謀議，淹知禍機將發，乃贈詩十五首以諷焉。」此即〈效阮公詩〉十五首創作的緣起。詩模仿阮籍〈詠懷〉，內容則抒寫自己的懷抱，非同上述〈雜體詩三十首〉。本詩乃原第一首。起二句，點出時在歲暮，心中感傷，半夜無法入眠，起來撥弄清琴，排遣憂愁。「戾戾」四句，寫清晨景象。北風淒厲呼嘯，圓月漸失去光華，孤雲出山，東林宿鳥驚起，四句四個意象，聚合一起，形成慘厲孤清之境，亦詩人心態的自然折射。「誰謂」以下四句，抒懷明志。人生道路誰說寬廣？憂傷憤慨相繼，是最好的說明；而松竹一般的品格，也只有在經歷霜雪以後，纔能見出，此也自比。連接兩次問答作結，斬釘截鐵，不容置疑。

少年學擊劍，從師至幽州❶。燕趙兵馬地❷，惟見古時邱❸。登城望山水，平原獨悠悠。寒暑有往來，功名安可留？

【注釋】❶幽州　古九州之一，戰國時屬燕國轄地。❷燕趙兵馬地　燕、趙，戰國時期兩國名，約在今河北、山西一帶。兵馬地，戰場。❸邱　墳墓。

【語譯】少年求學習擊劍，拜師學藝到幽州。燕趙古來征戰地，只見古墓留到今。登上古城望山水，平原遼闊無盡頭。寒來暑往相更迭，功名富貴哪可留？

【研析】本首亦〈效阮公詩〉十五首之一。詩歌弔古諷今，對建平王劉景素貪名行險以為諷諫。詩歌首四句，敘自己來到幽州的緣起，及燕趙古戰場所見荒寂景象。群雄割據，逐鹿廝殺，其最後的結局，不外古墓累累，一切爭競角逐，最終都歸黃土一掊。「登城」以下四句，是其登幽州古城所見所感。山川茫茫，平原遼闊，人也何其渺小！春夏秋冬，四季更替，去而再來，具體到個人，則功名富貴，轉眼成空，一枕黃粱，又何其虛無。為此而進行的你死我活的爭執，也何其無謂！詩歌只就歷史現象興感，不具體說破，含蓄有味。

若木❶出海外，本自丹水陰❷。群帝❸共上下，鸞鳥相追尋。千齡猶旦夕，萬世更浮沉。豈與異鄉士❹，瑜瑕論淺深！

【注釋】❶若木　神話傳說中的神木，青葉赤花，乃太陽落處。❷丹水陰　丹水，神話傳說中的水名，在丹穴之山。陰，水之南。❸群帝　眾神。❹異鄉士　指劉景素身邊小人。

【語譯】若木神樹生在海外，原本長於丹水南岸。眾神憑藉上天下地，鸞鳥鳳凰互相追隨。千年猶如旦夕之間，萬世更似浮沉一瞬。怎能與這諂媚小人，談瑕說瑜稱論淺深！

【研析】本詩亦〈效阮公詩〉十五首之一。詩歌前六句，海外神樹若木，生在神山丹水，眾神借其上下九天，鳳凰鸞鳥出沒其裡，均寫其神異超凡，不同流俗；千年於其如旦夕，萬世於其如浮沉，以議論之筆，通過其長壽，進一步顯其非濁世凡物能比。此皆為鋪墊蓄勢。結末二句，不足與世俗小人共論瑕瑜，既昭示其志尚之高潔，也勸諭不可為小人迷惑，旨在規諫。

昔余登大梁❶，西南望洪河❷。時寒原野曠，風急霜露多。仲冬正慘切，日月少精華❸。落葉縱橫起，飛鳥時相過。搔首廣川陰❹，懷歸思如何。常願反初服❺，閒步潁水阿❻。

【注釋】❶大梁　戰國魏都城，在今河南開封市。❷洪河　指黃河。❸精華　光輝。❹搔首廣川陰　搔首，撓頭。廣川，大河。❺反初服　回到出仕前的服裝，指辭官。❻潁水阿　潁水，發源河南登封少室山，東南入淮河，傳說上古巢父、許由隱居此水北岸。阿，轉彎處。

【語譯】從前我登臨大梁城，西南眺望見到黃河。當時嚴寒原野空曠，北風呼嘯霜露繁多。仲冬時節慘切肅殺，日月暗淡缺少光華。地上落葉隨風飄捲，飛鳥瑟瑟不時經過。佇立大河南岸撓頭，思想歸去愁思濃烈。常常希望再穿原裝，閒適度步潁水曲阿。

【研析】本詩亦〈效阮公詩〉十五首之一。詩歌寫其古都大梁所見所感。首四句點名所在之地及所處季節。詩人曾在嚴寒時節來到古都大梁，登城眺望西南，但見黃河莽莽，荒涼空寂的原野，呼嘯的北風，濃密的霜露。「仲冬」以下四句，具體寫嚴冬慘切之景。在冰冷的日子裡，日月也似乎暗淡且失去原有的光輝；風捲敗葉，四處飄轉；飛鳥不時飛過，不肯逗留，荒寂敗落景象，也透視著詩人彼時的蕭瑟心境。「搔首」以下四句，詩人站在大河南岸，望著奔流不息逝者如斯的流水，想起了家鄉，還有那裡的親友，對功名仕宦油然生出厭倦之感，他多麼希望能再回到原初，沒有當官時的自由日子；他更渴慕如古之高士巢父、許由那樣，敝屣王侯，快意肆志，葆其操守！

宵月輝西極❶，女圭❷映東海。佳麗多異色，芬葩❸有奇采。綺縞❹非無情，光陰命誰待？不與風雨變，長共山川在。人道則不然，消散隨風改。

能脫當時排偶之習，然較之阮公，相去不可數計。

【注　釋】❶宵月輝西極　宵月，高空的月亮。輝，輝耀；映照。西極，西方極遠之地。❷女圭　如圭。女，通「如」。❸芬葩　香花。❹綺縞　精美有花紋的絲織品，借指月光。

【語　譯】高空明月輝耀西方，映入東海如同圭玉。美人姿色多有驚豔，香花煥發奇異風采。月光流轉非是無情，光陰迅速誰能等待？不隨風雨一齊變換，長與山川共同存在。社會人事則非如此，消失流散隨風改變。

【研　析】本詩亦〈效阮公詩〉十五首之一，乃由月興感。前八句，月光照耀西極，映射東海，普照九州，舉天之下沐其光華，佳麗多殊色，香花生奇采，月亮流轉，非因無情，不因風雨而磨滅，長共山川同存在，迄於永恆。有此鋪墊蓄勢，結末二句，人事變幻，世事興衰，轉眼成空，所謂「人生代代無窮已，江月年年只相似」。此於追名逐利者，亦一副清涼散。

范　雲

有所思❶

如何有所思，而無相見時？宿昔夢顏色❷，階庭尋履綦❸。高張❹更何已，引滿❺終自持。欲知憂能老，為視鏡中絲。

【注　釋】❶有所思　樂府古題，收入《樂府詩集》卷十七「鼓吹曲辭」，題王融作。❷宿昔夢顏色　宿昔，夜晚。顏色，容顏。❸履綦　猶足跡。綦，鞋底文飾。❹高張　急撥琴弦。❺引滿　斟滿酒杯。

【語　譯】如何心中有思念，卻無相見的時日？夜晚夢見你容顏，臺階上去尋足跡。急撥琴弦怎能止，斟滿杯酒終自持。要知憂愁使人老，因看鏡中有白絲。

【研　析】范雲（西元四五一年—五〇三年），字彥龍，南朝梁南鄉舞陽（今河南沁陽縣西北）人。「竟陵八友」之一。歷仕宋、齊、梁三代。宋時為法曹行參軍。齊時，歷司徒蕭子良記室參軍、零陵內史、始興內史、廣州刺史、國子博士。入梁，官侍中、吏部尚書、尚書右僕射，封霄城縣侯。本詩或署王融作。樂府古辭：「有所思，乃在大海南。」寫閨怨之情，本詩亦屬於這一內容範疇。詩歌首二句，如何相思，卻沒有相見之日，反問而起，筆勢突兀，引人屬意。「宿昔」以下四句，積思成夢，夢中相見，乃有醒來後的階庭尋覓往日蹤跡；琴弦高張，空自彈奏，酒杯斟滿，徒然自持，終無人聽，也無人共飲，相思之殷切，失望之強烈，昭然可見。末二句，憂令人老，鏡中銀絲證之，非虛語也。

贈張徐州謖❶

田家樵採去❷，薄暮方來歸。還聞稚子說：「有客款柴扉❸。儐從皆珠玳❹，裘馬悉輕肥。軒蓋照墟落，傳瑞生光輝❺。」疑是徐方牧❻，既是復疑非。思舊昔言有，此道今已微。物情棄疵賤，何獨顧衡闈❼。恨不具雞黍❽，得與故人揮❾。懷情徒草草，淚下空霏霏❿。寄書雲間雁，為我西北飛。既是疑非，跌宕有神。

【注釋】❶張徐州謖　張謖，字公喬，南朝齊明帝末年北徐州刺史。❷田家樵採去　田家，農家人，范雲自稱，蓋為其去官家居時。樵採，打柴。❸還聞稚子說二句　稚子，幼子。款，扣。柴扉，柴門。❹儐從皆珠玳　儐從，前導與隨從。珠玳，指飾以珠子玳瑁。❺軒蓋照墟落二句　墟落，村舍。傳瑞，符信之類，古代官員佩帶的身分標誌及便於通行的符信和瑞玉。❻方牧　古代稱治理一方百姓的長官，猶言方伯、州牧。❼物情棄疵賤二句　疵賤，有過失或地位低下者。衡闈，衡門，即橫木為門，言其簡陋。❽恨不具雞黍　本東漢范式、張劭事。《文選》李善注引謝承《後漢書》載：「山陽范式字巨卿，與汝南張元伯為友。春別京師，以秋為期。至九月十五日殺雞作黍。二親笑曰：『山陽去此幾千里，何必至？』元伯曰：『巨卿信士，不失期者。』言未絕而巨卿至。」❾揮 揮觴。❿懷情徒草草二句 草草，勞心貌。霏霏，紛灑貌。

【語譯】農家之人打柴去，傍晚時分纔歸來。回來聽到幼子說：「有客到來扣柴門。隨從佩戴玳瑁珠，輕裘肥馬個個鮮。華美車乘耀村舍，身上佩玉生光彩。」疑是徐州刺史官，是卻懷疑不是他。懷舊從前世曾有，此風今世已式微。世情鄙棄失勢人，因何偏偏訪蓬門。遺憾未能備雞黍，得與故人揮杯飲。懷戀之情徒勞心，淚水零落空自墜。雲間鴻雁託寄信，替我飛趨往西北。

【研析】本詩乃北徐州刺史張諲前來造訪不遇，詩人感慨而作。首四句，點出客來未遇，詩人外出，至暮歸來，聽說有客到來。「儐從」以下四句，是詩人借幼子之口，對來客隨從車馬富麗華貴的描述。隨從玳瑁珠玉妝飾，個個肥馬輕裘，高大華美的車乘在村落間顯得格外耀眼，大官身上所佩的瑞玉閃閃發光，在孩童眼中凸出客人的富貴榮華，自然得體。「疑是」以下八句，疑是疑非中，跌宕曲折，亦見出張某的古道熱腸，重於情誼，及詩人的深深感慨。自己一個丟官賦閑家居的人，在澆薄世風下，古道淪喪，張諲一個堂堂刺史，能不忘故舊，前來探望，著實令詩人感激。詩人懊惱的是出門在外，未能備下雞黍，如古人范巨卿、張劭一樣，與友人舉杯暢飲。引用自家故事，極巧妙熨帖。結末四句，心中草草，淚下霏霏，寫其對友人的懷戀；託雁寄書西北之徐州，點出贈書之義。

送沈記室夜別❶

桂水澄夜氛，楚山清曉雲❷。秋風兩鄉怨，秋月千里分。寒枝甯共採，霜猿行獨聞。捫❸蘿正憶我，折桂方思君。

【注　釋】❶送沈記室夜別　沈記室，即沈約。記室乃官名，此指沈約赴征西記室參軍任。❷桂水澄夜氛二句　桂水，泛稱芬芳的流水。夜氛，夜氣。楚山，楚地之山。❸捫　撫摩。

【語　譯】芬芳流水夜氣澄淨，楚山清晨雲霧散盡。秋風吹刮兩地愁怨，秋月普照千里隔分。清寒樹枝豈共採折，嚴霜猿鳴行人獨聞。撫摩薜蘿正自想我，我自折桂也正思君。

【研　析】范雲的父親范抗曾與沈約共事郢州，少年范雲在此得識沈約。本詩乃數年後，沈約轉任征西記室參軍，范雲為其送別之作。首二句點明送別時間在清晨，夜氣似乎在芬芳的流水中澄淨一空，楚地山脈此時也雲霧散盡，好一個靜謐溫馨的環境。「秋風」二句，轉寫別愁，從此分手，則秋風中兩地相思，秋月中千里懸隔。「寒枝」二句，既已分手，秋樹之枝，再不可能一起採折；而行人奔波道途，不僅冒著寒霜，且聞斷腸猿鳴。「捫蘿」二句，想像著不衰的友情，彼方捫蘿思我，我也正自折桂思君，彼此眷戀思念，情何其深！鍾嶸《詩品》謂：「范詩清便宛轉，如流風回雪。」於此亦可覘知一斑。

之零陵郡次新亭❶

江干❷遠樹浮，天末❸孤煙起。江天自如合，煙樹還相似。滄流未可源❹，高颿❺去何已？

【注釋】❶之零陵郡次新亭　零陵，地名，治所在今湖南永州。新亭，三國吳建，在南京市南，為長江下游交通要塞。❷江干　江邊。❸天末　天邊。❹滄流未可源　滄流，蒼莽的流水，指大江。源，溯源。❺颿　同「帆」。

【語　譯】江畔遠樹如同漂浮，天邊孤煙裊裊升起。江天一色自如連體，煙霧與樹相似彷彿。蒼莽江流難盡源頭，高帆遠去何處歇足？

【研　析】本詩乃南朝齊武帝永明十一年（西元四九三年），詩人赴零陵內史任，建康友人送別新亭，臨別所作。詩歌首四句，寫新亭所見長江景色。遠處江樹如浮水中，遙遠的天邊升起裊裊孤煙，江天一色，煙霧與樹難分彼此，蒼茫寥廓，迷蒙恍惚，是未卜前途的寫照，也是詩人淒迷心境的折射。結末二句，長江之源頭難以窮盡，高帆不知止於何時，表達了詩人對宦遊羈旅生活的倦累之情。「未可源」三字，極虛幻之致。

別詩❶

洛陽❷城東西，長作經時❸別。昔去雪如花，今來花似雪。自然得之，故佳。後人學步，便覺有意。

【注釋】❶別詩　此詩乃詩人與何遜聯句而成。何詩為後四句，詩題〈范廣州宅聯句〉。❷洛陽　代指南朝齊都城建康。❸經時　長期；多時。

【語譯】京城建康城東西，常有人作久別離。從前別時雪似花，今日歸來花像雪。

【研析】此詩當作於齊永元元年（西元四九九年）范雲由廣州刺史任回京都建康以後，乃與友人久別重逢聯句而作。首二句，道出一個京城常見的現象，即別離，而詩人自己也含括其中。三、四兩句妙手偶得，自然天成。詩人當初離開京城的時候，正是大雪紛紛，雪片如花的隆冬苦寒季節；而今歸來，則已是繁華似錦，如雪燦爛的時節，在回環比喻中，點出了別離的時間，季節的轉換，更有歸來的心情。沈德潛評：「自然得之，故佳。後人學步，便覺有意。」

任昉

贈郭桐廬❶出溪口見候余既未至郭仍進村維舟久之郭生乃至

朝發富春渚，蓄意忍相思❷。涿令行春返，冠蓋溢川坻❸。望久方來萃，悲歡不自持❹。滄江路窮此，湍險方自茲❺。疊嶂易成響，重以夜猿悲❻。客心幸自弭，中道遇心期❼。親好自斯絕，孤遊從此辭❽。如題轉落，不見痕迹，長題以此種為式。

【注釋】❶郭桐廬　即郭峙，乃桐廬縣令。桐廬，縣名，治所在今浙江桐廬縣西。❷朝發富春渚二句　富春，水名，浙江在富陽至桐廬一段。渚，水中洲。蓄意，存心；有意。❸涿令行春返二句　《後漢書・滕撫傳》：「滕撫字叔輔，北海人。初仕州郡，稍遷為涿令，有文武才用。太守以其能，委任郡職，兼領六縣，流愛於人。」涿，縣名，今屬河北省。後世以涿令為縣令的美稱。行春，漢朝制度，太守在春季巡視所轄州縣，督促春耕。冠蓋，冠服與車蓋，借指官吏。川坻，水岸。❹望久方來萃二句　望久，盼望已久。萃，聚集。自持，自我控制。❺滄江路窮此二句　滄江，指富春江水青蒼之色。窮，盡。湍險，湍急險流。自茲，從這裡開始。❻疊嶂易成響二句　疊嶂，重疊的山巒。響，回聲。重以，再加上。❼客心幸自弭二句　客心，羈旅愁思。弭，止。中道，半路。心期，心中期待的友人，指郭生。❽親好自斯絕二句　親好，指郭生。絕，別離。孤遊，孤獨的遊子，詩人自指。

【語 譯】清晨出發富春江渚，有意隱忍心中相思。縣令巡視督耕返回，江岸上邊滿是官員。盼望已久方來聚集，心中悲喜難以自持。青蒼江流路盡此處，湍急險流自此開始。重巒疊嶂易生迴響，再加夜間猿聲悲啼。羈旅愁思幸自消弭，半路遇上渴慕知己。親愛朋友從此相別，辭別從此孤遊開始。

【研 析】任昉（西元四六〇年—五〇八年），字彥昇，南朝梁樂安博昌（今山東壽光）人。歷仕宋、齊、梁三代。於宋為丹陽尹劉秉主簿。入齊為步兵校尉、中書侍郎、蕭衍記室參軍。入梁為黃門侍郎、吏部郎中、義興太守、御史中丞、祕書監、新安太守。詩人稱「任筆沈詩」，以為其無韻之文堪與謝朓詩媲美而並駕齊驅。本詩乃贈別之作。詩首六句，就題目逐層說起。清晨在富春江中小洲出發，蓄意隱忍相思，渴慕相見之情甚為殷切，此說自己；縣令出巡督促春耕，既已返程，將要進村，江岸冠蓋如雲，此言郭及其巡行隊伍龐大；望眼欲穿，盼望已久，郭縣令到來，自己喜不自勝，欣喜若狂，再說自身。「滄江」以下四句，懸想別後途程苦況。自此水流湍急，重巒疊嶂，山中夜猿悲鳴，迴響於中，何其淒苦！「客心」以下四句，既已得見友人，羈旅愁思消弭，然自此分別，又將孤行獨自，再為一轉折。詩言離情別緒、友朋相見之歡，亦情真意切。

贈徐徵君❶

促生❷悲永路，早交傷晚別。自我隔容徽，於焉徂歲月❸。情非山河阻，意似江湖悅❹。東皋有儒素，杳與榮名絕❺。曾是違賞心，曷用箴余缺❻。眇焉追平生，塵書廢不閱❼。信此伊能已，懷抱豈暫輟？何以表相思，貞松擅嚴節。

【注　釋】❶徐徵君　名字不詳，為不仕之人。❷促生　短促的人生。❸自我隔容徽二句　容徽，美好的儀容。徂，往；逝。❹江湖悅　本《莊子》：「相濡以沫，不如相忘於江湖。」指歸隱江湖的快樂。❺東皋有儒素二句　東皋，東邊的高地。儒素，有操守的儒者。杳，遠貌。❻曾是違賞心二句　違，乖違。賞心，快意。曷用，何以。箴，規諫。缺，過失。❼眇焉追平生二句　眇焉，遠貌。塵書，塵俗的書信。

【語　譯】人生短促悲路長，早年交往晚別傷。自從我別儀容後，中間歲月太匆忙。山河不能阻友情，江湖隱居快情腸。東皋有位德高儒，遠與功名相隔絕。曾經乖違快心願，何用規諫我過錯。追念平生何渺遠，塵世書信棄不閱。果真此能致淡泊，懷抱心事哪能歇？用何表達相思情，堅貞松柏擁高節。

【研　析】本詩乃贈友人徐徵君所作。首四句，以人生短促，山川道路之長對比，揭出別離之苦；更可悲者，如自己與徐某，早年訂交，卻有晚年之別，情之深，憂必愈加強烈；而自從一別，歲月匆匆，也何其迅疾！「情非」以下四句，頌友人的高隱志潔，優遊江湖，隔絕功名。「曾是」以下四句，轉入自身。自己有隱逸之志，卻違心出仕；此亦自知，無須友人規諫；追念既往，如煙似霧，塵世書信，來往應酬，並無閱讀的價值，倒不如與徐君之心印神交。

「信此」四句，詩人雖有此想，也想追隨友人於江湖之上，但懷抱志向如何能夠罷休？而用以寄託相思者，詩人覺得，應該是松柏那樣傲霜之志，此既比友人，也用來自勉。

別蕭諮議❶

衍。

離燭有窮輝，別念無終緒❷。岐言❸未及申，離目已先舉。揆景巫衡阿，臨風長楸浦❹。浮雲難嗣音❺，裴徊悵誰與？儻有關外驛，聊訪狎鷗❻渚。

【注釋】❶蕭諮議　即蕭衍，南朝齊為征東將軍諮議參軍。❷離燭有窮輝二句　窮輝，光照有盡。終緒，終端。❸岐言　路口分別時言語。❹揆景巫衡阿二句　揆，度量；察看。景，通「影」。巫衡，巫山、衡山。長楸，高大的楸樹。浦，水濱。❺嗣音　保持音信。❻狎鷗　本《列子・黃帝》：「海上之人有好鷗鳥者，每旦之海上，從鷗鳥遊，鷗鳥之至者百住而不止。」後世以狎鷗指隱逸。

【語譯】分別之燭有燃盡時，離情別緒沒有終止。分別的話未及申說，送別眼神已自先起。觀察日光巫衡山間，迎風徘徊高楸水濱。浮雲悠悠難傳音信，躊躇悵恨與誰結鄰？倘有關外驛使過來，姑且訪問狎鷗之洲。

【研析】本詩乃贈別蕭衍之作。首四句點出別離，以餞別席上的燭光有盡，反襯離情別緒的無盡，寫眷戀之深切；分別之言未說，眼睛這心靈的窗戶已先透露出惜別感傷的心情，未言淚先流。「揆景」以下四句，具體寫惜別場面。巫山、衡山間審視日光，長楸水濱迎風興慨，皆留連不捨；浮雲難傳音信，益傷分別，惆悵知音離去。結末二句，表示希望，如果關外來人，帶來音信，將前往尋訪，同隱江湖。詩寫別情亦稱真切。

出郡傳舍哭范僕射❶ 三首之一。

與子別幾辰，經塗不盈旬❷。弗覩朱顏改，徒想平生人。甯知安歌❸日，非君撤瑟晨❹？已矣余何歎，輟舂哀國均❺。

「甯知安歌日」一聯，令人幾不敢言歡娛，情辭極為深宛。

【注　釋】❶出郡傳舍哭范僕射　出郡，指出為吳興太守。傳舍，古代供來往行人休息住宿的處所。范僕射，即范雲，官尚書左僕射。❷與子別幾辰二句　幾辰，幾時。不盈旬，不滿一旬。❸安歌　安閒而歌。❹撤瑟晨　死亡的日子。撤瑟，本指撤去琴瑟，使病人安靜，後稱病危或死亡。❺輟舂哀國均　輟舂，本《禮記・曲禮》：「鄰有喪，舂不相。」指停止舂米，或舂者不歌，表示哀悼。國均，秉國之均，指國家重臣。

【語　譯】和您分別剛剛幾時，途中行程不足一旬。未見紅潤顏色有變，空自追想平生友情。哪裡知道安閒歌日，正是您的辭世之時？已經罷了我更何歎，停止舂杵哀悼重臣。

【研析】本詩乃梁武帝天監二年（西元五〇三年），詩人赴吳興太守任途中，驚聞友人范雲去世噩耗，悲悼而作。詩凡三首，此為第三首。首六句寫友人去世突然，及感情上的無法接受。詩人出都，纔與范雲相別沒有幾時，尚在途中，不到十日，而臨別之時，友人朱顏不改，身體健壯，而此時卻已經只能空自追憶平生交往友情，何其悲哉！尤其可悲者，是范雲死的日子，自己並沒有任何知覺，正在安然而歌之時！結末二句，罷了罷了，我還感慨什麼呢？但看舉國，不都在哀悼國之棟樑嗎？范雲可以含笑九泉了。沈德潛評「甯知」一聯，謂：「令人幾不敢言歡娛，情辭極為深宛。」其實感情深摯悲宛者，何止一聯，唯此聯尤令人鼻酸而已。

邱遲

侍宴樂遊苑送張徐州應詔❶

詰日閶闔開，馳道聞鳳吹❷。輕荑承玉輦，細草藉龍騎❸。風遲山尚響，雨息雲猶積。音漬。巢空初鳥飛，荇❹亂新魚戲。實惟北門❺重，匪親孰為寄？參差別念舉，肅穆恩波被❻。小臣信多幸，投生豈酬義❼！《史記》：齊威王曰：「吾使有黔夫者，使守徐州，則燕人祭北門。」故知與徐州關合，非尋常徵引。〇〈西征賦〉曰：「豈生命之易投。」

【注釋】❶侍宴樂遊苑送張徐州應詔　樂遊苑，古苑名，指南朝宋武帝所建，故址在今南京江寧區。張徐州，即張謖，字公喬，齊明帝時北徐州刺史。❷詰旦閶闔開二句　詰旦，天亮。閶闔，原指晉時洛陽城西門，這裡泛指宮門。馳道，御道，天子經行的道路。鳳吹，指笙簫等吹奏的細樂。❸輕荑承玉輦二句　荑，新生的白茅嫩芽。玉輦、龍騎，均指帝王乘坐的車馬。藉，墊。❹荇　荇菜，生於池塘水中。❺北門　北方門戶，指徐州。❻參差別念舉二句　參差，不整貌。舉，興。肅穆，莊重和睦貌。❼小臣信多幸二句　小臣，指張謖。投生，來生。

【語　譯】天亮宮門便打開，御道聽見鳳樂吹。輕柔茅芽承帝車，細嫩幼草墊王騎。春風輕緩山尚響，雨歇雲彩猶聚集。雛鳥飛出鳥巢空，小魚嬉戲荇紛亂。實因北門地位重，不是親信誰能託？紛紛別念而興起，莊重帝恩如波披。小臣委實多僥倖，來生豈能報恩義！

【研　析】邱遲（西元四六四年—五〇八年），字希范，吳興烏程（今屬浙江湖州）人。齊時舉秀才，授太學博士，歷官殿中郎、車騎錄事參軍、徐州從事。入梁，為中書侍郎、永嘉太守、中軍將軍臨川王蕭宏諮議參軍、領記室。北伐時所作〈與陳伯之書〉為散文史上名篇。本詩乃侍宴贈別之作。前四句，天亮宮門大開，御道之上已聞鳳樂聲聲，玉輦龍騎馳行於輕荑細草之上，是樂遊苑帝王出行排場。輕荑、細草，點出春時。「風遲」四句，是樂遊苑所見。春風和煦，山間尚聞風響；雨已歇止，雲彩仍塊塊結集，是雨過景象；雛鳥出巢試飛，小魚嬉戲而荇菜紛亂，皆是春景，生機無限。「實惟」以下六句，拍到送別。張諤之出任北徐州刺史，國家門戶，責任重大；而將要出行，對帝王恩德，則別念紛然叢生。末二句，共勉之辭，帝王的恩澤寵幸，實三生有幸，恐此大恩，來世也不能報盡，關合侍宴頌聖，可謂得體。鍾嶸《詩品》謂：「邱詩點綴映媚，似落花依草。」信然。

旦發漁浦潭❶

漁潭霧未開，赤亭風已颺❷。櫂歌發中流，鳴鞞響沓嶂❸。村童忽相聚，野老時一望。詭怪石異象，嶄絕峰殊狀❹。森森荒樹齊，析析寒沙漲❺。藤垂島易陟，崖傾嶼難傍❻。信是永幽棲，豈徒暫清曠❼？坐嘯昔有委❽，臥治今可尚❾。

【注釋】❶漁浦潭　在富春江東三十里，是杭州到富春江的經由之地。❷漁潭霧未開二句　漁潭，即漁浦潭。霧未開，指曉霧沒有散盡。赤亭，在富春江邊，距離漁浦潭二三十里。❸櫂歌發中流二句　櫂歌，漁歌。鳴鞞，敲擊鞞鼓。鞞，同「鼙」，小鼓。沓嶂，層巒疊嶂。❹詭怪石異象二句　詭怪，奇異。異象，各色形狀。嶄絕，山高險峻貌。❺森森荒樹齊二句　森森，樹木繁密貌。析析，沙明貌。寒沙漲，指水少而沙灘擴大。❻藤垂島易陟二句　陟，登。嶼，島。傍，接近。❼信是永幽棲二句　幽棲，隱居。暫，一時。清曠，清新曠遠。❽坐嘯昔有委　用東漢成瑨閑坐吟嘯故事。張璠《漢紀》載：南陽太守弘農成瑨，任岑晊為功曹，公事悉委晊處理，民間歌謠曰：「南陽太守岑公孝，弘農成瑨但坐嘯。」後以坐嘯指為官清閒或不理政務。❾臥治今可尚　用西漢汲黯故事。《漢書・汲黯傳》：「拜汲黯為淮陽太守，黯伏地不受印。上曰：『君薄淮陽耶？顧淮陽吏人不相得，吾徒得君之重，臥而治之也。』」尚，崇尚。

【語　譯】漁浦晨霧未散盡，赤亭風吹霧已開。中流漁歌唱起來，敲擊小鼓山中響。村中兒童快聚集，老農時而一探望。詭怪石頭各異形，險峻山峰不同狀。荒莽樹林茂密整，寒秋沙漲歷歷明。樹藤低垂島易登，山崖斜插島難近。真是永久隱居地，何止暫時得清曠？昔有委託為官閒，清靜臥治今企慕。

【研　析】本詩乃詩人行經富春江而作。首二句點題，黎明時分，晨霧還沒有散盡，詩人從漁浦潭出發；至赤亭，則已經風吹霧散，天色大亮。「櫂歌」以下十句，寫舟行富春江聞見觀感。中流漁歌唱起，鼓兒敲起，在水上山間迴蕩，引來村童聚集，野老偶爾的張望，情景真切。怪石林立，險峰奇形怪狀，荒樹蓊鬱茂密，沙灘因晚秋水枯而擴大，樹藤低垂處水島易登，山崖橫斜處水島難近，由遠及近，次第寫來，用字洗練精工。「信是」以下四句，是所興之感。清奇秀麗的山光水色令詩人陶醉其中，樂而忘返，他覺得這確是永久的隱棲之地，而不僅是暫時的心曠神怡；他希望能如南陽太守那樣，委託別人治事，而享清閒之樂，或如汲黯為官，無為而治，優遊自在。在詩人的感慨中，富春江山光水色的迷人可見。陳祚明《采菽堂古詩選》評：「寫景蕭瑟，力追康樂，已復瞻之在前。村童野老與山水並列作眼前物色甚趣，結意高閑。」

柳惲

江南曲❶

汀洲採白蘋❷，日暖江南春。洞庭有歸客，瀟湘逢故人❸。故人何不返？春花復應晚❹。不道新知❺樂，祇言行路遠。

【注釋】❶江南曲　屬於《樂府詩集・相和歌辭・相和曲》。❷汀洲採白蘋　汀洲，水邊沙洲。白蘋，水草，生於淺水，因花白而得名。❸洞庭有歸客二句　洞庭，山名，在洞庭湖中。瀟湘，水名，湘水至零陵縣西與瀟水合流，稱瀟湘。傳說帝堯二女娥皇、女英隨舜不返，死於湘水。故人，老友。❹晚　指到了花兒凋謝的時節。❺新知　新結識的朋友。

【語譯】水邊沙洲採摘白蘋，太陽和煦江南春來。洞庭歸來有位客人，說到瀟湘遇見故人。故人因何還不回來？春花也該將要凋殘。不說有了新人歡樂，只說道途間隔悠遠。

【研析】柳惲（西元四六五年—五一七年），字文暢，河東解（今山西永濟）人。多才藝。

南朝齊，為竟陵王蕭子良法曹參軍，遷太子洗馬，出為鄱陽相，返京任驃騎從事中郎。入梁，歷官長史兼侍中、吳興太守、廣州刺史、祕書監等。本詩乃用樂府舊題，新製閨怨之作。首四句，汀洲采蘋，日暖春天，點明季節；洞庭來人，說到瀟湘遭逢故人，點明思念之人及其所在之地。「故人」以下四句，春花將晚而故人不歸，有青春凋零、美人遲暮之感；不說有了新人之樂，只道道路相隔遙遠，是猜度，也不無怨意。思婦深心的煎熬、痛苦，盡在不言之中。詩歌刻劃細膩，語言清麗雅潔，見出柳詩之一斑。

贈吳均❶

寒雲晦滄洲，奔潮溢南浦❷。相思白露亭，永望秋風渚。心知別路長，
誰謂若燕楚❸？關候日遼絕❹，如何附行旅？願作野飛鳥，飄然自輕舉！

【注　釋】❶吳均　字叔庠，吳興故鄣（今浙江安吉）人，南朝梁著名詩人。❷寒雲晦滄洲二句　滄洲，濱水的地方，古代常稱隱士的居處。南浦，南面的水邊，古代多指送別之地。❸燕楚　燕國、楚國，南北懸隔。❹關候日遼絕　關候，設在要道上供守望的城堡。遼絕，遙遠。

【語　譯】寒雲籠罩水濱陰沉，奔騰潮水氾濫水南。白露亭臺相思之地，長久眺望秋風洲上。心中明白別離路長，誰說似那燕楚相望？守望城堡日漸遙遠，如何依附行旅之人？希望化作

奮飛野鳥，飄然而起何等輕捷！

【研　析】本詩約為吳均北上壽春時詩人題贈。首四句，送別之地的追憶。水濱寒雲籠罩天氣陰沉，南浦水流橫溢氾濫一片，起句蒼涼雄渾，是別時光景；長亭覆蓋著白露，是餞別之處；長望水渚，秋風蕭瑟，是友人出發的地方。「心知」以下六句，心知別路漫長，卻不信如燕楚遙隔；友人日去日遠，卻說關候日遠，寫友人回望，也是寫自己遠望；如何依附行人，結末之化作野飛鳥，最稱快捷便利。「汀洲」二句寫江南春光，有如天籟，頗為馳名。詩之抒寫離情別緒，也稱情深意摯。

擣衣詩

孤衾引思緒，獨枕愴憂端❶。深庭秋草綠，高門白露寒。思君起清夜，促柱奏幽蘭❷。不怨飛蓬苦，徒傷蕙草❸殘。

【注　釋】❶孤衾引思緒二句　孤衾、獨枕，均寫孤眠獨宿。愴，悲傷。憂端，憂愁的端緒。❷思君起清夜二句　清夜，清寂的夜晚。促柱，急弦。幽蘭，古代琴曲名。宋玉〈風賦〉：「臣援琴而鼓之，為〈幽蘭〉、〈白雪〉之曲。」❸蕙草　香草名，比喻青春年華。

【語　譯】孤被獨眠引發思緒，獨枕孤寢愴然憂端。深深庭院秋草碧綠，高大門庭白露涼寒。

思念夫君清寂夜起，急弦繁音彈奏〈幽蘭〉。不怨飛蓬飄轉之苦，空自傷感蕙草凋殘。

【研析】〈擣衣〉五首，寫閨怨離愁，在詩人作品中最為有名。本首乃第一首，寫清夜不眠，傷青春凋零。起二句，點出獨眠孤寂，夜不能寐，易為相思，愴然神傷。「深庭」四句，乃夜間難眠，起來後所見所為。深深庭院秋草萋萋，高大門庭白露凝地，深秋之景，淒清的氛圍，眼前景益添心中愁；急弦繁音，暗寫心情的惡劣；〈幽蘭〉之曲，比喻自身的高潔。結末二句，不怨飛蓬飄轉，徒傷蕙草凋零，傷青春凋謝，自也含有怨飛蓬不歸之意，措辭婉轉。

行役滯風波，遊人淹不歸❶。亭皋木葉下，隴首秋雲飛❷。寒園夕鳥集，思牖草蟲悲❸。嗟矣當春服，安見禦冬衣❹？

【注釋】❶行役滯風波二句　滯風波，為自然氣候所阻。淹，淹留。❷亭皋木葉下二句　亭皋，水邊平地。隴首，隴山之巔。❸寒園夕鳥集二句　寒園，蕭瑟的園圃。思牖，指思婦的窗戶。❹嗟矣當春服二句　當春服，應當穿上春裝。禦冬衣，禦寒的冬衣。

【語譯】行旅之人阻於風波，飄零之人滯留不歸。水邊平地樹葉飄落，隴山頂巔秋雲亂飛。蕭瑟園圃晚歸鳥集，思婦窗口草蟲聲悲。感慨當穿春裝時候，哪能及時見到冬衣？

【研析】此首乃嗟歎遊子不歸。起二句，點出遊子不歸，思婦懷遠。阻於風波，是思婦猜度；

淹留不歸，此為現實，也令思婦最感揪心。「亭皋」二句，樹葉飄落，是思婦所見，為眼前實景，點出時令；隴山之巔亂雲飛度，是遊子所在，也為思婦體貼揣想。「寒園」二句，是局部近景。蕭瑟的園圃中，晚上歸來的鳥兒聚集，鳥知歸而人則未歸；思婦窗前秋蟲的悲鳴，正是思婦心理的寫照。結末二句，歸於擣衣主題，現在縫製的冬衣，等到寄達，大概已經是穿春衣的時候了，思婦的嗟歎，更見其深情。據《梁書・柳惲傳》載：「惲少工篇什，為詩云：『亭皋木葉下，隴首秋雲飛。』王元長見而嗟賞。」王融的歎賞，可見此詩在當時的影響。

鶴鳴勞永歎，〈採菉〉傷時暮❶。念君方遠遊，望妾理紈素❷。秋風吹綠潭，明月懸高樹。佳人飾淨容，招攜從所務❸。

【注釋】❶鶴鳴勞永歎二句　鶴鳴，指彈奏樂府琴曲〈別鶴操〉，多比喻夫妻別離，抒寫離別之情。勞永歎，愁苦而長歎。採菉，《詩經・小雅》篇名，寫妻子思念丈夫之情，後世多用為寫女子孤寂的典故。菉，草名，葉黃，可作染料。時暮，日暮。❷理紈素　指縫製衣服。紈素，精細潔白的絹。❸佳人飾淨容二句　飾淨容，淡妝打扮。招攜，招呼同行。

【語譯】〈別鶴操〉奏愁苦長歎，〈採菉〉詩篇傷歎日暮。思念夫君正在遠遊，盼望我來縫製衣服。秋風吹蕩碧綠深潭，明月皎潔高掛樹梢。美人素淨淡妝打扮，招呼同行將衣來辦。

【研析】本詩寫思念夫君，與眾女子相攜共出擣衣。首四句中，起二句，分別引用別離思夫典故，寄託思婦思夫之情，寫其孤寂之苦；後二句，懸想遠方的丈夫盼望自己縫製的寒衣寄來，也表達出思婦對夫君的思念期盼之情。「秋風」以下四句，秋風吹拂綠潭，明月高掛樹梢，是秋夜之景；女子素淨淡妝，招呼同行，一起出去擣衣，是村莊秋夜擣衣光景，思婦亦在其中，是以總體來寫個體。

步櫩杳不極，離堂肅已扃❶。軒高夕杵散，氣爽夜砧鳴❷。瑤華隨步響，幽蘭逐袂生❸。踟躕理金翠，容與納宵清❹。

擣衣只於末首正點。以上寫情。

【注釋】❶步櫩杳不極二句　步櫩，簷下走廊。杳不極，幽深沒有盡頭。離堂，餞別之堂。肅已扃，靜悄悄關上了門。❷軒高夕杵散二句　軒高，長廊高敞。夕杵散，傍晚擣衣之聲四散。氣爽，天氣清朗。❸瑤華隨步響二句　瑤華，指擣衣婦身上的佩玉。幽蘭，指蘭花的芬芳。逐袂生，隨衣袖擺動而生發。❹踟躕理金翠二句　踟躕，徘徊不前貌。理金翠，整理頭上的首飾。容與，舒閑貌。納宵清，呼吸晚上清新的空氣。

【語　譯】簷下走廊漫長無盡，餞別之堂悄悄掩閉。敞廊晚間擣衣聲傳，清朗之夜砧石響起。瑤華佩玉隨步鳴響，蘭香隨著衣袖生發。徘徊整理頭上首飾，舒閑呼吸新鮮空氣。

【研　析】本首寫擣衣環境，擣衣之聲，及擣衣女身體裝扮。首二句，屋簷下無盡的長廊，是擣衣的場所；而悄悄關閉的餞別之堂，是丈夫出行時送別的地方，無盡思念也在其中。「軒高」

二句，在高敞的走廊中，傍晚時分，擣衣之聲四散開來，清朗的天氣中，砧石發出有節律的響聲，擣衣之忙，盡見聲響之中。「瑤華」以下四句，就擣衣女著筆，身上佩玉隨其腳步移動叮噹作響，幽幽如蘭體香隨著衣袖擺動微微散出，女子們徘徊整理著頭上金翠，舒閑地享受著大自然清新的空氣。在這表面的恬靜裡，擣衣女躁動的內心，在關閉的離堂中彷彿可見。王大之總評柳惲〈擣衣詩〉謂：「前不作虛籠起，後不作曳尾結，只此高人百倍。」又說：「著眼大，入情遠，須此乃紹風雅之宗，覺謝惠連諸人之作一五一十，嚅睨如兒女語。」評價極高。

庾肩吾

奉和春夜應令❶

春牖對芳洲，珠簾新上鉤。燒香知夜漏，刻燭驗更籌❷。天禽下北閣，織女入西樓❸。月皎疑非夜，林疎似更秋。水光懸蕩壁，山翠下添流。詎假西園讌，無勞飛蓋遊❹！

寫景娟秀，一結是應令體。

【注　釋】❶奉和春夜應令　應令，指與太子唱和的詩作。本詩為和詩的唱和。❷燒香知夜漏二句　夜漏、更籌，均指夜間時間。古人以銅壺滴漏計時，籌乃漏壺中記時刻的碼子。❸天禽下北閣二句　天禽、織女，均星名。❹詎假西園讌二句　反用曹植〈公讌詩〉：「公子敬愛客，終宴不知疲。清夜遊西園，飛蓋相追隨。」西園，漢朝上林園的別稱。讌，同「宴」。飛蓋，高聳的車蓋。

【語　譯】春窗對著花草洲，珠簾剛剛掛上鉤。燒香知道夜漏時，蠟燭刻印看更籌。天禽星已掛北閣，織女星也垂西樓。月光皎潔疑非夜，樹林稀疏似經秋。水光晃蕩映崖壁，山色蒼翠添水綠。哪需假借西園宴，無須勞動高車遊！

【研　析】庾肩吾（西元四八七年—五五一年），字子慎，南陽新野（今河南新野）人。初為晉安王蕭綱幕府官。蕭綱立為太子，任東宮通事舍人、太子率更令、中庶子。蕭綱即帝位，為度支尚書。梁代宮體詩的代表人物。以講究聲律及琢字煉句著稱。本詩當為昭明太子蕭統先作〈春夜〉，蕭綱應和為〈春夜應令〉，詩人再和蕭綱之作。首四句，由春到夜，點出遊集的季候及具體時間。春天水中之洲，乃懸設之人掛起珠簾，憑窗所見；由燒香而知夜漏之時，由蠟燭的刻印見出時間流逝，俱交代時間的變化，已到深夜。「天禽」以下六句，乃遊集所見夜間景色。天禽星下到北閣，織女星斜掛西樓，再點時間；月光皎潔明亮，疑非夜間；朦朧中所見林木，枝幹稀疏，好像已到秋天；月下水光激灩，映於崖壁，晃悠著，崖壁也如在晃動；蒼翠的山色，綠得好似要流下來，更添水之綠色。「『月皎』十字，用反撲筆；『水光』十字，用交互筆」（張玉穀《古詩賞析》），俱空靈飛動，巧妙之至。結末二句，反用曹植詩意，譽蕭家兄弟更在曹氏弟兄之上，今日之樂，亦非當年曹家能比，照應題目的「應令」。王夫之《古詩評選》謂：「光風晴月之度，移入駢麗，正使萬年一如初出。」

亂後行經吳御亭❶

御亭一回望，風塵❷千里昏。青袍異春草，白馬即吳門❸。獯戎鯁伊洛，雜種亂轘轅❹。輦道同關塞，王城似太原❺。休明鼎尚重，秉禮國猶存❻。殷牖爻雖賾，堯城吏轉尊❼。泣血悲東走，橫戈念北奔❽。方憑七廟略，誓雪五陵冤❾。人事今如此，天道共誰論？

御亭，吳大帝所建，在晉陵，別本作「郵亭」，誤。

【注釋】❶亂後行經吳御亭　亂，指西元五四七年侯景之亂。御亭，吳大帝孫權所建郵亭，在晉陵（今江蘇武進）。❷風塵　比喻戰亂。❸青袍異春草二句　〈古詩・穆穆清風至〉：「青袍似春草。」又《梁書・侯景傳》：「普通中童謠曰：『青絲白馬壽陽來。』」後景果乘白馬，兵皆青衣。」吳門，指吳地。青袍、白馬，代指侯景之亂。❹獯戎鯁伊洛二句　獯戎，即獯鬻，種族名，即漢朝之匈奴，此指侯景叛軍。鯁，阻塞。伊洛，伊水、洛水。雜種，對侯景叛軍的蔑稱。轘轅，山名，在河南偃師附近。此以古都洛陽京畿比南朝之京畿。❺輦道同關塞二句　輦道，宮苑中帝王專用的道路。太原，西周時與獫狁（獯鬻）交戰的地方。❻休明鼎尚重二句　休明，指德行善美清明。鼎尚重，本《左傳》宣公三年楚莊王問周大夫王孫滿鼎之輕重，答曰：「德之休明，雖小重也；其奸回昏亂，雖大輕也。」九鼎乃三代傳國重器，後以之為國家權利的象徵。秉禮，以禮治國，本《左傳》閔公元年齊桓公、仲孫湫問對。桓公問魯國可否攻取？仲孫湫答：「不可，猶秉周禮。……魯不棄周禮，未可動也。」❼殷牖爻雖賾二句　殷牖，殷朝之牖里，即羑里，紂王囚禁周文王的地方。爻，《周易》的卦畫，表示交錯變動。賾，深奧；隱晦。堯城，傳說堯晚年被囚禁的地方，比梁武帝被囚禁臺城至死事。吏，獄吏，比喻小人得勢。❽泣血悲東走二句　泣血，淚盡血出，形容極度悲傷。橫戈，攜帶戈戟。東走、北奔，指蕭繹等奔走赴援。❾方憑七廟略二句　七廟，七世之廟，宗廟祭祀長久，喻君位久長。略，廟略，廟算，指重大國策。五陵，指長陵、安陵、陽陵、茂陵、昭陵，以漢朝皇陵喻蕭梁祖陵。

【語　譯】御亭回頭看一看，千里昏暗風塵漫。青袍不能比春草，白馬亂賊踐吳地。獯鸞阻塞伊洛道，雜種作亂轘轅山。帝王輦道同關塞，京城好似古太原。仁德清明鼎還重，以禮治國國尚存。羑里卦辭雖深奧，帝堯囚禁獄吏尊。淚盡血出東奔走，攜帶戈戟思往北。正自憑藉祖宗威，誓欲一洗先人恥。世間事情今成此，天意與誰去評論？

【研　析】本詩乃侯景之亂發生後，詩人奉偽詔外出，乘機逃脫亂賊控制，前往會稽，途中經吳大帝孫權御亭，悲慨而作。首四句，點出侯景作亂。千里霧霾，煙塵滾滾，是亂後景象；青袍亂兵，並非如謠諺所謂好似春草，白馬鐵蹄踐踏著吳門，百姓受到蹂躪，山河破碎，滿目傷楚。「獯戎」以下四句，是侯景亂後具體的寫照。伊洛、轘轅，代指京畿。京畿重地，天子腳下，今已道途阻塞，戰火遍地；帝王輦道如同關塞，王城所在成了戰場。「休明」以下八句，就朝廷著筆。此時為帝的是蕭綱，道德休明，秉持禮儀，所以國家尚在；武帝蕭衍，雖然聖明，卻被囚臺城，受獄吏作踐；湘東王蕭繹、邵陵王蕭綸，則悲憤泣血，奔走籌劃，決意驅逐亂賊，誓報凌辱之仇。「人事」二句，則表露出詩人立足現實，在侯景勢力正熾之時，對於前途的迷惘擔憂。王夫之《古詩評選》曰：「使事用意，一取沉酣。」其悲涼凝重，已迥異其宮體詩的一貫格調。而通篇用典，句句對仗，儼然唐人排律。雕字琢句，則其慣有風格。

詠長信宮❶中草

委翠似知節❷，含芳如有情。全由履迹❸少，併欲上階生。「併欲」字，唐人多此種字法。

【注釋】❶長信宮　漢朝宮名，太皇太后所居，成帝時班婕妤受冷落後，與太后居此。❷委翠似知節　委翠，草伏地貌。節，禮節。❸履跡　足迹。

【語譯】草兒伏地似知禮節，包含芳香如情不斷。全因足跡少有踩到，齊欲攀上臺階生長。

【研析】詩乃詠物，以小草的遭遇，表達了宮女悲酸的命運。草而伏地，似遵禮節；芳香脈脈，猶如含情，以擬人化手法，溫柔敦厚地寫出了宮女淒苦冷寂，依然渴望君王寵幸的心理。因了足跡難到，齊欲上階生長，又寫出了宮女生命的渴望。短小四句，比蘊豐富，耐人咀嚼。

經陳思王❶墓

公子獨憂生，邱壟擅餘名❷。采樵枯樹盡，犂田荒隧❸平。寧追宴平樂？詎想謁承明❹？曰余來錫命，兼言事結成❺。飄颻河朔遠，颭颷颶風鳴❻。雁與雲俱陣，涉❼將蓬共驚。枯桑落古社❽，寒鳥歸孤城。隴水哀笳曲，漁陽慘鼓聲❾。離家來遠客，安得不傷情？庾肩吾、張正見，其詩聲色臭味俱備。詩之佳者，在聲色臭味之俱備，如庾如張是也。○詩之高者，在聲色臭味之俱無，如陶淵明是也。○梁、陳、隋間人，專工琢句，如庾肩吾〈泛舟後湖〉：「殘虹收度雨，缺岸上新流。」張正見〈賦得白雲臨浦〉：「疎葉臨稀竹，輕鱗入鄭船。」江總〈贈人〉：「露洗山屏月，霜開石路煙。」隋煬帝：「鳥擊初移樹，魚寒欲隱苔。」皆成名儁，然比之「池塘生春草，天際識歸舟」等句，痕迹宛然矣，于此足覘風氣。

【注釋】❶陳思王　即三國曹植。❷公子獨憂生二句　公子，指曹植。憂生，對人生生命感到憂慮。邱壟，墳墓。❸荒隧　荒蕪的墓道。❹寧追宴平樂二句　平樂，漢朝宮觀名，在洛陽西門外。曹植〈名都篇〉：「我歸宴平樂，美酒斗十千。」承明，承明廬，三國魏群臣朝覲歇息的地方。❺曰余來錫命二句　錫命，天子有所賜予的詔命。事結成，謂受命出使，結成鄰邦。❻飄颻河朔遠二句　飄颻，流落；漂泊。河朔，古時泛稱黃河以北地區。颭颷，疾風狂暴貌。❼涉　跋涉。❽古社　古老的社壇，祭祀社神的所在。❾漁陽慘鼓聲　本《後漢書》：「曹操召禰衡為鼓吏，因大會賓客，閱試音節。故吏過者，皆脫其故衣，更著岑牟單絞之服。次至衡，衡方為〈漁陽參撾〉，蹀躞而前。」

【語　譯】公子偏獨憂人生，墓中享受身後名。打柴枯樹已砍盡，荒蕪墓道犁耕平。難道追求平樂宴？哪想晉謁到承明？清晨我受朝廷詔，兼稱出使結邦鄰。漂泊河北路遙遠，狂風勁吹呼嘯鳴。大雁與雲都成陣，跋涉與蓬共受驚。古老社壇桑枯落，寒冷鳥兒歸孤城。隴水胡笳曲悲涼，漁陽鼓聲慘切聽。離家遠地成旅客，哪能心中不悲愴？

【研　析】本詩乃過曹植墓而作。首六句，就曹植墓著筆。曹植生前多憂生歎世，牢騷不平，而身後享有名聲；其墳墓之上，枯樹已被砍盡，墓道則被犁平；其生前之追逐平樂觀宴樂，及承明廬晉謁，今又何在？弔古傷今之情，油然而生。「旦余」以下十句，補敘出經過曹植墓的緣起，及河北所見蕭瑟秋景。自己的來到河北，是奉命出使，結好鄰邦。漂泊河北，道途遙遠；朔風勁吹，呼嘯而鳴；天空的大雁與雲彩共成一陣，遠行跋涉形同飛蓬同受驚恐；古社枯桑凋零，寒鳥在孤城上空盤旋，隴水響起胡笳蒼涼的曲調，漁陽傳出悲慘的鼓聲，整個一幅蕭瑟淒涼凋敝破敗的畫面。結末二句，離別家鄉，本有鄉愁，而置身此境，如何能不悲楚傷感！此也照應開頭的寫曹植憂生。詩歌寫得蒼涼沉鬱，迥異宮體詩的格調。

吳　均

答柳惲

清晨發隴西，日暮飛狐谷❶。秋月照層嶺，寒風掃高木。霧露夜侵衣，關山曉催軸❷。君去欲何之，參差間原陸❸。一見終無緣，懷悲空滿目。

【注　釋】❶清晨發隴西二句　隴西，古郡名，因在隴山之西得名，約在今甘肅東南部。飛狐谷，關隘名，位於今河北淶源縣北。❷關山曉催軸　關山，指邊疆地區的山寨關隘。催軸，催行。❸參差間原陸　參差，指道路坎坷。間原陸，時而高原，時而平陸。

【語　譯】清晨出發自隴西，傍晚來到飛狐谷。秋月照耀層疊嶺，寒風橫掃高樹葉。夜間露水濕人衣，關山拂曉催行進。君去欲往哪裡去，坎坷高原平陸間。終於無緣再一見，滿目蕭瑟心悲楚。

【研　析】吳均（西元四六九年—五二〇年），字叔庠，吳興故鄣（今浙江安吉）人。南朝梁，曾為吳興太守柳惲主簿，後為建安王記室，遷國侍郎，入為奉朝請。詩歌風格清拔，時人效之，稱「吳均體」。柳惲有〈贈吳均詩三首〉，本詩乃和其「昔宿飛狐關」一首，兼作送別。詩首二句，晨發隴西，暮在飛狐，懸想柳惲途程行色匆匆，馬不停蹄，日夜兼程，奔波勞頓之苦。「秋月」四句，設想其道途所見與行程艱苦。淒清的秋月映照著層層山嶺，瑟瑟寒風橫掃著高樹枯葉，夜行中露水打濕了衣裳，拂曉時關山初露似乎在催促著快行，肅殺孤寂的氛圍，將是柳惲客地的遭際寫照。「君去」四句，遞轉自身由別離所生傷感。詩人感慨朋友為什麼要遠去，奔波在坎坷的高原及平陸中間；而且此去，將再難見面，自己只能是滿目淒涼。詩歌自然清真，遒勁古樸，可見其風格之一斑。

酬別江主簿屯騎❶

有客告將離，贈言重蘭蕙❷。泛舟當泛濟，結交當結桂。濟水有清源❸，桂樹多芳根。毛公與朱亥，俱在信陵門❹。趙瑟鳳凰柱，吳醥金罍樽❺。我有北山志，留連為報恩❻。夫君皆逸翮，摶景復陵騫❼。白雲間海樹❽，秋日暗平原。寒蟲鳴趯趯，落葉飛翻翻❾。何用贈分首，自有北堂萱❿。

「結交當結桂」，桂即當君子看。

【注釋】❶酬別江主簿屯騎　主簿、屯騎，均官名。當為贈江主簿、屯騎某二人。❷重蘭蕙　重於蘭蕙。蘭蕙，香草名。❸清源　清澈的源頭。❹毛公與朱亥二句　毛公，戰國時期趙國處士，藏於博徒；朱亥，戰國時期魏國大梁人，隱於屠肆。兩人均與信陵君結交。❺趙瑟鳳凰柱二句　趙瑟，指瑟，此樂因初流行於趙國得名。鳳凰柱，雕刻瑟柱為鳳凰形。吳醥，吳地所產之酒。醥，清酒。金罍樽，金製盛酒飲器具。❻我有北山志二句　北山志，指歸隱之志。留連，不忍離去。❼夫君皆逸翮二句　夫君，諸君。逸翮，善飛之鳥。逸，迅疾。搏景，或作「摶景」，盤旋高空追隨風影。陵騫，凌空高飛。❽海樹　如大海一般的樹林。❾寒蟲鳴趯趯二句　寒蟲，深秋時的昆蟲。趯趯，跳躍。翩翩，飄動貌。❿北堂萱　《詩經．國風．衛風．伯兮》：「焉得萱草，言樹之背。」萱草令人忘憂。

【語　譯】有客告知將別離，贈言重於蘭與蕙。泛舟應當泛濟水，結交應當結桂樹。濟水清澈有源頭，桂樹多有芬芳根。戰國毛公與朱亥，結交俱與信陵君。趙瑟雕刻鳳凰柱，吳地清酒金爵杯。我有北山隱逸志，留連不去為報恩。諸君都是善飛者，騰空追影又高飛。海般樹林白雲飄，平原秋日黯無光。秋蟲鳴叫且跳躍，落葉翩翩而飄轉。分別贈送些什麼，自有北堂解憂草。

【研　析】本詩乃酬答友人留別之作。詩首二句，點出友人將別，贈言勝於蘭蕙。「泛舟」以下六句，以濟水有清源、桂樹有芳根，泛舟當泛清澈之濟水，結交當結於桂樹，比喻交友；毛公、朱亥諸高士之結交信陵君，為其佐證。「趙瑟」六句，音樂美酒之盛，是為餞別；而自己所以留連不去，乃為報恩，此說出自己不能同去原由；逸翮搏景陵騫，稱頌友人之高飛遠遁。「白雲」四句，是別時景，林纏白雲，平原上秋日黯淡，寒蟲跳躍嘶鳴，落葉隨地翻飛，總是蕭瑟淒迷意象。結末二句，何以為贈，有北堂萱草，不言悲傷而悲傷盡在其中。詩亦樸質真淳。

主人池前鶴

本自乘軒者❶，為君階下禽。摧藏❷多好貌，清唳有奇音。稻粱惠既重，華池遇亦深。懷恩未忍去，非無江海心。

【注釋】❶本自乘軒者 《左傳》閔公二年載，衛靈公好鶴，其所養之鶴，享受大夫的俸祿與車乘。❷摧藏 或作「低昂」，指鶴首俯仰的姿態。

【語譯】原本就是乘車者，現為您家階下禽。腦袋俯仰多嬌好，清亮鳴叫有奇音。稻粱餵養恩既重，華美池塘寵遇深。懷戀恩情不忍去，並非沒有隱逸心。

【研析】本詩借詠鶴以抒懷。首四句，以衛靈公之鶴乘軒典故，點出所寫對象；腦袋低昂，多有好貌，聲音嘹亮，多有奇音，就鶴自身來寫，顯其脫俗。「稻粱」四句，轉就主人的飼以稻粱，養以華池，寫主人的深恩寵遇；戀恩而不忍離去，並非是沒有江海隱逸之志，以鶴自寫情志，揭出本旨，情意緬邈。詩歌言簡意深，類於寓言。

酬周參軍❶

日暮憂人❷起，倚戶悵無懽。水傳洞庭遠，風送雁門寒。江南霜雪重，相如衣服單❸。沉雲隱喬樹，細雨滅❹層巒。且當對樽酒，朱絃永夜彈❺。

【注釋】❶周參軍 未詳誰何。❷憂人 詩人自指。❸相如衣服單 漢朝文學家司馬相如，未發跡時，嘗著犢鼻褌，傭保雜作，與妻卓文君賣酒於市。❹滅 隱蔽。❺朱絃永夜彈 朱絃，琴絃。永夜，長夜。

【語譯】傍晚憂愁人起身，倚著門戶惆悵悲。洞庭水波傳遙遠，雁門風來送涼寒。江南霜雪天氣重，司馬相如衣裳單。濃雲密佈隱高樹，細雨迷濛重巒失。聊且手中持杯酒，琴絃錚鏦徹夜彈。

【研析】本詩乃酬答周參軍而作。起二句，就自身現狀來寫，黃昏起身，倚戶惆悵，落落寡歡，正是「憂人」，也即自己眼前的心情。「水傳」以下六句，是眼前景。太湖有洞庭山，洞庭也指太湖。望著太湖之水波瀾迭起，層層推向遠方。對著雁門吹來的陣陣寒風，在霜雪濃重的江南陰冷的季節裡，有相如之才的詩人，身上衣薄，瑟縮發抖。密佈的陰雲隱沒了高樹，霏霏細雨吞食了層層山巒，一片迷茫，滿腔惆悵。結末二句抒情，對酒彈琴，永夜不眠，心中之苦可知。詩中「傳」、「送」、「隱」、「滅」等字頗見錘煉之工；寫景含情，景以傳情，詩風清拔氣古。

春詠

春從何處來？拂水復驚梅。雲障青鎖闥❶，風吹承露臺❷。美人隔千里，羅幃閉不開。無由得共語，空對相思杯。一起飄逸。

【注釋】❶青鎖闥　或作「青瑣闥」，指雕刻連鎖青紋的宮門。❷承露臺　漢武帝所建承接甘露的高臺，這裡指宮廷建築。

【語譯】春天是從何處來？吹拂池水驚開梅。雲霧籠罩深宮門，春風吹到承露臺。美人恍如隔千里，絲羅帳幔閉不開。沒有機會與共語，空自對著相思杯。

【研析】本詩或題「春怨」，乃抒寫春怨之作。起二句寫春景，春不知來自何處，竟悄悄降臨，所謂「一起飄逸」（沈德潛語），飄渺靈動。池水蕩漾，乃春風吹拂；梅花綻放，乃春風驚醒，此正春的徵候，是春的顯現。「雲障」四句，寫所思之人及其所在。春風不僅吹拂了池水，吹醒了梅花，也吹進宮中，吹蕩著宮裡的建築，但宮門則雲鎖霧罩，美人若隔千里，羅幃緊閉不開。結末二句，不見伊人，無由與其共語，詩人只能對著酒杯，空自相思，辜負春光。小詩八句，迷離惝恍，空靈飄逸，姿態萬千。

山中雜詩

山際見來煙❶，竹中窺❷落日。鳥向簷上飛，雲從窗裡出。四句寫景，自成一格。

【注釋】❶來煙　指山嵐霧氣從山間而出。❷窺　指從竹子縫隙中觀看。

【語譯】山中見到煙氣來，竹林縫隙看日落。鳥朝屋簷之上飛，雲彩飄出自窗裡。

【研析】〈山中雜詩〉凡三首，此其第一首，寫山居之樂。首句寫山嵐，煙霧瀰漫；次句寫竹林之中落日，見出竹林幽密；第三句寫鳥的自在無拘；末句以雲出窗中，顯山居之高，雲彩繚繞周圍。四句四景，或為詩人眼中所見，或發生在詩人身邊，是詩人眼中景，亦其心中景，其怡然自得、心曠神怡、恬適安然的心情可知。

何遜

仲言詩，雖乏風骨，而情詞宛轉，淺語俱深，宜為沈、范心折。○陰、何並稱，然何自遠勝。

日夕望江山贈魚司馬❶

湓城帶湓水❷，湓水縈如帶。日夕望高城，耿耿❸青雲外。城中多宴賞，絲竹常繁會❹。管聲已流悅，弦聲復淒切。歌黛❺慘如愁，舞腰凝欲絕。仲秋黃葉下，長風正騷屑❻。早雁出雲歸，故燕辭檐別。晝悲在異縣，夜夢還洛汭❼。洛汭何悠悠，起望西南樓。的的❽帆向浦，團團月映洲。誰能一羽化❾，輕舉逐飛浮。

音響得之〈西洲〉。

【注釋】❶日夕望江山贈魚司馬　江山，指湓城（今江西九江）。魚司馬，即詩人友人魚弘。❷湓水　今龍開河。何晏《九江志》：「青湓山有井形如湓，因號湓水。城曰湓城，浦曰湓浦。」❸耿耿　遠貌。❹城中多宴賞二句　宴賞，設宴犒賞。繁會，眾多音調交響。❺歌黛　指歌女。黛，古代女子畫眉的青黑色顏料。❻騷屑　紛擾貌，指風聲。❼洛汭　洛水入黃河處，這裡代指建康附近。❽的的　分明貌。❾羽化　道教術語，指飛升成仙。

【語譯】湓城周圍環繞湓水，湓水縈繞如同曲帶。黃昏時分遙望高城，遙遠矗立青雲之外。城中多有宴會犒賞，絲竹音樂五音交會。管樂之聲已傳愉悅，弦樂之聲又自淒悲。歌女愁楚面目慘傷，舞姿凝止悲傷欲絕。仲秋黃葉飄飄落下，西風呼嘯正自肅殺。清晨大雁破雲歸來，舊時燕子辭別屋簷。白日悲傷身在異鄉，夜間夢遊回到京城。京城道路何其漫長，起身西南高樓眺望。分明可見帆船靠岸，圓圓月兒映照沙洲。誰能忽然羽化成仙，輕身飛起追逐飄移。

【研析】何遜（西元約四七二年—約五一九年），字仲言，東海郯（今山東郯城）人。八歲能詩，少年為范雲、沈約欣賞。梁武帝天監中為奉朝請，後為建安王蕭偉水曹行參軍，兼記室。建安王為江州刺史，隨任掌書記。後為安成王蕭秀參軍，兼尚書水部郎。母喪去官，服滿，為廬陵王蕭續記室，隨任到江州，未久卒。詩歌風格明暢，清麗多佳句。作品有明人輯本《何記室集》。本詩約為其隨建安王赴任江州時作。首四句，點出題目「日夕望江山」。傍晚時分，詩人站在江州城外，但見湓水如帶，縈繞湓城。「耿耿」是黃昏時錯覺，也表現了詩人心理上對異鄉的疏離。「城中」六句，是詩人望中所想所憶。宴席犒賞，絲竹繁會，管樂歡娛，皆為喜，是他人之喜；弦樂聲悲，歌女愁楚，是傷，亦詩人自我感覺，所謂悲人眼中之景。「仲秋」以下四句，仲秋時令，西風緊，黃葉飛，最易觸動鄉愁；大雁破雲歸來，燕子辭別屋簷，詩人由眼前景想起飄零的自己。「晝悲」以下八句，即寫自身感傷。詩人悲傷身在異鄉，魂牽夢繞著家鄉；家鄉遙遙，難以回去，夜不成寐，起身來到西南高樓遠處眺望，只見帆船分明，月亮皎潔；在仲秋明月夜中，詩人想起了神仙羽化的故事，他多麼希望羽化成仙，飛起而回到家鄉啊！沈德潛評：「音響得之〈西洲〉。」謂其得樂府民歌〈西洲曲〉神韻，可謂的評。

道中贈桓司馬季珪❶

晨纜雖同解，晚洲阻共入。猶如征鳥飛，差池❷不可及。本願申羈旅，何言異翔集❸？君渡北江時，詎令南浦泣❹！

【注釋】❶桓司馬季珪　桓季珪，事蹟不詳，司馬為官名。❷差池　鳥飛時羽毛參差不齊貌。❸翔集眾鳥飛止一處。❹詎令南浦泣　詎，豈。南浦，水南岸，古代常指送別之地。

【語　譯】晨起船纜同時解，晚歇洲渚阻共入。猶如遠行鳥兒飛，羽翼不齊難追及。本願中說羈旅愁，哪裡想到異地歇？君渡北江分別時，豈讓南浦人悲泣！

【研　析】本詩如題所示，乃途中送人之作。首四句，寫自己與桓司馬之合離，清晨尚同時解纜共行，晚間將歇足於不同洲渚，正如飛鳥，因為飛翔不整，而中途拆散，一比猶見半道分別之苦。「本願」四句，本心希望一道行進，訴說羈旅愁思，排遣客地孤寂，不料中道分別；送君北渡，客中送客，離別之悲必然更濃。本願之違，益襯出異鄉送別之不忍。詩歌以晨起與晚間、本願與現實對比，寫別離之情真摯感人。

入西塞示南府同僚❶

露清曉風冷，天曙江光爽❷。薄雲巖際出，初月❸波中上。黯黯連障陰，騷騷急沫響❹。迴查急礙浪，群飛爭戲廣❺。伊余本羈客，重暌復心賞❻。望鄉雖一路，懷歸成二想❼。在昔愛名山，自知懽獨往❽。情遊乃落魄，得性隨怡養❾。年事以蹉跎，生平任浩蕩❿。方還讓夷路，誰知羨魚網⓫！

【注釋】❶入西塞示南府同僚　西塞，山名，在今湖北省黃石市東長江南岸。南府，指尚書省，詩人曾為安成王參軍，兼尚書水部郎。❷露清曉風冷二句　露清，露水清涼。爽，爽朗；明亮。❸初月　新月。❹黯黯連障陰二句　黯黯，深黑色。連嶂，連綿的山巒。騷騷，風浪聲。急沫，急流濺起的水沫。❺迴查急礙浪二句　迴查，或作「迴楂」，翻轉的木筏。查，通「槎」。急礙浪，被急浪所阻。群飛，成群的水鳥。戲廣，在廣闊的水面戲耍。❻伊余本羈客二句　伊，語助詞。羈客，羈旅之人。暌，分離。心賞，體驗。❼望鄉雖一路二句　一路，言此去與故鄉同一方向。懷歸，思歸故里。成二想，指歸鄉又成泡影。❽自權獨往　權，喜歡。獨往，獨來獨往。❾情遊乃落魄二句　情遊，任情漫遊。落魄，困頓失意。得性，適合心性。怡養，恬適而養精神。❿年事以蹉跎二句　蹉跎，光陰虛度。生平，一生。浩蕩，胸懷開闊。⓫方還讓夷路二句　還，指歸隱。夷路，平坦的道路。羨魚網，本《漢書・董仲舒傳》引古語：「臨淵羨魚，不如退而結網。」謂羨慕退而結網的隱居生活。

【語　譯】露水清寒曉風刺面，天欲放亮江水波閃。稀薄雲霧山岩中出，一彎殘月隨波而上。層巒疊嶂山影深黑，浪花濺起騷騷作響。翻轉木筏急浪所阻，群鳥競相水面戲耍。我身原本羈旅之人，再次體驗別離苦況。遙望故鄉雖為一路，思念歸去又要泡湯。往昔喜愛遊覽名山，自知喜好獨來獨往。任情縱遊乃至困頓，心靈自由性情怡養。年歲因而蹉跎虛度，一生喜歡心胸浩蕩。將欲歸去讓出大道，誰知我羨打漁結網！

【研　析】本詩乃梁武帝天監十三年（西元五一四年）春，詩人隨安成王蕭秀赴郢州刺史任，入湖北西塞，賦詩以贈同僚。詩歌前八句寫景，初春時節，黎明時分，露水清寒，風猶蕭瑟刺面，江面波光粼粼；稀薄的雲霧自山岩中湧起，殘月如同順波浪湧上；層巒深黑有似屏障；風急浪大，騷騷作響；木筏為急浪所阻，群鳥在水面嬉戲，一幅清峻險急的江上景觀。「伊余」以下十二句，寫遊覽的感受，以及自己的心志。自己本就是羈旅之人，隨處飄轉，而今又離故鄉，雖與家鄉一線，歸去終成癡想。夙昔喜愛名山勝水，秉性喜歡獨來獨往，雖任情縱遊而落魄困頓，但心靈自由怡情養性。今天歲月蹉跎，但心胸坦蕩，希望退隱湖海，讓出平道與人，而自己之心羨結網之情，又何人能知！詩最有特色者，是其寫景之語，陸時雍《古詩鏡》評：「起四語物色詩情，一絲不隔，是為妙手。」又曰：「其探景每入幽微，語氣悠柔，讀之殊不盡纏綿之致。」

贈諸游舊❶

弱操不能植，薄技竟無依❷。淺智終已矣，今名安可希❸？擾擾從役倦，屑屑身事微❹。少壯輕年月，遲暮惜光輝❺。一塗今未是，萬緒昨如非❻。新知雖已樂，舊愛盡暌違❼。望鄉空引領❽，極目淚沾衣。旅客長憔悴，春物自芳菲❾。岸花臨水發，江燕遶檣❿飛。無由下征帆，獨與暮潮歸⓫。

【注釋】❶游舊 疑作「舊遊」。❷弱操不能植二句 弱操，猶弱質，謂天生柔弱。植，培育。薄技，謂才能薄弱。❸淺智終已矣二句 淺智，智慧短淺。令名，美名。希，希求。❹擾擾從役倦二句 擾擾，紛亂貌。從役，出仕遊宦。屑屑，瑣碎。❺光輝 光陰。❻一塗今未是二句 塗，仕途。萬緒，眾多愁緒。❼新知雖已樂二句 新知，新結交的朋友。舊愛，即舊遊，舊時的朋友。睽違，睽隔；背離。❽引領 伸長脖子；遠望。❾旅客長憔悴二句 旅客，詩人自指。芳菲，芬芳。❿檣 船桅杆。⓫無由下征帆二句 無由，無法。下征帆，落下遠行之帆。暮潮，晚潮；歸潮。

【語譯】資質柔弱不堪造就，才能薄弱終無所恃。智商短淺一生罷了，美名哪裡能夠希求？紛擾遊宦身心疲倦，所做瑣屑微不足道。少壯時候輕忽歲月，晚年暮景歎息光陰。仕途今日覺得荒謬，萬千愁緒覺前為非。新結朋友雖然歡樂，舊時朋友盡都睽隔。空自伸頸遙望故鄉，極目遠望淚濕衣裳。羈旅之人長久瘦損，春日景物自顧芳菲。岸邊花草臨水綻放，江上燕子繞飛桅杆。無法落下征帆停泊，獨自隨著晚潮回歸。

【研析】本詩乃客地思鄉，懷念舊遊之作。前十句，反思自身，感慨資質魯鈍，不可造就，才能微弱，無所倚恃，智商短淺，一生無成，美名不可希求，事業付之流水；而仕宦生涯，紛擾倦怠，所做無非瑣屑小事，不足稱道；少壯不知時間寶貴，蹉跎虛度，到了暮年，始覺光陰短促，讓人歎息；思緒萬千，感覺出以往碌碌功名追求的荒謬。「新知」以下十句，思鄉懷念故人。今雖有新知之樂，但故鄉舊遊睽隔久別。引領望鄉，杳不可見，目光斷處，悲傷而淚水沾襟。長久飄零，身心憔悴，春景空自芳菲，卻無心境欣賞。岸上臨水鮮花綻放，燕子依戀船上之人，由眼前景，想故遊人。詩人希望能落下船帆，順著歸潮漂回故鄉，但這只能歸於空想。詩亦沉鬱蒼涼。

送韋司馬❶別

送別臨曲渚，征人慕前侶。離言雖欲繁，離思終無緒。憫憫分手畢，蕭蕭行帆舉❷。舉帆越中流，望別上高樓。予起南枝怨，子結北風愁❸。邐邐山蔽日，洶洶浪隱舟❹。隱舟邈已遠，裴徊落日晚。歸衢並駕奔，別館空筵卷。想子斂眉去，知予銜淚返。銜淚心依依，薄暮行人稀。曖曖人塘港，蓬門已掩扉。簾中看月影，竹裡見螢飛。螢飛飛不息，獨愁空轉側。北窗倒長簟❺，南鄰夜聞織。弃置勿復陳，重陳長歎息。每於頓挫處，蟬聯而下，一往情深。

【注釋】❶韋司馬　即韋愛，齊東昏侯永元三年（西元五〇一年）為冠軍將軍蕭偉司馬，代襄陽令。❷憫憫分手畢二句　憫憫，悽愴貌。蕭蕭，風聲。❸予起南枝怨二句　本古詩：「代馬依北風，越鳥巢南枝。」❹邐邐山蔽日二句　邐邐，道路曲折遙遠貌。洶洶，浪花高湧貌。❺倒長簟　顛倒長席。簟，竹席。

【語　譯】送別臨近曲曲水洲，行人思念從前伴侶。離別之言雖要多說，離愁別緒終無頭緒。悲愴傷心分手之後，蕭蕭風中將帆揚起。揚帆橫渡水之中流，目送行人登上高樓。我起懷念南枝憂怨，您心鬱結北風之愁。曲折山脈遮蔽太陽，奔騰洶湧巨浪吞舟。隱沒舟船杳然遠去，徘徊之間日落天晚。歸來路上並駕齊驅，別離之館空宴收捲。想起您的蹙眉別去，必知我返兩眼淚含。眼中含淚依戀不捨，行人稀少傍晚時分。進入塘港光色灰暗，蓬門陋室已關閉門。簾中看著月灑光影，竹林叢中觀看流螢。螢火飛舞片刻不停，獨自憂愁輾轉不眠。北窗長席顛倒身子，聽見南鄰夜間紡織。丟到一邊不再說它，再談只有長長歎息。

【研　析】本詩乃南朝齊東昏侯永元三年（西元五〇一年），詩人送別雍州司馬韋愛之作。全詩三十句，每六句換韻，並自成段落。首六句言江邊水岸送別，行人眷戀舊友，心亂如麻，有許多的話要說，卻無從說起，以及悲愴的分手，蕭蕭風中揚帆起航，不勝留戀。「舉帆」以下六句，友人既去，登樓眺望；自己起越鳥南枝之怨，想著友人亦當生代馬北風之愁；連綿山巒隱沒了太陽的光輝，行舟在洶湧潮水中逝去，詩人視線被阻，其悵然心懷可知。「隱舟」以下六句，友人已經遠去，詩人徘徊留連，直至傍晚；歸去的道路，過去曾與友人並駕奔馳，今則孑然一身；餞行的館閣，空宴已經收起；詩人想著友人離去之時，眉頭緊鎖，愁眉不展，他揣想著友人也必能想見，自己在送別返回的路上，兩眼噙滿了淚水。「銜淚」以下六句，乃送友歸來途中及進家所見。傍晚稀少的行人，塘港的灰暗不明，門戶關閉，極寫友人去後的孤寂冷清；簾中看月影，竹裡觀流螢，岑寂無聊之至。「螢飛」以下六句，輾轉不眠，長席顛倒，但聞南鄰之織，俱見出朋友去後的痛苦，以及對友人深深的眷戀，「勿復」「重陳」，結語情致纏綿。詩歌以頂針格連綿而下，多用疊字，音節流轉，抒情深宛。

別沈助教❶

可憐玉匣劍，復此飛鳧舃❷。未覺愛生憎，忽見雙成隻。一朝別笑語，萬事成疇昔❸。道遒若波瀾，人生異金石。願君深自愛，共念悲無益。

【注　釋】❶沈助教　即沈峻，字士嵩。《梁書》本傳載其「初為王國中尉，稍遷侍郎，並兼國子助教」。❷可憐玉匣劍二句　玉匣劍，用干將、莫邪雌雄雙劍事，見《越絕書》。飛鳧舃，本《漢書．王喬傳》：「王喬為葉令，每月朔來朝，太史伺望，言臨至有雙鳧從南來，舉網張之，得雙舃，乃所賜尚書履。」❸疇昔　過去。

【語　譯】可憐玉匣雙寶劍，還有雙鳧留雙舃。未嘗覺得愛生憎，忽然看見雙成隻。一朝相別歡笑語，萬事便都成過去。道路迫近如波瀾，人生壽不同金石。願君自身多保重，都要想到悲無益。

【研　析】本詩乃贈別之作。首二句，以寶劍成雙，雙鳧雙舃，雙比而起，喻兩人情誼密邇，交情甚篤。「未覺」以下四句，因為未覺，故而忽然分離，雙舃成單，便益感突然，感情上不能承受，此點出作別；一朝別去，歡歌笑語頓失，一切都成為過去，歡樂不再，極言別離之悲。「道適」四句，作別之路迫近，如波瀾湧至；人生在世匆促，非同金石能比；詩人臨別贈言，希望相互節制，不必過於悲傷，徒悲無益，還是保重身體為是，達觀語難掩傷楚情。

與蘇九德別

宿昔夢顏色，咫尺思言宴❶。何況杳來期❷，各在天一面。踟躕暫舉酒，倏忽不相見。春草似青袍❸，秋月如團扇❹。三五❺出重雲，當知我憶君。萋萋若被逕，懷抱不相聞❻。

末四句分項秋月、春草，隨手成法，無所不可。

【注釋】❶宿昔夢顏色二句　宿昔，昨夜。顏色，容顏。言宴，言談溫和貌，本《詩經・衛風・氓》：「言笑宴宴。」❷杳來期　遙遠的未來相會。❸春草似青袍　本〈古詩・穆穆清風至〉：「青袍似春草。」❹秋月如團扇　本古樂府〈怨歌行〉：「裁為合歡扇，團團似明月。」❺三五　指農曆每月十五月圓之夜。❻萋萋若被逕二句　萋萋，草木茂盛貌。被逕，覆蓋住小路。懷抱，心思。

【語譯】昨晚夢中見容顏，咫尺想其言溫和。何況相見杳無期，各在天的另一邊。躊躇暫且端起酒，倏忽別去不相見。春草碧綠似青袍，秋月圓圓如團扇。十五月兒出重雲，當知我正思念您。綠草滋長蓋小路，心中懷念不被知。

【研析】本詩乃送別友人之作。前六句，分別以「今日」跌出「以後」，以「當下」跌出「倏忽」。今日之相距咫尺，尚且是夜中夢見，想其言談之溫和；一旦分別，天各一方，相會之期杳然，痛苦可知。眼下躊躇感傷，舉杯共飲，倏忽之間，相別之後，則相見為難，也何其殘酷！「春草」以下六句，懸想別後景況。由春草之碧綠，想見青袍之友人；由秋月皎潔，想見曾用團扇之友人，所謂睹物懷人。十五月圓時，朋友應該知道自己正想念著他，月圓人未圓啊！萋萋青草覆蓋著小路，正如自己的心思不能被友人知道，藏之胸中。詩歌語言自然清新，抒情宛轉深摯。

宿南洲浦❶

幽棲多暇豫❷，從役知辛苦。解纜及朝風，落帆依暝浦。違鄉已信次❸，江月初三五。沉沉夜看流，淵淵朝聽鼓❹。霜洲渡旅雁，朔飇吹宿莽❺。夜淚坐淫淫❻，是夕偏懷土。

【注釋】❶南洲浦　在今湖北蒲圻。❷幽棲多暇豫　幽棲，隱居。暇豫，悠閒快樂。❸違鄉已信次　違鄉，離別家鄉。信次，二三宿。一宿為舍，再宿為信，三宿為次。❹沉沉夜看流二句　沉沉，深沉貌。淵淵，鼓聲。❺朔飇吹宿莽　朔飇，北風。宿莽，經冬不枯之草。❻淫淫　淚流不止貌。

【語　譯】隱居多得悠閒歡娛，出仕方知勞苦艱辛。解下船纜乘著晨風，黃昏落帆停靠水岸。離別故鄉已隔數夜，江上初見十五月圓。夜看江流深沉無底，白天聽鼓聲響淵淵。江洲霜降飛雁橫渡，北風呼嘯吹蕩宿莽。夜間淚落因而不止，此夜偏獨懷念故土。

【研　析】本詩乃夜宿湖北南洲浦而作。起二句總領，在家賦閑多的是閒暇歡娛，而宦遊在外，始知艱難辛苦。「解纜」四句，分寫辭別家鄉，旅途勞頓。晨起乘風開船，黃昏靠岸歇宿，離家已經數日，月圓是江行初見，月圓包含著辭別親人的淒苦。「沉沉」四句，為江行所見所聞。晚上，江水益發深沉；白天，但聞鼓聲喧闐；江洲蒙霜，大雁橫渡；北風呼嘯，耐冬之草在狂風中搖曳。「夜淚」二句，因所見而傷情，夜淚流落不止；懷鄉情切，心中悲苦可知。王夫之稱賞其「結束自純」（《古詩評選》），謂其情真意醇。

和蕭諮議❶岑離閨怨

曉河沒高棟❷，斜月半空庭。窗中度❸落葉，簾外隔飛螢。含悲下翠帳，掩泣閉金屏❹。昔期今未返，春草寒復青。思君無轉易，何異北辰星❺？

【注　釋】❶蕭諮議　即後來的梁武帝蕭衍，南朝齊嘗官諮議。❷曉河沒高棟　曉河，拂曉的銀河。高棟，高樓。❸度　計算。❹含悲下翠帳二句　翠帳，飾以翠羽的幃帳。金屏，黃金裝飾的屏風。❺思君無轉易二句　轉易，改變。北辰星，即北極星，常居其所而不移。

【語　譯】拂曉銀河隱沒高樓，斜月掛在庭院半空。窗中計數飄落樹葉，擋在簾外飛有螢蟲。含悲放下翠羽帷帳，掩淚閉上金飾屏風。昔日約定今未返回，春草經冬又到返青。思念夫君沒有改變，與北極星有啥不同？

【研　析】本詩詩題或作〈閨怨〉、〈離閨怨〉，寫思婦思夫之情。首二句，銀河沉沒，斜月半空，是拂曉之景，點明時間。「窗中」四句，數落葉，觀流螢，寫出思婦岑寂無聊，夜不成寐；含悲、掩泣，寫思婦相思之苦，心緒之悲。「昔期」以下四句，揭出思婦無聊神傷的原因，在於曾與丈夫約定歸來日期，而今未歸來；北辰之比，表達其葆有貞節、愛情深摯不改。純是苦思苦戀，了無怨言，過於敦厚。

臨行與故遊夜別

歷稔共追隨，一日辭群匹❶。復如東注❷水，未有西歸日。夜雨滴空階，曉燈暗離室❸。相悲各罷酒，何時同促膝？

【注　釋】❶歷稔共追隨二句　歷稔，指多年。稔，穀子成熟。穀一年一熟，故稱年為稔。群匹，眾多朋友。❷注　瀉。❸夜雨滴空階二句　空階，空無人跡的臺階。離室，離別時餞行聚會的所在。

【語　譯】多年交遊彼此追隨，一朝辭別離開諸位。又如向東奔流之水，沒有返歸西來日子。夜雨滴落無人空階，餞別之屋拂曉燈暗。各自悲傷停下飲酒，何時能夠再作促膝？

【研　析】本詩詩題或作〈從政江州與故遊別〉，作於為廬陵王記室，隨任赴江州（今九江）前夕。前四句，由多年追隨，一起交遊，一旦分別之突然寫起，「長期」與「一旦」對比，悲情已濃；而水之東注未有返回之比，歸期杳然，悲傷益重。「夜雨」以下四句，雨滴空階之聲，以雨聲寫大家的相對無語，黯然神傷，彰顯離室中的淒寂；離室曉燈暗，既點出徹夜之聚，也以灰暗的燈光寫眾人之心情；何時能再作促膝之聚，是悲而各自罷酒的原因，也是其結果。詩歌語淡情深，景語亦情語。

與胡興安夜別

居人行轉軾，安子暫維舟❶。念此一筵笑，分為兩地愁。露濕寒塘草，月映清淮流。方抱新離恨，獨守故園秋。

【注　釋】❶居人行轉軾二句　居人，指胡興安。行，將。轉軾，回車。維舟，停舟待發。

【語　譯】居留之人將返車，遊子繫舟亦暫歇。想著此宴席上笑，分別成為兩地愁。露水打濕塘邊草，月亮映照清淮水。將要懷抱新離恨，獨守家鄉在寒秋。

【研　析】本詩乃別友之作。前四句，居留之人將要回車，將行之人暫時繫舟，此言別在瞬間；一筵之上歡歌笑語，是相聚之樂；歡笑隨後便是分別，成為兩地相思之愁，是別後之悲，悲歡截然相反的對照，益顯出相互依戀不捨之情。「露濕」以下四句，濕漉漉的露水打濕寒涼的池塘岸邊之草，一輪清月映照著清澈的淮水，淒清之景，寫淒楚之心，景語亦情語；將抱離愁別恨，獨自在故鄉度過寒秋，落寞語寫落寞情，顯友情之深。「露濕」二句，寫寒秋江夜，畫面鮮明，可為名句。

慈姥磯❶

暮煙起遙岸，斜日照安流❷。一同心賞❸夕，暫解去鄉憂。野岸平沙合，連山遠霧浮。客悲不自已，江上望歸舟。

己不能歸，而望他舟之歸，情事黯然。

【注　釋】❶慈姥磯　又名慈姆山，位於今南京江寧西南、安徽當塗的長江岸邊。❷安流　平靜的江水。❸心賞　玩賞。

【語　譯】暮煙裊裊遠岸升起，落日映照平緩江流。一同欣賞夕陽晚照，暫時解除離鄉憂愁。

沙灘崖岸茫然相連，連綿山巒遠煙飄浮。客地遊子悲不能已，遙望江上歸來船隻。

【研析】本詩乃去鄉別友之作。前四句，是友人送行，來到慈姥磯下所見。落日餘暉，映照平靜的江面；傍晚兩岸炊煙裊裊升起，好美麗的一幅夕陽晚照圖。與同友人一起欣賞落日下的江景，不覺忘去將要離鄉的愁苦，說忘而其實未忘。「野岸」以下四句，正寫離鄉之愁。崖岸與沙灘分不出彼此，遠處連綿的山巒，飄浮的雲煙，天色漸暗，詩人心情亦然。悲不能已，遙望歸舟，別人之歸，寫自己出遊離家之苦。詩歌情景交融，聲韻和諧，五言八句，近於唐人律詩。

相送

客心已百念❶，孤游重千里❷。江暗雨欲來，浪白風初起。

【注釋】❶百念　百感交集，思慮重重。❷重千里　再度遠赴千里之外。

【語譯】遊子心中百感交集，獨自飄零再去千里。江面陰暗暴雨欲來，浪花翻白狂風初起。

【研析】本詩當為詩人將去未去，與友人聯句之作。首二句，寫長期宦遊，飄零客地，思鄉念親諸多淒苦。身在異鄉，本就多苦，愁緒萬端，今將再次離別友人，去更遠的地方，詩人孤獨悵惘可見，「孤游」二字，其彼時心境可知。「江暗」二句寫眼前景。烏雲滾滾，籠罩江面，狂風刮起，掀起巨大白浪，與垂別之詩人心理吻合，也是其前途渺茫的寫照，故詩人獨有會心，撮之入詩。四句屬對精工，語句精煉，可作絕句看。

王籍

入若耶溪❶

艅艎何泛泛❷，空水共悠悠。陰霞生遠岫，陽景逐迴流❸。蟬噪林逾❹靜，鳥鳴山更幽。此地動歸念，長年悲倦遊❺。

雋語當時傳誦，以為文外獨絕。

【注釋】❶若耶溪　古代溪水名，在會稽（今浙江紹興）東二十里，出會稽山。❷艅艎何泛泛　艅艎，又作「餘皇」，舟船。泛泛，漂流輕捷貌。❸陰霞生遠岫二句　陰霞，雲霞。岫，峰巒。陽景，陽影；日影。迴流，迴旋的流水。❹逾　通「愈」。❺此地動歸念二句　歸念，歸隱的念頭。倦遊，乏味枯燥的宦遊。

【語譯】舟船水上何其輕捷，水天一色無盡悠悠。雲霞湧起山巒之間，陽光追逐迴旋水流。蟬聲嘶鳴林愈幽靜，鳥兒鳴囀山更清幽。此地動人歸隱念頭，長年奔波厭倦客遊。

【研析】王籍（？—西元約五三六年），字文海，琅玡臨沂（今山東臨沂）人。南朝齊為冠軍行軍參軍、記室。入梁，為安成王主簿，餘姚、錢塘令。湘東王蕭繹鎮會稽，引為諮議參軍，本詩即作於此時。若耶溪在紹興若耶山下，《水經注》稱其「水至清，照眾山倒影，窺之如畫」。詩歌首二句，點出入溪，以及溪水泛舟的輕捷快意，水天一色，綿綿無盡的景致。「陰霞」二句，雲霞的繚繞遠出，如同生於山巒；波光粼粼，如同陽光在追逐水流，一「生」一「逐」，山巒陽光如有靈性，而人對溪水的依戀，盡包含在山巒陽光的依戀之中。「蟬噪」二句，以動襯靜，蟬唱鳥鳴益發烘托出若耶溪的幽靜，此兩句在當時即被譽為「文外獨絕」（《梁書》本傳）。結末二句抒情，詩人陶醉於斯，多年宦遊奔波勞頓之苦，官場喧囂紛擾之累，在此淘洗淨盡，他不由得興起隱居避世於此的念頭，此亦反襯出若耶溪的風光宜人，如詩如畫。

劉峻

自江州還入石頭詩❶

鼓枻浮大川，延睇洛城觀❷。洛城何鬱鬱，杳與雲霄半❸。前望蒼龍門，斜瞻白鶴館❹。槐垂御溝道，柳綴金隄岸❺。迅馬晨風趨，輕輿流水散❻。高歌梁塵下，絙瑟荊禽亂❼。我思江海遊，曾無朝市玩❽。忽寄靈臺❾宿，空軫及關歎❿。仲子入南楚⓫，伯鸞出東漢⓬。何敢棲樹枝，取斃王孫彈⓭。

【注釋】❶自江州還入石頭詩　江州，今江西九江。石頭，即石頭城，南朝國都建康，即今南京。❷鼓枻浮大川二句　鼓枻，搖動船槳。大川，大江。延睇，縱目遠望。洛城，洛陽，代指帝都。觀，樓觀。❸洛城何鬱鬱二句　鬱鬱，樓閣臺觀盛眾貌。杳與，杳如。❹前望蒼龍門二句　蒼龍門，漢宮闕東門。《三輔舊事》載：「未央宮東有蒼龍闕。」白鶴館，漢朝長安館舍，泛指京都館舍。❺槐垂御溝道二句　御溝，流經宮垣的河道。金隄，金石般堅固的河堤。❻迅馬晨風趨二句　迅馬，快馬。晨風，鳥名。趨，飛奔。輕與，或作「輕輿」，輕車。❼高歌梁塵下二句　梁塵下，指歌聲震落梁上塵土。本劉向《別錄》：「漢興以來，善歌者魯人虞公，發聲清哀，蓋動梁塵。」後形容歌聲動人。絙瑟，急促的琴聲。荊禽，樹上的禽鳥。❽我思江海遊二句　江海遊，遨遊四海，避世高隱，本《莊子》。朝市，朝廷與鬧市。玩，把玩；玩賞。❾靈臺　西周臺名，周文王所建，代指建康。❿空軫及關歎　用老子事。據載老子西行入秦，在函谷關遇楊朱，長歎曰：「始以女為可教，今不可教也。」軫，痛。及，至。⓫仲子入南楚　用春秋齊人陳仲子事。《高士傳》記載，楚王聞仲子賢，重金聘之。仲子攜妻逃去，為人灌園。⓬伯鸞出東漢　用東漢梁鴻事。《後漢書》本傳載：梁鴻（伯鸞）過洛陽，見宮室侈麗，作〈五噫歌〉譏諷，為朝廷通緝，乃隱名逃至東魯。⓭何敢棲樹枝二句　本《戰國策》莊辛說楚襄王。謂黃雀「俯啄白粒，仰棲茂樹」，而不知王孫公子「左挾彈，右攝丸，將加己乎十仞之上」。比喻自己要離開官場，避害全身。

【語　譯】鼓蕩船槳漂流大江，極目遠望京城樓觀。京城建築何其眾盛，高聳插入雲霄之半。前望看見宮室東門，斜視一邊白鶴館舍。槐樹垂蔭御溝兩旁，楊柳點綴金石堤岸。快馬猶如晨風鳥飛，輕車奔馳流水四散。高歌妙曲驚落樑塵，急促琴聲樹鳥驚亂。我心志在湖海隱居，沒有半點朝市之戀。忽然寄身京都之地，空自悲傷函谷關歎。仲子陳某逃避南楚，梁鴻伯鸞逃離東漢。哪裡膽敢棲身樹枝，自取滅亡王孫彈丸。

【研　析】劉峻（西元四六二年—五二一年），本名法武，字孝標，平原（今山東平原一帶）人。幼年被掠入北魏，因貧曾經出家為僧。南朝齊代，逃回江南。齊明帝朝為豫州刺史刑獄參軍。入梁，召入西省校祕閣書，又為荊州刺史蕭秀戶曹參軍。梁武帝招文學之士，因孤高傲世不用。隱居東陽紫岩山（在今浙江金華）築室講學，從者甚眾。卒，門人私謚玄靖先生。其《世說新語注》頗享盛名。作品有明人輯本《劉戶曹集》。本詩乃詩人由九江返南京石頭城而作。詩歌前十二句為一層，寫帝京氣象。首四句為江上遠望。蕩槳划船於大江之上，極目遠望京城樓觀，鬱鬱盛眾，高聳雲霄，氣勢宏大，卓越不凡。「前望」四句是城中近觀。前有蒼龍門，邊有白鶴館，御溝兩岸槐樹垂蔭，金堤之上綠柳綴飾，亦何其堂皇富麗。「迅馬」四句，如晨風鳥奔馳的駿馬，似流水般四散的車乘，震落屋樑之塵的動聽歌曲，急促能驚起棲鳥的琴聲，繁華之極，熱鬧之極。「我思江海遊」以下八句，為下一層，抒寫自己遁世高隱之志。京城的熱鬧，多的是奔競，是爭名逐利，詩人自己的理想，則是遨遊四海，於喧囂的朝市無半點喜歡之心。寄宿京城，詩人感到意外；他想起了當年老子到函谷關對楊朱發出的感歎，也為自己進了京城是非之地傷心。陳仲子的逃隱灌園、梁伯鸞的避走埋名，使詩人想到莊辛說楚襄王的故事，名利場即是非地，當人們如黃雀般追逐享受的時候，哪裡知道公子王孫的彈弓，已瞄準了自己，隨時有生命之虞！詩人選擇了莊子所說的「江海遊」，這是避禍全身的最佳出路。詩歌乃進京所興之感，前十二句的鋪陳誇飾，更顯得後文所揭事實的觸目驚心。王夫之《古詩評選》謂：「莊言重色，鬱鬱蔥蔥，居齊梁之餘，自為一體。孝標固是古人心。」在齊梁詩壇，此詩則別樹一格。

劉孝綽

古意

燕趙多佳麗，白日照紅妝。蕩子❶十年別，羅衣雙帶長。春樓怨難守，
玉階空自傷。復此歸飛燕，銜泥繞曲房❷。差池入綺幕❸，上下傍雕梁。
故居猶可念，故人安可忘？相思昏❹望絕，宿昔夢容光。魂交忽在御❺，
轉側定他鄉。徒然顧枕席，誰與同衣裳❻？空使蘭膏❼夜，炯炯對繁霜。

【注 釋】❶蕩子 遊子。❷曲房 密室；內室。❸差池入綺幕 差池，鳥翼上下不齊貌。綺幕，華麗的幃帳。❹昏 黃昏。❺御 近旁。❻同衣裳 指關係密切。❼蘭膏 澤蘭煉製的油，點燈使用。

【語 譯】燕趙之地多美女，太陽照耀紅豔妝。遊子離別已十年，絲羅衣裳雙帶長。春日樓上怨難守，白玉臺階空歎傷。還有一雙歸來燕，銜泥飛來繞閨房。參差飛進華美帳，上上下下傍雕梁。故居尚且可牽掛，故人哪裡能遺忘？相思黃昏指望斷，昨夜夢見夫容顏。神魂忽然近相交，輾轉翻身在他鄉。徒然看著床上枕，誰能與我相親近？空使蘭膏夜燈亮，相對明亮有繁霜。

【研 析】劉孝綽（西元四八一年—五三九年），本名冉，字孝綽，小名阿士，彭城（今江蘇徐州）人。幼聰敏，有神童之譽。南朝梁天監初，官著作佐郎，歷尚書水部郎、祕書丞、太子僕、廷尉卿、尚書吏部郎等，仕至祕書監。作品有明人輯本《劉祕書集》。本詩乃閨怨之作。首六句，以燕趙多美女，點出夫君所遊之地；十年不歸，思婦愁思消瘦，衣帶變長；春日獨守苦痛，玉階空自悲傷，思婦相思之苦可見。「復此」六句，以燕子雙雙，形思婦形單影隻；燕子戀故而銜泥歸來，故居尚且使燕子顧念，而舊人又怎能忘卻！思婦之怨可見。「相思」以下八句，專就黃昏，寫思婦相思之苦。又是黃昏，又一天的盼望落空，思婦積思成夢，夜夢夫容，就在近旁，然而轉眼成空，夫君依然身在他鄉，空自看著枕席，只有孑然一身。對著蘭膏明燈，所能看到的，還有窗外繁霜，思婦淒苦心跡可知。詩歌婉轉含蓄，秀雅有致。

陶弘景

詔問山中何所有賦詩以答

答齊高帝詔。

山中何所有？嶺上多白雲。只可自怡悅❶，不堪持寄君❷。即「獨寐寤宿，永矢勿告」意。

【注釋】❶怡悅　愜意快樂。❷君　指齊高帝蕭道成。

【語譯】山中有什麼東西？山嶺之上多白雲。只能自我樂愜意，不能拿來送國君。

【研析】陶弘景（西元四五六年—五三六年），字通明，丹陽秣陵（今江蘇南京）人。南朝宋末，蕭道成引為諸王侍讀，官奉朝請。入齊，官左衛殿中將軍。永明年間，辭官歸隱句容茅山（在今江蘇句容），自號華陽隱君。為梁武帝建國造圖讖有功，梁朝立，武帝禮重之，累詔不出，常以國事垂詢，時人有「山中宰相」之稱。卒謚貞白先生。本詩乃答齊高帝蕭道成詔問而作。首二句一問一答，問乃齊高帝之語，答則詩人對問，白話般問答，已活畫出一幅青山白雲圖。山中所有，不獨白雲，而詩人僅僅以白雲對答，悠然自得的白雲，已非僅自然間物，而寓有了詩人自己的意趣情志。三、四兩句，白雲只能由山中人欣賞，而無法採摘來贈與君王，也表達了如雲的自己不會下山的志向。張玉穀《古詩賞析》評：「只就雲說，而言中有領會之神，言外有拒絕之意。答詔詩如此，人詩兩高。」

寒夜怨❶

夜雲生，夜鴻驚❷，悽切嘹唳傷夜情❸。空山霜滿高煙平❹，鉛華沉照❺帳孤明。寒月微❻，寒風緊，愁心絕，愁淚盡。情人不勝怨，思來❼誰能忍？

音節近詞，「空山」七字卻高。

【注　釋】❶寒夜怨　屬於《樂府詩集·雜曲歌辭》。❷夜鴻驚　指鴻雁夜中受驚，不能安棲。❸悽切嘹唳傷夜情　嘹唳，大雁鳴聲。傷夜情，指引發人感傷別離之情。❹高煙平　指高遠處煙霧與天相連。❺鉛華沉照　鉛華，女子化妝的鉛粉，代指閨婦。沉照，即暗照。❻寒月微　指清寒的月光微弱不明。❼思來　憂愁陡生。

【語　譯】夜間雲彩生，夜間鴻雁驚，悽楚悲哀聲聲嘶鳴令人夜傷情。空寂山間落滿白霜遠處煙霧與天連，閨房黯淡閨婦孤寂只有帳中孤燈閃爍明。清寒月亮光照微弱，肅殺寒風刮得正緊，愁苦心欲絕，悲傷淚流盡。癡情之人不堪心中怨苦，愁思起來誰人能夠忍耐？

【研　析】本詩為樂府體，寫寒夜閨怨。起三句，夜間雲起，驚動大雁，嘹唳悲鳴，令人傷感。「空山」二句，霜滿高山，遠處煙霧繚繞，與天相連，迷茫淒迷，外景與閨中黯淡，思婦愁苦，孤燈隻影，正相吻合，外景亦思婦心中之景。「寒月微」四句，月光微弱不明，寒風呼嘯正緊，此情此景愁苦之人悲傷欲絕，傷愁的淚水流落已盡。結末二句，思婦不勝哀怨，愁起難以忍受，點出詩歌大旨。張玉穀《古詩賞析》評：「一路由虛而實，層次清澈，音節駘宕。」

曹景宗

光華殿❶侍宴賦競病韻

景宗破魏師凱旋，帝於光華殿宴飲聯句，景宗啟求賦詩，時韻已盡，惟餘「競」、「病」二字，景宗操筆而成，帝深歎賞，朝賢驚嗟累日。

去時兒女悲，歸來笳鼓競。借問行路人，何如霍去病❷！

【注　釋】❶光華殿　據《南史·曹景宗傳》，當為「華光殿」。❷霍去病　西漢名將，河東平陽（今山西臨汾西南）人，在抗擊匈奴的戰爭中建下奇功，官至驃騎將軍，封冠軍侯。

【語　譯】走的時候兒女悲哭，歸來日子笳鼓競奏。請問路上走著的人，我比英雄霍氏如何！

【研析】曹景宗（西元四五七年—五〇八年），字子震，新野（今河南新野）人。南朝宋為天水太守。入齊，為游擊將軍、郢州刺史。入梁，封景陵縣侯，官至侍中、中衛將軍、江州刺史，卒於赴任江州道中。本詩作於梁武帝天監六年（西元五〇七年）北上大敗北魏軍隊凱旋歸來之日。首二句，以「去時」、「歸來」對比，出征時候兒女啼哭，慘慘戚戚；凱旋歸來笳鼓競奏，鼓樂喧闐，是勝利者的姿態，勝利者的欣喜。三、四兩句，反問之句，勝利者的自豪，盡在其中。詩歌用語樸實，思想明快真摯，快人快語，無纖毫造作，「競」、「病」險韻之押，也工穩自然。

徐悱

古意詶到長史溉登琅琊城❶ 在潤州江甯縣西北十八里。

甘泉警烽候，上谷抵樓蘭❷。此江稱豁險，茲山復鬱盤❸。表裡窮形勝，襟帶盡巖巒❹。修篁壯下屬，危樓峻上干❺。登陴越遐望❻，迴首見長安❼。金溝朝灞滻，甬道入鴛鸞❽。鮮車騖華轂，汗馬躍銀鞍❾。少年負壯氣，耿介立衝冠❿。懷紀燕山石⓫，思開函谷丸⓬。豈如灞上戲⓭，羞取路傍觀⓮。寄言封侯者，數奇良可歎⓯。在爾時已為高響。

【注　釋】❶到長史溉登琅琊城　到長史溉，即到溉。湘東王蕭繹為會稽太守，聘到溉為輕車長史。琅琊城，南朝時城名，在今南京城北。❷甘泉警烽候二句　甘泉，山名，在今陝西淳化縣西北。烽候，烽火臺，古代邊防上用烽燧報警的哨所。上谷，郡名，戰國燕地，轄域在今河北中部、西北及西部，遠至內蒙古境，秦漢至晉朝皆置郡。樓蘭，古西域國名，故址在今新疆羅布泊西，漢武帝朝歸附，此代指匈奴。❸此江稱豁險二句　稱，稱得上。豁險，深邃險要。鬱盤，曲折盤旋。❹表裡窮形勝二句　表裡，內外。形勝，地理位置優越。襟帶，山川似屏障環繞，猶如襟帶。巖巒，險峻的山峰。❺修篁壯下屬二句　修篁，修長的竹子。壯，雄壯。下屬，下連。危樓，高樓。峻，高峻。上干，上干雲霄。❻登陴越遐望　陴，城上女牆，借指城牆。遐望，遠望。❼迴首見長安　用王粲〈七哀詩〉成句。長安，指代建康。❽金溝朝灞滻二句　金溝，指御溝。灞滻，二水名。灞水乃渭河支流；滻水發源陝西藍田，匯灞水入渭。此代指建康城內河流。甬道，指樓閣間架設的通道。鴛鸞，漢朝後宮名。❾鮮車騖華轂二句　鮮車，華麗的車子。騖，奔馳。華轂，華美的車輪。汗馬，汗血馬，西域產駿馬名。❿少年負壯氣二句　負壯氣，憑恃意氣，志氣凌雲。耿介，剛直不趨世俗。衝冠，怒貌。⓫懷紀燕山石　用東漢竇憲大敗匈奴，登燕然山刻石紀功故事。燕山，燕然山，今名杭愛山，在內蒙古人民共和國境內。⓬思開函谷丸　用東漢王元說隗囂故事。《漢書・隗囂傳》：囂將王元說囂曰：「元請以一丸泥為大王東封函谷關，此萬世一時也。」函谷丸，指易守難攻的關隘。⓭豈如灞上戲　用漢將軍周亞夫事。漢文帝勞軍，先至灞上，再至棘門，後至西柳，乃周亞夫鎮守。見其戒備森嚴，文帝慨歎：「此真將軍矣。曩者灞上、棘門軍，若兒戲耳！」見《史記・絳侯周勃世家》。

⑭路傍觀　袖手旁觀。⑮寄言封侯者二句　用西漢李廣故事。李廣一生多建奇功，然終生未得封侯。數奇，命運不佳。數，命運。奇，單數不偶。

【語　譯】甘泉烽火臺報警，上谷直到樓蘭城。此江堪稱深邃險，此山也自蟠曲峻。內外形勢極險要，如襟似帶皆山巒。修長竹子山雄壯，高樓高邁插雲天。登上城牆遠眺望，回頭看見京都地。御溝水流連內河，樓閣通道入宮殿。華麗車乘車輪奔，駿馬銀鞍跑得歡。少年負有雄壯志，不合流俗髮衝冠。懷念紀功燕山石，思想打開函谷關。豈能如同灞上戲，羞於採取袖手觀。帶話給封侯爵者，數奇將軍誠可歎。

【研　析】徐悱（？—西元五二四年），字敬業，東海郯（今山東郯城）人。幼聰敏，能屬文。南朝梁，官著作佐郎、太子舍人、洗馬、中舍人，以足疾出為湘東王友，遷晉安內史。題詩「古意」，故每多古地名以比今。南朝版圖日漸縮小，京城近郊的琅琊山，已成與北魏交戰的前線。詩歌起二句，以甘泉烽火，起於上谷，迄於樓蘭，比喻當時形勢危急，邊亂不歇。「此江」以下六句，寫琅琊山形勝，長江天塹既稱險峻，山巒也可謂蟠曲，山川環繞，如襟似帶，天然屏障，修竹遍地，山勢雄壯，城上高樓，高插雲霄，有此地勢，其對首都建康，何其重要。「登陴」以下六句，乃瞭望京城所見。御溝與內河相連，樓閣通道直達內宮，鮮車寶馬，華美車蓋，銀鞍閃爍，極盡繁華富麗。「少年」以下六句，寫自己少年意氣，壯志凌雲，憤於時世，有蕩除胡人，燕然勒銘之志；有打開函谷關隘，收復失地之想。不學灞上駐軍的兒戲，願學周亞夫之治軍，當國家危急存亡之秋，不能袖手旁觀，要當建功立業。結末「寄言」二句，以李廣功著未封侯故事，規諫朝廷，應當起用李廣這樣的將材，則國家有望，社稷有幸。

詩歌緊扣登城，由山川形勝、京城繁華、少年志氣到結末致慨，「轉折平圓」（王夫之《古詩評選》），氣脈流暢。慷慨激昂，亦拔流俗。

虞羲

詠霍將軍❶北伐

擁旄為漢將，汗馬出長城❷。長城地勢險，萬里與雲平。涼秋八九月，胡騎入幽并❸。飛狐白日晚，瀚海愁雲生❹。羽書時斷絕，刁斗晝夜驚❺。乘墉揮寶劍，蔽日引高旍❻。雲屯七萃士，魚麗六郡兵❼。胡笳關下思，羌笛隴頭鳴❽。骨都先自讋，日逐次亡精❾。玉門罷斥堠，甲第始修營❿。位登萬庾積，功立百行成⓫。天長地自久，人道有虧盈。未窮激楚樂，已見高臺傾⓬。當令麟閣上，千載有雄名⓭。

《漢書》：匈奴有骨都侯，有日逐王。〇雍門周說孟嘗君曰：千秋萬歲後，高臺既已傾，曲池又已平。〇不為纖靡之習所囿，居然傑作。

【注　釋】❶霍將軍　西漢名將霍去病，抗擊匈奴累建奇功。❷擁旄為漢將二句　擁旄，指手持旄節為大軍統帥。汗馬，汗血馬的省稱。❸胡騎入幽并　胡騎，指匈奴軍隊。幽并，幽州、并州，今河北、山西、內蒙一帶。❹飛狐白日晚二句　飛狐，要塞名，在今河北淶源、蔚縣一帶。白日晚，指戰爭的陰雲密佈，白日無光。翰海，北海，在今內蒙東北。❺羽書時斷絕二句　羽書，古代緊急軍事文書，上插羽毛。刁斗，古代行軍用具，形似鍋，有柄，白日燒飯，晚上敲擊作巡更用。❻乘墉揮寶劍二句　乘，登。墉，城牆。旍，旌旗。❼雲屯七萃士二句　雲屯，如雲屯聚。七萃士，周穆王的禁衛軍，後泛指精幹的隊伍。魚麗，古代戰陣名。六郡兵，漢朝選金城、隴西、天水、安定、北地、上郡良家子弟入羽林軍，其中多產名將。❽隴頭　隴山，代指邊塞。❾骨都先自讋二句　骨都，骨都侯，匈奴王號。讋，驚懼。日逐，匈奴王。亡精，喪魂失魄。❿玉門罷斥堠二句　玉門，關隘名，漢武帝朝設，是漢朝通往西域的門戶。斥堠，偵察敵情的哨兵。甲第，貴族府第。⓫位登萬庾積二句　萬庾積，極言爵祿豐厚。一庾，古代為十六升。百行成，指德高望重。⓬未窮激楚樂二句　激楚，楚歌曲名。高臺傾，指霍去病去世。⓭當令麟閣上二句　麟閣，麒麟閣，在未央宮，漢宣帝朝，圖畫功臣十三人像於其上，以彰功業。雄名，顯赫的聲名。

【語　譯】擁持旄節為漢大將，跨著駿馬出了長城。長城一帶地勢險要，萬里遼闊與雲相連。寒涼秋天八九月間，匈奴騎兵進犯幽并。飛狐關塞戰雲蔽日，翰海煙霧陰霾似愁。軍事公文時常中斷，刁斗日夜敲擊鳴警。登上城牆手揮寶劍，旌旗招展遮天蔽日。如雲屯聚盡是勇士，魚麗戰陣驍勇兵奇。關下胡笳聲傳鄉思，隴山羌笛嗚咽喧鳴。骨都大王先自驚怕，日逐大王接著魂喪。玉門安定撤了哨兵，富麗府第開始建營。位高達到萬庾爵祿，功業建立德高望重。天長地也自然久長，人間事情有虧有盈。尚未盡享聲樂之樂，已是身亡如高臺傾。當使麒麟臺閣之上，千載標有顯赫大名。

【研　析】虞羲，生卒年不詳，字子陽，又字士光，會稽餘姚（今浙江餘姚）人。南朝梁，官晉安王侍郎。本詩乃詠史之作，通過歌頌西漢名將霍光抗擊匈奴的英雄偉業，表達了建功立業的雄心壯志。詩歌首四句，點出英雄霍光仗節擁旄，掛帥出征，騎著高頭大馬，來到險峻遼闊的長城以外。「涼秋」以下六句，補敘出征北伐的原因，乃秋高氣爽草黃馬肥的季節，匈奴進犯幽并二州，飛狐關戰爭的陰雲籠罩，白日無光，翰海一帶陰霾密佈，敵人來勢洶洶，邊庭告急文書阻斷，刁斗則無論白日夜晚，反覆報警，形勢危急。「乘墉」以下八句，接首四句，描寫將軍登高揮劍，我軍旌旗招展，遮天蔽日，猛士如雲，戰陣奇出，精兵驍將，奮勇爭先。胡笳發思鄉之鳴，羌笛傳嗚咽之聲，匈奴大王心驚膽戰，喪魂失魄。將軍北伐，取得了輝煌戰功。「玉門」以下十句，北伐功成，邊塞安定，朝廷為將軍修建華美府第，將軍享萬庾俸祿，德高望重，天下尊重。天長地久，而人事有盈有虧。將軍未能盡享人間富貴，大限已到，一朝逝去。然身雖死，而圖畫麒麟閣，名傳千古而不磨，人們永遠紀念著將軍。在歌頌霍光北伐偉業中，處身分裂動盪時代，詩人的命意，已不難見出。沈德潛評：「不為纖靡之習所囿，居然傑作。」陳祚明《采菽堂古詩選》評：「高壯開唐人之先，已稍洗爾時纖卑習氣矣。」

衛敬瑜妻王氏

孤燕詩

《南史》：貞女所居戶有巢燕，常雙飛來去。後忽孤飛，貞女感其偏棲，乃以縷繫脚為誌。後歲，此燕更來，猶帶前縷，女復為詩曰。

昔年無偶去❶，今春猶獨歸。故人❷恩義重，不忍復雙飛。

貞潔語出以和婉，愈能感人。

【注釋】❶無偶去　指孤飛而去。❷故人　指亡夫。

【語譯】往年無偶孤飛而去，今春依然獨自歸來。舊人恩深義氣也重，不忍再去成雙飛翔。

【研析】王氏，南朝梁衛敬瑜妻，霸城王整之姊。年十六夫喪，父母舅姑勸其改嫁，誓而不許。所居有燕巢，常雙飛來去，後忽孤飛。王氏感其偏棲，以縷繫腳為志。後歲，此燕復來，猶帶前縷。王氏乃為〈孤燕〉之詩。詩歌通首用比。燕子失偶，孤飛而去，春來依然獨身，其原因，乃因不捨舊時情義，不忍再結偶飛。鳥能如此，人也如之。詩歌表達了自己對亡夫忠貞不渝，綿綿無盡的愛情。和婉出之，真誠動人。

企喻歌❶

以下橫吹曲，乃北音也。

男兒欲作健❷，結伴不須多。鷂子❸經天飛，群雀兩向波。

【注釋】❶企喻歌　北朝樂府民歌，為燕、魏之際鮮卑人唱。❷健　健兒；勇士。❸鷂子　鷂鷹，似鷹而小，捕食小鳥。

【語譯】男兒要作勇士，結伴不須人多。鷂鷹經天飛過，群雀中分如波。

【研析】〈企喻歌〉凡四首，收入《樂府詩集‧橫吹曲辭》，並稱「為燕、魏之際鮮卑歌也」。本詩表現了北方民族豪俠尚武的精神。首二句開門見山，說出男兒要作勇士，乃當地普遍的追求；結伴不須多，崇尚孤膽勇武，是對此等民風的進一步闡釋。「鷂子」二句，以鷂鷹掠過天空，群雀如同水波兩邊分開，再用比喻之筆，更形象地說明了「健兒」的所向披靡，無往不克。詩歌語言質樸，風格慷慨豪放，體現了北方民歌鮮明的地域特色。

前行看後行，齊著鐵裲襠❶。前頭看後頭，齊著鐵鉦鉾❷。

【注釋】❶鐵裲襠　鐵鎧甲。裲襠，背心。❷鐵鉦鉾　鐵頭盔。

【語譯】前行看到後行，齊整穿著鎧甲。前頭看到後頭，整齊戴著頭盔。

【研析】本首為〈企喻歌〉四首之三。詩歌四句，由前行到後行，前頭到後頭，鎧甲整齊，頭盔一例，只客觀描寫，不加議論，其行軍隊伍的齊整，足以展示部隊嚴明的紀律，高昂的鬥志，剛強的精神面貌，其具有超常的戰鬥力，勇猛善戰，攻無不克，自不待言。

有同袍同澤之風。

男兒可憐蟲，出門懷死憂❶。尸喪狹谷中，白骨無人收。

【注釋】❶懷死憂　懷著戰死的憂慮，指貪生怕死。

【語譯】如此男兒可憐蟲，出門擔心要戰死。屍體喪在峽谷中，白骨拋棄無人收。

【研析】本首乃〈企喻歌〉四首最後一首，《古今樂錄》載其為前秦苻融所作，不可信，蓋亦民歌所唱。此詩以崇尚勇武的思想，嘲笑了膽怯者的懦弱，貪生怕死，剛出家門從軍，便擔心性命難保。「尸喪」二句，卻也揭示出戰爭的殘酷，以及頻仍的戰爭給百姓帶來的災難。

幽州馬客吟歌辭❶

快馬常苦瘦，勦兒❷常苦貧。黃禾❸起羸馬，有錢始作人。

【注釋】❶幽州馬客吟歌辭　北朝樂府民歌，收入《樂府詩集・梁鼓角橫吹曲》。馬客，趕馬的人。❷勦兒　勞苦的人。❸黃禾　帶穀的乾草。

【語譯】跑快的馬兒常苦消瘦，勤勞的人們常苦貧窮。帶穀的乾草能肥瘦馬，足夠有錢纔能做人。

【研　析】本詩揭示了社會分配制度的不合理性。善跑的馬兒常常消瘦，因其多勞而食劣；勤勞的人們常常貧寒，則由於勞動成果被人掠奪。社會竟如此不公。帶穀的乾草可以使瘦馬變肥，但瘦馬也如何能夠奢望！而窮人不獨無錢，更沒有社會地位，任人凌辱宰割，勞動者的命運，何其悲慘！結末一句為全詩命意所在。

瑯琊王歌辭❶

新買五尺刀，懸著中梁柱❷。一日三摩挲❸，劇于❹十五女。

【注　釋】❶瑯琊王歌辭　《樂府詩集．橫吹曲》收錄。❷懸著中梁柱　懸，高掛。著，固定；附著。中梁柱，支撐廳堂正中大樑的主柱。❸摩挲　上下撫摩。❹劇于　超過。

【語　譯】新買一把五尺刀，懸掛釘在中樑柱。一日多次手撫摩，愛它勝於美少女。

【研　析】〈瑯琊王歌辭〉凡八首，此為第一首。詩歌透過對寶刀的喜愛，表現了北方民族的尚武精神。新買刀回來，懸掛廳堂正中撐柱之上，所安置最顯眼的地方，已見出主人對新刀不一般的喜愛；一日之內，數番摩挲，愛不釋手之情可見；愛之勝於十五少女，所謂不愛美人愛寶刀，主人的精神志節，豪放喜武，畢現無遺。

古人往往有之。

客❶行依主人，願得主人彊❷。猛虎依深山，願得松柏長。正意在前，喻意在後，

【注釋】❶客　詩人自指。❷彊　同「強」。

【語譯】流亡在外投奔主人，希望主人能夠強大。猛虎託身依靠深山，希望山中松柏茂密。

【研析】此〈瑯琊王歌辭〉八首之七，當是一首流亡者的歌唱。「客行」已暗示了詩人的身分。其投靠主人，乃尋求庇護靠山，主人的強大與否，關係著他的安全，也影響到他的將來，所以他衷心希望主人強大。「猛虎」二句，以猛虎隱藏深山，希望山林茂密，樹木高大，比喻說明著首二句的內容。所謂「正意在前，喻意在後」是也。

懀馬高纏鬃❶，遙知身是龍。誰能騎此馬，惟有廣平公❷。按《晉書》，廣平公，姚弼興之子，泓之弟也。

【注釋】❶懀馬高纏鬃　懀馬，或作「快馬」。高纏鬃，指馬鬃捆紮成束而直起。❷廣平公　名弼，後秦姚興之子，姚泓之弟，驍勇善戰。

【語譯】快馬鬃毛高束起，深知其身竟是龍。誰人能夠騎此馬，只有姚弼廣平公。

【研析】此首為〈瑯琊王歌辭〉八首最後一首，以對寶馬的喜愛，表現了剽悍尚武的精神。

快馬鬃毛高束，駿逸英姿，已是不凡；稱其為龍，更非凡馬。三、四兩句，一問一答，以能騎者唯有驍勇之廣平公，好馬配烈士，以人讚馬之意彰然。

鉅鹿公主歌辭❶

官家出遊雷大鼓❷，細乘犢車開後戶❸。車前女子年十五，手彈琵琶玉節❹舞。鉅鹿公主殷照❺女，皇帝陛下萬幾❻主。

【注釋】❶鉅鹿公主歌辭　收入《樂府詩集．橫吹曲辭》。❷官家出遊雷大鼓　官家，指皇帝。雷，通「擂」。❸細乘犢車開後戶　細，年幼，指公主。犢車，牛車。❹玉節　古代樂器名。❺殷照　指天。❻萬幾　萬機；事務繁雜。

【語譯】皇帝出遊大鼓擂響，公主牛車開後窗戶。車前少女年齡十五，手彈琵琶玉節舞曲。鉅鹿公主天之嬌女，皇帝陛下萬機事務。

【研析】本詩乃北朝羌族樂府民歌。《舊唐書．音樂志》載：「梁有〈鉅鹿公主歌〉，似是姚萇時歌，其詞華音，與北歌不同。」此歌當為漢語譯作。詩歌寫皇帝而及公主。首二句，皇帝出行，大鼓擂響，雄壯之勢，有北方少數民族豪放之氣；牛拉車乘，也為北方特色，開啟後窗，大約為觀玩之故，嬌憨之態宛然如見。「車前」二句，車前少女奏樂，類於儀仗，是公主派頭。結末二句，公主為天子掌上明珠，天之嬌女，放恣貪玩，而父皇一國之君，日理萬機，忙不完的事情。詩歌語言質樸，以對比手法，描寫出了一個歡快無憂的公主形象。

隴頭歌辭❶

朝發欣城❷，暮宿隴頭。寒不能語，舌卷入喉。奇語。

【注釋】❶隴頭歌辭　隴頭，即隴山，在今陝西隴縣西北，是六盤山南段的別稱。❷欣城　地名，未詳所在。

【語譯】清晨出發自欣城，晚上歇宿在隴山。天寒凍得不能言，舌頭捲到喉嚨裡。

【研析】〈隴頭歌辭〉三首，收入《樂府詩集・橫吹曲辭・梁鼓角橫吹曲》，乃度隴赴邊征卒所唱，明、清以來，學者多以為是漢魏樂府舊辭。本篇為第二首。前二句，朝發與暮宿之地的遼遠，寫出征夫奔波勞頓辛苦。三、四兩句，寒凍不能成語，極言隴山嚴寒，邊地環境惡劣；舌捲入喉，以切身感受，用誇張筆法，極真切形象地寫出了邊地氣候與內地的巨大差異，所謂「奇語」，道人所未道。

隴頭流水，鳴聲幽咽❶。遙望秦川❷，心腸斷絕。此章同漢辭。

【注釋】❶幽咽　形容水流聲。❷秦川　指關中，隴山到函谷關一帶地方。

【語譯】隴頭山上清水流，水聲如人嗚咽哭。遠遠望著秦川地，悲傷心腸要斷絕。

【研析】此〈隴頭歌辭〉第三首。起二句，是眼前景，耳中聲。山水鳴響，在悲傷之詩人聽來，如泣如訴，好似低聲哭泣，景語亦情語。三、四兩句，佇立隴山，眺望關中故鄉，悲不自勝，柔腸寸斷。短小的篇幅，樸直的言辭，是血淚寫成，讀之令人下淚。

折楊柳歌辭❶

上馬不捉鞭❷，反折楊柳枝。蹀❸坐吹長笛，愁殺行客兒。

【注釋】❶折楊柳歌辭　北朝樂府民歌，收入《樂府詩集・橫吹曲辭・梁鼓角橫吹曲》。❷捉鞭　握鞭。❸蹀　行。

【語譯】跨上馬兒不握鞭，反去採折楊柳枝。行坐之人都吹笛，笛聲愁殺遠行人。

【研析】〈折楊柳歌辭〉凡五首，本篇乃第一首。詩歌寫遠行惜別情景。前二句，上馬本當啟程，而不握鞭策馬，卻去折楊柳之枝，反常行為中見出留戀難去之情，「柳」諧音「留」，所以古人有折柳贈別習俗。折柳之舉，正見出行人心裡的痛苦。三、四兩句，身邊周圍，行者坐者的人們，吹著長笛，幽怨的笛聲，更增添了行人的感傷淒楚，「愁殺」二字，分外恰切。北朝詩如此纏綿，另是一格。

遙看孟津❶河，楊柳鬱婆娑❷。我是擄家兒❸，不解漢兒歌。

【注　釋】❶孟津　地名，黃河渡口，在今河南孟縣南。❷楊柳鬱婆娑　鬱，茂盛貌。婆娑，柳枝搖曳貌。❸擄家兒　或作「虜家兒」，漢族對北方少數民族的蔑稱。

【語　譯】遙遙望見孟津河，楊柳茂盛枝搖曳。我是邊地荒蠻人，不懂漢人優美歌。

【研　析】此〈折楊柳歌辭〉第四首，為漢語翻譯之歌。詩歌所寫，是北方少數民族眼睛耳朵裡的中原景象。孟津河兩岸楊柳茂密，枝繁葉茂，此不同於北部邊疆的遼闊草原，故印象深刻；漢人的歌曲，雖然動聽，但語言差異，所唱的內容，也無法理解。詩歌表現了南北朝時期民族融合之初，北方少數民族對漢地及漢文化的隔膜。

健兒須快馬，快馬須健兒。䟆跋❶黃塵下，然後別雄雌❷。

【注釋】❶䟆跋　馬蹄擊地的聲響。❷別雄雌　分勝負。

【語譯】勇士必須配快馬，快馬必須勇士騎。奔馳揚起塵土中，爾後分出誰勝負。

【研析】此〈折楊柳歌辭〉第五首。詩歌前二句，以迴環句式，通過健兒、快馬互不能缺，相得益彰，一併對其做出了謳歌。三、四兩句，是對其相得益彰的具體闡釋，健兒跨下寶馬，追風逐電，在黃塵飛揚的戰場上，其所向披靡，攻無不克，在情理之中。詩歌表現了北方民族的剽悍尚武精神，充滿陽剛之氣。

木蘭詩

唧唧復唧唧，木蘭當戶織❶。不聞機杼❷聲，惟聞女歎息。問女何所思，問女何所憶？女亦無所思，女亦無所憶。昨夜見軍帖，可汗大點兵❸。軍書十二卷，卷卷有爺名❹。阿爺無大兒，木蘭無長兄。願為市❺鞍馬，從此替爺征。

東市買駿馬，西市買鞍韉❻，南市買轡頭，北市買長鞭。朝辭爺孃去，暮宿黃河邊。不聞爺孃喚女聲，但聞黃河流水鳴濺濺❼。旦辭黃河去，暮至黑水頭❽。不聞爺孃喚女聲，但聞燕山胡騎聲啾啾❾。

萬里赴戎機❿，關山度若飛。朔氣傳金柝，寒光照鐵衣⓫。將軍百戰死，壯士十年歸。

歸來見天子，天子坐明堂⓬。策勳十二轉，賞賜百千彊⓭。可汗問所欲。「木蘭不用尚書郎⓮。願馳千里足，送兒還故鄉⓯。」

爺孃聞女來，出郭相扶將⓰。阿姊聞妹來，一作「阿妹聞姊來」。當戶理紅妝。小弟聞姊來，磨刀霍霍⓱向豬羊。開我東閣門，坐我西間床。脫我戰時袍，著我舊時裳。當窗理雲鬢，對鏡帖花黃⓲。出門看火伴，火伴皆驚惶。同行十二年，不知木蘭是女郎。

雄兔腳撲朔，雌兔眼迷離⓳。兩兔傍地走，安能辨我是雄雌？

事奇詩奇，卑靡時得此，如鳳皇鳴，慶雲見，為之快絕。〇唐人韋元甫有〈擬木蘭詩〉一篇，後人并以此篇為韋作，非也。韋係中唐人，杜少陵〈草堂〉一篇，後半全用此詩章法矣，斷以梁人作為允。

【注釋】❶唧唧復唧唧二句　唧唧，歎聲。當，對著。❷機杼　織機上的梭子。❸昨夜見軍帖二句　軍帖，即「軍書」，徵兵文書。可汗，漢朝以後西北少數民族對其君王的稱呼。❹軍書十二卷二句　十二，約數，泛言其多。爺，方言中對父親的稱呼。❺市　買。❻鞍韉　馬鞍下的墊子。❼濺濺　水流聲。❽黑水頭　一作「黑山頭」，山在今內蒙古自治區呼和浩特市東南百里。❾但聞燕山胡騎聲啾啾　燕山，自薊北向東綿延至遼西的燕山山脈。啾啾，馬鳴聲。❿赴戎機　奔赴戰地參加戰事。⓫朔氣傳金柝二句　朔氣，北方寒風。金柝，指刁斗，軍旅用具，白日作鍋，晚上巡更時敲擊用。寒光，指清冷的月光。鐵衣，指鎧甲。⓬明堂　大約為古代天子祭祀、朝諸侯、教學、選士的地方。⓭策勳十二轉二句　策勳，紀功。唐朝制度，勳爵分若干等，每升一等為一轉。此為唐人修改的痕跡。彊，強；多於。⓮尚書郎　官名，漢朝以後尚書分曹，任曹務者稱尚書郎。⓯願馳千里足二句　千里足，指良馬或駱駝。兒，木蘭自稱。⓰出郭相扶將　郭，外城，即城外圍著城的牆。將，扶。⓱霍霍　磨刀聲。⓲當窗理雲鬢二句　雲鬢，如雲一般烏黑的鬢髮。花黃，古代女子的面飾。⓳雄兔腳撲朔二句　撲朔，跳躍貌。迷離，不明貌。

【語　譯】唧唧唧唧不停歎息，木蘭對著門戶織布。沒有聽到梭子聲響，只可聽到女子歎氣。問聲小女有何思念，問聲小女有何追憶？小女也無什麼思念，小女也無什麼追憶。昨晚見到徵兵文書，可汗大帝廣泛徵兵。徵兵文書一十二卷，卷卷都有俺爹姓名。父親沒有長大之子，木蘭沒有大的長兄。願去買辦馬匹馬鞍，從此代替父親出征。

　去往東市購買駿馬，去往西市購買鞍墊，去往南市購買籠頭，去往北市購買長鞭。清晨辭別父母離去，天黑歇宿黃河岸邊。聽不見父母喊女聲，只聽得黃河流水響濺濺。清晨辭別父母離去，天黑來到黑水盡頭。聽不見父母喊女聲，只聽得燕山胡馬啾啾鳴。

　馳騁萬里奔赴參戰，跨越關山迅捷如飛。北地寒風傳刁斗聲，清冷月光映照鎧甲。將軍百戰為國捐軀，十年轉戰壯士凱旋。

歸來上朝晉見天子，天子接見坐在明堂。紀功累封高十二等，賞賜超過千百餘兩。可汗問聲有何願望，「木蘭不要做尚書郎。希望馳騁千里快馬，快快送我回俺家鄉。」

父母聽說女兒歸來，相攙來到城外迎望。姐姐聽說妹妹歸來，對著窗戶打扮梳妝。小弟聽說姐姐歸來，磨刀霍霍去宰豬羊。打開我的東廂房門，坐上我的西間繡床。脫下我的戰時衣袍，穿上我的舊時衣裳。對著窗戶梳理雲鬢，照著鏡子貼起花黃。出門看望軍旅夥伴，夥伴個個失聲驚惶。朝夕相處一十二年，不知木蘭身是女郎。

雄兔四足跳躍撲騰，雌兔兩眼瞇縫朦朧。兩隻兔子地上奔跑，哪能分辨我是雌雄？

【研　析】〈木蘭詩〉為北朝民歌，所寫背景大約是後魏與柔然的一場戰爭。全詩依內容可分六段：起首至「從此替爺征」為第一段，寫木蘭見到徵兵，決意代父出征。「東市買駿馬」至「但聞燕山胡騎聲啾啾」為第二段，寫出征前準備及出征途中見聞。「萬里赴戎機」至「壯士十年歸」為第三段，寫十年征戰及凱旋得勝歸來。「歸來見天子」至「送兒還故鄉」為第四段，寫朝見天子，受賞辭官。「爺孃聞女來」至「不知木蘭是女郎」為第五段，寫木蘭還鄉，親人歡迎，恢復原妝，戰友驚訝。「雄兔」以下為最後一段，以雙兔為比，寫木蘭女扮男裝，與男子無異，令人讚歎。詩歌中心即寫木蘭的女扮男裝，替父從軍，重在寫其精神品質，所以於征戰略而又略，而於徵兵文書下達後木蘭的所思所想、出征前的準備、朝見天子、辭官還鄉、親人團聚、改回原妝、戰友驚訝則詳加鋪敘，通過層層渲染，謳歌了木蘭的愛國愛家、堅忍不拔，善良勇敢、不為官祿的高尚品格。而女子的一樣保家衛國，征戰沙場，建功立業，巾幗不讓鬚眉，有其北朝民族崇尚勇武的習尚，其在以後漫長的封建社會中流播，對重男輕女觀念，也何嘗不是一個猛烈的挑戰！詩歌所敘故事的傳奇色彩，其排比復沓、比喻、設問、誇張等修辭手法的運用，使詩歌在藝術上，也取得了巨大的成功。如排比，「東市買鞍馬」四句排比，寫木蘭的出征熱情與女子特有的心細；「爺孃聞女來」三排六句，寫其勝利歸來時全家的喜慶，均有著極妙的藝術效果。稱其為北朝民歌敘事詩之翹楚，並不為過。此詩產生以後，在流播過程中，經了文人的修飾，是在意料之中的，如「萬里赴戎機」一段的凝練工穩，自非民歌風格；而「策勳十二轉」，更是唐人制度，此在民間文學創作中亦屬習見，不足為怪。

捉搦歌❶

華陰❷山頭百丈井，下有流水澈骨冷。可憐❸女子能照影，不見其餘見斜領❹。

【注　釋】❶捉搦歌　北朝樂府民歌。捉搦，捉拿。❷華陰　縣名，治所在今陝西華陰縣東南。❸可憐　可愛。❹斜領　歪斜的衣領。

【語　譯】華山山頭井深百丈，井中有水徹骨寒冷。可愛女子徒能照影，斜衣領外不見其他。

【研　析】〈捉搦歌〉四首，北朝樂府民歌，收入《樂府詩集·梁鼓角橫吹曲辭》。此首為原第三首。詩寫女子懷春。前二句寫景，華山高旱之地，地下水極深難找，百丈井也真實寫照；井水離地表極深，深邃幽暗，有陰冷徹骨之感。此既實景，也為下文鋪墊渲染。三、四兩句，女子青春嬌好，欲臨井水照影，乃顧影自憐之意，有懷春傷春之感；而井水中僅見歪斜的衣領，不見容顏，必然滿腹惆悵失意，心中益傷愁寡歡。詩歌寫情，也較含蓄委婉。

黃桑柘屐蒲子履❶，中央有絲兩頭繫。小時憐母大憐壻，何不早嫁論家計？

【注　釋】❶黃桑柘屐蒲子履　黃桑，即柘。柘，長綠灌木，皮可以染黃色。

【語　譯】黃桑木屐蒲草鞋，中間絲繩兩頭繫。小時愛母大愛婿，為啥不早出嫁謀家計？

【研　析】此為〈捉搦歌〉四首原第四首，是女子求嫁的吶喊。前二句，柘木屐、蒲草履，鞋皆成雙，故比人必婚嫁；兩頭繫者，比喻娘家、婿家。三、四兩句直面吶喊，小的時候依偎母親，愛敬母親，長大之後，女大當婚，則愛丈夫，此情理之常；小女子不滿的是，為什麼到了當嫁之年，卻仍被擱在家中，不能成家，去料理家計？這是本能自然的要求，其喊得也直率大膽，略無藏掩。比興巧妙新穎，反問斬截有力。

卷十四

陳詩

陰鏗

渡青草湖❶

亦作庾信詩。

洞庭春溜滿，平湖錦帆張❷。沅水桃花色，湘流杜若香❸。穴去茅山近，江連巫峽長❹。帶天澄迥碧，映日動浮光❺。行舟逗遠樹，度鳥息危檣❻。滔滔不可測，一葦詎能航❼？

【注　釋】❶青草湖　在洞庭湖東南部，《方輿紀要》載：「青草湖北連洞庭，南接瀟湘，東納汨羅。」❷洞庭春溜滿二句　春溜，春季漲的水。錦帆，色彩不同的篷帆。❸沅水桃花色二句　沅水，流經湖南黔陽，經古武陵郡治所常德，北入洞庭湖。桃花色，想像著水流經過桃花源，江水被染成桃花顏色。湘流，湘水。杜若香，乃由《楚辭》中〈湘君〉、〈湘夫人〉生發聯想。杜若，香草名。❹穴去茅山近二句　穴，湖底水脈。茅山，道教第八洞天，在今江蘇句容縣東南。有華陽洞，漢朝茅氏三兄弟在此得道成仙。巫峽指其傳說中的神女故事。❺帶天澄迥碧二句　帶天，連天。迥，遠。映日，湖水反射日光。❻行舟逗遠樹二句　逗，留。度鳥，飛渡之鳥。息，棲息。危檣，高聳的桅杆。❼滔滔不可測二句　本《詩經‧衛風‧河廣》：「誰謂河廣，一葦杭之。」此反其義而用之。葦，蘆葦草，比喻小舟。

【語　譯】洞庭春季水漲滿，平坦湖面行帆船。沅水流漾桃花色，湘水飄流杜若香。湖底穴脈近茅山，逆江溝通巫峽水。澄靜遠與天相連，日光照耀波光閃。行船似停遠樹梢，飛渡鳥兒棲桅杆。滔滔浩淼難測量，一葉孤舟怎能航？

【研　析】陰鏗，生卒年不詳，字子堅，武威姑臧（今甘肅武威縣）人。南朝梁為湘東王蕭繹法曹行參軍。入陳，歷官始興王錄事參軍、晉陵太守、員外散騎常侍。詩作多寫行旅、贈別及遊覽，以五言見長。本詩乃渡洞庭青草湖而作。首二句，春水漲滿的洞庭湖上，湖面平靜，錦帆揚起，蕩行其間，點醒題目的渡湖。「沅水」四句，以沅水流經傳說中的桃花源，聯想及水流桃花色；以流入洞庭湖的湘水，聯想及屈原詩中杜若芳香，溢於流水；以長江東去，聯想及洞庭地穴接近道教聖地茅山；以長江逆流，聯想及巫峽巫山神女，以神話傳說，周邊水流，虛筆側面烘托洞庭青草湖的壯美秀麗，神祕奇幻。「帶天」四句，則用實筆，工筆細描湖上風光。湖水澄澈，遠與天連；太陽照耀，波光粼粼；行船如在遠樹之梢，飛鳥難渡，息於船之桅杆上，這諸多意象，具體展示了洞庭青草湖的如詩如畫，旖旎婀娜。結末二句，取《詩經・衛風・河廣》句反其義而用之，將湖水的浩淼無際，深不可測，和盤端出。杜甫說：「頗學陰（鏗）何（遜）苦用心。」創作上也多受陰、何的影響。此詩不僅字詞錘煉上頗見功夫，而其前十句的工穩對仗，也可見其向近體詩邁進的蹤跡。

廣陵❶岸送北使

行人引去節，送客艤歸艫❷。即是觀濤處，仍為郊贈衢❸。汀洲浪已息，邗江❹路不紆。亭嘶背櫪馬，檣轉向風烏❺。海上春雲雜，天際晚帆孤。離舟對零雨，別渚望飛鳧。定知能下淚，非但一楊朱❻。

【注釋】❶廣陵　地名，在今江蘇揚州市。❷行人引去節二句　行人，指奉命北使者。引，執持。節，使者所持的旌節。艤，船停靠岸。艫，大船。❸郊贈衢　郊外贈別之岔路處。衢，衢路；岔道；歧路。❹邗江　大運河自揚州至淮安縣北的一段。❺亭嘶背櫪馬二句　背櫪，背對馬槽。向風，迎風；臨風。烏，太陽。❻定知能下淚二句　本《列子・說林訓》：「楊子見逵路而哭之。為其可以南，可以北。」本指世道紛亂，無所適從，後也為送別之詞。這裡指岔路分別。

【語　譯】行役之人執節北去，送客停泊歸來船隻。這裡正是觀濤之處，也為郊外贈別岔路。水中沙洲浪潮停息，邗江水路也不迂曲。長亭背槽馬兒悲鳴，桅杆翻轉臨風迎日。海上春季雲彩紛亂，黃昏天邊隻帆孤獨。離別船遇零落細雨，洲渚分別遙望飛鳧。定然知道淚水流落，不僅就那一個楊朱。

【研　析】本詩乃送別出使北國之人而作。首四句點題，友人奉命出使，持節將去，送客停船，這裡正是一向觀濤賞潮的地方，也可謂分別的岔路之處。「汀洲」四句，是別時之景。水中之洲風歇浪平，邗江水道直指前方，水邊亭子將別，馬兒返身悲鳴，桅杆翻轉，迎對將落之日，以景寫人，風景悽楚，景中滿是別離之情。「海上」四句，懸想友人將行海上，天雲紛亂，日暮黃昏，孤舟獨自，在零落細雨中，愈顯淒然；而自己在送別的洲渚之上，也只能眺望孤帆遠去，黯然神傷。結末二句，引楊朱歧路悲哭之典，說不獨楊朱臨歧路而泣，在與友人分別時，自己也何嘗不潸然淚下。詩歌語言清麗，寫景真切，抒情亦真。

江津送劉光祿不及❶

依然臨送渚，長望倚河津❷。鼓聲❸隨聽絕，帆勢與雲鄰。泊處空餘鳥，離亭❹已散人。林寒正下葉，釣晚欲收綸❺。如何相背遠，江漢與城闉❻。

【注　釋】❶江津送劉光祿不及　江津，長江渡口。劉光祿，即劉孺，梁湘東王長史，後為王府記室、散騎侍郎，兼光祿卿，曾與詩人同事。❷依然臨送渚二句　依然，依戀貌。臨，至。送渚，送客的岸邊沙洲。長望，遠望。❸鼓聲　開船的鼓聲。❹離亭　渡口送行的亭子。❺林寒正下葉二句　下葉，落葉。釣，指臨江垂釣者。綸，釣線。❻如何相背遠二句　背，離。江漢，長江漢水交匯處，友人所去之地。城闉，城曲，指城門。

【語　譯】依戀來到送行洲渚，佇立渡口遠望悵然。開船鼓聲漸已消逝，船帆遠去與雲為鄰。渡口僅剩嬉戲水鳥，送行亭子人已盡散。蕭瑟樹林落葉正飛，釣者天晚要收釣線。為何相離如此遙遠，江漢與我所在城池。

【研　析】本詩寫惜別之情，為送別之詩。不同處，在於自己來遲，船已開去，所寫僅為自己一方之觀感。首四句點出題目送別晚到，自己依戀不捨地來到渡口，只能佇立遠望；友人開船的鼓聲已漸漸散去，遙遠處帆篷已與雲彩相連，極寫船之遠去。「泊處」四句，寫佇立處所見之景。友人出發時的渡口，此時已人去空蕩，僅剩嬉戲的水鳥；送行的人們都已散去；蕭瑟林木，正落葉紛紛；眼看天晚，臨江垂釣者正要收起釣線，詩人必是久立其地，惆悵歎惋，懊悔不迭，為自己的未能趕來送行，再與友人話別。結末二句，以反問句，抒其悵然之情，江漢與自己所在城池，相距遙遠，友人為何要去這麼遙遙的地方呢？餘韻繚繞，詩人無盡的失落意緒，盡在其中。

和傅郎歲暮還湘州❶

蒼茫歲欲晚，辛苦客方行❷。大江靜猶浪，扁舟獨且征。棠枯絳葉盡❸，蘆凍白花輕。戍人寒不望，沙禽迥未驚❹。湘波各深淺，空軫念歸情❺。

【注釋】❶和傅郎歲暮還湘州　傅郎，姓傅的郎官，名諱及里籍不詳。湘州，今湖南長沙。❷蒼茫歲欲晚二句　蒼茫，猶「莽蒼」，寒冷。客，指傅某。❸棠枯絳葉盡　絳葉，紅葉，棠葉經霜變紅。❹戍人寒不望二句　戍人，戍守之兵士。望，瞭望。沙禽，沙洲上的禽鳥。迥，遠。❺湘波各深淺二句　湘，湘江。軫，傷痛。

【語譯】天氣嚴寒將近歲晚，辛苦傅郎正在遠行。長江平靜猶有浪花，一葉小舟獨走征程。棠樹已枯紅葉落盡，蘆葦經凍白花輕盈。戍守兵士寒不瞭望，沙洲禽鳥遠不受驚。湘江水波深淺不等，徒然悲傷思歸之情。

【研析】此詩乃贈別友人之作。首四句，言歲暮嚴寒，友人正在逆江而上，辛苦遠行；江面平靜，猶起浪花，小舟一葉，孤獨征進，此點出題目的「歲暮還湘州」。「棠枯」以下四句，專寫歲暮嚴寒光景：棠樹葉子落盡，枯枝丫杈；蘆葦經冬，蘆花飄舞；戍守的士兵，凍得縮進堡壘，放棄了瞭望；沙洲禽鳥，深深躲藏，因而不受船隻驚嚇，整個一副蕭瑟荒寂的畫面，此也表現著詩人心中的悽楚情緒。結末二句，友人遠去湘江，詩人由湘江之水深淺不等，聯想及自己與友人的差別，友人雖遠行勞頓，但畢竟歸去，回到家鄉；而自己卻仍然要飄零異鄉，空懷思鄉之情。此又轉到唱和之意。

開善寺❶

鷲嶺春光遍，王城野望通❷。登臨情不極，蕭散趣無窮❸。鶯隨入戶樹，花逐下山風。棟❹裡歸雲白，牕外落暉紅。古石何年臥，枯樹幾春空❺？淹留昔未及，幽桂在芳叢❻。

詩至於陳，專工琢句，古詩一綫絕矣。少陵絕句云：「頗學陰何苦用心。」又〈贈太白〉云：「李侯有佳句，往往似陰鏗。」此特賞其句，非取其格也。

【注釋】❶開善寺　故址在今江蘇南京市鍾山明孝陵，建於梁武帝天監十四年（西元五一四年）。❷鷲嶺春光遍二句　鷲嶺，即靈鷲山，在中印度，釋迦牟尼演講《法華經》等經籍的地方，這裡指開善寺所處的鍾山。王城，都城，指建康（今南京）。❸登臨情不極二句　不極，不盡。蕭散，閒遊。❹棟　棟樑。

❺古石何年臥二句　古石，開善寺東山巔上有定心石。枯樹，據載梁朝僧人寶志出生在一古木鷹巢中，為朱氏婦人收養，自幼在鍾山出家。❻淹留昔未及二句　淹留，久留。幽桂，長在山林深處的桂樹。

【語　譯】鍾山春光已灑遍，京城風物盡眼前。登臨歡情無盡頭，閒遊觀覽趣無邊。黃鶯隨枝飄入窗，花兒追逐風下山。棟樑縈繞歸來雲，窗外落日餘暉紅。古石不知何年臥，枯樹空等幾度春？往昔未曾久淹留，幽桂徒然長芳叢。

【研　析】本詩乃遊覽鍾山開善寺而作。起四句，「鷲嶺」既顯鍾山佛寺之多，也點出詩之基點「開善寺」所在；春光漫山遍野，眺望則京城風物盡在眼前，寫開善寺所在風景美麗，地勢高聳；登臨則歡情無限，閒遊則趣味無窮，以情、趣的歡暢，顯山景風物的秀美愜意。「鶯隨」四句，工筆細描，寫開善寺的美麗誘人。枝頭黃鶯隨樹枝搖擺飄入窗戶，花兒在風中飛舞下山，屋中棟樑白雲縈繞，窗外落日餘暉紅光揮灑，而「隨」、「逐」、「歸」、「紅」等詞的妙用，使物皆有情。「古石」四句，弔古自傷，感慨空有好景，未能歸隱其中，盡享自然情趣。詩歌清新流麗，自然流轉，前十句對仗工穩。

徐　陵

出自薊北門行❶

薊②北聊長望，黃昏心獨愁。燕山對古剎，代郡隱城樓③。屢戰橋恆斷，長冰塹④不流。天雲如地陣，漢月帶胡秋。漬土泥函谷，挼繩縛涼州⑤。平生燕頷相⑥，會自得封侯。

巧句。

【注釋】①出自薊北門行　屬於樂府〈雜曲歌辭〉。②薊　古燕國地，在今河北省。③燕山對古剎二句　燕山，在今河北平原北側，東西綿延。剎，佛塔的別稱，代指寺院。代郡，戰國趙置，秦漢沿設，約相當今河北西北部、山西東北部一帶。④塹　護城河。⑤漬土泥函谷二句　漬土，水浸土而成泥。泥函谷，本《後漢書・隗囂傳》王元語：「元請以一丸泥，為大王東封函谷關。」挼繩，搓繩。涼州，今甘肅武威一帶。⑥燕頷相　《後漢書・班超傳》載班超「生燕頷虎頭，飛而食肉，此萬里侯相也」。

【語譯】站在薊北聊且遠望，日暮黃昏心獨憂傷。但見燕山相對古剎，代郡城樓隱沒不彰。屢經戰事橋樑常斷，冰凍不化城河不暢。天上雲彩如同戰陣，月亮帶有胡地秋意。水浸泥土封堵函谷，搓繩收復失地涼州。生來燕頷虎頭之相，定當博取將相封侯。

【研析】徐陵（西元五〇七年—五八三年），字孝穆，東海郯（今山東郯城）人。南朝梁為晉安王府參軍、東宮學士、上虞令、湘東王記室參軍、尚書左丞，出使北齊。入陳，官散騎常侍、吏部尚書、中書監、左光祿大夫、太子少傅。宮體詩代表作家之一。與庾信並稱「庾徐」。詩歌近唐人律詩。作品有明人輯本《徐孝穆集》，編纂有《玉臺新詠》。本詩乃擬樂府而作，寫征人建功立業的理想。起二句點醒題目，黃昏時分，征人站在薊北門外，遙望遠處，心獨自愁，此也總提下文。「燕山」以下六句，只見燕山古剎相對，不見代郡城樓，是在望鄉之愁；戰爭頻仍，橋樑常斷，冰封不化，護城河阻塞不流，以及天上雲彩如同戰陣，月亮帶有胡地蕭瑟之氣，極寫邊地環境險惡艱苦，生存不易，此也愁的原因。「天雲」二句，人多賞其「精警」。「漬土」以下四句，筆勢突轉，以壯語出之，抒寫了把守關塞、收復失地、建功封侯的強烈願望及自信。詩歌豪壯而不流於纖弱，是詩人另一副面目。

別毛永嘉❶

願子厲風規，歸來振羽儀❷。嗟余今老病，此別空長離❸。白馬君來哭，黃泉我詎知❹？徒勞脫寶劍，空挂隴頭枝❺。

似達愈悲，孝穆集中，不易多得。

【注釋】❶別毛永嘉　毛永嘉，即毛喜，南朝陳宣帝時，官吏部尚書，掌軍國大事。以直言諫諍，得罪陳後主，至德元年（西元五八三年），外放為永嘉內史。❷願子厲風規二句　厲，嚴整；發揚。風規，風範。振羽儀，振興朝綱，建立法度。羽儀，羽蓋儀仗，指官威。❸長離　長別；永訣。❹白馬君來哭二句　本東漢范式、張劭故事。范、張友好。張死，范夢其前來訣別，並告葬期。范素車白馬往弔。張劭靈柩先出，至墓穴而突然不能動，待范式到來，執紼前引，乃進。事見《後漢書・范式傳》。❺徒勞脫寶劍二句　本春秋吳延陵季札掛劍徐君墓木故事。《新序・節士》載，季札聘晉，經徐國，徐君見季札寶劍而心羨之。季札看出，決定完成任務回來，即將寶劍贈與。待其歸，徐君已死，季札乃掛劍於墓樹枝上。

【語　譯】希望閣下發揚風範，歸來重振朝廷威儀。感歎我今衰老多病，此別恐成訣別永離。君乘白馬前來哭弔，黃泉之下我哪能知？徒然勞您解下寶劍，空自掛在墳頭樹枝。

【研　析】本詩乃贈別之作。毛永嘉因直言敢諫，冒犯後主，外放永嘉，臨別，詩人以此詩為贈。起二句，勉勵之詞，詩人希望友人能一如既往保持風範，不改節操，一朝歸來，再振朝綱。「嗟余」以下六句，歎老傷病，恐此一別，將成永訣。詩歌引范式、張劭及延陵季子與徐君故事，讚揚毛氏的重義氣尚友誼，悲歎自己時間無幾，不能等其歸來，難有再會之期，傷極悲極。詩歌情深意摯，感人至深，與宮體判然有別。

關山月❶

關山三五夜，客子憶秦川❷。思婦高樓上，當牕應未眠。星旗映疏勒，
雲陣上祁連❸。戰氣今如此，從軍復幾年。

【注　釋】❶關山月　漢樂府橫吹曲名。❷關山三五夜二句　三五夜，指月十五之夜。秦川，指關中，隴山東至函谷關一帶。❸星旗映疏勒二句　旗，即旗星，星宿名。《史記・天官書》：「房心東北曲十二星曰旗。」疏勒，西域國名，城在今新疆維吾爾自治區疏勒縣。雲陣，雲如戰陣。祁連，即天山。

【語　譯】邊關農曆十五夜，行役軍人想秦川。妻子站在高樓上，對著窗戶當未眠。旗星映照

疏勒城，祁連山雲如戰陣。戰爭氣氛今正緊，從軍還要有幾年。

【研析】本詩用樂府舊題，寫征人懷鄉思親之情。詩歌起二句，十五月圓之夜，月圓人未圓，征人思念家鄉秦川，思念家鄉的親人，開篇點出懷鄉主題。「思婦」二句，征人懷鄉，卻偏從家鄉思婦來寫，征人懸想著，此時妻子，必然亦佇立高樓窗口，夜深不眠，望著圓月，思念著邊關的夫君，如此寫來，相思益濃。「星旗」四句，是征人自白：他望著疏勒城上的旗星，以及祁連山上如同戰陣的雲彩，思想著當下緊張的形勢，自己也不知戍邊究竟還要到什麼時間。詩歌宛轉雄勁，構思巧妙，開唐人邊塞樂府先河。

周弘讓

留贈山中隱士

行行訪名嶽，處處必留連❶。遂至一巖裡，灌木❷上參天。忽見茅茨屋，曖曖有人煙❸。一士❹開門出，一士呼我前。相看不道姓，焉知隱與僊。

清真似陶詩一派，陳隋時得之大難。

【注　釋】❶行行訪名嶽二句　名嶽，名山。留連，不忍離去。❷灌木　木本植物，這裡泛指樹木。❸忽見茅茨屋二句　茅茨屋，茅草屋。曖曖，隱蔽貌。❹士　隱士。

【語　譯】走啊走啊尋訪名山，處處令人留連忘返。終於來到一處山巖，樹木茂盛上參雲天。忽然見到茅草小屋，隱蔽模糊似有人煙。一人開門走了出來，另有一人在我前喊。相互見面不說名姓，哪裡知道是隱是仙。

【研　析】周弘讓，生卒年不詳，汝南安城（今河南汝南東南）人。周弘正弟。南朝梁隱居茅山，累徵不出。侯景之亂中，被迫受職，為時人所譏。後為國子祭酒、仁威將軍、太常卿、光祿大夫，加金章紫綬。本詩當作於詩人隱居茅山時。詩歌起四句，就入山尋訪說起，處處留連忘返，可見其心性；而終於來到一處山巖，此山巖必有勝於別處者在，灌木連天，仍就外部來說。「忽見」以下六句，作具體分說。茅草屋、依稀可辨的人煙，是隱士生活環境，隱士將出；一士開門出，一士喊於前，見面不問名姓，無人間寒暄客套，的是真隱。結末一句，難辨隱、仙，更進一層。張玉穀《古詩賞析》評：「詩境似平直，而一種清真之氣自然流露，梁、陳間逸品也。」可謂慧眼。

周弘正

還草堂尋處士弟❶

四時易荏苒，百齡倏將半❷。故老多零落，山僧盡凋散。宿樹倒為查❸，舊水侵成岸。幽尋❹屬令弟，依然歸舊館。感物自多傷，況乃春鶯亂。

【注　釋】❶還草堂尋處士弟　處士，隱居不出來做官的人。弟，指周弘讓。❷四時易荏苒二句　四時，四季。荏苒，光陰流逝。百齡，百歲；一生。❸宿樹倒為查　宿樹，老樹。查，水中浮木。❹幽尋　深山。

【語　譯】四季輕易漸漸流逝，人生百年匆匆過半。故老鄉親多凋謝去，山中僧人盡都死散。老樹倒下成為浮木，舊時水區漸成陸岸。深山幽僻屬於我弟，舊館依然可以回還。有感物變自多傷楚，何況當下春鶯紛亂。

【研　析】周弘正（西元四九六年—五七四年），字思行，汝南安成（今河南汝南東南）人。南朝梁為太學博士、國子博士、左民尚書、散騎常侍。入陳，官太子詹事、侍中、國子祭酒，嘗赴北周迎宣帝陳頊，還授金紫光祿大夫，官至尚書右僕射。本詩作於梁朝後期。起四句，時光流水易逝，人生轉瞬將到半百，故老親人多凋零逝去，山寺僧人離散去盡，以此蓄勢，為下文尋弟及弟在做一鋪墊，而兄弟孑遺，情誼更非尋常。「宿樹」四句，正面寫還草堂尋弟。老樹腐朽壞倒，成為水中浮木，舊日水地，今成陸岸，有人世滄桑之感；弟之喜愛幽僻深山，舊館依然，令人欣幸。結末二句，滄海桑田，社會板蕩變遷，令人感傷；而當春天草長鶯飛之時，對大自然之欣欣向榮，生機無限，益多感慨。詩歌平實雅淡，結語猶見深致。

江總

遇長安使寄裴尚書❶

傳聞合浦葉，遠向洛陽飛❷。北風尚嘶馬❸，南冠❹獨不歸。去雲目徒送，離琴手自揮❺。秋蓬失處所，春草屢芳菲❻。太息關山月，風塵客子衣❼。

【注釋】❶遇長安使寄裴尚書　長安使，陳朝京都來的使臣。裴尚書，不詳，或以為裴忌，疑誤。❷傳聞合浦葉二句　傳說東漢時期，合浦有杉樹，葉子落後，隨風飄至洛陽。事見劉欣期《交州記》。合浦，漢朝郡名，東漢治所徙合浦，地在今兩廣交界之濱海地區。❸北風尚嘶馬　本〈古詩·胡馬依北風〉。❹南

冠　本《左傳》成公九年：「晉侯觀於軍府，見鍾儀，問之曰：『南冠而縶者誰也？』有司對曰：『鄭人所獻楚囚也。』」南冠，楚人之冠。❺去雲目徒送二句　去雲，離去之浮雲，比使臣。離琴，送別的琴曲。❻芳菲　花草盛美貌。❼太息關山月二句　關山月，樂府舊題，多寫征人懷鄉之情。風塵，旅途煙塵，比喻羈旅艱辛。

【語　譯】傳聞合浦杉樹葉，飄落飛向洛陽城。北風尚且使馬嘶，南冠獨自不得歸。浮雲飛翔目徒送，送別琴曲親手彈。秋季飛蓬失所在，春草幾度盛美時。深深歎息關山月，風塵染黑遊子衣。

【研　析】江總（西元五一九年—五九四年），字總持，濟陽考城（今河南蘭考）人。南朝梁，為法曹參軍、侍郎、中書舍人兼太常卿。侯景之亂，流寓會稽、廣州。陳文帝朝，還建康，官中書侍郎、太常卿。陳後主即位，官吏部尚書、尚書僕射、尚書令。入隋，授上開府。宮體詩代表作家之一。陳亡後詩風轉為悲涼沉鬱。作品有明人輯《江令君集》。本詩乃陳朝初年，詩人尚流寓廣州，見陳朝使臣，送別時所作。詩歌起四句，引傳聞、典故，以合浦杉樹之葉飄向京都，胡馬見北風而悲鳴，表達了自己流寓在外，漂泊不歸的苦惱，以及對京城建康的思念嚮往。「去雲」二句寫送別，使臣如浮雲飛翔，無法追隨，自己也只能送之以目，親手彈奏送別之曲。「秋蓬」以下四句，又是訴說飄零苦悶之語。飛蓬一般飄零失所，春草幾度芳菲，而自己只能在邊關處望月思鄉，風塵染衣，困頓憔悴。詩歌風格清勁，言情深摯，訴思鄉之情悲切，裴尚書見之必為所動。

入攝山❶棲霞寺

淨心抱冰雪，暮齒逼桑榆❷。太息波川迅❸，悲哉人世拘。歲華皆採穫，冬晚共嚴枯❹。濯流濟八水，開襟入四衢❺。茲山靈妙合，當與天地俱。石瀨乍深淺，崖煙遞有無❻。缺碑橫古隧❼，盤木臥荒塗。行行備履歷，步步憐威紆❽。高僧迹共遠，勝地❾心相符。樵隱各有得❿，丹青獨不渝⓫。寺僧猶有朗詮二師、居士明紹、治中蕭曠塑像圖。遺風佇芳桂，比德喻生芻⓬。寄言長往客，淒然傷鄙夫⓭。

薄有清氣，急當收入。○總持更有〈遊攝山詩〉，中云：「荷衣步林泉，麥氣涼昏曉。」亦佳句也。

【注　釋】❶攝山　一名方山，在南京市東北，即棲霞山，以有草可以攝生，故名。❷淨心抱冰雪二句　冰雪，謂心中清潔如同冰雪。暮齒，衰暮。桑榆，日落處，比喻老年。❸太息波川迅　本《論語》子在川上曰：「逝者如斯夫，不舍晝夜。」❹歲華皆採穫二句　歲華，時光；歲時。採穫，收穫。嚴枯，凋枯。❺濯流濟八水二句　濟，渡。八水，八功德水的省稱，佛教術語，謂西方極樂世界浴池中具有八種功德的水。四衢，四通八達的大路。❻石瀨乍深淺二句　石瀨，石上激流。遞，次第。❼古隧　古墓。❽行行備履歷二句　履歷，經歷。威紆，綿延曲折貌。❾勝地　風景優美之地。❿樵隱各有得　本臧榮緒《晉書》：

「胡孔明有言：隱者在山，樵者亦在山，在山則同，所以在山則異。」樵，打柴者。⓫丹青獨不渝　丹青，指畫像。不渝，不變。⓬比德喻生芻　比德，指德行教養可與之比擬。生芻，《詩經・小雅・白駒》：「生芻一束，其人如玉。」鮮草，比美德如玉之人。⓭寄言長往客二句　長往客，指隱者。鄙夫，俗人。

【語　譯】心中清淨如抱冰雪，衰暮迫近桑榆晚年。歎息川中水流迅疾，悲慨人間太多拘束。歲時都有收穫時候，冬季之末一齊凋枯。洗濯渡過八功德水，敞衣步入四通大路。此山神妙集於一體，當與天地共同生之。石上激流忽深忽淺，山岩煙霧時有時無。斷碑殘碣橫臥古墓，蟠曲樹木臥在荒路。走啊走啊親身經歷，步步走去可憐迂曲。高僧蹤跡皆在深遠，勝美之地與心相符。樵夫隱逸各有所得，圖畫繪像獨不變色。美好風範芳桂長在，道德可比高尚君子。贈言山林隱逸之士，悽楚悲傷人間凡夫。

【研　析】本詩乃南朝陳後主至德三年（西元五八五年）十一月十六日詩人夜宿建康棲霞寺而作。詩人晚年與攝山布上人交好，修佛家義理，本詩便是其這一思想蹤跡的具體印證。詩歌前八句，詩人因修佛學，抱心清淨，如冰似雪，這時他已經衰暮之年，桑榆晚景；時光流水般易逝，從孔子便感慨不歇，而人世的紛擾拘牽，更令人悟徹人生之苦；歲時收穫，晚冬物枯，順從自然，濯流八功德水，敞懷來到通衢，一切適性任情，如此乃看破之舉。「茲山」以下八句，寫棲霞寺所在攝山之景。山集神妙，宛然與天地俱來，此為總寫；石瀨時淺時深，山岩雲煙或斷或續，斷碑殘碣橫躺古墓之上，蟠曲樹木臥在荒蕪山道中間，親自經歷走過，步步都見曲折，乃具體寫其山中自然形勝，幽邃靜謐的環境。「高僧」以下六句，則寫其人文。

高僧託跡高遠，勝地與道心相愜，樵夫隱逸於此各有所獲，塑像清晰不磨，大德遺風如芳桂芬芳，高尚道德令人欽慕。結末二句，贈言隱者，為凡夫悲傷，以嚮往高隱，勘透人生作結，也與寺院中作吻合。此由當時宦途得意者說出，亦清涼不混。

南還尋草市宅❶

入隋後南還之作。

紅顏辭鞏洛，白首入轘轅❷。乘春行故里，徐步采芳蓀❸。逕毀悲求仲，林殘憶巨源❹。見桐猶識井，看柳尚知門。花落空難遍，鶯啼靜易諠。無人訪語默，何處敘寒溫❺？百年獨如此，傷心豈復論？

【注　釋】❶南還尋草市宅　南還，指入隋後由京都南還家鄉蘭考。草市宅，鄉村集市中的舊宅。❷紅顏辭鞏洛二句　紅顏，紅潤的臉色，指年輕時。鞏、洛，古地名，代指家鄉。轘轅，山名，在河南登封縣西北。❸乘春行故里二句　乘春，趁著春天。芳蓀，香草名。❹逕毀悲求仲二句　逕毀，小路荒蕪毀壞。求仲，漢朝隱士，據《三輔決錄》，蔣詡於茅舍前開逕三條，惟求仲、羊仲與之共遊。林，竹林。巨源，即晉人山巨源，名濤，「竹林七賢」之一，其見司馬懿與曹爽爭權，乃隱居不問世事。❺無人訪語默二句　語默，指沉默。寒溫，冷暖起居。

【語　譯】紅顏年少辭別鞏洛，白頭老年進入轘轅。趁著春天返回故鄉，緩步採摘野地芳蓀。

舍前徑毀為求仲悲，竹林凋殘憶山巨源。見到梧桐能知井在，看見柳樹知門所開。花兒飛落徒然難遍，黃鶯啼鳴寧靜轉喧。尋訪無人沉默無聲，哪裡可以問候寒暄？人生百年偏獨如此，心中悲傷哪能再論？

【研　析】本詩乃陳亡入隋後，詩人還鄉之作。首四句，少年離家老大回，一介白髮老人，暮年之時，在經歷了改朝換代之後，詩人趁著春光明媚，有返鄉之行；緩步採摘芳蓀，點出家在鄉村。「徑毀」以下四句，小徑毀，竹林殘，見梧桐而知井在，看楊柳辨家門之所，人事滄桑盡在；而求仲、山濤之典，也寓疏離政治，高隱不出之意。「花落」四句，轉入宅中，花落鶯啼，正是春時；獨自尋訪，無人攀談，孤獨寂寥可知。結末二句，以感慨人生作結，家國之悲，包涵無遺，總括全篇，意味無窮。詩極蒼涼沉鬱。

并州羊腸坂❶

三春別帝鄉❷，五月度羊腸。本畏車輪折❸，翻嗟馬骨傷❹。驚風起朔雁，落照盡胡桑。關山定何許？徒御❺慘悲涼。

【注　釋】❶并州羊腸坂　并州，古州名，轄區約相當今河北、山西一帶。羊腸坂，指從沁陽經天井關到晉城的路。❷帝鄉　京都。❸本畏車輪折　本曹操〈苦寒行〉：「羊腸坂詰屈，車輪為之摧。」指道路曲折坎坷。❹翻嗟馬骨傷　本陳琳〈飲馬長城窟行〉：「水寒傷馬骨。」指天氣嚴寒。❺徒御　挽車御馬的人。

【語　譯】春末辭別京城，五月翻過羊腸。本來擔心車壞，反倒傷歎天寒。驟風吹起北雁，落日沉沒桑叢。邊關何時可定？車夫慘然悲涼。

【研　析】本詩寫征夫之苦。起二句，春末離開京城，五月翻越羊腸坂，點名赴邊時間。「本畏」四句，寫關山環境惡劣，不僅地勢崎嶇，而且天氣嚴寒；狂風驟起，大雁驚飛，落日沉沒桑樹叢中，益渲染其荒涼氣氛。結末二句，關山何時可定？是詩人之問，也是「徒御」的疑慮。車夫之悲涼，也正是詩人之悲涼。詩歌沉鬱蒼涼，與宮體截然有別。

於長安歸還揚州九月九日行薇山亭賦韻❶

心逐南雲逝❷，形隨北雁來❸。故鄉籬下菊，今日幾花開？

【注　釋】❶於長安歸還揚州九月九日行薇山亭賦韻　揚州，指金陵，南朝陳及隋朝揚州府治所所在地。薇山，在今山東滕縣南。❷心逐南雲逝　逐，追隨。南雲，南去的雲。❸形隨北雁來　形，身體。北雁，北方飛來的大雁。

【語　譯】心追南去之雲而去，身隨北來大雁而來。故鄉籬笆下邊菊花，今日幾枝已經盛開？

【研　析】本詩又題〈長安九日詩〉。九月九日重陽佳節，是親人團聚的日子。詩人從長安還金陵，尚在山東微山驛亭，但其一顆心，卻早已飛回金陵家中。詩歌起二句，心追南去之雲，形隨南飛之雁，詩人由空中飛翔的雲朵及翱翔的大雁，寄託情思，表達了回到家中的急切心理。賞菊是重九的重要節目，詩人以家中籬笆下的菊花開了幾枝發問，進一步抒寫其思念親人，急盼回家的心情。五言四句，宛然一首絕句。

哭魯廣達❶ 為韓擒虎所執遇害者。

黃泉雖抱恨，白日❷自留名。悲君感義死，不作負恩生。不嫌自汙，真情可憫。

【注　釋】❶魯廣達　南朝陳將領，陳後主至德二年（西元五八四年）為侍中、中領軍，為隋將韓擒虎俘獲，不屈，被害。❷白日　人世；陽世；陽間。

【語　譯】黃泉之下雖然抱恨，陽世之間自留芳名。悲慨君能忠義而死，不作忘恩負義貪生。

【研　析】本詩乃哭魯廣達之作。起二句，抱恨身死，人間留下美名，就廣達之死而言，所謂蓋棺論定。「悲君」二句，說己之悲，論其能講忠義，不負恩苟且偷生，頌其品節，「不嫌自汙，真情可憫」（沈德潛語）。

閨怨篇

寂寂青樓大道邊，紛紛白雪綺窗前❶。池上鴛鴦不獨自，帳中蘇合還空然❷。屏風有意障明月，燈火無情照獨眠。遼西水凍春應少，薊北鴻來路幾千❸？願君關山及早度，照妾桃李片時妍❹。

竟似唐律，稍降則為填詞矣，學者當防其漸。

【注　釋】❶寂寂青樓大道邊二句　青樓，青漆塗飾的樓房，指富室閨閣。綺窗，雕畫文飾的窗戶。❷帳中蘇合還空然　蘇合，香名。然，通「燃」。❸遼西水凍春應少二句　遼西、薊北，均在今河北省東北部。遼西，郡名，秦朝置。❹妍　美。

【語　譯】大道旁邊青樓寂寞，雕紋窗前白雪片片。池水上邊鴛鴦對對，帳中蘇合空自燒燃。屏風有意遮擋明月，燈火無情照人獨眠。遼西水凍春天應短，薊北雁來路程幾千？望君趁早越過關山，照耀我如桃李美妍。

【研　析】本詩如題，乃閨怨之作。詩歌前六句，俱就思婦來寫。大道邊本該熱鬧，而青樓閨閣之中，卻是一片孤寂寥落；雕花文飾的窗戶外，白雪紛紛，茫茫無際；池塘裏，鴛鴦鳥不肯獨自，成雙捉對，歡快嬉戲；然而閨房帳中，蘇合香只是徒然燃燒，倒是屏風有情識趣，有意遮擋明月，怕的是思婦因月傷情；思婦不能成眠，無燈火則怕黑，有燈火則嫌其照得太亮。此全是思婦所見所感，其孤獨冷寂，心中淒苦，昭然可見。「遼西」四句，是思婦對征人之思之盼。遼西、薊北，邊塞苦寒之地，滴水成冰，春天極短，鴻雁到來，大約路程也有好幾千里，所以音信難傳，她只希望夫君能早度關山，回到自己身邊，因為自己的青春也是如此短暫易逝，衷心希望夫君能珍惜美好的時光。「桃李片時妍」，比喻青春匆遽，「說得危竦」（張玉穀《古詩賞析》）。而「此種七言，專攻對仗，已開唐人排律之體」（《古詩賞析》引下近村語）。

張正見

秋日別庾正員

征途愁轉旆，連騎慘停鑣❶。朔氣凌疏木，江風送上潮❷。青雀離帆遠，朱鳶別路遙❸。唯有當秋月，夜夜上河橋。

遇好句不十分卑弱者，亦便收入。鈔詩者至此，眼界放下幾許矣。

【注　釋】❶征途愁轉旆二句　旆，旗幟。連騎，騎從之盛。鑣，馬嚼子，代指乘騎。❷上潮　漲潮。❸青雀離帆遠二句　青雀、朱鳶，畫船船頭裝飾，代指船。

【語　譯】征途憂愁掉轉旗幟，盛大騎從慘楚停馬。寒冽冷風掠過疏林，江上狂風波蕩漲潮。青雀之船離別已遠，朱鳶之船去路遙遙。只有正當秋時月亮，夜夜升起河中橋上。

【研　析】張正見，生卒年不詳，字見賾，河東武城（今山東武城）人。祖、父均仕北魏。南朝梁，隨父南下。官邵陵王國左常侍、通直散騎常侍、彭澤令。入陳，官通直散騎侍郎、撰史著士。陳宣帝太建年間卒。本詩乃贈別之作，庾正員里籍不詳，為詩人之友人。詩歌起二句，旗幟憂愁掉轉，盛眾騎從慘切停下，極寫別時悲愁場景。「朔氣」二句，點出時序，當在深秋，寒冽的南下秋風蕩滌著落葉枯木，江風鼓蕩著漲潮，頗有雄整之勢。「青雀」四句，帆船遠去，前途遙遙，朋友既去，只有秋月，夜夜升起於河橋之上，分外冷寂淒清，月亮已著別離之情。

關山月

巖間度月華❶，流彩映山斜。暈逐連城璧，輪隨出塞車❷。唐蓂遙合影❸，秦桂遠分花❹。欲驗盈虛駛，方知道路賒。

秦置桂林，言桂林之花，遠分於月中也。

【注　釋】❶月華　月光。❷暈逐連城璧二句　暈，月暈，月亮周圍的光氣。連城璧，價值連城的碧玉，代指月亮。輪，月輪。出塞車，代指月亮。❸唐蓂遙合影　唐蓂，即蓂莢，《抱朴子・對俗》載：「唐堯觀蓂莢以知月。」傳說中此種瑞草，每月初一至十五日生一莢，十六至月終，日落一莢。❹秦桂遠分花　謂秦朝置桂林郡，月中桂樹，乃分桂林之花。

【語譯】月光騰上山巖中間，流光溢彩映照山斜。光暈追逐連城玉盤，月輪追隨出塞之月。蓂莢遙與光陰吻合，秦朝桂花遠分月中。欲要檢驗時光迅疾，方纔知道道路遙遠。

【研析】〈關山月〉為漢樂府橫吹曲名，內容多寫征夫思鄉，傷愁別離，這裡則純寫月光，為詠月之作。月上山嶺，著一「度」字，月亦有情；山巒中間，流光溢彩，極寫月光之明亮。連城璧比月，月暈逐月；載月之車輪，隨同月亮，來到塞外，是關山之月，點明題目。蓂莢長落，遠合時光；月中桂樹，分秦朝桂林之花，以典故寫月之空靈。月之盈虧，時間流逝，漫長的道路是時間流走的見證。詩歌用典，雖富麗，卻流於艱澀，少流逸之致。

何胥

被使出關❶

出關登隴坂，回首望秦川❷。絳水通西晉，機橋指北燕❸。奔流下激石，古木上參天❹。鶯啼落春後，雁度❺在秋前。平生屢此別，腸斷❻自催年。

「鶯啼」一聯，極言風景之異。

【注 釋】❶隴 指隴關，漢朝設，在隴山之南。❷出關登隴坂二句 隴坂，即隴山，六盤山南段的別稱。秦川，泛指今陝西、甘肅秦嶺以北平原地帶，因春秋戰國時期隸屬秦國而得名。❸絳水通西晉二句 絳水，水名，在今山西降縣北。西晉，指春秋時期晉國，因在絳水西北，故稱。機橋，裝設機關的橋樑。《燕丹子》載，燕國太子丹為人質於秦，求歸，秦王設機關於橋，欲害之。北燕，古燕國，在今河北薊縣。❹奔流下激石二句 激石，沖擊著石頭。參天，高聳天空。❺度 指大雁南飛。❻腸斷 形容極度悲傷。

【語 譯】出了關隘登上隴山，回首遙望內地秦川。降水流淌通古晉國，機關之橋指向北燕。奔騰流水下沖石頭，老樹高聳上干雲天。黃鶯啼鳴入春以後，大雁南飛秋來之前。一生屢經此等遠別，悲傷過度催人衰顏。

【研 析】何胥，字孝典，生卒年及里籍均不詳。與陳暄等人友善，南朝陳後主時，嘗參與後庭宴集，常為陳後主等所做豔詩譜曲。本詩乃詩人奉命出隴關，赴塞外所作。起二句總領，點明出關及登隴山而回望，秦川舊地，已在遙遠難見之處，悲辛暗寓其中。「絳水」以下四句寫景。絳水綿延伸向西晉，設機關之橋通向北燕，以典故暗喻北國狼子野心，及自己歸去之難。奔流沖激石頭，承上寫水流湍急；古木參天是夏時光景。此均回望所見。「鶯啼」二句，是塞外景象。春季已到，黃鶯之啼方姍姍來遲；秋季未臨，大雁已紛紛南飛，塞外嚴寒，春到之遲與秋來之早，盡含其中。結末二句，抒心中之情，人生屢遭遠別，柔腸寸斷，人自易老，此寫其去國懷鄉之悲。詩歌寫景抒情，言之有物，堪稱上乘。

韋鼎

長安聽百舌❶

萬里風煙異❷，一鳥忽相驚。那能對遠客，還作故鄉聲？

【注釋】❶長安聽百舌　長安，北周都城，今西安。百舌，鳥名，似伯勞而小，啼聲多變化。❷風煙異　風土景物有別。

【語譯】萬里以外風物不同，一鳥啼鳴忽驚我心。哪裡能對異鄉遊子，還要發出故鄉聲音？

【研析】韋鼎（西元約五一五年—約五九三年），字超盛，京兆杜陵（今陝西西安市東南）人。南朝梁，官至中書侍郎。入陳，官至太府卿，嘗出使北周。入隋朝，召進儀同三司，出任廣州刺史。本詩乃其奉陳宣帝命出使北周，在長安所作。詩歌首句，「風煙異」三字，盡將異鄉遊子客地的感受和盤端出。一鳥令人驚心，故設懸念之筆，其何以如此，讓人急欲知道。三、四兩句，順承而下，嗔語作解，原來是家鄉熟聽了的百舌鳥，在此發出詩人熟悉不過的聲音。稱鳥之鳴聲為「鄉聲」，有他鄉遇故知之感，更表現出詩人對故鄉深切的思念之情。詩人可謂敏感，善能體物寫情。

陳昭

昭君詞❶

跨鞍今永訣，垂淚別親賓❷。漢地隨行盡，胡關❸逐望新。交河❹擁塞霧，隴❺日暗沙塵。唯有孤明月，猶能遠送人。　雅音。

【注釋】❶昭君詞　樂府舊題，收入《樂府詩集·相和歌辭·吟歎曲》。詠寫漢朝王昭君出塞和蕃事。❷親賓　親戚賓客。❸胡關　指進入匈奴地界的關隘。❹交河　古城名，位於今新疆吐魯番西北。❺隴　隴山，今甘肅六盤山南段。

【語譯】跨上馬鞍今將永訣，淚水零落辭別親友。漢朝土地行行走盡，關隘胡地漸望清晰。交河邊塞瀰漫霧氣，隴頭日暗騰揚沙塵。只有清寂一輪月亮，還能遠來送別行人。

【研析】陳昭，生卒年不詳，義興國山（今江蘇宜興西南）人。父陳慶之，為南朝梁大將。襲父永興侯爵位。嘗出使北齊。本詩又題〈明君詞〉，乃避晉文帝司馬昭諱。詩歌詠王昭君事。

起二句，跨鞍上馬即是永訣，此別非尋常之別；而垂淚告別親人賓朋，未能大慟，強忍心中也，此與奉君命而行，漢室公主身分有關。「漢地」二句，隨著行進，漢朝地域將盡，關隘在望，胡地可見，撲入眼簾的，是新奇的異域風物，是陌生未來之境。「交河」二句，塞霧瀰漫，塵土飛揚，隴頭太陽無光，荒涼景象，是眼前景，也折射著昭君彼時的心情。結末二句，孤月在天，月依舊是身在漢邦之月，這時，似乎只有她，纔是陪伴昭君的唯一親人，寫昭君悽楚心境，深切入木。詩歌語言樸實，敘事渾成，格調蒼涼，也為寫昭君題材之名篇。

北魏詩 附

劉昶

斷句

《南史》：昶兵敗奔魏，棄母、妻，惟攜妾一人，騎馬自隨，在道慷慨為斷句。

白雲滿鄣❶來，黃塵暗天起。關山四面絕❷，故鄉幾千里？

【注釋】❶鄣　邊塞設置的城堡。❷關山四面絕　關山，關隘山嶺。絕，阻絕。

【語譯】城堡翻騰瀰漫白雲，滾滾煙塵遮天而起。關山險峻四面隔絕，故鄉遙遠有幾千里？

【研析】劉昶（西元四三五年—四九八年），字休道，彭城（今江蘇徐州）人。南朝宋文帝劉義隆第九子，封義陽王。曾官徐州刺史。為廢帝所疑，逃奔北魏，官侍中、征南將軍、駙馬都尉，封丹陽王，加儀同三司，領儀曹尚書。又官中書監，封齊郡開國公，加宋王號。斷句即絕句，據《南史》本傳，此詩為投奔北魏途中作。起二句，山間城堡中白雲瀰漫而來，滾滾沙塵遮天蔽日而起，蒼莽雄健，筆力雄渾，將關隘邊塞險峻形勢寫盡。三、四兩句，身邊是高峻奇險的山嶺關隘，道路阻隔，人煙稀少，詩人想起被迫逃離的故鄉，悲從中來，更不知在幾千里外。詩歌景語亦情語，其工穩的對仗，儼然一唐人五絕。

常景

司馬相如

《北史》：景淹滯門下，積歲不至顯官，以蜀司馬相如、王褒、嚴君平、揚子雲皆有高才而無重位，乃託意以讚之。

長卿有豔才，直致不群性❶。鬱若春煙❷舉，皎如秋月映。遊梁雖好仁，仕漢常稱病❸。清貞非我事，窮達委天命❹。

【注釋】❶長卿有豔才二句　長卿，漢賦家司馬相如字，蜀郡成都人。豔才，富麗華美之才。直致，直率。不群性，孤傲不合流俗的性格。❷春煙　春天的雲煙山嵐。❸遊梁雖好仁二句　遊梁，指其到梁孝王門下，與鄒陽、枚乘等交遊。仁，仁德之人。常稱病，指其患消渴之疾。❹清貞非我事二句　清貞，清高貞潔。窮達，貧困與顯達。委，付託。

【語譯】長卿懷有富麗才華，直率孤傲與俗不合。濃鬱如同春煙升起，皎潔好似秋月照映。遊梁雖然交好仁者，出仕漢朝常常抱病。清高貞潔非關我事，貧困顯達付之天命。

【研析】常景（？—西元五五〇年），字永昌，河內溫（今河南溫縣）人。北魏孝文帝朝，官門下錄事、僕射將軍給事中。孝莊帝永安二年（西元五二九年），官中軍將軍、正黃門。節閔帝初，官車騎將軍、祕書監。孝武帝永熙二年（西元五三三年），監議事。官終儀同三司。詩歌「四聲八病」說的擁護者。據《北史》本傳：「景淹滯門下，積歲不至顯官，以蜀司馬相如、王褒、嚴君平、揚子雲皆有高才而無重位，乃託意以讚之。」此〈蜀四賢贊〉所由作也。〈司馬相如〉乃其一。詩歌前四句寫其才華稟性，豔才蓋世，直率不群，顯其不同流俗，世之英才；春煙之鬱，秋月之明，二比其天性。「遊梁」以下四句，遊梁交遊仁德，仕漢疾病纏身，是其經歷遭遇；放達不求清貞，窮達不縈於懷，隨順天命，任從自然，是蓋棺論定。詩歌表達了詩人仕途淹蹇中的自我寬慰解脫。

王　褒❶

王子挺秀質，逸氣干青雲❷。明珠既絕俗，白鵠信驚群。才世苟不合，遇否途自分❸。空枉碧雞命，徒獻金馬文❹。

漢宣帝遣王褒祀金馬碧雞之神，褒中道卒，故曰空枉，曰徒獻云。

【注　釋】❶王褒　西漢賦家，字子淵，宣帝朝官諫議大夫。❷王子挺秀質二句　秀質，優美卓異的品質。逸氣，超邁脫俗的稟性。❸才世苟不合二句　才世，才能與世俗。遇否，遇與不遇。❹空枉碧雞命二句　《漢書》本傳：「方士言益州有金馬、碧雞之寶，可祭祀致也。宣帝使褒往祀焉，褒於道病死。」

【語　譯】王生品質秀美卓異，超邁脫俗氣衝青雲。明珠之品既然絕俗，如同白鶴卻驚群輩。才與世俗倘若不合，遇與不遇人生路分。空自有著碧雞使命，徒然獻上金馬祭文。

【研　析】此〈蜀四賢贊〉另一首。詩歌詠寫漢朝辭賦家王褒。前四句，讚其才華之美，超凡拔俗之氣；明珠超群，白鶴驚群，二比譬其非流俗中人，鶴立雞群，難與俗人為伍。「才世」四句，論其淹蹇，不遇於時，命途多舛，有祭祀之使而命運作祟，難建功業。此亦自寓懷抱。

嚴君平❶

嚴君性沉靜，立志明霜雪。味道綜微言，端著演妙說❷。才屈羅仲口❸，位結李強舌❹。素尚邁金貞，清標陵玉徹❺。

【注釋】❶嚴君平　西漢蜀郡人，名遵，卜筮成都，日得百錢，足以為生，則閉肆下簾讀《老子》，揚雄嘗從其遊學。❷味道綜微言二句　味道，體會大道。綜，綜理。端蓍，整理蓍草。演，推演。妙說，指其精妙的釋卦之言。❸才屈羅仲口　《高士傳》載：「蜀有富人羅沖者，問君平曰：『君何以不仕？』曰：『無以自發。』沖為君平具車馬衣糧。君平曰：『吾病耳，非不足也。我有餘而子不足，奈何以不足奉有餘？』沖曰：『吾有萬金，子無儋石，乃云有餘，不亦謬乎？』君平曰：『吾前宿子家，人定而役未息，晝夜汲汲，未嘗有足。今我以卜為業，不下床而錢自至，猶餘數百，塵埃厚寸，不知所用，此非我有餘而子不足耶？』沖大慚。」❹位結李強舌　《漢書・王吉傳》：「揚雄仕京師，數為朝廷在位賢者稱君平德，杜陵李強素善雄，久之為益州牧，喜謂雄曰：『吾真得嚴君平矣！』雄曰：『君備禮以待之，彼人可見而不可詘也。』強心以為不然，及至蜀，致禮與相見，卒不敢言以為從事。乃歎曰：『揚子雲誠知人。』」位，立。❺素尚邁金貞二句　素尚，平素的志尚。邁，超。清標，俊逸的風采。陵，勝過。

【語譯】嚴君稟性好沉靜，立志明潔如霜雪。體味大道理微言，整理蓍草推妙說。大才屈服羅沖口，站立封結李強舌。平素志尚比金貞，俊逸勝過玉澄澈。

【研析】此〈蜀四賢贊〉又一首，詠寫巴蜀隱士嚴君平。起二句，總寫其稟性志節，沉靜而不輕浮，志尚操守猶如霜雪。「味道」四句，言其行事，揣摩體味大道，梳理微言勝旨，整理擺弄蓍草，推演人生運命，此寫其日常；屈服羅沖，令李強結舌，此舉個案以說其才能，其品格操行，也盡見事蹟之中。結末二句，亦蓋棺論定，素來志尚比金堅貞，俊逸風采勝玉明澈，真正聖人。

揚雄❶

蜀江導清流，揚子挹餘休❷。含光絕後彥，覃思邈前修❸。世輕久不賞，玄談物無求。當塗謝權寵❹，置酒得閑遊。

不及〈五君詠〉者，顏作能寫性情，此只引得故實也。以氣體大方，收之。

【注　釋】❶揚雄　西漢辭賦家、學者，字子雲，蜀郡人。❷蜀江導清流二句　清流，清澈的流水，喻高潔名望之士。休，美善。❸含光絕後彥二句　含光，蘊涵光華。後彥，後來傑出的人才。覃思，深思。邈，超越；勝過。前修，古代聖賢。❹當塗謝權寵　當塗，指仕途。權寵，指受朝廷寵愛的有權勢之人。

【語　譯】蜀江發出清澈水流，揚雄先生舀其美善。蘊涵光華後無來者，深思精慮勝古聖賢。詩人輕忽久不欣賞，玄奧言談於物無求。仕途謝絕阿附權貴，設酒快飲得以閑遊。

【研　析】此〈蜀四賢贊〉又一首，詠寫西漢揚雄。起二句為興為比，蜀江清流，比蜀之地靈人傑，才人輩出；揚子雲蜀人，其集巴蜀之靈秀，卓特出群。「含光」二句，謂其蘊藏光輝，後無來者，前邁古之聖賢，議論之筆，為其論定。「世輕」以下四句，敘其經歷遭遇，其不為俗世所賞，而自己則陶醉道德學術，於物無求；拒絕權貴，杯酒閑遊自娛。此亦自寓情懷。四首結構，各不相同，亦能見出詩人苦心經營。

溫子昇

從駕幸金墉城❶

茲城實佳麗，飛甍自相並❷。膠葛擁行風，岧嶢閡流景❸。御溝屬清洛，馳道通丹屏❹。湛淡水成文❺，參差樹交影。長門久已閉，離宮一何靜❻。細草緣玉階❼，高枝蔭桐井。微微夕渚暗，肅肅暮風冷❽。神行揚翠旂，天臨肅清警❾。伊❿臣從下列，逢恩信多幸。康衢⓫雖已泰，弱力將安騁？略有三謝之體。

【注釋】❶從駕幸金墉城　幸，指皇帝到某處去。金墉城，三國魏明帝時所築，在今河南洛陽市東北。❷茲城實佳麗二句　佳麗，秀麗。飛甍，高高而起的屋脊。❸膠葛擁行風二句　膠葛，交錯紛亂貌。行風，流動的風。岧嶢，高峻貌。閡，阻隔；斷絕。流景，閃耀的光彩。❹御溝屬清洛二句　御溝，流入宮中的河道。屬，連。清洛，指洛水。馳道，天子行走的大道。丹屏，赤色屏風，指宮禁內庭。❺湛淡水成文湛淡，清澈。文，通「紋」。❻長門久已閉二句　長門，漢朝宮名。離宮，正宮外供皇帝出巡時居住的宮室。❼細草緣玉階　細草，嫩草。緣，沿。❽微微夕渚暗二句　微微，隱約；淡遠。肅肅，風聲勁烈貌。❾神行揚翠旂二句　《列子》：「黃帝夢遊華胥之國，其國乘空如履實，其步神行而已。」神行、天臨，均皇帝出巡的美稱。翠旂，翠羽裝飾的旌旗，指皇帝出行時的儀仗。清警，古代皇帝出行時，先要清除道路，警戒行人。❿伊　語助詞。⓫康衢　大道，喻仕途。

【語譯】這座城池真的美麗，高高屋脊自相並起。紛亂擁擋流動來風，高峻阻隔閃耀光輝。御溝連接清澈洛水，馳道通向內庭宮禁。清澄之水現出波紋，參差樹木相交成蔭。漢宮長門關閉已久，皇帝離宮何其幽靜。嫩草攀緣爬上玉階，梧桐高枝蔭蓋天井。傍晚洲渚隱約淡遠，肅肅猛烈晚風陰冷。帝王出巡翠羽旗揚，聖駕光臨警戒肅靜。臣子隨從得以下列，遭逢恩寵確實榮幸。仕途大道已經通泰，力量薄弱如何馳騁？

【研析】溫子昇（西元四九五年—五四七年），字鵬舉，濟陰冤句（今山東荷澤西南）人。家世寒素，北魏朝，以文才顯貴，官御史、金紫光祿大夫、散騎常侍、中軍大將軍。入東魏，高澄引為大將軍府諮議參軍，後因涉嫌謀反高澄，囚禁晉陽獄，餓死。明人輯其創作為《溫侍讀集》。本詩乃侍從皇帝出巡金墉城而作。起四句寫遠景，大處著筆。美麗的金墉城池，遠望飛甍翹起，摩肩接踵，紛紛而起，遮擋了來風，阻隔了太陽的光輝，極寫其建築壯麗雄偉。「御溝」四句為近觀，宮中流出的御溝，與洛水相連；皇帝出行的道路，直通宮禁重地；河水清澈，波光粼粼；樹木參差蔥蘢，交互而成樹蔭，此顯其秀美。「長門」六句，寫行宮幽靜。宮門久閉，離宮幽靜，此總寫。嫩草攀緣玉階生長，梧桐樹高高的枝葉蔭蓋天井，暮色中洲渚隱約，初春之風猶然嚴寒，由具體環境、氣氛，渲染其靜寂。「神行」六句，照應題目。天子出巡，翠羽之旗招展，清道警戒肅然，是朝廷出巡光景；臣子隨從，確是蒙恩榮幸，感恩頌聖，是侍駕本色；道路暢達，擔心才力薄弱，不足以馳騁，謙卑中再寓感恩頌聖。詩學南朝，有齊梁風調。王夫之《古詩評選》謂：「江南聲偶既盛，古詩已絕，晉宋風流僅存者，北方一鵬舉耳。靜善平密，凌顏轢謝則不能，含任吐沈固有餘矣。」

擣衣

長安城中秋夜長，佳人錦石擣流黃❶。香杵紋砧知近遠❷，傳聲遞響❸何淒涼！七夕長河爛❹，中秋明月光❺。蠮螉塞邊逢候雁❻，鴛鴦樓上望天狼❼。直是唐人。

【注釋】❶佳人錦石擣流黃　錦石，有彩色紋理之石，指擣衣石之美。流黃，一種黃顏色，指黃色絹帛。❷香杵紋砧知近遠　杵，擣衣棒。紋砧，帶花紋的砧石。❸傳聲遞響　指擣衣聲次第傳來。❹七夕長河爛　七夕，七月七日，傳說中牛郎織女相會的日子。長河，指天河。爛，璀璨。❺光　光亮。❻蠮螉塞邊逢候雁　蠮螉，關塞名，所在不詳。逢，別本作「絕」。候雁，作為候鳥的大雁，每年秋天南下。❼鴛鴦樓上望天狼　鴛鴦樓，指佳人居處。天狼，星名，古人認為此星主戰。

【語　譯】長安城中秋夜漫長，佳人就著美麗的砧石捶擣黃色絹帛。香杵敲擊紋砧之聲可知距離遠近，次第傳來聲響何等令人感到淒涼！七月七日銀河星星璀璨奪目，中秋明月輝耀多麼光亮。蟏蛸邊塞見到南飛鴻雁，鴛鴦樓上遙望天狼星現。

【研　析】本詩寫思婦思念征人之情。前四句，長安是地點，秋夜是時間，錦石之上擣絹帛，推出主人公思婦。擣衣裳，乃秋寒時所為，是為在外的征夫縫製寒衣所需。杵擊砧石，斷續次第傳來，何其淒涼，而真正淒涼者乃思婦之心，此是全詩主旨所在。香杵紋砧，杵砧之美，實為形思婦之美。「七夕」四句，七夕銀河璀璨，中秋月亮圓滿，前者是牛郎織女相會的日子，後者是人間團圓的佳節，思婦思夫之苦可知。邊塞上見到南去大雁，是思婦懸想夫君之苦，鳥能回南而夫君不能，征人之苦可知，而征人之苦也正是思婦之苦的表現。望天狼，期盼著天狼星隱沒，戰爭結束，丈夫能夠早日歸來。詩歌純用白描手法，融情入景，景以寫情，委婉蘊藉，辭煉意含，頗為人稱賞。

胡叟

示陳伯達❶

《北史》：叟入沮渠牧犍，牧犍遇之不重，乃為詩示伯達云。

群犬吠新客，佞暗排疏賓❷。直途既已塞，曲路非所遵。望衛惋祝鮀，盼楚悼靈均❸。何用宣憂懷，託翰寄輔仁❹。「輔仁」是康樂一種用法，其詞太直，在北朝取其風格。

【注釋】❶陳伯達　或作「程伯達」，廣平人，北涼牧犍世子參乘，詩人的友人。❷群犬吠新客二句　群犬、佞暗，均指朝中小人。佞暗，諂媚陰暗。新客、疏賓，詩人自指。❸望衛惋祝鮀二句　祝鮀，或作「祝佗」，春秋時期衛國大夫，字子魚。劉文公合諸侯於昭陵，佗為衛靈公隨從。初，諸侯排位，先蔡國後衛國，佗力爭，終列蔡國之前。孔子說其奸佞。盼，或作「盻」。靈均，屈原字，戰國時期楚國偉大詩人，為公子子蘭、上官氏讒毀迫害，投汨羅江而死。❹輔仁　培養道德，這裡借指友人，本《論語・顏淵》：「君子以文會友，以友輔仁。」

【語　譯】群犬吠咬新來客，陰暗小人排遠賓。正直道途已阻塞，斜曲之路非遵循。遙望衛地歎祝佗，顧盼楚地傷屈原。何以宣洩鬱悶心，呈上詩篇與友人。

【研　析】胡叟，字倫許，生卒年不詳，安定臨涇（今甘肅鎮原縣）人。先在後秦，以姚氏將衰，入長安。後入北涼，投沮渠牧犍，不得志，歸魏。《北史》記載：「叟入沮渠牧犍，牧犍遇之不重，乃為詩示伯達。」此本詩所由作。詩歌前四句，寫自己新到北涼，為朝廷群小奸佞之徒讒毀排斥，直道堵塞，曲路橫行，此非自己遵循。「望衛」四句，以歎惋祝佗、傷悼屈原，引古人為比，寫直道不行，古來已然；結末二句，回應題目，寫呈詩友人，宣洩憂懷初衷。沈德潛評：「其詞太直，在北朝取其風格。」

胡太后

楊白花❶

《梁書》：楊華少有勇力，容貌雄偉，魏太后逼通之。華懼及禍，乃率其部曲降梁。太后思之，為作〈楊白花歌〉，使宮人連臂蹋足歌之，聲甚淒惋。

陽春二三月，楊柳齊作花。春風一夜入閨闥❷，楊花飄蕩落南家❸。
含情出戶腳無力，拾得楊花淚沾臆❹。春去秋來雙燕子，願銜楊花入窠❺裡。

音韻纏綿，令讀者忘其穢褻。後人作此題，竟賦楊花，失其旨矣。柳子厚一篇，若隱若露，劇佳。

【注釋】❶楊白花　樂府雜曲歌辭名。《樂府解題》引《梁書》曰：「楊華，武都仇池人也。少有勇力，容貌雄偉，魏胡太后逼通之。華懼及禍，乃率其部曲來降。胡太后追思之，不能已，為作〈楊白花〉歌辭，使宮人晝夜連臂蹋足歌之，聲甚淒惋。」❷閨闥　宮中小門，代指內室。❸南家　暗指楊花所奔的南朝。❹臆　前胸。❺窠　巢穴。

【語譯】春天二三月間，楊柳一齊開花。一夜春風吹進深宮內室，楊花隨風飄蕩落於南家。懷著深情兩腳無力走出門外，拾起楊花淚水灑落滿胸前。春去秋來一年以後燕子雙雙歸，希望衛得楊花進巢穴。

【研　析】胡太后（？—西元五二八年），北魏安定臨涇（今甘肅鎮原南）人。宣武帝元恪妃，孝明帝生母。早孀。孝明帝登位，其臨朝聽政。本詩寫其對楊華之依戀深情。詩以諧聲隱語，由春二三月楊花開放著筆，寫到楊花飄落南家，暗寓心愛之人楊華的逃奔南朝。「含情」二句，寫楊華走後自己的依戀難捨，觸景生情，感楊花而思楊華。結末二句，燕子秋去春來，成雙捉對，詩人思念楊華，希望著心愛之人歸來，再築愛巢。詩歌寫情一往而深，纏綿悱惻，有南朝情歌格調。

咸陽王❶歌

《北史》：後魏咸陽王禧謀逆伏誅後，宮人為之歌。其歌流於江表，北人在南者，弦管奏之，莫不泣下。

可憐咸陽王，奈何作事誤。金床玉几不能眠，夜踏霜與露。洛水湛湛❷彌岸長，行人那得渡？

深情出以婉節，自能動人。一時文人詩，淺率無味，媿宮中女子多矣。

【注　釋】❶咸陽王　北魏宣武帝元恪叔父元禧，官為宰相，因謀反事洩賜死。❷湛湛　水深貌。

【語　譯】可憐咸陽王，為何做事太荒唐。金床玉几不能安然睡，深更半夜踏著霜露去逃亡。洛水水深滿岸悠且長，行人想要過河豈非夢想？

【研　析】本詩見於《魏書．獻文六王傳》及《北史．獻文六王傳》，乃宮人感慨咸陽王事而作。起二句，感慨咸陽王做事荒唐，太不應該。「金床」二句，錦衣玉食，金床玉几，安富尊榮，一人之下萬人之上，尚且不能知足，結果謀逆事敗，倉皇逃竄，冒著霜露，深夜逃亡。對比中顯其癡妄。結末二句，以洛水深長難渡，寫其不自量力，自取滅亡。沈德潛評之甚高：「深情出以婉節，自能動人。一時文人詩，淺率無味，媿宮中女子多矣。」

李波小妹歌

《魏書》：廣平人李波，宗族強盛，殘掠不已，百姓為之語云云。刺史李安世誘波等殺之，州內肅然。

李波小妹字雍容，褰裙逐馬如捲蓬❶，左射右射必疊雙❷。婦女尚如此，男子安可逢？

【注　釋】❶褰裙逐馬如卷蓬　褰，提起。逐馬，馳馬。❷疊雙　指一箭射中兩個目標。

【語　譯】李波小妹表字雍容，提裙上馬飛奔迅疾如風捲蒿蓬，左邊一箭右邊一箭箭箭能疊中。婦女尚且如此勇，男兒哪裡敢去碰？

【研　析】此北朝民歌，載《魏書》、《北史》。《魏書．李孝伯傳》載：「初，廣平人李波，宗族強盛，殘掠生民。前刺史薛道檦親往討之，波率其宗族拒戰，大破檦軍。遂為逋逃之藪，公私成患。百姓為之語曰……。」這首歌謠讚揚了李波小妹的能騎善射、驍勇善戰。前三句，表字雍容，已蘊含著從容不迫的意思在；提裙上馬，馳騁如狂風捲起飛蓬，極寫其善能騎馬，馬術精湛；左右開弓，一箭雙的，極誇其善射，箭術神奇，出神入化，李波小妹颯爽英姿之驍勇形象，已經躍然紙上。「婦女」二句，則對其生長的家族環境，進行了揭示：婦女如此，其家中男兒之勇不言而喻。而正是這樣的家族環境，纔孕育出巾幗英雄李波小妹。

北齊詩 附

邢邵

思公子

綺羅日減帶❶，桃李❷無顏色。思君君未歸，歸來豈相識？

【注釋】❶綺羅日減帶　綺羅，指用綺羅製成的衣裙。帶，衣帶，指腰圍。❷桃李　桃李之花，比喻女子。

【語　譯】綺羅衣裙腰圍日減，桃李嬌豔顏色憔悴。思念夫君夫君不回，歸來日子哪還相認？

【研　析】邢劭（西元四九六年—？），字子才，河間鄭（今河北雄縣南）人。北魏時，官奉朝請、著作左郎，出為青州司馬，又為中書侍郎、衛將軍、國子祭酒、尚書令、給事黃門侍郎。東魏時，官西兗州刺史、中書令、太常卿兼中書監。北齊時，加特進。明人輯其創作為《邢特進集》。本詩寫思婦思夫之情。前二句賦筆，衣帶漸寬，腰圍日細，形體消瘦也；桃李顏色，日漸衰老，容色憔悴也。「思君」二句，揭出消瘦憔悴原因，乃思君君不歸；而夫君歸來之日，則以消瘦衰老，而無法相認，懸想也何其淒苦！詩歌平易簡淡中，寓深摯濃烈相思愁怨，結末一句，言前人未嘗言。

祖珽

挽歌

昔日驅馳馬，謁帝長楊宮❶。旌懸白雲外，騎獵紅塵中❷。今來向漳浦，素蓋轉悲風❸。榮華與歌笑，萬里❹盡成空。

【注　釋】❶昔日驅駟馬二句　駟馬，指四匹馬拉的車，顯貴者所乘。長楊宮，秦宮名，泛指帝王宮殿。❷旌懸白雲外二句　旌，旌旗，指官員出行時的儀仗。白雲外，極言儀仗盛大。騎獵，騎馬打獵。❸今來向漳浦二句　漳浦，漢縣名，在今福建沿海地區。素蓋，白色車蓋，指白土塗刷的車子，多喪葬所用。❹萬里　別本作「萬事」。

【語　譯】往昔驅馳駟馬高車，晉見朝廷長楊宮殿。旌旗儀仗掛到雲外，騎馬打獵塵土滾滾。今日前往漳浦地帶，白車行進淒厲風中。榮華以及歡歌笑語，所有一切都成空幻。

【研　析】祖珽，生卒年不詳，字孝徵，范陽遒（今河北淶水北）人。性格疏狂。東魏末，官祕書郎、尚書儀曹郎。北齊初官尚藥丞，武成帝高湛朝，擢中書侍郎、祕書監，因爭權失敗，遭流放，後主立，起用，官尚書左僕射、侍中，封燕國公，後被排擠，出為北徐州刺史。本詩乃自挽之歌，頗見其疏狂個性。前四句是得意時光景，駟馬高車，出入宮廷，拜見朝廷，隨意進退，出行則儀仗旌旗無邊，馳騁駿馬，打獵則煙塵滾滾，顯赫威風之極，恣意任情之極。「今來」四句，是殯時景象。漳浦蠻荒地帶，是己歸宿；淒厲悲涼風中，白車輪轉。結末二句，榮華富貴，歡歌笑語，一切都成空幻，是棒喝語，精警醒人。前後對照，生前繁華與死後蕭條之鮮明對比，令人猛醒。

鄭公超

送庾羽騎抱❶

舊宅青山遠，歸路白雲深。遲暮❷難為別，搖落❸更傷心。空城落日影，迥地❹浮雲陰。送君自有淚，不假聽猿吟❺。

翻得新。

【注　釋】❶送庾羽騎抱　庾抱，潤州江寧（今江蘇南京）人，隋朝開皇中為延州參軍事。羽騎，官職名，皇帝的侍衛人員。❷遲暮　暮年；晚年。❸搖落　草木零落，指深秋。❹迥地　高遠處。❺不假聽猿吟　用〈巴東三峽歌〉「猿鳴三聲淚沾裳」意。

【語　譯】家鄉舊宅在遙遠青山處，回去的路途在白雲深處。人生暮年別離最是難受，草木凋零季節更令人傷愁。空寂城池落日投下陰影，高遠之際浮雲陰森密佈。送別閣下悲楚自多淚水，不須憑著聽到悲慼猿鳴。

【研　析】鄭公超，生卒年不詳，北齊後主朝，官奉朝請，待詔文林館，參與修撰《修文殿御覽》。本詩乃送別友人庾抱之作。起二句，先從友人去處寫，青山遙遠，白雲深處，有高隱之意，庾抱當為辭官而去。「遲暮」二句，寫到送別，暮年之別，再見為難，故臨別不捨；時當深秋，草木凋零，蕭瑟淒涼，益添別人愁楚。「空城」二句，空城落日，浮雲陰森，是別時之景。「送君」二句，以別時悲切，不待聞聽猿聲悲鳴，自然淚下，寫心中之情。此亦妙於翻用，

「翻得新」。詩歌情景交融，語言清淡，情真意切。

蕭愨

上之回❶

發軔城西時，回輿事北遊❷。山寒石道凍，葉下故宮秋。朔路傳清警，邊風卷畫旒❸。歲餘巡省畢，擁仗返皇州❹。

聲律俱諧，唐音中之佳者。

【注釋】❶上之回　上，皇上。之，往。回，回中，地名，在安定高平。❷發軔城西時二句　發軔，啟程；出發。軔，塞在車輪前用來剎車的木頭。時，古代郊外祭祀五帝的場所。回輿，調轉車頭。事，從事。北遊，往北方巡遊。❸朔路傳清警二句　朔路，北方之路。清警，帝王出行時清除道路警戒行人。畫旒，旗上的彩色飾物，指彩色旗子。❹歲餘巡省畢二句　巡省，巡視省察。仗，儀仗。皇州，京城。

【語譯】城西祭祀處出發，調車往北方巡遊。山中寒冷道冰凍，舊時宮殿秋葉落。北方道途戒行人，邊地狂風捲彩旗。歲暮巡行視察完，儀仗擁護返京都。

【研析】蕭愨，生卒年不詳，字仁祖，南蘭陵（今江蘇武進）人。梁武帝蕭衍族孫。梁末入北齊，官太子洗馬。後入隋。本詩寫朝廷北上，巡視回中。起二句，朝廷祭祀西郊，調車北巡，總領全篇。「山寒」二句，山中石道冰凍，故宮樹葉紛落，點出歲暮時節。「朔路」二句，北上道路警戒清道，是朝廷出行規模；邊地北風烈烈，吹捲彩旗，點出北巡。結末二句，巡省是北上緣起；巡察已畢，儀仗簇擁，返回京城，收束全篇，了結開頭出巡。沈德潛評本首：「聲律俱諧，唐音中之佳者。」

和崔侍中❶從駕經山寺

鉤陳夜警徼，河漢曉參橫❷。游騎騰文馬，前驅轉翠旌❸。野禽喧曙色，山樹動秋聲。雲表金輪見，巖端畫栱明❹。塔疑從地湧，蓋似積香成。泉高下溜❺急，松古上枝平。儀台多北思，麗藻蔚緣情❻。自嗤非照乘，何以繼連城❼。

【注釋】❶崔侍中　不知誰何。侍中，官名。❷鉤陳夜警徼二句　鉤陳，星名，在紫微垣內，近北極星。古人以其象後宮之位，借指後宮。警徼，警備、巡察。河漢，銀河。參橫，參星橫斜，天將亮時。❸游騎騰文馬二句　游騎，巡邏的騎兵。文馬，毛色有文采的馬。翠旌，鳥羽裝飾的旗子。❹雲表金輪見二句　金輪，指太陽。畫栱，彩畫塗飾的栱簷，指山寺之一角。❺溜　流淌。❻儀台多北思二句　儀台，古時行禮儀的高臺。麗藻，華美的辭藻。蔚，豐盛貌。❼自嗤非照乘二句　照乘，《史記》：「魏王與齊威王會田於郊，魏王曰：『寡人小國，尚有徑寸之珠，照車前後各十二乘，奈何以萬乘國而無寶？』」連城，連城璧，價值連城之玉。

【語譯】鉤陳星座夜中巡警，將曉銀河參星橫斜。巡邏騎兵馳騁文馬，前驅轉動翠羽旌旗。野外禽鳥唱迎曙光，山間樹林秋風蕭蕭。雲邊一輪太陽出現，崖頂彩色栱簷光燦。寺塔疑是地上湧出，頂蓋好似香煙結成。高處飛泉急流淌下，松柏古老樹枝橫生。禮儀臺上多思北地，華美辭藻因情豐盛。自我嗤笑非照乘玉，用何來續連城大作。

【研析】本詩乃和友人崔侍中從駕經山寺詩而作。詩歌首六句，寫皇帝出行。鉤陳星如同巡警，銀河中參星橫斜，天將亮未亮時光景，言啟行之早；文馬騎兵馳騁於前，前驅隊伍翠羽旌旗招展，侍從隨駕盛眾，暗寫其中之友人；野外禽鳥鳴噪著曙光的到來，山間樹林一片秋聲，是沿途所見所聞。「雲表」以下六句，轉入山寺描寫。雲邊一輪紅日湧出，山崖巔頂彩繪栱梁粲然可見，氣象輝煌；寺塔疑為從地中湧出，頂蓋如香煙裊裊生成，以虛寫實，筆法靈動；山泉飛流直下，古老的松柏樹枝橫生，是近處之觀，見出山寺周圍形勢。結末四句，友人詩作深情麗藻，而自愧才薄，無照乘之美能比友人連城之玉，稱美友人原作，拍到自己唱和。

秋思

清波收潦日，華林鳴籟初❶。芙蓉露下落，楊柳月中疏。燕幃緗綺被，趙帶流黃裾❷。相思阻音息，結夢感離居。

「芙蓉」一聯，不從雕琢而得，自是佳句。

【注　釋】❶清波收潦日二句　清波，指秋水。潦，雨水大的樣子。華林，繁華的樹林。籟，風吹孔竅之聲，這裡指風吹樹木之響。❷燕幃緗綺被二句　燕幃，燕地的幃帳。緗綺，淺黃色的錦緞。趙帶，趙地產的帶。流黃，黃絹一類。裾，裙裾。

【語　譯】水潦退去秋水澄澈，繁華樹林秋風初刮。寒露之下芙蓉凋零，月色之中楊柳稀疏。燕地幃帳淺黃錦被，趙地帶子黃絹裙裾。音信阻隔相思益濃，積思成夢感慨離居。

【研　析】本詩乃秋夜思家之作。前四句寫秋景。夏季雨潦已經結束，大水退去，秋水清碧，這個時候，繁茂的樹林，秋風吹來，滿是蕭瑟秋聲；耐寒的木芙蓉在寒露中凋落，月光之下，楊柳也顯得分外稀疏，到此點出秋夜。「燕幃」二句，燕地幃帳，錦緞被子，趙地衣帶，黃絹裙裾，懸想家中，就妻子一方來想，家的溫暖，夫妻的恩愛眷戀，盡見其中。結末二句，音信阻隔，卻不能終止自己的相思；積思成夢，雖是夢中，猶然感慨別離，別離之苦深矣。「芙蓉」二句，最受稱賞，《顏氏家訓．文章篇》說：「吾愛其蕭散，宛然在目。」《許彥周詩話》讚其：「鍛煉至此，自唐以來，無人能及也。」此詩之前後兩截，為人疵議。

顏之推

古意

十五好詩書，二十彈冠仕❶。楚王賜顏色，出入章華裡❷。作賦凌屈原，讀書誇左史❸。數從明月讌，或侍朝雲祀❹。登山摘紫芝，泛江採綠芷❺。歌舞未終曲，風塵暗天起。吳師破九龍，秦兵割千里❻。狐兔穴宗廟，霜露沾朝市❼。璧入邯鄲宮❽，劍去襄城水❾。未獲殉陵墓，獨生良足恥。憫憫思舊都，惻惻懷君子❿。白髮窺明鏡，憂傷沒餘齒⓫。

直述中懷，轉見古質。

【注　釋】❶彈冠仕　彈去冠上的塵土而出來做官。❷楚王賜顏色二句　楚王，代指梁元帝蕭繹，即位江陵，乃春秋楚國之都。顏色，指受到元帝賞識青睞。章華，臺名，春秋時楚靈王所建，代指梁朝宮廷。❸作賦凌屈原二句　凌，超過。左史，春秋楚國的博學史官左史倚相，有記載說他能讀三墳五典八索九丘。❹數從明月讌二句　數，屢。明月讌，月夜之宴席。朝雲祀，祭祀朝雲神女，本宋玉〈高唐賦〉稱楚王夢遇神女，故為立廟，號為「朝雲」。❺登山摘紫芝二句　紫芝，靈芝。綠芷，綠色的芳草。❻吳師破九龍二句　九龍，九龍簴，用來懸掛鐘磬，有九龍樣支架。用吳王闔閭破楚國毀楚之鐘磬事。割千里，本戰國末期秦國割取楚地事。❼朝市　朝廷市集。❽璧入邯鄲宮　指楚國所有的和氏璧，為趙惠文王所得。❾劍去襄城水　雷次宗《豫章記》：「孔章掘得二劍，留其一，匣而進之。後張華遇害，此劍飛入襄城水中。」❿憫

惘思舊都二句　惘惘，抑鬱悲傷貌。惻惻，悽愴哀痛貌。君子，指梁元帝。⓫沒餘齒　終餘生。

【語　譯】十五歲時好讀詩書，二十歲時彈冠出仕。元帝欣賞青眼相加，時常出入宮廷禁地。撰寫辭賦勝過屈原，讀書學問誇耀左史。屢次侍從明月夜宴，或者隨侍神女之祀。登上山去採摘靈芝，江上泛舟採擷芷草。歌舞尚未結束曲子，遮天蔽日煙塵騰起。吳國軍隊破毀國器，秦朝軍隊割占土地。狐狸野兔作穴宗廟，霜打露濕變朝易市。寶玉轉進趙國宮廷，寶劍沉入襄城水裡。未能殉死君王陵墓，獨生世上十足羞恥。抑鬱悲傷思念舊都，悽愴哀痛懷念君主。窺看明鏡滿頭白髮，憂傷度過殘生餘歲。

【研　析】顏之推（西元五三一—約五九〇年），字介，琅琊臨沂（今山東臨沂）人。南朝梁，官湘東王蕭繹幕府官。蕭繹即帝位江陵，官散騎常侍。西魏破江陵，元帝蕭繹死，奔北齊，官黃門侍郎、平原太守。北齊亡，再入北周，官至御史上士。入隋朝，文帝開皇年間，太子招為學士，未久病逝。〈古意〉原二首，本篇為原第一首。詩歌作於梁朝滅後，詩人在北齊期間，為哀傷元帝蕭繹之作。詩起十句為一層，追憶亡國前受元帝知遇事。十五、二十，約略言之，謂學優而仕；元帝青眼相加，因而得以出入宮廷，隨侍帝王左右。辭賦創作勝過屈原，學富五車頡頏左史倚相，極言自己飽學高才，此為自己得君王寵愛的原因。參加明月夜宴，隨侍神女之祀，登山採摘靈芝，泛舟江中採擷綠芷，其與君王，可謂關係密邇，這是一段充滿詩意的愜意人生。此為下文國破君亡流離異國作一鋪墊。「歌舞」以下八句為第二層。歌舞未盡，風雲突起，吳師、秦兵，比喻西魏。西魏軍隊攻破江陵，梁朝傾覆，國土淪陷，宗廟成了狐狸野兔的巢穴，變朝易市，霜打露濕，寶物為侵略著劫奪，寶劍消失無蹤，何其淒慘悲切。「未獲」以下六句為第三層，抒寫心中悲楚。元帝既亡，自己逃奔北齊，未能殉國捐軀，心生慚愧；思念故都，懷念元帝，心中悲傷哀悼；對鏡自照，白髮長出，是憂傷的明證；這種憂傷，纏繞著詩人，殘生裡將永遠啃嚙折磨著詩人的靈魂。此又呼應開篇年少時的描寫。詩歌平淡爾雅，不求華麗，慷慨悲涼。

從周入齊夜度砥柱❶

俠客重艱辛，夜出小平津❷。馬色迷❸關吏，雞鳴起戍人。露鮮華劍彩，月照寶刀新。問我將何去，北海就孫賓❹。

《後漢書》：中常侍唐衡兄唐玹，盡殺趙岐家屬，岐逃難江湖間，匿名賣餅，時孫嵩察岐非常人，曰：我北海孫賓碩。因藏岐複壁中，數年，諸唐後滅，岐因赦乃免。

【注釋】❶從周入齊夜度砥柱　《梁詞人麗句》本詩署名惠慕道人。砥柱，山名，在今河南三門峽市東北黃河中。❷俠客重艱辛二句　俠客，遊俠之士，詩人自謂。小平津，在今河南鞏義市西北。❸迷　模糊不清。❹北海就孫賓　《後漢書・趙岐傳》載：「中常侍唐衡兄唐玹盡殺趙岐家屬，岐逃難江湖間，匿名賣餅。時孫嵩察岐非常人，曰：『我北海孫賓石，闔門百口，勢能相濟。』遂俱歸，藏岐複壁中，數年，諸唐後滅，岐因赦得免。」

【語　譯】遊俠之人艱辛重重，深夜偷渡出小平津。馬色模糊關吏難辨，雄雞啼鳴戍守人起。露水洗後華劍輝耀，月亮映照寶刀如新。問聲我將往哪裡去，北海之地去奔孫賓。

【研　析】本詩乃深夜避難渡河出關而作。起二句，俠客自比，誇其膽略；重艱辛，寫偷渡艱險；夜出小平津，點明題目中「夜度」。「馬色」二句，寫夜中出關。天黑而守關之吏難辨馬色，寫出黎明天暗光景。雄雞啼曉，是戍守吏卒起身的時候。「露鮮」二句，夜露之中，本極艱辛，而詩人並不介意，卻賞劍之經洗輝耀，刀之月下如新，雄豪有剛健之氣。結末二句，承第四句，戍卒喝問，詼諧作答，詩人偷渡成功後輕鬆喜悅的心情如畫。

馮淑妃

感琵琶絃

本齊主后。后為周師所獲，以賜代王達，侍王彈琵琶，因絃斷作詩。

雖蒙今日寵，猶憶昔時憐。欲知心斷絕，應看膝上弦。

【語　譯】雖然今日蒙寵愛，還念往昔之愛憐。要知心如灰死滅，應看膝上斷琴弦。

【研　析】馮淑妃，名小憐，北齊後主妃，生卒年不詳。工歌舞，善琵琶。北周滅北齊，將小憐賜代王宇文達。北周末，宇文達遇害，隋文帝將其賜達兄李詢，為詢母凌逼而死。本詩乃其入北周為宇文達妾後，彈奏琵琶，弦斷有感而作。前二句，今昔對比，今日雖依然受到寵愛，但舊情難忘，北齊後主對她的愛憐，使她不能忘懷，此情也稱哀感。三、四兩句，最稱敏捷，就斷弦為比，寫其此時恩愛都絕，心中悲楚，也兜轉題目因斷弦而興感。短詩四句，真率直白，情感濃烈。

斛律金

敕勒歌

《北史》：北齊神武，使斛律金唱敕勒，自和之。

敕勒川❶，陰山❷下，天似穹廬❸，籠蓋四野。天蒼蒼，野茫茫，風吹草低見❹牛羊。

莽莽而來，自然高古，漢人遺響也。

【注釋】❶敕勒川　敕勒族所在平原。敕勒，遊牧民族，北朝時居朔州（今山西北部）一帶。川，平原。❷陰山　起自河套西北，綿亙於內蒙古南部，東接內興安嶺。❸穹廬　毡子做的帳篷，即蒙古包。❹見　同「現」。

【語譯】在敕勒族大草原上，在巍峨的陰山腳下，藍天好似大氈帳，籠罩遮蓋茫茫四野。天湛藍湛藍，碧野茫茫無際，風兒吹過青草低伏牛羊浮現。

【研析】本詩乃北朝民歌，由北齊斛律金所唱。現有文本，乃翻譯之作。詩前四句大筆揮墨，敕勒草原上，綿亙的陰山腳下，天似一座碩大的蒙古包，籠蓋遼闊的原野，一幅蒼天原野浩瀚寥廓的草原景觀，立時展現在我們眼前。穹廬之比，有奶酪之味，本色自然。「天蒼蒼」三句，藍天，廣野，茫茫草原，風兒吹過，草伏而現出放牧的牛羊，生命的注入，生機無限，草原氣息濃郁。詩歌表現了敕勒民族對自己生活的草原與放牧生活的熱愛，語言質樸，氣象雄渾，風格壯麗，歷來為讀者喜愛。

童謠

《北史・齊本紀》：後魏末，文宣未受禪時，有童謠。按藁然兩頭，於文為高。河邊羖䍽，水邊羊，帝名也。

一束藁，兩頭然❶，河邊羖䍽❷飛上天。

【注釋】❶一束藁二句　隱一「高」字。藁，乾草。然，通「燃」。❷羖䍽　黑色山羊。

【語譯】一束「藁」，兩頭燒去，河邊公羊，飛上天去。

【研析】這是一首北朝童謠。《北史・齊文宣帝紀》載：「東魏末，文宣未受禪時，有童謠云云。藁然兩頭，於文為『高』。河邊羖攊，為水邊羊，指帝名也。於是徐之才勸帝受禪。」童謠用字謎隱語，說高洋飛天，將當皇帝，僅此而已。封建時代中，人們常託此為預言，以示天命歸屬，來達到自己的目的。此也無非高洋黨羽為其稱帝造勢。就歌謠本身言，亦「極巧切古奧」（張玉穀《古詩賞析》），善作隱語。

北周詩 附

庾信

陳、隋間人，但欲得名句耳。子山於琢句中，復饒清氣，故能拔出於流俗中，所謂軒鶴立雞群者耶。○子山詩固是一時作手，以造句能新，使事無迹，比何水部似又過之。武陵陳胤倩謂少陵不能青出於藍，直是亦步亦趨，則又太甚矣。名句如〈步虛詞〉云：「漢帝看桃核，齊侯問棗花。」〈山池〉云：「荷風驚浴鳥，橋影聚行魚。」〈和宇文內史〉云：「樹宿含櫻鳥，花留釀蜜蜂。」〈軍行〉云：「塞迥翻榆葉，關寒落雁毛。」〈法筵〉云：「佛影胡人記，經文漢語翻。」〈詶薛文學〉云：「羊腸連九阪，熊耳對雙峰。」〈和人〉云：「旱雷驚蟄戶，流雪長河源。」〈園庭〉云：「樵隱恆同路，人禽或對巢。」〈清晨臨汎〉云：「猿嘯風還急，雞鳴潮欲來。」〈冬狩〉云：「驚雉逐鷹飛，騰猿看箭轉。」〈和人〉云：「絡緯無機織，流螢帶火寒。」〈咏畫屏〉云：「石險松橫植，岩懸澗竪流。愛靜魚爭樂，依人鳥入懷。」〈夢入堂內〉云：「日光釵影動，窗影鏡花搖。」少陵所云清新者耶。

商調曲❶

君以宮唱，寬大而謨明。臣以商應，聞義則可行❷。有熊為政，訪道於容成❸。殷湯受命，委任於阿衡❹。忠其敬事，有罪不逃刑❺。誦其箴諫，言之無隱情❻。有剛有斷❼，四方可以寧。既頌既雅❽，天下乃昇平。專精一致，金石為之開。動其兩心，妻子恩情乖❾。苟利社稷，無有不盡褱。昊天降祐，元首惟康哉❿。

黃帝有熊氏，命容成作蓋天。

【注釋】❶商調曲　〈周五聲調曲〉之一，收入《樂府詩集・燕射歌辭》，乃朝廷舉行燕射之禮時對臣子的頌歌。❷君以宮唱四句　本《禮記》：「宮為君，商為臣。聞其宮聲，使人溫良而寬大；聞其商聲，使人方廉而好義。」宮、商，均音調名。謨明，策略英明。「臣以商應」四字原脫，據《庾子山集注》補。❸有熊為政二句　有熊，即有熊氏，指黃帝。訪道，問道。容成，上古仙人，《列仙傳》載：「容成公自稱黃帝師。」❹殷湯受命二句　殷湯，即商湯，商朝開國之君。受命，稟受天命，指建立商朝。阿衡，一作「保衡」，或說為伊尹之名，或說伊尹所任官名。伊尹，商初大臣，奴隸出身，商湯任以國政，後又輔佐卜丙、仲壬二王。❺有罪不逃刑　本《左傳》羊舌赤語：「事君不避難，有罪不逃刑。」❻誦其箴諫二句　箴諫，箴規諫諍。無隱情，不隱瞞真實情況。❼有剛有斷　剛，剛決。斷，果斷。❽既頌既雅　頌、雅，《詩經》六義名，言臣子誦詩授政。❾動其兩心二句　兩心，貳心。乖，背離。❿昊天降祐二句　昊天，蒼天。元首，君主。康，康寧；平安。

【語　譯】君主以宮調首唱，溫良寬厚決策英明。臣子應和用商調，聽其仁義可執行。有熊黃帝執政，前往問道學容成。湯禀天命為帝，政治委任給阿衡。忠誠恭謹朝廷事，有錯不逃受嚴懲。誦說箴規諫諍，言語沒有隱情。剛決果斷辦事，四方可以安寧。吟誦頌雅去為政，天下於是太平。精誠專一心一條，金石因而打開。萌動貳心有他想，妻子恩情也乖違。倘若有利於國家，沒有啥事不盡心。蒼天降下福佑，君主康寧平安。

【研　析】庾信（西元五一三年—五八一年），字子山，南陽新野（今河南新野）人。南朝梁宮體詩人庾肩吾之子。幼聰慧，博覽群籍。在梁朝，官湘東王蕭繹（即後來的梁元帝）國常侍、廬陵王蕭續行參軍、東宮抄撰學士、尚書度支郎中、通直正員郎、郢州別駕。梁武帝大同十一年（西元五四五年），兼任通直散騎常侍，出使東魏。返梁，官正員郎兼東宮學士，領建康令。侯景之亂，臺城淪陷，投奔江陵蕭繹。蕭繹稱帝，官右衛將軍，襲父爵為武康縣侯。承聖三年（西元五五四年），出使西魏，未久江陵城破，元帝被西魏兵殺，遂出仕於西魏，官撫軍將軍、右金紫光祿大夫、車騎大將軍儀同三司、驃騎大將軍開府儀同三司。入北周，官司水下大夫、弘農郡守、麟趾學士、司憲中大夫、洛陽刺史。隋文帝開皇元年病逝。其詩歌創作，早年類宮體，遭逢喪亂，尤其入北朝後，則變為蒼勁蕭瑟，多鄉關之思。作品有清人整理本《庾開府集箋注》、《庾子山集注》。〈商調曲〉凡四首，隸屬〈五聲調曲〉。總序云：「元正饗會大禮，賓至食舉，稱觴薦玉，六律既從，八風斯暢，以歌大業，以舞成功。」可知為正月初一朝廷大宴群臣時所歌。本篇為〈商調曲〉第一首，商屬臣，故通首就群臣說。首四句，以君主溫良寬厚決策英明，引出臣子唱和，仁義可行。「有態」四句，引用典故，以黃帝問道容成，商湯委政伊尹，頌君臣相得，和衷共濟。「忠其」四句，臣子忠心敬於王事，有罪不逃；直言敢諫，不隱下情，是賢良臣子之道。「有剛」四句，群臣剛決果斷，辦事精幹，誦詩授政，合乎禮儀，天下太平，百姓之福。「專精」四句，正說反說，言君臣一心精忠朝廷之利，與臣子貳心，妻子也難有恩義之害。「苟利」四句，由上跌出，利於國家，則臣子理當無不盡心盡力，如此則蒼天降福護佑，朝廷康寧平安。此又呼應開篇君唱臣和，結構綿密。

禮樂既正，神人所以和。玉帛有序，志欲靜干戈❶。各分符瑞，俱誓裂山河❷。今日相樂，對酒且當歌。道德以喻，聽撞鐘之聲❸。神奸不若，觀鑄鼎之形❹。酆宮既朝，諸侯於是穆❺。岐陽或狩，淮夷自此平❻。若涉大川，言憑于舟楫❼。如和鼎實，有寄於鹽梅❽。君臣一體，可以靜氛埃❾。得人則治，何世無奇才？別為一體，當存以備觀覽。在爾時，宗廟之樂，亦用靡靡，此如蕢桴土鼓也。

【注釋】❶玉帛有序二句　玉帛，瑞玉縑帛，古代祭祀、會盟時所用禮品。干戈，指戰爭。❷各分符瑞

二句　符瑞，指符信和玉瑞。符為調軍的憑信。瑞指授予諸侯權利的信符。裂，指分封。❸道德以喻二句　《樂叶圖徵》：「黃鐘生於與，一生萬物，故君子鑠金為鐘，撞鐘以知君道德。」喻，知道；明白。❹神奸不若二句　《左傳》宣公三年：「遠方圖物，貢金九牧，鑄鼎象物，百物而為之備，使民知神奸。」神奸，害人的鬼神怪異之物。若，順從。❺酆宮既朝二句　酆，古地名，在今陝西戶縣東。春秋時期周康王曾在此地靈臺大會諸侯。穆，恭敬。❻岐陽或狩二句　岐陽，指岐山之南，山在今陝西。狩，冬季打獵。淮夷，西周時對淮河流域人民的蔑稱。《國語・晉語》記載，周成王征討淮河歸來，於岐陽冬狩，大會諸侯。❼若涉大川二句　本《尚書》「若濟巨川，用汝作舟楫」。喻指臣子為渡河之舟楫。❽如和鼎實二句　本《尚書》「若作和羹，爾惟鹽梅」。喻指臣子如調味的鹽梅，是君主治國的輔佐。❾氛埃　塵埃，比喻戰亂。

【語　譯】禮樂已經端正，神人於是和悅。祭祀會盟有秩序，志在平息干戈。各自授予憑信，分土封地共誓。今日大家快樂，對酒還當有歌。道德情況知悉，聽聽撞鐘聲音。神鬼怪異不順，觀看鼎上鑄形。酆宮已經朝會，諸侯於是恭敬。岐山之南冬獵，淮河蠻夷從此平定。比如渡越大河，需要依憑舟楫。比如調和烹飪，需要依託鹽梅。君臣同心一體，可以憑恃定戰亂。得到賢才可大治，哪個時代無奇才？

【研　析】本首為〈商調曲〉第三首，仍言臣事，就君臣一體來說。首四句，國家禮樂端正，神人和悅，風調雨順；祭祀會盟有條不紊，君臣一心，志在止息干戈，平定戰亂，基礎正大。「各分」四句，諸侯各得分土封地，朝廷有信，君臣相聚歡會，宜當對酒聽歌，是君臣宴會題目。「道德」四句，有撞鐘之音知朝廷道德之盛，觀鑄鼎之象知害人神鬼，朝廷明察，百姓知善惡之分，各宜自重自律。「鄷宮」四句，引用典故，頌朝廷之德，諸侯安分，天下安寧。「若涉」四句，以渡河需要舟楫，調和烹飪需要鹽梅作料，比喻臣子為君輔佐，是治世不可或缺，宕開一筆，為結尾鋪墊。結末四句，君臣同心一體，和衷共濟，纔能蕩平天下戰亂，社會纔能得到安寧；治世的前提為得人，而何世沒有奇才，關鍵在於君臣和諧。議論精闢，是治世道理。張玉穀《古詩賞析》謂：「開府〈五調曲〉各為一體，宮調五言，徵調七言，羽調六言，惟此一四言，一五言，九字用韻，角調八言，十六字用韻，是其創體。」沈德潛選其〈商調曲〉二首，正在其「別為一體」。

烏夜啼❶

促柱繁絃非〈子夜〉，歌聲舞態異〈前溪〉❷。御史府中何處宿❸，

洛陽城頭那得棲❹！彈琴蜀郡卓家女❺，織錦秦川竇氏妻❻。詎不自驚長

淚落，到頭啼烏恆夜啼。

【注　釋】❶烏夜啼　樂府曲調名，南朝宋臨川王劉義慶創製，屬於〈清商曲辭・西曲歌〉。❷促柱繁絃非子夜二句　促柱，旋緊調絃之柱。繁絃，指琴瑟上眾多的弦。子夜，晉曲名，聲音哀苦。前溪，舞曲名。❸御史府中何處宿　本《漢書・朱博傳》：「是時御史府吏舍百餘區，井水皆竭。又其府中列柏樹，常有

野烏數千棲宿其上，晨去暮來，號曰朝夕烏。烏去不來者數月，長老異之。」❹洛陽城頭那得棲　本《後漢書・五行志》：「桓帝之初，京都童謠曰：城上烏，尾畢逋。……」以典故暗示其歌乃〈烏夜啼〉。❺彈琴蜀郡卓家女　用司馬相如與卓文君典故。《西京雜記》載，司馬相如將娶茂陵女為妾，卓文君作〈白頭吟〉以示決絕。❻織錦秦川竇氏妻　用前秦時秦州刺史竇韜與妻蘇蕙事。竇韜遠徙沙漠，臨別誓言不別娶，至則另娶，蘇蕙乃織錦端中作迴文詩以贈。

【語譯】上緊眾弦不同〈子夜曲〉，歌聲舞態有別〈前溪曲〉。御史府中哪裡可安歇，洛陽城頭哪得作棲息！彈琴錚鏦蜀郡卓氏女，織錦賦詩秦川竇家妻。哪能不自驚心長淚流，烏鴉徹夜啼鳴不停息。

【研析】本詩用樂府舊題，寫女子聞烏鴉夜啼所興之離愁別緒。起二句，促柱繁弦，聲非〈子夜〉；歌聲舞態，有別〈前溪〉，意在強調〈烏夜啼〉之不同尋常。「御史」二句，以御史家及洛陽城頭之棲烏，用典故暗示其曲為〈烏夜啼〉。「彈琴」四句，引司馬相如卓文君與竇韜蘇蕙典故，以蘇自比，寫遭受感情挫折之女子，本已悲傷，而徹夜烏鴉哀鳴，益令哀楚涕零，淚流不止。詩歌音韻和諧，對仗工穩，劉熙載《藝概・詩概》稱其「開唐七律」，為唐人七律導夫先路。

對酒歌

春水望桃花，春洲藉芳杜❶。琴從綠珠借，酒就文君取❷。牽馬向渭橋，日曝山頭晡❸。山簡接䍦倒❹，王戎如意舞❺。箏鳴金谷園，笛韻平陽塢❻。人生一百年，歡笑惟三五。何處覓錢刀，求為洛陽賈❼？起結致佳。○作意嶔崎，終歸平順，風氣使然也。

【注　釋】❶春水望桃花二句　春水桃花，本《韓詩外傳》「三月桃花水」。杜，杜衡，香草名。❷琴從綠珠借二句　綠珠，晉石崇歌伎，善歌舞。文君，即卓文君，私奔司馬相如，曾與相如賣酒為生。❸牽馬向渭橋二句　渭橋，在漢朝長安渭水之上。晡，申時，下午三到五時。❹山簡接䍦倒　《晉書》：「山簡鎮襄陽，優遊卒歲，惟酒是耽。諸習氏，荊土豪族，有佳園池。簡每出遊，多之池上，置酒輒醉，名之曰高陽池。時兒童歌曰：山公出何許？往至高陽池。……時時能騎馬，倒著白接䍦。舉鞭向葛疆，何如并州兒。」白接䍦，一種白色頭巾。❺王戎如意舞　《語林》：「王戎以如意指林公曰：何柱，汝憶搖櫓時否？何柱，林公小字也。」王戎，字仲榮，「竹林七賢」之一。如意，器物名，抓癢用。❻箏鳴金谷園二句　金谷園，晉石崇別墅，在今河南洛陽市西北。平陽塢，在今陝西眉縣北。馬融〈長笛賦〉：「融性好音律，能鼓琴吹笛，而為督郵，無留事，獨臥郿縣平陽塢中。有洛客舍逆旅，吹笛為〈氣出〉、〈精列〉相和。」❼何處覓錢刀二句　錢刀，古代一種刀形錢幣，泛指金錢。洛陽賈，西漢桑弘羊，初為洛陽商人，後官御史大夫，主張鹽鐵由國家專賣，反對私人鑄錢。

【語　譯】春水桃花相對看，春洲借助芳香杜。琴從綠珠那裡借，美酒去向文君取。牽著馬兒往渭橋，申時太陽曬山頭。山簡頭上白巾斜，王戎將其如意揮。金谷園中箏聲響，平陽塢裡笛悠揚。人生一百年之中，歡笑僅有十五夜。何處去將金錢尋，求做洛陽桑弘羊？

【研　析】本詩擬曹操〈對酒〉而作，表現及時行樂的思想，或署范雲作。起四句點出飲酒。春水桃花，洲渚上長滿杜衡，此點出春時及飲酒之地；綠珠琴，文君酒，寫琴、酒風流，高雅之趣。「牽馬」以下六句，牽馬渭橋信步，申時在山頭曬太陽，閒適自得；山簡醉酒頭巾歪斜，王戎狂狷，信手將玉如意揮舞，引古人以自我寫照，是自家追求；金谷園箏樂鳴響，平陽塢笛聲幽雅，不啻人間仙境，此俱寫行樂之內容。「人生」四句，人生百年，樂者僅有每月十五月圓之夜，飲酒賞月，何其快哉！回應詩題。問句作結，對尋覓錢財，連帶對洛陽商人桑弘羊的鄙薄，盡在不言中。沈得潛評此詩：「起結致佳。」又說：「作意嶔嵜，終歸平順，風氣使然也。」

奉和泛江

春江下白帝，畫舸向黃牛❶。錦纜回沙磧，蘭橈避荻洲❷。溼花隨水泛，空巢逐樹流。建平船柹下，荊門戰艦浮❸。岸社❹多喬木，山城足迴樓。日落江風靜，龍吟❺迴上游。

【注　釋】❶春江下白帝二句　白帝，城名，東漢初年公孫述建造，在今四川奉節縣城東瞿塘峽口。畫舸，裝飾華美的船隻。黃牛，灘名，在今湖北宜昌西黃牛山下。❷錦纜回沙磧二句　錦纜，指精美的纜繩。沙磧，沙石堆積的淺灘。蘭橈，小舟的美稱。荻洲，長滿蘆荻的河岸。❸建平船柹下二句　《晉書》載：「王濬造船於蜀，其木柹蔽江而下。吳建平太守吳彥取流柹以呈孫皓曰：『晉必有攻吳之計，宜增建平兵，建平不下，終不敢渡。』」建平，三國吳郡名，在今四川。船柹，造船砍削下來的碎木片。荊門，山名，今湖北宜都縣西北，長江南岸，江面水流湍急。❹岸社　江岸上的社廟。❺龍吟　借指君主的號令。

【語譯】春天逆江前往白帝，精美船隻奔向黃牛。錦帶纜繩迴避淺灘，小舟躲開蘆荻水岸。潮濕荻花隨水漂蕩，空寂鳥巢隨樹漂流。建平造船木屑流下，荊門湍流戰艦漂浮。江岸社廟多生大木，山城多有高遠之樓。日落黃昏江風靜歇，龍吟聲聲迴蕩上游。

【研析】本詩乃和梁簡文帝蕭綱〈泛舟橫大江〉而作。詩歌起二句，春江之流，下白帝之城；乘精美船隻，奔黃牛而去，點出所和詩之「泛江」主題。「錦纜」二句，錦纜、蘭橈，形其船隻華美；回沙磧，避荻洲，是江行經歷。「溼花」四句，寫景之語。江上，濕水的荻花隨水漂蕩，倒了的樹木及枝上已無鳥兒的空巢，一起隨波漂流；造船木屑奔下，荊門戰艦漂浮，以三國典故，寫江面形勢險峻。結末四句，社廟喬木，山城多迴遠高樓，是歷史古城氣象，也是山城特有景觀；日落江風停歇，聲聲龍吟迴響在長江上流，以靜寫動，顯龍吟之洪大，也暗寓對簡文帝發號施令的誇美。與帝王唱和，而不陷諂媚，亦為不易。

同盧記室從軍❶

河圖論陣氣，金匱辨星文❷。地中鳴鼓角❸，天上下將軍❹。函犀恆七屬，絡鐵本千群❺。飛梯聊度絳，合弩暫凌汾❻。寇陣先中斷，妖營即兩分。連烽對嶺度，嘶馬隔河聞❼。箭飛如疾雨，城崩似壞雲❽。英王於此戰，何用武安君❾！

【注釋】❶同盧記室從軍　同，和，指依人詩詞之題材、體裁或韻和作。盧記室，即盧愷，字長仁，北周齊王憲記室，隨從征齊。❷河圖論陣氣二句　河圖，即八卦之形。論陣氣，指講論佈陣之理。金匱，指傳說中姜太公之兵書《金匱書》。辨星文，指根據星象辨別吉凶。❸地中鳴鼓角　本《後漢書・公孫瓚傳》，記載瓚為袁紹軍圍困，作書向其子告援，有云：「袁氏之攻狀若鬼神，梯衝舞吾樓上，鼓角鳴於地中。」❹天上下將軍　本《漢書・周亞夫傳》，記載周亞夫前往平吳楚七國之亂，軍至灞上，趙涉獻計曰：「且兵事上神密，將軍何不從此右去，走藍田，出武關，抵雒陽。間不過差一二日，直入武庫，擊鳴鼓，諸侯聞之，以為將軍從天而下也。」❺函犀恆七屬二句　函犀，犀牛皮製的甲。《周禮・考工記・函人》：「函人為甲，犀甲七屬。」屬，連綴。絡鐵，指連成片的鐵甲馬隊。❻飛梯聊度絳二句　飛梯，雲梯。絳，絳州，今山西新絳縣，當時為周、齊交界地。合弩，連弩。汾，汾州，今山西汾陽縣，當時屬北齊。❼連烽對嶺度二句　連烽，連綿的烽火。嶺，指絳山。河，指汾河。❽壞雲　雲彩崩散。袁宏《後漢紀》：「正晝有雲氣若壞山。」❾英王於此戰二句　英王，指齊王憲。武安君，戰國秦之大將白起，封武安君。

【語譯】根據八卦講論戰陣，依據《金匱》辨別星象。鼓角聲鳴若出地中，將軍飛來若從天降。犀牛鎧甲常七連綴，聯絡戰馬本有千群。雲梯聊且度越絳州，連弩強弓射向汾河。敵人陣勢先已中斷，群妖營壘立刻兩分。連綿烽火對山傳出，戰馬嘶鳴隔河相聞。箭飛如同驟雨降下，城池崩毀似離散雲。英明齊王在此決戰，哪裡須要秦武安君！

【研　析】本詩乃和盧愷征戰之作。起四句，前二句頌揚齊王憲熟知兵法，天文地理，能據八卦列陣，可據星象卜知吉凶；後二句頌其用兵神鬼莫測，如同地中湧出，天上飛下。「函犀」四句，犀牛甲，連環馬，寫齊王兵馬精良；雲梯飛度絳州，連弓射過汾河，寫其所向披靡，無往不克。「寇陣」二句，敵人陣勢分崩瓦解之快，反襯齊王攻勢凌厲。「連烽」四句，烽火連綿，戰馬嘶鳴，箭若雨下，城崩如雲之散，寫激戰場面，如畫可見。結末二句，以反問收束，不答而答，齊王之不讓善戰白起，其大智大勇，卓爾英傑，一切讚美，都在其中。詩之風格，雄健沉鬱。

至老子廟應詔

虛無推馭辨，寥廓本乘蜺❶。三門臨苦縣，九井對靈谿❷。盛丹須竹節，量藥用刀圭❸。石似臨邛芋❹，芝如封禪泥❺。毻音妥。毛❻新鵠小，盤根古樹低。野戍❼孤煙起，春山百鳥啼。路有三千別，途經七聖迷❽。唯當別關吏，直向流沙西❾。

《神仙傳》：老子耳有三門。《郡國志》：苦縣老子廟有九井。○悠悠三千，路難涉矣，趙至語。七聖俱迷，用軒轅訪道事。

【注釋】❶虛無推馭辨二句　虛無，天空；清虛之境。馭，車乘。辨，通「遍」。寥廓，廣遠的天空。乘蜺，駕著彩虹。❷三門臨苦縣二句　三門，老子廟分左、中、右三門。苦縣，老子的故里，今為河南鹿邑縣。九井，伏滔《北征記》：「苦有老子廟，廟中有九井，水相通。」❸刀圭　中藥量器名。❹石似臨邛芋　謂石頭煮爛如臨邛大芋。臨邛，蜀郡縣名，盛產大芋。❺芝如封禪泥　謂芝草顏色如封禪壇之泥土。❻毻毛　鳥獸毛羽脫落換生新毛。❼野戍　野外駐防之地。❽路有三千別二句　三千，言其遼遠。本《禮記・王制》：「凡四海之內，斷長補短，方三千里。」七聖迷，本《莊子・徐無鬼》：「黃帝將見大隗乎具茨之山，方明為御，昌寓驂乘，張若、謵朋前馬，昆閽、滑稽後車。至於襄城之野，七聖皆迷，無所問塗。」❾唯當別關吏二句　關吏，指尹喜。傳說老子西行出潼關，關吏尹喜望見紫氣浮關，老子果乘青牛至。遇之，老子遂為著《道德經》五千言。尹喜後隨老子西去流沙，不知所終。

【語　譯】清虛之境推車遍行，寥廓天空駕乘彩虹。三門降臨苦縣地界，九井溝通其有溪流。盛放靈丹須竹節，稱量藥材用刀圭。石頭爛似臨邛芋，芝草色如封禪泥。雛雁脫毛身體小，盤根老樹忒矮低。郊野駐防孤煙升，春山百鳥競相啼。別去道路三千里，途中七聖也路迷。惟有別去守關吏，直向西邊沙漠去。

【研　析】本詩乃詩人至苦縣老子廟應詔而作，詠寫老子事。起四句，寥廓天空推車遍遊，駕乘彩虹任意遊走，寫仙家之祖老子之神異不凡；苦縣三門，九井有溪水溝通，點醒題目所寫老子之廟。「盛丹」四句，竹節盛丹，刀圭量藥，石似臨邛大芋頭，芝如封禪壇之泥，丹藥石芝，是仙家服食之用，見其不同流俗塵凡。「毻毛」四句，脫毛之雛鵠，盤根之老樹，孤煙裊裊，春山百鳥鳴囀，是老子廟周圍景觀，幽雅之境，顯廟主之不俗，蒼老樹木，見其逝去已久。「路有」四句，引黃帝訪道典故，及老子出關的傳說，通過對西涉流沙的老子的肯定，表露了求仙訪道的思想，從而收束全篇。詩歌之內容並無多少意義可言，其寫景一段，以及工穩之對仗，為其勝處。

擬詠懷❶

無窮孤憤，傾吐而出，工拙都忘，不專擬阮。

疇昔國士遇❷，生平知己恩。直言珠可吐❸，寧知炭可吞❹？一顧重尺璧，千金輕一言❺。悲傷劉孺子❻，悽愴史皇孫❼。無因同武騎，歸守霸陵園❽。

【注釋】❶擬詠懷　即模擬阮籍〈詠懷〉而作。詩題或作「詠懷」。❷疇昔國士遇　疇昔，往昔。國士，一國中才能最優秀的人物。遇，知遇。❸珠可吐　謂文詞華美，出語高雅。❹炭可吞　用戰國晉人豫讓吞炭事。《戰國策・趙策》記載，豫讓先事范中行氏，無所知名，轉事智伯，為所尊寵。智伯為趙襄子所滅，豫讓漆身為癩，吞炭為啞，使人不識，以行刺趙襄子。事敗被捉，趙襄子問道：先事范中行氏，其為智伯所滅，而不去報仇，何以要為智伯報仇呢？豫讓回答：范中行氏以一般人待我，故以一般人報他；智伯以國士待我，所以要以國士報答他。❺一顧重尺璧二句　前句用藺相如出使秦國事，見《史記・廉頗藺相如列傳》，謂不辱使命。尺璧，直徑一尺的大璧。後句本《漢書・季布傳》「得黃金百金，不如季布一諾。」

謂看重信義。千金，千兩金。❻悲傷劉孺子　劉孺子，漢宣帝玄孫劉嬰，二歲被王莽立為平帝繼承人，未久工莽篡位，廢其為安定公。此以劉嬰比梁敬帝蕭方智。蕭方智遜位於陳，陳封其江陰王，死於外邸。❼悽愴史皇孫　史皇孫，漢武帝之孫，與父母妻四人，因蠱惑事同時遇害。此傷梁朝帝室慘遭殺戮事。❽無因同武騎二句　無因，沒有機緣。武騎，指司馬相如，漢景帝朝官武騎常侍。霸陵園，指漢文帝陵園。司馬相如在漢武帝朝官孝文園令。這裡指不能回到故國為梁帝守陵。

【語　譯】往昔受到國士待遇，平生銘記知己之恩。一直說是文采斐然，哪知要作豫讓吞炭？相如一顧重於尺璧，季布一言重於千金。悲傷孺子宣帝玄孫，哀悼漢武帝之皇孫。沒有機會隨同武騎，歸去守護帝王陵園。

【研　析】〈擬詠懷〉或題〈詠懷〉，凡二十七首，作於梁朝亡後，詩人羈留北朝之間。詩非一時所作，抒寫懷念鄉國、追悼梁朝、喪亂之哀諸種情思。本篇為原第六首，表達了對梁朝皇帝的悼念懷戀之情。詩歌前四句，梁帝國士待己，對自己有知己之遇；自己原本要施展文才，大放光華，未料出使北朝，一去不歸，國家覆滅，要作復仇豫讓。由昔到今之比，無限悲楚在，有總領全篇作用。「一顧」四句，言自己奉命出使，學習使秦之藺相如，信義之季布，但國家滅亡，敬帝被廢，朝廷宗室慘遭殺戮，已是無家可歸。此也何其淒愴！結末二句，用司馬相如典，同為文士，司馬曾為孝文園令，自己則沒有機會回到故國，去為朝廷守陵，報答知遇之恩，直令人酸楚淚下。所謂：「無窮孤憤，傾吐而出，工拙都忘，不專擬阮。」可謂的評。

榆關斷音信，漢使絕經過❶。胡笳落淚曲，羌笛斷腸歌❷。纖腰減束素，別淚損橫波❸。恨心終不歇，紅顏無復多❹。枯木期填海，青山望斷河❺。

【注　釋】❶榆關斷音信二句　榆關，即榆塞，泛指北方邊塞。漢使，漢人使者。❷胡笳落淚曲二句　胡笳曲、羌笛歌，北方胡地的竹管吹奏樂。❸纖腰減束素二句　減束素，漸減如同一束白絹，本宋玉〈登徒子好色賦〉：「腰如束素。」橫波，指眼睛，本傅毅〈舞賦〉：「目流涕而橫波。」❹恨心終不歇二句　恨心，滿是離恨之心。紅顏，青春年華。❺枯木期填海二句　填海，用《山海經・北山經》精衛填海典故。有鳥精衛，常銜西山之木石，以填東海。下句意謂希望青山崩塌，阻斷黃河。

【語　譯】身在榆塞音信隔絕，漢人使者無人經過。胡笳聲聲落淚之曲，羌笛嗚嗚斷腸之歌。纖細腰圍瘦同束絹，離別淚水損傷眼睛。愁苦之心始終不斷，青春容顏不會更多。期望枯木能填滄海，盼著山塌阻斷黃河。

【研　析】本詩為〈擬詠懷〉原第七首，抒寫的是羈留北朝，不得南歸的苦悶悲傷情懷。前四句，身在異國他鄉，中斷了與祖國的聯繫，更不見祖國使者的到來，何其孤獨寂寞。思鄉中的詩人，聞胡笳、羌笛，也只能是「落淚曲」、「斷腸歌」，聽而益發悲傷。「纖腰」四句，以男女比君臣。懷念君國，腰圍瘦減，如同束帛；傷別的眼淚，哭壞了一雙眼睛。愁損容顏，心中愁苦悲切，沒有間斷，青春紅顏，豈能久駐？結末二句，用精衛填海之典，以及山塌填河的虛設，表現其回國之想，終成泡影的絕望心情。詩中寫情，悲婉激楚，蒼涼深摯。

搖落秋為氣，淒涼多怨情❶。啼枯湘水竹❷，哭壞杞梁城❸。天亡遭憤戰，日蹙值愁兵❹。直虹朝映壘❺，長星夜落營❻。楚歌饒恨曲，南風多死聲❼。眼前一杯酒，誰論身後名❽！

【注釋】❶搖落秋為氣二句　本宋玉〈九辯〉：「悲哉秋之為氣也，蕭瑟兮草木搖落而變衰。」氣，節氣。❷啼枯湘水竹　本張華《博物志》：「堯之二女，舜之二妃，曰湘夫人。舜崩，二妃啼，以涕揮竹，竹盡斑。」湘水竹，即湘妃竹。❸哭壞杞梁城　本《琴操》記載，杞梁戰死，其妻號哭極哀，杞城為之崩塌。杞城，在今河南杞縣。❹天亡遭憤戰二句　天亡，天意該亡。憤戰，讓人怨憤的戰爭。日蹙，指國勢緊迫。蹙，同「促」。❺直虹朝映壘　《晉書・天文志》：「虹頭尾至地，流血之象。」壘，營壘。❻長星夜落營　長星，流星。《晉書・天文志》載：「蜀後主建興十三年，諸葛亮帥大眾伐魏，屯於渭南。有長星赤而芒角，自東北西南流，投亮營。……占曰：兩軍相當，有大流星來走軍上及墜軍中者，皆破敗之徵也。」❼楚歌饒恨曲二句　楚歌，楚地之歌，用項羽四面楚歌意。南風，南方的樂曲。多死聲，本《左傳》襄公十八年師曠語：「南風不競，多死聲。楚必無功。」❽眼前一杯酒二句　《世說新語・任誕》張翰語：「使我有身後名，不如即時一杯酒。」謂江陵梁朝君臣但圖眼前逸樂，不慮將來，終於滅國。

【語　譯】秋天節氣草木凋零，淒涼蕭瑟多起怨情。二妃涕泣哭死湘竹，梁妻哀號杞梁崩倒。天意亡我遭逢慘戰，國勢緊迫遇哀怨兵。長虹早晨映照營壘，流星夜間落入軍營。四面楚歌多哀苦曲，南方樂曲多死亡聲。貪圖眼前杯酒歡娛，誰管死後留啥聲名！

【研　析】本詩為〈擬詠懷〉原第十一首。詩歌抒寫了亡國的悲哀，故國的思戀，追敘了梁朝敗亡乃天意使然，對梁朝君臣的貪圖逸樂，導致覆滅，亦有譏諷。起四句，前二句化用宋玉文章成句，為全詩定下悲涼基調；後二句，分別用舜之二妃哭死湘竹及杞梁妻哭倒杞城典故，寫國家破亡後的慘象。「天亡」以下六句，前二句總寫梁之滅亡，天意所在，故而遭遇人神共憤的戰爭，有國勢危急，兵士哀怨的局面；長虹清晨映照營壘，流星夜間墜落兵營，俱為敗亡徵兆，是天意的具體顯現；梁都江陵乃楚地，四面楚歌之哀，充滿死聲的南曲，亦皆敗滅之象。結末二句，貪眼前逸樂，不為將來打算，此正是梁朝滅亡的原因。又暗寓自身苟且偷生，腆顏存世之意，乃血淚寫成。詩歌多用典故而「使事無跡」（沈德潛語），運用倒敘，而敘次井然。

橫流遘屯慝，上慘結重氛❶。哭市聞妖獸❷，頹山起怪雲❸。綠林多散卒，清波有敗軍❹。智士今安用，忠臣且未聞。惜無萬金產，東求滄海君❺。

《隋巢子》：三苗大亂，龍生於廟，犬哭於市。

【注　釋】❶橫流遘屯蹇二句　橫流，喻板蕩的時局。遘，遭逢。屯蹇，慘陰之氣，指狼煙戰火。上，指天，慘，灰暗。重氛，種種凶惡氣象，指災禍。❷哭市聞妖獸　《隋巢子》：「昔三苗大亂，龍生於廟，犬哭於市。」❸頹山起怪雲　《後漢書・天文志》：「晝有雲氣如壞山，墮軍上，軍人皆厭，所謂營頭之星也。占曰：營頭之所墮，其下覆軍，流血千里。」《新唐書・天文志》：「孫儒攻楊行密於宣州，有黑雲如山漸下，墜於儒營上，狀如破屋，占曰：營頭星也。」❹綠林多散卒二句　綠林，山名，在今湖北當陽縣。西漢末年綠林有起義隊伍，這裡喻梁朝軍中有侯景亂後的散兵游勇。清波，楚地名，秦朝末年漢將英布在此擊敗秦軍，此句寫梁軍之敗。❺惜無萬金產二句　《史記・留侯世家》載，秦滅韓，以五世相韓，張良傾家財招募刺客，行刺秦王，為韓復仇。東見滄海君，得力士，為鐵椎重百二十斤。秦始皇東遊，張良與刺客狙擊於博浪沙，誤中副車。

【語　譯】天下板蕩遭逢戰爭，蒼天灰暗凝結凶氣。聞聽妖獸哭於鬧肆，黑雲山倒起於營頭。多有綠林散兵游勇，清波慘敗軍隊潰退。智謀之士今在哪裡，忠貞之臣尚且未聞。可惜沒有萬金家產，東遊前去求滄海君。

【研　析】本詩為〈擬詠懷〉原第十三首。詩歌追敘梁朝亡國，表達了無力復仇的遺憾。起二句總寫亂象已顯，天下板蕩，戰爭的煙雲密佈。「哭市」二句，化用典故，以妖獸哭於鬧肆，營頭雲如壞山，點出天意亡梁，覆滅之徵兆可見。「綠林」二句，再引典故，寫梁朝烏合之眾，故而兵敗山倒。「智士」二句，無智謀之士運籌帷幄，無忠誠之臣捨身報國，其亡必然。結末二句，用張良傾家產招募勇士，為韓報仇之典，抒自身同樣世代受恩朝廷，卻無力為梁復仇的遺恨。詩歌用典自然，痛定思痛，總結亦稱深刻。

日晚荒城上，蒼茫餘落暉。都護樓蘭返❶，將軍疏勒歸❷。馬有風塵色，人多關塞衣❸。陣雲❹平不動，秋蓬卷欲飛。聞道樓船戰❺，今年不解圍。

【注釋】❶都護樓蘭返　都護，官職名，西漢宣帝時設於西域，掌管邊防事。這裡泛指邊將。樓蘭，漢朝西域國名。漢昭帝朝，樓蘭屢反，平樂監傅介子受霍光之命，以賞賜外國的名譽，帥士卒攜金幣至樓蘭，計斬樓蘭王，改國名為鄯善。見《漢書・傅介子傳》。❷將軍疏勒歸　疏勒，漢朝西域國名，漢明帝永平年間，戊己校尉耿恭引兵據此，被匈奴圍困，兵寡糧絕，堅守不降，援軍到來，一起歸國。❸馬有風塵色二句　風塵色，風塵僕僕的樣子。關塞衣，征衣。❹陣雲　如同戰陣的雲團。❺樓船戰　指水戰。樓船，高大的船隻。

【語譯】傍晚時分佇立荒城，蒼茫無邊唯剩餘暉。邊將打從樓蘭返還，將軍從那疏勒回歸。戰馬身帶風塵灰土，將士多穿出征時衣。雲彩如同戰陣寧定，秋風捲蓬欲要飄飛。聽說南方正在水戰，今年戰事尚難解圍。

【研析】本詩為〈擬詠懷〉原第十七首。起二句，邊地荒城，暮色蒼茫，殘陽如血，氣勢闊大雄渾，沉鬱蒼涼。「都護」四句，以漢朝征邊凱旋之傅介子、耿恭為比，頌揚北周征邊凱旋歸來的將士；而風塵僕僕的戰馬，衣不解甲的將士，也暗示著將有新的使命等待著他們。「陣雲」四句，雲如戰陣，是戰爭的朕兆；秋蓬欲飛，喻示將士們萍漂蓬轉的命運。此二句為比。

而以聽說的南方水戰，今年難歌的消息，結束全篇，別有一番意味在，較之實寫，更令人揪心。詩歌構思巧妙，主要篇幅對仗精工，開唐人五言排律之先河。

蕭條亭障遠，悽愴風塵多❶。關門臨白狄，城影入黃河❷。秋風別蘇武❸，寒水送荊軻❹。誰言氣蓋世，晨起帳中歌❺！「城影」句悲壯。

【注　釋】❶蕭條亭障遠二句　亭障，指邊塞所建亭候堡壘。風塵，指寇警。❷關門臨白狄二句　關門，關隘通道。白狄，春秋時期狄族的一支。城，指長城某段。❸秋風別蘇武　寫蘇武事。蘇武於武帝天漢元年（西元前一〇〇年）出使匈奴，被扣留，拒不降，凡十九年，至昭帝朝始被放還。歸時，李陵為其餞別送行。❹寒水送荊軻　寫荊軻事。其將前往行刺秦王，燕太子丹等在易水為其餞行。❺誰言氣蓋世二句　寫項羽事。項羽被劉邦軍圍困垓下，四面楚歌，夜起，與虞姬飲酒帳中，慷慨悲歌。

【語　譯】亭候堡壘蕭條荒遠，淒楚悲涼寇警多起。關塞門外白狄居住，長城倒影投入黃河。秋風之中長別蘇武，寒冷易水送別荊軻。誰說項羽英雄蓋世，清晨起來帳中悲歌！

【研　析】本詩為〈擬詠懷〉原第二十六首，抒寫了自己身在異國的悲涼無奈。詩歌前四句，荒遠的亭候城堡，顯得那樣蕭條淒涼；連綿的戰事，煙塵滾滾，令人感到悲愴；關塞之外，就住著時常騷擾的白狄；長城龐大的身軀投影黃河，而長城也是邊塞頻仍烽火的見證。四句寫邊塞之景，此荒寂蒼涼之景致，又何嘗不是身在異國他鄉的詩人心理過於敏感的反映！而邊塞之景，也使詩人想起了秋風中李陵的作別蘇武，想起了凜冽寒風中易水邊的荊軻之行。「秋風」四句，自己的屈仕北朝，有類李陵的失節，令詩人慚愧；而荊軻的行刺秦王，何等令人感佩，也更使詩人生羞。但大勢已去，就是有項羽的英勇，也只能帳中悲歌，無可奈何，詩人試圖自我解脫，但其心中的悲苦可知。

步兵未飲酒，中散未彈琴❶。索索無真氣❷，昏昏有俗心。涸鮒常思水，驚飛每失林❸。風雲能變色，松竹且悲吟❹。由來不得意，何必往長岑❺！《易・震卦》云：「震索索。」

【注　釋】❶步兵未飲酒二句　步兵，指阮籍，曾官步兵校尉，人稱阮步兵，常沉湎於酒，遺落世事。中散，指嵇康，曾官中散大夫，人稱嵇中散，喜歡彈琴詠詩。❷索索無真氣　索索，無生氣的樣子。真氣，即生氣。❸涸鮒常思水二句　涸鮒，本《莊子・外物》。莊周言其道途見乾涸的車轍中有一鮒魚，懇請以斗升之水救之。驚飛，指失群之鳥。❹風雲能變色二句　風雲，比喻梁朝之失節大臣。松竹，喻守節之士。❺由來不得意二句　本《後漢書・崔駰傳》，載竇憲為車騎將軍，辟駰為掾。憲專權驕縱，駰屢諫之。憲不能容，出駰為長岑長。駰以遠去不得意，乃歸去，終老於家。長岑，縣名，在遼東。

【語　譯】像阮步兵而不飲酒，像嵇中散而不彈琴。懶懶散散毫無生氣，昏昏沉沉有塵世心。乾涸中魚常思得水，受驚孤鳥不敢投林。風雲擅能變幻聲色，松竹只顧風中悲吟。從來人生不能得意，何必遠涉前往長岑！

【研　析】本詩為〈擬詠懷〉原第一首，有自愧自責之意。起二句，身為文人，如同阮籍、嵇康，但卻不能如阮、嵇之沉湎飲酒、彈琴，如此形成懸念。「索索」二句，承上解釋，寫自己懶散而無生氣，昏沉因有不能忘世之心，不能遺落世事，此正其與阮、嵇不同之處。「涸鮒」二句，乾涸車轍中的鯽魚常想得水，失群受驚之鳥不敢投林，以魚鳥自比，寫其亡國之痛，家國之思，此亦正為其「俗心」。「風雲」二句，諷刺梁朝大臣的朝秦暮楚，有奶便是娘；歌頌守節之士，有松竹品格，獨自為梁朝悲傷。結末二句，引崔駰典故，自責同樣不能得意，卻不能如崔之歸隱田園，卻屈仕北朝。詩歌巧用比喻，表達婉曲，自責真切。

悲歌度燕水，弭節出陽關❶。李陵從此去，荊卿不復還❷。故人形影滅❸，音書兩俱絕。遙看塞北雲，懸想關山雪❹。遊子河梁上，應將蘇武別❺。

如聞羽聲。○末路但收李陵，古人章法。

【注　釋】❶悲歌度燕水二句　燕水，又作「遼水」、「易水」，均為北方河流。弭節，緩步徐行。弭，通「彌」。陽關，關塞名，在今甘肅敦煌西南。❷李陵從此去二句　李陵，西漢將領，李廣孫，漢武帝天漢二年（西元前九九年），帥步卒五千，出塞與匈奴作戰，兵敗投降。荊卿，即荊軻，行刺秦王，臨行，燕太子丹等於易水為之餞行，悲歌：「風蕭蕭兮易水寒，壯士一去兮不復還。」❸故人形影滅　故人，舊友。形影，形像；模樣。❹遙看塞北雲二句　塞北，指自己所在地方。關山，關隘山嶺，指將祖國與異邦相隔的地帶。❺遊子河梁上二句　李陵〈與蘇武詩〉：「攜手上河梁，遊子暮何之？」

【語　譯】悲歌一曲渡過燕水，緩步徐行出了陽關。李陵從此一去不回，荊卿別去不再回來。舊時友人容顏消失，彼此音信相互斷絕。遙看塞外雲煙迷茫，懸想關山漫天飛雪。遊子來到橋樑之上，應是將與蘇武作別。

【研　析】本詩為〈擬詠懷〉原第十首，抒寫了出使西魏，不得歸去的悵恨之情。首四句，前二句寫自己慷慨悲歌，出使西魏，「燕水」、「陽關」，均為邊塞；後二句以李陵出征匈奴、荊軻往刺秦王為比，寫其羈留不得歸去。「故人」四句，身在塞外，時間已久，故友的音容相貌都已模糊，彼此之間，早沒有了書信來往，但詩人懷念故國，思念親友之情不改，塞北是自己所在之地，遙看飛雲，是希望隨雲而去，還是希望借飛雲帶去問候，二者意思都有；結末化用李陵別蘇武詩語句，表達了如李陵一樣，不能回歸祖國的悵恨落寞之情，羈旅之愁，鄉關之思，矛盾痛苦，所謂「庾信平生最蕭瑟，暮年詩賦動江關」（杜甫〈詠懷古跡〉），可謂蓋棺論定。

喜晴應詔敕自疏韻❶

御辨誠膺錄，維皇稱有建❷。雷澤昔經漁，負夏時從販❸。柏梁驂駟馬，高陵馳六傳❹。有序屬賓連，無私表平憲❺。河堤崩故柳，秋水高新堰。心齋愍昏墊，樂徹憐胥怨❻。禪河秉高論，法輪開勝辯❼。王城水鬭息，洛浦河圖獻❽。伏泉還習坎，歸風已回巽❾。桐枝長舊園，蒲節抽新寸❿。山藪欣藏疾，幽棲得無悶⓫。有慶兆民同，論年天子萬。

「高陵」句，用《漢文本紀》乘六傳至高陵事。周明帝之立，亦相似也。〇穀洛水鬭，見《國語》。

【注釋】❶喜晴應詔敕自疏韻　詔敕，詔書；皇帝下的命令。疏，奏疏。❷御辨誠膺錄二句　御辨，駕馭世變，指帝王。本《莊子・逍遙遊》「若夫乘天地之正，而御六氣之辯」。膺錄，謂秉受上天符命，應運而生。錄通「籙」。維、有，均語助詞。建，建立；創立。❸雷澤昔經漁二句　《史記・五帝本紀》：「舜耕歷山，漁雷澤，陶河濱，作什器於壽丘，就時於負夏。」雷澤、負夏，均古地名。時，及時；趁時。販，商販。此將周武帝攀比虞舜。❹柏梁驂駟馬二句　柏梁，臺名，漢武帝元封三年（西元前一〇八年）建成，詔群臣二千石以上者聯句賦詩，梁孝王有「驂駕駟馬從梁來」句。驂駕，三匹馬駕的車。駟馬，四匹馬。高陵，指漢高祖陵墓。傳，驛站的車馬。《史記・文帝本紀》載，將立代王為帝，代王命宋昌陪同，張武等六人乘傳往長安，至高陵休止。此將周武帝比漢文帝。❺有序屬賓連二句　賓連，古代一種象徵繼嗣美好的瑞木。平憲，公平的法令。❻心齋慼昏墊二句　心齋，屏除雜念，心境明淨純一。昏墊，陷溺，指水患。徹，除去；停止。胥怨，眾人之怨。❼禪河秉高論二句　禪河，古印度河流名，傳說佛涅槃前在此沐浴。後指修習禪定的境界。法輪，佛法。勝辯，高明的談論。❽王城水鬬息二句　水鬬，指兩水相格，如鬥之狀。《國語》：「周靈王二十二年，谷、洛鬬，將毀王室。」洛浦，洛水之濱。河圖獻，《周易》：「河出圖，洛出書，聖人則之。」河圖，或以為即八卦。❾伏泉還習坎二句　伏泉，潛伏的水流。習坎，重險。歸風，回風。巽，八卦之一，指回歸正常。❿蒲節抽新寸　蒲，水草。寸，新芽。⓫山藪欣藏疾二句　《左傳》伯宗語：「山藪藏疾。」謂山林藪澤，毒害之物居此。幽棲，隱居。無悶，沒有煩惱。

【語　譯】駕御世變真應天命，皇上堪稱創業建國。從前曾在雷澤打漁，趁時經商在負夏地。柏梁臺下駟馬高車，馳向高陵六人乘傳。彬彬有序類於賓連，公正無私法制明嚴。河堤崩潰在故柳處，秋季大水漫出新堰。屏除雜念關心水患，憐恤百姓終止音樂。修心秉有高妙之論，佛法開啟高明之辯。京城洪水得以止息，洛水之濱祥瑞呈現。潛伏暗流以及重險，回風走向自然之位。梧桐依舊生長舊園，蒲草拔節生出新芽。山林澤藪欣藏毒物，深居順暢沒有苦悶。有歡慶時百姓共享，說到年壽天子萬載。

【研　析】本詩作於北周初年，乃頌聖之作，可見出詩人後期詩另一特色。起二句頌揚北周武帝即位，乃上應天命，是真龍天子；「雷澤」二句，比之虞舜經歷，顯其神聖。「柏梁」四句，用漢武帝柏梁臺群臣賦詩聯句典故，寫今日君臣相得之樂；六傳高陵，用漢文帝典故，寫同樣以弟之身分繼位的周武帝，也必有文帝之治；政治有序，法度嚴明，即其清明政治的具體表現。「河堤」以下十四句，寫洪水對周武帝的考驗，及其治洪的業績。遭遇水患，周武帝關懷民命，心神專一，停止娛樂，修習佛法，終於洪水告退，祥瑞呈現，草木重新恢復生機，害人之物歸藏林藪。結末二句，總寫有慶百姓同喜，皇帝萬壽無疆，是天下喜慶，江山永固，頌聖套語。

和王少保遙傷周處士❶

王少保褒集，闕此題詩。

冥漠爾遊岱，悽涼余向秦❷。雖言異生死，同是不歸人。昔余仕冠蓋，值子避風塵❸。望氣求真隱，伺關待逸民❹。忽聞泉石友，芝桂不防身❺。悵然張仲蔚，悲哉鄭子真❻。三山猶有鶴，五柳更應春❼。遂令從渭水，投弔往江濱❽。

【注　釋】❶和王少保遙傷周處士　王少保，即王褒，字子淵，入北周，曾官太子少保。周處士，即周弘讓，梁朝曾隱居茅山。❷冥漠爾遊岱二句　冥漠，冥冥虛無之中。遊岱，魂遊泰山，指人死去。《博物志》：「泰山有天孫，主招魂。」向秦，來到秦地，詩人自指。❸昔余仕冠蓋二句　冠蓋，泛指官員的冠服與車乘，借指為官。風塵，塵世擾攘。❹望氣求真隱二句　用老子事。《列仙傳》：「老子西遊，關令尹喜望見其紫氣浮關，而老子果乘青牛而過。」逸民，遁世隱居之人。❺忽聞泉石友二句　泉石友，與煙霞泉石為友，指隱士。芝桂，芝草菌桂，傳說服食可以延年益壽。❻悵然張仲蔚二句　張仲蔚、鄭子真，均漢朝隱士，借指周弘讓。❼三山猶有鶴二句　三山，指傳說中海上的蓬萊、方丈、瀛洲三座仙山。五柳，晉陶淵明歸隱田園，宅邊有五柳樹，借指周之故居。❽遂令從渭水二句　用賈誼過湘水投書弔屈原典故。渭水，在長安附近。投弔，投書水中以致憑弔。

【語　譯】冥冥之中你魂遊岱，淒淒涼涼我到秦地。雖然生死自不相同，同是一去不歸之人。往昔我身出仕為官，正遇先生避世高隱。望氣尋求高尚隱士，關隘守候等待高人。忽然聽說泉石中人，芝草菌桂不能護身。悵然心傷張氏仲蔚，悲切為你鄭氏子真。海上三山猶有仙鶴，五柳舊居更應經春。遂令我身來到渭水，投書水中祭奠河濱。

【研　析】本詩乃唱和王褒悼念周弘讓之作。起四句，以自己與周弘讓作比，一生一死，雖然有別，但一個魂歸泰山，一個去北羈留，一去不歸，是其相同，此是弔周某之死，更是弔自個雖生如死，出語沉痛悲切。「昔余」四句，交代自己與周某的關係，當初周在高隱，自己則廁身仕途，道不相同，未曾深交，但仰慕周之令名，正如尹喜之等待老子，此寫自己對周的心儀已久，也表達對周景仰情深。「忽聞」四句，寫驚聞周之去世噩耗，心中悲傷之情。泉石煙霞芝菌桂，張、鄭之比，均示其隱士身分。「三山」四句，謂周氏仙去，神仙三山，有仙鶴作陪，其故居五柳，也年年逢春，而自己則不能南歸，只能臨渭水而投書祭奠，正如賈誼之湘水憑弔屈原。詩歌寫自己屈仕北朝之矛盾痛苦，生不如死，以及對家鄉祖國的刻骨思念，感人肺腑，催人淚下。

奉和永豐殿下❶言志

立德齊今古，資仁一毀譽❷。無機抱甕汲❸，有道帶經鋤❹。處下唯名惠，能賢本姓蘧❺。未論驚寵辱，安知繫慘舒❻？

【注　釋】❶永豐殿下　梁朝故永豐侯蕭撝，歸西魏，官少保、少傅，改封蔡陽郡公。❷立德齊今古二句　立德，樹立德業。資仁，蓄積仁義。一，統一；同一。❸無機抱甕汲　本《莊子・天地》，載子貢途中見一老人挖溝通向水井，抱甕舀水灌溉，很吃力，問道：「若有機械，一天能澆地百廂，用力少而功效大，難道不想用嗎？」老人回答：「有機巧器械的人，一定會有機巧的事；有機巧事的人，會有機巧之心，機巧存於心中，則失去了純一潔白的心地，如此心神不定之人，則不能載道。所以恥於使用機械。」❹帶經鋤　《魏略》載：「常林少單貧，性好學，漢末為諸生，帶經鋤。」指到田間鋤地猶帶經書去讀。❺處下唯名惠二句　惠，指春秋時期賢者柳下惠，曾任士師，三次被黜，以德行著稱。蘧，指蘧伯玉，亦春秋時期賢人，孔子讚其邦有道則仕，無道則隱，不忤於人，為一君子。❻繫慘舒　指心境隨外物影響而變化。慘，傷心。舒，開心。

【語　譯】樹立德業同一今古，儲備仁義等一毀譽。抱甕打水不用機械，懷有道養帶經鋤地。身在下位有惠知名，能作賢德姓蘧伯玉。不去講論寵辱之驚，哪裡知道心繫外物？

【研　析】此為組詩，凡十首，本詩為其中之一，乃與蕭搗唱和之作。前四句，前二句議論之筆，總說修養，樹立德業乃為了同一古今，具備仁德是為等一毀譽，達到一種高尚的思想境界，後二句分說，用《莊子》及《魏略》典故，抱甕老人及帶經鋤地之常林，都是不講功利，守護道德的賢人。「處下」四句，舉春秋柳下惠及蘧伯玉，以其隨順時勢，安於命運，說明不驚於榮辱，心境便不會隨外物遭遇而變易，能保持恆定不亂的心態。此亦詩人與永豐侯共勉之辭，二人屈仕北朝後同懷矛盾心跡，斑斑可見。

詠畫屏風詩

昨夜鳥聲春，驚鳴動四鄰。今朝梅樹下，定有詠花人。流星❶浮酒泛，
粟瑱繞杯脣❷。何勞一片雨，喚作陽臺神❸。

【注　釋】❶流星　謂星眸流動。❷粟瑱繞杯脣　粟瑱，懸掛耳朵上的如粟玉飾。杯脣，杯口。❸何勞一片雨二句　本宋玉〈高唐賦〉：「旦為朝雲，暮為行雨。朝朝暮暮，陽臺之下。」

【語　譯】昨夜鳥兒叫喚春，驚啼攪擾四方鄰。今天清晨梅樹下，定有詠唱梅花人。星眸流動泛酒中，如粟耳墜繞杯口。何須興雲而作雨，喚作陽臺靚女神。

【研　析】〈詠畫屏風詩〉一組凡二十五首，這裡選其中二首。本篇乃詠梅下飲酒美人圖。前

四句，昨夜鳥兒噪春，聲聲啼鳴，驚動四鄰，此為實景；梅樹之下，有詠花美人，乃轉入屏風畫面，畫圖中美人梅下飲酒，構思奇妙。「流星」四句，就美人圖所見所感著筆。星眸流動，映入酒花，在酒水中搖漾；如栗玉製耳墜繞於酒杯之口，美女醉態可見。不須為雲為雨，已是楚楚動人，用巫山神女典故，極讚畫中美人的標致漂亮。詠畫之詩，亦詩中有畫。

三危上鳳翼❶，九坂度龍鱗❷。路高山裡樹，雲低馬上人。懸崖泉溜❸響，深谷鳥聲春。住馬來相問，應知有姓秦❹。

【注釋】❶三危上鳳翼　三危，山名，在甘肅敦煌縣東南。鳳翼，山之形狀。❷九坂度龍鱗　九坂，或指龍坂，六盤山南段的別稱。龍鱗，山之形狀。❸溜　流淌。❹應知有姓秦　本陶淵明〈桃花源記〉秦人避亂來此。

【語譯】三危高聳如同鳳翼，九坂陡峭如鍍龍鱗。山路高遠如在樹上，雲彩低於馬上之人。懸崖飛泉流淌作響，深谷之中鳥兒噪春。停下馬來前去問訊，應知此中必有秦人。

【研析】本首詠高山騎馬圖。前四句極寫山之高峻。三危、九坂當是借用，鳳翼、龍鱗，形容山勢陡峭。山路高在樹梢，人騎馬上如在雲端，是山中景觀之逼真寫照，相互參照，寫山的險峻更見具體。「懸崖」四句，泉溜響、鳥聲春，是就畫面懸想，此亦語言勝於畫面處。泉流鳥鳴，以動寫靜。而住馬相問，必有避亂秦人，用桃花源典故，更寫出畫面風景之幽僻靜闌，人迹罕到。

梅花

常年臘月半，已覺梅花闌❶。不信今春晚，俱來雪裡看。樹動懸冰落，枝高出手寒。早知覓不見，真悔著衣單。

古人詠梅，清高越俗，後人愈刻劃愈覺粘滯。古人取神，後人取形也。

【注釋】❶闌　將盡。

【語譯】尋常年份臘月中旬，已經感覺梅花將殘。不信今春時間已晚，齊來雪中將梅探看。樹木搖動懸冰墜落，樹枝太高出手知寒。早知尋覓不能看見，真是懊悔穿衣薄單。

【研析】本詩寫尋梅不遇的惆悵。前四句，尋常年份，梅花在臘月已經將盡，詩人於此再熟悉不過，但今年已是初春，詩人偏不信時間已晚，同人一起，踏著積雪，冒著嚴寒，來到梅林，尋訪梅花。「樹動」以下四句，樹動是訪梅者所搖，由枝高出手可知；梅樹必然是銀裝素裹，被雪花覆蓋，如此詩人纔誤認了雪花作梅花，伸手牽動樹枝，以致懸冰紛紛墜落，不見梅而冰雪般品格之梅花精神，已躍然而出；懊悔者其實不是衣單，而是尋梅不遇，心懷惆悵而已。沈德潛評：「古人詠梅，清高越俗，後人愈刻劃愈覺粘滯。古人取神，後人取形也。」對本詩之取神而不粘滯，給予了極高評價。

寄徐陵❶

故人倘思我，及此平生時❷。莫待山陽路，空聞吹笛悲❸。

【注釋】❶徐陵　字孝穆，東海剡（今山東剡城）人，南朝著名宮體詩人。❷及此平生時　及，趁著。平生時，指在世的時候。❸莫待山陽路二句　用魏晉之際文學家向秀故事。向秀與嵇康、呂安交好。二人住山陽（在今河南修武）。及二人被司馬氏殺害，向秀過山陽，聞笛聲而思友人，作〈思舊賦〉。

【語譯】老友倘若思念我，趁著眼下還在世。不要等上山陽路，空自聞笛心傷悲。

【研析】本詩乃遙寄友人徐陵之作。徐摛、徐陵父子於南朝梁為東宮學士，與庾肩吾、庾信父子同時出入東宮，詩稱「徐庾體」；徐陵也有出使北朝、羈留不歸的一種經歷，其與庾信遭遇十分相似。不同者，徐陵在梁朝都城淪陷後，被放南回，並在南朝陳做了尚書左僕射等官，而庾信則終未回到故鄉。身在異國他鄉的詩人，寄詩徐陵，說你果然還思念我這個朋友，還是趁我活著的時候，多多聯繫，一旦我如嵇康故去，你縱然故地重遊，聞聽笛聲，也只能徒然傷感而已。詩中不無責備之意，正因舊友，話講得直率，也發自肺腑，真情流淌。其淒涼之音，正見出思念鄉關、不得歸去的詩人內心深處極大的痛苦悲傷。詩歌用典自然貼切，短短四句，包蘊感受無限。

和侃法師❶

客遊經歲月，羈旅故情多。近學衡陽雁❷，秋分俱渡河。

【注釋】❶和侃法師　侃法師，南朝僧人。❷衡陽雁　傳說秋雁南飛，至衡陽回雁峰而止。

【語譯】遊歷在外頗有年月，身在異鄉思鄉情烈。近來要學南飛大雁，秋分時節齊過黃河。

【研析】本詩又題〈和侃法師別詩〉，凡三首，此其中之一首。侃法師亦南人，多年浪跡北方，今將南還，詩人不勝依戀。起二句，客遊在外多年，身在異鄉而多念故鄉，是說法師，也是自寓。三、四兩句，以雁為比，法師既如大雁一樣自由，其南返也有大雁陪伴，該不寂寞；而自己則人不如雁，不能歸去，心中何其惆悵淒涼！

重別周尚書❶

陽關❷萬里道，不見一人歸。唯有河邊雁，秋來南向飛。從子山時勢地位想之，愈見可悲。

【注釋】❶重別周尚書　重別，詩人前已有〈送周尚書弘正二首〉，故云。周尚書，名弘正，字思行，南朝梁官太常卿、左戶尚書，入陳，官尚書右僕射，奉命出使北周。❷陽關　關塞名，在今甘肅敦煌西南，出塞必經之處。

【語譯】西到陽關萬里途程，未能見到一人歸去。只有黃河河濱大雁，秋季到來向南翔飛。

【研析】詩凡二首，這裡為其中一首。周弘正與詩人前後同為出使北朝，今其歸去，而自己仍將羈留於此，感慨良多。詩歌訴說，身在異國他鄉，離家萬里，多年以來，似乎從未見到來此再返之人；而能南返者，惟有秋天的大雁，每年南飛。整篇未提周，而周之如同大雁自由，已經包含其中，詩人之羨慕嚮往，溢於辭表。其不得自由的悲哀，隱約可見。

王褒

關山❶篇

從軍出隴坂❷，驅馬度關山。關山恆掩藹❸，高峰白雲外。遙望秦川水❹，千里長如帶。好勇自秦中❺，意氣多豪雄。少年便習戰，十四已從戎。遼水❻深難渡，榆關❼斷未通。

【注 釋】❶關山 關隘山嶺。❷隴坂 即隴山，今六盤山南段的別稱。❸恆掩藹 恒，常常。掩藹，被雲霧籠罩。藹，通「靄」。❹秦川水 指流經秦川的黃河。❺秦中 約相當今陝西中部平原地帶，古屬秦國，故名。❻遼水 即遼河，周代是隔斷東胡、山戎等國的屏障。❼榆關 秦有榆中關，漢有榆溪塞，這裡泛指北方關隘。

【語 譯】從軍征討出了隴坂，馳騁戰馬越過關山。關山常被雲霧籠罩，高峰聳立白雲之巔。遙望秦川黃河流水，千里綿延如同襟帶。秦中風俗好勇鬥狠，意氣豪邁英雄奔放。少年便能熟悉戰事，十四低齡已經從戎。遼水水深難以渡過，榆關中斷沒有開通。

【研 析】王褒（西元約五一三年—約五七五年），字子淵，琅琊臨沂（今山東臨沂）人。南朝梁武帝時，官祕書郎、太子舍人，封南昌侯。元帝時，官吏部尚書、右僕射。江陵淪陷，入西魏，官車騎大將軍、儀同三司。入北周，封石泉縣子，加開府儀同三司，官內史中大夫、太子少保、小司空、宣州刺史。詩歌創作，南朝時期多宮體之作，入北朝後詩風一變為蒼勁悲涼。本詩寫征人行役之思。起二句總領出隴坂，度關山，點醒題目，揭出征戰行役主旨。「關山」二句，承上以雲霧常年籠罩，高峰聳出雲外，極寫山嶺關隘險峻難行。「遙望」二句，秦川流出黃河如帶，千里蜿蜒，也寫形勝奇偉，山河壯麗，為下文強悍民風鋪墊。「好勇」四句，就征人來寫，其出自風景壯美的秦中，好勇善戰。結末二句，遼水難渡，榆關阻斷，也有象徵勇士乃國之屏障意，是對鋼鐵長城的頌歌。詩歌流轉自如，氣勢沉雄，用語簡潔。

渡河北❶

秋風吹木葉，還似洞庭波❷。常山臨代郡，亭障繞黃河❸。心悲異方樂，腸斷隴頭歌❹。薄暮臨征馬，失道北山阿❺。

起調甚高。

【注　釋】❶渡河北　渡黃河北上。❷秋風吹木葉二句　本屈原〈九歌‧湘夫人〉：「嫋嫋兮秋風，洞庭波兮木葉下。」❸常山臨代郡二句　常山，即恆山，漢朝關隘名，在今河北唐縣西北。代郡，秦郡名，在今河北蔚縣東北。亭障，哨亭堡壘，防禦工事之類。❹心悲異方樂二句　異方，指異域。隴頭歌，泛指隴地樂曲。❺薄暮臨征馬二句　薄暮，傍晚。臨，面對。失道，迷路。山阿，山之曲折處。

【語　譯】秋風蕭瑟吹落樹葉，黃河好似洞庭掀波。常山雄關高臨代郡，哨所堡壘散繞黃河。異國音樂令人心悲，柔腸寸斷聽隴頭歌。黃昏時分面對征馬，迷失道路北山曲折。

【研　析】本詩寫北渡黃河見聞觀感。起二句，化用《楚辭》成句，秋風落葉，黃河波浪有似洞庭，此既點明時序，也以北國與梁朝楚地風物的相類，寓其濃烈的鄉關之思。「常山」二句，交代地點，雄偉關塞高臨代郡，哨所堡壘散佈黃河沿岸，境界宏大，而戰爭的跡象也瀰漫其中，是戰時氣象。「心悲」二句，觸景生情，眼前所見，已生惆悵；耳中所聞，異國音樂，悲者益發悲傷。結末二句，日暮黃昏，山之曲折幽僻處，孤獨的詩人迷失了道路，面前只有馬兒為伴。其實，詩人思想深處，也何嘗無彷徨失路之感，此亦雙關筆法。

隋詩

煬帝

煬帝詩，能作雅正語，比陳後主勝之。

飲馬長城窟行❶示從征群臣

肅肅秋風起，悠悠行萬里。萬里何所行，橫溪❷築長城。豈台小子❸智，先聖之所營。樹茲萬世策，安此億兆生。詎敢憚焦思，高枕於上京？北河秉武節，千里捲戎旌❹。山川互出沒，原野窮超忽❺。摐金止行陣，鳴鼓興士卒❻。千乘萬騎動，飲馬長城窟。秋昏塞外雲，霧暗關山月。緣巖驛馬上，乘空烽火發。借問長城侯，單于入朝謁❼。濁氣靜天山，晨光昭高闕❽。釋兵仍振旅，要荒事方舉❾。飲至告言旋，功歸清廟前❿。

【注釋】❶飲馬長城窟行　樂府舊題，屬於相和歌辭瑟調曲。❷橫溪　或作「橫漠」。❸台小子　謙稱。台，我。❹北河秉武節二句　北河，水名，黃河在陰山南麓分成南北二河，北邊稱北河。武節，武道；武德。戎旃，旃旗。❺窮超忽　窮，極盡。超忽，曠遠貌。❻摐金止行陣二句　摐金，指鳴金擂鼓。興，鼓舞。❼借問長城候二句　候，守關之卒。單于，西北少數民族部落首領的稱號。謁，晉謁；朝見。❽濁氣靜天山二句　天山，即祁連山。高闕，關塞名，在今內蒙古境。❾釋兵仍振旅二句　釋兵，指結束戰爭。振旅，整頓軍隊，操練士兵。要荒，古代指京城外極遠的地方。《尚書》：「五百里要服，五百里荒服。」這裡指遼東地區。❿飲至告言旋二句　飲至，上古諸侯朝會盟伐歸來，祭告宗廟並飲酒慶賀的典禮，後世指出征凱旋，到宗廟舉行祭祀宴飲之禮。清廟，宗廟。

【語譯】秋風瑟瑟吹起來，行軍悠悠萬里路。萬里以外何處去，橫溪地方築長城。哪是小子我多智，古代聖賢所經營。建立此等萬世策，安定黎民眾百姓。哪敢害怕勞心力，高枕無憂在京城？北河地區揚武德，千里之外揮戰旗。山川出沒無規律，原野極盡顯曠遠。鳴金收兵罷戰陣，敲響戰鼓鼓士氣。千車萬馬齊出動，飲馬長城邊泉水。秋天塞外雲烏黑，煙霧遮暗關山月。攀緣山崖驛馬上，登上高空舉烽火。問聲長城守關卒，單于該要入朝謁。濁氣蕩除天山靜，清晨陽光照關塞。既停戰鬥仍整軍，僻遠遼東戰事起。功成凱旋相慶賀，大功獻於宗廟前。

【研析】隋煬帝楊廣（西元五六九年—六一八年），弘農華陰（今屬陝西）人。隋文帝次子。

初封晉王。隋文帝仁壽四年（西元六〇四年）弒父自立。在位十四年，荒淫暴虐，終為權臣宇文化及所殺。工於詩文，「能作雅正語」（沈德潛語）。本詩擬樂府而作，而與蔡邕、陳琳同題作其趣相異。詩起四句，秋風蕭瑟之中，征行萬里，往築長城，點醒題目。「豈台」四句，交代修築長城理由，一則有前賢榜樣，二則為邊疆防禦，百姓安寧，萬世千秋之大業。「詎敢」四句，言不敢憚勞，在京城清閒，而赴邊庭築城，以揚朝廷武威。「山川」六句，前二句是築城的環境，形勢險峻，曠遠荒寂；後四句乃勤於督促，聲勢浩大，「飲馬」之句，暗示大功告竣。「秋昏」以下八句，懸想邊疆警報，烽火燃起，外寇進犯，戰爭興起，而落實守關士卒答話單于朝貢晉見，則一天煙云盡散，晨日輝耀，陽光明媚。結末四句，修築長城事畢，軍隊尚要繼續整頓，因為東北戰事又起，將士要開赴新的戰場。而凱旋歸來，宗廟慶功，也何其充滿必勝的信心！張玉穀《古詩賞析》評：「通首氣體闊大，頗有魏武之風。」陸時雍《詩鏡總論》云：「陳人意氣懨懨，將歸於盡。隋煬起敝，風骨凝然。」可謂確論。

白馬篇❶

白馬金貝裝❷，橫行遼水傍。問是誰家子，宿衛羽林郎❸。文犀六屬鎧，寶劍七星光❹。山虛弓響徹，地迥角聲長❺。宛河推勇氣，隴蜀擅威強❻。輪臺受降虜，高闕翦名王❼。射熊入飛觀，校獵下長楊❽。英名欺衛霍，智策蔑平良❾。島夷時失禮，卉服犯邊疆❿。徵兵集薊北，輕騎出漁陽⓫。進軍隨日暈，挑戰逐星芒⓬。陣移龍勢動，營開虎翼張⓭。銜冠入死地，攘臂越金湯⓮。塵飛戰鼓急，風交征旆揚。轉鬬平華地，追犇掃鬼方⓯。本持身許國，況復武功彰。會今千載後，流譽滿旂常⓰。

二章氣體自闊大，而骨力未能振起，故知風格初成，菁華未備。

【注釋】❶白馬篇　樂府舊題，屬雜曲歌辭。《樂府詩集》署孔稚圭作。❷金貝裝　指用黃金珠寶裝飾的馬鞍。❸羽林郎　漢武帝朝選隴西等六郡良家子宿衛建章宮，稱建章營騎，後改名羽林騎，為皇帝護衛，其長官有羽林郎將及羽林郎。❹文犀六屬鎧二句　文犀，帶花紋的犀牛皮。六屬，六葉。《周禮・考工記》：「函人為甲，犀牛七屬，兕甲六屬，合甲五屬。」七星，劍柄雕刻有北斗七星圖案。❺山虛弓響徹二句　虛，空曠。角，古樂器名，多用作軍號。❻宛河推勇氣二句　宛河，宛地河流，代指中原地區。宛，今河南南陽。隴蜀，泛指川陝地區。❼輪臺受降虜二句　輪臺，古代地區名，今為新疆米泉縣。高闕，關塞名。翦，消滅。名王，匈奴部落中名聲顯赫的首領。❽射熊入飛觀二句　漢朝長楊宮有射熊館，為天子射獵閱兵之處。❾英名欺衛霍二句　衛霍，衛青、霍去病，漢武帝朝名將。平良，陳平、張良，漢高祖身邊重要謀士。❿島夷時失禮二句　島夷，居住海島上的部族。卉服，草織的衣服。⓫徵兵集薊北二句　薊北，今河北薊縣以北。漁陽，秦郡名，在今北京密雲縣西南。⓬進軍隨日暈二句　日暈，太陽周圍出現的彩色光圈。《史記・天官書》：「兩軍相當，日暈。」星芒，星光。⑬陣移龍勢動二句　古代戰陣有飛龍、虎翼等名稱。⑭衝冠入死地二句　死地，危險之地。攘臂，捋起衣袖。金湯，牢固的防禦。⑮轉鬭平華地二句　轉鬭，轉戰。華地，漢族地區。鬼方，商朝西北部族名，這裡泛指少數民族地區。⑯旂常　太常旗，天子出行備用九旗之一，上繪日月形狀。《禮記》：「有功銘於太常。」

【語　譯】白馬配著金貝馬鞍，馳騁縱橫遼水之濱。問聲這是誰家孩子，職掌宿衛羽林郎官。犀牛皮製六葉鎧甲，寶劍柄上七星閃光。山間空寂弓弦響徹，大地遼闊號角聲遠。宛河地區推揚英勇，川陝地區享名威武。輪臺接受俘虜投降，高闕關塞剪除名王。射獵進入高聳宮觀，打獵來到獵場長楊。英名不讓衛青、去病，謀略藐視陳平、張良。海島夷族時常冒犯，草裝打扮進犯邊疆。招募兵馬會集薊北，輕騎快馬駛出漁陽。隨著日暈軍隊挺進，趁著星光挑戰動槍。戰陣移動擺出龍勢，經營關隘虎翼陣張。怒髮衝冠踏入險地，捋起衣袖越過金湯。煙塵瀰漫戰鼓聲緊，狂風吹來戰旗飄揚。轉戰平定華夏地域，乘勝追擊蕩平鬼方。原本已將身許國家，何況還能戰功表彰。當令千載萬世之後，榮譽播揚太常旗上。

【研　析】本詩乃頌揚羽林健兒征戰建功之作。首八句，由白馬寫起，點醒題目，延及主人，犀牛六葉鎧甲，七星寶劍閃著寒光，弓響角亮，裝備精良，颯爽英姿，精神抖擻。「宛河」八句，敘其既往功勳，曾經輪臺受降虜，關塞滅匈奴名王，長楊射熊受閱，在中原西部，大名久揚，名聲不讓西漢名將衛青、霍去病，謀略更在陳平、張良之上。「島夷」以下十二句，海島夷族進犯，騷擾邊疆，此壯士征戰緣起；日暈進軍，星夜挑戰，飛龍、虎翼陣勢，張揚其威武之師，雄壯之軍威；怒髮衝冠，衝向死地，捋起衣袖，穿過金湯防禦，塵土飛揚，旌旗烈烈，平定華地，蕩平鬼方，具體描寫戰鬥激烈的場面，及所向披靡、攻無不克的神勇。結末四句以武功傳揚，千秋揚名收束，是烈士品格。張玉穀《古詩賞析》評：「氣遒詞煉，庶幾步武陳思。」

楊素

武人亦復奸雄，而詩格清遠，轉似出世高人，真不可解。

山齋獨坐贈薛內史❶二首

居山四望阻，風雲竟朝夕❷。深溪橫古樹，空巖臥幽石❸。日出遠岫❹明，鳥散空林寂。蘭庭動幽氣，竹室生虛白❺。落花入戶飛，細草當階積。桂酒❻徒盈樽，故人不在席。日落山之幽，臨風望羽客❼。

【注釋】❶薛內史　即隋初著名詩人薛道衡，隋文帝朝曾官內史侍郎。❷居山四望阻二句　阻，指為高山擋住視線。竟，畢。❸深溪橫古樹二句　橫，橫生。空巖，指山巖上淩空處。❹遠岫　遠山。❺蘭庭動幽氣二句　蘭庭，長滿蘭草的庭院。幽氣，芬芳的香氣。室生虛白，本《莊子·人間世》：「瞻彼闋者，虛室生白，吉祥止止。」本意謂虛空寂靜的心室能生出純白的光輝，這裡指居於空明的竹室而心境清明澄靜。❻桂酒　指芳香的美酒。❼日落山之幽二句　幽，暗。臨，迎。羽客，神仙或方士。

【語　譯】居住山裡四望受阻，從早到晚風雲不歇。幽深溪流橫生老樹，山巖凌空橫臥青石。太陽出來遠山明亮，鳥兒四去林中空寂。蘭長庭院幽香馥郁，竹室空明心境澄靜。落花飄飛進入戶中，小草正當臺階叢集。芳香美酒徒然滿杯，知己好友不在坐席。日落黃昏山中灰暗，迎風翹望高人隱逸。

【研　析】楊素（？—西元六〇六年），字處道，弘農華陰（今陝西華陰）人。北周武帝時，曾官車騎大將軍，累官徐州總管。因助隋文帝楊堅建隋有功，隋立，加上柱國，封越國公，官內史令，尚書左僕射，執掌朝政。後因助楊廣即位，煬帝朝拜尚書令、太子太師、司徒，改封楚國公。本詩乃贈友人薛道衡而作。此第一首。起二句，山居四望，自朝至夕，風雲不歇，總寫山中光景。「深溪」四句，寫望中山景，深溪老樹橫生，山巖凌空臥石，清幽僻靜之至；日出遠山光明，鳥兒天亮飛出林中，樹林一片空寂，既點出時間在早上，也再寫山中清靜。「蘭庭」轉寫齋中，滿生著蘭草的庭院裡芳香馥郁，空明的竹室裡令人心神澄明；飛入戶中的落花，當階長滿的小草，益發烘托出齋中靜謐。結末四句，遞入懷人。徒有美酒滿杯，卻無故人對飲，不勝惆悵。日暮山暗，臨風翹望仙客，點明時間到了晚上，已作竟日之坐，照應開篇，也不無出世之想。沈德潛評：「武人亦復奸雄，而詩格清遠，轉似出世高人，真不可解。」

巖壑澄清景❶，景清巖壑深。白雲飛暮色，綠水激清音。澗戶散餘彩，山窗凝宿陰❷。花草共縈映，樹石相陵臨❸。獨坐對陳榻❹，無客有鳴琴❺。寂寂幽山裡，誰知無悶心❻？

【注　釋】❶巖壑澄清景　巖壑，山巒溪谷。清景，景物清晰。❷澗戶散餘彩二句　澗戶，指對著山澗而開的門戶。宿陰，指昨晚的陰雲。❸花草共縈映二句　縈映，縈繞而相互輝映。相陵臨，相互侵凌又互相依存。❹陳榻　陳設的床榻。❺無客有鳴琴　本嵇康〈贈秀才從軍〉：「鳴琴在御，誰與鼓彈？」❻無悶心　本《周易・乾》：「遁世無悶。」

【語　譯】山谷澄明景物清晰，景物清晰山谷益深。白雲飄飄暮色更濃，綠水激蕩聲響清脆。迎澗門戶見晚霞散，對山窗扉凝昨夜雲。花草相纏輝映益茂，樹石相侵又相依存。獨自枯坐對著空榻，有琴在旁沒有客人。寂寞冷清深山之中，有誰知我遁世之心？

【研　析】此第二首全寫暮景。起四句寫山景，山谷澄明而使景物益發顯得清晰，而清晰的景物也更見出山谷的澄澈，迴環中山谷的空明幽寂被寫得淋漓盡致。白雲飄動著暮色，是所見；綠水激蕩著清脆水聲，是所聞，具體描寫山谷中空明澄靜。「澗戶」四句，寫暮色中山齋。晚霞飄散，是門前所見；宿陰未散，是後窗對山之景。花草相互縈繞互相輝映益顯繁榮；樹石相侵也相互倚靠存在。觀察細微，描寫深切，不讓謝玄暉筆調。「獨坐」四句，轉入懷人。暮色蒼茫中，孤獨一人，對著空榻；雖有鳴琴，無人聆聽，也無心彈奏；幽寂冷清的深山之中，無人能為知音，了解自己的心思，對知音之思念愈益強烈，不提友人而友人已在其中。

贈薛播州❶

《北史》：素以詩遺薛道衡，薛曰：人之將死，其言也善。若是乎？未幾而卒。

在昔天地閉，品物屬屯蒙❷。和平替王道，哀怨結人風❸。麟傷世已季，龍戰道將窮❹。亂海飛群水，貫日引長虹❺。干戈異革命，揖讓非至公❻。

落句是奸雄語，曹孟德時或有此。

【注釋】❶薛播州　指薛道衡，隋煬帝即位，出為播州刺史。播州，在今貴州遵義市。《隋書・薛道衡傳》作「番州刺史」。番州係改廣州而置。❷在昔天地閉二句　天地閉，天地尚未開闢之時。品物，眾物。屯蒙，蒙昧混沌之狀態。❸和平替王道二句　替，衰替。結，凝結。人風，民風。❹麟傷世已季二句　麟傷，本《左傳》哀公十四年，載周天子西狩獲麟，孔子聞之，以為麒麟生非其時，乃傷心落淚，云：「吾道窮矣。」季，季世；末世。龍戰，本《周易・坤》：「龍戰於野，其血玄黃。」原指陰陽二氣交戰，後代指諸侯混戰割據征伐。❺亂海飛群水二句　海飛群水，本揚雄《太玄經》：「海水群飛，終不可語也。」此亂世之象。長虹貫日，長虹穿日而過，古人以為是人間將有災難的預兆。❻干戈異革命二句　干戈，戰爭。革命，本《周易・革》：「天地革而四時成，湯武革命，順乎天而應乎人。」謂實施變革以應天命。揖讓，指禮讓天下。

【語　譯】往古天地未開闢時，萬物屬於混沌蒙昧。和平衰替王道產生，哀怨結於民風之中。傷歎麒麟出在末世，諸侯爭霸王道途窮。大海沸騰群水飛濺，橫貫太陽有那長虹。戰爭異於湯武革命，禮讓天下亦非至公。

【研　析】〈贈薛播州〉一組凡十四首，乃贈友人薛道衡外放播州刺史而作，時間在隋煬帝初年。此第一首由天地混沌寫起，有總領之意。前六句，天地未闢，萬物處於混沌蒙昧狀態；上古盛世以後，和平衰替，王道興起，民之哀怨不免；春秋末世，諸侯紛爭，戰爭頻仍，王道亦窮，孔子傷麒麟亦傷世亂民怨。「亂海」以下四句，海水群飛、長虹貫日，皆預兆人間災難，歷代之武力火並，政權爭奪，非同湯武革命，順應天命；而所謂的禮讓天下，亦非堯舜禪讓，出自大公無私。此直端出改朝換代本質，議論警策。

兩河定寶鼎，八水域神州❶。函關絕無路，京洛化為邱❷。漳滏爾連沼，涇渭余別流❸。生郊滿戎馬，涉路起風牛❹。班荊疑莫遇，贈縞竟無由❺。

【注　釋】❶兩河定寶鼎二句　兩河，戰國秦漢之時，黃河自河南武陟朝東北流，與上游晉陝間北南流向之一段東西遙對，當時稱之兩河。此在南北朝為北齊所轄。定寶鼎，指建立政權。八水，指關中八水：灞、滏、涇、渭、豐、鎬、牢、潏。域，疆域，作動詞。神州，天下，指北周立國。❷函關絕無路二句　函關，函谷關。絕，阻隔。京洛，京都洛陽。邱，廢墟。❸漳滏爾連沼二句　漳、滏，二水名。漳河源於山西東部，經河北、河南兩省邊境，在大名縣入衛河。滏水在河北。滏水熱，漳水寒。涇、渭，二水名，黃河支流，一清一濁。❹生郊滿戎馬二句　生郊戎馬，本《老子》：「戎馬生於郊。」風牛，謂風馬牛互不相及。風，放。❺班荊疑莫遇二句　班荊，本《左傳》襄公二十六年，原指鋪荊席地而坐，後為朋友途中邂逅，傾心交談的典故。贈縞，本《左傳》襄公二十九年季札聘於鄭，與子產一見傾心，贈之縞帶。後以此為交友的典故。

【語　譯】兩河之際定鼎立國，八水為疆建立王朝。函谷關阻無路可通，京都洛陽化為邱墟。漳滏連沼寒熱不同，涇渭分明顏色有別。郊外戰爭戎馬遍地，登上途程兩不相干。疑惑不能相遇交談，欲要贈縞沒有機緣。

【研　析】此組詩第二首，言天下混戰，尚未一統，阻於兵革，無緣相見。前四句，為齊為周，天下擾攘，函谷關因戰爭阻絕，道路不通，京城洛陽化為廢墟，此言天下尚未統一，兵荒馬亂，烽火四起，狼煙遍地，此為因。後六句，漳滏寒溫有別，涇渭清濁分明，互文見義，言己之與辭各在一方，各事其主，蹤跡不同，不得相遇，欲交往而無緣，此為兵阻難見之果。

道昏雖已朗，政故猶未新❶。刳舟沍水際，結網大川濱❷。出遊迎釣叟，入夢訪幽人❸。植林雖各樹，開榮❹豈異春？相逢一時泰，共幸百年身。「植林」一聯，言己與薛各奮事功。遺詞甚雅。

【注釋】❶道昏雖已朗二句　道昏，指南北朝昏暗的政治。政故，舊的政策。❷刳舟洹水際二句　刳舟，削木為舟。洹水，在今河南安陽。結網，織網。❸出遊迎釣叟二句　釣叟，傳說姜尚釣魚渭水之濱，周文王出遊相遇，同載而歸，授以國政。幽人，傳說殷高宗武丁夢見將得賢人輔佐，四處尋訪，在傅巖之野築城役人中見一人，與夢中所見相合，拜之為相，稱「傅說」。❹開榮　開花。

【語譯】黑暗政治已變清明，舊有政策尚未革新。削木造舟洹水岸上，編織漁網大河之濱。出遊迎接釣魚老翁，夢境之中尋訪伊人。種樹雖然長成有別，春天開花豈有差異？相逢遭遇一時歡暢，共同慶幸百年遭逢。

【研析】此組詩第四首，敘自己與薛道衡俱得文帝知遇，共事朝廷。前六句，寫隋朝建立，統一天下，結束黑暗的政治局面，為行新政，如渡河需要造舟，羨魚應當結網，必要求賢，正如周文王之遇姜尚，殷高宗之訪傅說，隱寫自己及薛之受隋文帝知遇，也有將自己及薛道衡攀比前賢之意。「植林」四句，以植樹為比，寫自己與薛道衡前之雖各事其主，但都有所成，而今之相遇，共事隋朝，得帝王賞識，也百年難遇之僥倖。此二人相識之初。

荏苒積歲時，契闊同遊處❶。閶闔既趨朝，承明還宴語❷。上林陪羽獵，甘泉侍清曙❸。迎風含暑氣，飛雨淒寒序。相顧惜光陰，留情共延佇❹。

【注　釋】❶荏苒積歲時二句　荏苒，時光推移，漸漸流逝。契闊，相交，相約。❷閶闔既趨朝二句　閶闔，指朝廷宮門。趨朝，上朝。承明，漢宮殿名，泛指宮殿。宴語，閒談。❸上林陪羽獵二句　上林，漢宮苑名，皇帝春秋狩獵之處。羽獵，指帝王出獵，士卒負羽隨從。甘泉，漢宮名。清曙，清晨。❹相顧惜光陰二句　相顧，互相顧戀。留情，傾心；留住情意。延佇，久留，指依戀的情狀。

【語　譯】光陰荏苒時間既久，相識相交一同遊處。宮門既已一齊上朝，承明殿中閒談歡語。上林苑中陪帝遊獵，甘泉宮中共侍清晨。迎風吹來含著暑氣，秋雨飛來蕭瑟時序。相互顧戀珍惜光陰，互相傾心彼此留連。

【研　析】此組詩第七首，敘寫二人相交相識，同朝共事，彼此傾心。前六句，時光荏苒，詩人終於與薛道衡同朝共事，宮門一同上朝，殿中清談閒話，上林苑共隨帝王遊獵，甘泉宮共侍清晨到來。「迎風」四句，謂歷經寒暑，相互顧戀，彼此知音，相處甚得。有此相聚之樂，下文分別之苦益見強烈。

滔滔彼江漢，實為南國紀❶。作牧求明德，若人應斯美❷。高臥未褰帷，飛聲已千里❸。還望白雲天，日暮秋風起。峴山君儻遊，淚落應無已❹。

【注　釋】❶滔滔彼江漢二句　本《詩經・小雅・四月》：「滔滔江漢，南國之紀。」紀，綱紀，經帶連絡。指江漢統領南方諸多河道。❷作牧求明德二句　牧，一州之行政長官。明德，完美的德行。若人，指薛道衡。❸高臥未褰帷二句　高臥，指無為而治。褰帷，撩起幔帳。飛聲，指名聲傳揚。❹峴山君儻遊二句　峴山，在湖北襄陽，西晉名將羊祜嘗駐此都督荊州諸軍事，死後部屬於其遊息處建廟立碑，望其碑者莫不流涕，稱墮淚碑。本此。

【語　譯】望那長江漢水滔滔流逝，實在可稱南國眾水綱紀。一州之牧追求完美德行，這人完全可擔如此美名。高臥未起幔帳尚未掛起，美譽聲名已經流傳千里。回頭翹望藍天白雲，日暮黃昏秋風瑟瑟。峴山之地君若去遊，淚水零落應該沒有止時。

【研　析】此組詩原第八首，敘薛道衡出任襄州刺史。起二句用《詩經》成句，點出薛往之地，江漢湯湯，連絡眾流，乃重要之鎮。「作牧」二句，議論之筆，州牧當求美德，道衡最堪稱道，頌其品格操行。「高臥」二句，寫其襄州之治，政在無為，與民休息，不治而治，名揚千里，既寫其品格，又顯其才華。結末四句，懸想友人身在襄州，當日暮黃昏，望藍天白雲，見秋風瑟瑟，若遊峴山，弔羊祜之廟，想自身遭遇，必然感傷涕零，淚落不止。此後四句，蒼涼慷慨，情景交融，歷來為人稱道。

漢陰政已成，嶺表人猶蠹❶。彈冠比方新，還珠總如故❷。楚人結去思，越俗歌來暮❸。陽烏尚歸飛，別隺還迴顧❹。君見南枝巢，應思北風路❺。

【注　釋】❶漢陰政已成二句　漢陰，指襄陽。嶺表，嶺外，五嶺以南地區，這裡指播州。煬帝即位，薛道衡由襄州總管貶播州刺史。蠹，指播州民風敗壞。❷彈冠比方新二句　彈冠，本《史記・屈原列傳》「新沐者必彈冠」，謂其潔身自好。還珠，本《後漢書・循吏傳》，言孟嘗遷為合浦太守，此地原盛產珠寶，與交阯毗鄰。先時，以太守貪墨，詭人來求，不知紀極，珠遂漸徙交阯郡界，於是行旅不至，人物無資。孟嘗到任，一革前弊，珠又復還，百姓皆返其業。❸楚人結去思二句　楚人，指襄州百姓。去思，去後之思。越俗，指播州。歌來暮，本《後漢書・廉范傳》百姓之歌：「廉叔度，來何暮。」❹陽鳥尚歸飛二句　陽鳥，鴻雁之類候鳥。隺，即鶴。❺君見南枝巢二句　本古詩「胡馬依北風，越鳥巢南枝」。

【語　譯】襄陽治理已告成，嶺南民俗尚敗壞。彈冠近於新帽子，珠寶回還也如故。楚地人結去後思，嶺外民人歎來遲。候鳥尚知飛回來，別去之鶴還回看。君見朝南枝上巢，應想北風吹來路。

【研　析】此組詩原第九首，寫薛道衡改任播州。前六句，寫其出守播州，本為貶官，而說襄陽治理已成，嶺外尚待調和，既為友人諱，也見出詩人對友人的肯定及其對友人的抱屈。新沐者彈冠，言友人依然潔身自好，如屈原之不肯同流合汙；珠寶回還之典，比友人為孟嘗，頌其清廉好官。楚地之人眷念不捨，是其德政之碑；嶺外之民歎其來遲，是百姓對於清官的渴慕，以百姓之態度，對友人為官之德給予高度評價。「陽鳥」四句，以候鳥知返，別鶴顧盼，越鳥築巢南枝，胡馬依戀北風，懸想友人京城故地之思，羈留在外的苦悶。

養病願歸閒❶，居榮在知足。棲遲茂陵下，優游滄海曲❷。故人情可見，今人遵路矚❸。荒居接野窮，心物俱非俗。桂樹芳叢生，山幽竟何欲！

【注釋】❶歸閒　歸家居閒。❷棲遲茂陵下二句　棲遲，遊息。茂陵，古縣名，治所在今陝西興平縣東北，有漢武帝陵。司馬相如因病辭官後居此。優游，閒適自得。❸遵路矚　沿路而看。

【語譯】養病希望歸家閒居，居於榮華貴在知足。遊息觀賞在茂陵下，悠閒自得滄海岸濱。老友重情自能理解，今人只知沿路觀看。陋室連接無窮荒野，心及外物都非塵俗。桂樹芳草叢生周圍，山中幽靜還有何欲！

【研析】此組詩原第十一首，自述養病歸閒，及對超越塵俗的期盼。起四句，寫居榮應當知足，自己心願歸閒養病，在茂陵之下，滄海之曲，優遊自得，遊息快樂，過閒居自在的生活。「故人」二句，以友人與俗世中人比較，友人重情，自能理解歸閒之情；俗世中人難以理解，沿路觀看，不知所以，始終不能明白。「荒居」四句，荒郊野外築陋室而居，無紅塵紛擾，心思眼見，超脫塵俗，桂樹芳叢，賞心悅目，幽靜恬適之境，一切欲望都空，也不容生任何塵俗之想，此亦山居歸閒之樂。此專就本身說，而友人知音，對友人的思念自在其中。

秋水魚游日，春樹鳥鳴時。濠梁暮共往❶，幽谷有相思❷。千里悲無駕，一見杳難期。山河散瓊蘂，庭樹下丹滋❸。物華❹不相待，遲暮有餘悲。

【注　釋】❶濠梁暮共往　本《莊子・秋水》：「莊子與惠子遊于濠梁之上。莊子曰：『儵魚出游從容，是魚之樂也。』」❷幽谷有相思　本《詩經・小雅・伐木》：「伐木丁丁，鳥鳴嚶嚶。出自幽谷，遷於喬木。嚶其鳴矣，求其友聲。」❸山河散瓊蘂二句　瓊蘂，玉英。白色的花。丹滋，指盛開的紅花。❹物華　自然景色。

【語　譯】秋水澄澈魚游日子，春暖樹上鳥鳴時候。黃昏時分共往濠梁，幽谷之中深深相思。悲傷千里沒有車駕，一面相見遠難為期。山河繽紛飄散玉蕊，庭院樹上紅花飄墜。自然景色不能等待，日落之際心懷餘悲。

【研　析】此組詩原第十三首，抒別後之思。前六句，憶往傷今。秋水澄澈之日，詩人曾與友人共往濠梁觀水中游魚，化用莊子、惠施典故，寫其相處之歡；用《詩經》典故，以鳥之嚶鳴求友，寫彼此思念之情；今之臥病，不能千里命駕，一面之見為難，何其悲傷。「山河」四句，大地玉蕊飄散，院中樹落紅花，觸景生情，詩人感慨，自然的日暮黃昏，在自己也何嘗不然？遲暮之悲，所悲者廣，也何可道盡，何能道盡！

銜悲向南浦，寒色黯沉沉❶。風起洞庭險，煙生雲夢❷深。獨飛時慕侶，寡和乍❸孤音。木落悲時暮，時暮感離心。離心多苦調，詎假雍門琴❹！

從天下之亂，說到定鼎，次說求材，次說立朝，次說辭之出守，須其政成，次說己之歸閑，末致相思之意，一題幾章，須具此章法。○未嘗不排，而不覺排偶之迹，骨高也。

【注　釋】❶銜悲向南浦二句　南浦，南面的水邊，古時多指送別之地。寒色，寒冷時節的顏色風景。❷雲夢　古大澤名，約在今湖南益陽以北，湖北江陵以南地區。❸乍　只。❹雍門琴　據劉向《說苑》，戰國時期，有齊人雍門周以琴見孟嘗君。孟嘗君問：「先生鼓琴，亦能令文悲乎？」周鼓琴，於是孟嘗君涕泣增哀，曰：「先生之鼓琴，令文立若破國亡邑之人也。」

【語　譯】心中含悲走向南浦，蕭瑟寒景灰暗陰沉。狂風起來洞庭湖險，煙霧籠罩雲夢深邃。獨自飛翔時懷伴侶，少人唱和只有孤音。樹葉飄落悲傷歲暮，歲暮感動離別之心。離別心情多是苦調，何須借用雍門周琴！

【研　析】此組詩原最後一首。前四句，觸景生情，就寒冬蕭瑟之景，懸想友人遠赴播州之途程艱難險阻。心懷悲傷，寒色陰沉，極苦之調。洞庭湖風波險惡，雲夢澤雲霧莫測至險。「獨飛」二句，言友人孤單而去，沒有旅伴，沒有知音，孤獨寂寥。「木落」四句，情因景生，有樹木凋零，傷歲已至暮，以及自身垂垂老矣，進而傷懷別離，心中多苦，無須假借雍門周之琴，已成悲戚之歌，點出贈詩之意。詩歌鴻篇巨製，內容博大，情感深摯，層次清晰，條理井然，沉雄雅健，詞氣清蒼，一反齊梁浮靡。王士禎《古詩選・凡例》評其：「沉雄華贍，風骨甚遒，已闢唐人陳、杜、沈、宋之軌。」不為溢美。

盧思道

遊梁城❶

揚鑣歷汴浦，迴扈入梁墟❷。漢藩文雅地，清塵曖有餘❸。賓遊多任俠，臺苑盛簪裾❹。歎息徐公劍，悲涼鄒子書❺。亭皋落照盡，原野沍寒初❻。鳥散空城夕，煙銷古樹疏。東越嚴子陵，西蜀馬相如❼。修名竊所慕，長謠獨課虛❽。

【注釋】❶梁城　即大梁，今河南開封。❷揚鑣歷汴浦二句　揚鑣，即驅馬。鑣，馬嚼口鐵。汴浦，汴河之畔。迴扈，指回車。❸漢藩文雅地二句　漢藩，漢朝梁孝王封國。文雅地，指梁孝王好文藝，一時名士如枚乘、鄒陽、司馬相如等，為其門下客。清塵，車後揚起的塵土，又為對尊貴者的敬稱。曖，溫潤；溫暖。❹簪裾　古時顯貴者的服飾，借指顯貴。❺歎息徐公劍二句　徐公劍，用公子季札故事，其掛劍於徐君墓木之舉，人稱信義。鄒子書，本《漢書・鄒陽傳》，載鄒陽從梁孝王遊，為羊勝、公孫詭忌妒，二人讒毀之，被下獄，獄中上書梁王申冤，因得獲釋。後以「鄒（陽）書」為上書鳴怨的典故。❻亭皋落照盡二句　亭皋，水邊平地。沍寒，嚴寒冰凍。❼東越嚴子陵二句　嚴子陵，即嚴光，會暨餘姚（今屬浙江）人，東漢隱士。馬相如，即司馬相如，蜀郡成都人，西漢文學家。❽修名竊所慕二句　修名，美好的名聲。長謠，長歌。課虛，務虛。

【語譯】驅馬遊歷汴河濱，回車來到梁廢墟。漢朝封國文雅地，清塵恩澤多溫潤。賓客從遊多好俠，亭臺苑囿集顯貴。歎息徐君墓頭劍，鄒子上書亦悲涼。水濱平原餘暉盡，原野初始嚴寒凍。黃昏空城鳥散去，煙霧消失老樹稀。東越隱士有嚴光，西蜀司馬有相如。美名私下所企慕，長歌吟詠獨務虛。

【研析】盧思道（西元五三五年—五八六年），字子行，范陽（今河北涿縣）人。在北齊官至黃門給事侍郎，待詔文林館。入北周，因鄉人作亂，事敗，因參與其事，當判死罪，以文才獲免。後官武陽太守。隋朝建立，嘗官散騎侍郎。本詩乃遊古都汴梁而作。起二句，驅馬汴河之濱，回車梁城廢墟，點醒題目。「漢藩」以下六句，前四詠漢事，遙想當年，漢朝封國，梁孝王門下，文人學士聚集，極一時文化之盛；孝王恩澤溫潤，故能招致群賢；賓客多任俠之士，臺苑多顯貴者，盛況空前，何其繁華！後二句筆勢轉折，徐君墓上之劍，雖延陵季子信義可稱，然斯人已經作古；鄒陽獄中辨怨，固得釋放，終有虛驚，所以有「歎息」、「悲涼」之變徵之音。「亭皋」四句，是當前景。佇立水濱，落日餘暉也盡，只剩蒼茫暮色；嚴寒冰凍，令人窒息；喧噪了一天的鳥兒散去，空城更顯荒寂；煙霧銷歇，老樹蒼蒼，稀疏點綴，此荒城廢墟景象。「東越」以下四句，東漢嚴光，以高隱享譽；西漢司馬相如，文章為天下稱道，這都是詩人心中仰慕的人物，仕途坎坷，而虛名可務，「獨」、「課虛」諸字眼，又流露出詩人是那樣的無奈。詩歌風格蒼涼清健，弔古同時傷今。

薛道衡

昔昔鹽❶

昔昔，猶夜夜也。鹽，引之轉而謠也。

垂柳覆金堤，蘼蕪葉復齊❷。水溢芙蓉沼，花飛桃李蹊。採桑秦氏女❸，織錦竇家妻❹。關山別蕩子，風月守空閨❺。恆斂千金笑，長垂雙玉啼❻。盤龍隨鏡隱，彩鳳逐帷低❼。飛魂同夜鵲❽，倦寢憶晨雞。暗牖❾懸蛛網，空梁落燕泥。前年過代北，今歲往遼西❿。一去無消息，那能惜馬蹄⓫。

「暗牖懸蛛網」二句，從張景陽「青苔依空牆，蜘蛛網四屋」化出，而其發原，則在「伊威在室，蠨蛸在戶」，但後人愈巧耳。

【注釋】❶昔昔鹽　本詩收入《樂府詩集・近代曲辭》，引《樂苑》曰：「〈昔昔鹽〉，羽調曲，唐亦舞曲。『昔』一作『析』。」昔昔，猶夜夜。鹽諧音豔。❷垂柳覆金堤二句　金堤，堅固之堤壩。蘼蕪，即白芷，香草名。❸採桑秦氏女　本漢樂府名篇〈陌上桑〉。❹織錦竇家妻　用晉人竇滔妻蘇若蘭事。竇滔謫戍沙漠，蘇若蘭織錦為迴文詩以贈。❺關山別蕩子二句　蕩子，遊子。風月，風清明月之夜。❻恆斂千金笑二句　恆，長久。斂，收起。千金笑，指女子的笑容。雙玉啼，兩行淚水。❼盤龍隨鏡隱二句　盤龍，銅鏡上的妝飾。隱，指鏡子閒置不用而藏匿匣中。彩鳳，錦帳上繡的圖案。逐帷低，帳幔低垂未掛起。❽飛魂同夜鵲　飛魂，驚魂。夜鵲，指夜鵲無巢易受驚嚇。❾暗牖　未開的窗戶。❿前年過代北二句　代北，即代郡，治所在今天大同。遼西，郡名，治所在今山海關以西。⓫惜馬蹄　本蘇若蘭〈盤中詩〉「何惜馬蹄歸不數」。

【語　譯】楊柳低垂覆蓋堤壩，蘼蕪繁茂葉子整齊。芙蓉池沼積水滿溢，桃李樹下小路花飛。採桑有那秦家女兒，織錦迴文竇家嬌妻。關隘山嶺送別遊子，清風明月夜守空閨。長久收斂千金笑容，兩行淚流哭哭啼啼。盤龍妝飾隨鏡藏匿，彩鳳跟著錦帳低垂。驚魂如同夜間之鵲，倦累不眠想知晨雞。陰暗窗戶懸掛蛛網，無燕空樑弔落巢泥。前年飄零經過代北，今年輾轉前往遼西。一去之後沒有消息，哪裡能夠吝嗇馬蹄。

【研　析】薛道衡（西元五四〇年—六〇九年），字玄卿，河東汾陰（今山西萬榮）人。北齊朝，歷官奉朝請、長廣王記室、太尉府主簿，仕至中書侍郎。入北周，歷官御史二命士、司祿上士、陵州、邛州刺史。入隋朝，先後坐事除名，發配嶺南，歷官內史舍人兼散騎常侍、吏部侍郎、內史侍郎，加上儀同三司、檢校襄州總管、番州刺史、司隸大夫。終為隋煬帝殺害。本詩乃思婦思夫之作。起四句，堤岸垂柳，蘼蕪繁茂，芙蓉池沼水滿，桃李飄零，是暮春景色，春景最能引發春思，此逗引思婦生情之景。「採桑」六句，秦氏羅敷、竇妻蘇蕙，古之思婦，都有著送別遊子、良宵獨守、涕淚交流的經歷，同是天涯淪落人。「盤龍」六句，銅鏡收藏不照，無悅己者在，自不為容；帳幔低垂不掛，無情無緒，心灰意冷模樣；神魂不安，如同驚鵲，神魂顛倒，難以安眠，孤寂寥落失魂喪魄如畫；暗牖懸掛著蜘蛛網，空無燕子的樑柱上燕巢泥落，荒涼之景寫思婦荒漠般的心靈。「前年」四句，輾轉飄零，懸想遊子在外辛苦；一去消息全無，如何這般吝嗇馬蹄，不肯歸來，不無怨意。詩歌描寫閨怨，婉轉纏綿，有齊梁之風。「空梁落燕泥」一句，最為時人稱道，傳說其所以被煬帝殺害，即因此句招忌所致。

敬酬楊僕射山齋獨坐❶

相望山河近，相思朝夕勞。龍門竹箭急❷，華岳蓮花高❸。岳高障重疊，鳥道風煙接。遙原樹若薺❹，遠水舟如葉。葉舟旦旦❺浮，驚波夜夜流。露寒洲渚白，月冷函關秋。秋夜清風發，彈琴即鑑月❻。雖非莊舄歌，吟咏常思越❼。

楊素封越國公。○「遙原」二語，孟襄陽祖此句法。

【注釋】❶敬酬楊僕射山齋獨坐　楊僕射，即楊素，隋朝文帝時官尚書左僕射。山齋獨坐，指其〈山齋獨坐贈薛內史〉。❷龍門竹箭急　本《慎子》：「河下龍門，流駛如竹箭，駟馬追之不及。」龍門，一指禹門口，在今陝西韓城市與山西河津縣間，黃河穿流而過；一為山名，在今河南洛陽市南。❸華岳蓮花高《華山記》：「山頂有池，生千葉蓮，服之羽化，故曰華山。」❹薺　草名。❺旦旦　天天。❻彈琴即鑑月　即，就。鑑月，如鑑之月。❼雖非莊舄歌二句　本《史記・張儀列傳》：「越人莊舄仕楚執珪，有頃而病。楚王曰：『舄故越之鄙細人也。今仕楚執珪，貴富矣，亦思越不？』對曰：『凡人之思故，在其病也。彼思越則越聲，不思越則楚聲。』使人往聽之，猶尚越聲也。」楊素封越國公，故借用此典。

【語　譯】相望山河近眼前，朝夕相思心勞苦。龍門水流如竹箭，華山池中蓮花高。山嶽高聳重疊障，鳥飛之道連風煙。遙遠原野樹如草，遠水之中舟如葉。如葉之舟日日浮，激浪夜夜流不歇。寒露凝結洲渚白，函谷秋夜月幽冷。秋夜清風吹刮起，對著如鏡月彈琴。縱然不是莊舄歌，吟詠常常相思越。

【研　析】楊素有〈山齋獨坐贈薛內史二首〉贈詩人，詩人乃有此作奉和。詩歌起四句，由「居山四望阻」而起，山河近在眼前，朝夕相思，心中勞苦；龍門下之黃河激流，華岳頂巔蓮池，就山水分說。「岳高」四句，具體寫山之高峻，重巒疊嶂，只有鳥能通過的山道，雲煙繚繞；遠看原野處樹林若草，水中舟船恰如樹葉，而舟又暗渡下文寫河。「葉舟」四句寫河，河中舟船日日漂泛，驚濤駭浪夜夜奔騰，此照應篇首之「朝夕」；蕭瑟寒秋，霜露凝結，洲渚一層銀白；函谷關口，秋夜之月，清冷淒然。「秋夜」四句，遞入相思酬答之意，對如鏡之月，彈奏鳴琴，抒發相思，應楊詩「無客有鳴琴」句；莊舄思越之典，表達其對越國公之思念，巧妙貼切。詩四句一層，除了內容上的鉤連迴環，用頂針格，結構上的自然流轉，環環相扣，細密無間。

人日❶思歸

入春纔七日，離家已二年。人歸落雁後，思發在花前。

【注　釋】❶人日　夏曆正月初七。

【語　譯】春天過去剛七日，離開家鄉已二年。人歸落在雁歸後，思鄉興起花開前。

【研　析】本詩乃詩人出仕南朝陳時所作。新年剛過，正月初七，春節後僅僅也就七天，而去年來到陳朝的詩人敏感地感覺到，自己來到江南，已經是第二個年頭了，兩相對比中，詩人懷鄉思歸之情的強烈，顯而易見了。春來大雁回歸北方，而同樣來自北方的詩人尚不知歸期何時，人歸落在了雁後；雖然已經入春，花兒尚未開放，而思鄉之情早生，思歸先於花發，一個落後，一個在前，與自然生靈的比較中，詩人懷念家鄉的痛苦，歷歷可見。借一個特定的時日，寫思鄉懷親之情，構思新穎。

虞世基

出塞❶

上將《三略》遠，元戎九命尊❷。緬懷古人節，思酬明主恩。山西多勇氣，塞北有游魂❸。揚桴度隴坂，勒騎上平原❹。誓將絕沙漠，悠然去玉門❺。輕齎不遑舍，驚策騖戎軒❻。懍懍邊風急，蕭蕭征馬煩❼。雪暗天山道，冰塞交河❽源。霧烽❾黯無色，霜旗凍不翻。耿介❿倚長劍，日落風塵昏。

【注釋】❶出塞　樂府舊題，屬於橫吹曲辭。本詩乃酬唱楊素〈出塞二首〉之作。❷上將三略遠二句　三略，古兵書名，相傳黃石公所著，曾傳於漢初謀士張良。元戎，主帥。九命，周朝官秩分九等，稱九命，最高一級即九命。❸山西多勇氣二句　山西，指太行山以西，乃古來盛出將領的地方，所謂山東出相，山西出將，指此。塞北，關塞以北，突厥居住之地。游魂，即野鬼遊魂，送死之人。❹揚桴度隴坂二句　桴，鼓槌。隴坂，即隴山。勒騎，勒住戰馬的韁繩。❺誓將絕沙漠二句　絕，橫穿。悠然，指隊伍綿長貌。玉門，玉門關，在今甘肅敦煌西北。❻輕齎不遑舍二句　輕齎，輕裝。舍，歇宿。驚策，抽響馬鞭。騖，馳騖。戎軒，戰車。❼懍懍邊風急二句　懍懍，勁烈貌。蕭蕭，馬鳴聲。❽交河　古城名，在今新疆吐魯番，這裡指代河流。❾霧烽　霧中的烽火。❿耿介　正直剛毅貌。

【語　譯】主將《三略》兵法高遠，元帥九命地位尊貴。緬懷古人崇高志節，思想報答帝王厚恩。山西將士勇猛非常，塞北敵人遊魂野鬼。揮動鼓槌翻過隴坂，收勒馬韁下到平原。誓師將要橫穿大漠，隊伍悠然往玉門關。輕裝疾進不暇休息，振鞭馳騖戰車向前。邊地風勁烈烈吹刮，戰馬蕭蕭急不可待。大雪遮蔽天山道路，冰凍阻塞交河源頭。霧重烽火失去顏色，戰旗霜凍不能飄翻。剛毅果敢倚靠長劍，日落風塵蒼茫不管。

【研　析】虞世基（西元約五五二年—六一八年），字茂世，會稽餘姚（今屬浙江）人。南朝陳，官至尚書左丞。入隋朝，官通直郎、內史舍人、內史侍郎、金紫光祿大夫。宇文化及在江都殺煬帝，世基也被殺。本詩乃唱和楊素〈出塞〉而作。前四句，上將、元戎並指楊素，互文見義，寫其有《三略》之謀，位極人臣，故爾慕古人建功立業之志，思想報答主上殊世厚恩。「山西」以下六句，我方是山西猛將，敵方是孤鬼遊魂，勝負之分，不言而喻，早在意料之中；鼓聲陣陣，翻越隴坂，收勒馬韁，下到平原，氣勢驍勇，無可阻擋；誓言穿越大漠，直搗玉門關口，將帥雄心壯志、對敵人的藐視，氣魄宏偉。「輕齎」二句，輕裝疾進，揮師而下，無暇休息，戰車馳騁，所向披靡，銳不可擋。「懍懍」六句，邊疆狂風猛烈，戰馬嘶鳴；大雪紛紛，天山道路遮蔽，交河滴水成冰，河流被冰塊阻塞，以及濃霧籠罩，烽火無光，旗幟霜凍，無法翻轉，戰爭環境極其惡劣。結末二句，落日蒼茫中，不顧風塵迷漫，毅然扶劍挺立者，將軍也，如同雕塑，一個剛毅勇猛的英雄形象，如此鮮明地站到了我們的面前。詩歌描寫邊塞環境及戰爭氛圍，對將士無往不勝精神的描寫，都開了唐人邊塞詩的先河。

入關

隴雲❶低不散，黃河咽復流。關山多道里❷，相接幾重愁。

【注釋】❶隴雲 隴山之雲。隴山，六盤山南段。❷道里 途程。

【語譯】隴山雲團低旋不散，黃河嗚咽奔流不歇。關山路途漫漫無盡，重重相連多層愁苦。

【研析】本詩作者或署庾信，或署虞茂，《詩紀》題虞世基之作。詩寫路途思鄉之情。隴山雲低，繚繞不散；黃河嗚咽，奔流不歇，此途程所見之景，低沉幽咽，淒涼孤苦。關山漫漫，山巒重疊，層層伸向遠方，詩人感慨，這不正如自己羈旅懷鄉的愁思，層層疊疊，難以表述。用語簡括，比喻形象恰切。

孫萬壽

和周記室遊舊京

大夫愍周廟，王子泣殷墟❶。自然心斷絕，何關繫慘舒❷？僕本漳濱士，舊國亦淪胥❸。紫陌風塵起，青壇冠蓋疎❹。臺留子建賦，宮落仲將書❺。譙周自題柱，商容誰表閭❻？聞君懷古曲，同病亦漣洳❼。方知周處歎，前後信非虛❽。

三四語翻得高。韋誕字仲將，為魏書凌雲臺者。周處將戰死，歎曰：軍無後繼必敗。不徒身亡，為國取恥。

【注釋】❶大夫愍周廟二句　分別用《詩經・國風・王風・黍離》及箕子〈麥秀歌〉故實。〈黍離〉乃「閔宗周也。周大夫行役，至於宗周，過故宗廟宮室，盡為禾黍，閔周室之顛覆，彷徨不忍去，而作是詩」（〈詩序〉）。〈麥秀歌〉乃箕子朝周，過殷墟傷宮室毀壞，盡生禾黍，乃為此歌。❷慘舒　慘傷與舒快。❸僕本漳濱士二句　漳濱士，本劉楨〈贈五官中郎將〉：「余嬰沈痼疾，竄身清漳濱。」謂多病之人。舊國，指北齊。淪胥，淪陷。❹紫陌風塵起二句　紫陌，京師郊外的道路。青壇，帝王春日郊祭用的土壇。❺臺留子建賦二句　子建賦，指曹植在銅雀臺成後與諸兄弟奉曹操命所製賦篇，事見《三國志・魏書・曹植傳》。仲將，三國魏人，姓韋名誕，書法家，洛陽、鄴、許昌三都宮觀新成，多請其題署。❻譙周自題柱二句　譙周，字允南，三國蜀國光祿大夫，勸後主劉禪降魏，封陽城亭侯。題柱，當作「題板」，《三國志・蜀書》載：「咸熙二年夏，巴郡文立從洛陽還蜀，過見周。周語次，因書板示立曰：『典午忽兮，月酉沒兮。』典午者，謂司馬也；月酉者，謂八月也。至八月而文王果崩。」商容，殷紂王時老臣，遭紂王貶官。周武王滅殷，表其閭。表閭，刻石里門，表彰功德。❼漣洳　垂淚貌。❽方知周處歎二句　《晉書・周處傳》：「處字子隱，陽羨人，仕吳為東觀左丞。及吳平，王渾登建業宮，釃酒既酣，謂吳人曰：『諸君亡國之餘，得無戚乎？』處對曰：『漢末分崩，三國鼎立，魏滅於前，吳亡於後，亡國之戚，豈惟一人？』」

【語譯】大夫傷懷繫念周朝，箕子涕泣殷朝廢墟。心中已然悲傷絕望，憂鬱歡暢也何相關？我本漳濱多病之人，舊有宗國也已淪亡。京城郊外路起煙塵，郊祭青壇官員稀見。臺閣留下子建賦篇，宮中遺落仲將書法。譙周題板預言精微，商容是誰表其里門？聽到先生懷古詩篇，同病相憐眼淚零落。方纔知道周處感慨，前後一轍確非虛言。

【研析】孫萬壽，生卒年不詳，字仙期，信都武強（今屬河北）人。十七歲為北齊奉朝請。入隋朝，為滕王文學，因衣冠不整，配防江南。後出為豫章王長史、齊王文學，終大理司直。本詩乃過北齊舊都，和周記室之作。詩起四句，引周大夫過故國宗廟作〈黍離〉詩及箕子過殷墟傷故國作〈麥秀歌〉典故，寫己之與周，同以故國淪喪絕望，非關一己之得失悲歡。「僕本」八句，身乃亡國之人，目見舊時京城郊外，道途風塵滾滾，昔日帝王郊祀的高壇，人煙稀少，失去了熱鬧喧囂，想起了子建題賦，韋誕書法，譙周的先知先覺，商容的為周表閭，而今何在？結末四句，同是天涯淪落人，周記室傷懷先朝的詩篇，詩人自然生出同感，涕淚漣漣；而周處的感慨「亡國之戚，豈惟一人」，不獨其同時及前代之人，也包括了後世的周記室、孫萬壽。詩歌不事雕琢，古樸真摯。

早發揚州❶還望鄉邑

鄉關不再見，悵望窮❷此晨。山煙蔽鍾阜❸，水霧隱江津❹。洲渚斂寒色，杜若變芳春。無復歸飛羽，空悲沙塞塵。

【注　釋】❶揚州　今南京。❷窮　盡。❸鍾阜　鍾山，在今南京。❹江津　江上渡口。

【語　譯】家鄉遙遠不能再見，整個早晨惆悵遙望。煙雲繚繞遮蔽鍾山，霧氣蒸騰隱沒渡口。水中小洲收起寒意，杜若芬芳帶來春天。不再有那歸飛羽翼，徒然悲傷塞上風塵。

【研　析】《隋書・孫萬壽傳》記載：「高祖受禪，滕穆王引為文學。坐衣冠不整，配防江南。行軍總管宇文述召典軍書，萬壽本自書生，從容文雅，一旦從軍，鬱鬱不得志。」本詩乃詩人由揚州（今南京）將往異地，還望家鄉而作。起二句，遠離家鄉，不能望見，而整個早上悵然遙望，濃烈的思鄉之情洋溢辭表。鍾山籠罩在煙雲之中，江濱渡口被霧氣吞沒，迷茫的景色，正表現了詩人悵然茫然的心境。水中小洲已收斂起寒氣，杜若芬芳，春天已經到來，但迷惘的詩人，想起的是將要遠離的家鄉，故雖是春天，而其聯想到的，卻是塞上風塵，懊惱的是不能插上羽翼，飛回家鄉。

東歸在路率爾成咏

學宦❶兩無成，歸心自不平。故鄉尚千里，山秋猿夜鳴。人愁慘雲色，客意❷慣風聲。羈恨雖多緒，俱是一傷情。

【注釋】❶學宦　遊學與做官。❷客意　羈旅中的心境。

【語譯】遊學做官兩樣無成，歸來心情不能平靜。故鄉尚有千里路程，秋夜山中悲猿啼鳴。人愁如同慘淡雲色，旅途心境聽慣風聲。羈旅苦惱雖多頭緒，都是一樣傷楚之情。

【研析】詩人既因衣冠不整而配防江南，終於有了還鄉的機會，心中必然感慨萬端。本詩即詩人歸鄉途中有感而作。遊學做官，一樣無成，不是衣錦還鄉，榮歸故里，詩人心中，有著太複雜的感受，起二句，劈頭即將這種感受道出。但家鄉，總是人溫暖的港灣，一個「尚」字，寫出詩人回家的急切難耐。山中秋夜，本已蕭瑟淒涼，猿之哀啼，益添詩人傷感。人愁不可見，而比之慘淡雲色，形象真切。慣聽風聲，不是受用，而見出遊子飄零的艱辛。結末二句，「一傷情」包籠千頭萬緒的羈旅心情，詞有盡而意無窮。

王胄

別周記室

五里徘徊隺❶，三聲斷絕猿❷。何言俱失路，相對泣離樽❸。別路悽無已，當歌寂不喧。貧交❹欲有贈，掩涕竟無言。

【注釋】❶五里徘徊隺　本〈古詩為焦仲卿妻所作〉：「孔雀東南飛，五里一徘徊。」隺，同「鶴」。❷三聲斷絕猿　本〈巴東三峽歌〉：「巴東三峽巫峽長，猿鳴三聲淚沾裳。」❸何言俱失路二句　失路，迷路，比喻不得志。離樽，離別宴席上的酒杯。❹貧交　貧賤之交。

【語譯】飛鶴五里一顧盼，猿鳴三聲肝腸斷。哪裡還說都迷路，離別杯酒相對泣。垂別悲傷無止時，本當作歌默無聲。貧賤之交欲有贈，掩淚哭泣終無言。

【研析】王胄（西元五五八年—約六一三年），字承基，琅琊臨沂（今山東臨沂）人。南朝陳，官太子舍人、東陽王文學。入隋朝，歷官學士、著作佐郎、朝散大夫。與禮部尚書楊玄感交好。玄感謀反失敗，胄亡匿江南，被捕殺。本詩乃贈別友人周記室而作。詩歌起句，壓縮〈古詩為焦仲卿妻所作〉二句而成，改孔雀為鶴；第二句化用〈巴東三峽歌〉語意，總寫對友人的眷戀，眷眷不捨之情，以及別時心中的悲涼淒楚之感。「何言」二句，寫餞別感傷場面。不說失路，是不忍說，無暇說，說不出；此時手持酒杯，悲戚相對，千言萬語，不知從何說起。「別路」二句，想到將別，淒愴無盡，不勝悲苦，對著歌女，卻歌樂聲歇，靜闃無聲，此時無聲勝有聲。結末二句，送別多有所贈，互相勸勉，而自己與周貧賤之交，感情更深，然將別之時，惟有掩面而泣，竟難有一言說出，何其悲傷乃爾！

尹式

別宋常侍❶

遊人杜陵北，送客漢川東❷。無論去與住，俱是一飄蓬。秋鬢含霜白，
衰顏倚酒紅。別有❸相思處，啼鳥雜夜風。

【注釋】❶宋常侍　名士素，北齊為散騎常侍。❷遊人杜陵北二句　遊人，指宋常侍。杜陵，古縣名，在長安東南。杜陵北，指長安。客，指詩人。漢川，漢水。漢川東，指漢中。❸別有　另有。

【語譯】宦遊人在杜陵北邊，送客前往漢水以東。無論離去還是留下，都是風中飄蓬一個。暮年鬢髮含霜斑白，衰老容顏靠酒紅潤。另有別後相思情景，鴉啼間雜黑夜風聲。

【研析】尹式（?—西元六〇四年），河間（今河北河間）人。隋文帝仁壽年間，為漢王楊

諒記室。煬帝即位，諒反，事敗，式自殺。本詩乃詩人將往漢中，宋常侍在京城為之送別，為留別之作。前四句，遊人與行客對舉，宋之既稱遊人，當亦宦遊京城，飄零一族；無論去者詩人，還是留者宋某，都如飄蓬，一樣懷別鄉去親之苦。「秋鬢」四句，暮年鬢髮如霜，衰老的容顏，因了酒力，紅光滿面，別離的傷感，二人都喝了不少悶酒，但總歸尚在一起；而一旦分別，相思苦痛，只能在失眠中聽夜風蕭蕭，烏鴉鳴噪，餘韻裊裊不盡。王夫之《古詩評選》頗激賞其「無論」二句，謂其兩句一意，「以單行跳宕見奇特者」，為唐人李白「首路」。

孔德紹

送蔡君知❶入蜀

金陵已去國，銅梁❷忽背飛。失路遠相送，他鄉何日歸？

【注釋】❶蔡君知　濟陽考城（今河南蘭考）人。❷銅梁　山名，位於今四川合川縣南。

【語譯】金陵已經離國遠，忽然反向銅梁飛。遠處送別迷了路，他鄉異地何日歸？

【研析】孔德紹（？—西元六二一年），會稽（今浙江紹興）人。官京城縣丞。竇建德反隋，署為中書令，掌書檄。建德敗，被殺。本詩為送別友人之作。國指國都京城，金陵已是僻遠之地，而今友人再往銅梁，去國更遠。前二句敘事，後二句抒發眷戀之情。詩人遠送，以致遠到失路；人尚未別，已經問起歸來之日，依戀深情可見。

夜宿荒村

綿綿夕漏深，客恨轉傷心❶。撫絃無人聽，對酒時獨斟。故鄉萬里絕，窮愁❷百慮侵。秋草思邊馬，遶枝驚夜禽。風度谷餘響，月斜山半陰。勞歌欲敘意，終是白頭吟❸。

【注釋】❶綿綿夕漏深二句　綿綿，漫漫。夕漏，夜漏，古人以滴漏為報時工具。客恨，羈旅哀愁。❷窮愁　窮困愁苦。❸勞歌欲敘意二句　勞歌，憂傷之歌。白頭吟，樂府曲調名，這裡取白頭歌吟之意。

【語譯】漫漫長夜已更深，羈旅愁苦轉傷心。撫動琴弦無人聽，面對濁酒獨自斟。故鄉萬里遠隔絕，窮困憂愁百慮襲。邊地馬兒思秋草，受驚夜鳥繞枝飛。風過山谷餘音響，月兒西斜山半陰。憂傷之歌欲抒懷，終究只是白頭吟。

【研析】本詩寫羈旅思鄉之情。起四句，夜已深沉，遊子仍無法入眠，憂傷漸濃；起身彈琴，但無人欣賞知音；舉杯飲酒，獨自一人斟酌，何其孤獨寂寥！「故鄉」二句，直抒胸臆，點出家在萬里以外，遠遊在外的自己，落魄潦倒，百慮襲來，痛苦不堪。「秋草」四句，前二句套古詩「胡馬依北風，越鳥巢南枝」意境，寫遊子客地因思鄉而心神不寧；後二句，山谷風響，月斜半山成陰，是荒村夜景。結末二句，此時作歌，本欲抒懷，然終究白頭老翁悲歌，是為全詩總結。

孔紹安

落葉

早秋驚落葉，飄零似客心。翻飛未肯下，猶言惜故林。頗能寄託。

【語譯】秋天早來驚動落葉，飄落好似羈旅之心。翻轉飄動不肯落下，猶如留戀原本林木。

【研析】孔紹安（西元五七七年—約六二二年），越州山陰（今浙江紹興）人。隋朝建立，徙居京兆鄠縣（今陝西戶縣），閉門不出，刻苦讀書。隋朝末年官監察御史。入唐朝，官內史舍人、祕書監。本詩借落葉寫羈旅漂泊者情思，落葉亦客心。落葉為早到的秋天心驚，客心如是；飄零無依，亦如遊子；翻飛未肯落下，猶如眷戀樹木，體物深微，擬人真切，遊子的思戀故鄉親人，無不如之。

別徐永元秀才

金湯❶既失險，玉石乃同焚❷。墜葉還相覆，落羽❸更為群。豈謂三秋節，重傷❹千里分？促離❺絃易轉，幽咽水難聞。欲識相思處，山川間白雲。

「墜葉」一聯，比亂離之後，兩人結契，非尋常寫景。下轉到惜別。

【注　釋】❶金湯　指堅固的城池。❷玉石乃同焚　本《尚書・胤征》：「火炎昆岡，玉石俱焚。」比喻不分好壞美醜善惡一同毀滅。❸落羽　受傷墜地之鳥。❹重傷　再次悲傷。❺促離　倉促的分別。

【語　譯】金湯城池已失險固，玉石不分一同毀滅。樹上落葉還相覆蓋，受傷墜鳥更是結群。莫非說是秋季時節，再要傷心千里分別？倉促分離琴弦易撥，幽咽水聲難以聽聞。欲要辨識相思之處，山岳河流白雲繚繞。

【研　析】本詩乃詩人將行，辭別友人，留贈之作。起四句，城池淪陷，玉石俱焚，言共同遭逢亂離，經歷患難；樹葉飄落尚且相互掩蓋，受傷鳥兒集群墜落，雙層比喻，寫自己與徐某共經患難後友情深厚，難分難捨。「豈謂」二句，言蕭瑟秋季，在經歷亂離後，又要分別，心靈再受重創，反問之句，極寫分別的苦痛。「促離」二句，琴弦易撥，聲音難聞，水聲幽咽以比琴聲，幽咽的琴聲傳達出離別的悲傷。結末二句，以山川白雲，言再見為難，不言淒苦而淒苦已在其中。

陳子良

送別

落葉聚還散，征禽去不歸。以我窮途泣，沾君出塞衣。不堪。〇亦見何遜集，略有異同。

【語譯】落葉相聚還離散，飛去鳥兒不歸還。以我末路悲泣淚，沾濕先生出塞衣。

【研析】陳子良（西元五七五年—六三二年），吳（今江蘇蘇州）人。隋朝，為楊素記室。入唐朝，官右衛率府長史、太子學士、相如縣令。本詩又見何遜集，乃送別之作。落葉聚散，比人之離合；征禽去而不歸，比離去之友人。我之窮途末路，悲苦淚水，沾濕出塞征戍友人征衣，雙層之悲，令人不堪卒讀，淚水漣漣。

七夕看新婦隔巷停車

隔巷遙停幰❶，非復❷為來遲。只言更尚淺，未是渡河時。寫來合并無迹。

【注釋】❶幰 車幔，代指車乘。❷非復 不像是。

【語譯】隔條巷子停下車乘，不像是為到來過遲。只說夜色為時尚早，不是渡河見面之時。

【研析】本詩就七夕夜看新婦隔巷停車，有感而作。七夕又曰乞巧，是傳說中牛女相會的日子，也是人間夫婦祈求幸福的節日，詩就一景來寫民俗，極其有趣。起句點題，新婦隔巷停車。二句揣度，不像因了來遲，心中猶豫。三、四兩句，說其原因，只是因為夜淺，不到牛女渡河相見的時刻。語言簡練，畫面清晰，將傳說融合其中，人也仙也，難分彼此，妙趣橫生。

王冉禮

賦得巖穴無結構❶

巖間無結構，谷處極幽尋❷。葉落秋巢迥，雲生石路深。早梅香野徑，清澗響邱琴❸。獨有棲遲客，留連芳杜心❹。

【注　釋】❶賦得巖穴無結構　賦得，古詩一種做法，即規定某韻，或取前人詩中某句為首句，進行作詩。「巖穴無結構」，出晉人左思〈招隱〉第一首。❷巖間無結構二句　巖間，巖穴之間；山洞之中。結構，建築。谷處，指隱居山林幽谷。幽尋，探尋幽勝之景。❸邱琴　山邱上的琴聲。❹獨有棲遲客二句　棲遲客，盤桓遊息之人，指隱士。芳杜，香草名。

【語　譯】山巖洞穴沒有建築，隱居幽谷窮盡幽勝。秋葉落後遠巢可見，白雲繚繞山路幽深。早梅綻放香飄小路，山澗溪流聲如邱琴。獨有盤桓遊息之人，具有欣賞香草之心。

【研　析】王冉禮，一作王由禮，南朝陳曾為三公郎，與張正見等交好。本詩以左思〈招隱〉詩中句為題，雖非宣揚避世隱遁之志，但對山林幽靜的環境，也表現出了留連企慕之情。起二句總領，寫山巖洞穴、山林幽谷，多幽勝之景。「葉落」四句，前二遠景，因秋葉落去，極遠處鳥巢歷歷可見，而白雲繚繞，使得山路伸向遠方，顯得幽邃深奧；後二近景，早開的梅花，山野小路上氤氳著芬芳，溪流淙淙，宛如邱上傳來琴鳴之聲。結末二句總括言志，如此幽勝之景，只有隱逸超俗之人，纔能欣賞並陶醉其中。詩亦有超逸之思。

呂　讓

和入京

俘囚經萬里，憔悴度三春。髮改河陽鬢❶，衣餘京洛塵❷。鍾儀悲去楚❸，隨會泣留秦❹。既謝平吳利❺，終成失路人。

【注　釋】❶髮改河陽鬢　用潘岳事。岳嘗為河陽令，其〈秋興賦序〉云：「余年三十有二，始見二毛，以太尉掾，兼虎賁中郎將。」❷衣餘京洛塵　本陸機詩：「京洛多風塵，素衣化為淄。」❸鍾儀悲去楚　用春秋時鍾儀事。儀為楚人，為鄭國俘擄，獻於晉國，晉人稱其楚囚。❹隨會泣留秦　隨會，即士會，春秋時期晉國將領，隨先蔑逃往秦國，晉人怕他為秦所用，將其騙回，授以國政。❺平吳利　晉人羊祜疏文，極言平吳之利。

【語　譯】俘虜囚徒遠行萬里，心力憔悴度過三年。頭髮白如潘岳之鬢，衣裳留下京洛灰塵。鍾儀悲憤離開楚國，隨會逃奔悲戚留秦。既然謝絕平吳妙策，終於成為落魄之人。

【研　析】呂讓，生卒年不詳，河中（今山西永濟西）人。父乃潭州刺史呂渭。唐朝憲宗元和十年（西元八一五年）進士，文宗大和年間，任海州刺史，官至太子右庶子。詩存一首，見《文苑英華》。其非隋朝人可知。詩乃和人入京之作，寫經歷喪亂後的悲哀。起二句總領，寫身為俘囚，遠涉萬里，幾年憔悴。「髮改」四句，分別用潘岳、陸機典故，寫身心摧殘，未老先衰，頭髮斑白，京城艱辛；鍾儀、隨會之典，照應首句寫俘囚之悲，抒發心跡。結末二句，借用晉將羊祜典故，寫自己有策不為朝廷所用，終於落魄失志，淹蹇不遇於時。

明餘慶

從軍行

三邊烽亂驚❶，十萬且橫行❷。風卷常山陣❸，笳喧細柳營❹。劍花寒不落，弓月曉逾❺明。會取淮南地❻，持作朔方城。

「劍花」一聯，唐人極摹此種句法。

【注　釋】❶三邊烽亂驚　三邊，漢朝幽、并、涼三州的並稱，這裡泛指邊境。烽驚，烽火報警。❷十萬且橫行　本《史記・季布欒布列傳》樊噲語：「臣願得十萬眾，橫行匈奴中。」❸常山陣　古代戰陣名，《孫子》云：「故善用兵，譬如率然。率然者，常山之蛇也，擊其首則尾至，擊其尾則首至，擊其中則首尾俱至。」❹細柳營　用漢文帝時將軍周亞夫事，其屯軍細柳，以治軍嚴明著稱。❺逾　通「愈」。❻會取淮南地二句　本漢武帝驅逐匈奴，收復河南失地，設朔方郡事。

【語　譯】邊境地帶烽火紛報，十萬軍馬縱橫馳騁。如風捲起常山陣勢，笳聲雄壯細柳軍營。

劍上霜花寒凍不落，如弓之月拂曉更明。應當收復淮南之地，用來建立朔方邊城。

【研　析】明餘慶，生卒年不詳，平原鬲（今山東平原西北）人。隋朝，官司門郎。隋末越王楊侗稱帝，官國子祭酒。本詩用樂府舊題，為邊塞之作。起二句，邊塞烽火四起，警報紛來，大軍十萬出動，縱橫馳騁，總領之筆。「風卷」四句，前二，以常山陣、細柳營，寫軍威之盛與軍容嚴整，「風卷」、「笳喧」如能感觸，形象生動；後二，劍上霜花凝結不落，隆冬嚴寒可知，月亮拂曉更亮，是士卒徹夜不眠見證。結末二句，收取淮南之地，設郡築城，必勝信念堅定，豪邁高昂。

大義公主

公主，後周宇文氏女，嫁為突厥沙鉢略妻。初名千金公主。隋滅周，自傷宗祀絕滅，每懷復隋之志，日夜言於沙鉢略，悉眾為寇。後沙鉢略內附，賜姓楊氏，改封大義公主。隋平陳後，以陳叔寶屏風賜主，主心恆不平，因書屏風為詩。

書屏風詩

盛衰等朝暮，世道若浮萍。榮華實難守，池臺❶終自平。富貴今何在？空事寫丹青❷。杯酒恆無樂，弦歌詎有聲？余本皇家子，飄流入虜庭。

一朝覩成敗，懷抱忽縱橫。古來共如此，非我獨申名❸。唯有〈明君曲〉❹，偏傷遠嫁情。

英氣勃勃，事雖不成，精衛之志，不可泯滅。

【注釋】❶池臺　池沼亭臺，宮中建築。❷丹青　繪畫，指屏風畫。❸申名　即申明。鄭重聲明；闡明。❹明君曲　即〈昭君曲〉，樂府歌曲名，寫王昭君遠嫁匈奴之哀傷。

【語譯】繁盛衰敗等同朝暮，世道變遷好像浮萍。榮華實在難以長守，池沼臺閣終成平地。富貴今天還有什麼？徒然摹繪使用丹青。酒杯之中也無歡樂，弦歌哪裡還再有聲？我本皇家宗室之子，漂泊流蕩進入異域。一朝看見成敗陵替，心中感慨縱橫紛生。古來事情也都如此，非我獨自鄭重申明。惟有樂府〈昭君〉曲子，偏獨悲傷遠嫁之情。

【研　析】大義公主，生卒年不詳，後周趙王宇文招之女。北周末年，封千金公主，嫁突厥可汗沙鉢略。隋朝滅周，賜姓楊，改封大義公主。後為沙鉢略之子都藍可汗所殺。本詩乃隋文帝為安撫公主，籠絡突厥，賜公主以陳後主宮中屏風，公主就屏風中宴飲圖詠寫。詩歌起四句，議論之筆，以盛衰如朝暮短暫，世道如水中浮萍飄忽沒有根基，榮華難以長駐，宮廷臺閣成為平地，歎朝代更迭，北周覆滅。「富貴」四句，就屏風畫面議論，南朝陳代，也曾繁華安樂，君臣宴飲，歌舞鼎盛，但今之富貴何在？昔日君臣，杯酒之樂不復存在，弦歌之聲，早已沉寂。「余本」四句，轉入自身，原本皇家之子，金枝玉葉，和蕃來到野蠻之族；而一朝見到朝廷滅亡，心中痛苦縈繞，難以平靜。結末四句，朝代興廢，古來如此，遭逢國破家亡，不獨一己，而如明妃遠嫁，無根之蒂，最令人傷心。詩歌情辭悲楚，用語宛曲，真情動人。

無名氏

送別詩

楊柳青青著地垂，楊花漫漫攪天飛。柳條折盡花飛盡，借問行人歸不歸？

竟似盛唐人手筆。○《東虛記》云：此詩作於大業末年，指煬帝巡遊無度，民窮財盡，望其返國，五子作歌之意也。

【語譯】楊柳青青下垂接地，柳絮漫漫亂飛空中。柳條折完柳絮飛盡，請問行人歸還不歸？

【研析】本詩作於隋朝大業末年，或謂諷刺煬帝巡遊無度，不免穿鑿，實為一首送別之作。詩前二句，只就送別時眼前之景著筆：楊柳依依垂地，柳絮漫天飛舞，獨取柳景，也有寓折柳贈別之意。三、四兩句，由景生感，觸景生情，柳條有折盡的時候，柳絮有飛盡的日子，而在折盡飛盡的時節，行人是否能夠歸來？此想亦稱奇妙新穎。

雞鳴歌

東方欲明星爛爛❶，汝南晨雞登壇喚❷。曲終漏盡嚴具❸陳，月沒星稀天下旦。千門萬戶遞魚鑰❹，宮中城上飛烏鵲。

【注釋】❶爛爛　光亮貌。❷汝南晨雞登壇喚　汝南，漢朝郡名，治所在今河南上蔡，產長鳴雞。❸嚴具　盛放梳妝用品的器具。❹魚鑰　魚形鑰匙。

【語譯】東方將亮星燦爛，汝南打鳴雞登壇。曲子終了夜漏已盡妝具陳設，月亮沉沒星星稀少天下放亮。前門萬戶傳遞魚形鑰匙來，宮廷城上烏鵲飛散奔他方。

【研析】本詩收入《樂府詩集・雜歌謠辭》，寫宮廷雞人唱歌，喚起百官。起二句，東方將亮，明星璀璨，雞人唱歌，如汝南晨雞登壇啼曉，此比已奇。歌唱既盡，妝具陳設，月落星稀，天已放亮，三、四兩句，由雞唱到天曉。結末二句，千門萬戶持鑰匙而開門，天亮人起，烏鵲也自醒來，紛飛而去，戛然而止。前後連絡，一氣寫來，古趣盎然。

古籍今注新譯叢書

哲學類

新譯四書讀本	謝冰瑩等編譯
新譯學庸讀本	王澤應注譯
新譯論語新編解義	胡楚生編著
新譯孝經讀本	賴炎元等注譯
新譯易經讀本	郭建勳注譯
新譯周易六十四卦經傳通釋	黃慶萱注譯
新譯乾坤經傳通釋	黃慶萱注譯
新譯易經繫辭傳解義	吳　怡著
新譯禮記讀本	姜義華注譯
新譯儀禮讀本	顧寶田等注譯
新譯孔子家語	羊春秋注譯
新譯老子讀本	余培林注譯
新譯帛書老子	趙　鋒注譯
新譯老子解義	吳　怡著
新譯莊子讀本	黃錦鋐注譯
新譯莊子讀本	張松輝注譯
新譯莊子本義	水渭松注譯
新譯莊子內篇解義	吳　怡著
新譯列子讀本	莊萬壽注譯
新譯管子讀本	湯孝純注譯
新譯墨子讀本	李生龍注譯
新譯公孫龍子	丁成泉注譯
新譯晏子春秋	陶梅生注譯
新譯鄧析子	徐忠良注譯
新譯荀子讀本	王忠林注譯
新譯尹文子	徐忠良注譯
新譯尸子讀本	水渭松注譯
新譯鶡冠子	趙鵬團注譯
新譯鬼谷子	王德華等注譯
新譯韓非子	傅武光等注譯
新譯呂氏春秋	朱永嘉等注譯
新譯韓詩外傳	孫立堯注譯
新譯淮南子	熊禮匯注譯
新譯春秋繁露	朱永嘉等注譯
新譯新書讀本	饒東原注譯
新譯新語讀本	王　毅注譯
新譯潛夫論	彭丙成注譯
新譯論衡讀本	蔡鎮楚注譯
新譯申鑒讀本	林家驪等注譯
新譯人物志	吳家駒注譯
新譯張載文選	張金泉注譯
新譯近思錄	張京華注譯
新譯傳習錄	李生龍注譯
新譯呻吟語摘	鄧子勉注譯
新譯明夷待訪錄	李廣柏注譯

文學類

新譯詩經讀本	滕志賢注譯
新譯楚辭讀本	林家驪注譯
新譯楚辭讀本	傅錫壬注譯
新譯文心雕龍	羅立乾注譯
新譯六朝文絜	蔣遠橋注譯
新譯世說新語	劉正浩等注譯
新譯昭明文選	周啟成等注譯
新譯古文觀止	謝冰瑩等注譯
新譯古文辭類纂	黃　鈞等注譯
新譯樂府詩選	溫洪隆注譯
新譯古詩源	馮保善注譯
新譯千家詩	邱燮友等注譯
新譯詩品讀本	成　林等注譯
新譯花間集	朱恒夫注譯
新譯南唐詞	劉慶雲注譯
新譯絕妙好詞	聶安福注譯
新譯唐詩三百首	邱燮友注譯
新譯宋詩三百首	陶文鵬注譯
新譯宋詞三百首	汪　中注譯
新譯宋詞三百首	劉慶雲注譯
新譯元曲三百首	賴橋本等注譯
新譯明詩三百首	趙伯陶注譯
新譯清詩三百首	王英志注譯
新譯清詞三百首	陳水雲等注譯
新譯唐人絕句選	卞孝萱等注譯
新譯唐才子傳	戴揚本注譯
新譯拾遺記	石　磊注譯
新譯搜神記	黃　鈞注譯
新譯唐傳奇選	束　忱等注譯
新譯宋傳奇小說選	束　忱注譯
新譯明傳奇小說選	陳美林等注譯
新譯容齋隨筆選	朱永嘉等注譯
新譯明散文選	周明初注譯
新譯明清小品文選	鄭　婷注譯

新譯人間詞話　馬自毅注譯
新譯白香詞譜　劉慶雲注譯
新譯幽夢影　馮保善注譯
新譯菜根譚　吳家駒注譯
新譯小窗幽記　馬美信注譯
新譯圍爐夜話　馬美信注譯
新譯郁離子　吳家駒注譯
新譯歷代寓言選　黃瑞雲注譯
新譯賈長沙集　林家驪注譯
新譯揚子雲集　葉幼明注譯
新譯曹子建集　曹海東注譯
新譯建安七子詩文集　韓格平注譯
新譯阮籍詩文集　林家驪注譯
新譯嵇中散集　崔富章注譯
新譯陸機詩文集　王德華注譯
新譯陶淵明集　溫洪隆注譯
新譯江淹集　羅立乾等注譯
新譯庾信詩文選　歸　青注譯
新譯初唐四傑詩集　李福標注譯
新譯駱賓王文集　黃清泉注譯
新譯王維詩文集　陳鐵民注譯
新譯孟浩然詩集　楊　軍注譯
新譯李白詩全集　郁賢皓注譯
新譯李白文集　郁賢皓注譯
新譯杜甫詩選　張忠綱等注譯
新譯杜詩菁華　林繼中注譯
新譯高適岑參詩選　孫欽善等注譯
新譯昌黎先生文集　周啟成等注譯
新譯劉禹錫詩文選　閻　琦注譯

新譯柳宗元文選　卞孝萱等注譯
新譯白居易詩文選　陶　敏等注譯
新譯元稹詩文選　郭自虎注譯
新譯李賀詩集　彭國忠注譯
新譯杜牧詩文集　張松輝注譯
新譯李商隱詩選　朱恒夫等注譯
新譯范文正公選集　王興華等注譯
新譯蘇洵文選　羅立剛注譯
新譯蘇軾文選　滕志賢注譯
新譯蘇軾詞選　鄧子勉注譯
新譯蘇軾詩選　鄧子勉注譯
新譯蘇轍文選　朱　剛注譯
新譯曾鞏文選　高克勤注譯
新譯王安石文選　沈松勤注譯
新譯唐宋八大家文選　鄧子勉注譯
新譯柳永詞集　侯孝瓊注譯
新譯李清照集　姜漢椿等注譯
新譯陸游詩文選　韓立平注譯
新譯辛棄疾詞選　聶安福注譯
新譯歸有光文選　鄔國平注譯
新譯唐順之詩文選　馬美信注譯
新譯徐渭詩文選　周　群等注譯
新譯袁宏道詩文選　孫立堯注譯
新譯薑齋文集　平慧善注譯
新譯顧亭林文集　劉九洲注譯
新譯納蘭性德詞　馮　乾注譯
新譯方苞文選　鄔國平等注譯
新譯閒情偶寄　馬美信注譯
新譯鄭板橋集　朱崇才注譯

新譯袁枚詩文選　王英志注譯
新譯李慈銘詩文選　潘靜如注譯
新譯聊齋誌異選　任篤行等注譯
新譯閱微草堂筆記　嚴文儒注譯
新譯浮生六記　馬美信注譯
新譯弘一大師詩詞全編　徐正綸編著

歷史類

新譯史記　韓兆琦注譯
新譯漢書　吳榮曾等注譯
新譯後漢書　魏連科等注譯
新譯三國志　吳樹平等注譯
新譯資治通鑑　張大可等注譯
新譯史記—名篇精選　韓兆琦注譯
新譯尚書讀本　吳　璵注譯
新譯尚書讀本　郭建勳注譯
新譯周禮讀本　賀友齡注譯
新譯逸周書　牛鴻恩注譯
新譯左傳讀本　郁賢皓等注譯
新譯公羊傳　雪　克注譯
新譯穀梁傳　顧寶田注譯
新譯春秋穀梁傳　周　何注譯
新譯戰國策　溫洪隆注譯
新譯國語讀本　易中天注譯
新譯說苑讀本　左松超注譯
新譯說苑讀本　羅少卿注譯
新譯新序讀本　葉幼明注譯
新譯吳越春秋　黃仁生注譯
新譯西京雜記　曹海東注譯

新譯列女傳　黃清泉注譯
新譯越絕書　劉建國注譯
新譯燕丹子　曹海東注譯
新譯東萊博議　李振興等注譯
新譯唐六典　朱永嘉等注譯
新譯唐摭言　姜漢椿注譯

宗教類

新譯金剛經　徐興無注譯
新譯高僧傳　朱恒夫等注譯
新譯碧巖集　吳　平注譯
新譯百喻經　顧寶田注譯
新譯楞嚴經　賴永海等注譯
新譯梵網經　王建光注譯
新譯圓覺經　商海鋒注譯
新譯法句經　劉學軍注譯
新譯六祖壇經　李中華注譯
新譯禪林寶訓　李中華注譯
新譯維摩詰經　陳引馳等注譯
新譯經律異相　顏洽茂注譯
新譯阿彌陀經　蘇樹華注譯
新譯無量壽經　邱高興注譯
新譯無量壽經　蘇樹華注譯
新譯妙法蓮華經　張松輝注譯
新譯景德傳燈錄　顧宏義注譯
新譯大乘起信論　韓廷傑注譯
新譯釋禪波羅蜜　蘇樹華注譯
新譯八識規矩頌　倪梁康注譯
新譯永嘉大師證道歌　蔣九愚注譯

新譯華嚴經入法界品　楊維中注譯
新譯地藏菩薩本願經　李承貴注譯
新譯悟真篇　劉國樑等注譯
新譯无能子　張松輝注譯
新譯坐忘論　張松輝注譯
新譯列仙傳　張金嶺注譯
新譯抱朴子　李中華注譯
新譯神仙傳　周啟成注譯
新譯性命圭旨　傅鳳英注譯
新譯老子想爾注　顧寶田等注譯
新譯周易參同契　劉國樑注譯
新譯道門觀心經　王　卡注譯
新譯養性延命錄　曾召南注譯
新譯樂育堂語錄　戈國龍注譯
新譯冲虛至德真經　張松輝注譯
新譯長春真人西遊記　顧寶田等注譯
新譯黃庭經・陰符經　劉連朋等注譯

軍事類

新譯司馬法　王雲路注譯
新譯尉繚子　張金泉注譯
新譯三略讀本　傅　傑注譯
新譯六韜讀本　鄔錫非注譯
新譯吳子讀本　王雲路注譯
新譯孫子讀本　吳仁傑注譯
新譯李衛公問對　鄔錫非注譯

教育類

新譯爾雅讀本　陳建初等注譯

新譯顏氏家訓　李振興等注譯
新譯聰訓齋語　馮保善注譯
新譯曾文正公家書　湯孝純注譯
新譯三字經　黃沛榮注譯
新譯百家姓　馬自毅等注譯
新譯幼學瓊林　馬自毅注譯
新譯增廣賢文・千字文　馬自毅注譯
新譯格言聯璧　馬自毅注譯

政事類

新譯商君書　貝遠辰注譯
新譯鹽鐵論　盧烈紅注譯
新譯貞觀政要　許道勳注譯

地志類

新譯山海經　楊錫彭注譯
新譯水經注　陳橋驛等注譯
新譯佛國記　楊維中注譯
新譯大唐西域記　陳　飛等注譯
新譯洛陽伽藍記　劉九洲注譯
新譯徐霞客遊記　黃　珅注譯
新譯東京夢華錄　嚴文儒注譯

◎新譯昭明文選

崔富章、張金泉等／注譯

劉正浩、黃志民等／校閱

《昭明文選》選錄先秦至南朝梁的各體文學作品七百多篇，是現存最早的詩文總集，它長期被視為學習文學的教科書，而有「文選爛，秀才半」之諺。本書力邀兩岸十數位學者，全面將《文選》加以校訂、解題、注解、翻譯，以深入淺出的闡釋、簡明清晰的面貌呈現給讀者，是有心一窺古典文學風範的最佳讀本。

三民網路書店

百萬種中文書、原文書、簡體書

任您悠游書海

領 200元折價券

打開一本書
看見全世界

sanmin.com.tw

國家圖書館出版品預行編目資料

新譯古詩源／馮保善注譯.——三版一刷.——臺北市：三民，2024
面；　公分.——(古籍今注新譯叢書)

ISBN 978-957-14-7776-3（平裝）

831　　　　113003846

古籍今注新譯叢書

新譯古詩源（下）

注譯者	馮保善
創辦人	劉振強
發行人	劉仲傑
出版者	三民書局股份有限公司(成立於1953年)

三民網路書店
https://www.sanmin.com.tw

地址	臺北市復興北路386號　(復北門市)　(02)2500-6600 臺北市重慶南路一段61號(重南門市)　(02)2361-7511
出版日期	初版一刷 2006年5月 二版三刷 2020年1月 三版一刷 2024年5月
書籍編號	S033830
ISBN	978-957-14-7776-3

著作財產權人©三民書局股份有限公司
法律顧問　北辰著作權事務所　蕭雄淋律師
著作權所有，侵害必究
※本書如有缺頁、破損或裝訂錯誤，請寄回敝局更換。

三民書局